视野書系

011

梁由之主编

中国文化的精神

杨义自选集

杨义 著

上海三联书店

目录

文学地理学的本质、内涵与方法 | 377

学海苍茫，敢问路在何方？ | 439

序言

杨义

　　自己遴选代表作，还要讲究什么优中选优，无异于对自己几十年间歪歪扭扭的学术历程，来一次回过头来捡脚印。真的有点像一首叫《脚印》的歌所唱的："漫步走在这小路上，脚印留下了一串串：有的直有的弯，有的深有的浅。朋友啊想想看，道路该怎样走。"开始捡脚印的时候，我面对自己五年一转、十年一换的歪歪扭扭的学术轨迹，感到很难用一句话把它说尽，于是想起了"学海鲲鹏九万里"，取义于《庄子·逍遥游》："北冥有鱼，其名为鲲。鲲之大，不知其几千里也。化而为鸟，其名为鹏。鹏之背，不知其几千里也。怒而飞，其翼若垂天之云。是鸟也，海运则将徙于南冥。南冥者，天池也。《齐谐》者，志怪者也。《谐》之言曰：鹏之徙于南冥也，水击三千里，抟扶摇而上者九万里，去以六月息者也。"扶摇者，旋风也，就是像旋风那样扭扭曲曲往上蹿。

　　应该说，如此抟扶摇而上者九万里的学术历程，蕴含着我对中国文化精神的核心内涵和深在意义的"路漫漫其修远，吾将上下而求索"的不息追寻。岁月茫茫，还是在1973年，我就在北京西南远郊周口店猿人老祖宗洞穴附近的山沟工厂里，通读过鹿皮烫金精装的十卷本《鲁迅全集》。到了1978年读研究生期间，就开始以鲁迅研究作为自己学术出发的第一驿站，直至把鲁迅作为一个"庞大的斯芬克斯"进行解读，从他以精深的中国文化素养，融合西方文化的现代性要素，在小说、杂文、散文诗中探寻如何创造一种自立于世界民族之林的合金式的第三种文明。其后我又写了《中国现代小说史》《中国古典小说史论》《中国叙事学》。在这些研究引起广泛关注的时候，却又觉得研究中国文学只研究小说叙事，还不能直击核心意蕴，于是涉足诗文，也就有了楚辞诗学、李杜诗学，以及《史记》、桐城文派的内在精神脉络的透视。当我在1998—2009年出任中国社会科学院文学研究所、少数民族文学研究所所长之时，我就把少数民族文学文化，包括《蒙古秘史》、《格萨尔王传》、虎图腾、蚩尤文化等等，纳入研究视野，提出"边缘的活力"的理念和"重绘中国文学地图"的构想。这就使我的研究思路伸展到中华民族文化共同体的广阔时空领域，看取华夏民族和诸多古民族、少数民族是如何共同创造这个源远流长的东方文明的。

但是，我的脚印并没有停下来，我似乎还觉得精神深度尚有未尝到达之处，于是在当了十一年的两所所长的后期，我启动了先秦经学、诸子学的探索，至今到澳门大学应聘为讲座教授的多元文化碰撞融合的环境中，已经陆续推出《老子还原》《庄子还原》《墨子还原》《韩非子还原》《论语还原》《屈子楚辞还原》，以及即将完稿的《兵家还原》。其中值得注意者，是破解了老孔会这个先秦诸子百家的开幕式，以及荀韩李师生会这个先秦诸子百家的闭幕式；破解了孔子产生核心观念的反归纳法的思维方式，以及孔子关于女子与小人言论的谜团；破解了《论语》由庐墓守孝时期由仲弓牵头、有若主事时期有子张参与、曾子身后由曾门弟子和子思发动以及子贡及其后学编纂《齐论语》等早期四次编纂之秘密；破解了儒家属于士君子显学、墨家属于草根显学并具有东夷文化基因；破解了庄子是楚庄王疏远后代的流亡贵族子弟的基因，以及他的若干生平纪年、他的"独与天地精神往来"、"天地有大美而不言"的蝴蝶梦式的玄思。这些千古之谜的破解，顿时使我的精神豁亮，提升了中国文化与西方文化之间平等深入对话的文化自信。在这个浩瀚苍茫的领域，进行的是兴致勃勃的智慧阅读，通过还原先秦诸子的历史现场、生命形态和知识来源的过程，与中国文化的命根子，与一批上古富有原创精神的智者，进行穿越时空的古今对话。这可是中国现代学人得天独厚的福分。

我深深地体验到，游动的研究视野需要敏锐的辨析和整合的能力来支撑。进入一个新领域，不能满足于给那里的一百本书增加第一百零一本书，而是要考量自己的立足可能性和开创的可能性，需要提供的应是第一本开拓新境界的书。这又谈何容易？要做到的是，以视野淬炼了智慧，以智慧抛光了视野。因为无新视野，智慧就会窒息而死；无新智慧，视野就会黯淡无光。到了新的领域，智慧应该以独到的方法论释放自己的潜在能量。我换用和兼用过多种方法论，包括叙事学、文学地理学、图文互动的方法，尤其是囊括了眼学、耳学、手学、脚学、心学在内的"五学法门"。本人曾经实地踏访过全国二百余处古文化文学遗址，进行多种多样的田野调查，从中搜集了大量的图片、碑刻、族谱、方志和口传资料。这实质上就是以脚尖丈量着写在大地上的中国文化血脉，是会使你怦然心动的。有所谓眼见为实，经过脚踏目验，亲手触摸历史的体温，与那种关在书斋里闭目塞听的工作方式相比较,其对自己的心灵触动和智慧发酵产生了截然不同的功能。田野调查中的许多场所、许多见闻,我至今记忆犹新,它们已经在我的心灵书本上刻下了入木三分的记号,难以磨灭。

经由大量的田野调查,可以浮升出文学地理学的方法。这是一种接地气的方法,展开了文学与地理关系上的"七巧板效应"、"剥洋葱头效应"、"树的效应"与"路的效应"。以这种接地气的方法开路,我强化了空间维度的研究,提出了中华文明生生不息的生命力与南北"太极推移"之关系的原理;提出了泰伯以"让德"开吴,牵动了黄河上游与长江中下游的"对角线效应";提出了中国少数民族史诗属于草原史诗、高原史诗、山地史诗,因而不同于古希腊的海洋城邦史诗、印度的热带雨林史诗的史诗形态学;提出了《格萨尔》属于"江河源文明"的论断;提出了诗与骚、李与杜代表着互异互动的地域文化特质的阐释方式,对天才诗人李白作出了"醉态思维"、"远游姿态"、"明月情怀"的十二字解说;提出了西学东渐四百年祭的命题,以及对利玛窦遭遇四库全书的中西文化碰撞的反思。对中国文化精神的此类阐释,可以说言前人所未言,尽管它们还有待于进一步展开和深化。在深化方法论的研究上,我尝试着对现代中国学术方法的渊源、层次与总纲目,做了通论式的考察,从而得出了"双构四点一基础"的方法论总纲目。这就是:把本体性和开放性结合起来,形成"外之既不后于世界之思潮,内之仍弗失固有之血脉"的动态的双构性,加强对"世界视野"和"文化还原"的双构性方法论的可操作性把握。"四点"乃是四个功能性的点:一、立足点,立足于中国文化的本原;二、着眼点,着眼于参与世界文化的深层对话;三、关键点,关键是推进学理的原创;四、归宿点，归宿于建立博大精深，又开放创新的现代中国的学术体系和体制。所有这些都要立足于扎实、深厚、精审的材料文献的基础上，以世界上堪称第一流的文献材料托出世界上堪称第一流的思想原创，为人类贡献博大精深而又美轮美奂的中国智慧。

这就要我们把读书，当成人生之乐事。读遍天下书，是一种理想，虽不能做到，但心向往之。我曾经在日本东洋文库阅读珍本图籍，在大英图书馆普查过六万种中国古籍珍藏，在荷兰莱顿大学汉学院图书馆检阅了珍本文库，从中复制了数以千计的图片，从源流上弄清楚中国文学与图的关系。图书、图书，书与图的并存互动，是中国文学精神深入人心、雅俗共赏又赏心悦目的一种文化表达方式。图有时候比文字还会说话，说出了它对文字的理解和接受，说出了它独具一格的意义形式，说出了图文共生的文化生态。这是需要用悟性去读，用心灵的眼睛去读，才能读出所以然的。对于读书作为人类存在的本体论价值，我也通过自己长期读书的经验进行了颇有趣味的解读，强调读书是一种智慧的实现，既要以智慧读书，又要在书中读出智慧，读出深度，读出精彩，读出意义，从读书中听取智慧的笑声。

学海苍茫，敢问路在何方？学与思，是永远没有止境的。路的前方，总有美不胜收的风景。记得金圣叹评点《西厢记》，书前有九九八十一则《读法》，第二十四则的意思是：我小时候曾经听人说过一个笑话：很古老的时候，有一个穷得叮当响的人，一直以来虔诚崇拜纯阳老祖吕洞宾。吕洞宾感念他这种至诚的心思，突然降临他的家中，看见他这样赤贫，动了怜悯之心，想要给他一些救济。于是伸出一个手指头，指点院子里的一块磐石，磐石就变成闪闪发光的黄金。问他："你想要这块黄金吗？"那人一再拜谢说："不想要。"吕洞宾大喜过望，说："您真的这样，就可以传授大道给您了。"那人说："不然，我打心眼里想要你这个手指头。"我当时私自认为这固然是戏言，如果真是吕洞宾，必定把手指头给他。现在这部《西厢记》就是吕洞宾的手指头，得到这只手指头，到处都可以点石成金。以上就是金圣叹的话。那么，哪里有吕洞宾"处处遍指，皆作黄金"的点石为金的手指头？学术是一个漫长无垠的缓缓的斜坡，不断地走啊走，总能领略到越来越广阔、越来越精彩的无限风光。学而有术，说不定那无限风光的背后，就隐藏着点石成金的妙不可言的手指头呢！

2017年7月12日

重绘中国文学的历史地图

绪言：问题的提出

"重绘中国文学的历史地图"，这个题目是2001年笔者在一个国际性的会议上讲的，笔者有一个梦想，要给中国文学、文化、文明，绘制一个完整的、丰厚的，又非常体面的、非常有魅力的地图，这个地图应该包含广泛的地理领域，同时把少数民族对中华民族的贡献也写进来。这种绘制成的文学地图，实质上是中国与世界交往对话的一张漂漂亮亮的文化身份证，一证在手，神游天下，乐何如哉！其实笔者系统地讲文学地图的题目，是2003年在剑桥大学当客座教授的时候，后来在国内一些著名大学也多次讲过，还出过一本名为《重绘中国文学地图》的讲演集（中国社会科学出版社，2003年4月版）。新世纪以来，笔者思考最多，最基本的研究命题就是重绘中国文学地图。现在这个概念，实际上已经被社会上广泛接受，你要是打开Google搜索，输入"文学地图"这个术语的话，能够搜索到700多万条，很多人都用了这个概念。梅新林教授在《中国社会科学》2015年第8期刊发的《论文学地图》一文中说："'文学地图'作为融合'文学'与'地图'而应用于文学地理学研究的一种新型批评模式与研究方法，以1910年J.G.巴塞洛缪（J.G.Bartholomew）所著《欧洲文学历史地图集》于英国登特出版社出版为发端，迄今已走过了一百余年的发展演变历程。本世纪初，杨义借鉴西方'文学地图'概念与中国'图'、'书'合一传统而率先提出了'重绘中国文学地图'这一命题，在短短的数年之间便相继出现了大量以'地图'、'重绘'为核心概念的研究论著，由此体现了世纪之交文学地图热的兴起。"热中求冷，还须以冷静的理性思维进入事物的深在本质。因此，现在有必要对"文学地图"、"中国文化地图"的本质内涵及其基本的问题，验明正身，正名释本，进行深入的学理建构和阐释，以便和学界在更深层面上探讨相关的理论问题。

文化地图赋予文化以宏大的地理容量，又赋予地图以深刻的文化内涵，使文化与地图二者发生互文性，相得益彰。实际上重绘中国文学地图的命题，对文学、文化、文明研究，提供了一个属于我们民族的新的文化整体观，新的历史观、世界观和方法论。这样的地图就成了认识世界的重要路标。地图在中国，最早是孔夫子"式负版者"[1]。《论语·乡党》的这个"版"就是版图，孔夫子看到背负国家地图的人，就把身体微微向前一俯，双手恭敬地伏在车前横木上，向地图致敬，向土地致敬。《管子》一书，是托名春秋时候的管仲，实际上是齐国首都临淄的稷下学派汇编的一部书，《管子》专门有《地图篇》，认为"凡兵主者，必先审知地图。辕辕之险，滥车之水，名山、通谷、经川、陵陆、丘阜之所在，苴草、林木、蒲苇之所茂，道里之远近，城郭之大小，名邑、废邑、困殖之地，必尽知之。地形之出入相错者，尽藏之。然后可以行军袭邑，举错

---

[1]　杨伯峻译注：《论语译注》，中华书局1980年版，第113页。

知先后，不失地利，此地图之常也。"[1] 行军作战须有地图，管理国家也离不开地图。《周礼·地官·司徒》言"土训掌道地图"[2]，"若以时取之，则物其地图而授之"[3]，专门设立了掌管地图的官员。长沙马王堆汉墓出土的地图，用不同颜色标示山川、道路、城邑，及军事要塞、设防地点，该地图绘制于公元前168年，是今存世界上最早的地图。古人为地理书作注，常常引用《周地图记》，或者秦《地图》，可见中国古代是非常重视地图的。刘邦打进咸阳之后，萧何第一件事，就是收集秦国的地图和法律书，后来建了石渠阁庋藏，可见地图是关系到一个朝代，一个民族的视野宽窄、事业兴废的大事情。

明清、近代以来，中国人的世界视野，首先也是从地图开始打开的。16世纪末17世纪初，意大利传教士利玛窦到北京，首先是献给万历皇帝一张《坤舆万国全图》。中国人想看世界，地图就告诉你，中国原来是世界的一个部分。鸦片战争的前后，林则徐以钦差大臣的身份到了广州，首先安排翻译《四洲志》，实际上是世界四大洲（亚洲、欧洲、非洲、美洲）的图志。魏源根据他的托付，编写了《万国图志》。中国人由于屡受西方列强的挤压和凌辱，就关注地图，从新的时空结构开始重新审视自己是如何存在于其中的浩浩世界的。在这股睁开眼睛看世界大势的潮流中，严复将被称为"达尔文的斗犬"的英国生物学家赫胥黎名为 *Evolutionand Ethics* 的演讲与论文集，译述为《天演论》，其中"物竞天择"、"优胜劣败"、"适者生存"、"天演进化"等关键词都风行于报章杂志。连鲁迅想"走异路，逃异地，去寻求别样的人们"而进了南京的新式学堂，也"一有闲空，就照例地吃侉饼、花生米、辣椒，看《天演论》"。

由此可知，拥抱地图，是面对急潮涌动的世界的一种胸襟。像

---

[1] 《管子》，北京燕山出版社1995年版，第226页。

[2] 杨天宇：《周礼译注》，上海古籍出版社2004年版，第241页。

[3] 同上书，第247页。

我们这样的国家，3000年前创造了地图，400年前开始更新地图，如今经济持续以9%以上的高速增长三十多年，成为世界上的第二经济体，实际上是在一笔一笔地重绘世界政治经济地图。在文化上，具有五千年文明史的这个朝气蓬勃的现代大国，应该以大眼光、大手笔绘制出属于自己的"文学—文化地图"。这幅地图应该表达源远流长的整个民族发生发展的精神谱系，展示它的完整面貌、本质特征、灿烂辉煌的文化景观，以不可抗拒的魅力进入每个人的心灵中，进入世界人类的核心视野中。这对于一个民族的凝聚力、认同力，以及与世界进行堂堂正正的文化对话的自信力、创造性力的形成，都是至关重要的。

那么为什么要提出"重绘"两个字呢？这应该看作是历史反思的思想成果。因为中国人写现代意义上的文学史已经有百年的历史。1904年，当时京师大学堂（现在的北京大学）有个28岁的年轻老师林传甲，花了半年的时间写了一部薄薄的《中国文学史》；东吴大学的黄人教授，也在这一年开始写一部厚厚的《中国文学史》。这就开辟了中国人写文学史的纪元，到现在中国人写的文学史已经有1600部，各种各样的文学史，有通史的、有断代史的、有文体史的等等，可谓林林总总。

审视这1600部的文学史，发现它们以知识条理化，培养了一代代文学教育和研究的人才，功不可没，有几部还可以进入经典领域。但是这些文学史普遍存在着一些基本性的缺陷。第一个缺陷是它们基本上不写少数民族，只是汉语的书面文学史。那么，居住在占60%的国土地上，人口逾亿的少数民族文学，凭什么理由不进入文学史的主流叙述？第二个缺陷，忽略了文学文化的地域问题、家族问题这些空间要素。讲中国的文学文化，不讲家族是讲不清楚的，不讲地域问题，是讲不清楚的，连不上地气的。第三个缺陷，就是忽视了雅俗文学互动的传统。根据英国牛津大学一个研究室的基因研究，人类开口讲话，已经有10万到12万年。但是人类有文字的历史，才5000年。也就是说，人类如果把这10万年当成1年，就要到12月20号才会写文字，中国人的甲骨文，大概12月的24号才出现，印刷术的发明大概是12月26、27号了，互联网大概就是12月30号23点，再差两三秒钟新年的钟声也就响了。这个时间表告诉人们，人类早期大量的文化记忆和文学表述，是用口耳相传的方式来实现的。口头传统对于人类的历史记忆和文学表达，具有本体论的价值。当然口头传统往往比较通俗，比较粗糙，但是"子不嫌母丑"，我们不应忽视或剥夺人类祖先开口说话，就获得的话语权。何况那里还是人间万象得以发生的源头呢！

这些缺陷，也不排除清代学术的负面影响。清代学术在文献、版本、考据、辑佚、音韵、训诂等领域成就重大，泽及后世。但清代学术不是无缺陷、无短板的，有的缺陷、短板还带有根本性。第一个短板，是华夷之辩。清代华夷问题是个禁区。乾隆年间编《四库全书》的时候，连涉及少数民族问题文献中的"胡"字都要删掉，或者改成其他说法。文人不敢多谈少数民族，因为清朝主子本身就是少数民族，谈了容易引起文字狱。第二个短板，清人看不起俗文学和口头传统，认为不雅驯，不足凭信，不登大雅之堂。其实中国许多文学、文化形式，都是起源民间，然后才有文人记录和雅化。割弃了民间，就是砍掉许多文学、文化方式的双脚，使它们不能走路，寻找不到自己的发生源头和生命过程。第三个短板，是只有金石学，没有科学意义上的考古。中国近百年的考古，大批量出土了3000多年前的甲骨文和简帛。安徽蚌埠，有一个双敦遗址，在陶片上发现了7000多年前的文字符号600个。那是7000年前的古民的一个垃圾沟，破碗、破罐底上有字符，有些字符结构可以跟甲骨文参照，像丝绸的丝字，就跟甲骨文一样。在中国文字起源的问题上，甲骨文以前只发现了几十个字符，现在有600个字符，集中在一个地方出土，这就是一个值得注意的文化资源。

安徽省蚌埠市有一个涂山，传说大禹是娶涂山姑娘，《吴越春秋》说："禹三十未娶，行到涂山……乃有白狐九尾造于禹，禹曰：'白者，吾之服也。其九尾者，王之证也……。'禹因娶涂山，谓之女娇。"[1]《左传》记述："禹合诸侯于涂山，执玉帛者万国。"[2]过去都以为这是个传说，现在在安徽涂山下面的禹会村，发现了4000多年前部落活动的遗迹。考古学家认为，"禹会诸侯"得到了证明。这表明，历史传说，口传的东西，虽然掺入想象和修饰，但它往往有一个由头，存在着某些历史碎片的底子，可以作为发生学的资源进行仔细地辨析。清人没有解决这些问题，许多问题有待于今人结合文献和考古发现，进行深入的富有创造性的考察。不要一味地向古人仰着脖子，一代有一代的学术，一代人要做一代人可以开拓的学问天地。基于这种觉悟，我们有必要重绘中国文学地图。

反思百年文学史写作的成功和缺陷，就必须提出用一种新的整体观、新的世界观，来给中国文学和文化重新绘制一张地图。针对前述文学史的三个缺陷，这里有三个关键性的学理问题必须加强。这就涉及时间与空间、中心与边缘、材料与意义三大关系，衍化出三个学理：第一个学理是在时空维度上强化空间；第二学理是在文化中心动力的基础上，强化"边缘的活力"；第三个学理是丰厚的资料验证基础上强化精神文化深度。由此可知，重绘中国文学的历史地图，实质上是中华民族文化哲学的实现。我们的文化哲学，讲究"天行健，君子以自强不息"，又讲究"地势坤，君子以厚德载物"，天地与人，构成"三才"。甲骨文的"才"字，上面一横表示土地，下面像草木的茎（嫩芽）刚刚出土，其枝叶尚未出土的样子，本义是草木初生。《说文解字》卷六"才部"："才：艸木之初也。从丨上贯一，将生枝叶。一，地也。凡才之属皆从才。"段玉裁注中发挥："艸木之初而枝叶毕寓焉，生人之初而万善毕具焉，故人之能

---

[1] 薛耀天译注：《吴越春秋译注》下卷，天津古籍出版社1992年版，第227—228页。

[2] 杨伯峻编著：《春秋左传注》，中华书局1990年版，第1642页。

曰才，言人之所蕴也。凡艸木之字，才者，初生而枝叶未见也。屮者，生而有茎有枝也。屮者，枝茎益大也。出者，益兹上进也。""三才"思想所蕴含的文化哲学，就是天上百象、地上百物、人间百态相互沟通，扎根地下，生生不息，伸展于无穷的天际。这种文化哲学，蕴含着海纳百川的生命哲学。

一、在时空维度上强化空间意识

以往文学史研究，比较重视时间维度，如今要在时间维度上增加空间维度，不仅要增加，而且要强化。空间是时间的展示的舞台，时间流动的渠道。没有空间，哪来的时间存在、流动和延伸？这一切都需要在各种各样、无边无际的空间里完成。

过去讲时间维度，弦绷得很紧，总在吹毛求疵，找出批判的对手或敌人。有如清朝的《增广贤文》所形容的："谁人背后无人说，哪个人前不说人？……江中后浪催前浪，世上新人赶旧人，人生一世，草木一春。来如风雨，去似微尘。"[1] 文学史和文学批评喜欢分析这部作品是革命的还是反动的，是激进的还是保守的，是现实主义的还是浪漫主义、现代主义、后现代主义的等等。这种时间维度注重思潮、流派和时代性，并非没有必要，有时不可厚非。但在文化建设时期，看问题就要在时间维度上突出空间维度，转换思想方法。空间维度展示的是地理、民族、家族、城乡问题，主流写作和边缘写作、官方写作和民间写作，以及雅俗的文化层面，文化脉络的流动。因此空间维度，是开眼界的维度，看世界的维度，探根源的维度，实在是大有作为。空间维度往往能够把问题翻转一面来看，这就可以祛除遮蔽，露出根须，碰到心窝。

---

[1] ［清］周希陶：《增广贤文》，安徽文艺出版社2004年版，第5页。

比如公元11世纪北宋的王安石变法，从时间维度看，展示的是一方要革新，一方要守成。这种判断甚至掩盖了对于变法或保守的措施，是否适合时宜，是否有利于民众的安居乐业、国家的长治久安的审视，过多地从书面文件上论是非。如果加上空间的维度，就出现了"横看成岭侧成峰，远近高低各不同"（苏轼：《题西林壁》）的观察视野。在此视野中，就闪现出南北家族的问题。在王安石的周围汇集着那些变法派的士大夫，基本上都是江西和福建人。司马光是陕州夏县涑水乡（今山西运城安邑镇东北）人，世称涑水先生。在司马光周围汇集的是山西、陕西、河南等地的中原士大夫。家族的籍贯不是静态的，而是动态的。北方的中原士大夫家族，安土重迁，根基深厚，文化态度趋于守成。

南方的士大夫家族是北方迁移过来的，迁移对一个家族来说就是一种性格。比如广东人闯不闯南洋，山东人闯不闯关东？这本身就是家族性格的反映。王安石家族，本是太原王氏。唐人李肇《唐国史补》卷上云："四姓惟郑氏不离荥阳，有冈头卢、泽底李、土门崔，家为鼎甲。太原王氏，四姓得之为美，故呼为'钑镂王家'，喻银质而金饰也。"[1] 据何光岳《中华姓氏源流史》（湖南出版社，2003年），王氏于唐末自太原迁临川，王安石是第四代。迁移家族的性格具有开拓性、冒险性，同时也有投机性。王安石以"天变不足畏，祖宗不足法，人言不足恤"的精神推动改革，力图革除北宋的积弊，推行新法以富国强兵。他的《元日》诗云："爆竹声中一岁除，春风送暖入屠苏。千门万户曈曈日，总把新桃换旧符。"他是要像新年的爆竹，爆出辞旧迎新的巨响。《登飞来峰》诗云："飞来峰上千寻塔，闻说鸡鸣见日升。不畏浮云遮望眼，自缘身在最高层。"他是置身于高峰，不是担心高处不胜寒，而是穿破浮云，看

---

[1] ［唐］李肇：《唐国史补》卷上，《影印文渊阁四库全书》第1035册，台湾商务印书馆1986年版，第421页下栏。

取日出，充满理想主义情怀的。梁启超称赞王安石"三代下求完人，惟公庶足以当之矣"，把青苗法、市易法类比近代"文明国家"的银行，把免役法类比"与今世各文明国收所得税之法正同"，还认为保甲法"与今世所谓警察者正相类"，推崇这场变法"实国史上，世界史上最有名誉之社会革命"[1]。

笔者曾到江西南丰探访过曾文定公祠（曾巩祠堂），调阅了南丰曾氏族谱，得知曾家是个很大的家族，在两宋期间出了51个进士。现在香港的曾荫权就是曾氏后人。王氏家族迁到江西临川后，与吴氏家族、南丰曾氏家族交叉联姻，过了三代就成了地方上一个大家族集团。曾巩的姑妈，是王安石的外祖母。曾巩和王安石无话不谈，劝王安石不要把变法搞得这么激进，全面开花，王安石就没有听进去。于是在王安石当了副宰相（参知政事）的时候，曾巩就请求到外地当了十几年的州通判，或者州太守，然后才回汴梁，所以没有卷入后来的党争。曾巩因父亲去世较早，所以他要承担家庭的生活担子，为人稳健持重，他的文章，也有大哥式的持重风格。比曾巩小十七岁的弟弟曾布就不一样，他对王安石变法参与很深，实际上与福建泉州晋江人吕惠卿成了王安石变法的左右手。曾布后来当到了宰相，但是与蔡京不和，晚景凄凉，《宋史》将他列入《奸臣传》。空间维度包括地域、家族等维度的介入，使我们对政治文化、诗文品格的体验变得丰厚活泼，使它们从字里行间走到青山绿野，和我们在天地悠悠之间进行情绪交流，思想对话。

时间维度加上空间三维，再进入精神的超维度，就会使人们的感觉和思想，来一个鲲鹏展翅，万里翱翔。其中的畅快感有时简直就像李白《上李邕》诗所云："大鹏一日同风起，抟摇直上九万里。假令风歇时下来，犹能簸却沧溟水。"笔者写过一部《楚辞诗学》，研究上古诗歌为何要从《楚辞》开始。因为《诗经》代表的是中原

---

[1]　梁启超：《王荆公·叙论》，中华书局1936年版，第1页。

的文化，《楚辞》代表的是长江文明。中华文明五千年绵延不绝，黄河文明加了一个长江文明，形成复式文明形态，是非常关键的。过去总以为稳健中庸，儒道释组合成互补结构，是中华文明没有中断的原因。可以承认是一个原因，但这只是全部原因的一个冰山一角。冰山是要海洋承载的，我们是要大地承载的，思想因素只是苍茫大地开出的花朵。更重要的是中华文明除了黄河文明之外，还有长江文明。你想想中国有多少个"南北朝"吧，确实如《三国演义》开篇所说："话说天下大势，分久必合，合久必分。"中国北方存在着，或潜伏着一个强大的草原帝国，一旦它统一了漠北广阔的草原，万里长城是很难挡住它的十万铁骑的。因此魏蜀吴三国以后，有了两晋南北朝，还有两宋、辽、金、夏。如果没有长江天堑，游牧民族的强劲秋风，就会毫不留情地狂扫江南，甚至岭南的落叶，中华民族就可能被拦腰折断。但是就是有了这条"滚滚长江东逝水，浪花淘尽英雄"，才可能使人有机会将"古今多少事，都付笑谈中"。十万铁骑要从长江中下游飞渡，展开战阵，谈何容易！这实在就像老子说的："上善若水"[1]、"天下莫柔弱于水，而攻坚强者莫之能胜"[2]。长江滚滚滔滔地挡住了北方游牧民族的铁骑，中原地区的许多士大夫家族渡江南迁，以他们的智力和财力把南方开发得比中原还要繁荣发达，东晋如此，唐代"安史之乱"如此，南宋也如此。到了宋元以后，全国的赋税倚仗江南，元代全国的赋税三分之一是江浙行省的，加上湖广和两广，全国财富的六七成在南方，经济力量转化成对文化的强大的推动力。而滞留在黄河流域的少数民族，经不起两三代，就被汉族建立的衣冠文物慢慢地中华化了。因此中国出现一种非常突出的文化认同现象，所有的少数民族到了中原之后，都不是以夷狄自居，而是以中原正统自居，叫作前秦，叫作后燕，叫作西夏，叫作金，或取《易经》之义，叫作元。逐渐中华化

---

[1] 陈鼓应：《老子注译及评介》，中华书局1984年版，第89页。

[2] 同上书，第350页。

的北方和浸染南蛮百越熏风的南渡衣冠士族，在其后又来了一个南北融合，这就把中华民族做大了。

更古老的埃及文明为什么要中断？因为它只有个尼罗河狭窄的绿洲，马其顿人来了，阿拉伯人来了，它连个回旋余地都没有。西亚两河流域的文明也非常古老，但此两河只相当于中国黄河长江腹地的七分之一，同样经不起摔打。中华民族这一江一河，拥有山川纵横的庞大腹地，能够以"百川归海，有容乃大"的文化哲学，容纳多民族的碰撞融合，这就形成异常独特的南北"太极推移"，在推移中使自身的文化外溢，使中华文化圈变得更是波澜壮阔。

中华民族在南北文化的"太极推移"中，形成的文化哲学是"文化重于种族"，这是陈寅恪先生研究南北朝史的一个发现。当世界其他地区的种族冲突加深，陷于山河破碎的时候，中华民族却以文化融合和包容多元民族，使自己阅尽风波而生命不磨。这是中国文化应该受到它的子孙感恩的根本处。根据DNA的检测，北方汉族的DNA和北方少数民族的DNA的接近程度，超过了北方汉族和南方汉族；同样南方汉族的DNA和南方少数民族的DNA的接近程度，超过了南方汉族和北方汉族。历史上许多古民族到哪儿去了？鲜卑人到哪儿去了？突厥人到哪儿去了？西夏人到哪儿去了？它们的很大部分融合到汉族里来了。汉族已经成为混血的人种，汉族在北方，混有北方游牧民族的血，在南方混有百越民族或所谓南蛮的血。不混，血不浓；不混，种不优。混混复混混，民族不困顿。

正是长江中游民族混合的过程，给《楚辞》染上了鲜活而绚丽的色彩。研究《楚辞》，就是研究文学中的长江。

楚族由中原挺进长江云梦，《左传·昭公十二年》记载楚人之言："昔我先王熊绎辟在荆山，筚路蓝缕以处草莽，跋涉山林以事天子，唯是桃弧、棘矢以共御王事。"[1] 楚人南来，不是只讲教化，而是大讲兼容，因此《楚辞》才能比较完整地保存了南方的神话、历

[1] 杨伯峻编著：《春秋左传注》，第1339页。

史，及歌舞形态、祭祀仪式。《离骚》驾驭龙凤，役使众神，上扣天门，下求丘女；《九歌》祭祀太一、东君、二湘，还忘不了三苗民间对河伯的记忆，如此等等，使中原的"诗三百"即便晋身为"经"，也挡不住《楚辞》与日月同光。"诗经"当然也有一些南方的歌诗，但是采集江汉一带的南音而纳入中原礼乐系统之后，它经过中原乐师的修改，已经雅言化了。这就需要楚人用自己的歌喉来歌唱。研究《楚辞》必须要到荆州去看一看楚国文物的博物馆，读懂楚文物，才能读懂《楚辞》的奇异想象方式和绚丽的语言形态。这是不宜固执经学的眼光，而应在看过那荆州博物馆之后，换上异于中原礼乐文化的楚文化眼光，去看作为审美思维史的独特存在的《楚辞》。

唐诗是大唐气象的表达方式，读懂唐诗，就可以明白什么是泱泱大国的艺术精神。那么为何要把李白、杜甫放在一起来研究，实行"李杜合论"呢？"合论"的研究方式，就是对中华民族的黄河文明、长江文明和胡地文明进行合观，掂量出中国语言的诗性能力究竟可以达到何种程度。杜甫出生在河南巩县，属于河洛亚文化圈，他的祖父杜审言是我国近体格律诗走向成熟的一个关键的诗人。杜甫说，"吾祖诗冠古"（《赠蜀僧闾丘师兄》），因而他把诗学当作家学，宣称"诗是吾家事"（《宗武生日》）。这也就表明，他的家族文化基因，离不开对近体诗的格律推敲。他往上追踪他的十三世祖杜预，就是为司马氏统一中国建立汗马功劳的镇南将军杜预。杜甫作过一篇《祭远祖当阳君文》，"昭告于先祖晋驸马都尉镇南大将军当阳成侯之灵"[1]，所谓驸马都尉，就指杜预是司马懿的女婿、司马昭的妹夫。他晚年功成名就之后，成了"左传癖"，为《春秋左传》作注，收入《十三经注疏》的《春秋左氏注》就是杜预注的。即杜甫祭文所谓"《春秋》主解，膏隶躬亲"。杜甫对于远祖文化事业，表示"不敢忘本，不敢违仁"，这也使得杜诗蕴含着浓郁的历

---

[1] 杜甫：《杜工部集》，岳麓书社1989年版，第362页。

史意识。

杜甫从远近二祖继承来的诗与史的双构思维，实在是中原文化的精华所系。被清人誉为"古今第一律诗"的，就是杜甫的七律《登高》："风急天高猿啸哀，渚清沙白鸟飞回。无边落木萧萧下，不尽长江滚滚来。万里悲秋常作客，百年多病独登台。艰难苦恨繁霜鬓，潦倒新停浊酒杯。"杜甫四十多岁就得了糖尿病，就叫作"我多长卿病"，长卿就是司马相如，得的是消渴症，即糖尿病。到了夔州（今重庆市奉节县）"百年多病独登台"的时候，又患了风痹症，右手不能写字，用左手来写字，写的字人家都认不得，后来又得了肺病。杜甫在夔州有几十亩橘子园，但他过不惯南方生活，埋怨"家家养乌鬼，顿顿食黄鱼"（《戏作俳谐体遣闷二首》）。一个河南巩县的老先生漂泊到长江边上的夔州顿顿吃黄鱼，实在不习惯，因此感慨"万里悲秋常作客"，精神维系是"即从巴峡穿巫峡，便下襄阳向洛阳"，襄阳是杜预的封地，洛阳是杜审言的老家。所以杜甫是中原文化的产物，血管中流动着诗与史的血液。

那么，李白的血管中流动着什么？李白以西北少数民族的胡地文化，尤其是长期生活和漫游其间的长江文明，去改造中原诗歌的肌理和气质，从中激发生气勃勃的抒情风采。关于李白出生胡地，在李白故去的当年，其族叔当涂令李阳冰为李白文集作的《草堂集序》，交代李白临终"草稿万卷，手集未修，枕上授简，俾余为序"[1]，因此他说李白家世是李氏一支曾经"谪居条支"，"神龙之始，逃归于蜀"，是得到李白的委托的。在李白死后55年，与李白有通家之好的宣歙观察使范传正作《唐左拾遗翰林学士李公新墓碑并序》，说是访得李白孙女二人，"绝嗣之家，难求谱谍。公之孙女搜于箱箧中，得公之亡子伯禽手疏十数行，纸坏字缺，不能详备"[2]，只能

---

[1] 高文、何法周主编：《唐文选》，人民文学出版社1997年版，第274页。

[2] 范传正：《唐左拾遗翰林学士李公新墓碑并序》，詹锳：《李白全集校注汇释集评》，百花文艺出版社1996年版，第10页。

以记忆印证其大概，称说"隋末多难，一房被窜于碎叶，流离散落，隐易姓名。故自国朝已来，漏于属籍。神龙初，潜还广汉"[1]。范碑记载李白出生在碎叶，即现今吉尔吉斯斯坦的托克马克市，属于唐朝安西四镇之一。李阳冰、范传正对李白的出生地的指证，在关于李白出生地的各种说法中，最是可靠，只不过一者说的是大地方，一者说的是具体地方。李白家人的名字，妹妹叫月圆，儿子叫明月奴，叫颇黎，都是沾染胡人气味的名字，而不是取义于中原典籍的名字。李白自称是"陇西布衣"，又在诗中说"乡关渺安西"，都为李序、范碑的说法提供内证。李白五六岁时，随家迁居蜀郡绵州昌隆县（今四川江油市）青莲乡，童年接触过胡人风俗、乐舞；由于父亲李客是丝绸之路上的客商，迁蜀之后也当与经商胡地者或胡人商贾保持着接触。唐代文明是汉族与少数民族共同创造的文明，鲁迅说过，唐室大有胡气，李白诗风也不可回避的沾染了胡气。

李白天性喜欢游历名山巨川，这就把胡地商贾的习性与长江文明结合起来了。他是从25岁离开蜀地远游，终生未返青莲乡，津津乐道于"仗剑去国，辞亲远游，南穷苍梧，东涉溟海。见乡人相如大夸云梦之事，云楚有七泽，遂来观焉。而许相公家见招，妻以孙女，便憩迹于此，至移三霜焉。曩昔东游维扬，不逾一年，散金三十余万，有落魄公子，悉皆济之"[2]。李白性情，乐于漫游，"五岳寻仙不辞远，一生好入名山游"（《庐山谣寄卢侍御虚舟》）。在《客中行》中，接受各地的主人邀同饮酒，就可以唱出："兰陵美酒郁金香，玉碗盛来琥珀光。但使主人能醉客，不知何处是他乡。"他尽情享受着盛唐文明的富足和道路平安，几杯美酒就把他乡当故乡了。杜甫的姿态可没有这样潇洒，安史之乱中当了难民，流落成都，得到友人资助，在浣花溪畔盖了一间草房，不料秋风秋雨不作美，

[1] 范传正：《唐左拾遗翰林学士李公新墓碑并序》，詹锳：《李白全集校注汇释集评》，百花文艺出版社1996年版，第10页。

[2] 李白：《李太白全集》卷二十六《上安州裴长史书》，上海书店1988年版，第606页。

他就赋《茅屋为秋风所破歌》："八月秋高风怒号，卷我屋上三重茅。茅飞渡江洒江郊，高者挂罥长林梢，下者飘转沉塘坳。"天公不作美还不算，更可感叹的是"南村群童欺我老无力，忍能对面为盗贼，公然抱茅入竹去。唇焦口燥呼不得，归来倚杖自叹息"。这就是客户的悲哀了。如果杜甫是个土著，南村群童是不敢肆无忌惮地当面抱走他的茅草，因为他们的爷爷奶奶、七大姑、八大姨，我都认识，我向他们讨个说法，这些顽童是要挨打屁股的。客户的孤独感和凄凉境况还在于"俄顷风定云墨色，秋天漠漠向昏黑。布衾多年冷似铁，娇儿恶卧踏里裂。床头屋漏无干处，雨脚如麻未断绝。自经丧乱少睡眠，长夜沾湿何由彻"。那年冬天，老朋友严武才来任成都尹、剑南节度使，如果有这座靠山，群童不敢抱走茅草，村民也会帮忙修补草屋。事情并非如郭沫若《李白与杜甫》中所分析的，杜甫是个小地主，把南村群童都叫作盗贼，把自己的儿子叫作娇儿，是地主阶级的意识形态[1]。他是一个客户，有客户的孤单凄凉，推己及人而及于天下寒士："安得广厦千万间，大庇天下寒士俱欢颜，风雨不动安如山。呜呼！何时眼前突兀见此屋，吾庐独破受冻死亦足。"这是难能可贵的仁者胸怀，属于中原儒者对于"家"，包括自家、他家的君子风的体认。

李白的绝句，是盛唐第一。他的许多绝句都被广为传唱。盛唐流行胡人乐舞，李白自小就浸染于斯，所以他的歌诗适合于胡乐伴唱，易于流行。他的七绝《早发白帝城》，被认为是"七绝第一"，相信大家对这首诗都会吟诵："朝辞白帝彩云间，千里江陵一日还。两岸猿声啼不住，轻舟已过万重山。"我曾经和一个大干部同桌共餐，他随便问我，李白《早发白帝城》的"两岸猿声啼不住"是公猿在啼还是母猿在啼？他总以为是李白二十多岁出川时候写的诗。

---

[1] 郭沫若著作编辑出版委员会：《郭沫若全集》（历史编），人民出版社1982年版，第360—361页。

实际上李白晚年受到永王李璘所谓"谋反"案件的牵连，流放夜郎（今贵州境内），顺着长江逆水上行赴贬地，到了白帝城附近，得到朝廷的大赦，于是轻松愉快地"朝辞白帝彩云间"而回江陵。据《唐大诏令集》载：乾元二年（759）二月，因关内大旱，肃宗下令赦"天下见禁囚徒，死罪从流，流罪以下一切放免"[1]。因此，李白应在三月得到赦免令，然后坐船返江陵。暮春三月，公猿、母猿都要发情，都会哇哇叫，因此"两岸猿声啼不住"。

其实这首诗的关键不在这里，而在"千里江陵一日还"的"还"字。读懂这个"还"字，就读懂了李白。李白那时已是59岁的老人，他要"还"到哪儿去呢？如果他有农业文明的家族在青莲乡故里，他会落叶归根，"还"到青莲乡。比如称赞李白是"谪仙人"的秘书监贺知章，八十多岁时告老还乡，就回到他的故乡越州永兴（今浙江省萧山市），写了《回乡偶书》诗："少小离家老大回，乡音无改鬓毛衰。儿童相见不相识，笑问客从何处来？"其中的"少小离家老大回"，魂归故里，落叶归根，按农业文明的世俗思维，不回祖宗故里，就是流落他乡的孤魂野鬼。因此"少小离家老大回"的"回"字，与李白"千里江陵一日还"的"还"字，表达了不同文化归属。59岁的李白乃胡地商贾的子嗣，他的"千里江陵一日还"，不是"还"到绵州青莲乡，他父亲是个客户，没有一个自己的大家族。李白"还"到江南去，漫游洞庭，到庐山与妻室会合，最后死在当涂（今安徽马鞍山市）。传说他在当涂采石矶酒楼醉酒赴江，水中捉月而溺死，或骑鲸成仙。《旧唐书》说，李白"以饮酒过度，醉死于宣城"[2]，这里距离他的故乡数千里。

人文地理学展示的也是空间维度，这个维度连通"地气"，它的介入引起原先的文献材料、文化资源的重新编码。世界很大，应

---

[1]　[宋]宋敏求：《唐大诏令集》，学林出版社1992年版，第435页。

[2]　刘昫等撰：《旧唐书》卷一百九十下《文苑下·李白》，中华书局1975年版，第5054页。

该多维度"看"世界,多维度对世界万象进行编码,从中引发思想原创。

比如说中国古代有很多关于老虎的故事,就可以对之进行人文地理学的分类和编码。中原是有老虎的,甲骨文中也记载商王打死过一个老虎,还在虎骨头上刻字,一块儿陪葬。中国西部的古羌族,是以虎作为图腾,古羌族分流出来的彝族、纳西族、土家族,都是用虎作为图腾崇拜的神圣对象。中国的虎故事数百个,要使之不至于叠床架屋,就须选择人文地理学的利刃,将之分类编码。

比较成熟的虎故事,出现在春秋战国的文献记载。春秋战国时期有三个虎的故事最有名。一个是《礼记·檀弓》的"苛政猛于虎"[1]。孔子过泰山侧,有一个妇人在哭,孔子问她为什么这样恸哭,她说老虎把她三代的男人都吃掉了。那么,为什么不搬走呢?因为这里没有苛政,没有苛捐杂税。孔子叹息:苛政猛于虎!从政治维度、时间维度进行解释,这个虎故事是用孔子的仁学和德政思想批判苛政。但是如果换为空间维度、人文地理的维度,就发生了意义变化。它透露了人的政治经济活动,使一部分人进入了老虎的领地,所以产生了人虎的对抗,老虎才凶狠地把你三代男人吃掉。这个是齐鲁之交的泰山老虎。

第二个有名的虎故事,是《战国策·魏策二》的"三人成虎"[2],魏国的老虎。魏王派庞葱(又作"庞恭")陪伴太子到赵国邯郸做人质。庞葱临行前对魏王说:"现在有一个人说,街市上出现了老虎,大王您相不相信?"魏王说:"不信!""有两个人说,街市上出现一只老虎,大王您相信吗?"魏王还是回答:"我就有些怀疑了。""那么要是三个人都说街市上出现一只老虎,大王您会相信吗?"魏王就回答:"寡人信之矣。"庞葱说:"街市明明白白没有老

---

[1] 杨天宇:《礼记译注》,上海古籍出版社1997年版,第177页。

[2] 关树东编著:《战国策》,吉林人民出版社1996年版,第407—408页。

虎的，然而三人这么说，就成了真有老虎。现在赵国的邯郸离我们大梁也远于街市，而议论我的人超过三人。但愿大王明察。"这就是古人所谓："众口铄金，三人成虎，不可不察也。"以往从故事本身论故事，其意义就是谣言重复多遍，好像就成了真实，是邹阳《狱中上梁王书》所说的"众口铄金，积毁销骨"。但是如果从空间维度考察，魏国的老虎，由于人的密集活动，在城市里已经绝迹，近郊也不易见到，但远郊山区还有。魏国据有山西南部、河南大部、河北小部，这些中原地区的老虎和人已经形成排斥关系。

第三个有名的虎故事，是《战国策·楚策一》中的"狐假虎威"[1]。江乙对荆（楚）宣王说："老虎到处寻找百兽来吃，抓到一只狐狸，狐狸说：'虎先生，你是不敢吃我的。天帝使我做百兽中的老大，现在你要吃我，是违背天帝的旨意的。你如果以为我的话不可信，那我就在你的前面走，你跟随在我后面，看看百兽见到我，敢不逃命吗？'老虎觉得有道理，故尔与之同行。百兽见了都逃走。老虎不知道百兽是害怕自己而逃跑，以为它们害怕狐狸。"从时间维度、从政治社会意义来看，"狐假虎威"是以狐狸假借老虎的威风吓退百兽，比喻倚仗别人的势力来吓唬人，即所谓狐假虎威，狗仗人势，虚张声势，倚势欺人。如果换为空间维度来看，这是楚国的老虎。在人虎关系上，人对老虎还保持着一定的审美距离，把老虎当成笨伯，谈论起来带有一点幽默感；老虎周围的食物链是完整的，有狐狸、有兔子之类的小动物，人与虎并没有发生对抗。这个是楚国，也就长江流域的人虎关系。

西汉时期有一本书，叫《盐铁论》，介绍西汉财政大臣和文学贤良之士在长安讨论盐和铁的管理政策。《盐铁论》里面有一个文学贤良之士就说，南夷多虎和象，北狄多马和骆驼。在长安这样讲，就说明中原虎少，南方虎多。这种地理生物群的差异，在空间维度

---

[1] 关树东编著：《战国策》，第212—213页。

上深刻影响了中国两千多年的虎故事的叙述类型，形成了北方系统的虎故事和南方系统的虎故事的鲜明对比。北方系统的虎故事，人与虎是对抗的，是英雄主义的写法；南方的虎故事，人与老虎是带有人情，相互关系染上了一层神秘感，是非英雄主义、反英雄主义的写法。这一点，我们可以举很多例子。

比如说晋朝干宝的志怪小说《搜神记》，讲了庐陵就是欧阳修的家乡江西吉水的一个虎故事[1]。说有只老虎跑到村子里，叼走了一个会接产老太太，原来是山里母老虎难产。老太太帮助母老虎产下三只虎仔后，老虎把她送回家。这只老虎以后每天给老太太叼去很多小动物，来酬报她。你看这虎很精灵，知道谁有产婆的本领，不仅不伤人，而且知恩图报。还有传为唐朝太子宾客刘禹锡写的《刘宾客佳话》，刘禹锡诗云"巴山楚水凄凉地，二十三年弃置身"，他在四川、湖南这些地方给流放有23年，于是写了一个虎故事发生在浙江诸暨，西施的故乡[2]。说是诸暨有一个老太太在山里走路，你看南方老虎，老是跟老太太打交道，因为老太太的心慈手软，无力跟老虎较量，就出现了另类的人虎关系。老太太在山里走路，看见远处小道上有只老虎在痛苦爬行，爬到了她面前，伸出前掌，原来前掌有个大芒刺，老太太就把它的芒刺拔了。老虎很惭愧，没有报答，站了一会儿就走了。以后那只老虎每天夜里都给她家里叼来小动物，老太太生活改善了，吃的肥肥胖胖的。但是她多嘴，跟亲戚说这只老虎怎么怎么样给她叼食物。老虎好像有灵性，当晚就给她叼来一个死人，害得老太太也吃了一场官司。老太太讲清楚是老虎叼来的死人，就被无罪释放了。回到家中，这老虎当晚又叼来小动物。老太太爬到墙头上说，虎大王你可不要再叼死人来了。老虎对人是知恩报恩，心也通灵，你多嘴就给你来个恶作剧，这种关系实在是带

[1]　干宝：《搜神记》，中华书局1979年版，第237页。

[2]　[宋]王谠：《唐语林》卷六，古典文学出版社1957年版，第219页。

点万物皆灵的神秘主义。

明朝冯梦龙是苏州人，他的《古今谭概》对南方老虎说三道四："荆溪吴康侯尝言山中多虎，猎户取之甚艰，然有三事可资谈笑。其一，山童早出，往村头易盐米，戏以藤斗覆首。虎卒搏之，衔斗以去。童得免。数日山中有自死虎。盖斗入虎口既深，随口开合，虎不得食而饿死也。其一，衔猪跳墙，虎牙深入，而墙高难越，豕与夹墙而挂，明日俱死其处。其一，山中酒家，一虎夜入其室，见酒窃饮，以醉甚不得去，次日遂为所擒。"[1]荆溪属于温州雁荡山的南山区，此处老虎傻头傻脑，误食误饮，出尽洋相。如此说虎，可见人与虎并无敌意。

还有安徽黄山的老虎，也是那样令人发笑。明代谢肇淛《五杂俎》笔记里写的安徽黄山上的老虎[2]。说是有个壮士晚上在山涧小屋里，看磨米磨面的水磨。一会儿进来一只老虎，把壮士吓坏了。老虎一把把壮士抓过来，坐在自己屁股底下。老虎一看水磨转个不停，也看入迷了，忘记屁股底下坐着一个人。老虎屁股底下的壮士，过一会儿缓过神来，明白处境危险，这怎么脱身呢？他睁眼一看，看着老虎的阳物，翘翘然，就在他的嘴巴上方，他一口就咬住老虎的阳物，疼得老虎哇哇叫，一下子就落荒而逃。第二天这个壮士就到处夸口，说他把老虎赶跑了。笔记中这样评点：过去的英雄是"捋虎须"，如今的壮士是"咬虎卵"。这是一种消解英雄的写法，南方的老虎变成这样愣头愣脑，屁股底下坐着一个大活人也忘了，还要端详琢磨水磨的工作原理，活该被人咬伤阴部，这种老虎和人的关系简直就匪夷所思。地理空间维度一进来，南方老虎大惊失色，自己原来如此不堪。

北方的老虎就可以夸口自己威猛。比如说，黄须儿曹彰，是曹

---

[1] 冯梦龙：《古今谭概》卷三十五，辽海出版社2001年版，第759页。

[2] ［明］谢肇淛：《五杂俎》卷九，中央书店1935年版，第7页。

操的儿子中最有武艺的一个。当时乐浪郡进贡了一只老虎，乐浪郡属于汉代辽东四郡之一，在朝鲜平壤附近。乐浪郡进贡了一只大白虎，锁在笼子里面，整天发威大吼，笼外的好汉们听了，个个都心寒胆战。黄须儿曹彰，就进入铁笼，把老虎尾巴绕在自己的胳膊上，使劲抖了几下，就把老虎治服了。老虎是非常凶猛的老虎，人是非常勇猛的人，这是人虎对抗的英雄主义写法。最著名的北方虎和英雄的故事，就是《水浒传》中的武松打虎。景阳岗的老虎是吊睛白额大虫，附近行人和猎户都闻风丧胆，"原来那大虫拿人，只是一扑，一掀，一剪"的绝技。武松与老虎打斗，最后把老虎按在地上，"提起铁锤般大小拳头，尽平生之力，只顾打。打得五七十拳，那大虫眼里、口里、鼻子里、耳朵里，都迸出鲜血来。那武松尽平昔神威，仗胸中武艺，半歇儿把大虫打做一堆，却似倘着一个锦布袋"。《水浒传》第二十三回有诗为证：别意悠悠去路长，挺身直上景阳冈。醉来打杀山中虎，扬得声名满四方。

但是，英雄主义的武松打虎故事，传播、旅行到南方之后，它会变得诡异多端。比如这只老虎到了鲁迅的家乡绍兴，绍兴"目连戏"的游行表演中有武松打虎的插曲，鲁迅的《门外文谈》对它做了记载[1]。就是说某甲就扮武松，某乙就扮老虎，扮演武松打虎，某甲很壮，某乙很弱，打斗起来，强壮的武松把老虎打得哇哇叫，老虎就说：你干嘛这样打我啊？武松说，我要不狠狠打你，你不把我咬死了吗？某乙就说：那我们换一下，我当武松，你当老虎。结果强壮的老虎就把武松咬得哇哇乱叫乱跑。老虎说：我不狠狠咬你，你把我打死了？鲁迅说，比起希腊的伊索，俄国的梭罗古勃的寓言来，这个目连戏中"武松打虎"是毫不逊色的。其实"武松打虎，虎打武松"这种颠倒错综，以民间的幽默，消解了英雄，颠覆了《水浒传》的经典叙事。清人笔记中记载浙江会稽有位水月老人，"时

---

[1]　鲁迅：《门外文谈》，人民出版社1974年版，第54页。

浙西多虎，老人辄语之曰：'山上大虫任打，门内大虫休惹。'"[1] 这是把山上老虎和家中泼妇相提并论，拿南方的老虎开涮。

武松打虎故事传到淮扬，可是别来无恙乎？笔者欣赏过扬州评弹说唱武松打虎。是说武松喝了这十八碗酒后，上了景阳岗，醉劲上来，就在青石板上睡着了。一会儿来了一阵风，出现虎吼，武松就惊醒了，他瞪大眼睛到处找老虎，没有发现，找不到藏在树丛中的老虎。老虎躲在树丛子里说："哈哈，武松你没有发现我，我可发现你了。"老虎简直跟人玩捉迷藏。武松与老虎开打，武松的棍子不是打在松枝上折断的，而是打到老虎的前面，老虎歪着脑袋说："这是什么？是不是香肠啊？""咔嚓"一口，就把棍子咬掉了半截，老虎好像在吃淮扬大餐。老虎似乎变成顽童，在紧张的气氛中添加了轻松，从而对英雄主义的叙事做了智性的超越。

与武松开打的老虎往南走，沾染了逗乐开心的习气。这只老虎往北走，走到蒙古，清朝蒙古有个喀尔喀蒙古语翻译本《水浒传》，今藏乌兰巴托。蒙古人不懂得用南拳北腿打虎，骑在马上弯弓射箭，把虎射死，并非难事。蒙古好汉有三种绝技，骑马，射箭，摔跤。《水浒传》翻译，需要随风入俗。武松跟景阳岗老虎搏斗，武松抓住老虎的胳膊，老虎抓住武松的肩膀，人与虎之间一招一式，来了一个蒙古式摔跤，在景阳岗上滚来滚去，把摔跤写得很精彩。景阳岗上还有个水坑，武松最后把老虎摔到水坑里，窝着它的头，骑着它的背，挥拳猛打。景阳冈上的老虎哪里见过蒙古式摔跤，只好败下阵来。总之，老虎在北方，在人虎对抗中，都要抖擞威风，准备采取英雄主义的姿态。地理空间维度的加入，造成了老虎重新排队，出现了南北两个老虎系列。西方有新批评理论家认为，创作激情只是一种发现新类比的快乐。[2] 我们发现二千年间的老虎故事分为南派

---

[1]　徐珂：《清稗类钞》，中华书局1986年版，第10册，第4545页。

[2]　赵毅衡《新批评——一种独特的形式主义文论》所引休谟语。

与北派，乐何如哉！其实，老虎故事分南北，是南方和北方民性的折射，如鲁迅说："北人的优点是厚重，南人的优点是机灵。但厚重之弊也愚，机灵之弊也狡。"(《花边文学·北人与南人》)厚重的愚鲁，可以衍化为人和兽的英雄主义；机灵的狡狯，可以抽引出人与兽的情感互渗的神秘性。这里展示的是重绘文学、文化地图的关于时间与空间关系的第一原理。

二、在文化中心动力的基础上，强化"边缘的活力"

"边缘的活力"，是笔者创造的一个术语，对于解释少数民族在中华文明上的贡献是很有效的。研究少数民族文学的学人，还专门为这个术语开过一些研讨会，包括一些关于非物质文化遗产的文件，也用了"边缘的活力"这个说法。边缘的活力，既是有效的，又是普遍的，它与中心文化的吸引力形成张力，使我们的文学、文化可以两条腿走路。

当然为了使边缘活力万派归宗，不至于在碰撞中无端耗散，中原文化的吸引力，也是必不可少的。中原文化领先发展，文明含量比较高、雅、精。比如说宋代国势较弱，但它把儒学演绎出理学，宋人的道脉、史脉、文脉、诗脉都很强。欧阳修、苏东坡的文章诗词，司马光的《资治通鉴》，都引起少数民族的景仰。唐朝把中国文化做大了，宋朝把中国文化做精了。要是没有宋人精心经营文化根本，蒙古人铺天盖地进来，就会出现文化的荒芜和夭折。但是宋人的道、史、文、诗四脉兼佳，根深叶茂。蒙古人进来后，对中原文化产生了景仰，皇室重理学，蒙古色目子弟纷纷写汉语诗词，赵孟頫的书画诗"三绝"使马上民族为蓬头垢面而自惭形秽。蒙古人首先把朱熹《四书集注》当成科举考试的标准。这就使得中华民族的文化血脉延续下来了，所以中原文化的吸引力是有核心价值的。

但是处在这个中原中心位置的官方文化，很容易模式化，甚至僵化。因为要获得官方意识形态的地位，就须把自己弄得很精致，很严密，同时也就很死板。比如"三纲五常"，要改动一个字都很难。中原中心文化面临着两难的尴尬，它有领先发展的优先权，具有吸引力、凝聚力，但凝聚容易引起凝结，而凝固化。但是边缘文化，地位不显，禁忌较少，身处边缘带有原始性、流动性，带有不同的文化板块结合部的混合性，这些都是"活力"的特征。当中原的文化僵化之后，边缘文化就会输入一种新鲜的带有野性的文化因素。有一幅图画叫作《东丹王出行图》，是辽国开国皇帝耶律阿保机长子东丹王，自投后唐明宗后，长期居住中原，改名李赞华绘制的美术精品。画中人物相貌都似胡人，东丹王神情忧郁，若有所思，他与紧密的随从衣冠、服饰、佩带已经不同程度汉化，而奔前跑后的骑兵依然是胡冠、胡服。画卷末端有近似宋高宗赵构的题词："世传东丹王是也"。由此可以发现，汉文化对少数民族文化的影响，往往是由上而下的；而少数民族的文化对汉文化的影响，往往是由下而上的。

为何如此？当然是少数民族唯有贵族有能力聘请汉族最好的老师，有机会接触汉族的珍贵典籍，比较容易接受中原的文明。而一般的少数民族猎户，整辈子、几辈子都没有离开他那个山沟沟，又何谈汉化，何谈接受汉文明？所以汉文化的扩散是从上而下。而汉族士大夫不可能穿着胡服上朝，不可能在朝廷里跳胡人歌舞，除非像唐朝那种胡气很重的朝代。一般的朝代，达官贵人是不允许在朝廷里卖弄胡人的礼仪的。所以少数民族的影响，先影响民间，然后才影响上层。比如说佛教进来的时候，它是一种胡教，要直接跟中原儒学对话，就会被鄙视为出家人不忠不孝。但是佛教通过西域少数民族，通过北朝的少数民族，然后逐渐渗入汉族的民间和上层。根据文献记载，在晋朝以前，汉族士大夫是没有人当和尚的，所谓"沙门无士人"，当和尚的都是胡人。到了"五胡乱华"之后，出现生存、生命的危机，汉族士人才开始有出家的。中国的三大石窟，主要也是少数民族在盖的。大同的云冈石窟，是北魏鲜卑族搞的；洛阳龙门石窟，是北魏和沾染胡气的唐人修造的；敦煌莫高窟，出现在汉族和少数民族混居的地方，丝绸之路的西域胡商，以及西夏贵人都贡献了不小力量。所以佛教三大石窟的形成，少数民族起了最重要的作用，比汉族人士的作用还重要。佛教后来就变成中华文明的一个部分，它运转过程离不开胡人。

讲到唐朝，笔者想起"燕瘦环肥"的说法，李白《清平调》"借问汉宫谁得似？可怜飞燕倚新妆"，把汉成帝的皇后瘦美人赵飞燕，同唐玄宗的贵妃胖美人杨玉环联系在一起。出土的唐朝壁画和陶俑，一个个胖嘟嘟的，那是时代的风气以胖为美。风气的根源在于唐朝王室是相当程度胡化了的汉人，他们的母系，什么独孤氏、窦氏、长孙氏，都是鲜卑人或突厥人，唐朝宰相也有不少出自少数民族。因此唐朝文明是汉族和少数民族共同创造的，李氏发迹于少数民族执政的北朝，担任过北周鲜卑族政权的六镇将领。马背上的胡人，不喜欢弱不禁风的女人，而喜欢健壮的女人，你看元朝皇后的画像，一个个都是大方脸。《蒙古秘史》记述成吉思汗的祖先，哥俩出去打猎，看到一个姑娘在草地上撒尿撒得很远，实在是健康健康，就把她掠回去当了妃子。马背民族，不像汉族那样搞很复杂的婚姻手续，又问名，又纳彩，他们需要健壮的妇女，生育力很强，又能随军作战。草原上风大，瘦美人很容易被一阵风刮跑了。唐朝喜欢胖美人，与关陇集团进入中原相关。秦朝入主中原，兵马俑也是很强壮的。因而唐宫中的杨贵妃必然是一个胖美人，才能"回眸一笑百媚生，六宫粉黛无颜色"。汉朝就不一样了，他们沿袭了楚王好细腰的风气。如果到徐州参观西汉楚王墓，就会发现墓里的骑马武士陶俑是女人相，腰身纤细，如果没有脸上那两撇胡子，真以为就是女人。西汉皇室继承了楚王好细腰的嗜好，才有赵飞燕这样的瘦美人大受宠幸。宋人乐史《杨太真外传》记载了唐玄宗、杨贵妃对汉成帝皇后赵飞燕的观感:唐玄宗在百花院便殿,披览《汉成帝内传》,杨贵妃随后赶到,问他:"看什么文书?"唐玄宗笑曰:"不要问,知道了又要纠缠人。"杨贵妃拿来一看,写的是:汉成帝得到赵飞燕,身轻经不住风吹。担心她被风刮跑,特意制造了一个水晶盘,让宫人以手掌承着水晶盘,赵飞燕在上面歌舞。又制造七宝避风台,相间着放了各种香料,怕赵飞燕的四肢不能承受。唐玄宗问:"贵妃您让风吹一吹,如何?"因为贵妃微胖,所以玄宗这样说,跟贵妃开个玩笑。贵妃回答:"《霓裳羽衣》一曲,可以超过以往的一切。"[1]

以瘦为美的风气,是刘邦在楚地起义,把楚风带进宫廷的结果。汉高祖刘邦回故乡,高唱《大风歌》:"大风起兮云飞扬,威加海内兮归故乡,安得猛士兮守四方!"就是楚风歌曲,带有南方少数民族的音调。中国幅员辽阔,各地域板块、各民族从东南西北各方给民族共同体增添的文化要素和审美趣味,存在着千差万别。在几千年的民族融合进程中,许多古民族和少数民族已然消融在汉族里。因而不讲少数民族,就讲不清楚汉族,正如不讲汉族,也讲不清楚少数民族一样,它们都成了一个总体民族的一部分。民族共同体的精神过程和少数民族"边缘活力",是我们重绘中国地图中,需要认真补写的文章。

少数民族文学、文化,给整个中华文明增添了许多光彩。中原文化的理性占居主流的过程发生较早,孔夫子"不语怪力乱神"。所以史诗和神话传说,在中国得不到完整的记载,散落成为碎金状态。写文学史为了与世界接轨,就从《诗经·大雅》里选了五首诗,说成是周朝的开国史,但是加起来才三百三十八行,怎么跟《荷马史诗》去比较?史诗是一种大规模的民族群体创造,如果把少数民族计算进来,情形就发生根本性变化。少数民族有三大史诗,一是《格萨尔王传》,藏族和蒙古族的史诗,根据现在的整理,大概有

---

[1] 乐史:《杨太真外传》卷上,中华书局1991年版,第6页。

六十万行以上。我们少数民族文学研究所编辑精选本，就有四十卷，现在已经编到将近二十卷了。还有是蒙古族的《江格尔》，柯尔克孜族和吉尔吉斯斯坦共同的《玛纳斯》，大概也是十几万二十万行。还有南方、北方许多少数民族里的神话史诗、民族起源的史诗、民族迁徙的史诗，数量在几百种之多。中国绝不是一个史诗的贫国，而是史诗的富国。人类的史诗的版图必须重绘，因为世界上五大史诗的长度加起来，还不如我们一部《格萨尔王传》。世界上五大史诗，最早是巴比伦的刻在泥板上的《吉尔伽美什》，三千多行；影响最大的是荷马史诗《伊利亚特》和《奥德赛》，分别有两万行、两三万行；最长的是印度史诗，《罗摩衍那》写猴王哈努曼，背着喜马拉雅山一跳就跳到斯里兰卡。有人说是孙悟空受了哈努曼的影响，理由并不充分。最长的史诗《摩诃婆罗多》二十万行，是最长的。所以笔者讲过这样的话：公元前那一千年，世界上最伟大的史诗是《荷马史诗》；公元后的第一个千年，世界上最伟大的史诗是印度史诗；公元后第二个一千年，世界上最伟大的史诗，应该是中国史诗，历史会证明这一点的。

《格萨尔王传》是活形态的史诗，现在还有几百个艺人会歌唱，还在不断地滚雪球，篇幅越滚越大。它讲述藏区妖魔横行，生民涂炭，梵天王就派他的儿子下凡，就是格萨尔。格萨尔赛马称王，平定各路妖魔，在地狱里面救出母亲和爱妃，然后返回天国。说唱艺人讲的故事梗概都差不多，但是每人讲的具体内容千差万别。群体创造，千年传承，每个艺人都有一套拿手本领。荷马史诗已经成了化石，但是格萨尔还是活形态，研究起来，还可以在江河学游泳，而不是站在岸上讲游泳术。比如格萨尔的艺人学，有些歌手叫"神授艺人"，说神教他唱的，他可能是原来不会唱《格萨尔王传》，后来大病了一场，或做了一个梦，醒来他会唱了，一唱是几部、十几部、几十部。人类记忆是有极限的，你能够记多少首诗，大概几千首，一万首吧，他记了几十部，现在活着的艺人最多能唱七十多部。

有的艺人自称是格萨尔的骏马踩死的那只青蛙，投胎人间，讲述那里的神奇故事。他也可能说自己是跟格萨尔打仗的某位将军，所以他唱格萨尔，唱到将军被格萨尔打败这一段就不唱了，不好意思，败军之将，不可言勇等等。有的艺人，叫作"圆光艺人"，对着镜子就产生幻觉，就能滔滔不绝地唱，没有镜子，撕一张破报纸拿在手里，也能唱。但是没有这张破报纸，他唱不了。如此等等，对人类的精神、心理、灵魂、记忆力的研究，提供了非常原始生动的材料。这些都显得奇特神秘，大开眼界，反映了跟中原文化很不一样的"边缘活力"。

少数民族以其独特的野性强力，有时会在主流文化无从措手处，介入文化发展的进程。一个很有意味的文学演变线索，是《莺莺传》怎么变成《西厢记》的。《西厢记》是中国古代的一个家喻户晓，也非常美妙的爱情故事。它的原始版本，是唐人元稹写的《莺莺传》。唐传奇《莺莺传》中张生对莺莺是始乱终弃的，一开始百般殷勤，到头来绝情地把人家抛弃了，还说些女人是尤物、是祸水之类的文过饰非、不咸不淡的话。当然此类绝情抛弃，唐人是能够接受的，根据陈寅恪的说法，唐代士人结婚，要娶大家族；仕途须进士出身，才受人尊敬。莺莺不是出身大家族，抛弃她，另外去找一个属于大家族的韦氏，是唐人认可的。至于女人"祸水"、"尤物"这一套，唐人好像也讲得出口的，因为唐律里规定"娶则为妻，奔则为妾"。到了宋代，像秦观、赵令畤这些苏东坡的门下人士，对莺莺非常同情，作了很多曲子，赵令畤《商调蝶恋花》鼓子词叙说："至今士大夫极谈幽玄，访奇述异，无不举此以为美谈；至于倡优女子，皆能调说大略。"但是在宋朝文化体制里，他们婚前性生活的行为不可容忍，最终都是悲剧。汉族《礼记》里记述结婚要有六道手续，婚礼是六礼，不能逾越。此事的结局，是何时何地发生突破性的变化？是在金。金章宗时候有个董解元，写了一部《西厢记诸宫调》，创造了红娘和闯阵的和尚这么一些草根人物，终使有情人皆成眷属。团圆的结局，只能够发生在女真人入主中原的金代，而不能发生在北宋、南宋，这是值得深思的。

根据《大金国志》和《辽史拾遗》的记载，女真有两个很独特的风俗，第一个独特的风俗是，贫家女子求偶，就到街头唱歌，唱自己怎么漂亮，怎么会做女红，男子中意，就把她领回家，觉得合适才去下聘书，这就带有古老的试婚制度的遗留。还有一个风俗叫"纵偷"，正月十五的上元节，朝廷放假三日，假期里，谁去偷人家的金银财宝，谁去偷人家的妻妾，偷自己的情人，政府是不治罪的。这是古老的抢婚的遗留。在少数民族这种风俗底下，始乱的婚前性生活的问题，又何足道哉？这就给莺莺和张生"有情人终成眷属"，"从今至古，自是佳人，合配才子"，提供了很大的伦理空间。到了元代王实甫《西厢记》就专心致力于锤炼章句了："小生姓张名珙字君瑞，本贯西洛人也，年方二十三岁，正月十七日子时建生，并不曾娶妻。"情痴得令人发笑。清人梁廷枏《藤花亭曲话》说："世传实甫作《西厢》，至'碧云天，黄花地，西风紧，北雁南飞'，构想甚苦，思竭，扑地遂死。"可见作家对崔莺莺唱出的绝妙好辞，竟是如此呕心沥血。少数民族入主中原之后，把原本的伦理规范、贞节约束，统统解构了，而另来一套。伦理空间是儒学严重关切的领域，少数民族提供的解构性的新空间，直接作用于文学进程。

为什么元人来了之后，带点野性和胡腔的杂剧发展起来了？元朝朝廷里也看杂剧，元朝的皇帝批文时，用的是大白话。皇帝批道："知道了。"用语俗白得不得了，白话戏剧也就顺势发展起来了。宋朝皇帝老子还要找几个翰林学士、中书舍人来代笔。元朝连科举考试都终止了八十年，怕举子们结成同年、同党难以驾驭。官员由他们当面选，成吉思汗召见耶律楚材，就跟耶律楚材说：你不是契丹人吗？我来跟你报仇，把契丹亡国的仇人灭了，你应该为我服务才对呀。耶律楚材说：我父亲、我祖父都在金朝做了很大的官，金朝也就是我的国家。成吉思汗毫无介怀，把他征为自己的随行官。元朝建立初期，派了程钜夫到南宋亡国的地域，在江南找到赵孟頫。赵孟頫是宋朝的宗室，赵匡胤的后代，元朝用人，用了宋朝宗室子弟，也毫不忌讳。元朝没有文字狱——虽然不甚重视文人，文人地位很低，但觉得文人不可能折腾起来，用不着搞文字狱。虞集是元诗四大家之首，他按老皇帝的命令起草诏书，说某某皇子不能当太子，不能继承王位。后来元朝宫廷政变频繁，七变八变之后，这个皇子当了皇帝，就有人在背后告虞集的状，说就凭虞集起草这份诏书，也要治罪把他除掉。但是这个新皇帝说：这不是他的事，是我们家里的事。还照样用虞集。少数民族进来之后，很多风气都变了，风气一变，文学发展进程不可能不受影响，这涉及文学、文化的发展动力。

三、精神文化深度：追问重复，破解精彩

所谓精神文化深度问题，就是如何从文献的验证中，深入到文化意义的透视。中国文学、文化、历史的研究材料，浩如烟海。不想在材料海中沉没，就得留出地步，探出头来，从材料中发现价值、意义、智慧、学理，这是任何有创造性的学者，或者任何一个要使书本知识能化得开的人，必须思考的问题。读书化不开，那你就等于没读。"化"字非常重要，"化"字在古文字里，左边是站立着的"人"字，右边是颠倒着的"人"字，就是翻跟斗，一个跟斗我翻到你那儿，你一个跟斗翻到我这儿，也就化了。

为了考察这个命题，可以举出陈寅恪研究北朝史的例子。《北史》记载北朝两个少数民族官员辩论天象与礼仪的关系，其中一人看到对方引用汉语典籍说理，就骂他"汉儿多事，强知星宿"，其实对方是个鲜卑族人，只因为知道一些汉族礼仪，就说他是"汉儿"。《资治通鉴》卷一百七十一记述此事，胡三省注就看到这其中隐含着种族和文化的关系。陈寅恪由此强调，中华文明是文化重于

种族[1]。就是说种族的矛盾，可以用文化去包容和化解，这一点为某些异域文化难以达到。不妨设想，中国中央民族大学，几十个民族一起唱歌跳舞，要是在西亚一些地方，存在教派，人体炸弹就可能爆炸了。所以中国许多民族，都在认同中华文化，只要认同文化，就是中华。不管你的血缘、种族，只要有文化认同，就可以和睦相处。清朝入关，认同汉族文化，汉族也逐渐认同它。开始江南士大夫不与清朝合作，顺治皇帝非常挠头，怎么办？他问了一个汉族大臣。这位大臣出了一条主意：开科举。顺治年间就举行科举考试。江南士子抵制，不来参加考试。朝廷就降低录取标准，而且提高进士待遇，过去一甲、二甲进士，授予翰林院庶吉士，外放只给六七品的县令；现在安排当四五品官，靠一张试卷，就荣华富贵，这是很有引诱力的。江南士子看了之后，那中榜者平时功课还不如我呢，就靠考一场试，就得了知府，那我也可以去考。一次、两次，到了第三次，大家都坐不住了，都去考科举，一下子就把江南的士子都吸引过来了。他们慢慢地就认可清廷的文化姿态，清廷认同儒家文化，认同代圣贤立言的八股文，这就不必过分计较他们的种族了。中华民族的文化哲学跟西方不同的一个特点，就是文化重于种族，这就使得中华文明在具体的民族之上，形成一个融合多元民族的总体民族，这种文化哲学、文化景观在世界上几乎是独一无二的。

在透过"一体而融合多元"的文化哲学的基础上，我们应该顾及自身的文化脉络，从汗牛充栋的材料中探索和发现深层的意义。

从经典作品中读出深层的意义，我觉得有两条重要方法值得思考：一曰破解精彩，一曰追问重复。

经意或不经意的重复的出现，并非无缘无故，可能关联着深层的文化心理。如果在一些经典作品中，发觉以某种形式重复着一些场景、现象、故事成分，可就要当心，一定要追问这类重复的奥妙

---

[1]　陈寅恪：《魏晋南北朝史讲演录》，黄山书社1987年版，第296页。

何在。追问是对问题意识的敏感。比如，我们读明代从民间逐渐演化为文人集成改定的三部最重要的古典小说《三国演义》《水浒传》《西游记》，关切它们之间是否存在着相互重复的叙事因素。经过反复比较掂量，发现这三部小说的主要人物的结构，都存在着一个"主弱从强"的问题，就是第一把手比较懦弱，跟从他的人都比较强。《三国演义》中刘备和诸葛、关、张、赵云是这么一种模式，《水浒传》中宋江和吴用、林冲、李逵，也是这么一种模式，《西游记》更不用说，唐僧和孙悟空、猪八戒，明显是主弱从强。这就有必要追问：为何如此？

首先会感受到，"主弱从强"是一种非常高明的叙事艺术设计。《西游记》如果把唐僧写得跟孙悟空一样的高强，那《西游记》就不用写了，因为一个跟斗云就能完成西天取经。正是因为唐僧比较懦弱，同时又没本事，还长了一张娃娃脸，长了一身据说吃了之后长生不老的嫩肉，这就引得沿途的男女妖怪，垂涎三尺，不断地招灾惹祸。于是只能靠孙悟空、猪八戒来给他破除灾祸，这就形成了一种叙述的张力。同时，孙悟空和猪八戒这哥俩又不一样，孙悟空是个野神，无法无天，野性不驯；猪八戒是个俗神，俗世的七情六欲非常的发达。这哥俩儿碰在一起，就非常好看，就充满了戏剧性和幽默感。

取经四众汇齐后，继续往前走。那黎山老母邀请三个漂亮的女生，化成富家的寡妇，住在松林别墅，等着他们四个家伙到来，要招他们来当女婿。唐僧害怕得不得了，说这与佛门规矩不合，推让给孙悟空。孙猴子忙说我不会这个，指着猪八戒说：呆子会，他在高老庄的时候干过这种营生。猪八戒嘟嘟囔囔地辩解：和尚都是好色的，为什么要找我老猪开玩笑呀。他说完后，声称要拉着马去后面吃草，便去找那个老太太，一口一个娘，说：娘你别看我师傅唐僧长得俊，但是不中用，我老猪中用。孙悟空变成红蜻蜓，飞回来向唐僧汇报，唐僧还不相信。老太太告诉猪八戒，三个女儿娇美任性，都不喜欢他的大嘴巴，怎么办？只好让猪八戒去撞天婚，把他眼睛蒙上，摸着谁就是谁。老猪心痒痒地东找西摸，一回摸着柱子，一回摸着桌子腿，碰到鼻青脸肿，最后一个网兜把他兜住，挂在松树上。第二天醒来，不见了大宅院，唐僧师徒睡在松树林里，就是没有八戒。八戒远远地被吊在树上，孙悟空跑过去说：呆子，你娘到哪儿去了？也不请喝喜酒。对他百般调侃。猴子、猪精打打闹闹，好戏连台，九九八十一难就不显得单调，读者乐呵呵地跟着他们一路走了十万八千里。但还有一个沙和尚。沙和尚的作用是什么呢？沙和尚的作用就是"无用"，他要是像孙悟空、猪八戒那样有本事、好出头，哥们儿三个就摆不平了。他无用才能大用，他成了取经群体的黏合剂、润滑油。如果没有沙和尚，师父给妖怪抓走，孙悟空、猪八戒可能就散摊子了，一个回花果山，一个到高老庄去了。就是因为有个沙和尚，苦口婆心地劝解调和，一会儿这里抹一抹，一会儿那里抹一抹，七抹八抹，最后抹到西天去了，完成了他们取回真经的生命承诺。所以这种人物结构，是一个很大的智慧，对于叙事文学的审美要求，发挥了巨大的杠杆效能。

但是还要追问，只是一部《西游记》摆弄"主弱从强"的伎俩也就罢了，但是《三国演义》《水浒传》这些从民间衍变出来的大书，都不约而同地重复"主弱从强"，这就非同一般了。如果再看《隋唐演义》和《封神演义》，也对"主弱从强"不离不弃，这就说明这种人物结构带有深层文化的普遍性。就像中国古代的智慧人物，都能掐会算，带有方士化的倾向一样。姜子牙能掐会算，诸葛亮能掐会算，徐茂公也能掐会算。似乎智慧人物如果没有这种素质，光会指挥千军万马，智慧还不够高明，还不够神秘莫测。为什么出现这类问题？这就涉及到中国文化的深层结构、深层意义。《论语·子罕篇》说："子曰：知者不惑，仁者不忧，勇者不惧。"《论语·宪问篇》又说："子曰：君子道者三……仁者不忧，知者不惑，勇者不惧。"《礼记·中庸》说："知、仁、勇三者，天下之达德也。"儒家这些经典都把仁、智、勇三者，作为通达天下的道德能力进行综合对比的思考。经过反复追问和探究，"主弱从强"的人物结构原来折射着中国文化中仁、智、勇三者的深层关系。第一把手代表着仁，依凭着仁而赋予智与勇以价值。这种赋予，是旗子，是带有本质性的。如果没有唐僧赋予孙悟空、猪八戒以价值，他们再有本事，也只不过是个妖精。变猴、变猪，狐狸精变人，有什么区别呢？所以信仰使妖精变成法力高强的战斗神。《三国演义》如果没有刘备仁政爱民的思想行为，诸葛亮的谋术，就变成一个策士的诡计；关、张、赵云也只不过是会拼拼杀杀的一勇之夫。同时智和勇又反过来赋予仁以动力，没有智与勇而只是讲仁，就像孔子、孟子到处奔跑，卫灵公请教的是战阵，齐宣王接受的是孙膑"围魏救赵"、"马陵之战"那一套兵家本领。所以仁要发挥作用，需要智、勇提供动力。在中国文化结构中，仁对智、勇制约，是以柔克刚，是以柔来驾驭刚的。仁驾驭智勇，三者互为本质与功用，就可以形成一往无前的综合力量。

追问深层意义的另一种方法，叫作破解精彩。一部经典著作不可能所有的部分都精彩，都精彩就不精彩了，红花总要绿叶来扶持。既然是众所公认的经典和它的最精彩之处，那就隐藏着群体潜意识的症结。《史记》是中国正史第一书，鲁迅称它为"史家之绝唱，无韵之《离骚》"[1]，那么《史记》最精彩处何在，绝唱发自何方？《史记》写得最精彩的，是《项羽本纪》。那就应该追问，《项羽本纪》何以出彩？分析《项羽本纪》的叙事结构，就会发现，太史公除了交代项羽的身世之外，实际上写了项羽的三个故事：一个故事是巨鹿之战。项羽率师北上，在河北巨鹿与章邯带领的秦军主力相遇，陈胜、吴广都是给章邯的军队打得落花流水的。面对章邯大军，各路诸侯都恐惧得不敢出战，只作"壁上观"，项羽率领"楚战士

---

[1] 鲁迅：《汉文学史纲要》，《鲁迅全集》第9卷，人民文学出版社2005年版，第435页。

无不一以当十，楚兵呼声动天，诸侯军无不人人慌恐。于是已破秦军，项羽召见诸侯将，入辕门，无不膝行而前，莫敢仰视"。项羽带着军队破釜沉舟，直闯敌阵，一举消灭秦军主力，这是项羽最大的战功，确立了他的霸王地位。第二个故事是鸿门宴。范增准备在席间杀掉刘邦，但项羽妇人之仁，犹犹豫豫，张良、项伯左推右挡，还有樊哙闯进来搅局，就让刘邦乘机溜走了，这就使项羽陷入"楚汉分争"的人生的转折。第三个故事是垓下之围和乌江自刎。最后刘邦、韩信、彭越把项羽围困在安徽省北部的垓下，张良让士兵夜里唱楚歌，使项羽大惊："汉皆已得楚乎？是何楚人之多也！"于是悲愤失望，在中军帐里跟美人虞姬喝酒歌舞："力拔山兮气盖世，时不利兮骓不逝。骓不逝兮可奈何，虞兮虞兮奈若何！"笔者最近探访过垓下，与虞姬墓只隔了一条小河。我对他们说：你们旅游发展后，应在河上架桥，给桥起个什么名字呢？就叫奈若何桥吧，"虞兮虞兮奈若何"。故事中最精彩的一幕当然是"垓下歌"、"霸王别姬"。但是，出现了一个不容回避的问题：中军帐里"霸王别姬"这一幕，是谁记录下来的？虞姬自杀了，项羽自杀了，中军帐里的江东弟子全部阵亡了，难道是刘邦派了探子或者安了窃听器吗？查无对证。很可能太史公好奇，采访古战场时，当地父老讲了这么一个故事。但是二千年来，中国人相信不疑，好像没有霸王别姬这一幕，这个末路英雄的圆圈就没有画圆。中国最杰出的一本历史书的最好的一个篇章的画龙点睛的最好一幕，竟然是民间文学！可见民间传统在一个民族文学、文化中起了何等重要的根本性作用。

文学研究，也需要做田野调查。中国人本来就有"读万卷书，行万里路"的传统。王国维勾勒了清代学术的特点，认为：清初学问是大，乾嘉学问是精，道光咸丰以后的学问是变[1]。清初学问之

[1] 王国维：《王国维先生全集初编》三《沈乙庵先生七十寿序》，台湾大通书局1976年版，第1163页。

大，跟走路问学有关，顾炎武平生"足迹半天下"，他考察山川风俗、疾苦利病，足迹所及，许多活生生的文化资源就进入他的学问领域，遂成一代通儒之学。太史公为了写《史记》，也在全国探访古迹和民间口头传统，用来与文献相参证。中华民族共同体形成的过程中，有过三次很重要的旅行，对我们文明的建构起了重要作用：一次是孔子周游列国，了解国情，传播道术；一次是秦始皇巡视天下，疏通道路，显示大一统的雄风；再一次是太史公行走关陇、晋冀、江淮、吴越、三楚、齐鲁以及西南夷，拓展心胸，搜罗见闻，连通地气，使其撰写的《史记》对中国的历史、政治、文化、树人的建构，发挥了巨大作用。"读万卷书，行万里路"，实际上是以脚尖丈量着中国文化的脉络。

破解精彩的重要功能，是激活经典的生命。比如《水浒传》是古典小说的杰构。《水浒传》写得最精彩的地方在哪里？在"武松十回"。这十回书，是怎么样写武松呢？它除了写武松景阳岗打虎，显示他的神威奇勇之外，实际上写了武松跟五个女人的关系。由于绿林好汉的行规是好酒不好色，它就偏偏拿你最忌讳、最敏感、最要躲避的事来拷问你的灵魂，哪一壶不开就提哪一壶，看看你对这些女人的生理、心理、行为文化的反应。"五女闹武松"，这五个女人的第一个是潘金莲，家庭里的女人，自己的美丽而淫荡的嫂子，抬头不见低头见，还不断地对你进行性骚扰，你怎样对待这个问题？既要考虑家庭伦理，又要顾及江湖道义，武松的应对方法堂堂正正，而未免有点儿过激了。第二个是江湖上的女人，十字坡开黑店卖人肉馒头的女老板，母夜叉孙二娘。武松对付她的方法与对付自己的嫂子可不同，包子端上桌后，武松扒拉着包子，问包子里是什么肉，还有毛，是小便处的毛吧？对女老板说小便处的毛，含有调戏的意味。酒里下了蒙汗药，两个押解公人都被醉倒了。武松行走江湖，这种招数瞒不了他，他暗地里把酒泼掉，却假装倒地，两个店伙计来搬这个牛仔到厨房宰割，也许武松会硬功，怎么也搬不动。最后孙二娘脱光了膀子来抱他，武松一个翻身就把孙二娘压在腿下，压得孙二娘哇哇叫。金圣叹评点说：好一个"当胸抱住，压在腿下"。菜园子张青进来通报家门，与武松结拜为兄弟。对江湖上女人，不打不成交，结果才杀了一个嫂子，又认一个嫂子。

　　第三个是市场上的女人，快活林的老板娘。武松押解孟州府，管牢房的金眼彪施恩酒肉款待，武松就到快活林找施恩的仇人蒋门神算账。他不是先与坐在绿槐树下交椅上乘凉的蒋门神开打，而是直奔酒店，看见蒋门神的妾在柜台上，就以不规则的市场规矩，对端来的酒挑挑拣拣，还问老板娘为何姓蒋不姓李，又让人家陪酒，实际上是当三陪小姐，"主人家娘子，待怎地，相伴我吃酒也不打紧"，就来这么疯疯癫癫的一套，惹得老板娘发怒才开打，把她扔进酒缸里去。第四个是官场美人计的女人，就是鸳鸯楼的玉兰。这位好汉也有软肋，很是怜香惜玉。张都监在鸳鸯楼下，安排筵宴，庆赏中秋，叫武松同来饮酒。又叫出心爱的养娘玉兰唱《月明曲》，张都监指着玉兰说，要择个良辰吉日，将玉兰配给武松做妻室。武松起身再拜，说是"枉自折武松的草料"，意思是说自己是牛马，只能当牛做马来报答了。武松结果被诬陷为强盗，差点儿丧了性命。第五个是野地里的女人，张太公的女儿。武松血溅鸳鸯楼后，化妆逃亡，夜走蜈蚣岭，碰到飞天蜈蚣王道人搂着一个姑娘嘻嘻哈哈。武松就拔刀杀死老道，救下姑娘，这个姑娘就是张太公的女儿，要把金银献给武松。在前不到村、后不到店的深山老林里，法律管不着，舆论管不了，你一个单身的汉子，如何处理这个问题？这五个女人有美有丑，有贞有淫，有爱有憎，有真有假，而且是五种不同的类型，家庭里的，江湖上的，市场里的，官场里的，野地里的。中国小说不是不怎么直接写心理吗？它把握神经上最敏感的弦，绿林好汉与女人的问题，不断地挑逗你，碰撞你，看你如何反应，就把此人的里里外外前前后后的生活态度，人生行为方式，全抖出来了。这是一种非常高明的写法，专门捅那最敏感最忌讳的心理中的马蜂窝，捅得你心烦意乱，穷形极相。如此反向着力，是很高明的叙事策略。

但是我们要追问：为何这样写？精彩叙事的深处，隐藏着何种文化意义有待破解？仔细地考察，发现说书人，或者施耐庵有一种独特的生活哲学，认为山中老虎可怕，心中老虎更可怕，把女色当成心中的老虎去叙写了。武松只有既能降服山中的老虎，以显示他的神威，又从各种不同的角度降服心中的老虎，以显示他的高尚，才能成为中国民间社会，尤其是江湖社会里公认的一个堂堂正正的英雄好汉。金圣叹在《读第五才子书法》中说："鲁达自然是上上人物，写得心地厚实，体格阔大。论粗卤处，他也有些粗卤；论精细处，他亦甚是精细。然不知何故，看来便有不及武松处。想鲁达已是人中绝顶，若武松直是天神，有大段及不得处。"[1] 所谓武松类似天神而为鲁智深不及之处，就是他降服"心中虎"的神圣心理定力。"五女闹武松"，结果闹出了他人性中的神性来。中国文化比较重视人格修养，这种思维方式在江湖文化和民间文化中，也得到了真切的体现。

如果从这种角度去追问文学经典的深层文化意义，去破解文学经典的精彩底蕴，揭示中国文学的本质特征和形式韵味，以此描绘出来的中国文学地图，将是精彩纷呈、魅力独具的，能够内之作为我们的精神依托，外之作为我们与现代世界进行文化对话的凭据。

从前面的分析中可知，我们所提倡的文学地图，内在地贯穿着文化哲学。它建构了重绘文学地图的三个学理原则，以及透入文化意义深层的两种有效方法，这就可以由丰富多彩的文学现象进入中国文化的本性和文化过程，对文化的内在结构和动力系统做出横向及纵向描述和剖析，考察文化本性是如何一层一层地展开、实现和壮大的。由此我们可以触摸和把握中国文学和文化的波澜壮阔的推

---

[1] 金圣叹著，艾舒仁编：《金圣叹文集》，巴蜀书社1997年版，第262页。

进，包括它经历兴衰和重建中所呈现的深厚强劲的生生不息的再生力。民族与人通过文化的创造，反过来创造自我，在与众多文化形式的对话与融合中不断充实和提升自身，所谓"海纳百川，有容乃大。壁立千仞，无欲则刚"[1]。遂使这种文化哲学既有博大的兼容性，对于种族文化能够海纳百川，又有刚直不阿的主体性，在世界民族之林的竞争共赢中自强不息。由此而对文学所做哲思，是大国文化创新系统的必有之义；由此所重绘的文学地图，是一个现代东方大国与世界对话和交往的升级版的文化身份证。

本文系作者在2007年7月中央省部级领导干部

历史文化讲座讲演稿的基础上修改而成

2014年10月9日修改毕

---

[1]　[清] 方濬师:《蕉轩随录》卷十，清同治十一年（1872）刊本。

站在澳门思考中国传统文化与西方文化的多元共处、交融创造

一、中华民族传统文化的传承和保护创新

中华民族拥有世界上第一流的博大精深的传统优秀文化资源，这是每一个炎黄子孙都额手相庆，引以为自豪的。儒家六经、先秦诸子、二十四史、历代诗文、明清小说奇书、百戏众艺，以及少数民族《格萨尔王传》《江格尔》《玛纳斯》三大史诗和数量丰厚到以百计的创世神话、族源及迁徙传说，都是中国五千年文明延续不绝的灿烂辉煌的创造。这种文明之光，千古普照，构建了中国人安身立命的精神家园。德国19世纪哲学大师弗里德里希·黑格尔在《美学》第三卷曾经断言"中国无史诗"。但是中国藏族超大型史诗《格萨尔王传》长达一百万诗行，超过了世界五大史诗，即古巴比伦的《吉尔伽美什》、古希腊荷马史诗《伊利亚特》《奥德赛》、古印度的《摩诃婆罗多》《罗摩衍那》的诗行总和。历史将证明，公元前的一千年世界最伟大的史诗是古希腊的荷马史诗，公元后的第一个

千年世界最伟大的史诗是印度史诗，公元后的第二个千年世界最伟大的史诗是包括《格萨尔王传》在内的中国史诗。仅从这个事例就可知，如何高度重视和有效保护中国传统文化这份伟大的遗产，应该成为当代中国人民共同的意愿和实际的行为。如何深度还原和激活这个传统，给予根基深厚、生命灵动、古今共享的高度现代性的诠释，是当代中国高端学术建立大国风范的不容推卸的历史责任。

历史的教训最能令人警醒。雄伟壮观的北京城墙在20世纪50年代的消失，秀丽温馨的苏州古城的小桥流水被一条平坦大道从腹部剖开，都成了中华民族千古遗憾。保护古城、古迹、古物，就是保护中国历史血脉的实物见证。这应该强化文物保护法的权威性，强化全民爱护和保护文明遗产的信仰（不仅是信念，更应是信仰），根绝楚霸王一把火烧毁咸阳的流寇情结。即便在具体的一座老建筑、一株枝繁叶茂的古树的保留上，也应该深情地眷恋，留住令人回味不已的浓浓乡愁。令世代人们行走在中国大地上，"读万卷书，行万里路"，都能用自己的脚尖丈量着令人心跳的中国血脉和精魂。澳门在中国传统文化与西方天主教、基督教文化的多元共处、交融创造中，做出了独特的贡献。我们要进一步发扬这种"海纳百川，有容乃大；壁立千仞，无欲则刚"的精神。

应该看到，类似德国哲学大师黑格尔所断言"中国无史诗"这类"欧美中心主义"的偏见，并非已经销声匿迹。如何弘扬和展示中国传统文化灿烂辉煌的原本面目及其现代价值，依然是当代中国学术任重道远的超级课题。至于通过现代性诠释，深度还原和激活这个传统，我们会联想到春秋战国时期有两次重要思想家的创世纪式的聚会：一次是春秋晚期，孔子到洛阳向老子问礼，这是启动以后三百年中"诸子百家争鸣"的关键；另一次是战国晚期，韩非和李斯拜荀子为师，这给三百年的"诸子百家争鸣"画上了一个句号。这两次聚会，可以看作诸子百家争鸣的开幕式和闭幕式，把广阔的风云变幻的中国大地变成了东方的"雅典学园"。但是不仅孔子何时会老子，而且荀子与韩非、李斯如何成为师生，以往都是争论不休的糊涂账，或者是尚未破解而形成共识的千古之谜。意大利文艺复兴的艺术家拉斐尔因受任装饰梵蒂冈使徒官，而在1510年至1511年间创作了巨幅的《雅典学园》壁画，以古希腊哲学家柏拉图所建的雅典学院为题，以古代七种自由艺术——语法、修辞、逻辑、数学、几何、音乐、天文为基础，以表彰人类对智慧和真理的追求。艺术家企图以回忆历史上"黄金时代"的形式，以柏拉图和亚里士多德为中心，画了五十多个大学者，旨在崇拜希腊精神，追求最高的生活理想，寄托人文主义艺术家自己的宿愿。面对同为人类伟大文化遗产的中国诸子百家生机蓬勃的思想创造，难道作为春秋战国诸子百家后人的我们，就只会抱着无所作为的冷血，猥猥琐琐、疑神疑鬼、抱残守缺，以致不能绘出那幅俯仰无愧天地的东方思想文化上创世纪的辉煌壁画吗？跨进新世纪的中国已经发出一声电闪雷鸣的呐喊：该出手时就出手。

二、破解"老孔会"的超级难题

历史上曾经存在过的事件，是不容闭目无睹的。源自战国简帛的《礼记·曾子问》《庄子》《吕氏春秋·当染》《孔丛子·记义》《韩诗外传》，都言之凿凿地记有孔子问礼于老子之事。太史公之后的《新序》、《说苑·反质》、《潜夫论》、《论衡·龙虚》及《论衡·知实》、边韶《老子铭》、《孔子家语·观周》，多次提及"孔子师老聃"、"孔子观周"或孔子曰"吾闻诸老聃"。这些材料虽然芜杂，但多是录自战国秦汉简帛，汉代祠堂墓穴画像石、画像砖也不乏对此事的展示。尤其是孔子自言"闻诸老聃"，《礼记·曾子问》四见，《孔子家语》四见，《白虎通义》一见，从不同角度泄露了孔子适周问礼、问《易》、问五帝与五行于老子。一个历史事件存在着来自四面八方的如此繁多的古老材料，实属罕见。其中当然存在着传闻异辞，或流派偏见，但老孔会面是言之凿凿，并不因后来的圣人之徒为保护"道统之纯粹"，就可以一笔勾销。这就有必要深度缀合文献材料碎片，沟通其内在的生命脉络，从历史编年学上确定孔子适周问礼于老子的年份，破解这个千年留存的"超级难题"，以便去妄存真地走近生机勃勃的历史现场。

关键在于启用史源学，考索史料的原本性、真确性、完整性、变异性，发挥其正本清源的功能。《史记·孔子世家》以正史方式郑重记载，孔子派南宫敬叔向鲁君请准适周，"鲁君与之一乘车，两马，一竖子俱，适周问礼，盖见老子云"。但是行文将此事置于孔子年十七，孟僖子病且死，诚其嗣孟懿子及南宫敬叔向孔子学礼之后，而居于"孔子盖年三十"之前。其实南宫敬叔少孔子二十一岁，即便孔子三十岁，也不可能派一个九岁孩子向鲁君请示。从史源学上考索，这是太史公误用《左传》鲁昭公七年（公元前535年，孔子十七岁）的记载："（鲁昭）公至自楚。孟僖子病不能相礼，乃讲学之，苟能礼者从之。及其将死也，召其大夫……"遗嘱送"孟懿子与南宫敬叔师事仲尼"。其实，"病不能相礼"的"病"字，作担忧解，指孟僖子因鲁昭公参加楚灵王章华台落成典礼归国，担忧不知使用何等礼仪。因为半年前，他作为相礼的副使（"介"），随昭公经过郑国到楚国，在郑伯慰劳时及在楚国郊劳的场合，都不知道使用什么礼节，对于这次辞楚归国的礼节，只好请教知道礼仪的人以应急。但是，孟僖子死，是十七年后（鲁昭公二十四年，公元前518年）的事情，这在《春秋经》有明确记载。孟懿子、南宫敬是四年后，即鲁昭公十一年孟僖子与泉丘女子私奔而生。孔子十七岁时，孟懿子、南宫敬叔还没有出生。太史公一人着成如此大书，对《左传》记载不够清晰的历史细节未及深究，未能将两个相距十七年的事件明晰分疏，造成了孔子见老子年份的混乱。这一混乱被东汉桓帝时边韶作《老子铭》坐实为大错："孔子以周灵王二十年生，到景王十年，年十有七，学礼于老聃。"郦道元《水经注》卷十七沿袭此说："至周景王十年，孔子年十七，遂适周见老聃。"尽管这些都是周秦汉晋的古老材料，但其史源采用中已经出现以讹传讹的错误。近世学者或以为唐以前碑刻和地理名著值得珍视，力主"孔子年十七问礼于老子"，这是史源学上的失察。

又添混乱的是《庄子》外篇、杂篇有六处记老孔会面问学，除了证明"其要本归于老子之言"的庄子及其后学，知道历史上曾经存在过"老孔会"，对孔子求学于老子津津乐道，以张扬"道为儒师"之外，其《天运篇》称："孔子行年五十有一而不闻道，乃南之沛，见老聃。"众所周知，孔子自称"五十以学《易》"，"五十知天命"，《庄子》却偏偏说"孔子行年五十有一而不闻道"，显然是对儒学的挪揄嘲讽，是以"重言"方式贬孔扬老，因而不可将其所讲年岁当真，不然就可能陷入《庄子》所设的陷阱。更何况鲁定公九年（前501），孔子五十一岁出任中都宰，在很短时间就连升为司空、司寇。到了五十岁还是一介布衣的孔子，岂会放下公务，而南之沛问玄虚之道于老聃？后人无法弥合孔子见老聃之年份裂缝，只好说孔子多次见老聃，其实是并没有绕开《庄子》布下的迷魂阵。

孔子见老子，必须满足三个条件，一是孔子赋闲有长途旅行的时间；二是孟僖子卒后，南宫敬叔拜孔子为师，孝期满后得以随行；三是据《礼记·曾子问》，这一年发生日食。这些条件清代学问家阎若璩多少是看到了，而且特别强调第三个条件，孔子随老子参加一次出殡，遇上日食。阎若璩《尚书古文疏证》卷八云："有以孔子适周之年来问者，曰：《孔子世家》载适周问礼，在昭公之二十年，而孔子年三十。《庄子》，孔子年五十一南见老聃，是为定公九年。《水经注》孔子年十七适周，是为昭公七年。《索隐》谓僖子卒，南宫敬叔始事孔子，实敬叔言于鲁君，而得适周，则又为昭公二十四年。是四说者，宜何从？余曰：其昭公二十四年乎！案《曾子问》，孔子曰：'昔者，吾从老聃助葬于巷党，及垣，日有食之。'惟昭公二十四年夏五月乙未朔日有食之……见《春秋》。此即孔子从老聃问礼时也。"

应该承认，阎若璩讲究证据，比庄子、边韶向孔子见老子的历史现场走近一步。但他的结论还存在着三重扞格：一是孟僖子卒年即鲁昭公二十四年（前518），南宫敬叔才十三岁，孔子不可能指派如此年龄的少年去疏通鲁君。二是南宫敬叔父丧于二月，南宫敬叔不可能随孔子适周，五月见日食。《礼记·杂记下》云："大夫三月而葬，五月而卒哭。"其时孟僖子尚未下葬，南宫敬叔岂能未尽孝就千里迢迢地随孔子赴周？三是鲁昭公二十四年，东周王室发生王子朝之乱，周敬王出奔狄泉，成周洛邑动荡不宁，孔子不可能乘乱适周。那样既会危及孔子一行的性命，也可能找不到避乱的老子。

当代学人有关注鲁昭公二十四年周室不宁者，遂以日食发生年份为着眼点，将孔子适周见老子，提前到周乱之前的昭公二十一年（前525），这一年也有日食，如《春秋》鲁昭公二十一年记载："秋七月壬午朔，日有食之。"但这种意见忽视了南宫敬叔此时仅九岁，尚未师事孔子，也就谈不上其他与孔子适周的行为了。而且这一年的日食发生在下午五点半左右，与周人出殡在上午的礼制不合。为何不将年份后推？因为他们考虑到此后"鲁国无君"，似乎又关照到孔子让南宫敬叔沟通鲁君。《左传》鲁昭公二十五年（前517）记载：鲁昭公因季氏和郈氏斗鸡结怨，遂与郈氏发兵围季氏，被三桓击败，流亡到齐、晋边境，直至鲁昭公三十二年，客死于干侯。确实在这八年中，鲁国存在着无君状态。

关键是对于被季氏驱逐到国外的鲁昭公，孔子还认不认他是鲁君。很重要的一条材料，是《左传》鲁定公元年（前509）记载："秋七月癸巳，葬昭公于墓道南。孔子之为司寇也，沟而合诸墓。"孔子为鲁司寇是在九年后，即鲁定公十年（前500），如果他与鲁昭公没有深刻的认可和人事因缘，岂会拂逆大权在握的季氏，将已经远葬的鲁昭公重新开沟划回鲁公墓地的范围中。《孔子家语·相鲁》

说得更清楚："先时，季氏葬昭公于墓道之南，孔子沟而合诸墓焉。谓季桓子曰：'贬君以彰己罪，非礼也。今合之，所以掩夫子之不臣。'"可见孔子坚持周礼标准，对于被季氏驱逐的鲁昭公，依然认可为国君，并指责季氏逐君贬君的行为，为"非礼"。此举拂逆了权倾鲁国的季氏，孔子如果与鲁昭公没有特殊的因缘，是很难如此果断的。

进而言之，在对各家之说进行深入的史源学和文献学辨析、勘谬和排查的基础上，就可以确认孔子适周问礼于老子，是在鲁昭公三十一年（前511），孔子四十一岁，南宫敬叔二十岁。《春秋》该年记载："三十有一年春王正月，（鲁昭）公在干侯。……十有二月辛亥朔，日有食之。"这一年，晋定公拟出兵纳鲁昭公归国，季氏也相当卑恭地到干侯迎接昭公，即是说，鲁昭公获得国君礼节上的尊重，只因"众从者胁公，不得归"。孔子应是此时派南宫敬叔向鲁昭公请准，以鲁国使者的名义而适周，由于鲁昭公终不得归鲁，客死于晋国边境的干侯，依然是国君不君的状态，所以不记载鲁昭公的明确谥号，泛称为"鲁君"，此乃儒门常用的"春秋笔法"。

又由于鲁昭公流亡在外，靠晋、齐周济度日，只能赠予"一乘车，两马，一竖子俱，适周问礼"。这是相当寒碜的赠予，对于名人孔子和三桓子嗣南宫敬叔，正常国君起码要赠予五辆、十辆车，甚至派武士随行护卫。参看《史记·孔子世家》孔子告辞，老子赠言："吾闻富贵者送人以财，仁人者送人以言。吾不能富贵，窃仁人之号，送子以言，曰：聪明深察而近于死者，好议人者也。博辩广大危其身者，发人之恶者也。为人子者毋以有己，为人臣者毋以有己。"孔子以一车、二马、一竖子，风尘仆仆见老子，可能对国君有怨言，老子才会有如此赠言。当然，人们也可以《逸礼·王度记》所云"天子驾六马，诸侯驾四，大夫三，士二，庶人一"，以孔子尚是未为大夫的"士"，聊以塞责。但他既然请准为鲁国使者，应该有"准大夫"的礼仪。

三、动用人文与科技结合的研究手段

至为关键者，孔子随老子参加出殡时，遭遇日食。《礼记·曾子问》记载孔子曰："昔者，吾从老聃，助葬于巷党，及垣，日有食之，老聃曰：'丘。止柩，就道右，止哭以听变。'既明，反而后行。曰：'礼也。'反葬，而丘问之曰：'夫柩不可以反者也，日有食之，不知其已之迟数，则岂如行哉！'老聃曰：'诸侯朝天子，见日而行，逮日而舍奠。大夫使，见日而行，逮日而舍。夫柩不蚤出，不暮宿。见星而行者，唯罪人与奔父母之丧者乎？日有食之，安知其不见星也！且君子行礼，不以人之亲痁患。'吾闻诸老聃云。"从这则记载"柩不蚤出，不暮宿"，可知周人出殡是在上午、中午之间。《仪礼·既夕礼》记述入葬之日，"厥明，陈鼎五于门外"，举行郑重而简单的祭奠哭踊礼仪之后，"主人拜送，复位，杖，乃行"，可知按照周制，葬礼是在上午举行。因为葬礼之后还有虞祭，《礼记·檀弓下》云："日中而虞。葬日虞，弗忍一日离也。"疏曰："虞者，葬日还殡宫安神之祭名。"《释名·释丧制》又云："既葬，还祭于殡宫曰虞。谓虞乐安神，使还此也。"既然将尸体下葬后，紧接着就有将灵魂迎回祖庙的虞祭之礼，必须在当日中午举行，那么孔子从老聃助葬途中所遇到的日食，应发生在上午10时左右，才能符合周朝礼制。古人的葬礼必须遵从严格的礼制，如《孟子》所云："丧祭从先祖"，这是不能随意处置的。

于此，不妨以现代天文学验之，查《夏商周三代中国十三城可见日食表（食分食甚）》及 *Five Millennium Canon of Solar Eclipses：−1999 to + 3000（2000 BCE to 3000 CE）*，可知在洛阳可见的日食的准确时间是，鲁昭公三十一年（前511）公历11月14日（周历十二月初一，夏历十月初一）上午9点56分前后，按周制上午出殡，适遇日食。《春秋》用的是周历，记载该年"三十有一年……十有二月辛亥朔，日有食之"，是真确无误的。向下推到鲁定公五年（前505）公历2月16日下午15点15分前后也有日食，但按周制出殡，不能遭遇日食。

必须补充说明，之所以于此顺带提及鲁定公五年，是为了全面扫描从孔子十七岁到他五十二岁当鲁司寇、周游列国之前这三十多年间的所有可能存在的时间缝隙，以便对孔子适周问礼的真实年限，做进一步的"无缝确认"。在前面的分析排除鲁昭公三十一年以前的种种可能性之后，还要进而排除鲁昭公三十一年以后的种种可能性，确认孔子适周问礼于老子，只能发生在鲁昭公三十一年的唯一性。这是严密的研究必须下的功夫。南宫敬叔此年二十岁，在孟僖子卒后，他十三岁拜孔子为师，三年孝满，鲁昭公已被季氏驱逐出境，他不可能如期继承为大夫，到鲁定公继位后，才得以为大夫。一任大夫，他就迅速露富。《孔子家语·曲礼子贡问》云："南宫敬叔以富得罪于定公，奔卫。卫侯请复之，载其宝以朝。夫子闻之曰：'若是其货也，丧不如速贫之愈。'……敬叔闻之，骤如孔子，而后循礼施散焉。"此记载得到《礼记·檀弓上》的印证："南宫敬叔反，必载宝而朝。夫子曰：'若是其货也，丧不如速贫之愈也。'丧之欲速贫，为敬叔言之也。"以上言南宫敬叔之富，至于车马，《孔子家语·致思篇》记载孔子曰："季孙之赐我粟千钟也，而交益亲。……自南宫敬叔之乘我车也，而道加行。……故道有时而后重，有势而后行。微夫二子之贶财，则丘之道殆将废矣。"可见南宫敬叔为大夫之后，车马甚多，如果此时鲁君只赠予"一车二马一竖子"，他是否领受就很难说。由此可知，孔子派南宫敬叔向鲁君请准适周而发生的许多事情，不可能发生在南宫敬叔在鲁定公初年为大夫之后。只能发生在鲁昭公三十一年，南宫敬叔未为大夫，尚无车马之资之时。

尚须注意者，鲁昭公三十一年，东周洛邑政局略为安定。从鲁昭公二十二年，周景王崩，周王室内乱，晋立敬王，居于狄泉，尹氏立王子朝，把持成周。直到鲁昭公二十六年，周敬王才在晋师的帮助下入主成周，王子朝奔楚。因而孔子不可能在鲁昭公二十三年至二十六年之间适周，而鲁昭公三十一年孔子进入成周，则具有相对稳定的政治环境。孔子说："危邦不入，乱邦不居。"他不可能带着一个二十岁的贵族弟子和一个"竖子"，驾着二马拉的轺车 [1]，闯进战火纷飞的险地，必然等到战祸远去之后才到成周访学。

然而，孔子适周问礼于老子之事，为何在《论语》中是缺席的？《论语》在庐墓守心孝的最初编纂中，遵循严格的价值标准，对众弟子忆述的材料做了论衡、取舍、润色的处理，而留下编纂者认为最符合他们所理解的"真孔子"的条目。因而并非《论语》不载者，历史上就不存在，比如《史记·仲尼弟子列传》所载"子贡一出，存鲁，乱齐，破吴，强晋而霸越。子贡一使，使势相破，十年之中，五国各有变"这桩儒门大事，《论语》就只字不提。至于孔子适周问礼于老子，众弟子中只有南宫敬叔随行，而南宫敬叔的材料，《论语》并无采纳。尽管《论语·公冶长》记述："子谓南容，'邦有道，不废。邦无道，免于刑戮'。以其兄之子妻之。"朱熹注："南容，孔子弟子，居南宫。名绦，又名适。字子容，谥敬叔。孟懿子之兄也。"但从孔子对南容品行的嘉许，及对三桓子弟南宫敬叔的称扬和贬责来看，二者与孔子的关系不可同日而语，并非同一人。南宫敬叔在《论语》编纂中并无话语权，《论语》也言不及老子，这都是编纂者遵循颜回、曾子路线理解"真孔子"所致，并非《论语》不载者，历史上就不存在，大量的战国秦汉文献及出土简帛已经证明这一点。对于文献记述与历史存在的关系，我们应该心存几分辩证思维，切不可落入清人毛奇龄所嘲讽的："六经俱无髭髯字，将谓汉后人始生髭髯，此笑话矣。"汉以前的人有无胡子，与掌有文献记载权力的人是否注意到它，是否记载它，这并不是一回事。只有

---

[1] 汉画像石呈现的是轺车，轻便的四向远望的小马车，如《史记·季布栾布列传》云："乃乘轺车之洛阳。"《汉书·平帝纪》云："征天下通知逸经古记……者，在所为驾，一封轺传，遣诣京师。"

进行如此全息性的研究，包括孔子及南宫敬叔的生命信息，鲁国政治中之鲁君流亡和周室动乱平息的信息，古代天文学信息，及周人丧礼信息，在学术方法高度综合中严密地进行排除和聚焦，辨析和缀合，最终加以编年学定位，才可能廓清先秦诸子开幕期的老孔会面这个千古之谜。

四、荀子、韩非、李斯师门聚会

荀子、韩非、李斯师门聚会，是战国晚期诸子百家闭幕式的后一次聚会。《史记·老子韩非列传》记载韩非"与李斯俱事荀卿，斯自以为不如非"。《李斯列传》记载李斯"乃从荀卿学帝王之术。学已成，度楚王不足事，而六国皆弱，无可为建功者，欲西入秦。辞于荀卿"。那么，韩非、李斯是多大年纪、在什么地方、以什么方式、当了多少年荀子的学生呢？二千年来，人们找不出材料加以证明。战国晚期三大思想巨擘聚首于楚，乃是思想史上大事，有必要恢复它的历史现场。

梳理荀子生平，他五十岁在齐襄王时代才游学稷下学宫，"最为老师"，"三为祭酒"，在孟、庄之后已是首屈一指的学术大家。其间他曾游秦见应侯与昭王，不能说他无意用秦。《荀子·强国篇》记述秦相"应侯问孙卿子"；《儒效篇》记述秦昭王与荀卿答问；《新序·杂事第五》又记载"秦昭王问孙卿"，都透露了他曾经干谒秦国最高当局，时间约在齐王建八年（秦昭王五十年，公元前257年）前后。由此他在稷下受谗，为楚春申君聘为兰陵令，时在春申君相楚八年（前255）。荀子在楚又受冷箭，辞楚归赵，再应春申君招请，已是两年后了。此时荀子作《疠怜王》之书，以答谢春申君，见于《战国策·楚策四》，而《韩非子·奸劫弑臣篇》也收录此文。一个令人迷惑不解而长期引起纷争的问题是：此文的著作权属谁？

过去人们纠缠于一真一伪的简单思维，老虎咬天，无从下口，令人想到邯郸淳《笑林》有"执竿入城"的笑话，说"鲁有执长竿入城门者，初竖执之，不可入，横执之，亦不可入，计无所出"。关键在于知道"转身"，一经转身，问题就迎刃而解，鲁人的长竿就可以透过城门，直达城池的深处。如果考虑到荀、韩之间的师生关系，就有三种可能的解释：一是韩非所作，《战国策》把它误安在荀子的名下；二是韩非抄录老师文稿，而混入自己的存稿中；三是荀子授意门下弟子韩非捉笔，而弟子有意保存底稿，留下一个历史痕迹，而荀子修改后将它寄出。仔细比较《战国策·楚策》和《韩非子·奸劫弑臣篇》略有文字差异的《疠怜王》文本，觉得上述第三种解释较为合理。原因有五。

一是《楚策》本比《韩非子》本删去一些芜词，文字更为简洁。而且改动了一些明显带法家倾向的用语。将"人主无法术以御其臣，虽年长而美材，大臣犹将得势，擅事主断，而各为其私急。而恐父兄豪杰之士，借人主之力，以禁诛于己也"，改成"夫人主年少而矜材，无法术以知奸，则大臣主断国，私以禁诛于己也"。改掉了"御其臣"、"得势"、"擅事"等法家惯用词语。

二是《楚策》本在修改《韩非子》本时，增加了"春秋笔法"。把"劫杀死亡之主"、"劫杀死亡之君"中的"杀"字都改作"弑"字，把弑齐庄公之崔杼称"崔子"的四处删去二处，改为直称其名"崔杼"二处。这些都可以看作起草者有法家倾向，改定者为儒家老师，精通"春秋笔法"。

三是文中采用的一些历史事件为荀子熟知，而对韩非而言并非直接的材料，当是老师口授，弟子笔录的。比如李兑在赵国掌权，围困沙丘百日，饿死主父（赵武灵王），乃荀子青年时代在赵国所知。尤其是淖齿在齐国受到重用，竟把齐闵王的筋挑出悬在庙梁上，使他宿夕而死。此事发生在荀子到稷下之前几年，此前未见史载，当是荀子初到稷下所听到的宫廷秘闻。这对于荀子是第一手见闻，对于韩非是第二手材料，说明此文经过荀子口授。

四是本文用"疠怜王"的谚语做主题，乃是儒家的命题，而非法家的命题。《四部丛刊》影印元至正刊本《战国策》鲍注："疠（癞也）虽恶疾，犹愈于劫弑，故反怜王。"也就是说，当国王比起生恶疾，还要难受，还要危险。只有儒家想当王者师，才会如此说三道四；法家是王之爪牙，甚至国王"头顶生疮，脚下流脓"，也要当国王的狗皮药膏。这样的主题岂是崇尚君王权威的韩非所敢说、所能说。实在是老师大儒如荀子，方能出此狂傲之言。

五是《楚策》此文之后，还增加了一篇赋。曰："宝珍隋珠，不知佩兮。袆布与丝，不知异兮。闾妹子奢，莫知媒兮。嫫母求之，又甚喜之兮。以瞽为明，以聋为聪，以是为非，以吉为凶。呜呼上天，曷惟其同！"又引《诗》曰："上天甚神，无自瘵也。"赋为荀子创造的文体，引《诗》述志是儒者包括荀子常用的手法。因此，当都是荀子改定时所加。这五条理由可以证得，这篇《疠怜王》的答谢书，是一篇由荀子授意，韩非捉笔，最后由荀子改定寄出的文章。

过去有学者想证明《疠怜王》的《韩非子》本与《战国策》本，一真一伪，其实这两个文本都是真的，只是过程中的真，不同层面的真。顽固的真伪之辨，应该转换为深入的原委剖析，才可以打破研究的僵局。《韩非子》中的文本，是被授意起草时的真；《战国策》的文本，是改定后寄出时的真。真所谓"赠君一法决狐疑，不用钻龟与祝蓍"，判决狐疑的方法，是要转变思想方法，如实地承认万事万物存在的多种可能性，而不是一条筋到底的一种可能性。如果以上的对韩非捉刀、荀子修订的考证可以相信的话，一系列的问题就可以迎刃而解了。荀子由赵取道于韩，准备到楚都陈郢应春申君再次聘请时，韩非已在荀子门下，他们结缘于韩国首都新郑，时在公元前253年；李斯在六年后，即秦庄襄王卒年（前247），辞别荀子离楚入秦，由吕不韦的举荐而为秦王政所用。即是说，韩非、李斯师事荀子，共计六年，公元前253年至前247年。此时荀子六十多岁，韩非四十多岁，李斯二十余岁。其时楚国首都已迁至东北的陈城（或称陈郢，今河南淮阳县），他们聚首的地方是在楚国的新都陈郢，其地离韩都新郑和李斯故乡上蔡都在二三百里路程之内，交通颇便。

那么，他们师徒相聚的方式何如？李斯年仅二十余，正是从师问学的年龄，较常在荀子身边。这又为《荀子》书中李斯、荀子的问答所证实。《荀子·议兵篇》："李斯问孙卿子曰：'秦四世有胜，兵强海内，威行诸侯，非以仁义为之也，以便从事而已。'孙卿子曰……"云云。《荀子·强国篇》杨倞注引李斯问荀卿曰："当今之时，为秦奈何？"孙卿曰："力术止，义术行，秦之谓也。"李斯进入秦国之前，《史记·李斯列传》又记载李斯向荀子告别请教："今秦王欲吞天下，称帝而治，此布衣驰骛之时而游说者之秋也。"因此，二十余岁的李斯是经常随师请教的。韩非从师的方式与李斯有明显的差异。韩非年逾四十，又是韩王之弟，属于政治上相当敏感的人物，必须常住韩都，经营当官的机会，不然就可能长久被边缘化。他们师生相处的时间并不长。韩非未必常在身边，而且韩非师事荀子时，已经是相当成熟的法术家或思想家，因而荀子对他的影响不是体系性的，而是智慧性。并且荀子是三晋之儒，异于邹鲁之儒，出礼入法，在稷下十余年浸染了某些黄老及其他学派的学术。比如作为齐国稷下学派文汇的《管子》成分就相当复杂，《汉书·艺文志》把它列入道家，属于"知秉要执本，清虚以自守，卑弱以自持，此君人南面之术也"之学派；《隋书·经籍志》把它列入法家。稷下学术的混杂状况，当然为荀子所取材。荀子由此增强了提倡君主"贵为天子，富有天下，名为圣王，兼制人，人莫得而制"（《荀子·王霸篇》）的威权专制的政治取向，他入秦观风俗吏治，交接秦相应侯，不排除有几分用秦之心，授徒也用帝王之术。因此在这些方面与韩非并不隔膜，反而深化了韩非的"归本于黄老"。这样就可以顺理成章地解开儒家宗师荀子，为何培养出两个法家巨擘的秘密了。一是因为韩非已是成熟的法家；二是因为他们的师生关系发生在荀子长期当稷下祭酒之后。

随着古典学研究的深入和问题意识的增强，诸子迷津，触目皆是。深刻的古典学研究，于此大有作为。先秦诸子与我们远隔二千余年，许多材料蒙上厚厚的历史烟尘，专题探讨又遭遇了材料的有限性，甚至碎片化的困境，厘清一些历史谜团谈何容易，简直就如《诗经》所云："战战兢兢，如临深渊，如履薄冰。"但先秦诸子又是我们的文化根子所在，不渡过迷津，就难以到达我们文化发生的原本。迎难而上，勉力而为，也许就是我们的返本还原研究的宿命。

《论语》不载此事，《述而篇》所谓"窃比于我老彭"指的并非老子、彭祖之类，而是指商朝初期的智者老彭，孔子亲昵地称呼他是"我殷人的老彭"，是别有深意的。但是《论语》"不载"老子，存在着材料整理上的裂缝，本身就是一种值得追问的编纂价值选择。由于老聃职位不显，孔子尚未为大夫，他们在春秋晚期的这次会面，没有达到官方文献同步记载的政治级别，就如孔子为中都宰，《春秋》《左传》均无记载，唯有当上鲁司寇才够级别一样。这就给那些没有考虑官方文献内含价值选择的疑古者，留下了质疑孔子是否确实见过老子的文献裂缝。有疑古者甚至认为老子在庄子后，那么孔子就无从见老子，所有战国秦汉记述这两位学术大佬会面的文字都成了古人在作伪，由此留下了中国文明史上千古浩叹的一个"超级疑难"。幸好伟大的太史公不受汉代已经抬头的"世之学老子者则绌儒学，儒学亦绌老子"的门派之见束缚，通过"䌷史记石室金匮之书"及实地调查所得，在史记《孔子世家》及《老子韩非列传》中以相当篇幅记述了此番文化盛事。如此独具只眼地为一些不见于先秦官方文献记载的文化巨人立传，太史公由此成为中国思想文化史上不可替代的功臣。

经过这番返本还原研究，我们就可以用熟悉的、真确的，甚至亲切的姿态，与先秦诸子进行深度的文化对话，追问他们为我们民族注入何种智慧，他们在创立思想时有何种喜怒忧愁，在中华民族数千年发展中他们提供的思想智慧有何种是非得失，在现代大国文化建设上这些古老的思想智慧如何革新重生。这种文化解释能力，是与现代大国安身立命的根基联系在一起的。诚如《淮南子·泰族训》所云："根深则本固，基美则上宁。"或如《晋书》所云："基广则难倾，根深则难拔。"这是人文学者追求的文化自觉应有的要义之一。又有所谓"酒逢知己千杯少，话不投机半句多"，既然经过返本还原研究，与先秦诸子机锋相投，那就会有说不完的心里话。在人生路上，或者国家发展的进程中，无论风雪雨晴，都有一批高智慧的圣贤时时光临你的心灵，这将是为人在世享受不尽的莫大福分。有志于与当代世界进行平等的深度的文明对话的学者，应该舒展大眼光，建立大魄力，诠释大命题，为中国文化自立于世界民族文化之林，贡献独树一帜的文化智慧，竭尽俯仰无愧于天地古今的能力。能力微薄又何妨，总之要"竭尽"就是。

先秦诸子发生学

引　言

　　先秦诸子的研究，是对中国文化根本的研究。根本的研究，须从根本入手，来清理现代大国文化的本源和根脉。《淮南子·缪称训》云："根本不美，枝叶茂者，未之闻也。"[1]我反复谈论先秦诸子还原，就是要原原本本地深入探究诸子的发生学和生命本质，这是大国文化的根本所在。在这里需要念一部"本"字经，探究原本、本质、本源。

　　那么，研究先秦诸子，首先的着力点应该在哪里？我觉得，首先的着力点应该是它的发生学，就是探明（一）诸子到底是谁？（二）他们的知识来源何处？（三）他们在什么情境下展开思想？（四）他们为何把书写成这个样子？研究先秦诸子的发生学，就是从起源上通解中国文化史的原创时代或"轴心时代"。"轴心时代"是德国哲学家雅斯贝尔

---

[1]　刘安等编著，高诱注：《淮南子》卷十《缪称训》，上海古籍出版社，1989年影印本，第107页。

斯的说法。早在两千五百年前，世界上一些重要的文明，一些古老智慧的民族，于此前后都产生了很多影响深远的重要思想家。中国的孔孟、老庄、孙武、韩非，都是思想原创期的巨人。我们有责任通解思想原创期，或轴心时代的巨人文化，通解诸子的民族、部族、家族，通解诸子的思想及生命体验，与他们的生活形态的原初关联。只有这种原原本本的研究，才能够触摸到诸子的体温，感受到他们思想发生的真实过程，为我们民族的文化生命，清理它最初的思想根系。研究先秦诸子发生学宗旨，可以概括成两句话，一是触摸诸子的体温，二是破解诸子文化的 DNA。两千年来诸子学史和经学史在注疏诠释上做了许多基本性的工作，这方面的成果可谓汗牛充栋。但受到崇圣或疑古思潮的影响，在发生学上依然存在着许多缺陷、疏略、误区和盲点。因此，我们必须以发生学、过程性，作为根本的切入口，研究诸子的生命形态和思想生成。

　　研究一门学问，首先要叩问这门学问的本质，同时也叩问前人对这个本质的认识，他们有哪些进展，哪些局限，哪些偏离，哪些迷失。这就是回到原本，把归本阐释作为研究的首要任务。祝允明（枝山）有《苏武慢》十二首，其一曰："树上菩提，台端明镜，不是浊铜枯杪。可惜尘埃，等闲斤斧，都把那些忘了。霎时间、返本还原，这个法儿谁晓？"[1] 力返本原，务求实地，是大国文化打根基的事业。失掉根本，最是研究的大忌。我们为什么要把发生学首先作为研究的着力点呢？这是源于对先秦诸子本质的认识，就是说，从本质上来看，诸子是什么。如果研究诸子学说，总是急不可待地把他们和西方的一些哲学家相联系，这当然可以收到比较之功，拓展视野，但也容易造成诸子纸片化、脱根化，脱离诸子本有之根，把诸子看成纸片人。先秦诸子不是读了西方的哲学史，不是读了苏格拉底、柏拉图、亚里士多德的书，或者读了康德、尼采、海德格

---

[1]　饶宗颐初纂，张璋总纂：《全明词》，中华书局2004年版，第1册，第418页。

尔、萨特、哈贝马斯的书，才写他的文章的。诸子的原创另有知识来源、问题渠道、思想方式，这是别人无以代替的。忽视这一点，就忽视了中国思想原创的专利权。

端正一个现代大国与世界对话的姿态，应是最关键的思想逻辑的一个出发点。在我看来，诸子的本质有两点值得重视。第一点，诸子是在充满动荡的大转型的时代，在应对国家、家族、个人的生存危机的时候，对中华民族及其所属的列国的出路和命运，进行道义关怀和理性思考，由此而印证天道、世道和人道的思想成果，这是诸子学的本质。第二个本质，诸子是以自己的切身体验，把人类最原始的生存智慧，最原始的民俗信仰，转化为思想，因而转化出来的思想具有原型性和仪式化的特征。原型思想，是原创性的思想，是常解常新的，因此是可以生长的思想，存在着古今相通的潜在可能性，加以解释之后，又具有中外共享的普泛性。所以这种原型思想的原则，有如马克思在一封书信中所说的："向现实本身去寻找思想"[1]，而不是把一种现成的思想套在现实本身。

基于对先秦诸子本质的这种认识，对其发生学的研究，就必须掌握三个关键点：第一个关键点，深入对先秦诸子生命的验证。诸子书是古老智者的生命痕迹，应该在生命体验证中，尽量还原出有血有肉、能歌能哭，可以与今人进行生命交流的诸子来。第二个关键点，就是以多种方法的综合，深化对诸子的文本和多种材料做出内在脉络的清理，探究其知识来源。从国族、家族、民俗沉积、文化流动中，通过多重互证，解读和指认诸子文化的 DNA。第三个关键点，就是在深化清理大国文化根基的基础上，发现诸子以生命拥抱文化的深层意义，揭示中国智慧的独特风貌和原创的专利权。这三个关键点上，蕴含着诸子生命和思想的运作机制。

---

[1]《马克思恩格斯全集》第40卷，人民出版社1982年版，第15页。

一、对先秦诸子的生命验证

发生学的第一个关键点，是深化对先秦诸子的生命的验证。研究先秦诸子的发生学，必须接近和把握先秦诸子的生命形态，尤其是他的学术生命形态。学术形态，必须在生命形态中获得验证和说明。我们可以充分地利用各种资料，包括历史文献、出土文物、口头传统，以及文化人类学的资源，用多维的方法，包括历史考证、简帛释证，还有民族学、家族制度、姓氏制度（姓氏制度很重要，因为，先秦的姓氏制度，和汉以后的相沿至今的姓氏制度是不一样的）、民俗学、礼学制度、年代学诸多研究方法，尽可能地透过历史的烟尘，包括材料的聚散、解释的龃龉所形成的碎片，去追问诸子是谁，这是发生学的第一关键点。就是说，书是人写的，有人的生命痕迹。我们吃鸡蛋，还要考究下蛋的母鸡。种豆得豆，种瓜得瓜，只有知道这个豆和瓜的种子的性质，才能知道在这样的土壤、水分、阳光中，它长出来的是什么样的瓜，什么样的豆。清初艾衲居士编《豆棚闲话》引古语云："种瓜得瓜，种豆得豆"[1]，分明见天地间阴阳造化俱有本根。

具体到庄子。朱熹尝了《庄子》这枚鸡蛋，从其中的滋味，朱熹就感觉到："庄子自是楚人，想见声闻不相接。大抵楚地便多有此样差异底人物学问。"[2]司马迁离庄子更近，他这样评议《庄子》这只下蛋的母鸡："庄子者，蒙人也，名周。周尝为蒙漆园吏"[3]。汉人明明知道，蒙地属于宋国，但司马迁偏偏就吝惜那个"宋"字，没有说庄子是"宋蒙人"。但宋国人怎么有楚国的思想？清末民初的

---

[1] 艾衲居士编：《豆棚闲话》第四则"藩伯子破产兴家"，清嘉庆三年（1799）宝宁堂刻本，第1页 b。

[2] 黎靖德编，王星贤点校：《朱子语类》卷一二五《庄子》，中华书局1986年版，第8册，第2989页。

[3] 司马迁：《史记》卷六十三《老子韩非列传》，中华书局1982年版，第7册，第2143页。

学者刘师培，写了一篇《南北文学不同论》，就把老子、庄子，归为南方的学术，把这个荀子、韩非归为北方的学术。他说，庄子是宋人，思想是楚国的思想，理由是宋国离楚国比较近。朱自清的《经典常谈》，总结前人的研究结果，也说庄子是宋人，但思想是楚国的思想。这使我们有很多迷惑，宋国人怎么有那么深的楚国情结？太史公写《史记》的时候，庄子不显，因为西汉前期是黄老的天下，将老子和黄帝结合在一起，阐发为帝王术。司马迁的父亲司马谈讲《六家要旨》，认为道家"其为术也，因阴阳之大顺，采儒墨之善，撮名法之要，与时迁移，应物变化，立俗施事，无所不宜"[1]，讲的是黄老道术，而不是魏晋以后的老庄道家。所以庄子在《史记》里就没有专传，甚至也不是合传，只是列入《老子韩非列传》中作为附传，对庄子的祖宗脉络，就没有交代清楚，只交代他在蒙地做过漆园吏，漆园吏就是种漆和制漆的地方作坊里的小官吏。

　　《史记》没有记载清楚庄子的祖宗脉络，两千年来人们也只顾读庄子潇洒美妙的文章，却对大树一样的庄氏家族谱系的根没有很用心。我们都满足于当魏晋时候的陶渊明，"好读书，不求甚解，每有会意，便欣然忘食"[2]。这就给庄子与《庄子》书的生命联系，留下了两千年未解的三个谜：第一个谜，是《史记》中特意交代，《庄子》也两次讲过，楚威王派使者去请庄周到楚国当大官，庄子拒绝了，说你们庙堂上供祭祀用的那头牛，吃着好饲料，披着五颜六色的彩衣，但是要屠宰它做祭祀的贡品时，它连当野猪的资格都得不到。再看河沟里的乌龟，曳尾于途，拖着尾巴在泥泞里打滚，但它自由自在，你说我是当那头牛好呢，还是当这只乌龟好？派来的使者心照不宣，就回去了。

　　人们可能会说，这是"庄周寓言"，都是随意编造的。这就有

[1] 司马迁：《史记》卷一三〇《太史公自序》，第10册，第3289页。

[2] 陶渊明撰，逯钦立校注：《陶渊明集》卷六《五柳先生传》，中华书局1979年版，第175页。

意无意地把庄子看歪了。寓言允许想象，但一旦涉及身世，就要有底线，不能胡编乱造，不然就有骗子之嫌。楚威王聘请过庄周，即便添油加醋也无妨，如果根本没有此事，就是招摇撞骗了。《史记》专门提到庄子"与梁惠王、齐宣王同时"[1]，齐、魏这二位以好客驰名的国君都没有聘请庄子，偏偏没有好客名声的楚威王聘请他，还郑重地派两个大夫请他，并委任重要的实职，这种破格之举，为列国罕见。可见庄子与楚国定有特殊的因缘。楚国在楚威王时是一等强国，有什么理由去聘请宋国一个芝麻大的小吏？你既无政绩，学问也无安邦治国的效能，更不是弟子如云。孟子游说诸侯，凡出行，"后车数十乘，从者数百人，以传食于诸侯，不以泰乎？"[2]与孟子同时的庄子，是没有这番派头的。庄子回绝楚王使者，理由是不当祭祀的牺牲，宁可在河沟泥泞里打滚。这是什么话啊？略有社会阅历的人，听话要听音，都可以感觉到这话里包含着杀机，而且这种杀机与祭祀亡灵有关。庄子拒绝楚王之聘，透露了许多扑朔迷离的消息，庄子与楚国因缘很深，因缘中包含的痛苦或恐惧也很深。

第二个谜，《庄子》书，是一部博学、多智、富有才华的书。《史记》专门点出"其学无所不窥，然其要本归于老子之言"[3]。这也是很有深意的，他提醒人们去思考，庄子"无所不窥"的学问从何而来？知识来源，是发生学的根本性问题。当时列国实行贵族教育，连图书也藏在官府，庄子作为宋国蒙地一个穷得借粟下锅的"涸辙之鱼"般的穷人，从何获得属于贵族特权的教育资源呢？人们常说，孔子一个大的贡献，就是把官学变成私学，有教无类，但是孔门再传弟子并没有招收庄子为徒，但是孔门所谓"三千弟子，七十二贤"，却没有人写出一部《庄子》这样的书啊！

---

[1] 司马迁：《史记》卷六十三《老子韩非列传》，第7册，第2143页。

[2] 焦循撰，沈文倬点校：《孟子正义》卷十二《滕文公章句下》，中华书局1987年版，上册，第427页。

[3] 司马迁：《史记》卷六十三《老子韩非列传》，第7册，第2143页。

　　第三个谜，庄子既然是漆园吏，是地方上种漆树，最多还制造一点漆器的小作坊的记账先生，从《庄子》书看，他对这行园艺和工艺并无多少专业知识。那么，就凭这种卑微的身份，又有什么资格去跟那些诸侯，跟那些将相，来打交道呢？现在一个普通老百姓要找市长，可能门卫就把你挡住了。那个时候可是等级森严的军事时代，你有什么身份去找魏王，找魏、宋等国的将相级别的高官？而且还穿得破破烂烂，衣冠不整，说话傲气无顾忌，门房不阻挡你，卫兵也不把你赶跑或拘捕，这份道性是哪里来的？

　　这些千古之谜如果不破解，我们读《庄子》，就不知道谁在对我们说话了。中国是把姓氏置于人名之前的国家，可见古代以姓氏规范的家族文化，是植入子孙血脉的文化基因。这就需要从先秦时代的家族制度、姓氏制度入手，考证庄子的家族之根，认清庄子是谁，才能进一步触摸到他的体温，分析庄子文化的DNA。关键在于对庄氏家族的姓氏来源，建立一个可靠的证据链。最明确地记述庄氏来源的文献，是南宋郑樵《通志·氏族略》，其中说："生有爵，死有谥，贵者之事也，氏乃贵称，故谥亦可以为氏。庄氏出于楚庄王，僖氏出于鲁僖公。康氏者，卫康叔之后也。宣氏者，鲁宣伯之后也。"[1] 其后又具体解释："庄氏：芈姓。楚庄王之后，以谥为氏。楚有大儒曰庄周，六国时尝为蒙漆园吏，著书号《庄子》。齐有庄贾，周有庄辛。"[2] 郑樵特别标示，庄氏是楚庄王的后代，也就是说，楚庄王的直系子孙是楚国的国王，旁系或者庶出的子孙，到了孙子这代，就可以用祖宗的谥号作自己的姓氏。郑樵，是十二世纪福建莆田人。年轻时就在家乡的夹漈山搭建草堂，闭门苦读三十年书，谢绝人事。接着出外访书十年，遇藏书家必借住，读尽乃去。自称："樵生为天地间一穷民而无所恨者，以一介之士，见尽天下之图书，识

[1]　郑樵撰，王树民点校：《通志二十略》上册《氏族略第一》，中华书局1992年版，第7页。

[2]　同上书，《氏族略第四》，第161页。

尽先儒之阃奥，山林三十年，著书千卷。"[1] 包括"集天下之书为一书"[2] 的这部《通志》。因此郑樵言之凿凿地说庄氏出自楚庄王，应是有唐以前的谱牒做根据。这种判断，可以在唐宋人的姓氏书中得到印证：庄子是楚庄王的支系后裔。

楚庄王是春秋五霸之一，楚国最杰出的政治家，他有一个著名的故事：三年不鸣，一鸣惊人；三年不飞，一飞冲天。他曾经兼并了汉水流域的许多小国，把势力范围拓展到黄河洛水流域。在洛阳郊区举行阅兵式，问东周的九鼎轻重。"问鼎中原"是和楚庄王有关的成语。所以楚庄王的后代用他的谥号做姓氏，是非常光荣的事情。我们再回过头来看《史记》，它在《西南夷列传》中记述云贵川一带的蛮夷部族历史，其中写了一个叫庄蹻的将军："始楚威王时，使将军庄蹻将兵循江上，略巴、黔中以西。庄蹻者，故楚庄王苗裔也。蹻至滇池，方三百里，旁平地，肥饶数千里，以兵威定属楚。欲归报，会秦击夺楚巴、黔中郡，道塞不通，因还，以其众王滇，变服，从其俗，以长之。"[3] 庄蹻率领军队去经略楚国西部的巴蜀黔中，一直进军到云南滇池一带。由于秦军占领了楚国西部，回不来了，所以在那里当起滇王。《史记·西南夷列传》说庄蹻是"故楚庄王苗裔也"，印证了庄氏是楚庄王的苗裔。经过这番梳理，我们获得了一些直接或间接的证据，构成了一条证据链：《史记》庄子传认为庄子是蒙人而隐去"宋"字，明确记述楚威王派大夫迎聘庄子——《通志·氏族略》明确记载庄氏出自楚庄王，战国有庄周——《史记·西南夷列传》记述庄蹻是楚庄王苗裔。尤其是《通志》的说法，不是泛泛而论，具有专指性质。

然而，庄子距离楚庄王已经二百多年，足有七八代以上，已经是相当疏远的旁系贵族的后代。那么，为何庄子出生在宋国蒙

---

[1] 郑樵：《夹漈遗稿》卷三，商务印书馆1936年《丛书集成初编》本，第17页。

[2] 同上书，第18页。

[3] 司马迁：《史记》卷一一六《西南夷列传》，第9册，第2993页。

地呢？这家疏远的贵族，为何流亡异国呢？这就要从楚威王（前339—前329）继位初年派使者迎聘庄子往上推，考察楚国发生什么事件，导致这个家族逃亡。上推四十二年，就遇上楚悼王任用吴起实行变法，引人注目的是这场变法，废除贵族世卿世禄制度，对已传三代的封君取消爵禄，降为平民；将贵族迁到新开拓的边境，充实广虚之地；裁减冗官，选贤任能；削减官吏的俸禄，厚赏战斗人员。这使得楚国国力大增，"于是南平百越；北并陈蔡，却三晋；西伐秦。诸侯患楚之强"[1]。但是吴起变法严重地损害了三代以上的疏远贵族的既得利益，这也包括庄氏家族在内。这些贵族恨透了吴起，到楚悼王一死，就发动叛乱，追杀吴起，吴起逃跑到楚悼王的灵堂里，扑在楚悼王的尸体上。这些贵族们大闹灵堂，射死了吴起，也射中了楚悼王的尸体。按照楚国的法律，射中国王尸体是大逆不道，要灭族的。所以楚悼王的儿子楚肃王继位后，就灭了跟这个事件关联的七十个家族。庄氏家族受这个事件的牵连，逃亡到宋国荒远的蒙地住下来。过了十几年，这家疏远的流亡贵族，生下了庄周。

如果这番考证被认可，前面所讲的三个千古之谜，就可以迎刃而解。吴起之变已过去四十二年，楚国王位在悼王、肃王之后，又经过宣王，传到威王。当年被整肃的七十个家族的社会关系盘根错节，连庄氏家族的庄蹻都还在任将军。这些人不断在新继位的楚威王面前为那些被整肃的家族申冤，散布要落实政策，平反冤案，把他们的优秀子弟征聘回国。这才出现《史记》记载的"楚威王闻庄周贤，使使厚币迎之，许以为相"[2]。庄子对家族悲剧未能忘怀，又顾忌楚国政局变幻，还是顺着自己心意，"自适其适"[3]，拒绝了楚国的聘请。庄子虽是流亡贵族之后，但还有不少关系在楚国，楚王

---

[1]　司马迁：《史记》卷六十五《孙子吴起列传》，第7册，第2168页。

[2]　司马迁：《史记》卷六十三《老子韩非列传》，第7册，第2145页。

[3]　王叔岷：《庄子校诠》卷二《外篇·骈拇》，中央研究院历史语言研究所1999年版，上册，第324页。

还聘请他，这种身份足以使魏、宋等国的高层，对他刮目而视。庄子于学无所不窥的知识，也顺理成章地找到了贵族家世的文化血脉来源。

人文学者考证庄子的国族、家族身世，不只是为他填一张履历表，而是为了触摸思想者的体温，破解《庄子》书的生命密码，或文化 DNA。既然把《庄子》书，当成庄子本人和他的学派的生命的痕迹，我们就可以通过《庄子》书的文化 DNA 的取样检测，反证庄子的国族、家族身世。上面以《史记》《通志》等文献作证，属于外证；《庄子》书的文化 DNA 取样检测，属于内证。内外两个证据链的贯串吻合，就形成相对周圆的证据环。

对《庄子》文本进行文化 DNA 的取样，需要我们架起精神现象学的显微镜。这就是从《庄子》文本中撷取他的心灵脉动的样本，考察他在遭遇世界时如何表达自我意识，实现他的个体性的生命形态、生存趣味和表达策略，集合所有这些环节、要素中所体现出来的精神丝缕，重建庄子自我诉求、自我认识和自我发展的主体同一性。《庄子·秋水》里，写了一个凤凰鸟和猫头鹰的故事。这只凤凰鸟叫作"鹓鶵"。《山海经·南山经》说：南禺之山"有凤皇、鹓雏"。郭璞注：鹓雏，"亦凤属"[1]。唐人张鷟《朝野佥载》卷三说："凤之类有五：其色赤者，文章凤也。青者，鸾也。黄者鹓鶵也。白者鸿鹄也。紫者鸑鷟也。"[2] 庄子这个故事很有名，说是有只凤凰鸟非甘泉不饮，非竹实不吃，高贵得很。猫头鹰抓了一个死老鼠，怕凤凰鸟抢它，就吓唬那凤凰鸟。李商隐诗云："不知腐鼠成滋味，猜意鹓雏竟未休。"[3] 元人王结《贺新郎》词云："腐鼠饥鸢徒劳吓，回首鹓雏何处。

[1]　袁珂校注：《山海经山经柬释》卷一《南山经》，《山海经校注》，上海古籍出版社1980年版，第19页。

[2]　张鷟撰，恒鹤校点：《朝野佥载》卷三，上海古籍出版社编：《唐五代笔记小说大观》上册，上海古籍出版社2000年版，第35页。

[3]　李商隐撰，冯浩笺注，蒋凡标点：《玉溪生诗集笺注》卷一《安定城楼》，上海古籍出版社1979年版，上册，第115页。

记千古南华妙语。"[1] 使用的典故都来自庄子这个故事，在这里庄子自比凤凰鸟，这是楚人的习惯，因楚人是崇凤的。西汉司马相如《子虚赋》，就把鹓雏、凤凰，与楚王并列："其上则有赤猿蠷蝚，鹓雏孔鸾，腾远射干。……楚王乃驾驯驳之驷，乘雕玉之舆，……左乌号之雕弓，右夏服之劲箭。"[2] 楚人崇拜凤凰，有荆州出土文物为证，那里的博物馆藏有漆雕虎座立凤、虎座凤架鼓，丝绣图案也有凤斗龙虎纹样。

关键在于庄子是如何讲故事的？如何讲，是对讲什么的精神因子进行编码。庄子说："南方有鸟，其名为鹓雏，子知之乎？夫鹓雏，发于南海，而飞于北海。"[3] 这只凤凰是南方的鸟类，"生于南海，飞于北海"，跟庄氏家族的根系和迁移轨迹可以合璧。故事是对老朋友惠施讲的，惠施因为促成了魏惠王和齐威王在徐州（不是今徐州，是滕州东南的舒州）相会，互相承认称王，就当了魏国的相二十多年。魏惠王后元一年（前334），惠施当相不久，听说庄子要谋他的相位，就在大梁搜查庄子三天三夜。庄子就跟惠施讲了这个猫头鹰用死老鼠来吓凤凰鸟的故事。此事离楚威王元年（前339）派使迎聘庄子，遭到庄子拒绝，才有五年，惠施曾与庄子结伴濠梁观鱼，是知道庄子此事的。庄子的意思是：惠施老友，我是南方的鸟，楚国请我都没有应聘，还会谋你的死老鼠吗？以鸟自喻，是楚人的习俗。庄子的远祖楚庄王解释谜语"有鸟在于阜，三年不蜚不鸣，是何鸟也"，说是"三年不蜚，蜚将冲天。三年不鸣，鸣将惊人"[4]。屈原《九章·抽思》，自称"有鸟自南兮，来集汉北"，王逸注："屈原自喻生楚国也。"[5]《太平御览》卷九百一十五引《庄子》逸文，有老

[1] 王结：《贺新郎·子昭见和再用韵》，唐圭璋编：《全金元词》，中华书局1979年版，第876页。

[2] 司马相如撰，金国永校注：《司马相如集校注》，上海古籍出版社1993年版，第5—15页。

[3] 王叔岷：《庄子校诠》卷三《外篇·秋水》，中册，第633页。

[4] 司马迁：《史记》卷四十《楚世家》，第5册，第1700页。

[5] 洪兴祖撰，白化文等点校：《楚辞补注》卷四《九章第四·抽思》，中华书局1983年版，第139页。

子叹曰:"吾闻南方有鸟,名为凤,所居积石千里。天为生食。其树名琼枝,高百仞,以璆琳琅玕为宝。"[1] 因此庄子以"南方有鸟"的鹓鶵自喻,属于楚文化的 DNA。

提取的另一个样品,是《庄子·至乐》的著名故事"鼓盆而歌"。庄子的老婆死了,惠施去凭吊,看见庄子非常放松地叉着一双脚丫子,敲盆唱歌。以往解释"鼓盆而歌",就觉得庄子对死亡很超脱,庆祝自然辩证法的胜利。但是从发生学上考察,"鼓盆而歌"是楚国的风俗。《明史·循吏·陈钢传》载:"楚俗,居丧好击彭歌舞。"[2] 这种楚国风俗起源非常原始,在唐宋元明的笔记中都有记述,湖北中西部县份和江南许多省县的地方志,都有记载。现在南方农村,尤其是少数民族地区,还可以看到在办丧事时,敲锣打鼓,唱歌演戏的风俗。我们文学研究所的书记,籍贯湖北恩施——湖北的西部土家族居住的地方。我问他:你们家乡还"鼓盆而歌"吗?他说:还"鼓盆而歌"啊,就是人死了之后,找一个道士敲锣打鼓唱歌。湖北神农架地区的《黑暗传》,就是丧礼时请歌师"打丧鼓",唱出来的。它以生动通俗的七言句子,歌唱着天地开辟、人类起源、盘古、女娲、伏羲,甚至"四游八传神仙歌"。这就是以地方志、民俗志为原始材料,考察行为发生学。

《孟子·滕文公上》:"丧祭从先祖。"[3] 有两种仪式是不能随便改动的,一是祭祖仪式,另一个是丧事仪式,这两种仪式必须要遵从祖宗的制度,要不然鬼神不认领。庄子作为一个楚人,死了老婆,按照祖宗的制度,应该怎样办?他应该去请一个巫师,召集亲友,来给他老婆敲锣打鼓唱歌。但是庄子很穷,请不起巫师;流落异邦,举目无亲,所以只好独自敲起盆,唱起歌。惠施是宋人,后来在魏国当官,他不懂楚国风俗,就说:你跟人家结婚生子,现在人家死

---

[1] 欧阳询撰,汪绍楹校:《艺文类聚》卷九十《鸟部上·凤》,上海古籍出版社1982年版,下册,第1558页。

[2] 张廷玉等:《明史》卷二八一《循吏传》,中华书局1974年版,第24册,第7210页。

[3] 焦循撰,沈文倬点校:《孟子正义》卷十《滕文公章句上》,上册,第328页。

去了，不哭还鼓盆而歌，太过分了吧。庄子就给他讲了一个道理，他说天地间，开始时本来没有生，也没有形，也没有气。后来在混混沌沌之间变出气来，气聚合起来就是生，气散了就是死，这就像春夏秋冬四时运转，大化流行。他根据楚国的风俗，提炼出天地运行、生命聚散的哲理。把原始的风俗信仰仪式转化为原创思想，这是先秦诸子的一大创造。因此，庄子丧妻，鼓盆而歌，也蕴含着楚文化的 DNA。

还可以从《庄子·应帝王》提取混沌的故事，作为分析的样品。混沌是中央之帝，天地中心最高的神。南海之帝叫作"儵"，北海之帝叫作"忽"，他们经常在混沌的地盘上会面，受到混沌很好的招待。儵和忽就商量怎样报答混沌的大恩大德，他们说："人都有七窍，用来看、听、吃东西和呼吸，混沌却没有七窍，我们就试着给他凿出七窍吧。"他们"日凿一窍，七日而浑沌死"[1]。"浑沌"是楚人的信仰。所谓"三苗"，高诱注《淮南子》《吕氏春秋》，说是混沌、穷奇、饕餮，在中原人看来属于凶残的怪物。三苗左洞庭、右彭蠡，在《禹贡》的荆州、扬州之间，江州、鄂州、岳州、长沙、衡阳皆古三苗地。在楚人看来，混沌却是本土部族的祖先，并且由此衍化成一种族源信仰。混沌信仰，讲究顺乎自然，融入自然，如果用人工的斧凿，比如知识、技巧、名利的斧凿为之开窍，就可能使浑融一体的自然丧失生命。

儵、忽，作为南海、北海之帝，它们的词义是迅速得如闪电般奄忽。儵忽，应是楚国方言，中原文献罕见，而《楚辞》中反复出现。《天问》说："雄虺九首，儵忽焉在？"《九章·悲回风》说："据青冥而摅虹兮，遂儵忽而扪天。"《招魂》说："往来儵忽，吞人以益其心些。"《远游》说："神儵忽而不反兮，形枯槁而独留。……视儵忽而无见兮，听惝恍而无闻。"《九辩》说："愿寄言夫流星兮，

---

[1]　王叔岷：《庄子校诠》卷一《应帝王第七》，上册，第303页。

羌儵忽而难当。"有时"儵"与"忽"二字似断还连，如《九歌·少司命》："悲莫悲兮生别离，乐莫乐兮新相知。荷衣兮蕙带，儵而来兮忽而逝。""儵忽"一词在先秦时代的《楚辞》六篇中出现了七次。"儵忽"又演变为"倏忽"，《战国策·楚策四》记载庄子的本家庄辛对楚襄王说："蜻蛉其小者也，黄雀因是以俯噣白粒，仰栖茂树，鼓翅奋翼，自以为无患，与人无争也。不知夫公子王孙左挟弹，右摄丸，将加己乎十仞之上，以其类为招。昼游乎茂树，夕调乎酸咸，倏忽之间，坠于公子之手。"[1] 其中寓言的意味，类乎《庄子·山木》螳螂捕蝉，异鹊在后，而庄周执弹更在其后。属于先秦典籍的《吕氏春秋·仲秋纪·决胜》也出现"儵忽"一词："怯勇无常，儵忽往来，而莫知其方。"[2] 但《吕氏春秋》材料来源复杂，吕不韦编书的门客也来自列国，如李斯就当过他的门客。从来源明确的多条证据看，"儵忽"应是楚方言。也就是说，《庄子》混沌寓言，是以楚方言讲楚人信仰，因此楚文化 DNA 的印记甚深。

检索《庄子》书，可以发现有十几个楚国故事。庄子笔下的楚人，都是很神奇悟道的。这是庄子的祖辈、父辈告诉他的那个遥远的失落了的故乡故事，带有乡愁情结，"月是故乡明"。唐人崔颢《黄鹤楼》诗云："日暮乡关何处是？烟波江上使人愁。"《北史·庾信传》说："（庾）信虽位望通显，常有乡关之思，乃作《哀江南赋》以致其意。"[3] 这种乡关之思，在流亡异地的庄氏家族中传承，在《庄子》书中凝聚成异样精彩的乡关故事。

第一个故事"郢匠挥斤"，见于《庄子·徐无鬼》。郢，是楚国的首都，郢都一个名叫"石"的工匠，拿着一把大斧头，运转起来

---

[1]　刘向整理，何建章注释：《战国策注释》卷十七《楚策四》，中华书局1990年版，中册，第571页。

[2]　许维遹编：《吕氏春秋集释》卷八《仲秋纪·决胜》，中国书店1985年影印本，上册，第11页 a。

[3]　李延寿：《北史》卷八十三《文苑传》，中华书局1974年版，第9册，第2794页。

像风快，"运斤如风"啊，能够把别人鼻子尖上，像苍蝇的翅膀那么薄的白泥巴砍掉。这个挥斧头人很了得，这受斧头人也很了得，他们简直不是用眼睛，而是听着风声挥舞斧头的。讲述故都工匠的神技，是足以使庄子傲视向他请教这个故事的宋元君的。

第二个故事"痀偻承蜩"，驼背老人用竹竿抓蝉，见于《庄子·达生》。这是孔子在楚国的林野中看见的。孔子看见这位身体有缺陷的老人，用竹竿抓蝉，就像随手捡来一样，就问他是不是"有什么道"？老人说，是有道的。用竹竿去抓蝉，杆子顶上放两个石头丸子，不掉下来，那么他去粘蝉，十有七八能粘下来；如果放三个石头丸子都不掉下来，再去粘蝉，十个能粘下九个；如果杆子顶上放五个丸，都不掉下来，再去粘蝉的话，就像随手拈来一样容易了。自己伸出手臂，就像枯枝一样，虽然天地之大，万物之多，但我只知道蝉的翅膀。用世界上万物来换蝉的翅膀，我都一点也不分心，还有什么理由抓不到蝉呢？孔子称赞，这是"用志不分，乃凝于神"[1]。这位楚国老乡不是以敏捷的身手，而是以精神的力量把庄子粘住了。

第三个故事，是"汉阴抱瓮丈人"，见于《庄子·天地》。汉阴，就是汉水的南面。有个老人，凿出隧道，抱瓦瓮到井里，吭哧吭哧地打井水来灌菜园子。子贡问他：为什么不用桔槔打水，那样不是用力少，见效大吗？老人忿然作色，嘲笑说，我听老师讲过："有机械者必有机事，有机事者必有机心。"[2] 这是会破坏内心的纯白而使心神不定，道也就丧失了。孔子说，这就是"浑沌氏之术"[3]。这是与《应帝王》篇的混沌故事，一脉相通的。混沌而称"氏"，可见是从三苗部族首领传下来的。其旨趣就是不要用机巧的东西，破坏自然的混沌状态，不要用机巧的心妨碍道的本源。这种楚人故事，

---

[1] 王叔岷：《庄子校诠》卷三《外篇·达生》，中册，第677页。

[2] 王叔岷：《庄子校诠》卷二《外篇·天地》，上册，第444页。

[3] 同上书，第450页。

蕴含着相当本色的楚文化 DNA。

然而，庄氏家族流亡到宋国，《庄子》书又是怎么样讲宋国故事呢？庄子笔下的宋人都是很笨拙，甚至是机心巧诈的。这是因为庄氏家族未能融入宋国社会，宋国并没有坦诚接纳他们。以庄子的智慧才华，才当个小作坊的记账先生，连衣食温饱都保证不了。所以他对宋人，是有心理隔阂的。

《庄子·逍遥游》说：宋人准备了一批商朝老祖宗的"章甫"帽子而到南方的百越之地去卖，但是越人断发文身，根本就不戴帽子。《逍遥游》还有一则故事，宋国有个家族，发明了一种使手不皲裂的药膏，世世代代都涂上药膏去漂洗棉絮。有个客人想用百金买他们的药方，他们就开家族会议讨论，觉得世世代代漂洗棉絮，就得那么几两金，现在一出手卖药方，就得到一百两金，何乐而不为？结果，那位客人拿着药方游说吴王。碰上越国侵犯吴国，吴王就任命他当将军。冬天打水仗，用药使士兵的手不皲裂，把越人打得大败，他因而受到吴王的裂土封爵。而宋国这班老兄，还在那里洗他的破棉絮。宋人封闭狭隘，使他们只看到一点蝇头小利，不懂得如何使自己的专利权发挥更大的作用。

还有一个宋国使者曹商的故事，见于《庄子·列御寇》。曹商为宋王出使到秦国，带着几辆车去，由于得到秦王的欢心，回来时车子增加到一百辆。他回到宋国就去见庄子，说：住在贫穷狭窄的巷子里，困顿窘迫地编织草鞋，一副蓬头垢面的模样，这是我曹商所短缺的。一旦使得万乘之主醒悟，得到百辆车子，这就是我曹商的特长了。庄子说：秦国的国王有病找医生，能够把他的疮里的脓挤出来，可以得一辆车。如果给国王舐他的痔疮，就可以得五辆车，治病的手段越肮脏，得到的车子越多。大概你是经常去舐痔疮吧，不然怎么得到这么多的车子呢？你给我走开吧！这个故事叫作"吮痈舐痔"，就是阿谀奉承，卑躬屈膝，干着舐痔疮这种恶心的勾当。从这则故事中，可以窥见庄子在宋国穷愁潦倒的生存困境，而逢迎巴结的曹商小人得志，还要跑到庄子面前显摆，这是对人格尊严的侮辱。这则故事收入《庄子》杂篇，从叙事口吻看，是庄子后学记述的，但后学能从庄子口中听到这个故事，可见庄子对宋国曹商式的人物，是何等的深恶痛绝！也就是说，居留在宋国的庄子，与宋国得势人物之间，具有排异性。

实际上，先秦诸子对宋人，都没有太多的好感。这是什么缘故？宋国是一个不太大的"大国"，又是不太小的"小国"，国力介于大国、小国之间，作为周初安置殷遗民，能够延续商朝香火的地方，地位比较特殊。宋国夹在晋、楚、齐这些大国的中间，常有亡国的威胁，所以它不接受客卿，也不敢把权力交给他人，害怕大权旁落。只要清理《左传》的材料，就会发现，宋国掌权人物，都是自己的公族。金代李汾《感寓述史杂诗五十首》其一赋"苏客卿秦"云："游说诸侯获上卿，贾人唇舌事纵横。可怜一世痴儿女，争羡腰间六印荣。"[1] 可见游士客卿也是以唇舌求富贵的，朝秦暮楚，宋人自会提防。还有齐威王、宣王，建稷下学宫，若邹衍、田骈、淳于髡，皆号客卿，此类客卿制度，也不是宋国财力能够支持的。

诸子在列国之间流动着，从孔、孟以下，多受过宋人的冷遇或恶遇。游动列国间的诸子，对宋人的封闭性很是反感。孟子的"揠苗助长"，是宋人；韩非子的"守株待兔"，也是宋人。庄子在宋国待了一辈子，以旷世的才华，仅当了个漆园吏，甚至要借粟度日，卖草鞋充当补贴，实在是斯文扫地。因此，庄子对宋人，连他们古里古气的章甫帽，"洴澼绒"的衣服，直至曹商舐痔的做派，都是鄙视或蔑视的。

然而宋国的蒙地，是一个相对偏僻的沼泽地，是大夫宋万弑宋闵公（前682）的蒙泽之地。庄氏家族流亡宋国，落脚于此荒野之地。

---

[1] 李汾：《感寓述史杂诗五十首并引·苏客卿秦》，元好问编：《中州集》卷十，中华书局上海编辑所1959年版，下册，第494页。

这倒是给庄子的灵感，提供了许多来自自然生态的资源。对于庄子出生的宋国蒙地，进行自然地理学、人文地理学的分析，应能触及庄子灵感得以发生的根源。沼泽地上，草木蒙茸，虫鱼繁生，最宜做梦。在这个地方，庄子做了很多梦，使他成为先秦诸子中写梦最多、最好的一人。在诸子中，庄子的祖师爷老子《道德经》五千言，没有"梦"字。与庄子同时代的孟子，他虽然姓孟，但是《孟子》三万四千字，一个"梦"字也没有。《论语》中有一个"梦"字，就在《述而》篇，孔子感叹："甚矣，吾衰也，久矣吾不复梦见周公。"[1] 孔子做的是政治梦。朱熹说："'梦周公'，'忘肉味'，'祭神如神在'，见得圣人真一处。理会一事，便全体在这一事。"[2] 清人纪晓岚《阅微草堂笔记·滦阳续录三》说："有念所专注，凝神生象，是为意识所造之梦，孔子梦周公是也。"[3] 古人绘有《孔子梦周公图》《庄生梦蝴蝶图》。但是庄子写了十一个梦，他思考着，到底做梦的时候是真的呢，还是醒过来的时候是真的呢？这真实的分界，生命的分界在哪呢？庄子做的是生命体验的梦。最有名的是"蝴蝶梦"，《庄子·齐物论》说："昔者庄周梦为胡蝶，栩栩然胡蝶也。自喻适志与！不知周也。俄然觉，则蘧蘧然周也。不知周之梦为胡蝶与，胡蝶之梦为周与？周与胡蝶，则必有分矣。此之谓物化。"[4] 到底是庄周梦蝴蝶呢，还是蝴蝶梦庄周？万物就在这种如沐春风的境界中，相互化入化出，实现人与自然的生命交流。明代杂剧《霸亭秋》说："一枕梦周公，周公不见了。庄生扑蝴蝶，蝴蝶吱吱叫。"[5] 这里存在着一种"吱吱叫"的生命呼唤，庄子由此开了一个传统，用梦

[1] 杨树达：《论语疏证》卷七《述而篇第七》，上海古籍出版社1986年版，第155页。

[2] 黎靖德编，王星贤点校：《朱子语类》卷三十四《论语十六·述而篇》，第3册，第862页。

[3] 纪昀著，汪贤度校点：《阅微草堂笔记》卷二十一《滦阳续录三》，上海古籍出版社1980年版，下册，第516页。

[4] 王叔岷：《庄子校诠》卷一《内篇·齐物论第二》，上册，第95页。

[5] 沈自徵：《霸亭秋》，沈泰辑：《盛明杂剧初集》卷十二，《续修四库全书》集部第1764册，上海古籍出版社1995年版，第454页。

来体验生命。

湿地风物，使庄子潜入自然，他不是厌烦了城市而回归自然，而是他的生命本来就与自然浑然一体，处于混沌未凿的生生不息的状态。庄子写了很多稀奇古怪的大树，写了很多活泼精灵的动物。《庄子》草木虫鱼繁茂，简直是一部博物志，一部"诗化了的博物志"。庄子作为流亡家族的孩子，小时候没有邻居伙伴一块玩，就"独与天地精神往来"[1]。这个"独"字连着庄子的生命形态，他独自一人在深林河沟里来回逛荡，或者在街头上痴迷地看风景。他呆呆地看人家杀猪，燎猪毛，连藏在肥猪腋下的虱子也难逃一劫。或者到摊子上看着老头耍猴，说上午给三个橡栗，下午给四个橡栗，猴子不高兴了；改口说上午四个橡栗，下午给三橡栗，猴子就兴高采烈。他有时去河沟里看鱼群从容出游，或者到深林里看螳螂捕蝉，黄鹊在后。就如庖丁解牛，开头所见无非全牛，三年之后未尝见全牛。牛刀用了十九年矣，解牛数千，刀刃如新。三刀两刀，就撂倒那么大的牛，皮肉像一堆泥土那样摊在地上。然后提刀四顾，踌躇满志。庄子精神的震撼感，是小孩看大人三刀两刀宰掉一头庞然大物的牛的感觉，大人难得有这种感觉。

《庄子·则阳》讲了一个蜗牛角上的战争故事，说是蜗牛有两个角，左角是触国，右角是蛮国，经常为争夺土地开战，伏尸数万，追逐败军十五日才收兵回来。蜗牛有两个角，恐怕博学如孔夫子都不知道，因为那时候博物学的知识不发达，没有上过生物课，怎么知道蜗牛有两个角呢？蜗牛的角，平时都缩在蜗牛壳里，要看到蜗牛伸出角来，得等待很长时间。蜗牛两个角左右摆动，就设想是触国和蛮国在打仗，旷日持久，伏尸数万。这是小孩子的想象，大人可能看不见蜗牛有角，看见了也不会把两个角的左右摆动，想象成两个国家在打仗。所以庄子是以天真无邪的赤子之心，体验自然，

[1] 王叔岷：《庄子校诠》卷五《杂篇·天下第三十三》，下册，第1344页。

激活自然的生命，"独与天地精神往来"，自得其乐地跟天地精神玩耍，玩得你中有我，我中有你。庄子的这种思维方式，是河沟里的鱼、草丛里的蝴蝶、树林里的猴子教给他的，不是从家门到校门从书本里学来的。从小在河沟、草丛、深林逛荡的童年记忆、体验和经历，影响到他终生的哲学、文学思维方式。如果没有这种记忆、体验和经历，长大了之后才到河沟、草丛、深林里面去摸爬滚打，就乐趣顿消，很难感受乐趣了。

通过先秦姓氏制度的考证，获知庄子是楚庄王疏远的旁系后代，这有助于揭示《庄子》书所蕴含的文化DNA。即便是蒙泽的草木虫鱼，庄子也是以楚人自由无拘束的想象进行体验的。这与中原以礼加以节制的想象方式存在着根本差异。《庄子·人间世》与《论语·微子》，都记述了楚狂接舆的"凤兮歌"，虽有"凤兮凤兮，何德之衰"的重叠，但《庄子》却多出了"方今之时，仅免刑焉。福轻乎羽，莫之知载；祸重乎地，莫之知避。已乎已乎！临人以德。殆乎殆乎！画地而趋。迷阳迷阳，无伤吾行。吾行郤曲，无伤吾足"。[1] 可见庄子从国族上，对楚国充满乡愁；但从政治上，觉得楚国"方今之时，仅免刑焉"，甚至要躲避"伤吾行"、"伤吾足"之祸。因此，他拒绝楚威王之聘，是出自政治考量的。宋人王应麟《困学纪闻》卷十说："《庄子》'楚狂之歌'所谓'迷阳'，人皆不晓。胡明仲云，荆楚有草，丛生修条，四时发颖，春夏之交，花亦繁丽。条之腴者，大如巨擘，剥而食之，其味甘美。野人呼为'迷阳'，其肤多刺，故曰：'无伤吾行，无伤吾足'。"[2] 可见楚国迷阳草多刺，可以刺伤人脚，阻碍道路的。《庄子·则阳》写士人游楚，楚王没有接见，他们评议说："夫楚王之为人也，形尊而严。其于罪也，无赦如虎"[3]，因而主张"其穷也使家人忘其贫"，"其于物也，

---

[1] 王叔岷：《庄子校诠》卷一《内篇·人间世第四》，上册，第167页。

[2] 王应麟著，翁元圻等注，栾保群、田松青、吕宗力校点：《困学纪闻》（全校本）中册，上海古籍出版社2008年版，第1300页。

[3] 王叔岷：《庄子校诠》卷四《杂篇·则阳第二十五》，下册，第997页。

与之为娱矣；其于人也，乐物之通而保己焉。故或不言而饮人以和，与人并立而使人化。父子之宜，彼其乎归居，而一闲其所施。其于人心者，若是其远也"[1]。这里是否透露了庄子穷而忘贫，娱乐万物，归来过"父子之宜"生活的心愿呢？读《庄子》书，自然会感受到庄子胸襟的超旷，但他对政治并非毫不介怀，他对魏国的文侯、武侯、惠王对待士人的态度，观察得很细。如果完全无意于政治仕途，你为何对宋国邻近的魏国历代的政治观察得那么细？这样来分析庄子，是可以触摸到他的体温，把握到他的文化上的 DNA 的。这就是发生学的第一个关键点，对诸子的生命进行验证，弄清楚诸子是谁，为何把书写成这个样子。

二、多方法综合探究诸子知识来源

发生学的第二个关键点，就是以多种方法的综合，深化对诸子的文本和多种材料内在脉络的清理，探究其知识来源。从国族、家族、民俗沉积、文化流动中，通过多重互证，解读和指认诸子文化的 DNA。对于解读文化 DNA，前面对庄子的考察，已经颇多涉及。这里着重讨论以多种材料、多种方法进行互证。先秦两汉文献，在记述时就存在着价值选择，经历二千年存存废废、集合散逸的颠踬，存在着许多缺失的环节，存在着许多碎片化的想象，缺乏足够的完整性。历史留下来的空白，远远大于历史留下来的记载。不妨设想，春秋从周平王东迁洛邑（前770），到周敬王末年（前476），几近三百年。经孔子整理过的《春秋经》，一万八千字，记述二百四十四年的历史。其后有《左传》，十八万字，加起来也就是二十万字，就交待了二三百年的春秋时期，平均一年八百多字，

---

[1] 王叔岷：《庄子校诠》卷四《杂篇·则阳第二十五》，下册，第998页。

一天也就是两个字。战国时期材料略多，因缺乏《春秋》《左传》这样的编年史，年代也就更加纷杂。在如此多事之秋，应有多少人物事件没有记载下来？没有记载下来的人和事，并不等于不存在。尤其是关系到中国文化命脉的先秦诸子，他们起自士的阶层，官位多是不高，其生平行事就很难进入按照官本位的价值观进行记录的官方文献的视野。因此诸子的生命还原和知识探源，就成为学术史上难题中的难题。

历史记载的某种空白处，换用另一种价值观来透视，也许存在着更深刻的历史潜流。因此能够在历史记载中发现有价值的裂缝，并以穷搜极索得来的材料碎片加以缀合，破解空白，弥补裂缝，反而能够发现更深刻的存在。清朝学者毛奇龄，在《经问》中说，认为古书没有记载的东西，就不存在，这是最不通的。他说儒家《诗》《书》《礼》《乐》《易》《春秋》六经中，无"髭髯"这两个字，不等于中国人的胡子是到汉代才长出来的。你什么时候关注它，什么时候记载它，跟它存在不存在不是一回事。过度的疑古学者犯了一大忌，说尧舜是孔子以后假托编造出来的。实际情形是，尧、舜作为古代部族的领袖，早就在民间口头传统中，口耳相传了一两千年。司马迁在《史记·五帝本纪》的结尾，以"太史公"的形式提出这个话头："学者多称五帝，尚矣。然《尚书》独载尧以来；而百家言黄帝，其文不雅驯，荐绅先生难言之。孔子所传宰予问《五帝德》及《帝系姓》，儒者或不传。"[1] 孔子系统地谈论这些口传材料，弟子将之记述在案。但是，记述在案的文献，比起口头传统就少了许多，太史公用自己"读万卷书，行万里路"的见闻，证实了这一点："余尝西至空桐，北过涿鹿，东渐于海，南浮江淮矣，至长老皆各往往称黄帝、尧、舜之处，风教固殊焉，总之不离古文者近是。予观《春秋》《国语》，其发明《五帝德》《帝系姓》章矣，顾弟弗深考，其

---

[1] 司马迁:《史记》卷一《五帝本纪》，第1册，第46页。

所表见皆不虚。《书》缺有间矣，其轶乃时时见于他说。非好学深思，心知其意，固难为浅见寡闻道也。余并论次，择其言尤雅者，故著为本纪书首。"[1]《史记》这第一篇"太史公曰"，联系上中国土地上久远的口头传统，是值得人们深思的。

先秦诸子的一大创造，就是他们发现并且激活了远比书面传统久远浩瀚的民间传统，以此孵化出具有原型性的原创思想，引发春秋战国时期思想的爆炸式的大突破。没有民间口头传统的参与，典重沉闷的王官知识结构，是很难出现这种千古未见的"道术为天下裂"[2]的局面的。孔子整理《尚书》，截断源流而另开源流，从尧舜开始谈道统，把尧舜当作垂拱而治的仁德之政的典范。儒家祖述尧舜，道家到了战国前中期，则由老子上溯黄帝，形成黄老道术。黄老道术走向鼎盛，与齐国临淄的稷下学派关系极大。《史记·孟子荀卿列传》说："自驺衍与齐之稷下先生，如淳于髡、慎到、环渊、接子、田骈、驺奭之徒，各著书言治乱之事，以干世主，岂可胜道哉……慎到，赵人。田骈、接子，齐人。环渊，楚人。皆学黄老道德之术，因发明序其指意。"[3]老子加上黄帝而形成的这个学派，将所学的黄老道德之术转向"言治乱之事，以干世主"，变成《汉书·艺文志》所说的"历记成败存亡祸福古今之道，然后知秉要执本，清虚以自守，卑弱以自持，此君人南面之术也"[4]。这股潮流能够掀起轩然大波，是与富庶大国的倡导支持分不开的。田齐取代姜氏之齐后，齐威王在其父桓公午（前375年卒）大墓建成，祭祀时作《陈侯因齐敦》，铭文为徐中舒释读如下："唯正六月癸未，陈侯因曰：皇考孝武桓公恭哉，大墓克成。其唯因扬皇考，绍统高祖黄帝，㑊嗣桓文，朝问诸侯，答扬（厥）德。诸侯寅荐吉金，用作孝武桓

[1] 司马迁：《史记》卷一《五帝本纪》，第1册，第46页。

[2] 王叔岷：《庄子校诠》卷五《杂篇·天下第三十三》，下册，1298页。

[3] 司马迁：《史记》卷七十四《孟子荀卿列传》，第7册，第2346—2347页。

[4] 班固：《汉书》卷三十《艺文志》，中华书局1964年版，第6册，第1732页。

公祭器，以蒸以尝，保有齐邦，（世）万子孙，永为典尚。"[1]齐威王以"高祖黄帝"来增加田氏的政治权威，受到威王、宣王资助的稷下先生，当仁不让地推动曾是田齐故乡陈国的老子，与齐威王推崇的黄帝相结合的潮流。作为稷下文献集成的《管子》，十分尊崇黄帝，如《任法》篇说："黄帝之治天下也，其民不引而来，不推而往，不使而成，不禁而止。故黄帝之治也，置法而不变，使民安其法者也。"[2]黄、老联手，使形而上的道，衍化出气、理、法、术等术语，谈论刑名治国，谈养生与用兵。

历史的存在和历史的记载是两回事，价值观、时代聚焦、思潮演进，都会对记载的选择发生影响。比如说，先秦文献没有记载屈原，近代学者就依据西方理论，认为屈原是"箭垛式的人物"，出现了"屈原否定说"，否定屈原的存在。但是如果先秦文献中多记屈原，屈原就是达官贵人，不是诗人了。屈原当左徒，是个近臣，不是重臣。重臣靠政绩、战功来支撑，在官本位的官方文献上容易留名；近臣如政治秘书之类，靠君王的信任来支撑，一旦受到疏远，就没有多少势力。近臣连文章、策略都以不署名的形态发挥作用，官方文献自然不会记载。屈原受疏远，尤其受流放后，掌握话语权的子兰、子椒、上官大夫也不会记载他，恨不得他的行踪在文字上销声匿迹。我们如果相信屈原不见于战国官方文献，就不存在屈原这个人，那就等于相信了子兰、子椒、上官大夫的话语权。不被官方记载的屈原潜入了民间，忧愤作诗，是以诗来实现他的生命价值的。

司马迁的《屈原列传》是怎样发生的？西汉王朝的创建者刘邦及一同举义的丰沛列侯，都是楚人，因此汉初楚风颇盛，屈原之音

[1] 徐中舒：《陈侯四器考释·黄帝之传说》，中央研究院历史语言研究所编：《中央研究院历史语言研究所集刊》第3本第4分册，1933年，第498—504页。

[2] 黎凤翔译，梁运华整理：《管子校注》卷十五《任法第四十五》，中华书局2004年版，中册，第901页。

不绝。《史记·屈原贾生列传》说："自屈原沉汨罗后百有余年，汉有贾生，为长沙王太傅，过湘水，投书以吊屈原。"[1] 而且载录了贾谊的《吊屈原赋》："恭承嘉惠兮，俟罪长沙。侧闻屈原兮，自沉汨罗。造托湘流兮，敬吊先生。"[2] 贾谊在汉文帝时英年早逝，到"孝武皇帝立，举贾生之孙二人至郡守，而贾嘉最好学，世其家，与余通书"[3]。司马迁是从贾谊的孙子那里得到贾谊的辞赋文章，因而将贾谊的精神脉络与屈原相对接的。《史记·酷吏列传》记载："长史朱买臣，会稽人也。读《春秋》。庄助使人言买臣，买臣以《楚辞》与助俱幸，侍中，为太中大夫，用事。"[4] 朱买臣、严助与司马谈同时，司马谈、司马迁父子，知道汉武帝好辞赋，因而以《楚辞》作为人才标准，已经纳入职官晋升体制。

楚国郢都被秦将白起攻占之后，屈原的后学宋玉、唐勒之辈，随楚襄王迁徙到寿春，寿春也就成为西汉前期的《楚辞》整理研究中心。《汉书·地理志》记载："寿春、合肥受南北湖皮革、鲍、木之输，亦一都会也。始楚贤臣屈原被谗放流，作《离骚》诸赋以自伤悼。后有宋玉、唐勒之属慕而述之，皆以显名。汉兴，高祖王兄子濞于吴，招致天下之娱游子弟，枚乘、邹阳、严夫子之徒兴于文、景之际。而淮南王（刘）安亦都寿春，招宾客著书。而吴有严助（即庄助，避东汉明帝刘庄之讳，而改庄为严）、朱买臣，贵显汉朝。"[5] "（刘安）招致宾客方术之士数千人，作为《内书》二十一篇。"这就是《淮南子》。"安入朝，献所作《内篇》，新出，上爱秘之。使为《离骚传》，旦受诏，日食时上。"[6] 司马谈、司马迁父子是得见刘向的《离骚传》的，如《太平御览》卷

[1] 司马迁：《史记》卷八十四《屈原贾生列传》，第8册，第2491页。

[2] 同上书，第2493页。

[3] 同上书，第2503页。

[4] 司马迁：《史记》卷一二二《酷吏列传》，第10册，第3143页。

[5] 班固：《汉书》卷二十八下《地理志下》，第6册，第1668页。

[6] 班固：《汉书》卷四十四《淮南衡山清北王传》，第7册，第2145页。

二百三十五所述:"《汉书》曰:司马喜生谈,谈为太史公(如淳曰:《汉仪注》,太史公,武帝置位在丞相上。天下计书先上太史公,副上丞相,序事如古《春秋》。迁死,宣帝以其官为令,行太史公文书而已)。"[1] 太史公爵位不会在丞相之上,但在保存文书版本上应在丞相之先。因而《史记》引用了不少《离骚传》的话。

司马迁年轻时曾经漫游全国许多地方,考察历史遗迹,搜集地方的和家族的文献,采访民间父老。《史记·太史公自序》说:他"年十岁则诵古文。二十而南游江、淮,上会稽,探禹穴,窥九疑,浮于沅、湘;北涉汶、泗,讲业齐、鲁之都,观孔子之遗风,乡射邹、峄;厄困鄱、薛、彭城,过梁、楚以归"。[2] 这个行踪非常弯曲,"南游江、淮",是去过屈原家乡和从政的地方,以及屈原材料整理研究的中心;"窥九疑,浮于沅、湘;北涉汶、泗",则到过屈原流放、沉江的遗址,由南折向北,又有与屈原行踪重叠之处。司马迁距离屈原才一百五十年,在上古生活封闭、节奏缓慢的情形下,他完全可以接触到与屈原有关的建筑、遗迹、书面或口头的材料。太史公曰:"余读《离骚》《天问》《招魂》《哀郢》,悲其志。适长沙,观屈原所自沉渊,未尝不垂涕,想见其为人。"[3] 他的《屈原列传》是搜集中央和地方的档案、文献,亲自进行实地调查,因而得出屈原是一个真实的伟大的文化存在的结论。我们是相信这个离屈原才一百五十年的伟大历史学家的判断呢,还是相信离屈原二千余年的学者根据与屈原不搭界的理论所做出的否定性判断? 这对于头脑清醒的人而言,是不言而喻的。

司马迁著《史记》,依恃着汉武帝时期天下郡国文书,先上太史公的国家制度,"绌(缀集)史记石室金匮之书"[4],"罔罗天下放

---

[1] 李昉等撰:《太平御览》卷二三五《职官部三十三·太史令》,中华书局1998年版,第2册,第1112页。

[2] 司马迁:《史记》卷一三〇《太史公自序》,第10册,第3293页

[3] 司马迁:《史记》卷八十四《屈原贾生列传》,第8册,第2503页。

[4] 司马迁:《史记》卷一三〇《太史公自序》,第10册,第3296页。

失旧闻"[1]，并且进行了许多遗址遗迹的实地调查，从而对先秦官方文献少记或失记的诸子身世行事，呕心沥血地做出了前无古人的记述。太史公所搜集的材料，如果埋藏在地下，将是简帛极品。父子两代编撰这么一部大书，不可能没有纰漏，但从整体而言，它是一部信史，应该获得足够的尊重。疑古的前人，说老子在庄子之后，又说《孙子兵法》为孙膑所著，都是挑战太史公书的。但是湖北荆门郭店竹简出土了三种《老子》，山东临沂的银雀山同时出土了《孙子兵法》和《孙膑兵法》，历史给博学的先生开了个玩笑，证明《史记》的记载具有难以动摇的历史真实性。许多历史现场，还要回到太史公。

《左传》中没有记载孙武。《左传·定公四年》（鲁定公四年，前506年）记述吴楚柏举之战，没有提到孙武。吴国联合蔡国、唐国攻打楚国，顺着淮河上去，突然抛弃自己的船只，与楚军在柏举对峙。吴王阖闾的弟弟夫概不听阖闾的意见，带着五千人以迅雷不及掩耳之势，打乱了楚军的阵脚。又等逃跑的楚军一半渡过河去，剩下的一半丧失斗志，带兵出击，从而大败楚军。又乘溃退的楚军在做饭，追上去把他们的饭吃掉，继续追击。只用了十一天，千里奔袭，打了五仗，攻入楚国的首都。对于这场出奇制胜、以少胜众的著名战役，《左传》提到伍子胥、太宰嚭，记述了吴王阖闾，王弟夫概，以及楚国领军的令尹、司马，唯独不见孙武的影子。这就授给怀疑的先生以把柄，认为历史上没有孙武此人。历史记载中，为什么孙武缺席？这就需要辨明《左传》的材料来源。《左传》采用的是官方材料，官方记载是以官本位的价值尺度，来选择和剪裁史事的。因此功劳簿是只记国王、王弟和伍子胥一类的重臣。官低一级，矮人一等，仰着头看的史官，也就看不见孙武了。这是等级

---

[1]　萧统编，李善注：《文选》卷四十一司马迁《报任少卿书》，上海古籍出版社1986年版，第5册，第1854页。

森严时代的历史记载的惯例，历来如此。倒是我们的疑古先生步古史官的后尘，依然不愿把仰着头看，改为平视，也就认为历史上无孙武其人了。孙武只是一个军事专家，一个参谋，是个客卿。孙武直到死都是吴国的客卿，而非一二品大员，与辅助吴王阖闾上台的重臣伍子胥在官阶上难以并肩。东汉袁康《越绝书》卷二记载：吴国首都"巫门外大冢，吴王客齐孙武冢也，去县十里。善为兵法。"[1]我们虽然把孙武、孙膑区分为吴孙子、齐孙子，但是从吴人看来，孙武还是齐孙武，只不过是"吴王客"。因此官方史籍未予记载，是可以想知的。

然而诸子书的价值尺度不同，它不是以官位，而是以真才实学和历史作用衡量人物，也就不会忘记孙武了。战国末年的《尉缭子》说：有提十万之众，而天下莫敢当者，是谁呢？是齐桓公；有提七万之众，而天下莫敢当者，是谁呢？是吴起；有提三万之众，而天下莫敢当者，是谁呢？是孙武子。柏举之战，吴军就是以三万之众，大败楚军二十万之众的。《韩非子·五蠹》里面也讲，"境内皆言兵"，国家境内到处都在谈论用兵，"藏孙、吴之书者家有之"[2]。兵家、思想家的书，都把孙武放在非常重要的位置。《史记》将孙武、吴起合传，是突破以官职论人物的高低的价值框架的。

其实只要对《左传》本文进行细读，也可以感受到吴楚柏举之战，与春秋许多战争存在着实质性的差异。从夫概的言论和战法来看，处处闪动着孙武的影子。孙武作为客卿参谋，不一定就在阖闾的身边，他可能处在前锋，时时为夫概出谋划策。比如夫概分析楚军主将不仁失众，就符合《孙子兵法》的"知彼知己，百战不殆"（《谋攻篇》）。夫概主张速战速决，也符合"其用战也胜，久则钝兵挫锐"（《作战篇》），"攻其不备，出其不意"（《计篇》）。夫概的速

[1] 张仲清校注：《越绝书校注》卷二《越绝外传记吴地传第三》，国家图书馆出版社2009年版，第46页。

[2] 王先慎撰，钟哲点校：《韩非子集解》卷十九《五蠹》，中华书局1998年版，第452页。

战提议得不到阖闾的允许，就说："所谓'臣义而行，不待命'者，其此之谓也。今日我死，楚可入也。"这些话与孙武操练女兵时说的"将在军，君命有所不受"，如出一辙。夫概追击楚军可谓"其疾如风"，但追到清发水（今湖北涢水）时，却主张等对方半渡，才发起攻击，夫概的理由是："困兽犹斗，况人乎？若知不免而致死，必败我。若使先济者知免，后者慕之，蔑有斗心矣。半济而后可击也。"这也是孙武"穷寇勿迫"（《军争篇》），以及"所谓古之善用兵者，能使敌人前后不相及，众寡不相恃，贵贱不相救，上下不相收，卒离而不集，兵合而不齐"（《九地篇》）思想的运用。其后穷追猛打，十一天就攻占郢都，确实做到了"凡战者，以正合，以奇胜。故善出奇者，无穷如天地，不竭如江河"，"激水之疾，至于漂石者，势也。鸷鸟之疾，至于毁折者，节也"（《势篇》）。这个柏举之战，实现了孙武"夫兵形象水，水之形，避高而趋下。兵之形，避实而击虚。水因地而制流，兵因敌而制胜。故兵无常势，水无常形，能因敌变化而取胜者，谓之神"（《虚实篇》）的大智慧。可以说，柏举之战是孙武军事思想和谋略的一次大演习。《左传》没有记载孙武，但它所记载的柏举之战，却处处有孙武。孙武处在夫概的前锋位置，其后夫概率先回吴国称王，被阖闾回师打败而流亡楚国北部的堂溪，自此孙武也像云龙见首不见尾一样，不明去处了。

《史记》记孙武，除了大力渲染他操练女兵而斩吴王的二爱姬之外，对孙武的身世仅是寥寥数语："孙子武者，齐人也。以兵法见于吴王阖庐。"[1]并没有交待他的祖宗脉络。大概先秦文献少载孙武身世，太史公远游吴越也只是探访了春申君故城，及"上会稽，探禹穴"，并未找到孙武后人及其家族谱牒。到齐地，虽然知道孙武死后百余岁有孙膑，但孙膑可能出自孙武祖父传下的另一支，说"膑亦孙武之后世子孙也"[2]，可能也是未见孙氏谱牒的臆测之词。既

---

[1] 司马迁：《史记》卷六十五《孙子吴起列传》，第7册，第2161页。

[2] 同上书，第2162页。

然孙子身世材料散失，那么我们研究《孙子兵法》，又如何触摸孙武的体温？年富力强的孙武，此前并无战争经历的记载，为何他见吴王阖闾，就拿出了《十三篇》。银雀山竹简已出现"十三篇"一词，可知《史记》所载，具有可靠性。十三篇的《孙子兵法》一出手，竟然成为千古的兵家圣典，原因何在？

摆在我们面前的问题，是如何看待、解释和弥补历史记载的这个空白。《老子·第五章》说："天地之间，其犹橐籥乎！"天地之间就像一个大风箱，你把住它的把儿，鼓动它的皮囊，推移它的活塞，才能鼓出风来；要这个风箱有意义，能发挥鼓风的功能，它的中间应该是空的，不能是实心的。有空白，风箱才能打出气来，空白的意义具有关键性。研究先秦诸子的发生学，必须注意这种历史失载的有意义的空白，甚至要建立一种"空白的哲学"。研究先秦诸子发生学，有必要从文献处入手，在空白处运思，致力于破解空白的深层意义，这就是"哲学的文献学"的妙用。空白对于方法的汇通，提出更高的要求。我们面对空白，要尽可能寻找蛛丝马迹，从缀合可能搜得的材料碎片上，进入先秦诸子的生命本质。这就要动员文献学、考古学、姓氏学、谱系学、文化人类学、人文地理学等多学科的材料，交叉使用各种方法，寻找钥匙打开诸子的生命密码。

清代学者孙星衍自认是孙武的真后裔，而追溯"孙子盖陈书之后。陈书见《春秋传》，称孙书。《姓氏书》以为景公赐姓，言非无本。又泰山新出《孙夫人碑》，亦云与齐同姓"[1]。关于孙武家世，还可以参看《新唐书·宰相世系三下》："孙氏出自姬姓。……又有出自妫姓。齐田完字敬仲，四世孙桓子无宇，无宇二子：恒、书。书字子占，齐大夫，伐莒有功，景公赐姓孙氏，食采于乐安。生凭，字起宗，齐卿。凭生武，字长卿，以田、鲍四族谋为乱，奔吴，为将军。三子：

[1] 孙星衍：《孙子兵法序》，孙武撰，曹操等注，杨丙安校理：《十一家注孙子校理》，中华书局1999年版，第333页。

驰、明、敫。敫食采于富春，自是世为富春人。"[1] 孙氏出自田完家族。陈宣公二十一年（前672），陈国发生了宫廷斗争，田完担心受到牵连，逃到齐国，当了齐桓公的工正。这个家族经过了十代的发展，势力强盛，最终在齐太公田和十八年（前387）获周天子允列为诸侯，取代了原来姜子牙的齐国，变成了田齐。孙武是田完家族的七世孙，《左传》鲁昭公十九年（前523）记载了孙武的祖父孙书。这年秋天齐国讨伐东夷部族的莒国，莒国的国君逃到纪鄣（今山东省日照市西南的安东卫故城），就派孙书攻打纪鄣。城里有位老寡妇，因为丈夫被莒国的国君杀死了，就住在这个小城邑里，天天纺织麻绳，到了麻绳长度和城墙高度相等，就收藏起来。等到孙书军临城下，她就把麻绳扔出城外。陈书获得麻绳，夜里就派军队攀着麻绳登城。登上六十人，麻绳断了。这六十人和外面攻城的军队，击鼓呐喊，把莒国的国君吓懵了，不知进来多少人，就打开西门逃跑了，齐军就开进城来。因为这项战功，齐景公赐陈书姓孙。所以《孙子兵法》说，"兵以诈立，以利动，以分合为变者也。故其疾如风，其徐如林，侵掠如火，不动如山，难知如阴，动如雷震，掠乡分众，廓地分利，悬权而动。先知迂直之计者胜，此军争之法也"[2]，就与纪鄣战例的经验有关。而且《孙子兵法》第十三篇《用间》就很独特，专门写反间计和信息情报，内奸、暗线，对于打仗时了解敌情，有特殊的重要性。哪本兵书把反间计作为专门一章来写？就是《孙子兵法》。信息时代的战争，空中的情报卫星，低空的预警机，都是关键。孙武实在有先见之明，知道信息的高度重要性，纪鄣城的老太太比照城墙的高度纺麻绳，实际上这个内线把情报数据化了。

《孙子兵法》的家族记忆，渗透得相当广泛。田氏家族，发展

---

[1] 欧阳修、宋祁：《新唐书》卷七十三下《宰相世系三下》，中华书局1975年版，第10册，第2945页。

[2] 孙武撰，曹操等注，杨丙安校理：《十一家注孙子校理》卷中《军争篇》，第142—145页。

到四五代之后，已经是非常强势的政治军事家族。比如田常弑君，就是这个家族的六世孙所为。考察《孙子兵法》的家族文化基因时，我们绝对不要忘记，另外一位与孙武的祖父孙书同辈而略长的大军事家，叫司马穰苴，《史记》卷六十四是《司马穰苴列传》。司马穰苴就是田穰苴，"司马穰苴者，田完之苗裔也"[1]；因为他当了大司马，由官爵得氏，称作司马穰苴。司马穰苴是一个杰出的将才，身后"齐威王使大夫追论古者《司马兵法》而附穰苴于其中，因号曰《司马穰苴兵法》"[2]。孙武虽然没有看到《司马穰苴兵法》，但作为家族长辈军事名人的司马穰苴，以其军事思想和行军谋略，深刻地影响了这个家族的子弟。齐景公时期受到了晋国和燕国的威胁，常打败仗，晏子就建议齐景公，起用田穰苴，说他"文能附众，武能威敌"。齐景公担心田氏家族的势力已经很大，再起用一个将军，那还得了。田穰苴接任将军时，可能是为了消除齐景公的戒心，就说：我本来卑贱，如此破格提拔，实在是"人微权轻"，请求派一位宠臣来做监军。结果景公就派了宠臣庄贾来做监军，大概也是庄子那个家族流落到齐国的。本来约定明天午时到军门会合，商量出兵的事宜，但庄贾依宠卖宠，应酬亲戚朋友的酒席，直到晚上才来。司马穰苴就问军法官，这该怎么处理，军法官说"当斩"，司马穰苴就下令将庄贾推出去杀掉，"三军之士皆振慄"。要斩宠臣，那可不得了，齐景公闻知后马上派使者骑马持节来制止，司马穰苴说："将在军，君令有所不受。"遂斩庄贾，连闯法场的使者的跟班也杀掉了[3]。

司马穰苴杀齐景公宠臣庄贾时说的话，跟孙武杀吴王的两个宠姬时说的话除了"君命"变作"君令"之外，是一模一样的。《史记》卷六十四《司马穰苴列传》里的这句话，在卷六十五《孙子吴起列

[1] 司马迁：《史记》卷六十五《司马穰苴列传》，第7册，第2157页。
[2] 同上书，第2160页。
[3] 同上书，第2157—2158页。

传》里又出现了，似乎《史记》用语重复，实际上它们属于同一个家族的军事思想。"将在外，君命有所不受"，是《孙子兵法》中一个大的道理，因为孙武这个军事世家觉得，将军跟国王的关系，是战争中的最重要的关系之一。"将听吾计，用之必胜，留之；将不听吾计，用之必败，去之。"[1]在孙武向吴王阖闾上"十三篇"时，在第一篇中就有言在先。就是说你给不给我这个权力，在战场上我能不能够指挥，假如国君在朝廷里听风是雨，指手画脚，使将军在战场上不能随机应变，出奇制胜，对于"凡用兵之法：将受命于君，合军聚众，交和而舍，莫难于军争"[2]而言，会是极大的掣肘。"将在外，君命有所不受"，这是说给吴王阖闾听的：听我的就能打胜仗，我就留下来，不听我的，就会打败仗，我就离开。孙武为什么杀了两个宠姬，好像是血淋淋的，其实这是君命有所不受，就是要行使作为一个将军的权力的象征性事件。孙武是从齐国来的客卿，住在富春江附近，观察着吴、越、楚诸国的动向。他不是重臣伍子胥，成了吴国的左膀右臂。你不接受我这一套，自有其他国家可以选择，是鸟择林，不是林择鸟，所以要突出强调"将在军，君命有所不受"的原则。在《史记》卷六十四卷和卷六十五同时出现的这句话，是一个军事家族的信条，它把孙武和司马穰苴串联在一起了。

进而考察司马穰苴的治军和作战思想，也作为家族文化基因，植入《孙子兵法》。司马穰苴"文能附众，武能威敌"，跟《孙子兵法》"令之以文，齐之以武"（《行军篇》）的治军思想，是相通的。而司马穰苴带军队，士卒住下来时，就去检查伙食，看看井和灶弄好了没，有没有生病的，亲自过问和操持。自己领到军粮资给，就跟士兵平分军粮，尤其照顾病弱者。这与《孙子兵法》里"善养士卒"的思想是一致的。《地形篇》还讲到，将帅对待士兵像自己的婴孩，

---

[1] 孙武撰，曹操等注，杨丙安校理：《十一家注孙子校理》卷上《计篇》，第11页。

[2] 孙武撰，曹操等注，杨丙安校理：《十一家注孙子校理》卷中《军争篇》，第134—135页。

就可以和他们赴汤蹈火；将帅对待士兵像自己的爱子，就可以和他们同生共死，都与司马穰苴的治兵原则存在着渊源关系。家族记忆，长辈成功的典范，就成为《孙子兵法》字里行间的精神气脉。

孙书和司马穰苴的治军与作战，发生在孙武的童年或少年时期，童年的记忆和经验，影响到人的终生。如此一个政治军事世家，平时的家教、庭训和讨论，也润物细无声地成为渗透子弟心田的家学。分析《孙子兵法》文本可知，这个军事家族关注的战争，涵盖齐国跟邻国的战争，也拓展到齐、晋、秦、楚四个大国之间的决定存亡兴衰的重要战争。这就使得《孙子兵法》成为春秋中后期百余年间战争的血的经验和智慧的结晶，成为一个元气深厚，正在上升，而又纠结着几大家族势力争斗的军事世家的经验和智慧的升华。"春秋无义战"，被转化为"春秋出奇书"。

比如齐鲁长勺之战（鲁庄公十年，公元前684年），曹刿在战前"问何以战"，触及民众衣食、祭祀诚信、断狱以情等战前准备问题，于交战之后讨论致胜原因，又说："夫战，勇气也，一鼓作气，再而衰，三而竭。彼竭我盈，故克之。"[1] 长勺之战是齐桓公时期齐国被鲁国打败的一场战争，十二年后田完才奔齐。但齐鲁常互相挑衅，因此田氏或孙氏家族是不会不对此战役进行研究的。如曹刿首先"问何以战"一样，《孙子兵法》开头的《计篇》也讨论："故经之以五事，校之以计，而索其情：一曰道，二曰天，三曰地，四曰将，五曰法。道者，令民与上同意也，故可以与之死，可以与之生，而不畏危。"[2] 至于讨论战争中勇气的作用，"一鼓作气，再而衰，三而竭"，这种以气论战的思想，在《孙子兵法》中也很醒目，孙武讲战争，非常重视气，《军争篇》云："故三军可夺气，将军可夺心。是故朝气锐，昼气惰，暮气归。故善用兵者，避其锐气，击其惰归，

[1] 杨伯峻编著：《春秋左传注》（修订本）第1册，中华书局1990年版，第183页。

[2] 孙武撰，曹操等注，杨丙安校理：《十一家注孙子校理》卷上《计篇》，第2—3页。

此治气者也。……无邀正正之旗，勿击堂堂之阵，此治变者也。"[1]
孙氏家族不可能无视曹刿论战中的"气论"，这种气论曾经在一百多年前，使鲁国把握战机，挫败了正在崛起的春秋五霸之首齐桓公。

《史记·秦本纪》记载：秦穆公三十二年（前628）冬，"郑人有卖郑于秦曰：'我主其城门，郑可袭也。'缪公问蹇叔、百里傒，对曰：'径数国千里而袭人，希有得利者。且人卖郑，庸知我国人不有以我情告郑者乎？不可。'缪公曰：'子不知也，吾已决矣。'遂发兵，使百里傒子孟明视，蹇叔子西乞术及白乙丙将兵。"[2]《史记·晋世家》接着记载："十二月，秦兵过我郊。（晋）襄公元年（前627）春，秦师过周，无礼，王孙满讥之。兵至滑，郑贾人弦高将市于周，遇之，以十二牛劳秦师。秦师惊而还，灭滑而去。晋先轸曰：'秦伯不用蹇叔，反其众心，此可击。'……四月，败秦师于殽，虏秦三将孟明视、西乞秫、白乙丙以归。"[3] 这就是秦人"千里而袭郑、灭滑"，被晋师及姜戎在殽打败，三帅被擒的战例。应该说，这场远征而损兵折将的大国战争，也在孙氏家族讨论之列。《孙子兵法·军争篇》分析："是故卷甲而趋，日夜不处，倍道兼行，百里而争利，则擒三将军……五十里而争利，则蹶上将军。"[4] 原因即在于"不知诸侯之谋者，不能豫交；不知山林、险阻、沮泽之形者，不能行军；不用乡导者，不能得地利"[5]。

总而言之，《孙子兵法》固然出自旷世天才对战争谋略和军事哲学的远见卓识，但这种远见卓识并非无源之水、无本之木，而是深深地扎根于一个强势上升的政治军事家族的经验、智慧和文化基因，又广泛地汲取春秋时期列国战争的成败得失的丰沛源泉。对于

---

[1] 孙武撰，曹操等注，杨丙安校理：《十一家注孙子校理》卷中《军争篇》，第148—152页。

[2] 司马迁：《史记》卷五《秦本纪》，第1册，第190—191页。

[3] 司马迁：《史记》卷三十九《晋世家》，第5册，第1670页。

[4] 孙武撰，曹操等注，杨丙安校理：《十一家注孙子校理》卷中《军争篇》，第137—139页。

[5] 同上书，第140—141页。

《孙子兵法》大智慧的发生学，不能空泛地视之为纸上谈兵，而应该充分地发掘上述三个维度的思想文化与战争实践的丰富资源和转化提升的思想方法。孙氏家族的军事家学是一个非常的存在。百年后的孙膑也是军事史上闪闪发光的人物。魏国是战国初期大量继承晋国遗产的强国，但孙膑竟在齐威王四年（前353）围魏救赵，大败魏军于桂陵；其后齐威王十六年（前341），更是致命地大败魏军于马陵，使魏国实力猛然衰落。《史记·孙子吴起列传》记载后一次战役："魏与赵攻韩，韩告急于齐。齐使田忌将而往，直走大梁。魏将庞涓闻之，去韩而归，齐军既已过而西矣。孙子谓田忌曰：'彼三晋之兵素悍勇而轻齐，齐号为怯，善战者因其势而利导之。兵法，百里而趣利者蹶上将，五十里而趣利者军半至。使齐军入魏地为十万灶，明日为五万灶，又明日为三万灶。'庞涓行三日，大喜，曰：'我固知齐军怯，入吾地三日，士卒亡者过半矣。'乃弃其步军，与其轻锐倍日并行逐之。孙子度其行，暮当至马陵。马陵道狭，而旁多阻隘，可伏兵，乃斫大树白而书之曰'庞涓死于此树之下'。于是令齐军善射者万弩，夹道而伏，期曰'暮见火举而俱发'。庞涓果夜至斫木下，见白书，乃钻火烛之。读其书未毕，齐军万弩俱发，魏军大乱相失。庞涓自知智穷兵败，乃自刭，曰：'遂成竖子之名！'齐因乘胜尽破其军，虏魏太子申以归。孙膑以此名显天下，世传其兵法。"[1] 前面孙膑引述的"兵法"，是《孙子兵法》；后面说的"世传其兵法"，是《孙膑兵法》。有些博学的老先生，把二者弄混了，甚至考证《孙子兵法》是孙膑写的。山东临沂银雀山汉墓竹简，有《孙子兵法》和《孙膑兵法》。竹简本《孙膑兵法·八阵篇》有云："孙子曰：知（智）不足，将兵，自侍（恃）也。勇不足，将兵，自广也。不知道，数战不足，将兵，幸也。夫安万乘国，广万乘王，全万乘之民命者，唯知'道'者，上知天之道，下知地之理，内得其民之心，

---

[1] 司马迁：《史记》卷六十五《孙子吴起列传》，第7册，第2164—2165页。

外知適（敌）之请（情），陈则知八陈之经。见胜而战，弗见而诤。此王者之将也。"[1] 这是与《孙子兵法·计篇》"经之以五事"：道、天、地、将、法，而以"道"居首，是一脉相承的。唐人杜佑《通典》卷一百六十一说："战国齐将孙膑谓齐王曰：'凡伐国之道，攻心为上，务先服其心。今秦之所恃为心者，燕、赵之权。今说燕、赵之君，勿虚言空辞，必将以实利以回其心，所谓攻其心也。'"[2]《太平御览》卷二百八十二则谓此语出自《战国策》。"凡伐国之道，攻心为上"[3]，包含着深刻的战略思想，《资治通鉴》卷七十记载："汉诸葛亮率众讨雍闿，参军马谡送之数十里。亮曰：'虽共谋之历年，今可更惠良规。'谡曰：'南中恃其险远，不服久矣；虽今日破之，明日复反耳。今公方倾国北伐以事强贼，彼知官势内虚，其叛亦速。若殄尽遗类以除后患，既非仁者之情，且又不可仓卒也。夫用兵之道，攻心为上，攻城为下，心战为上，兵战为下，愿公服其心而已。'亮纳其言。"[4] 马谡为诸葛亮采纳的"攻心为上"，源自孙膑。

从孙武的柏举之战（前506），到孙膑的桂陵之战（前353），相隔一百五十三年，大概相隔五代人。孙武是"以田、鲍四族谋为乱，奔吴"[5] 的。《史记·司马穰苴列传》记载，穰苴打败晋国和燕国，凯旋归来，"景公与诸大夫郊迎，劳师成礼，然后反归寝。既见穰苴，尊为大司马。田氏日以益尊于齐。已而大夫鲍氏、高、国之属害之，谮于景公。景公退穰苴，苴发疾而死。田乞、田豹之徒由此怨高、国等。其后及田常杀简公，尽灭高子、国子之族。"[6] 孙武离开齐国南下，大概在司马穰苴病死，属于孙武祖辈的田乞怨恨高氏、

[1] 张震泽：《孙膑兵法校理》上编《八阵》，中华书局1984年版，第64—65页。

[2] 杜佑撰，王文锦等点校：《通典》卷一六一《兵十四》，中华书局1988年版，第4册，第4155页。

[3] 李昉等撰：《太平御览》卷二八二《兵部十三·机略一》，第2册，第1312页。

[4] 司马光：《资治通鉴》卷七十《魏纪二》，中华书局1956年版，第5册，第2222页。

[5] 欧阳修、宋祁：《新唐书》卷七十三下《宰相世系三下》，第10册，第2945页。

[6] 司马迁：《史记》卷六十五《司马穰苴列传》，第7册，第2158—2159页。

国氏的时候，因而年纪很轻，他出现在史书上的最早编年，是吴王阖闾三年（前512），他劝阖闾不要急于攻打楚国郢都："民劳，未可，且待之。"[1] 这是《史记·伍子胥列传》的记载，六年后，才发动柏举之战。孙武有三子，孙明一系留在富春江一带，"自是世为富春人"。另外二子孙驰、孙敌，是否回归齐国临淄北的乐安，并无交待。孙膑可能是留在齐国的孙氏后裔，或是孙书的七世孙，但说"膑亦孙武之后世子孙也"，缺乏证据。

三、发现诸子以生命拥抱文化的深层意义

诸子发生学的第三个关键点，就是在深化清理大国文化根基的基础上，发现诸子以生命拥抱文化的深层意义，揭示中国智慧的独特风貌和原创的专利权。发生学既是知识的发生，又是意义的发生，没有新的意义发生，也就谈不上诸子学。我们探讨诸子知识发生时，已经对诸子做多维研究方法的会通，来直接解读诸子的本质、生命和意义。今日中国处在对传统文化，尤其是诸子思想文化的认知态度，进行根本性转型的时代。在大国文化建设的新境界上，重读诸子书，就有必要在批判中有兼容，兼容中有批判，承传中有超越，超越中有承传，把现代意识、科学精神和原创精神结合起来。我们对诸子的文化态度，跟清以前的人，清人，甚至跟民国时候的人，都会出现诸多根本性的不同。当把握世界的角度和方式发生了变化，被发现和把握到的世界就大不相同。诸子作为原型思想储量极丰的世界，它永远处在不断的发现过程中。

重要的是，我们要以博大的胸怀、敬重的态度、实事求是的思想方法、深耕细作的工作方式，直指本源，激活生命，深入地把握

---

[1] 司马迁：《史记》卷六十六《伍子胥列传》，第7册，第2175页。

古代哲人的原创意义，以揭示尽可能充分的古今共享、中外互通的智慧。不能简单地采取崇圣非圣，或对诸子划阶级成分的态度，停留在浮面地套用或左或右的条条框框的方法，也不能抱残守缺，不辨是非地拘守老师大儒的成见。比如说，清以前的人，是崇拜圣人的，他们大体采用注疏来表述思想，注解经书讲求"注不违经"，疏讲经注又讲究"疏不破注"，一环套一环，纹丝不动地把自己思想装入圣贤设计好的框套中。并没有想到要用另一个创造性的思想体系，与圣贤进行寻根究底的对话。

清代学术，按王国维的说法，清初顾炎武他们的学术，特点是大，乾嘉学术的特点是精，道光、咸丰以后学术的特点是新。有清一代的学术，都是在发现前代的短处时，适应时代情境而求变化和深化的。清代学术确实有许多超迈前人的建树，文字训诂、版本校勘、经籍汇注、群书辑佚，都取得了巨大的成绩。尤其对于乾嘉诸老，今人仰脖子久矣，简直把脖子都仰酸了。我们当然要尊重清学，继承清学，但并不是说，清学就止于至善，没有缺陷和短板。发现前代学术的缺陷和短板，才能开拓现代学术的存在和发展的空间。清学的缺陷在于对传统文化的深层意义，缺乏系统性的创新发掘。这也难怪，第一，他们回避民族问题，不敢讲民族问题。这是因为他们的统治者是少数民族。乾隆年间编《四库全书》，把所有的"胡"字都改掉，至今研究少数民族的问题不能以《四库全书》的版本为依据。清人避开说"胡"话，因为讲华夷问题，容易招来"文字狱"的横祸。吕留良讲了，即便人死了，还要剖棺断尸，因此清人对民族问题噤若寒蝉。但是中华民族这共同体的发生和形成，不讲民族问题，就无法讲清楚。第二是民间问题，口头传统的问题。在清人看来，只有经史足以凭信，民间口头传统的知识，多是假托或不雅驯，为缙绅所不言。但是人类会开口说话，根据牛津大学一个研究室对语言基因变异的研究，十二万年前就会说话了。人类有文字才五千年，殷墟甲骨文三千三百年，长期以来文字掌握在极少数的贵族、巫史的手中，绝大多数人不懂文字，不能写作。因而在漫长的年代，尤其是没有文字的年代，或有文字但还被贵族、巫史垄断的年代，大量文学、文化现象，存在于民间，流传于口耳之间。如果只看经史文献，就只是看到橱窗里的水果，只有结合民间传统来看，才能发现水果从下种、发芽、成树，直至开花结果的完整的生命过程，过程有时候比结果更重要。第三个问题，就是这一百年的考古发现，清人没有我们幸运，能够在出土文物文献渐多的时候，对上古经籍的真伪和成书过程，进行科学地把握。所以对于前代学术，要有理性分析，继承他们丰厚的成果，同时看出他们的严重的缺陷。如果看不到缺陷，就找不出自己的原创空间。学术不是靠整天仰脖子的，千里之行始于足下，只有迈开自己的步伐，才能在学术史上留下自己的脚印。

"五四"以后的学术前辈，多是今人的老师或师爷，许多人出自他们的门庭，这就更需要今人培养脱离他们窠臼的自觉性。民国学术开始跳出崇圣的思路，在吸收外来思潮和知识中，实现中国学术的现代转型。他们在推开传统，创立新学科，化解板结的知识结构，重开学术局面和模样上，都有出色的表现。但是民国学者热衷疑古，通过怀疑来打开创新的大门。这就会使一种倾向掩盖另一种倾向：过度疑古。他们在颠覆传统的时候，依恃自己对宋元以后版本的丰厚知识，误以为战国秦汉的书籍也是一样的版本形态，结果把汉人整理战国典籍留下的某些痕迹，通通斥之为古人作伪，弄得伪书满目，在相当程度上瓦解了传统知识的真实的权威性，使包括诸子在内的知识系统碎片化了。这就使诸子发生学的研究，古籍生命的还原研究，留下不少偏斜凌乱的症结。如今我们要用现代大国的心态来辨析历史文化的根脉，就要恢复对它们的应有的尊重，如实地摸清楚我们文化根子的生生不息的生命力。如果采取这么一种心态，就会有许多疑难问题和文化史公案浮出水面来。

《论语》是儒家深刻地影响中国思想文化的核心经典，也是孔子和他的弟子们留下生命痕迹最多的一部经典。应该如何考察《论语》的本质意义和生命痕迹？《论语》不是孔子亲自写的，而是孔子的弟子和再传弟子回忆编纂的，这一点大家没有异议。那么这就必然引导出两个问题：第一，既是弟子回忆，就必然包含着弟子对老师的理解和选择，同样一堂课，一百个人做笔记，就是一百个样子。这是记忆心理学的常识。第二，既然是弟子和再传弟子编纂，谁负主编责任就成了一个关键。因为孔夫子以后逐渐出现"儒分为八"的局面，儒家八派潜伏期的思想选择的差异，就会在《论语》编纂中留下痕迹。《韩非子·显学》把问题提得相当尖锐："世之显学，儒、墨也。儒之所至，孔丘也。墨之所至，墨翟也。自孔子之死也，有子张之儒，有子思之儒，有颜氏之儒，有孟氏之儒，有漆雕氏之儒，有仲良氏之儒，有孙氏之儒，有乐正氏之儒。……故孔、墨之后，儒分为八，墨离为三，取舍相反不同，而皆自谓真孔、墨；孔、墨不可复生，将谁使定后世之学乎？"[1] 韩非是站在旁观者、反对者的立场上讨论儒、墨的，所说的儒家八派可能是他对战国晚期儒学态势的概括，不一定都适合《论语》编纂时期。但他已经看到"取舍相反不同，而皆自谓真孔、墨"的现象，负《论语》编纂责任的弟子对材料是有所取舍，甚至取舍中出现"相反不同"，这不能简单地看成心术不正，因为编纂者认为他们这样处理，是由于他们最知"真孔子"，最能传承孔子的道统。

孔学是孔子及其弟子门人共同智慧的结晶，是一个充满内在张力的思想文化共同体。弟子中谁来牵头编《论语》，是带有他自身的价值观的。"零价值"是在制造圣人，价值相对性是把圣贤如实地看作平常人，尽管是充满智慧的平常人。《论语》是何时启动编纂的？《汉书·艺文志》说："《论语》者，孔子应答弟子时人及弟子相与言而接闻于夫子之语也。当时弟子各有所记。夫子既卒，门

---

[1] 王先慎撰，钟哲点校：《韩非子集解》卷十九《显学第五十》，第456—457页。

人相与辑而论纂，故谓之《论语》。"[1] 班固著《艺文志》，取材于刘向、刘歆，他们认为《论语》启动编纂，是在"夫子既卒"时，也就是众弟子为孔子庐墓守心孝的三年（二十五月）间，过了这段时间，是不能以"夫子既卒"来界定时间的。

但是柳宗元在《论语辩》中提出："孔子弟子，曾参最少，少孔子四十六岁。曾子老而死。是书记曾子之死，则去孔子也远矣。曾子之死，孔子弟子略无存者矣。吾意曾子弟子之为之也。何哉？且是书载弟子必以字，独曾子、有子不然。由是言之，弟子之号之也。然则有子何以称'子'？曰：孔子之殁也，诸弟子以有子为似夫子，立而师之。其后不能对诸子之问，乃叱避而退，则固尝有师之号矣。今所记独曾子最后死，余是以知之。盖乐正子春、子思之徒（二人曾子弟子）与为之尔。或曰：孔子弟子尝杂记其言，然而卒成其书者，曾氏之徒也。"[2] 柳宗元的说法，为二程、朱熹等宋儒接受，如朱熹《论语序说》引程子曰："《论语》之书，成于有子、曾子之门人，故其书独二子以'子'称。"[3] 柳氏、二程、朱熹的判断，是有根据的。因为《论语·泰伯》记述了曾子临终的两段话，其中一段是曾子言曰："鸟之将死，其鸣也哀。人之将死，其言也善。"[4] 这是《论语》中时间最晚的材料。

曾子比孔子小四十六岁，又比孔子多活了一岁，卒于鲁悼公三十五年（前432），距离孔子的卒年鲁哀公十六年（前479），将近五十年，已进入了战国的前期，是绝对不能说成"夫子既卒"的。汉儒与宋儒在《论语》编纂年代上，存在着五十年的裂缝，裂缝中隐藏着《论语》编纂过程的何等秘密？从《论语》的结构体例和文

---

[1] 班固：《汉书》卷三十《艺文志》，第6册，第1717页。

[2] 《柳宗元集》校点组：《柳宗元集》卷四《议辩·论语辩二篇·上篇》，中华书局1979年版，第1册，第110—111页。

[3] 朱熹：《论语集注·论语序说》，《四书章句集注》，中华书局1983年版，第43页。

[4] 杨树达：《论语疏证》卷八《泰伯篇第八》，上海古籍出版社1986年版，第183页。

字安排中寻找生命痕迹，发现汉儒的说法也是有根据的，而且是更深层次的根据。

汉人认为《论语》编纂在"夫子既卒"时启动，也就是第一次编纂发生在众弟子庐墓守心孝的鲁哀公十六至十八年（前479—前477）。证据之一，《论语》中材料最多、最鲜活、最有现场感的，是谁？是子路、颜回。子路、颜回先孔子一二年而死，众弟子回忆孔子时，也就七嘴八舌地回忆起这两位师兄，而且毫无顾忌。由于颜回、子路活着时，孔子还健在，他们也就没能开门授徒，自立门庭，没有私家弟子。如果五十年后，靠别人的弟子去回忆，是做不到子路、颜回材料最多、最鲜活、最有现场感的。如果只是曾子弟子一次编成，那无论如何不可能使他们的材料比曾子的材料多上几倍。

证据之二，是《论语·先进》"四科十哲"的名单没有曾子。孔门分四科："德行"、"言语"、"政事"、"文学"。十哲为，德行：颜渊、闵子骞、冉伯牛、仲方；言语：宰我、子贡；政事：冉有、季路；文学：子游、子夏。这十个哲人的名单非常重要，汉代以后陪同孔子一块祭祀，孔子晋升文宣王之后，十哲之首的颜回晋升为公，其余就封了侯，曾子以下只能当伯。注《孝经》的唐玄宗为此作《追谥孔子十哲并升曾子四科诏》。宋儒程颢对此相当恼火，说："曾子传道而不与焉，故知十哲，世俗之论也。"[1] 在十哲名单中，弟子均称字，如颜渊、仲弓、子贡之类，同辈或是晚辈对长辈的才称字，老师对弟子则称名不称字，因而显然不是孔子定的名单。朱熹也看出如此称呼的特别处，他在一封答疑的书信中说："非孔子之言，故皆字而不名，与上文不当相属。"但又是谁定的这些名单呢？你说是曾子的弟子编的，十哲没有曾子，怎么能说是曾子的弟子编的呢？难道曾子的弟子这么糊涂，竟然在十哲名单中遗漏了自己的老

---

[1]　朱熹：《论语集注》卷六《先进第十一》，《四书章句集注》，第123页。

师？后世讲孔门孔学，顺序是孔、孟、颜、曾，把亚圣孟子拉进来，七十子中颜回之后就轮到曾子，曾子在弟子中传道统排在第二。结果十个人的名单也没有曾子，这怎么交待过去啊！说是曾子弟子编《论语》，那么"参也鲁"，说曾参是很愚鲁的，也是曾子弟子编进去的吗？在上述答疑的书信中，朱熹还说："或曰，《论语》之书出于曾子、有子之门人。然则二子不在品题之列者，岂非门人尊师之意欤？四科皆从于陈蔡者，故记者因夫子不及门之叹而列之。"[1] 朱熹虽然提出这个问题，但他并没有深究四科十哲的名单出自谁手。因此"十哲无曾"，也没有有子，是一个悬而未决的大公案。它说明《论语》这个名单，在有子、曾子弟子参与编纂之前，就已经存在，是第一次编纂留下的痕迹。

证据之三，是要确认第一次编纂另有负责者。汉人认为《论语》编纂在"夫子既卒"时启动，除了前述刘向、刘歆、班固这些文献学家，史学家之外，经学家郑玄在《论语序》中说，《论语》乃"仲弓、子游、子夏等撰"，他们是第一次编撰的负责者。西晋傅玄的《傅子》卷三沿袭了这个说法，突出仲弓："昔仲尼既殁，仲弓之徒，追论夫子之言，谓之《论语》。其后邹之君子孟子舆，拟其体，著七篇，谓之《孟子》。"[2]《论语·崇爵谶》则突出子夏："子夏六十四人，共撰仲尼微言，以当素王。"六十四人，应是众弟子庐墓守心孝的人数，以后就再也不能聚集如此众多的人数了。孔子卒时，仲弓四十二岁，子夏二十九岁，因此第一次编纂当是仲弓牵头，子游、子夏协同。子夏传经，可能在两汉时期影响更著，因而纬书就突出子夏了。

从分析十哲名单中，可以发现仲弓是第一次编纂的牵头人。孔门四科中，最重要的是"德行科"，这是第一科，是有作为掌门人

---

[1]　朱熹：《答程允夫》，《朱熹文集》卷四十一，明嘉靖十一年（1532）福州府学本。

[2]　刘峻：《辨命论并序》，萧统编，李善注：《文选》卷五十四，上海古籍出版社1986年版，第6册，第2348页。

传道统的资格的。言语科、政事科、文学科的人选尽管能干，也难以掌门传道统。德行科有四人，其他各科只有二人。德行科四人，第一是颜渊，没有问题，孔子生前就着力培养他当掌门人，但颜渊先孔子二年就死了。第二个是闵子骞，也没有问题，是个大孝子，现在济南还有一条街命名为"闵子骞路"，临沂费县还有他的家庙。我有一次做田野调查，开车的司机问我：闵子骞是谁啊，是个名人吧？听我说他是孔子的高足后，司机说，他的庙就在前面二百米。我们进去看，是保存得相当完好的家族庙宇，有明朝皇帝的御碑，有彩绘的壁画。闵子骞年岁较长，孔子夸奖他："孝哉闵子骞！人不间于其父母昆弟之言。"[1] "季氏使闵子骞为费宰。闵子骞曰：'善为我辞焉。如有复我者，则吾必在汶上矣。'"[2] 第三个是冉伯牛，《论语》中只有他一条材料，说冉伯牛得了麻风病临死的时候，孔子去看他，伸手从窗户握住他的手说："亡之，命矣夫！斯人也而有斯疾也！斯人也而有斯疾也！"[3] 仅凭这么一条材料就列入德行科，不知采用的是何种标准？但是如果知道冉伯牛是仲弓（冉雍）同一家族的父辈，就明白他列名十哲的玄机。第四个是仲弓，在四人中唯一健在而且年富力强，足备承传道统。仲弓当过鲁国三桓的最大家族季氏之宰，季氏宰前有子路，后有冉有。但冉有、子路都列入政事科，唯独仲弓列入德行科。

德行科有仲弓，是十哲公案中的公案。《荀子·非相》中说："帝尧长，帝舜短；文王长，周公短；仲尼长，子弓短。"[4] 又《非十二子》中说："案饰其辞而祗敬之曰：此真先君子之言也。子思唱之，孟轲和之，世俗之沟犹瞀儒，嚾嚾然不知其所非也，遂受而传之，以为仲尼、子游为兹厚于后世，是则子思、孟轲之罪也……圣人之不得

---

[1] 杨树达：《论语疏证》卷十一《先进篇第十一》，第249页。

[2] 杨树达：《论语疏证》卷六《雍也篇第六》，第136页。

[3] 同上书，第137页。

[4] 王先谦撰，沈啸寰、王星贤点校：《荀子集解》卷三《非相篇第五》，中华书局1988年版，上册，第73页。

势者也，仲尼、子弓是也……上则法舜、禹之制，下则法仲尼、子弓之义。"[1]《儒效》还提到："非大儒莫之能立，仲尼、子弓是也。"[2]《荀子》书的子弓，根据清人汪中、俞樾和近人钱穆的考证，确认就是仲弓，荀子把孔子和仲弓并列为圣人。《荀子·非十二子》等篇，对孔门弟子多是不太恭敬，甚至指责子思、孟子是"罪人"，是派性十足的。荀子唯一推崇的就是仲弓，因此他是承传仲弓学脉的，《论语》第一次编纂，从仲弓、子夏通向汉儒。根据皇侃《论语义疏叙》的描述，《古论语》的篇章顺序与《鲁论语》《齐论语》存在着差异："《古论》分《尧曰》下章'子张问'更为一篇，合二十一篇，篇次以《乡党》为第二篇，《雍也》为第三篇，内倒错不可具说。"[3]按照《古论语》篇章顺序，《学而》第一，《乡党》第二，讲了孔子之学和孔子日常礼节之后，紧接着就是《雍也》第三，介绍仲弓，可见仲弓在启动《论语》编纂时，发挥了举足轻重的作用。如果进一步分析《论语》文本中有关仲弓的条目，还可以发现仲弓有时就是颜回第二，这都是第一次编纂遗留下来的生命痕迹。

从《论语》的篇章和条目蕴含的生命信息来分析，《论语》的第二次编纂，发生在众弟子庐墓守心孝三年（《礼记·三年问》："三年之丧，二十五月而毕"）[4] 结束后，鲁哀公十八年（前477），子张、子游、子夏推举有若出来主持儒门的一二年间。《孟子·滕文公上》说："昔者孔子没，三年之外，门人治任将归，入揖于子贡，相向而哭，皆失声，然后归。子贡反，筑室于场，独居三年，然后归。他日，子夏、子张、子游以有若似圣人，欲以所事孔子事之，强曾子。

[1] 王先谦撰，沈啸寰、王星贤点校：《荀子集解》卷三《非十二子篇第六》，上册，第94—97页。

[2] 王先谦撰，沈啸寰、王星贤点校：《荀子集解》卷四《儒效篇第八》，上册，第138页。

[3] [南朝梁] 皇侃：《论语义疏序》，《论语集解义疏》，商务印书馆1936年《丛书集成初编》本，第3—4页。

[4] 朱斌撰，饶钦农点校：《礼记训纂》卷三十八《三年问第三十八》，中华书局1996年版，下册，第843页。

曾子曰：'不可，江、汉以濯之，秋阳以暴之，皓皓乎不可尚已！'" [1]
孟子这段话给我们传达了三个讯息：一、子贡的人望很高，在二三子中，子贡从政经商，能言善辩，有纵横气，而受到某种程度的排斥；但在一般弟子中，他的人缘甚佳。孔子临终，急切等待子贡回来，并自称自己是"殷人"，子贡组织众弟子按照殷礼为孔子庐墓守心孝，三年的住宿、饮食、祭祀仪式的经费，大概都是子贡筹措的，因此大家离开时，向子贡揖别。二、子夏、子张、子游以有若似圣人，是推举他出来主持儒门事务的，不然曾子不会说出那么重的话加以反对。三、曾子当时二十九岁，门庭尚未宏大，他的反对不足以阻止子张、子游、子夏的推举。只是说明了曾子、有子的门人参与《论语》编纂，不可能发生在同一次或同一时期。

这次推举行为，是由子张发动的。《论语·宪问》记载："子张曰：'《书》云，高宗谅阴，三年不言。何谓也？'子曰：'何必高宗，古之人皆然。君薨，百官总己以听于冢宰三年。'" [2]《礼记·檀弓下》也记载同一件事："子张问曰：'《书》云：高宗三年不言，言乃欢。有诸？'仲尼曰：'胡为其不然也？古者天子崩，王世子听于冢宰三年。'" [3] 高宗就是殷王武丁。按照殷礼，众弟子守心孝三年，是不与闻政事的；三年孝期满，就要重新启动儒门，子张按夫子遗训提出此事。子张、子游、子夏都是三十岁左右，有必要推举年纪略长的师兄，子游就提名有若。《礼记·檀弓上》记载，子游曰："甚哉！有子之言似夫子也。昔者夫子居于宋，见桓司马自为石椁，三年而不成。夫子曰：若是其靡也，死不如速朽之愈也。死之欲速朽，为桓司马言之也。南宫敬叔反，必载宝而朝。夫子曰：若是其货也，丧不如速贫之愈也。丧之欲速贫，为敬叔言之也。" [4] 子游说"有子

[1] 焦循撰，沈文倬点校：《孟子正义》卷十一《滕文公章句上》，上册，第393—394页。

[2] 杨树达：《论语疏证》卷十四《宪问篇第十四》，第369页。

[3] 朱彬撰，饶钦农点校：《礼记训纂》卷四《檀弓下第四》，上册，第140页。

[4] 朱彬撰，饶钦农点校：《礼记训纂》卷三《檀弓上第三》，上册，第107页。

之言似夫子也"，与孟子说"子夏、子张、子游以有若似圣人，欲以所事孔子事之"，是可以相互印证的。这就是他们推举有若主持儒门的理由。《礼记·檀弓下》记载："有若之丧，悼公吊焉，子游摈，由左。"[1] 可知，有若由于曾经主持过儒门，对鲁君颇有影响；有若之丧，七十子只有子游临场为相，筹措丧礼，可见他们交情之深。子游、子张后来是儿女亲家，此时关系已是很紧密，他们的联手，力量可观。

由于儒门人事出现变动，初编成的《论语》有必要进行修订、补充和再度编纂。这就出现了《论语·学而》第二章的记述："有子曰：'其为人也孝弟，而好犯上者，鲜矣；不好犯上，而好作乱者，未之有也。君子务本，本立而道生。孝弟也者，其为仁之本与！'"[2] 以及其后还有二则"有子曰"。《颜渊》篇还有一则有若对鲁哀公之言的对答："百姓足，君孰与不足？百姓不足，君孰与足？"[3] 这里依然称作"有若"，没有称"有子"，大概是第一次编纂留下而没有改订的痕迹。第二次编纂，子张是重要的负责者，因而《论语》在快要终篇处插入了《子张》篇。何晏《论语集解叙》说："《古论》……分'尧曰'下章'子张问'以为一篇，有两《子张》。"[4] 两《子张》篇实际上是一个《子张》篇，因《尧曰》篇太短，分出《子张》篇后半部分缀于《尧曰》篇的后面，绳子不牢而脱落《子张问》。今本《子张》篇很特别，整部《论语》二十篇中，只有记述孔子行为礼节的《乡党》和《子张》，没有"子曰"或"孔子曰"。而且《子张》篇二十五章，分属子张、子夏、子游、曾子、子贡五人，这五人是庐墓守心孝三年期满后依然留在鲁国的孔门大弟子。可见《子张》篇成于这个时期。还须补充一句，第二次编纂虽然加入有子、

---

[1] 朱斌撰，饶钦农点校：《礼记训纂》卷四《檀弓下第四》，上册，第126页。

[2] 杨树达：《论语疏证》卷一《学而篇第一》，第3页。

[3] 杨树达：《论语疏证》卷十二《颜渊篇第十二》，第283页。

[4] 何晏：《论语集解叙》，何晏撰，皇侃义疏：《论语集解义疏》，商务印书馆1936年版，《丛书集成初编》本，第2页。

子张，但依然保留第一次编纂的旧人子游、子夏，使《论语》的宗旨、体例、模样得以延续。

至于《论语》第三次编纂，则是曾子死（鲁悼公三十五年，公元前432年）以后不久的事。为什么还要再编一次呢？这说明《论语》自始就是作为孔门传衣钵的核心典籍来对待，各个学派都想在其篇章中表达自己的话语权。经过近半个世纪的教学和著述，此时曾门已经在孔学发祥地鲁国发展壮大，俨然是孔门道统的传人，因而对传衣钵的典籍进行修订定稿，也属顺理成章。这一点，曾子的弟子门人，可能比曾子本人更上心。曾氏家族本是在鲁国经营多代的相当殷实的家族，这给曾子学派的发展提供了坚实的物质和人脉的支撑。《左传·昭公元年》（前541）记载："叔孙（豹）归，曾夭御季孙以劳之。旦及日中不出。曾夭谓曾阜曰：'旦及日中，吾知罪矣。鲁以相忍为国也。忍其外，不忍其内，焉用之？'阜曰：'数月于外，一旦于是，庸何伤？贾而欲赢，而恶嚣乎？'阜谓叔孙曰：'可以出矣。'叔孙指楹，曰：'虽恶是，其可去乎？'乃出见之。"[1]这是叔孙豹参加晋、楚诸国的弭兵会盟期间，由于季氏对莒国用兵，几乎危及叔孙豹的生命。叔孙豹归国后，季氏来谢罪，经过疏通，叔孙豹还顾及门面，出而相见。曾夭是季氏宰，曾阜是叔孙氏的家臣，他们是曾子的曾祖和祖父，此事发生在曾子出生前三十五年。曾氏出自夏民族分封的鄫国，与莒国、鲁国存在着复杂的转折婚姻。鄫国亡后，其世子曾巫为鲁大夫，成为鲁国曾氏的始祖。到子孙辈，成了鲁国三桓的家宰或家臣。这在源于鲁史的《春秋》及其三传中不乏记述。曾子出自亡国贵族后裔，其先辈不算显赫，但也不甚寥落。如此一个殷实家族在鲁国经营数代，亲朋故旧定然不少，具有一定实力，因而曾点一次游春，就可以"冠者五六人，童子六七人"，

---

[1] 杨伯峻编著：《春秋左传注》第4册，第1211页。

虽称不上冠盖如云，却也是足够风光的。孔门弟子中，谁能若此？在众弟子纷纷离开鲁国之后，曾子在鲁地开宗立派，得到一批相当殷实的亲朋故友子弟的支持和加入，设帐开坛都左右逢源，最终发展成为一个实力深厚的学派，也就在情理之中了。

《论语·泰伯》记载："曾子曰：'可以托六尺之孤，可以寄百里之命，临大节而不可夺也。君子人与？君子人也。'"[1] 这里是否暗示着对孔子孙子孔伋（子思）的托孤抚育？在孔门，提到托孤，谁的心里都会明白，是子思托孤。因为孔鲤死时，孔子垂垂老矣，自然会想到年仅十岁左右的孔伋的托孤问题。七十子可托之人不少，比如子贡，衣食无忧，但可能带着子思到处经商从政，此非孔子所愿；子游、子夏、子张也可托付，但他们在鲁地缺乏家族根基，很可能将子思带到南国、魏、陈，难免漂泊不定；唯有曾子对孔学理解纯正，家族久居于鲁，曾祖、祖父曾是三桓臣宰，根基殷实，是托孤的最佳选择。孔子托付孔伋于曾家，可以得到大可放心的荫庇。可见曾子云"可以托六尺之孤，可以寄百里之命"，并非空泛之论，是有所指，有所担当的。这则曾子之言，很可能是第三次编纂时，子思为了感谢曾家，特地安排的。

曾门第三次编纂的基本原则，首先是对原本的框架不做另起炉灶的颠覆，而是进行必要的有限的修订和调整。因为原本是将近半个世纪前师伯们编定，得到孔门广泛的认可而流传，另起炉灶，就等于割断学脉。因而第一次编纂时大量采录的子路、颜回的材料保留下来了，当时拟定的"四科十哲"名单也保留下来了，连"参也鲁"这样的话，也不作改动。在《论语》篇题上，这次编纂有所变动的，也许只有《宪问》篇，司马迁所见是《古论语》，其《仲尼弟子列传》说："子思问耻。孔子曰：'国有道，穀。国无道，穀，

---

[1] 杨树达：《论语疏证》卷八《泰伯篇第八》，第186—190页。

耻也。'子思曰:'克伐怨欲不行焉,可以为仁乎?'孔子曰:'可以为难矣,仁则吾弗知也。'"[1]由于孔伋(子思)参与了第三次编纂,而他的字与原宪同为"子思",有必要改回原宪称名,以免产生混淆,遂有如今的《宪问》篇题。这一编纂原则,就像古典建筑维修那样,"修旧如旧",保留其古老所带来的权威性。这也就造成《论语》文本在三次编纂中留下的不同编纂者的生命痕迹,有如考古地层学特别关切的"历史文化地层叠压"的现象。

其次,既然总体框架不予打破,编纂的主要精力就集中在增补上。补编的理由,是原本的材料不够齐全、有残缺,有价值选择上的偏颇。补编所要解决的问题,它的核心宗旨,其实只需借鉴一个问题:孔门最能传道统的是曾子。曾门编撰《礼记》中包括《学记》、《大学》《曾子问》在内的许多篇章,编撰"孔子为曾子陈孝道"的《孝经》,都是为了说明最能传孔子道统的是曾子。因而就在《论语·学而》要紧处的第四章,出现了:"曾子曰:'吾日三省吾身:为人谋而不忠乎?与朋友交而不信乎?传不习乎?'"[2]这就在颜回讲"仁",讲"安贫乐道"的基础上,增加了曾子讲自省、讲忠信、讲传习,使儒学更加讲究"正心"之学,讲究内在素质,采取"不待言心而自贯通于动静之间"(顾炎武:《日知录》卷一)的反求诸己的自省方式。从而与《大学》的格物、致知、诚意、正心、修身、齐家、治国、平天下的思想行为方法相衔接,并为之提供了身心兼修方式的原点。从儒学演变趋势而言,曾子"吾日三省吾身"章的设立,实际上是《论语》中曾子路线的确立。

除了多为上述的独语式的"曾子曰"之外,还有一些"曾子曰"可以和其他篇章构成对比式,而形成相互呼应的互文关系。《里仁》有一章,"子曰:'参乎,吾道一以贯之。'曾子曰:'唯。'子出,门

---

[1] 司马迁:《史记》卷六十七《仲尼弟子列传》,第7册,第2207页。

[2] 杨树达:《论语疏证》卷一《学而篇第一》,第6—8页。

人问曰:'何谓也?'曾子曰:'夫子之道,忠恕而已矣。'"[1] 还有一段话,是子贡跟孔子对话,就是《卫灵公》第三章也讨论同一命题:"子曰:'赐也,女(汝)以予为多学而识之者与?'对曰:'然,非与?'曰:'非也,予一以贯之。'"[2] 隔了二十章之后,《卫灵公》第二十四章又记载:"子贡问曰:'有一言而可以终身行之者乎?'子曰:'其恕乎!己所不欲,勿施于人。'"[3] 贡(端木赐)是七十子中智商最高的一人。但他对孔子的理解只是博学多闻,而对孔子"一以贯之"的道的精髓感到茫然。在这一关键点上,曾子显然高出子贡许多,他不须像子贡那样要不断地点拨才知道,他是内心透亮,而且直抵"一以贯之"的忠恕之道的本原的。如此聪明绝顶的子贡,在对孔子思想精华的把握上,离曾子尚差一个档次,至于谁能传承孔子道统,岂非不言而喻?

除了上述的独语式、对比式之外,还有一种属于根源式的增添。《论语·先进》最后一章,是"子路、曾皙、冉有、公西华侍坐"章。这是《论语》近五百章中,写得最有宇宙气象,令人感到春风拂面的一章。这里展示了孔子教学方式的一个现场,夫子让弟子首先发言,然后逐一做出评点。孔子让四人各言其志,莽撞的子路抢先说,可以使处于大国威胁下的小国,鼓起勇气,知道对付的方法;冉有经过催促才发言,说三年就可以使不大的国家富足起来;随之公西赤谦卑地说,愿意学习做祭祀、会盟的小司仪。这三位都不是等闲之辈,子路、冉有名列十哲,公西赤是孔子极其欣赏的礼仪专家。这番论学,有一个人很独特,坐在那弹琴,在孔子催问下,自认为"异于三子的意见",并且说出:"莫(暮)春者,春服既成。冠者五六人,童子六七人,浴乎沂,风乎舞雩,咏而归。"孔子浩

---

[1] 杨树达:《论语疏证》卷四《里仁篇第四》,第104页。

[2] 杨树达:《论语疏证》卷十五《卫灵公篇第十五》,第374页。

[3] 同上书,第399页。

然长叹说："吾与点也！"[1] 在人生志趣上，不是孔子启发曾点，而是曾点感动了孔子。子路、冉有、公西华离开后，孔子又把曾点留下来，评议他们三个人言论的长短得失，如此处置，曾点的位置简直就是一个副导师。这是曾门编纂的一个家族神话，旨在证明曾子学派根红苗壮。这一章应是第三次编纂时增补的，因为行文三次称孔子为"夫子"，两次在叙述文字中，一次是曾点曰："夫子何哂由也？"[2] 如此称呼孔子为"夫子"，不是春秋人的口气，是战国人的口气。这只要比较一下《论语·公冶长》"颜渊、季路侍。子曰：'盍各言尔志'"章，其用语简约，一路称孔子为"子"，就可以了解春秋文章与战国文章，存在着很大差异了。因此《先进》篇"子路、曾晳、冉有、公西华侍坐"章，为曾门在战国前期所补入。曾点"浴沂咏归"的情怀，拓展了人与自然交往的清旷胸襟，在儒门的典重拘谨中透出几分潇洒。清人袁枚还发现："《论语》称陈成子、鲁哀公，都是孔子亡后二人之谥法，可见《论语》之传述，亦去圣人亡后百十年后，追述其言。"[3] 称呼的变异，印证了中国前期曾门有关一次编纂，而且《论语》是抄在竹简上的，日后传承又有转抄，补入个别谥号，不足为奇。

《论语》在春秋战国之际五十年间的三次编纂，使《论语》成为一个充满复调和张力的思想集群，虽多短章，犹存渊深，明白晓畅而滋味久长。在渊深的深处，跃动着孔子、七十子，尤其是编纂者的生命脉搏。开头的编纂确立了孔学的颜回路线，由仲弓、子夏，通过荀子，通向汉儒；最后的编纂增加了孔学的曾子路线，通过子思、孟子，通向宋儒。中国儒学的汉学、宋学两大学派，在《论语》

---

[1] 杨树达：《论语疏证》卷十一《先进篇第十一》，第271—272页。

[2] 同上书，第273页。

[3] 袁枚：《随园诗话补遗》卷三，袁枚著，顾学颉点校：《随园诗话》，人民文学出版社1982年版，下册，第638页。

五十年间的编纂中，已经埋了深厚的源头和线索。

考证《论语》编纂过程的突破点，在于确定编纂最初启动于何时。只有认清最初，才可能顺理成章地识别其后历次编纂，植入了何种生命密码，是如何造成历史文化地层叠压的。汉人多指认《论语》编纂最初启动于"夫子既卒"的时候，唐代陆德明《经典释文》也坚持此说，并补充了原因："夫子既终，微言已绝，弟子恐离居已后，各生异见，而圣言永灭，故相与论撰，因采时贤及古明王之语合成一法，谓之《论语》。"[1] 这里讲的是道统传承在弟子离散后可能出现的危机，要维持这个思想学术共同体的精神联系，是具有庐墓守心孝时不可不编纂《论语》的迫切性的。子思《坊记》最早提到《论语》书名，而引"《论语》曰：三年无改于父之道，可谓孝矣"[2]。这则"子曰"，二见于《论语》，一在《学而》篇，一在《里仁》篇，子思率先将之与《论语》书名相联系，隐含着他对《论语》编纂动机的认识。庐墓守心孝三年，不是三日、三月，而是二十五月，众弟子要做到"尊师如父"无改于师之道，编纂《论语》当是最好的选择。《礼记·曲礼上》郑玄注说："'从于先生'者，谓从行时。先生，师也。谓师为先生者，言彼先己而生，其德多厚也。自称为弟子者，言己自处如弟子，则尊师如父兄也。"[3] 那么如何尊师如父呢？《论语·为政》说："子曰：生，事之以礼；死，葬之以礼，祭之以礼。"[4]《孟子·滕文公上》则把孔子之言移到曾子口中："曾子曰：生，事之以礼；死，葬之以礼，祭之以礼，可谓孝矣。"[5] 因此孔子丧后，众弟子是按照殷礼为孔子守丧的，如果我们能够在"以史

[1] 陆德明撰，黄焯断句：《经典释文》，中华书局1893年缩印本，第15页下栏。

[2] 廖平：《坊记新解》，《续修四库全书》经部第107册，上海古籍出版社1994年版，第169页。

[3] 郑玄注，孔颖达疏：《礼记正义》卷二《曲礼上》，阮元校刻：《十三经注疏》上册，中华书局1980年版，第1238页上栏。

[4] 杨树达：《论语疏证》卷二《为政篇第二》，第43页。

[5] 焦循撰，沈文倬点校：《孟子正义》卷十《滕文公章句上》，上册，第323页。

解经"的基础上，进一步"以礼解经"、"以生命解经"，当会更深入地揭示《论语》的编纂过程，尤其在庐墓守心孝期间最初启动编纂过程的内在生命体验。

为何对《论语》的发生学提出二千年都没有认真深入地清理的问题？因为我们要清理现代大国文化的根本和脉络，念好"本"字这部经，既不要颠覆什么，也不制造什么思潮，而是实实在在、原原本本地考察我们的文化根子。这里既需要尊重的态度，又需要平等的精神，还需要科学的方法，把孔子和他的弟子当成正常人，或杰出的平常人来对待。应该"古今双赢"：还古人以古人应有的伟大，同时给现代人留下充分的原创空间。现代大国的文化态度下的先秦诸子发生学，应以从容的、博大的、明澈的眼光，透过历史的灰尘，看取诸子的意义本质和生命本质，不拔高也不扭曲，不涂饰也不遮蔽。我们不借祖宗的魔咒魔杖去打鬼，但是也没有必要给祖宗戴上假面具，去顶礼膜拜。我们要在古今沟通、中外交融的文化语境中，站稳脚跟，挺直腰杆，创造我们美轮美奂的精神家园，创造我们生机勃勃的现代思想文化。能不能从发生学和更多的学理角度，去做到这一点，实在是对中国现代学术界的创造性能力的重要试金石。

2009年5月29日国家图书馆"文津讲坛"的讲演，

其后又在多所高校做讲演，2014年2月15日修改毕。

《论语》早期三次编纂之秘密的发明

　　《论语》编纂过程和成书过程是一个问题的两个方面，但编纂过程更强调编纂者的主动性，及其在《论语》篇章结构和语言方式上留下的生命痕迹。二千年来，对于《论语》编纂成书存在着诸多异说，汉人倾于"孔子既卒"即众弟子庐墓守心孝的鲁哀公十六年（前479），就启动《论语》编纂。柳宗元以后，尤其是宋儒主张有子、曾子弟子编纂，那已经在鲁悼公三十五年（前432）曾子卒以后，前后相差近五十年。自从清人崔述《洙泗考信录》怀疑《论语》有战国游说家言杂入以后，近代疑古学者甚至有人认为《论语》存在着汉人假托，甚至刘歆伪造。说法纷纭，各有所据，或各有说辞，其弊在于未能将《论语》编纂与流传作为一个过程，各执己说，标准互异，只论真伪，疏略于对出现这些现象之原委的考究和追问。更没有采取新的眼光和方法，将《论语》视为古人的生命痕迹，实行以史解经、以礼解经、以生命解经，从而发现一部"活的《论语》"。

　　应该认识到，《论语》是孔门传道的无二

要典，在儒学经籍中具有直接展示孔子论学风采和论道言论的特殊品性。因而它编纂过程，就不能视为随便处置的行为。孔子卒后，七十子后学总有些人，为及时认定孔子之道的真实本质和内容形式，滋生了紧迫感。孔子曰："父在，观其志。父没，观其行。三年无改于父之道，可谓孝矣。"事师如父的七十子在为孔子三年守心孝的时日，必须思索如何"可谓孝矣"。因此及时启动对先师言行的追忆，及时启动《论语》的编纂，兹事体大，关系到众弟子对待孔子传道遗训的态度和责任。那种认为儒门后学几十年、一二百年后才搜集散简编成《论语》的说法，低估了七十子急切认定和传承孔子之道的孝心和负责任的态度。子思作的《坊记》（收入《礼记》）最早提到《论语》，特别提到："《论语》曰：'三年无改父之道，可谓孝矣。'"实际上是提醒人们，以孝传道是《论语》编纂的原动力。既然《论语》是孔门传道书，自认为最知"真孔子"，最能传孔子之道的弟子后学，都会在重新编纂中加入自己的回忆和理解。子思引《论语》首先提孝，应是在参与曾门重编《论语》和编成《孝经》的前后。"夫孝，德之本也"，以礼解释《论语》编纂的过程，这是一个重要的切入口。

一、以礼解经发现《论语》启动编纂的契机

　　《论语》字数逾万，篇幅远超过春秋战国之际的私家著作《老子》和《孙子兵法》。编纂如此一部大书，存在着它必然会编纂的历史契机和心理契机，这是我们以史解经、以礼解经、以生命解经的极好典型。既然《汉书·艺文志》称"夫子既卒"，弟子编纂《论语》，这个时间段只能标定于众弟子于庐墓守心孝三年期间启动编纂。因而必须从孔子丧礼入手，考究启动《论语》编纂的契机。

　　《礼记·檀弓上》记下孔子的临终交待，夫子曰："赐，尔来何

迟也？夏后氏殡于东阶之上，则犹在阼也。殷人殡于两楹之间，则与宾主夹之也。周人殡于西阶之上，则犹宾之也。而丘也殷人也。予畴昔之夜，梦坐奠于两楹之间。夫明王不兴，而天下其孰能宗予，予殆将死也。"[1] 既然孔子有此明确的交待，那么众弟子必须按照殷礼处理其丧事，方能达到孔子所云"生，事之以礼；死，葬之以礼，祭之以礼"[2] 的为孝标准。而且孔子生前，就向弟子演示过殷人的丧礼。《孔子家语·曲礼子贡问》记载："孔子在卫，司徒敬子卒，夫子吊焉。主人不哀，夫子哭不尽声而退。璩伯玉请曰：'卫鄙俗，不习丧礼。烦吾子辱相焉。'孔子许之。掘中溜而浴，毁灶而缀足，袭于床。及葬，毁宗而躐行，出于大门。及墓，男子西面，妇人东面，既封而归。殷道也，孔子行之。"[3] 孔子对殷人丧礼的示范，还被弟子作为通则予以记述，后录入《礼记·檀弓上》："幼名，冠字，五十以伯仲，死谥，周道也。绖也者，实也。掘中溜而浴，毁灶以缀足，及葬，毁宗躐行，出于大门，殷道也。学者行之（郑玄注：学于孔子者行之，效殷礼）。""孔子之丧，二三子皆绖而出。群居则绖，出则否。"[4] 所遵行的，就是殷人治丧礼仪。"孔子善殷"，《孟子》引古《志》有云"丧祭从先祖"[5]，在其丧礼上众弟子必须遵循殷人先祖之礼制。

就历史契机而言，孔子初丧，众弟子庐墓守心孝三年，如此大规模聚首可能是最后一次，时间不短，机会难逢。他们的庐墓守心孝，就是遵循孔子为殷人的古制。顾炎武《日知录》卷十五云："太甲之书曰：'王祖桐宫居忧'，此古人庐墓之始。他国庶子无爵而居者，可以祭乎？孔子曰：'祭哉！'请问其祭如之何，孔子曰：'向墓而为坛，以时祭。若宗子死，告于墓而后祭于家。'此古人祭墓

[1] 《礼记·檀弓上》，《十三经注疏》，第1283页。

[2] 《论语·为政篇》，《十三经注疏》，第2462页。

[3] 《孔子家语·曲礼子贡问》，中华书局2011年版，第504页。

[4] 《礼记·檀弓上》，《十三经注疏》，第1285—1286页。

[5] 《孟子·滕文公上》，《四书章句集注》，第252—253页。

之始。"[1]

其次，是浓得几乎化不开的心理契机。不难推想，大批弟子在孔子墓前筑庐守心孝三年，在这不是三月或三日的不算短的时间里，会形成一种群体守孝，情绪互相感染凝聚的肃穆而悲痛的心理场域。弟子中不乏礼仪高手，安排众人于丧葬、斋戒、祭祀等礼仪的程序，也许有"先撞钟，是金声之也。乐终击磬，是玉振之也"[2]之类的仪式，营造着一种何等庄严肃穆的场面。

既是《礼记·祭统》云"凡治人之道，莫急于礼；礼有五经，莫重于祭"，将祭祀置于首重的地位，又要使祭祀"自中出生于心"，出自诚敬的内心深处。《礼记·祭义》又述及祭祀之前的斋戒及祭祀中的心理情态，认为："斋之日，思其居处，思其笑语，思其志意，思其所乐，思其所嗜。斋三日，乃见其所为斋者。祭之日，入室，僾然必有见乎其位。周旋出户，肃然必有闻乎其容声。出户而听，忾然必有闻乎其叹息之声。"[3]《礼记·玉藻》又说："凡祭，容貌颜色，如见所祭者。"[4]这就是说，通过礼仪程序，不断地追思亡人的音容笑貌、志趣言行，达到了《论语·八佾篇》所说的"祭如在，祭神如神在"的精神效应。这是孔门独具的超越生死阻隔的精神对话方式。这正是形成了众弟子如闻其声、如睹其人地回忆孔子生前言行的极好心理契机，也就是《论语》大量忆述材料涌现的心理契机。从心理发生学的意义上说，《论语》编纂的启动，是七十子庐墓守心孝而祭祀的精神结晶。

那种认为众弟子似一盘散沙，庐墓守心孝时只是随意记录回忆片段，并无汇总编集，以致在不知多少年后由某门某派几位后学搜集编撰的说法，很难说对于众弟子视师如父，"三年无改于父之道，

---

[1] 顾炎武：《日知录校释》卷十五，岳麓书社1994年版。

[2] 黎靖德编，王星贤点校：《朱子语类》卷五十八，中华书局1986年版。

[3] 《礼记·祭义》，《十三经注疏》，第1592页。

[4] 《礼记·玉藻》，《十三经注疏》，第1485页。

可谓孝矣"[1] 的心理状态，具有"同情的理解"。

二、第一次编纂由仲弓牵头：公元前479年

既然子贡是葬礼的组织者，那么主持《论语》编纂，是同一个人，还是另有其人？在庐墓守心孝期间最初启动编纂中，仲弓的角色非常值得注意。后汉郑玄在《论语序》中说："（《论语》乃）仲弓、子游、子夏等撰。"[2] 晋代傅玄承袭郑玄的说法而突出仲弓，在《傅子》中说："昔仲尼既殁，仲弓之徒，追论夫子之言，谓之《论语》。其后邹之君子孟子舆拟其体，著七篇，谓之《孟子》。"[3] 也属汉代材料的，还有《论语崇爵谶》，这部两汉之际的谶纬书透露："子夏六十四人，共撰仲尼微言。"[4] 所谓弟子六十四人共撰，只能发生于众弟子在孔子墓前结庐守心孝的三年间，其后弟子分散，不再有如此大规模的聚集。由于后来子夏系统在战国秦汉传经有成，其后学将其作用加以夸大也未可知。

在篇章结构上，仲弓是六位上篇题的弟子之一，尤其在《古论语》中，《雍也篇》位于三鼎甲。皇侃《论语义疏叙》描述："又此书遭焚烬，至汉时合壁所得，及口以传授，遂有三本，一曰《古论》，二曰《齐论》，三曰《鲁论》。既有三本，而篇章亦异，古论分《尧曰》下章'子张问'更为一篇，合二十一篇，篇次以《乡党》为第二篇，《雍也》为第三篇，内倒错不可具说。《齐论》题目，与《鲁论》大体不殊，而长有《问王》《知道》二篇，合二十二篇，篇内亦微有异。"皇侃比较了《论语》在汉代流传的三种版本的异同，其中

---

[1] 《学而篇》《里仁篇》，《论语》，《四书章句集注》，第51、73页。

[2] 《论语注疏·解经序》引郑玄《论语序》，《十三经注疏》，第2454页。

[3] 刘孝标：《辩命论》，萧统编，李善注：《文选》卷五十四，李善注引，中华书局1977年版，第748页。

[4] 刘子骏：《移书让太常博士》，萧统编，李善注：《文选》卷四十三，李善注引，第611页。

透露了《古论语》的篇章顺序是《学而第一》《乡党第二》《雍也第三》。在回忆了孔子言行之后，接着就是冉雍（仲弓）的篇章，意味着仲弓在《论语》的最初编纂中，拥有举足轻重的话语权，而将自己回忆记录的材料置于第三篇首章。《雍也篇》由第三移到第六，居于《公冶长》篇之后，如果是仲弓主持《论语》编纂时所为，那就显得他相当老到，将孔子的女婿公冶长放在自己的前面，冲淡了他编纂时篇章政治学的主观色彩，能够获得同门之间更广泛的认同。不过，这应是后来的编纂者所做的调整。可见《论语》最初编纂形成的篇章结构，在后来两次编纂中，存在着适应新的价值取向的调整和变动。

编纂是一种潜藏着价值观的行为，这是编辑学的常识。仲弓编纂《论语》，自然认为自己是最知"真孔子"，最能继承孔子的真精神。他编纂时，在《雍也篇》安置了这样的头条："子曰：'雍也可使南面。'"《卫灵公篇》以"南面"形容舜帝政治："子曰：无为而治者，其舜也与？夫何为哉，恭己正南面而已矣。"[1] 因而"南面"一词联系着儒家治理天下的政治理想。这就是朱熹为何注《雍也篇》首章曰："南面者，人君听治之位。言仲弓宽洪简重，有人君之度也。"[2] 早期儒家使用"南面"，多与圣王治世相关，孔、孟、荀皆如此。

仲弓编纂的生命痕迹，也及于其他篇。《颜渊篇》第一章是："颜渊问仁。子曰：'克己复礼为仁。一日克己复礼，天下归仁焉。为仁由己，而由人乎哉？'颜渊曰：'请问其目。'子曰：'非礼勿视，非礼勿听，非礼勿言，非礼勿动。'颜渊曰：'回虽不敏，请事斯语矣。'"第二章，却是："仲弓问仁。子曰：'出门如见大宾，使民如承大祭；己所不欲，勿施于人；在邦无怨，在家无怨。'仲弓曰：'雍虽不敏，

---

[1] 《论语·卫灵公篇》，《十三经注疏》，第2517页。

[2] 《论语集注》卷三，《四书章句集注》，第83页。

请事斯语矣。'"[1] 结尾处"仲弓曰"与第一章结尾处"颜渊曰"，除了切换名字之外，其余八个字"虽不敏，请事斯语矣"一字不爽。这可以看作编纂者仲弓把阅了第一章之后，衔接以第二章时，精心而为的明证。这多少可以窥见其"颜回第二"情结，其宗旨，都在于表达颜回、仲弓同样在推拥孔子的"仁"的核心思想。朱熹称此为孔子告"颜渊、仲弓问仁规模"[2]，高出其他同门问仁很大的档次。

尤其是《先进篇》"四科十哲"的名单，十哲均称字，显然不是孔子之言。十哲无有子、曾子，也非有子、曾子的弟子所为。而最为要紧的第一科德行科，前面的三位在孔子之前就去世了，德行科唯一存世而能传道统者，唯有仲弓。子路、仲弓、冉有，是依次当过季氏宰的，但冉有、子路，名列政事科，唯独仲弓列入德行科。德行科的第三人冉伯牛，就令人颇生疑窦。《论语》中对他的具体记载，只有《雍也篇》所说："伯牛有疾，子问之，自牖执其手，曰：'亡之，命矣乎！斯人也而有斯疾也，斯人也而有斯疾也！'"只要参阅《史记·仲尼弟子列传》"索隐"引《家语》，称仲弓乃"伯牛之宗族，少孔子二十九岁"[3]，就会明白，冉伯牛是仲弓（冉雍）同族父辈。东汉王充《论衡·自纪篇》云："鲧恶禹圣，叟顽舜神。伯牛寝疾，仲弓洁全。颜路庸固，回杰超伦。孔、墨祖愚，丘、翟圣贤。"[4] 寻绎其上下文，似乎将冉伯牛当成仲弓之父。四科十哲，冉氏占三人，虽然这个家族显然甚多，但也须有人关注，加以列入。

冉有主持编纂的时间，是庐墓守心孝的三年间。《礼记·三年问》曰："三年之丧，二十五月而毕。"也就是从孔子卒的鲁哀公十六年（前479）夏四月己丑，二十五个月就到了鲁哀公十八年夏五月。只

---

[1] 《论语·颜渊篇》，《十三经注疏》，第2502页。

[2] 黎靖德编，王星贤点校：《朱子语类》卷四十二"论语二十四"，第1070页。

[3] 《史记·仲尼弟子列传》索隐，第2190页。

[4] ［东汉］王充：《论衡·自纪篇》，《诸子集成》（七），第288页。

要采取以生命解经的法则，从《论语》采用众多章节，生气勃勃地记录子路性格化的言论来看，其原始材料只能是在众弟子为孔子庐墓守心孝的三年间回忆记录的结果。颜回、子路先孔子一二年而死，斯人虽逝，音容宛然，此时将这两位大师兄与夫子一同追思和祭奠，能说的话尤多，能叙的情尤切，用语措词也无所顾忌。就《左传》记述子路的二处，也是源自七十子的忆述，折射了七十子对子路刚直信义人格的钦佩。这就使得《论语》文字，于子路、颜回处，别具情感和辞彩，或者别具生命气息。由于颜回、子路先孔子而死，并无多少私家弟子，若在五十年后曾子逝世时，采用别人弟子隔代回忆，时过境迁，人事邈远，难免音影隔膜，情感褪色。那时再由别人的弟子编录，也难以保证收录如此多的条目，进行如此栩栩如生的渲染。篇章也是有体温和色彩的，这些篇章的体温和色彩，见证了《论语》原初的编纂现场离颜回、子路之死不会太远，也只能是"夫子既卒"之时。

仲弓其人，在孔门二三子中，具有举足轻重的位置。清人汪中《荀卿子通论》说："《史记》载孟子受业于子思之门人，于荀卿则未详焉。今考其书始于《劝学》，终于《尧问》，篇次实仿《论语》。《六艺论》云:《论语》，子夏、仲弓合撰。《风俗通》云: 谷梁为子夏门人。而《非相》《非十二子》《儒效》三篇，每以仲尼、子弓并称。子弓之为仲弓，犹子路之为季路。知荀卿之学，实出于子夏、仲弓也。"[1] 钱穆《先秦诸子系年》在汪中之外，又提供了一些考辨:"荀子书屡称仲尼、子弓，杨倞注 (见《非相》) 子弓盖仲弓也。元吴莱亦主其说。俞樾曰:'仲弓称子弓，犹季路称子路。子路、子弓，其字也。曰季曰仲，至五十而加以伯仲也。'今按，后世常兼称孔、颜，荀卿独举仲尼、子弓，盖子弓之于颜回，其德业在伯仲之间，其年辈亦略相当，孔门前辈有颜回、子弓，犹后辈之有游、夏。子曰:'雍也可使南面。'则孔子之称许仲弓，故其至也。"[2]

[1] 《荀子集解·考证下》，《诸子集成》（二），第15页。

[2] 钱穆:《先秦诸子系年》，九州出版社2011年版，第71页。

汪中、俞樾、钱穆指认《荀子》称仲弓为"子弓",其三篇之文字如下:

一、《非相篇》:帝尧长,帝舜短;文王长,周公短;仲尼长,子弓短。

二、《非十二子篇》:案饰其辞而祗敬之,曰此真先君子之言也,子思唱之,孟轲和之,世俗之沟犹瞀儒,嚾嚾然不知其所非也,遂受而传之,以为仲尼、子游为兹厚于后世,是则子思、孟轲之罪也。……圣人之不得势者也,仲尼、子弓是也。……上则法禹、舜之制,下则法仲尼、子弓之义。

三、《儒效篇》:通则一天下,穷则独立贵名,天不能死,地不能埋,桀、跖之世不能污,非大儒莫之能立,仲尼、子弓是也。[1]

以上所述,是《论语》第一次编纂,有仲弓牵头,子游、子夏协助。仲弓此时四十三岁,比子游、子夏年长十五六岁,而且在儒门已有威望,由他牵头是顺理成章的。《论语》作为孔门的传道书,不是一次编成的,接下来第二次编纂,是在有若短期主事儒门的时候。《礼记·杂记》孔子曰:"三年之丧,祥而从政。"祥即大祥,守孝二十五月后的祭礼,大祥祭后,即可以从政了。推举有若主事儒门,是在三年庐墓守心孝期满之后,即鲁哀公十八年(前477)五月之后。

三、第二次编纂在有若主事时期:公元前477年

《孟子·滕文公上》如此记载对有若的推举:

> 昔者,孔子没,三年之外,门人治任将归,入揖于子贡,相向而哭,皆失声,然后归。子贡反,筑室于场,独

---

[1] 《荀子集解》卷三、卷四,《诸子集成》(二),第46、61、88页。

居三年，然后归。他日，子夏、子张、子游以有若似圣人，欲以所事孔子事之，强曾子。曾子曰："不可。江、汉以濯之，秋阳以暴之，皓皓乎不可尚已！"[1]

只要坚持以礼解经，就会发现，三年丧后推举有若的行为，是七十子遵循殷礼，重启儒门的举措。首倡者应是子张，这是他遵循夫子教诲的结果。《礼记·檀弓下》记载："子张问曰：'《书》云：高宗三年不言，言乃欢。有诸？'仲尼曰：'胡为其不然也？古者天子崩，王世子听于冢宰三年。'"[2]《论语·宪问篇》也记载此言，略有变动："子张曰：'《书》云：高宗谅阴，三年不言。何谓也？'子曰：'何必高宗？古之人皆然。君薨，百官总己以听于冢宰，三年。'"[3]《檀弓下》的材料比较原始，《论语》同一条记载出现的差异，大约是编纂时讨论修订的结果。

重启儒家门庭主张，是曾向孔子请教过此项制度的子张；而推举有若其人作为人选，出来主事，则是子游的动议。《礼记·檀弓上》记载："有子问于曾子曰：'问丧于夫子乎？'曰：'闻之矣，丧欲速贫，死欲速朽。'有子曰：'是非君子之言也。'曾子曰：'参也闻诸夫子也。'有子又曰：'是非君子之言也。'曾子曰：'参也与子游闻之。'有子曰：'然，然则夫子有为言之也。'曾子以斯言告于子游。子游曰：'甚哉，有子之言似夫子也！昔者夫子居于宋，见桓司马自为石椁，三年而不成。夫子曰：若是其靡也，死不如速朽之愈也。死之欲速朽，为桓司马言之也。南宫敬叔反，必载宝而朝。夫子曰：若是其货也，丧不如速贫之愈也。丧之欲速贫，为敬叔言之也。'曾子以子游之言告于有子，有子曰：'然，吾固曰，非夫子之言也。'曾子曰：'子何以知之？'有子曰：'夫子制于中都，四寸之

---

[1]《孟子集注》卷四，《四书章句集注》，第260-261页。

[2]《礼记·檀弓下》，《十三经注疏》，第1305页。

[3]《论语·宪问》，《十三经注疏》，第2513页。

棺，五寸椁，以斯知不欲速朽也。昔者夫子失鲁司寇，将之荆，盖
先之以子夏，又申之以冉有，以斯知不欲速贫也。'"[1] 此处子游曰：
"甚哉，有子之言似夫子也"，与《孟子·滕文公上》之"子夏、子张、
子游以有若似圣人，欲以所事孔子事之"，用语相似，而且更具体，
并非相貌相似，而是言论相似。

　　子游推举有若，遭到曾子发对。从曾子采用"江汉"、"秋阳"
的比喻来看，他是反对有若出来主持儒门无疑。曾子当时不到三十
岁，门庭初开，尚未做大，他的反对不足以左右整个儒门的选择。
切不可与数十年后曾门崛起于鲁，混同言之。子游推举有若，还在
于他与有若关系密切，了解甚深。《礼记·檀弓下》的记载："有若
之丧，悼公吊焉；子游摈，由左。"又载："有子与子游立，见孺子
慕者，有子谓子游曰"云云，[2] 可见子游与有若交往频繁，而且七十
子同门中唯有子游为有若的丧礼当傧相。而且鲁悼公也来吊丧，反
证出有若曾经主持儒门，才有如此哀荣。子游和子张后来是儿女亲
家，此时关系已是非同一般，他们的联手，力量之大可想而知。

　　这里还有必要考察一下有若的资格。有若在众弟子中虽然未必
杰出，但也并非等闲之辈，是有一定的思想能力和智勇品质，而能
刻苦自励的人。《荀子·解蔽篇》说："有子恶卧而焠掌，可谓能自
忍矣。"杨倞注："有子，盖有若也。焠，灼也。恶其寝卧而焠其掌，
若刺股然也。"[3] 可见有若有一种悬梁刺股，刻苦向学的"行忍性情，
然后能修"的狠劲头。有若见于《左传》，在哀公八年（前487）三月，
吴国入侵鲁国，次于泗上，"微虎欲宵攻（吴）王舍，私属徒七百人，
三踊于幕庭，卒三百人，有若与焉。……或谓季孙曰：'不足以害吴，
而多杀国士，不如已也。'乃止之。吴子闻之，一夕三迁"[4]。可见有

[1]　《礼记·檀弓上》，《十三经注疏》，第1290页。

[2]　《礼记·檀弓下》，《十三经注疏》，第1300—1304页。

[3]　《荀子·解蔽篇》，《诸子集成》（二），第268页。

[4]　杨伯峻编注：《春秋左传注》，第1648—1649页。

若是忠义勇武的敢死队成员，人以"国士"称之。有若见于《孟子》，则有孟子称"宰我、子贡、有若智足以知圣人。……有若曰：岂惟民哉。麒麟之于走兽，凤凰之于飞鸟，太山之于丘垤，河海之于行潦，类也。圣人之于民，亦类也。出于其类，拔乎其萃，自生民以来，未有盛于孔子也。"[1]，可见有若又以智慧、知识驰名。

有若主事所带来的人事变迁，使在仲弓时期已编出初稿的《论语》，存在着重启第二次编纂的必要。这次编纂也留下了生命的痕迹。首先自然要突出有若，将他的位置放在孔子与七十子之间，发明了一个称谓"有子"。《论语》首篇《学而篇》共十六章，"有子"占了三章，尤其是继第一章"子曰：学而时习之"之后，第二章就是"有子曰：其为人也孝弟，而好犯上者，鲜矣。不好犯上，而好作乱者，未之有也。君子务本，本立而道生。孝弟也者，其为仁之本与？"第二章处在全篇十六章之"眼"的位置，以一个弟子而有此荣耀，格外引人注目。其余第十章为"有子曰：礼之用，和为贵。先王之道斯为美，小大由之。有所不行，知和而和，不以礼节之，亦不可行也。"第十一章为"有子曰：信近于义，言可复也；恭近于礼，远耻辱也；因不失其亲，亦可宗也。"提出"和"与"信"，影响深远。至于《颜渊篇》记述"哀公问于有若曰：'年饥，用不足，如之何？'有若对曰：'盍彻乎？'曰：'二，吾犹不足，如之何其彻也！'对曰：'百姓足，君孰与不足？百姓不足，君孰与足？'"这是国君之问，答语不凡，大概是孔子周游列国初归，鲁哀公向孔子频繁问政，顺便问及有若。或者有若初主事，鲁哀公关切儒门前来问政的遗痕。但此章的称谓是"有若"，透露了一个消息，有若主事后的第二次修改，对于仲弓时期的初稿，并不想全盘推翻。同时由于子游、子夏作为第一次编纂的旧人，他们参与第二次编纂，使《论语》初稿的宗旨、面貌、体例得以延续。总之，"有子曰"在要害处出现，

---

[1]《孟子·公孙丑上》，《四书章句集注》，第234—235页。

意味着有若在《论语》编纂过程中，曾一度具有举足轻重的话语权。

不妨对比一下对《古论语》颇有取材的《史记·仲尼弟子列传》，其中如此述及："有若少孔子四十三岁。有若曰：'礼之用，和为贵，先王之道斯为美。小大由之，有所不行。知和而和，不以礼节之，亦不可行也。''信近于义，言可复也。恭近于礼，远耻辱也。因不失其亲，亦可宗也。'"这里没有采用今本《论语·学而篇》居于文眼第二章的"有子曰"，而采用同篇第十、十一章的文字，使用的称谓是"有若曰"。可见《史记》取材的《古论语》借用仲弓牵头和有若主事的两个版本之间。《史记》称"有若少孔子四十三岁"，此若可信，有若与子游、子夏、子张的年龄相差无几，主事时的年龄是三十一岁，未免略嫌年轻。《史记索隐》引《孔子家语》云：有若，"鲁人，字子有，少孔子三十三岁。"古代是"四"字四横，"三"字三横，易误写。若此可信，有若主事的年龄是四十一岁。参以《左传》记载有若为敢死队员的行文，有若少孔子三十三岁是可信的，他比子游、子夏、子张年长十一至十五岁，正当盛年。

在第二次编纂中，子张留下的生命痕迹极其明显。《论语》编纂传播史上有一个常识，汉代有《论语》三家：鲁人所传为《鲁论》，齐人所传为《齐论》，孔壁所出为《古论》。何晏《论语集解叙》曰：《古论语》"分'尧曰'下章'子张问'以为一篇，有两《子张》，凡二十一篇，篇次不与齐、鲁《论》同。"[1] 南朝梁人皇侃为何晏《论语集解叙》作"义疏"云："《古论》虽无《问王》《知道》二篇，而分《尧曰》后'子张问于孔子曰，如何斯可以从政矣'，又别题为一篇也。一是'子张曰士见危致命'为一篇，又一是'子张问孔子从政'为一篇，故凡《论》中有两《子张》篇也。《古论》既分长一《子张》，故凡成二十一篇也。"[2] 这一《子张篇》应是有若主

---

[1]　[三国魏]何晏《论语集解叙》，《十三经注疏》，第2455页。

[2]　[南朝梁]皇侃：《论语集解叙义疏》，四库全书本。

事，子张参与编纂时所增。本来只有一个《子张篇》，由于《尧曰篇》过短，就分出《子张篇》的后半，附于《尧曰篇》之后，编绳不牢，散出另一个《子张问篇》。

于此有必要考察一下，何以子张的能量如此巨大，而且处处敢于出头。子张即颛孙师，少孔子四十八岁。《史记》说他是陈人，是指祖籍国。《左传》庄公二十二年（前672）记载："陈公子完与颛孙奔齐。颛孙自齐来奔（鲁）。"[1] 陈完于齐桓公时奔齐，后裔于十世以后取姜氏齐而代之；与他一道出奔的颛孙，复奔鲁，为颛孙氏之祖。这一年离子张出生（前503）已经一百七十年，按理应该有六代人了。这就难免家境衰落，因而《吕氏春秋·尊师篇》说："子张，鲁之鄙家也。颜涿聚，梁父之大盗也。学于孔子。"[2] 鄙家鄙到何种程度？战国《尸子》卷上说："子路，卞之野人；子贡，卫之贾人；颜涿聚，盗也。颛孙师，驵也，孔子教之，皆为显士。"[3] 何者为驵？清人赵翼《陔馀丛考》卷三十八如此考释："《辍耕录》云：今人谓'驵侩'曰'牙郎'，其实乃互郎，主互市者也。按此说本刘贡父《诗话》：驵侩为牙，世不晓所谓，道原云：本谓之'互'，即互市耳。唐人书'互'作'牙'，牙、互相似，故讹也。"[4] 即是说，子张出身贫贱，未入孔门时，也许跟随上辈当过牛马市场经纪人，难免沾染豪爽放达的江湖习气。因此《孔子家语》对之有如此评语："为人有容貌资质，宽冲博接，从容自务，居不务立于仁义之行，孔子门人友之而弗敬。"[5]

《论语·子张篇》也透露了子张豪爽放达的气质，在七十子中甚是突出。该篇首章云："子张曰：士见危致命，见得思义，祭思敬，

---

[1] 杨伯峻编注：《春秋左传注》，第220页。

[2] 《吕氏春秋·尊师篇》，《诸子集成》（六），第38页。

[3] ［战国］尸佼《尸子》卷上，汪继培辑本。

[4] ［清］赵翼《陔馀丛考》卷三十八，清乾隆五十五年初刊本。

[5] 《孔子家语·七十二弟子解》，第429页。

丧思哀，其可已矣。"马建忠《马氏文通》卷九云："此'已矣'……决其不仅可为士也，且已足可为士矣。或谓'已矣'者，皆所以决言其事之已定而无或少疑也。"[1]《论语》一般强调"君子"人格类型，此章却特别"士"人格类型。春秋战国之际的"士"，有著书习礼的儒士，有为知己者死的勇士，有懂阴阳历算的方士，有为人出谋划策的策士。子张倡言"士见危致命，见得思义"，强调"义"而不及于"仁"，强调"见危授命"而未及以道节制勇，在过犹不及的极端，就可能导向"侠"。

《论语·先进篇》中孔子批评"师（子张）也过，商（子夏）也不及"，是可以与此相应和的。《论语》二十篇中，有多达十余处记载"子张问"，问及"仁"、"明"、"达"，又问"常行之行"、"善人之道"、"为政之道"、"为政之理"，尤其是"问求禄之法"，与同门讨论"士之德行"、"与人交接"及"人之轻重"。他所问多是荦荦大端，似乎对雕虫小技没有太多兴趣，却又喜欢进行豁达痛快的交往和辩论。程颐已经看出子张、子夏的不同思想倾向，认为："大抵儒者潜心正道，不容有差，其始甚微，其终则不可救。如'师也过，商也不及'，于圣人中道，师只是过于厚些，商只是不及些。然而厚则渐至于'兼爱'，不及则便至于'为我'，其过不及同出于儒者，其末遂至于杨、墨。"[2]程颐之言看似委婉，却多少涉及儒门之子张，似乎出现了某些趋向墨家"兼爱"的苗头。《大戴礼记·千乘篇》向被视为子张氏之儒留下的文献，其中有云："下无用，则国家富；上有义，则国家治；长有礼，则民不争；立有神，则国家敬；兼而爱之，则民无怨心；以为无命，则民不偷。昔者先王本此六者，而树之德，此国家之所以茂也。"[3]如此概述"先王六本"之德，突出义、礼、神（鬼）、兼爱之类，就游离了孔子崇仁重德的本义，

---

[1]　马建忠:《马氏文通》卷九，商务印书馆1983年版。

[2]　[宋]程颢、程颐:《二程遗书》卷十七"伊川先生语三"，清康熙刻本。

[3]　《大戴礼记解诂》卷九，第153—157页。

似乎在儒家的清醇中，勾兑上一点类似于后来墨家的浊酿。

通览《子张篇》，除了子张三章、子夏九章、子游三章之外，尚有曾子四章、子贡六章，共计组成五个单元。此外更无七十子其余人的材料。这事关《论语》第二次编纂的阵容，前三子为主力，兼顾后二子。在为夫子庐墓守心孝三年届满，弟子向子贡泣别，子贡再庐墓守心孝三年，此时子夏、子张、子游推举有若主持儒门事务，因而在有若主事的短时间中，留在鲁国的主要孔门弟子，加上曾子本是鲁人，共计就是以上五子及有若。这足以证验《论语》第二次编纂就发生在此期间，才会出现如此篇章单元现象。

《论语》二十篇中，只有《乡党篇》和《子张篇》没有"子曰"或"孔子曰"。《乡党篇》记孔子日常礼仪行为，无"子曰"与"孔子曰"，孔子的话，只用"曰"字标示。而《子张篇》也无"子曰"、"孔子曰"，就只能解释为它只收录有子主事时期居留鲁国的五大弟子的材料，而没有顾及其他了。《论语》称呼孔子，有"子"、"夫子"、"孔子"三种称谓，为何出现这种情形？略为统计，今本《论语》全书计有"子曰"398个，"孔子曰"只有32个，其中《季氏篇》占了14个。"孔子曰"多用于历史事件的叙述中，或孔门以外人士与孔子的对话，孔子弟子唯有"南宫适问于孔子曰"、"子张问于孔子曰"、"冉有、季路见于孔子曰"。其间奥妙何在？这些说明《论语》最初启动编纂时就定下一条体例，孔子与弟子接谈之言，皆用"子曰"。以后两次编纂也大体遵从。在师弟之间是"问于"、"见于"孔子曰，孔子是宾语，"曰"的是弟子，这属于语法上的需要。至于面对历史事件或社会人士，孔子算是局外人，以"孔子曰"，而不用"子曰"，以便推出一定的心理距离，潜入某种间离效应。而子张参与编纂时，离孔子初丧已有一些时日，就是这种时间距离使他数用"孔子曰"。至于直称"夫子曰"，则是战国时人的用语习惯，它在《论语》中出现，应在曾子弟子第三次编纂《论语》的时候，其时已是战国初年。

四、第三次编纂乃曾门弟子所为：公元前432年后

对于后世影响极著者，是唐人柳宗元以称谓变异，揭示《论语》在曾子卒（鲁悼公三十五年，公元前432年）后，由曾门开展的第三次编纂。柳宗元在《论语辩》中首先发现："或问曰：'儒者称《论语》孔子弟子所记，信乎？'曰：未然也。孔子弟子，曾参最少，少孔子四十六岁。曾子老而死。是书记曾子之死，则去孔子也远矣。曾子之死，孔子弟子略无存者矣。吾意曾子弟子之为之也。何哉？且是书载弟子必以字，独曾子、有子不然。由是言之，弟子之号之也。然则，有子何以称子？曰：孔子之殁也，诸弟子以有子为似夫子，立而师之。其后不能对诸子之问，乃叱避而退，则固尝有师之号矣。今所记独曾子最后死，余是以知之，盖乐正子春、子思之徒，与为之尔。或曰：孔子弟子尝杂记其言，然而卒成其书者，曾氏之徒也。"[1]柳宗元的判断得到二程、朱熹的赞同，比如程伊川认为："《论语》之书，成于有子、曾子之门人，故其书独二子以'子'称。"[2]只不过如《孟子》所说，曾子是坚决反对由有若来主持儒门事务的，按诸情理，二子之门人编纂《论语》，只能是发生在不同时段的行为，不可能在同一次编纂中联合完成。

柳宗元的发现，是具有篇章学的文本依据的，对于拓展有关《论语》原始编纂情形的考察，具有重要价值。显而易见，《论语》所记史事，时间最晚的两条是曾子临终遗言。两章均见于《泰伯篇》，今本列为第三章、第四章：

> 曾子有疾，召门弟子曰："启予足！启予手！《诗》云：战战兢兢，如临深渊，如履薄冰。而今而后，吾知免夫！小子！"

[1] 《柳河东集》卷四《论语辩》，上海人民出版社1974年新1版，第68—69页。

[2] 《论语序说》，《四书章句集注》，中华书局1983年版，第43页。

曾子有疾，孟敬子问之。曾子言曰："鸟之将死，其鸣
也哀；人之将死，其言也善。君子所贵乎道者三：动容貌，
斯远暴慢矣；正颜色，斯近信矣；出辞气，斯远鄙倍矣。
笾豆之事，则有司存。"[1]

这两条材料对于《论语》文本编成的历史编年学定位，是很关
键的。曾子的临终遗言，只能是曾子死后由他最亲近的弟子如乐正
子春之辈忆述。《礼记·檀弓上》记载："曾子寝疾，病。乐正子春
坐于床下，曾元、曾申坐于足。"[2] 曾子弥留之际，身边除了曾子之
子曾元、曾申外，侍疾的唯有忠诚的弟子乐正子春，因此是可以记
录《论语》中曾子临终遗言的不二人选，被柳宗元列入《论语》编
纂者名单，实在是事出有因。至于文中的孟敬子乃鲁国大夫仲孙捷，
用了他的谥号，当是《论语》成书流布过程中，后学所改订。

然而《论语·先进篇》"四科十哲"的名单"德行：颜渊、闵子
骞、冉伯牛、仲弓。言语：宰我、子贡。政事：冉有、季路。文学：
子游、子夏"，弟子皆称字，显然不合孔子的口吻。更要紧的是"十
哲无曾"，也无有子，显然不是《论语》第二、第三次编纂时存留
的生命痕迹，而是仲弓牵头的第一次编纂留下的生命痕迹。因而抹
杀仲弓，把《论语》说成曾门一次性编纂而成，是难以过关的。

宋儒面对这个关卡，焦虑莫名。朱熹《论语集注》卷六在注释
"四科十哲"名单时，引程子曰："四科乃从夫子于陈、蔡者尔，门
人之贤者固不止此。曾子传道而不与焉，故知十哲世俗论也。"[3] 这
里从"曾子传道而不与焉"，指责"四科十哲"名单是"世俗论也"，
只做出价值判断，却未对材料来源进行发生学的清理。一个捉襟见

---

[1]《论语·泰伯篇》，《十三经注疏》，第2486页。

[2]《礼记·檀弓上》，《十三经注疏》，第1277页。

[3] 朱熹：《论语集注》卷六，《四书章句集注》，第123页。

肘的方法，就是把《先进篇》第二章"子曰：从我于陈、蔡者，皆不及门也"，与第三章"四科十哲"的名单混为一谈，以"四科乃从夫子于陈、蔡者尔"来回避难题。但是朱熹已经看出，如此处理不妥，他在一封答疑的书信中说："四科乃述《论语》者记孔氏门人之盛如此，非孔子之言，故皆字而不名，与上文不当相属。或曰：《论语》之书出于曾子、有子之门人。然则二子不在品题之列者，岂非门人尊师之意欤？四科皆从于陈蔡者，故记者因夫子不及门之叹而列之。"[1] 朱熹已经发现，四科十哲"非孔子之言，故皆字而不名，与上文不当相属"，这就从篇章学的断句分章，将名单从"孔子之言"中剥离开来；又提到"四科"的出现，"乃述《论语》者记孔氏门人之盛如此"，向问题的症结走近了一步。但仅此为止，并没有透过篇章学而揭示《论语》多次编纂过程的政治性行为，并没有追问编纂《论语》而胪列四科十哲者是谁。《论语》存在过一次不属于有子、曾子门人的原始编纂，这是无法回避的。

曾门在鲁国的崛起，有其特殊的历史机缘。在孔子丧期满后这五十年间，孔门弟子纷纷离开鲁国，风流云散。如《史记·儒林列传》所云："自孔子卒后，七十子之徒散游诸侯，大者为师傅卿相，小者友教士大夫，或隐而不见。故子路居卫（此处误，子路死在孔子前），子张居陈，澹台子羽居楚，子夏居西河，子贡终于齐。如田子方、段干木、吴起、禽滑厘之属，皆受业于子夏之伦，为王者师。是时独魏文侯好学。后陵迟以至于始皇，天下并争于战国，儒术既绌焉，然齐鲁之间，学者独不废也。于威、宣之际，孟子、荀卿之列，咸遵夫子之业而润色之，以学显于当世。……及高皇帝诛项籍，举兵围鲁，鲁中诸儒尚讲诵习礼乐，弦歌之音不绝，岂非圣人之遗化，好礼乐之国哉？"[2] 鲁地本是儒学沃土，七十子的流散，

---

[1] 朱熹：《答程允夫》，《朱熹文集》卷四十一，明嘉靖十一年福州府学本。

[2] 《史记·儒林列传》，第3216—3217页。

为籍系于鲁的曾门发展腾出了宝贵的空间。

当然曾门的崛起，以曾子之学比较纯正作为内因。曾门不像子张那么张扬，并没有在《论语》篇题上做功夫，在篇章结构上沿袭第一、第二次编纂，没有另起炉灶。曾门弟子只在关键处插入他们回忆记录的一些"曾子曰"，以此强调，最能传道统者为曾子。比如开宗明义的《学而篇》第四章："曾子曰：'吾日三省吾身。为人谋而不忠乎？与朋友交而不信乎？传不习乎？'"这乃是儒门的"反省内求"、内外兼修的"正心"之学，是把《论语》的路线在颜回路线之旁，添加一条曾子路线的关键。比较一下《史记·仲尼弟子列传》对曾子的记载，也许相当有趣味，这则记载只有三十四个字："曾参，南武城人，字子舆。少孔子四十六岁。孔子以为能通孝道，故授之业。作《孝经》。死于鲁。"如此篇幅，实在有点不称。《史记》记述七十子，多引录他们的嘉言，如子游录有弦歌治武城一则；子夏录有二则半，所谓半则是比较子夏、子张的"师也过，商也不及"；子张则录有三则半。唯独如此多的"曾子曰"，一句也没有采录，连同居于今本《论语》全书第四章的"吾日三省吾身"都不采录，这是大可奇怪的事。难道太史公所见《古论语》是前两次编纂的稿本？这也可知曾门第三次编纂，做了不少的增补。

曾门弟子重修《论语》宗旨，归根到底在于证明孔门弟子中最能够传道统者为曾子。他们所增补，不及全书的百分之三，但此宗旨实现得相当完满。《里仁篇》记述："子曰：'参乎，吾道一以贯之。'曾子曰：'唯。'子出，门人问曰：'何谓也？'曾子曰：'夫子之道，忠恕而已矣。'"《卫灵公篇》又讨论同一命题者："子曰：'赐也，女（汝）以予多学而识之者与？'对曰：'然，非与？'曰：'非也，予一以贯之。'"二者比较，可以发现，如此聪明的子贡对于孔子之道"一以贯之"懵然莫测高深，只看到表象上的"多学而识"。而曾子则明显胜出一筹，一经孔子提起，就默然有悟于心，当然他是最能理解和继承孔学的道统了。

曾门弟子编纂时还做了一项得意的事，就是文采光鲜地褒扬了曾子家族渊源，在彰显曾子家族文化基因之优越的同时，也蕴含着慎终追远之义。这主要指载有"四科十哲"名单的《先进篇》之末章"子路、曾皙、冉有、公西华侍坐"。曾点曰："暮春者，春服既成，冠者五六人，童子六七人，浴乎沂，风乎舞雩，咏而归。"夫子喟然叹曰："吾与点也！"这是《论语》近五百章中最富有诗意的文字，渲染着孔子、曾点（皙）所思慕的诗意栖居而与春交融的人生境界。行文中三次当面直称孔子为"夫子"，透露战国时期的称谓习惯，与春秋晚期最初编纂《论语》，当面只称"子"，背后方称"夫子"的惯例不合。因而是曾门弟子在战国初年所加无疑。

对于上述四子侍坐时曾点宣称一次郊游沐浴，竟然"冠者五六人，童子六七人"，二千年来人们并没有注意到，曾老爷子的春游虽然称不上冠盖如云，却也颇有派头，非殷实家族子弟不办。这就有必要追踪一下曾氏家世。《左传》昭公元年（前541）："叔孙（豹）归，曾夭御季孙以劳之。且及日中不出。曾夭谓曾阜曰：'旦及日中，吾知罪矣。鲁以相忍为国也。忍其外，不忍其内，焉用之？'阜曰：'数月于外，一旦于是，庸何伤？贾而欲赢，而恶嚣乎？'阜谓叔孙曰：'可以出矣。'叔孙指楹曰：'虽恶是，其可去乎？'乃出见之。"[1]据明初宋濂《查林曾氏家牒序》，曾夭、曾阜是曾子的曾祖和祖父，分别是季氏宰及叔孙氏家臣。[2]此事发生在曾子出生前三十六年。鲁国曾氏始祖曾巫，本是夏少康分封在鄫国的后裔，身为世子。《左传》鲁襄公六年（前567）记载："莒人灭鄫。"[3]曾巫就流落鲁国为大夫，生子曾夭、孙曾阜。由此可知，曾氏是在鲁国经

---

[1] 杨伯峻编注：《春秋左传注》，第1211页。

[2] ［明］宋濂：《查林曾氏家牒序》，《翰苑别集》卷十，四部丛刊影张缙刻本。

[3] 杨伯峻编注：《春秋左传注》，第947页。

营数代的相当殷实的家族，亲朋故旧定然不少，具有一定实力，因而曾点一次游春，就可以"冠者五六人，童子六七人"。曾子在鲁地开宗立派，得到一批相当殷实的亲朋故友子弟的支持和加入，设帐开坛都左右逢源，最终发展成为一个实力深厚的学派，即在情理中矣。

《论语·泰伯篇》记述："曾子曰：'可以托六尺之孤，可以寄百里之命，临大节而不可夺也。君子人与？君子人也。'"在孔门提及托孤，不言而喻就是孔子之孙孔伋（子思）的托孤抚育。因为孔鲤死后，孔子垂垂老矣，自然会想到不满十岁的孔伋托孤问题。邢昺疏引郑玄注："此云六尺之孤，年十五已下"，就暗含着托子思之孤。应该说，七十子可托之人不少，比如子贡，衣食无忧，但可能带着子思到处经商从政，此非孔子所愿；子游、子夏、子张也可托付，但他们在鲁地缺乏家族根基，很可能将子思带到南国、魏（当时尚属晋）、陈，难免漂泊不定；唯有曾子对孔学理解纯正，家族久居于鲁，曾祖、祖父曾是三桓臣宰，根基殷实，是托孤的最佳选择。可见曾子云"可以托六尺之孤，可以寄百里之命"，并非空泛之论，是有所指，有所担当的。这则"曾子曰"，可能是子思参与第三次编纂时，为感恩曾府，特意主张编入的。

子思参与第三次编纂留下的生命痕迹，还可以从《论语·宪问篇》求得。该篇首章云："宪问耻。子曰：'邦有道，穀；邦无道，穀，耻也。''克、伐、怨、欲不行焉，可以为仁矣？'子曰：'可以为难矣，仁则吾不知也。'"此章在《史记·仲尼弟子列传》作如此记述："子思问耻。孔子曰：'国有道，穀；国无道，穀，耻也。'子思曰：'克、伐、怨、欲不行焉，可以为仁乎？'孔子曰：'可以为难矣，仁则吾弗知也。'"可见太史公所见《古论语》使用了原宪的字作"子思曰"，应是孔伋（子思）参与曾门编纂《论语》时，为了避免与自己的字相混淆，改"子思问"为"宪问"。《雍也篇》又载：

"原思为之宰，与之粟九百，辞。子曰：'毋！以与尔邻里乡党乎！'"
将原宪的姓与字，搭配为"原思"，异于《论语》通常称字的体例，
大概原本也写作子思为孔氏宰，在孔伋（子思）参与第三次编纂时，
搭配以姓，免得造成二"子思"的混淆。

经过详细的文献学和篇章学的多维度参证考究，启动了以史解
经、以礼解经、以生命解经的综合方法论，推求原始，钩沉索隐，
缀碎为整，已可以对《论语》的编纂年代和主要编纂者，得出如下
返本还原性的结论。

（一）《论语》编纂时间是：从孔子死（前479）至曾子死（前
432）后数年。即是公元前5世纪前期到公元前5世纪后期春秋战国
之际，历时半个世纪。孔门在半个世纪间，先后三次对此书进行有
组织的实质性编纂，说明此书是儒门的"公器"和"重器"，七十
子及其后学的中坚分子都想在孔学承传中，占据和承担正宗重任。
即所谓"仁以为己任"，"任重而道远"，"士不可以不弘毅"，"临大
节而不可夺也"。由此，孔门传道，以《论语》为衣钵。

（二）孔门参与回忆记录材料的弟子和再传弟子，虽然有
六七十人以上，但直接参与论辩取舍的编纂决定者，有生命迹象可
考的，依次有仲弓、子游、子夏；有子（或委托其门人）、子张（子游、
子夏也继续参与）；曾门弟子乐正子春、子思，可知姓名者共有七
人。如此形成的《论语》思想，是孔子及其弟子、再传弟子集体创
造的思想。如此形成的《论语》传本，是经过多次编纂的叠加型传
本。七十子及其后学的杰出之士，在历次编纂中从各自不同的立场
和角度寻找"真孔子"，注入真知灼见，形成精彩纷呈而又互动互
补、互相博弈的学脉复合。它并非单线式，而是三线或多线纠缠，
分中有合、合中有分，你中有我、我中有你，多元分驰又交融共构
的思想文化共同体。这就是《论语》篇章学的"多棱镜效应"。《论语》
思想具有丰富的张力，既以孔子为中心，又具有思想多维性，还由

于篇章学上形式多样的设置、排列、组合、衔接、中断、呼应等等所产生的联想、互释、叠加、曲变诸效应，遂使《论语》以儒家元典的身份，成为中国智慧的渊薮和源泉之一。

如果将此传经源流与《论语》三次大编纂相对接，那么第一次编纂便由仲弓、子夏，中经荀子一干人等，通向汉儒；第三次编纂却由曾门及子思，中经孟子，通向宋儒。从某种意义上说，汉、宋之争，是放大了的《论语》篇章政治学的博弈。中国儒学千古传承的两大学派——汉学与宋学，都在儒家核心经典《论语》编纂成书的早期行程中，留下了最初的种子和根脉，这实在是中国思想史上值得深入探究的千古因缘。

五、《齐论语》与旁出的一次编纂

子贡无疑是孔子最重要的弟子之一，对弘扬孔子圣学和拓展孔门的影响，贡献甚巨。但在《古论语》《鲁论语》中，记述"子贡利口巧辞，孔子常黜其辩"，使其地位颇为尴尬。不过换一个角度，从《论语》对"圣"的讨论切入，就会得到新的领会。孔子是将"圣"置于"仁"之上，将"圣人"置于"君子"之上，叹息"吾不得而见"圣人，而且一再否认自己是"天纵之将圣"。"天纵之将圣"是子贡的话。《论语·子罕篇》记述："太宰问于子贡曰：'夫子圣者欤，何其多能也？'子贡曰：'固天纵之将圣，又多能也。'子闻之，曰：'太宰知我乎？吾少也贱，故多能鄙事。君子多乎哉，不多也！'"此事发生在子贡三十三岁，受鲁国季康子的委托，会见吴国太宰伯嚭，为鲁国赢得了一次外交上的胜利。东汉王充《论衡·知实篇》说："太宰问于子贡曰：'夫子圣者欤，何其多能也？'子贡曰：'故天纵之将圣，又多能也。'将者，且也。不言已圣，言且圣者，以为孔子圣未就也。夫圣若为贤矣，治行厉操，操行未立，则谓且贤。今言且圣，圣可为之故也。孔子曰：'吾十有五而志于学，三十而立，四十而不惑，五十而知天命，六十而耳顺。'从知天命至耳顺，学就知明，成圣之验也。未五十、六十之时，未能知天命、至耳顺也，则谓之'且'矣。当子贡答太宰时，殆三十、四十之时也。"王充此言差矣。子贡比孔子少三十一岁，如果孔子"殆三十、四十之时"，子贡还是一个小孩，岂能发生"太宰问于子贡"此事？此事发生在子贡三十三岁，孔子应是五十四岁，为鲁司寇，这才是历史的真实行程。

　　《论语·子张篇》还记述："叔孙武叔语大夫于朝，曰：'子贡贤于仲尼。'子服景伯以告子贡。子贡曰：'譬之宫墙，赐之墙也及肩，窥见室家之好。夫子之墙数仞，不得其门而入，不见宗庙之美，百官之富。得其门者或寡矣。夫子之云，不亦宜乎！'叔孙武叔毁仲尼。子贡曰：'无以为也。仲尼不可毁也。他人之贤者，丘陵也，犹可逾也。仲尼，日月也，无得而逾焉。人虽欲自绝，其何伤于日月乎！多见其不知量也。'"子贡说这些话时，孔子已经去世，可见子贡对孔子圣学的尊崇，发自内心，始终如一。至于"圣"的内涵，《论语》未作正面论述，只涉及"博施于民而能济众"，能够关切民生，而且"有始有卒"，能够坚持不懈。子贡在与孔子讨论"圣"的问题中，位置相当突出。再考虑到《孟子·公孙丑上》提到"昔者子贡问于孔子曰：'夫子圣矣乎？'孔子曰：'圣则吾不能，我学不厌而教不倦也。'子贡曰：'学不厌，智也；教不倦，仁也。仁且智，夫子既圣矣！'"[1]这一条，与《论语·述而篇》公西华曰"正唯弟子不能学也"一条意思相近，但对话者已经换成了子贡。因此，子思《五行》于"仁义礼智"四善行之上，增加了"圣"，这一条从子思到孟子的精神线索，牵系着子贡。据《史记·孔子世家》记载：

---

[1] 《孟子集注》卷三，《四书章句集注》，第233页。

"孔子葬鲁城北泗上，弟子皆服三年。三年心丧毕，相诀而去，则哭，各复尽哀；或复留。唯子贛庐于冢上，凡六年，然后去。"[1] 子贡对孔子的孝敬之诚，不可能不予子思留下深刻的印象。谁能料到在三次《论语》编纂中被相当程度地边缘化了的子贡，却在多年后子思作《五行》的时候，以"明修栈道，暗度陈仓"的方式，给他关于"圣"的思想片段安上了一个颇为关键的位置。思想的发展，就是以如此的方式，左顾右盼，左宜右有，退一步而进两步，开拓着曲折前行的路线。子思借助子贡对"圣"的推崇，在儒学文化地图上，推进了思想的深化和道脉的延续。

子贡五十岁（前471）之后，曾被聘为齐国大夫，据说六十岁以后又著述《越绝书》。其实《越绝书》是东汉袁康所著，子贡虽然出使过越国，在三十八岁（前486），游说齐、吴、越、晋四国，解鲁国之危。但所有这些，远比不上他对孔子圣学尊崇之深切。子贡在为孔子守孝三年，又继续守孝三年之时，就开始对编纂《论语》有所打算，这与有若时期第二次编纂，时间相近；早于曾门的《论语》编纂。《史记·仲尼弟子列传》说：子贡晚年"常相鲁卫，家累千金，卒终于齐"，这就使得子贡有收受门徒、独立门庭的充分条件。晚年子贡出于对孔子圣学承传的责任心，由他及他六十五岁（前456）辞世后的齐国弟子，启动了《论语》的一次旁出的编纂。假若如此，这比起曾子死（前432）后的曾门编纂早上二十九年。

要知道《齐论语》的大致面貌，可参看刘向《别录》中说："《鲁论语》二十篇，皆孔子弟子记诸善言也。太子太傅夏侯胜、前将军萧望之、丞相韦贤及子玄成等传之。《齐论语》二十二篇，其二十篇中章句颇多于《鲁论》，琅琊王卿及胶东庸生、昌邑中尉王吉，皆以教之，故有《鲁论》，有《齐论》。鲁恭王时，尝欲以孔子宅为宫，坏，得古文《论语》。《齐论》有《问玉》《知道》，多于《鲁论》二篇。

---

[1] 《史记·孔子世家》，第1945页。

《古论》亦无此二篇，分《尧曰》下章'子张问'以为一篇，有两《子张》，凡二十一篇，篇次与《鲁论》同。"[1]《古论语》是仲弓、子游、子夏所编纂；《鲁论语》是曾门在有若、子张、子游、子夏的第二次编纂的基础上，重新编纂。刘向奉旨领校中秘群书二十年，条其篇目，撮其旨意，辨其讹谬，即所谓"辨章学术，考镜源流"[2]，撰成《别录》二十卷，对于书籍是必须目验，才能说话的。既然他已目见三种《论语》传本，必然是国家秘府收藏的简书[3]，流传已久，所谓古文《论语》，当是战国文字的传本。既然它与另有流传地域和传承次序的《论语》传本文字有所出入，而出入又有限度；既然个别传本篇章略多，而篇次又大体相同，那么它们必然源自战国时期的编定本，而在不同流脉的分头口授、传抄中出现"传闻异辞"的某些差异，同时也有多次编纂的更值得注意的差异。刘向又称《论语》"皆孔子弟子记诸善言也"，既有善不善之分，也就是说编纂之时，存在为夫子塑造崇高形象的价值取向。参合出土简帛与汉代文献，不难发现，《论语》的得名与先秦其他诸子书存在着明显的差异。先秦颇有一些诸子著述先是以散简、简组、单篇的形式行世，按其始创者和学派划分，逐渐汇总组合成捆、成堆、成册，并在战国后期标出《老子》《墨子》一类书名，或到汉代经刘向、戴德、戴圣等人整理，标出书名，但其简帛多是战国、秦汉之际的旧物。《论语》则是编纂之时就论定题名，在儒门各派内部流传，未经刘向整理，所以刘向负有"诏光禄大夫刘向校经传诸子诗赋"的专门责任，得见《论语》书名，在齐传播的称《齐论语》，在鲁传播的称《鲁论语》，孔壁出土的称《古论语》。他们只不过在已经存在的《论语》书名上，加了古、鲁、齐以便区分，免致混淆。

---

[1] 何晏:《论语集解序》篇首引"汉中垒校尉刘向言"，《十三经注疏》，中华书局1980年版，第2454—2455页。

[2] 章学诚:《校雠通义》卷一，嘉业堂刊《章氏遗书》本。

[3] 刘歆《七略》曰:"外则有太常太史、博士之藏，内则有延阁、广内、秘室之府。"

皇侃《论语疏叙》引刘向《别录》云："鲁人所学谓之《鲁论》，齐人所学谓之《齐论》，合壁所得谓之《古论》。"所谓古文《论语》，当是战国文字的传本。与刘歆交游论学的桓谭在《新论》中说："《古论语》二十一卷，与《齐》《鲁》文异六百四十余字。"[1] 何晏《论语集解叙》说："汉中垒校尉刘向言：《鲁论语》二十篇，皆孔子弟子记诸善言也。……《齐论语》二十二篇，其二十篇中章句颇多于《鲁论》，……《齐论》有《问王》《知道》，多于《鲁论》二篇，《古论》亦无此二篇。"《齐论语》比《古论语》《鲁论语》多出的《问王》《知道》二篇，为汉代经师张禹所删。如《隋书·经籍志》所言："张禹本授《鲁论》，晚讲《齐论》，后遂合而考之，删其繁惑。除去齐论《问王》《知道》二篇，从《鲁论》二十篇为定，号《张侯论》，当世重之。"后世至今所传，乃是《张侯论》模式的《论语》。

所谓《齐论语》之《问王》，经考证，即是《问玉》，清人为此做了一些复原的尝试。李慈铭《越缦堂读书记》如此评述清代马国翰《玉函山房辑佚书》云："其《齐论语》一卷，据王厚斋语以《问王》为《问玉》，遂取《聘义》子贡问'君子贵玉而贱珉'一节，及《说文》《初学记》《御览》所引逸《论语》言玉事尽入之。然如孔子曰：'美哉，璠玙！远而望之，奂若也；近而视之，瑟若也'一则，'理胜'二则，'孚胜'一节，及'如玉之莹'一句，皆不引《说文》而引《初学记》，亦为失检。"既然《问玉》为子贡所忆述，子贡又从政经商而终于齐，那么"齐人所学谓之《齐论》"的这个本子，就与子贡门人有着扯不断的关系。子贡在《论语》初期编纂中，未能掌握话语权，但《论语》在齐地流传中，其门人却以另一种方式实现了他的某种夙愿。

《孔子家语·问玉篇》就是以子贡向孔子的提问作篇题的，子

---

[1]　[汉] 桓谭：《新论》正经第九，收入清严可均辑《全后汉文》卷十四，中华书局版。

贡的提问占居全篇的首章：“子贡问于孔子曰：‘敢问君子贵玉而贱珉，何也？为玉之寡而珉多欤？’孔子曰：‘非为玉之寡故贵之，珉之多故贱之。夫昔者君子比德于玉：温润而泽，仁也；缜密以栗，智也；廉而不刿，义也；垂之如坠，礼也；叩之，其声清越而长，其终则诎然，乐矣；瑕不掩瑜，瑜不掩瑕，忠也；孚尹旁达，信也；气如白虹，天也；精神见于山川，地也；圭璋特达，德也；天下莫不贵者，道也。《诗》云：言念君子，温如其玉。故君子贵之也。’”以玉的多种特性，比喻天地道德，比喻仁、智、义、礼、乐、忠、信，将自然物人化为道德象征，形成了中国玉文化的精神内核。这里的文字与《礼记·聘义》的记载，几乎相同；与《荀子·法行》的记载，却颇有出入。《问玉》篇，当然是以《问玉》为首章，按照《论语》的编纂体例，在某种意义可以说，就是“子贡问”篇。可惜它被张禹依照他对《论语》原始模样的理解，将之删除了。

至于《知道》篇的本来面目如何？这是难以考证的千古之谜。在《孔子家语》卷九《本姓解》寻找蛛丝马迹，可以发现这样的记载：“齐太史子与适鲁，见孔子。孔子与之言道，子与悦，曰：‘吾鄙人也，闻子之名不睹子之形久矣。而求知之宝贵也。乃今而后，知泰山之为高，渊海之为大。惜乎夫子之不逢明王，道德不加于民，而将垂宝以贻后世。’遂退而谓南宫敬叔曰：‘今孔子，先圣之嗣。自弗父何以来，世有德让，天所祚也。成汤以武德王天下，其配在文。殷宗以下，未始有也。孔子生于衰周，先王典籍错乱无纪，而乃论百家之遗记，考正其义，祖述尧舜，宪章文武，删《诗》述《书》，定《礼》理《乐》，制作《春秋》，赞明《易》道，垂训后嗣，以为法式。其文德著矣。然凡所教诲，束脩已上，三千余人。或者天将欲与素王之乎？夫何其盛也。’敬叔曰：‘殆如吾子之言，夫物莫能两大。吾闻圣人之后，而非继世之统，其必有兴者焉。今夫子之道至矣，乃将施之无穷，虽欲辞天之祚，故未得耳。’子贡闻之，以二子之言告孔子。子曰：'岂若是哉！乱而治之，滞而起之，自吾志也。天何与焉！'"这就是孔子"垂宝以贻后世"的"知道"吗？南宫敬叔之言，今传《论语》付诸阙如，会在《齐论语》中偶露真容吗？这条材料也与子贡相关，如果出现在《齐论语》中，也是不会令人诧异的。

2014年10月2日修改

2017年1月6日再修改

回到本来的孔子

一、孔子还原研究的困惑

孔子一旦成了圣人，他的名字就成了公共的文化符号，人们可以尽心竭力地对之进行阐释、开发、涂饰和包装，他也就在相当大的程度上不再属于他本来的自己了。

在孔子还原研究中，我们首先接触的一个令人困惑的问题是：两千年间大量的孔子研究，究竟是在研究本来的孔子，还是在研究历代儒林人士和统治者层层叠叠地给孔子附加上的涂饰？

孔子从春秋时代的一位伟大的思想者和教育家，演变成圣人，经历了周秦时代的"前圣人时期"、从汉到清的"圣人时期"、五四新文化运动以后的"失圣人时期"，以及改革开放以来的"后圣人时期"。

在这两千余年中，"圣人时期"所占的时间在百分之八十以上，孔子受到一浪接一浪的学术上的解读和政治上的诠释，积累不可谓不丰厚。同时又颇有一些"圣人之徒"，以千差万别的姿态和色彩，对之进行着闪耀着灵光的装扮、涂饰和改造。这是否意味着，孔子一旦成了圣人，他的名字就成了公共的文化符号，人们可以尽心竭力地对之进行阐释、开发、涂饰和包装，他也就在相当大的程度上不再属于他本来的自己了呢？

这就给我们提出一个历史性的命题：如何返回孔子思想的本来，从而能够在本来状态中透视孔子及其思想力量的来由和去向。

我们不妨看一看，五四新文化运动开始的"失圣人时期"留下什么值得注意的教训。由于近代史上袁世凯的祭孔和推行在学校读经，以及后来的军阀、政客和侵略中国的日本的崇孔等等别具用心的开倒车行为，以《新青年》为中心的新潮知识分子群体在"五四"前后，出于现代启蒙和救亡图存的需要，曾经把批判孔子当作诊治"中国愚弱病"的文化战略的构成。

细心考察起来，他们的文化批判主要的也不是批判本来的孔子，而是两千年沉积下来的对孔子的解释和涂饰。批判的结果，使孔子头上的灵光和脸上的涂饰消解了，剥落了，颜容黯淡，斑斑驳驳，显出一副迂腐相或者滑稽相。剥除涂饰是要付出代价的，但涂饰剥落之日，或许就是事物本真呈露之时。我们不妨平心静气地清理一下，当时最深刻的思想者鲁迅剥落孔子涂饰之时，到底留下了什么文化启示。

鲁迅说过："孔孟的书我读得最早，最熟，然而倒似乎和我不相干。"鲁迅几乎读过全部的"十三经"，但他当时的思想趋于启蒙的异端，文艺上提倡"摩罗诗派"。鲁迅在杂文中又以调侃的笔墨作所谓"学匪派考古学"，他以带叛逆色彩的"学匪"自我戏称，对孔子抱着一种"并不全拜服"的态度，写下了《由中国女人的脚推定中国人之非中庸又由此推定孔夫子有胃病》。既然态度属于"并不全拜服"，他采取的就不是崇拜圣人的姿态，在一边调侃，一边推衍中，为自己保留足够的精神自由，就连文章标题也显示几分无拘无束的吊诡。看他这样调侃儒家"中庸"的思想方法：

　　我中华民族虽然常常的自命为爱"中庸"，行"中庸"的人民，其实是颇不免于过激的。譬如对于敌人罢，有时是压服不够，还要"除恶务尽"，杀掉不够，还要"食肉寝皮"。

　　然则圣人为什么大呼"中庸"呢？曰：这正因为大家并不中庸的缘故。人必有所缺，这才想起他所需。穷教员养不活老婆了，于是觉到女子自食其力说之合理，并且附带地向男女平权论点头；富翁胖到要发哮喘病了，才去打高而富球，从此主张运动的紧要。我们平时，是决不记得自己有一个头，或一个肚子，应该加以优待的，然而一旦头痛肚泻，这才记起了他们，并且大有休息要紧，饮食小心的议论。倘有谁听了这些议论之后，便贸贸然决定这议论者为卫生家，可就失之十丈，差以亿里了。

　　倒相反，他是不卫生家，议论卫生，正是他向来的不卫生的结果的表现。孔子曰，"不得中行而与之，必也狂狷乎，狂者进取，狷者有所不为也！"以孔子交游之广，事实上没法子只好寻狂狷相与，这便是他在理想上之所以哼著"中庸，中庸"的原因。

　　鲁迅看问题，总是透入一层，深入到语言背后的社会心理，看到了人文学理的创造存在着某种"病灶效应"。透视这种深层的社会心理，其实也是触摸到了孔子的本意。

　　春秋战国之世，社会混乱，战祸频仍，处理人际、国际关系，岂有"不偏之谓中，不易之谓庸"可言？鲁迅引用来自儒家经传《尚书·泰誓》"除恶务尽"一语，以及《左传》襄公二十一年"食肉寝皮"一语，来说明中国人并不中庸，可谓切合孔子发表中庸言论的时代情境。历史真是富有戏剧性，乍看起来，鲁迅与孔子思想相距甚远，甚至南辕北辙，却在这种有意无意的调侃之间，不期然而遇合。就仿佛在登山，一个从东面出发，另一个从西面出发，相距可谓遥远，但一旦"会当凌绝顶"，在"一览众山小"的时候，却不期然而遇合。这种殊途同归，也许就是思想史上有意味的吊诡，可以称作"山脚远离，顶峰遇合"的思想探索原理。但是，吊诡中存在的真实，有时是更深刻的真实。从中可以看到，孔子的中庸思想是从思想方法论的角度，切中要害地针对当时的社会思想状况的。孔子思想不是凭空杜撰，而是有的放矢，对于中国社会的病根和病灶，具有潜在的针对性。这就是孔子思想的力量由何凝聚之处。

二、产生核心观念的反归纳法的思维方式

孔子是针对现实之痛，提出他的礼学优先的理论的，实在是"哪壶不开提哪壶"，因社会上礼的流失而强调理论上礼的尊严，直指社会之痛开药方。这就是精神创造，注重"病灶效应"的反归纳法的思维方式。

基于这种辨证施治的实践精神，孔子的一些核心思想往往切中当时中国的病根，创造性地突出和强调一批关键词，将之注入历史过程的潜流之中，发挥着对社会病灶进行疏导和疗治的功能，推动社会由乱归治，不同程度地获得了重新健全发展的文化力量，包括仁、礼这类儒学关键理念，概莫能外。

首先，我们来考察"仁"的理念。"仁"是儒家的核心理念，向来没有疑义。在强调"仁"的重要价值时，孔子把"仁"看得比生命还重要，认为"志士仁人，无求生以害仁，有杀身以成仁"。这就把"仁"升华为一种坚强不屈的意志，他的弟子将此化为一种气节，如曾子说："士不可以不弘毅，任重而道远。仁以为己任，不亦重乎？死而后已，不亦远乎？"

可见"仁"是孔门道脉相传的一条脉络。这条道脉的关键性，使我想起一位英国女作家的话："在伟大的俄国作家身上，我们都可以发现圣人的特征，如果同情他人的苦难、热爱他人、努力达到某种配得上最严格的精神要求的目标，这些特点构成圣人的品质的话。他们身上的圣人气质，使我们为自己的世俗卑琐而羞愧，使我们那么多小说变成了虚饰和儿戏。"

有意思的是，孔子重"仁"，却没有给仁下一个明确的界定。所以导致《论语·子罕篇》一开头就说："子罕言利，与命，与仁。"这实在使得历代颇有些解经者大惑不解：一部《论语》20篇中，有16篇用了109个"仁"字，怎么还将"仁"列入"罕言"之列呢？这主要要弄清楚"言"字的意义。言、语两个字意义相通，但对比着讲的时候，意义又存在着微妙的差别。"言"是正面提出命题，进行阐发。《论语》中孔子虽然反复谈论仁，但那多是回答弟子和他人的提问，以及进行论辩的话，自己作为一个命题首先发端，并且正面做出界定，就非常少见，因此只能说是"罕言"。这从哲学思辨的角度看来，难免会造成"仁"这个概念的边界模糊，但它也潜伏着一个好处，使仁的内涵和历史适应性留有不少弹性，以及可解释的余地。当仁解释为"把人当人来对待"，而且与"爱人"，与"泛爱众而亲仁"联系起来的时候，它就可以超越时代的阻隔，进入现代社会的道德价值体系之中。

礼是儒家学说的基础和法度，在十三经中有三《礼》，由此可见其互相阐释、互相补充的庞大体系。蔡尚思先生以为孔子是"宗法礼学祖师"，其思想体系"以礼为核心"，在阐述了"礼独高于其他诸德"之后，列举了礼为仁、孝、忠、中和、治国、法律、外交、军事、经济、教育、史学、诗歌、音乐等等三十余个项目的主要标准，几乎是无所弗届。这不能说没有道理。但礼学体系的最终关切，还是以礼治国、以礼施政："上好礼，则民易使也"；"君使臣以礼，臣事君以忠"；"道之以政，齐之以刑，民免而无耻。道之以德，齐之以礼，有耻且格"。政与刑，是通常的治国术，而在孔子心目中，德与礼是更得人心、更高级的治国术。因为"为政以德"，孔子是看得很高的，说是"譬如北辰，居其所而众星共之"。将礼与德并举而置于政与刑之上，这就是孔子的政治观。

因此，孔子教弟子执礼，也就是为从政准备人才。有人问孔子："子奚不为政？"孔子回答说："《书》云：'孝乎惟孝，友于兄弟，施于有政。'是亦为政，奚其为政？"就是说，孝友之礼，是为政所需。

孔子如此强调正名，强调礼乐，并不是由于当时的政治名正言顺，礼乐雍容，而是到处存在着僭名越制，礼坏乐崩。曾有孔门后学说过："有国者不可不学《春秋》……《春秋》，国之鉴也。《春秋》之中，弑君三十六，亡国五十二，诸侯奔走，不得保其社稷者甚众。"孔子作《春秋》所提供的此类鉴戒，从历史事例上展示了礼坏乐崩造成的严重政治效果。孔子是针对现实之痛，提出他的礼学优先的理论的，实在是"哪壶不开提哪壶"，因社会上礼的流失而强调理论上礼的尊严，直指社会之痛开药方。这就是精神创造，注重"病灶效应"的反归纳法的思维方式。

尚须补充说明的是，所谓反归纳法的"反"字，意思并非反对，而是反向。在现代逻辑学中，由培根强调和创设的归纳法，已经被视为有些陈旧，只在一定程度上适合于自然科学。英国的罗素已经指出这一点。人文学的创新，可以参照和借鉴，但不能绝对追随自然科学的方法，它应该有自身的一些思维方式。它可以总结社会上成功的经验，但是当社会上尚无成功的经验，反而多有失败的教训的时候，它应该放飞思想，在反反得正中，实现精神文化创造的飞跃。这也许就是我们剥除涂饰，由"病灶效应"探知"反归纳法"，进而还原真实的孔子力量所得到的一点启示吧。

三、关于女子与小人的新解

只要我们对历史进行有事实根据的还原，就会发现，今人对孔子的一些指责，指向的也许不是本来的孔子，而是圣人之徒加在孔子脸上的涂饰。

不管采取何种思维方式，思想的产生，都是社会实践和精神体验的结果。因而对孔子的思想言论，要紧的是放在特定的社会历史境遇中，分析其生命的遭际和心理的反应，而不能将之从特定的社会历史境遇中游离出来，孤立地向某个方向做随意的主观引申，普泛化到了不靠谱的程度；也不能百般曲解、回护，为圣人讳，为了制造"句句是真理"而失去实事求是的准则。

比如，《论语·阳货篇》孔子的一句话："唯女子与小人为难养也，近之则不孙，远之则怨。"此语在妇女解放和女性主义思潮中，最受诟病。以往注家也有所觉察，就进行回护。

其实与其费尽心思地为这句话的正确性做辩护，倒不如考察一下这句话产生的历史境遇。孔子的政治生涯中，两遇女子。一是《论语·微子篇》说的："齐人归女乐，季桓子受之，三日不朝，孔子行。"对于此事，《史记·孔子世家》综合先秦文献，是这样演绎的：

> 定公十四年[1]，孔子年五十六，由大司寇行摄相事……与闻国政三月，粥羔豚者弗饰贾；男女行者别于涂；涂不拾遗；四方之客至乎邑者不求有司，皆予之以归。
>
> 齐人闻而惧，曰："孔子为政必霸，霸则吾地近焉，我之为先并矣。盍致地焉？"黎鉏曰："请先尝沮之；沮之而不可则致地，庸迟乎！"于是选齐国中女子好者八十人，皆衣文衣而舞康乐，文马三十驷，遗鲁君。陈女乐文马于

---

[1]　当为十三年，公元前497年。

鲁城南高门外，季桓子微服往观再三，将受，乃语鲁君为周道游，往观终日，怠于政事。子路曰："夫子可以行矣。"孔子曰："鲁今且郊，如致膰乎大夫，则吾犹可以止。"桓子卒受齐女乐，三日不听政；郊，又不致膰俎于大夫。孔子遂行，宿乎屯。而师已送，曰："夫子则非罪。"孔子曰："吾歌可夫？"歌曰："彼妇之口，可以出走；彼妇之谒，可以死败。盖优哉游哉，维以卒岁！"师已反，桓子曰："孔子亦何言？"师己以实告。桓子喟然叹曰："夫子罪我以群婢故也夫！"

这里既讲到孔子为政带来"男女别途"，又讲到齐国"女子好者"八十人，在孔子政治生涯造成转折中的负面作用。孔子离鲁途中作歌，指责"彼妇之口"、"彼妇之谒"，而季桓子则感叹："夫子罪我以群婢故也夫！"在如此情境中，发一点"女子与小人"并提的感慨，不也是不会令人意外吗？与其说孔子在抽象地谈论"女子"，不如说他在批评"好女色"；与其说孔子在孤立地谈论"小人"，不如说他在针砭"近小人"。

再看孔子另一次遭遇女子。《论语·雍也篇》记载孔子离开鲁国而出入于卫国，发生"子见南子"事件。据《吕氏春秋》，孔子是通过卫灵公的宠臣的渠道，见到卫灵公的嬖夫人南子："孔子道弥子瑕见嬖夫人。"这个嬖臣弥子瑕，大概就是《史记》所说的南子派使的人。这次拜访却引起子路的误会，害得孔子对天发誓。而卫灵公却没有因此尊敬和重用孔子，只给他一个坐在"次乘"上，跟在自己和南子的车屁股后面的待遇。引得孔子对如此女子、如此小人，大动肝火，痛陈在卫国"好色"已经压倒了"好德"，并且为此感到羞耻，离开了卫国。在如此情境中，孔子对"女子与小人"做出申斥，又有什么可以大惊小怪呢？当然，孔子身处宗法社会，他建构礼学体系时，难免有男尊女卑的偏向，这也不足为怪，现代人没有必要设想孔子为我们解决了一切问题。奇怪的倒是一些"圣人之徒"竭力否定这些历史情境，似乎要洗去圣人身上的污点，并将他在特殊情境中说的话，加以普泛化，给人吹出一个个"句句真理"的肥皂泡。随着历史进入现代，这些"肥皂泡"破裂，反而成了人们指责的话柄。只要我们对历史进行有事实根据的还原，就会发现，今人对孔子的一些指责，指向的也许不是本来的孔子，而是圣人之徒加在孔子脸上的涂饰。只有消解这类涂饰和包装，才能如实地分辨孔子的本质和权变、贡献与局限、精华与糟粕、短暂与永恒。我们谈论孔子的力量，才是真实的，而非虚假的力量。

四、孔子力量的根源

孔子成功的"人生三根本"：备尝沧桑、阅历天下和学贯根本。

至此，我们就可以分析孔子及其思想生命力的历史依据，也就是分析这种生命力从"由何凝聚"到"何由再生"了。一个生前并不总是得意的人物，为何历经两千余年还以其思想泽及后世？历代统治者和士人，在治理国家和处理事务，建设文化和培养人格的时候，为何总是忘不了他？他被人利用，难道他就没有被利用的价值，甚至使利用者增加一些文化软实力？历史有时虽然很搞笑，但从长远的时段来说，历史总是严肃的，总是回顾它值得回顾的人物，珍惜它应该珍惜的遗产。

这就是说，历史造就了它的思想巨人，思想巨人的根也深深地扎在丰厚的历史土壤之中。我们的还原研究，实质上，就是有根基的研究，而不是拔根研究。有强大的根系，才有一棵大树的强大生命。我们应从这个维度上解读孔子思想的强大生命力。这个思想巨人的生命过程和生命形态有三点值得注意，或者说，这就是孔子成功的"人生三根本"。

备尝沧桑

他出身贫且贱，虽然他的祖宗血脉可以上溯到殷商部族和宋国贵族，但他的家族流亡到宋国，已经超过了五代。父亲叔梁纥是鲁国小邑的大夫，更像一个勇武多力、冲锋陷阵的武士，在孔子三岁时就死了。因此孔子成了大名之后，还不忘本，听到子贡称他"天纵之将圣，又多能也"，就坦诚地说："吾少也贱，故多能鄙事。"他从社会底层走出来，在鲁国季氏家族当过会计、管牲畜的小吏，流亡到齐国，又当了高昭子家臣，一切都从基层做起，一直做到一等封国，即周公之国鲁国的治理大臣。这种卑贱者的人生奇迹，使他有机会接触、亲历、考察社会的各个阶层，洞察了形形色色社会人物的深层心理。

阅历天下

孔子于鲁定公时代参与鲁国国政之后，五十五岁离鲁赴卫，开始他长达十四年之久的列国周游。其间去卫适陈，遭遇匡人围困；过蒲返卫，其后游历于曹、宋、陈、郑、蔡、楚诸国之间。于宋，与弟子习礼大树下，遭遇宋司马桓魋欲拔其树、害其身之难；陈蔡之厄，被围困而绝粮七日，还是讲诵弦歌不衰。孔子从五十五到六十八岁，率领着一个士君子学术群体，不辞艰难险阻，甚至冒着生命危险，奔波在黄河、淮河间的原野上，习礼作乐，偶遇，交接，会见野人、隐者、狂者、官员、国君诸色人等，接触社会的方方面面，国际的升升沉沉，思考着行道的可能、民众的动向、各国的状态、人文的命运。这是中国历史上一次伟大的影响深远的"文化长征"，将儒家文化播洒到中原腹地和中原边缘的土地上，又从中原腹地和中原边缘的土地上汲取多样性的文化因素。

学贯根本

孔子是一个学习型的伟大智者。他天性好礼，不耻下问，学无常师。一句"学而时习之，不亦说乎？"乃是《论语》天字第一号的反问。一句"三人行，必有我师焉。择其善者而从之，其不善者而改之"，乃是孔子通行天下的信条。学习，是孔子给中华民族的第一遗训。

孔子问学，逐渐形成四个维度。

一是故土鲁国的经验和文献，对于"每事问"的孔子而言，自不必说。二是远赴洛阳向老子问礼，以及考察周室的典章制度。三是到杞、宋等国进行田野调查，考察夏商的文化遗存。四是问学不避夷狄，觉察到"天子失官，学在四夷"，二十八岁即向郯子请问黄帝、炎帝、共工、太皞、少皞之礼。这就是孔子的"问学四维度"，其知识触角涉及中国文化的中心与边缘、古老与当今，形成了一种包罗万象、多元互动的文化观和知识结构。仅从"四维度"本身来说，它就是一种大眼光、大智慧，就是对文化之为文化的一种能够把握本质的理解和了悟。

基于这种文化理解和文化了悟，以及孔子经历社会的底层到上层纵深度、周游列国的空间广阔度，晚年孔子回到鲁国之后，除了与鲁公论政，与弟子门人论学之外，将自己对历史、社会、文化的大彻大悟用于《诗》《书》《礼》《乐》《易》《春秋》六经的整理。在此六经序列中，《诗》《书》《礼》《乐》，是孔子与弟子论学早就采用的教材，他晚年归鲁后的主要精力用在《易》《春秋》的研究和整理。治《易》以"究天人之际"，作《春秋》以"通古今之变"，从而在本质意义上增加了整个六经的思想深度和历史底蕴。六经是孔子一生精力所系，有孔子，才编成六经；有六经，才实现了孔子。孔子六经，是中国上古文明的一套融汇了儒学道统和义理，因而深刻地影响了中国文化性格和进程的文献集成。

从上述孔子的"人生三根本"、"问学四维度"中，我们不难领会到，孔子是洞悉历史奥秘、社会实情和人心隐微的，因而能够从历史变异、社会危机和人性缺陷处，采取反归纳的思维方式，提出一整套疗治宿疾沉疴的富有应对力量的拯救性的理念和方法。一旦看透了当时中国人好走极端，他就提出中庸的思想方法；如若痛感了当时政治上暴力横行，他就提出仁的理念和原则；何况亲历了当时社会上礼坏乐崩，他就构建严格的礼学体系。尽管这些理论建构在当时难以施行，但他还要"知其不可而为之"，为之，是一种历史责任，其中有值得为之的崇高或神圣的宗旨所在；不可为，乃是历史的时机没有具备，只能在不可之中求可，为人的意志做一个可以昭示后代的证明。这就使孔子成了春秋末年出以君子风度的社会透视者和文明批判者，由于他对社会反面的东西痛心疾首，又采取反归纳法的思维方式，反反得正，他的许多言说反而是从正面立论者居多。

由于孔子的许多关键性的思想理念，是在针对社会、历史和人性的失范和缺陷，采取反归纳法而达成的，因而当这些失范重现，或者缺陷犹存的时候，孔子思想的拯救功能和力量，就会恢复和激活。由此不难明白，孔子思想是深刻地切入古老中国国情的思想，对国情的不断反馈和拯救，使它的生命力长久不衰。理论与国情之间难分难舍、不依不饶的张力关系，就是二千年来孔子思想不断被召唤到文化舞台的中心的一个基本原因。这一点不能简单地解释为历代统治者的利用，利用的成分是有的，但利用也得有利用的根据，利用的必要，恰如孔子所说："工欲善其事，必先利其器。"孔子思想作为古代社会二千余年的主流意识形态的"圣人时期"的许多文化政策，都可取来作证。

然而，当中国社会开始现代性转型的时候，为何又出现儒学贬值的"失圣人时期"呢？孟子说孔子是"圣之时者"，鲁迅戏译为"摩登圣人"，为何不"摩登"了呢？这是因为新文化先驱在输入学理、重估价值、再造文明的时候，以激进的姿态论证自身的合法性之时，对固有传统产生了强烈的排异功能。新的价值体系和知识体系在排异中运转，必然导致被排异的对象一时脱离文化生命运行机制，供血不足，出现"脱屑效应"，形成所谓废物沉积的变异。而且在文化封闭的状态中，过去的涂饰层层剥落，早已有废物沉积，新旧沉积混成一堆泥巴。这说明中国现代文化的发展，不能采取封闭式的发展，也不能采取拔根式的发展。它应该贯通古今，融合中西，激活多元文化要素的活力，包括孔子那些符合中国国情、维系中国文化命脉、只要经过现代阐释即可焕发活力的重要理念和智慧形式，以海纳百川的胸怀，建构我们现代大国博大精深而又充满活力的文化创新体系。这里又用得上老子的一句名言："反者道之动。"我们前面反复论证的孔子深入历史、现实、人性的脉络，对其深层的缺陷、危机和阴影，采取反反得正的反归纳法的思维方式，也应得到高度重视和深度激活，使之转化为一种富有现代功能的思维方式。

原文发表于2011年9月26日《光明日报》

《孙子兵法》的生命解读

——答中国新闻社澳门分社、苏州分社记者问

中国社会科学院学部委员杨义，卸任中国社会科学院文学研究所所长之职，受澳门大学之邀，担任该大学社会科学及人文学院中国文学讲座教授、博士生导师，为研究生讲授《史记》及先秦诸子学课程，已讲了老子、庄子，接下来就要开讲《孙子兵法》。杨义教授在海内外出版学术著作四十余种，2011年出版了"诸子还原"四书，即《老子还原》《庄子还原》《墨子还原》《韩非子还原》。他在接受记者采访时津津乐道地"还原孙子"，认为诸子学必须参照文献文本、考古资料与诸子身世，对之作为一个有血有肉的人所创造的智慧进行生命还原，这是诸子发生学的基本命题。随着记者的提问，杨义教授侃侃而谈。

《孙子兵法》存在着一些千古之谜。比如，孙武才三十多岁，未见以前有他的战争经历的记载，为什么一出手就写出兵法十三篇，成为千古兵家的圣典？吴楚柏举之战，吴军声东击西，以少胜多，以迅雷不及掩耳

之势，十几日就打下楚国的首都，运用的显然是孙武的战略战术，为什么《左传》没有出现孙武的名字？《孙子兵法》蕴含着哪些家族文化基因，应该如何解读？《老子》《孙子兵法》《论语》是春秋战国之际最早的私家著作，能否对其著成的时间进行编年，它们之间存在着哪些生命联系和差异？从宋襄公"蠢猪式"的战争观和战争行为，到《孙子兵法》称"兵者，诡道也"的战争观和战争行为，折射了兵学史和战争史的何种历史性的发展？这些都是研究《孙子兵法》必须解决的发生学和文化基因的问题，必须对之做出有血有肉的智慧和生命的还原。

一、《孙子兵法》的家族基因

孙武是兵家之祖，自从有了孙武，在春秋战国诸子中兵家才自成一家一派。也就是说《孙子兵法》是千古兵家第一书。在战国时代，他就受到广泛的关注。《韩非子·五蠹篇》说："境内皆言兵，藏孙、吴之书者家有之。"以后历代的将帅将它列为必读书的首选。曹操作《孙子序》说："吾观兵书战策多矣，孙武所著深矣。"《唐太宗李卫公问对》记载唐太宗说："朕观诸兵书，无出孙武。孙武十三篇，无出虚实。夫用兵，识虚实之势，则无不胜焉。"这些驰骋疆场、精于用兵的帅才都高度推崇《孙子兵法》，可知这部兵书蕴含着第一流的人类智慧。

孙武是军事专家，族源出自齐国的田完家族，由于齐国的田氏、鲍氏、高氏、国氏等豪门巨族互相倾轧，为避不测之祸，迁徙到吴越之地的富春江一带。后世子孙，食邑于富春，自是世为富春人。根据族谱记载，这个家族出过一个重要的人物孙权，是孙武的后代。曾经为秦始皇统一中国出谋划策的尉缭，在他写的《尉缭子》中说：

"有提十万之众而天下莫当者，谁？曰：（齐）桓公也。有提七万之众而天下莫当者，谁？曰：吴起也。有提三万之众而天下莫当者，谁？曰：（孙）武子也。"可见他是把孙武看作春秋战国时期"天下莫当"的超一流军事高手的。

虽然孙武在吴王阖闾的幕下运筹帷幄，能力盖世，但职位不显，远不能与重臣伍子胥相比。终其身只不过是一个幕僚、客卿而已。东汉袁康《越绝书》卷二就说："（吴郡）巫门外大冢，吴王客齐孙武冢也，去县十里。善为兵法。"连墓碑上都只是标示"吴王客"，可知他并无显贵的职位。清代江南吴江顾万祺对于孙武的身世更是感到悲哀，他写一首《斗鸡坡》诗说："红粉宫中小队齐，花痕凝碧草萋萋。一从孙武归山后，不教三军教斗鸡。"因此吴楚"柏举之战"，虽然可以感觉到孙武出神入化的用兵谋略非常了得，但《左传》记述这场迅雷不及掩耳的战争时，取材官方文件，使孙武的名字遗憾地缺席。《史记·孙子列传》虽然写到"阖庐知孙子能用兵，卒以为将。西破强楚，入郢，北威齐晋，显名诸侯，孙子与有力焉"，但由于官方材料有限，只是这样交待孙武的身份："孙子武者，齐人也。以兵法见于吴王阖庐"。至于孙武的家世和其余行踪，就未免有点云龙见首不见尾了。《史记》写孙武，与写老子相似，都是在画龙。

列传聚焦于孙武训练以吴王二宠姬为队长的宫中美人百八十人的队列，令其成为千古练兵令人难忘的景观。成语"三令五申"也出之孙武训练宫娥。尽管阖闾自称"尽观"十三篇，但他浑然以游戏态度对待宫娥练兵，并没有把十三篇开宗明义的"兵者，国之大事，死生之地，存亡之道，不可不察也"的战争严峻性存乎心中。孙武作为"客卿"不同于伍子胥，初见吴王时不能不以血的代价，以确知吴王是否对自己竭诚信任。对此，十三篇中已有明言："将听吾计，用之必胜，留之；将不听吾计，用之必败，去之。"在孙武看来，君臣嫌隙是用兵的大患，唯有"上下同欲者胜"。本是阖闾用练女兵试孙武，孙武却反而用练女兵试阖闾。如果阖闾过不了这一关，孙武是会拂袖而去的。

清人魏源《圣武记》说的话，多少透露了孙武斩宫娥的动机："（司马）穰苴斩贵臣以肃骄军，孙武斩宠姬以厉女戎，商君千金徙木以市信，田单神师走卒以悚众，此皆仓促受命，以他人未教之兵为己猝然之用，不得已为此欲速助长之法，用不测之威赏，以新万人之耳目，与淮阴置诸死地，事不同而意同，法不同而效同。"孙武斩宫娥，成了军法如山的一种象征。唐朝开元年间，张九龄为中书令。范阳节度使张守珪奏裨将安禄山屡屡打败仗，押送京师行刑。张九龄批示说："穰苴出军，必诛庄贾；孙武行法，亦斩宫嫔。守珪军令若行，禄山不宜免死。"实际上张九龄把孙武斩宫嫔和司马穰苴斩庄贾并列，已经暗藏着将当时女宠杨贵妃之祸和安禄山之患相并列了。近代蔡锷作《曾胡治兵语录》，在卷六"严明类"引录胡林翼的话："自来带兵之员，未有不专杀立威者。如魏绛戮仆，穰苴斩庄贾，孙武致法于美人，彭越之诛后至者，皆是也。"可见孙武斩宫娥，已经成为从严治军的经典案例。

孙武著述兵书的原始体制，作于吴阖闾九年（前506）"西破强楚，入郢"之前的春秋晚期。他向吴王阖闾献上《兵法十三篇》，时年只有三十多岁，并无战争的经历，为何能够一出手就写出一部兵家圣典？这番兵学史上的奇迹，与孙武的家族存在着不解之缘。孙武是由陈国出奔到齐国的田完家族的七世孙，比起弑杀齐简公的田常晚一辈，虽是旁支，却是不折不扣出身将门巨族。田氏家族再过三代，就取代姜氏的齐国了。《左传》鲁昭公十九年（前523）记载，这年的秋天，齐国的高发率师讨伐东夷民族的莒国。莒共公逃奔到纪鄣城堡。高国就派孙书乘胜追击。莒国有个妇人，她的丈夫被莒国的国君杀掉了。这时已是老寡妇，寄居在纪鄣城堡，她纺出一根麻绳，长度刚好和城墙的高度相等。等到孙书的追兵一到，就把麻绳从城头垂到城外。有人把麻绳献给孙书，孙书安排军队夜间顺着麻绳登城。登上六十人，麻绳就断了。城下的士兵和登城的士兵，一齐鼓噪。莒共公害怕，就开启西门逃走。七月十四日，齐国的军队攻入纪鄣城堡。

这位孙书原名陈（田）书，是田完的四世孙陈（田）无宇的儿子，由于攻打莒国有功，被齐景公赐以姓氏"孙"。他就是孙武的祖父，纪鄣城堡战役之时，孙武大概十几二十岁。《孙子兵法》最后写了《用间篇》，谈论间谍情报、里应外合的重要性，认为"三军之事，莫亲于间，赏莫厚于间，事莫密于间。……故明君贤将，能以上智为间者，必成大功。此兵之要，三军之所恃而动也。"用兵依照间谍情报而行动，孙子的这种军事思想非常独特，也具有非常的前瞻性。追根溯源，不能说这种思想的发生，与其祖父得到纪鄣城堡内部的老寡妇的内应，从而一举破城没有渊源关系。

考察《孙子兵法》的家族记忆时，绝不能忘记另一位与孙武祖父孙书同辈的大军事家司马穰苴，他也是田完之苗裔。《史记·司马穰苴列传》记载："司马穰苴者，田完之苗裔也。齐景公时，晋伐阿、甄，而燕侵河上，齐师败绩。景公患之。晏婴乃荐田穰苴曰：'穰苴虽田氏庶孽，然其人文能附众，武能威敌，愿君试之。'景公召穰苴，与语兵事，大说之，以为将军。"田穰苴因抗击晋、燕的侵伐立有大功，被齐景公尊为大司马，因而后世以官名为姓氏，把田穰苴叫作"司马穰苴"。田穰苴当将军伊始，说自己平素卑贱，"士卒未附，百姓不信，人微权轻"，请齐景公派个宠臣作为监军。齐景公同意派庄贾当监军，田穰苴就跟他约定，明天中午在军门相会，商量行军事宜。但是庄贾恃宠卖宠，接受亲戚朋友的送行宴会，大吃大喝，直到晚上才姗姗来迟。田穰苴问军法官，应该如何处置，军法官说："当斩。"庄贾慌了手脚，派人向齐景公求救，齐景公派使者持节赦免庄贾，田穰苴说："将在军，军令有所不受。"就斩了庄贾，还斩了求情的使者的随从和车马。

田穰苴"将在军，军令有所不受"，与孙武斩吴王阖闾的二宠姬时说的"将在军，君命有所不受"，如出一辙，同属田氏将门的治军原则。田穰苴的治军作风，作战谋略，也作为家族文化基因，深刻地植入了《孙子兵法》。比如田穰苴"文能附众，武能威敌"，也被孙子《行军篇》演绎为"令之以文，齐之以武"的治军原则；田穰苴亲自关照和处理"士卒次舍、井灶饮食、问疾医药"，与《地形篇》中"视卒如婴儿"、"视卒如爱子"如出一辙；田穰苴"必取于人"的实践性"先知观"，与《谋攻篇》的至理名言"知彼知己，百战不殆"相互映照，使整部《孙子兵法》摒弃了巫风迷思的纠缠，闪耀着深刻的实践理性的光彩。前人虽然没有注意孙武与田穰苴的家族渊源，但也有感觉到《孙子兵法》与田穰苴有相通之处的。如宋人张预《十七史百将传》卷一说："孙子曰'令之以文，齐之以武'，穰苴文能附众，武能威敌。又曰'法令孰行'，穰苴斩庄贾以徇三军。又曰'不战而屈人之兵'，穰苴士卒争奋而燕、晋解去是也。"

　　田穰苴以后五代，田氏取代姜齐，再过二代，"齐威王使大夫追论古者《司马兵法》而附穰苴于其中，因号曰《司马穰苴兵法》"，这已经是稷下先生做的事了。而田穰苴晚年，"已而大夫鲍氏、高、国之属害之，谮于景公。景公退穰苴，苴发疾而死"。大概是在这场政治危机中，孙武离开是非之地齐国，远赴吴越之地富春江一带。

二、混合着大地的血迹和老子式的道

　　《孙子兵法》的大智慧，是蘸着血写出来的，并非空泛的纸上谈兵。据先秦子史典籍记载，春秋时代大国争霸，以及大国兼并小国的战争频繁。《孟子·尽心下》说："《春秋》无义战。彼善于此，则有之矣。征者，上伐下也，敌国不相征也。"宋人王应麟《困学纪闻》卷六说："《春秋》书'侵'者才五十八，而书'伐'者至于二百一十三。苏氏谓《三传》侵、伐之例，非正也。有隙曰侵，有辞曰伐。愚谓孟子曰'春秋无义战'，非皆有辞而伐也。"亲历这种战争环境而出身将门的兵学天才孙武，在祖父孙书伐莒时已是十余岁的少年，家学承传，堂前商讨，案前凝思，列国杀伐和将门论学的交织，给兵学经典的形成注入了丰厚的经验和博大的智慧。

将门论学，比较关注的是与齐国有关的战争案例，以及近百年间晋、楚、秦等大国的重大战役。比如孙武以前百余年，即鲁庄公十年（前684）的齐鲁长勺之战，曹刿论战说："夫战，勇气也，一鼓作气，再而衰，三而竭。彼竭我盈，故克之。夫大国难测也，惧有伏焉。吾视其辙乱，望其旗靡，故逐之。"在《孙子兵法·军争篇》中可以发现这种战争思想的某些投影，其中说道："故三军可夺气，将军可夺心。是故朝气锐，昼气惰，暮气归。故善用兵者，避其锐气，击其惰归，此治气者也。以治待乱，以静待哗，此治心者也。以近待远，以佚待劳，以饱待饥，此治力者也。无邀正正之旗，勿击堂堂之阵，此治变者也。"所谓"避其锐气，击其惰归"，就是以气论战的著名原则。《左传》记载孙书讨伐莒国纪鄣城堡的战役，也是可以作为《孙子兵法·军争篇》所说的"兵以诈立"，"其疾如风"，"动如雷震"的战例的。

《九地篇》所说"去国越境而师者，绝地也"，以及《军争篇》所说"倍道兼行，百里而争利，则擒三将军"，就会让人联想到离孙武百年的秦晋殽之战。《春秋谷梁传》鲁僖公三十三年（前627）记载："夏四月辛巳，晋人及姜戎败秦师于殽。……秦越千里之险，入虚国，进不能守，退败其师。"《左传》同年记载："夏四月辛巳，败秦师于殽，获百里孟明视、西乞术、白乙丙以归"，这就是秦人越千里之险，三将军被擒的战争教训。

还有晋楚争雄，屡开战端而胜负轮替，也是将门论学不会轻易放过的话题。《计篇》所说"攻其无备，出其不意"，这些原则可以在城濮之战晋大胜楚之后，疏于防备，而在邲之战中败于楚；楚在鄢陵之战中，又因将帅醉酒误事，惨败于晋这一系列的战争教训中得到印证。可见孙武是直面战争年代一份极其丰富的因染血而显得沉甸甸的资源，展开他对军事原则和战争规律的深度探索，并将之提升到哲学的高度来思考的。循血迹以寻道，这使得《孙子兵法》形成了一种既踏实而不空幻，又深刻而不平庸的学理品格。

《孙子兵法》十三篇的行文不过六千余言，略长于《老子》，而化韵体为散体。如果说《老子》言道妙以机趣，那么《孙子兵法》则述"诡道"以精诚。根据我的考证，《老子》成篇于孔子于鲁昭公三十一年（前511）适周问礼于老子后不久，《孙子兵法》成十三篇于鲁定公四年（前506）吴楚柏举之战前不久，略晚于《老子》书。这是春秋末年诸子学术的双璧。《论语》则是孔子于鲁哀公十六年（前479）死后，众弟子为他庐墓守心孝时开始编纂，中经有若时期的增补、修改、编纂，最终到曾子死（鲁悼公三十一年，前436）后，由子思及曾门弟子第三次编定，这已经进入战国初前期了。

春秋战国之世，中国社会发生了长久、全面、激烈的震荡和变动，催化了整个民族的思想创造能力，推动中国文化在突破和超越中出现蓬蓬勃勃的思想原创，裂变为百家之学。率先开宗的堪称"春秋三始"：一是老子言道德五千言，开道家之宗；二是孔子聚徒讲学，开儒家之宗；三是孙武以《兵法》见吴王阖闾，开兵家之宗。

孙子把老子的"道"引进兵家，"道"是春秋时期的一个"关键词"。《老子》提出"人法地，地法天，天法道，道法自然"的纲领。《孙子》开宗明义就强调"兵者，国之大事，死生之地，存亡之道，不可不察也"，因而提出"经之以五事"的"道、天、地、将、法"作为全书的经纬，把"道"放在五事之首，形成整部兵法的"全胜之道"的核心思想。这与《老子》五千言，用了七十三个"道"字互相辉映。

《老子》突出了以柔弱胜刚强的智谋方针："将欲歙之，必故张之；将欲弱之，必故强之；将欲废之，必固兴之；将欲夺之，必固与之。是谓微明；柔胜刚，弱胜强。"《孙子》则说："故善用兵者，避其锐气，击其惰归，此治气者也。以治待乱，以静待哗，此治心者也。以近待远，以佚待劳，以饱待饥，此治力者也"；"乱生于治，怯生于勇，弱生于强。"也注重战争行为和政治态势的辩证法转化。

论道重虚实相生，是《老子》为中国哲学和美学发明的一条重要的原理，用了古时冶炼业使用的风箱设喻"虚而不屈，动而愈出"。《孙子》奇正虚实之论，是中国古代兵学精华所在："凡战者，以正合，以奇胜。""避实就虚"，"攻其所必救"。

在人类原始信仰中，水是万物之源，生命之源。《诗经·国风》借水起兴抒情的诗歌，在四十篇以上。《老子》是从水中体验道体、道性的。所谓"上善若水"，"譬道在天下，犹川谷之于江海"，"天下莫柔弱于水，而攻坚强者莫之能胜"，全书散发着水文化的气息。《孙子》"兵无常势，水无常形"，"若决积水于千仞之者，形也。"以水形喻兵势，极具神韵。《论语》记述孔子的话："智者乐水。"又说："子在川上，曰：'逝者如斯夫！不舍昼夜。'"朱熹解释道："天地之化，往者过，来者续，无一息之停，乃道体之本然也。然其可指而易见者，莫如川流。故于此发以示人，欲学者时时省察，而无毫发之间断也。"顾炎武《日知录》则认为："日往月来，月往日来，一日之昼夜也。寒往暑来，暑往寒来，一岁之昼夜也。小往大来，大往小来，一世之昼夜也。子在川上曰：'逝者如斯夫！不舍昼夜。'通乎昼夜之道而知，则'终日乾乾，与时偕行'，而有以尽乎《易》之用矣。"《老子》《孙子》《论语》提供了以水言道的三种形态，是中国思想史的源头，荡漾着水光潋滟的无限光泽。

发现心灵上的儿童，或者发现儿童的心灵，是道家文化返璞归真的必然趋势。《老子》以婴儿喻道："载营魄抱一，能无离乎？专气致柔，能如婴儿乎？"《孙子》也说："视卒如婴儿，故可与之赴深谷，视卒如爱子，故可与之俱死。"老子以一个"纯"字谈论婴儿，孙子是以一个"爱"字拥抱婴儿。这种对天然心性的"恋婴"情结，也感染了儒家。孟子说："大人者，不失其赤子之心者也。"张载阐释说："不失其赤子之心，求归于婴儿也。"这种说法与老子相通，即老子之所谓"常德不离，复归于婴儿"。朱熹却认为这种还淳反朴之意，未必符合孟子原意，因而解释道："大人之心，通达万变。赤子之心，则纯一无伪而已。然大人之所以为大人，正以其不为物诱，而有以全其纯一无伪之本然。是以扩而充之，则无所不知，无所不能，而极其大也。"走得更远一些是李贽的《童心说》："夫童心者，真心也……绝假纯真，最初一念之本心也。"他在自然人性上，解释赤子之心的本质。近代王国维甚至把叔本华的天才，也纳入"赤子之心"说："其赤子之说，又使吾人回想叔本华之天才论曰：天才者，不失其赤子之心者也。"（《叔本华与尼采》）并且以此评议李后主："词人者，不失其赤子之心者也。故生于深宫之中，长于妇人之手，是后主为人君所短处，亦即为词人所长处。故后主词，天真之词也；他人，人工之词也。"（《人间词话》）在这里，赤子之心就是天真，就是天才。

在述学方式上，《老子》堪称独特，是写成韵散交错、时或句式整齐、时或长短不拘的道术思想性的诗，或哲学诗，行文律动着一种抑扬顿挫的节奏之美。孙子不是文章家，胜似文章家。《孙子兵法》是一流文章，一锤打下，落地有声，文字功夫已达到了无意为文而文采自见，高明而精微的境界。他还善用连喻，《九地篇》说到"将军之事，静以幽，正以治"，在比喻等待和把握战争机遇时还说："是故始如处女，敌人开户，后如脱兔，敌不及拒。"这些比喻或意蕴饱满，或辞采飞扬，说理多有力度，组合常语而能开拓深刻的意义，以简练的文句包容宏富的内涵，同时著述大概只有《老子》能与比肩。因此宋人李涂在《文章精义》中认为："《老子》《孙武子》，一句一语，如串八宝珍瑰，间错而不断。"

三、《孙子》是人类竞争发展的智慧学

《孙子兵法》首先是兵学圣典，但不仅仅属于兵学，而以其精辟的思想成为人类竞争发展各个领域都可受启迪的智慧学。这部兵书词约理辩，不须浮辞而直指本原，务实之论多成智慧名言，以独到的思维方式和术语措辞使思想魅力得以千古保存。如"知己知彼，百战不殆"，"攻其不备，出其不意"，"不战而屈人之兵，善之善者也"，"用兵之法，十则围之，五则攻之，倍则分之，敌则能战之，少则能逃之，不若则能避之"等等，这都是蘸着战争中的血写出来的至理名言。连明代的抗倭英雄戚继光都赞不绝口："不战而屈人之兵，为第一着，为最上策也。"

孙子十三篇，是精心结撰之杰构，无随意述录之芜杂，得智慧运思之精警。先以兵道笼罩全书，再述战前的庙算以及物质、编制的准备，继之以战争中攻守、奇正、虚实、形势诸端的运用，其后为地形、战区、火攻、用间等具体战术，形成一个相当周圆有序的篇章学结构。正如曹操《注孙子序》所云"吾观兵书战策多矣，孙武所著深矣，审计重举，明画深图，不可相诬"。刘勰《文心雕龙·程器》也说："孙武兵经，辞如珠玉，岂以习武而不晓文也？"

孙子讲为将之道，在于"智、信、仁、勇、严"，把智慧放在第一位，把勇放在第四位，把仁放在中轴上，其序列出于实践而独具深意，是有别于其他兵家的。《孙子兵法》不是罗列战例，而是抽象地变成一种世人生存的智慧。《孙子兵法》是最抽象的，也是最实用的。它能触动各种各样的思考，能穿透人类智慧的各个层面，是启动人的智慧发条。孙武是"中国式"的兵学智慧，其武道是"止戈为武"。由于立足历史实践和历史理性，《孙子兵法》往往能够简捷地揭示战争的本质特征和实质性的规律。它坦诚地告示："兵者，诡道也。"战争面对的对手是一个活动着的，甚至是诡异莫测的变数。因此战争的过程，是一种以诡道破诡道的智谋和实力的较量，

这就难怪曹操注解说"兵无常形，以诡作为道"了。

但通观《孙子兵法》，诡中有正，以正制诡，意在充分发挥以敌情为根据的自由精神的优势。因而这种诡道并非神秘主义的，而是全面地多维度地论述和掌握兵学的"五事"、"七计"，即俗称"诡道十二法"。

探究兵道于兵事之外，有利于把兵事纳入人类生存的更深广的时空框架来思考，在血与火的学问中化生出智慧与谋略的学问。《孙子兵法》之所以受到普世的尊崇，一个基本性的原因是它在透彻的言兵中，蕴含着深厚的人类生存的关怀。既然以"诡道"概括兵学的本质特征，兵法也就以智为先，具有浓郁的重智色彩，这就使《孙子兵法》成为举世瞩目的智慧启示录。

孙子的奇正虚实之论，展现了活泼的中国智慧的辩证法神采，是中国很高的智慧。后世兵书记载，唐太宗曾俯首赞同李靖这番话："若非正兵变为奇，奇兵变为正，则安能胜哉？故善用兵者，奇正在人而已。变而神之，所以推乎天也。"唐太宗本人则说："朕观诸兵书，无出孙武。孙武十三篇，无出虚实。夫用兵，识虚实之势则无不胜焉。"

毛泽东作为近代中国独立解放的战争史上的旷世奇才，对古代的兵法，一是嘲笑宋襄公，二是赞许孙武子。在著名的《论持久战》中说："我们不是宋襄公，不要那种蠢猪式的仁义道德。"这里所指，是公元前638年发生在今天河南柘城县泓水上的宋楚之战，根据《左传》鲁僖公二十二年的记载，这年十一月，宋襄公率领的军队已经在泓水北岸摆开阵列，而楚军还没有全部渡过泓水。宋国的司马建议："敌众我寡，应在它没有全部渡河的时候发起攻击。"宋襄公不予采纳。楚军渡过泓水，但还未布好阵列时，司马又建议发起攻击，宋襄公还是说："还不可以。"楚军摆好阵势后，宋军才发起攻击，结果吃了大败仗，连宋襄公也被射伤大腿。国人都埋怨宋襄公，宋襄公却说："君子打仗，对敌方的伤兵不再杀伤，不俘虏花白头发的人。古代行军作战，不把敌军阻挡在狭隘的地方。寡人虽然是亡国之余，但也不向未布成阵列的敌军发动攻击。"

尽管宋襄公的弟弟子鱼反驳他"君未知战"，宋襄公也因箭伤发作而搭上性命，但寻思起来，宋襄公恪守的是周朝"吉、凶、军、宾、嘉"五礼中的"军礼"。《礼记·檀弓下》就记载有孔子的话："杀人之中，又有礼焉。"还记载陈国的太宰嚭说："古之侵伐者，不斩祀，不杀厉，不获二毛。"这就是顾炎武《日知录》卷三所说："终春秋二百四十二年，车战之时，未有斩首至于累万者。车战废而首功兴矣。先王之用兵，服之而已，不期于多杀。杀人之中又有礼焉，以此毒天下而民从之，不亦宜乎！"连《史记·宋微子世家》受这种成见的影响，也说："襄公既败于泓，而君子或以为多，伤中国阙礼义，褒之也，宋襄之有礼让也。"但是《韩非子》已经发表不同的看法："宋人大败，公伤股，三日而死。此乃慕自仁义之祸。"《淮南子·氾论训》则从战争史的角度做了评议："古之伐国，不杀黄口，不获二毛。于古为义，于今为笑。"以战争实践加以检验，宋襄公成了"蠢猪式的宋襄公"，是咎由自取。

从对宋楚泓水之战和宋襄公的表现的评议中，我们不难领略到，《孙子兵法》界定"兵者，诡道也"，就一语破的、质朴无伪地揭示了一种新的战争形态的出现。宋襄公式的战争观是旧式的，孙武子的战争观则反映了战争形态由春秋到战国的实质性历史演变。毛泽东在《中国革命战争的战略问题》和《论持久战》等文章中，多处引用《孙子兵法》的话语来总结战争经验。"以逸待劳，以饱待饥"，"避其锐气、击其惰归"，"攻其不备，出其不意"，"知己知彼，百战不殆"等语句都以不同的方式出现在毛泽东的笔下。《中国革命战争的战略问题》说："中国古代大军事家孙武子书上'知彼知己，百战不殆'这句话，是包括学习和使用两个阶段而说的，包括从认识客观实际中的发展规律，并按照这些规律去决定自己行动克服当前敌人而说的；我们不要看轻这句话。"《论持久战》又说："战争不是神物，仍是世间的一种必然运动，因此，孙子的规律'知己知彼，百战不殆'，仍是科学的真理。"建国初期，毛泽东还为中央军委题词："知己知彼，百战百胜。"1939年8月，毛泽东曾对身边精通《孙子兵法》的高参郭化若说：应深刻研究孙子所处时代的社会政治经济情况，哲学思想，以及孙子以前的兵学思想，然后对《孙子兵法》本身做研究，才能深刻地理解《孙子兵法》。又说，要为了发扬中华民族的历史遗产去读孙子的书，要精滤《孙子兵法》中卓越的战略思想，批判地接受其战争指导的法则与原理，并以新的内容去充实它。

其实毛泽东来自战争实践的战略战术思想，都有与《孙子兵法》不谋而合，或一脉相通之处。从游击战的"敌进我退、敌驻我扰、敌疲我打、敌退我追"十六字诀，到"诱敌深入"，"牵着敌人鼻子走"战略方针的提出，以及"集中优势兵力，各个歼灭敌人"，"不打无准备之仗，不打无把握之仗"，都是富有实效的生气勃勃的思想创造，却又可以在《孙子兵法》或演绎《孙子兵法》的古代战争故事中，找到它们的雏形或蛛丝马迹。毛泽东的创造在于注重实践，注重把孙子思想和古代战争案例智慧，融合在"少好《左氏春秋》、孙吴《兵法》"的岳飞所说的"运用之妙、存乎一心"至理名言之中。这个"妙"字，指的是灵活性，就是"灵活机动的战略战术"，就是"你打你的，我打我的；打得赢就打，打不赢就走"。无论做什么事，要认识对手，先要认识自己，要战胜对手，先要战胜自己。力量的源泉在于自己，根本也在于自己，先把自己调整好，把自己做强大了才有实力与敌人较量。中国要和平崛起，走向世界，就要把自己做强，才有说话的分量。孙子和毛泽东都是大军事家，都有大智慧，只是他们的时代不同，面对的情境不同，表述方式也有所变化而已，毛泽东的战争经历比孙子丰富，格局也更加宏大，因此能从根本上发展孙子的智慧。

　　2012年1月，中国新闻社苏州分社韩胜宝、澳门分社记者龙土有到澳门大学采访作者，作者谈论《孙子兵法》，记者将记录稿整理为《学部委员杨义澳门"还原孙子"》《杨义妙语连珠话"老子与孙子"》《〈孙子〉是人类竞争发展智慧学》三篇文稿，发表在1月15日、1月29日、1月31日的中新网上。作者曾以此专题向研究生做过讲演，这是作者根据自己的提纲再做整理而成。

借问庄子您是谁？

一、庄子的国族身份

上次在哈佛讲演"中国叙事学"，还与学者们交谈了中国少数民族史诗。这次主要讲演先秦诸子还原的问题。我每次出国，都带上一本耐读的书，在牛津、剑桥、哈佛，都带过《庄子》，读来读去，大概是书读得深了，读到文字背后去了，于是发现生命的呼唤，发现"庄子是谁？"这是一个两千多年都没有解决的问题！

《史记》庄子传交代："庄子者，蒙人也，名周。周尝为蒙漆园吏，与梁惠王、齐宣王同时。其学无所不窥，然其要本归于老子之言。"就是说司马迁只讲庄子是蒙地人，并没有因为蒙地在宋国，就说他是"宋人"。《史记》对于先秦诸子都交代他们的国族，如"老子者，楚苦县厉乡曲仁里人也"；"韩非者，韩之诸公子也"；"孔子生鲁昌平乡陬邑，其先宋人也"；"孟轲，邹人也"；"荀卿，赵人"，甚至连一笔提到的"慎到，赵人；田骈、接子，齐人；环渊，楚人，皆学黄、老道德之术，因发明序其指意"。唯独庄子没有提到他的国族，只说是"蒙人"，这是经过经典细读和对读后，发现明显的不同之处。司马迁没有说庄子是"宋蒙人"，省去一个"宋"字，可以理解为司马迁并没有简单地把庄子当成"宋人"对待。那么庄子的国族归属是什么？庄子传结尾处讲了一个故事："楚威王闻庄周贤，使使厚币迎之，许以为相。庄周笑谓楚使者曰：'千金，重利；卿相，尊位也。子独不见郊祭之牺牛乎？养食之数岁，衣以文绣，以入太庙。当是之时，虽欲为孤豚，岂可得乎？子亟去，无污我。我宁游戏污渎之中自快，无为有国者所羁，终身不仕，以快吾志焉。'"司马迁是一位历史叙事的高手，他在庄子传结尾的这段补叙，是大有深意的，不可轻易放过。

司马迁写《史记》的时候，庄子还未得势。那时是黄老的天下，黄帝和老子，而不是老子和庄子，老庄的天下是魏晋，所以司马迁就把庄子传放到《老子韩非列传》的中间，作为一个附传。庄子是谁？司马迁没有深入考究。《史记》中记载庄子是蒙地的一个漆园吏，蒙地在宋国，现在的商丘北，漆园吏是一个地方作坊的记账先生——这不说得很清楚了吗？但我就要问一问，第一，庄子的知识是从哪里来的？当时是贵族教育，学在官府，典籍也为官府守藏，民间无有。庄子写书在知识上是无所不窥，他认为"旧法世传之史尚多有"，推重"惠施多方，其书五车"，那么要同这样的对手辩论，也需要"学富五车"，什么学问都要知晓。比如作为中国最重要经典的"六经"，最早见于《庄子》《天运篇》说："孔子谓老聃曰：丘治《诗》《书》《礼》《乐》《易》《春秋》六经，自以为久矣。"《天下篇》说："《诗》以道志，《书》以道事，《礼》以道行，《乐》以道和，《易》以道阴阳，《春秋》以道名分。"虽然我们可以考证出孔子见老聃之时，尚未治《易》和《春秋》，但庄子把"六经"放在一起说，说明他对这个经典系统是熟悉的。1993年在湖北省荆门市郭店楚墓，与简本《老子》甲、乙、丙三种同时出土的《六德》

也说:"观诸《诗》《书》,则亦在矣;观诸《礼》《乐》,则亦在矣;观诸《易》《春秋》,则亦在矣。"此墓属于战国中期,可见在庄子时代楚人已知"六经"。不过,这是当时楚太子属官的墓,在经籍存于官府的时代,庄子的知识来源就是一个大问题。

第二,庄子具备什么资格去跟那些王侯将相对话?比如去见魏王,穿得破破烂烂,魏王问他:"何先生之惫邪?"他却回答得非常傲慢无礼:"贫也,非惫也。……今处昏上乱相之间,而欲无惫,奚可得邪?此比干之见剖心征也夫!"魏王居然没有发怒,没有令人挡驾,或将他赶跑、拘留,似乎是乖乖地听着他高谈阔论。他有何种身份、资格,能做到这一点?

第三,楚威王派了两个大夫聘任庄子做官,不仅《史记》有记载,《庄子》书也有两次记载,一在《秋水篇》:"庄子钓于濮水,楚王使大夫二人往先焉,曰:'愿以境内累矣!'庄子持竿不顾,曰:'吾闻楚有神龟,死已三千岁矣,王巾笥而藏之庙堂之上。此龟者,宁其死为留骨而贵乎,宁其生而曳尾于涂中乎?'二大夫曰:'宁生而曳尾涂中。'庄子曰:'往矣!吾将曳尾于涂中。'"一在《列御寇篇》:"或聘于庄子,庄子应其使曰:'子见夫牺牛乎?衣以文绣,食以刍叔(菽),及其牵而入于太庙,虽欲为孤犊,其可得乎?'"这二则记载,与《史记》所记"楚威王闻庄周贤,使使厚币迎之,许以为相",可资相互参照,底子相似,措辞相异。史书注重年代,强调是"楚威王"聘请;《庄子》记载则在职位上留有分寸,不说"许以为相",只说"愿以境内累矣"。然而楚国那时是一流大国,区区一个宋国的漆园吏,不见有何政绩,写的文章也没有安邦定国的效能,楚王为什么要千里迢迢请你当大官呢?而庄子还偏偏不愿意去,说自己不愿当牺牲的牛,似乎这邀请还不能排除杀身之祸的潜在危险,宁愿当在河沟里拖着尾巴打滚的乌龟。那两个使者居然也心照不宣地说"还是当乌龟吧",并无强迫他赴楚的意思,这里又蕴含着何种政治文化密码?

可能有人会说，庄子寓言都是编出来的，不足取信。但事关个人身世生涯，编撰寓言也要有底线，这是起码的常识，没有底线就是骗子。你说自己是干部子弟，或者联合国秘书长要请你任职，没有这回事，信口雌黄，那只算是低级的招摇撞骗；要是凭着一点儿底子或影子，添油加醋，"以天下为沉浊，不可与庄语"，托意于荒唐谬悠之说，以玩世滑稽，瑰丽纵横，甚至自我标榜一番，这倒不失人之常情。身世寓言的底线，是人格的体现。因此有必要对庄子的身世寓言，进行生命痕迹的取证，透过幻象窥其底细。

那么，庄子到底是谁？根据我的考证，庄子是楚庄王的后代。宋人郑樵在《通志·氏族略》中两次讲到，庄氏出于楚庄王，战国时有庄周，"著书号《庄子》"。郑樵遍读唐以前的书，广搜博引，写成《通志》二百卷，《四库全书总目提要》中指出："南北宋间记诵之富，考证之勤，实未有过于樵者。"因此他说庄氏出于楚庄王，是有唐以前的牒谱文献为据的。当然，"庄"是一个美谥，春秋战国之时，以"庄"为谥号的国君有十几个，但庄氏的出处具有特指性，特指和泛指是迥然有别的，"庄氏出于楚庄王，僖氏出于鲁僖公。康氏者卫康叔之后也。宣氏者鲁宣伯之后也"，这是记载得清清楚楚的。

郑樵毕竟是南宋人，距离庄子已经千余年，对他的说法有必要回溯到《史记》。《史记·西南夷列传》写云贵川等地的少数民族。这是司马迁的大贡献，他把边远民族写进了我们的正史，以后的史书都有"四夷传"，要不我们的少数民族就缺少了基本的官方记载。《西南夷列传》里面记载了一个人，庄蹻。庄蹻是楚国镇守西部的一个将军，他带兵到了云南滇池，后来秦国将军白起占了巴郡和黔中郡之后，阻断了他的归路，就变成了滇王。司马迁写道："始楚威王时，使将军庄蹻将兵循江上，略巴、黔中以西。庄蹻者，故楚庄王苗裔也。"班固《汉书·西南夷两粤朝鲜传》也沿用了这个说法。司马迁在这里无意中透露了破解庄子身世之谜的线索：楚国庄氏出自楚庄王，庄子与庄蹻一样是楚庄王之后，可能出自不同的分支。这一点跟《史记》庄子传中，称庄子为"蒙人"而不标示"宋"，结尾处补记楚威王派使者聘请庄子，在认证庄氏的国族上，是有着互动互补的潜在契合之处。二者又与《通志·氏族略》形成了一条有效的证据链。

楚庄王是春秋五霸之一，"三年不飞，飞将冲天；三年不鸣，鸣将惊人"，他将楚国的势力发展到靠近洛阳一带，在东周都城洛阳郊外搞阅兵仪式，问周鼎的小大轻重，征服北方几个小国。"问鼎中原"这个词就是这么来的。朱熹说："楚庄王盛强，夷狄主盟，中国诸侯服齐者亦皆朝楚，服晋者亦皆朝楚。"有一种记载，"楚庄王灭陈为县，县之名自此始"，中国有县的建制，是楚庄王的一个创造。其实，秦武公十年（前688），伐邽、冀戎，就有"初县之"的说法，这比楚庄王灭陈为县早九十年。应该说中国之有县的建制，是秦、楚二国率先创造的。《国语·楚语上》记载楚庄王向申叔时问教太子之法，申叔时回答说："教之《春秋》"，"教之《诗》"，"教之《乐》"，"教之《语》"等等，这就从楚庄王开始形成了贵族教育的"申叔时传统"，推动了楚文明与中原文明的融合。楚庄王的直系传承王位，就是楚王，他的旁系在三代以后就可以用他的谥号作为姓氏。问题是从楚庄王到庄子，过了二百多年，应是八代以上，庄氏家族已经是一个很疏远的贵族。

既然庄子是楚庄王之后，为何会居留在宋国？考证这个问题，要从楚威王派人迎接庄子的材料入手。在楚威王初年（前339），庄子大概三十岁左右，从这个时候往前推五十年——要是过了一百年或更长的时间就不用操心了，"新鬼大，旧鬼小"啊！——上推到四十多年的时候，出了一个重大的事件：吴起变法。楚悼王用吴起变法，"南平百越。北并陈蔡，却三晋。西伐秦。诸侯患楚之强"，开发了江南地，洞庭以南的地区，都成了楚国的疆域。吴起"明法审令，捐不急之官，废公族疏远者，以抚养战斗之士"，三代以上的贵族是不能世袭的，要去"上山下乡"，充实新开发的土地。这把那些老贵族得罪透了。楚悼王一死（前381），这些贵族就造起反来，攻打吴起。吴起是军事家，孙、吴并称，他就跑到了灵堂里，趴到楚悼王的尸体上。这些疏远的贵族大闹灵堂，乱箭射死了吴起，自然，也射到了楚王的尸体。按照楚国的法律，"丽兵于王尸者，尽加重罪，逮三族"。所以楚悼王的儿子楚肃王继位之后，灭了七十多家。庄氏家族应该就是受到此事的株连而逃亡的。要是我们对战国的地理形势比较了解的话，宋、楚之间，是墨子弟子们的根据地。比如墨者巨子孟胜，与楚国阳城君相好。阳城君参与射杀吴起事件而逃亡后，墨家巨子就为他守卫阳城封邑，自然也会将楚国同案要犯偷偷送到宋国。庄氏家族逃到宋国十几年之后，才生下了庄子。

经过以上的国族认证和家族流亡的考证之后，前面提到的庄子身世的三大谜团就迎刃而解。庄子为什么无书不窥？因为他出身贵族，接受的是楚国富有传统的贵族家庭文化教育；他为什么可以那么傲慢地和王侯将相说话？因为楚王可能还会请他回去主事，楚国可是大国啊！在吴起之变四十余年后，隔了两代国王了，庄氏家族以及那些疏远贵族的关系毕竟盘根错节，不断有人在楚威王耳边给这七十个家族喊冤叫屈，呼吁落实政策，主张将他们的贤子弟迎聘回来，委以重任。楚王因此"闻庄子贤"，才派二大夫到濮水迎聘庄子。濮水在楚、宋接壤之处，与庄子、惠施观鱼的濠梁，及墨家巨子活动的阳城相离不远，都在今天安徽西北部。好像庄子对他们家族的流亡路线，还有几分留恋。

朱熹对庄子的身世有着很好的直觉，他一眼就看出，庄子自是楚人，大抵楚地便多有此样差异底人物学问。朱熹没有做专门的考证，但他对先秦学术流派是一清二楚的。透彻的直觉，往往比含混的"博学"离真实更近。

二、破解《庄子》的文化基因

一个人文学者不同于人事干部的地方，在于他破解庄子的家世，不只是为了填一份履历表，是为了更好地破解《庄子》书中的文化基因；而且通过破解《庄子》书中的文化基因，又可以反过来印证庄子的家族渊源。这就是知识发生学的研究，在循环论证中揭示庄子的真实生命。庄子和惠施是好朋友，惠施在魏国大梁为相，前后总共二十多年。刚当上梁相的时候，有人造谣，说庄子要谋他的相位，所以惠施在大梁搜查庄子三天三夜。我们都知道庄子讲了一个猫头鹰和死老鼠的故事，猫头鹰叼着一只死老鼠，很宝贝，担心凤凰抢它的死老鼠。你看庄子是怎么讲的——南方有鸟，其名曰鹓雏，发于南海，而飞于北海——这和庄氏家族的迁徙路线是一致的。楚人崇拜凤凰，《山海经·南山经》是把凤皇、鹓雏并列为同类的。庄子以凤凰（鹓雏）自拟，暗示着楚国聘请我，我都没有回去，还会来谋你那个死老鼠的职位吗？惠施，你可是老朋友，你应该明白的啊！这就是庄子拿自己的身份经历，以寓言方式与惠施说话。

甚至连《庄子·逍遥游》所说的鲲鹏展翅，"鹏之背，不知其几千里也。怒而飞，其翼若垂天之云"，也联系着楚人崇凤的原始信仰。明人谢肇淛《五杂俎》卷九说："鲲化为鹏，《庄子》寓言耳。鹏即古凤字也。宋玉对楚王'鸟有凤而鱼有鲲'，其言凤皇上击九千里，负青天而上，正祖述《庄子》之言也。"这就在楚人崇凤的信仰上，将《庄子·逍遥游》与宋玉《对楚王问》关联在一起了。文字学上"鹏"字与"凤"字、"风"字相似，甚至相通，也得到甲骨文和出土简帛文献的支持。

《庄子》书又有混沌信仰。混沌、穷奇、梼杌、饕餮，在中原之地被认为是四凶。如《左传·文公十八年》说：舜帝"流四凶族，浑敦、穷奇、梼杌、饕餮，投诸四裔，以御魑魅"。但在楚地，混沌是三苗的祖先。庄子故事中，混沌是中央之帝，儵和忽是南北之帝，觉得混沌待他们很好，看到混沌没有七窍，便"日凿一窍，七日而浑沌死"。混沌是楚人的信仰，儵和忽是楚国的方言，在先秦的书中，只有《楚辞》有儵忽。用楚国方言，写楚人的信仰，这蕴含着庄子刻骨铭心的乡愁。

《庄子》书中写了十几个楚国的故事，在他的笔下，楚人都是非常神奇的。月是故乡明，爷爷奶奶讲的失落了的故乡故事，最能拨动人的心弦。有一个故事叫"郢匠挥斥"，楚国首都的一个工匠，拿着一把大斧头，"运斤成风"，可以将你鼻梁尖上像苍蝇翅膀一样薄的白泥巴砍掉，这个匠人很是厉害，那个受斧头的人也很是厉害。第二个故事是汉阴抱瓮老人，汉阴就是汉水以南，有个老人不用桔槔，挖了一条隧道到地下打井水浇地。子贡就问他，为什么不用桔槔，这不是事半功倍吗？这个老人就讲，有机械就有机事，有机事就有机心。他不能用机械破坏自然的混沌状态。孔子说这是"浑沌氏之术"。还有一个故事"疴偻承蜩"，就是驼背老人抓蝉。他说他的竹竿子上要能顶着两个石头丸子不掉下来，那十个蝉就能粘住五六个；要是能搁三个石头丸子在竹竿顶上掉不下来，那抓蝉时，十个里面能粘住八九个；要是能有五个石头丸子垒在竹竿上不掉，那抓蝉就如探囊取物一样了。这是讲专心致志可以通天地之道，"与天为一"的神秘力量。苏东坡称赞吴道子画人物，"出新意于法度之中，寄妙理于豪放之外，所谓游刃余地，运斤成风，盖古今一人而已。"文天祥说："累丸承蜩，戏之神者也；运斤成风，伎之神者也。"这些都是用了庄子所讲的楚人故事作比喻。这些楚人故事，证明庄子道术连通着楚人信仰。信仰的连通，是生命之根的连通。

三、宋国蒙地与庄子的生命哲学

庄子居留在宋国蒙地，但他似乎对宋国相当隔膜，甚至反感，他笔下的宋人都很笨，甚至有些卑劣。庄子经常嘲讽宋人，加上经常与宋人惠施辩论，嘲讽就更加尖刻。宋人是殷商的后代，总有一点经商的智慧吧，但是庄子说："宋人资章甫而适诸越，越人断发文身，无所用之。"宋人拿着商朝老祖宗的"章甫"帽到越国去卖，但越人是断发文身的，根本不戴帽子。做买卖也不顾客户的需求，只能赔掉老本。嵇康《与山巨源绝交书》说："不可自见好章甫，强越人以文冕也。己嗜臭腐，养鹓雏以死鼠也。"用的就是《庄子》典故。

《庄子》还说："宋人有善为不龟手之药者"，但是只能"世世以洴澼绕为事"。"洴澼绕"就是漂洗棉絮，大概是用了宋国的象声词方言，有点向辩论对手惠施调侃的意味。有客人想用百金购买他们的偏方，他们就聚族商量："我们世世代代都在洴澼绕，一年的收入也不过数金。如今卖个方子，就可以拿到百金，不如成交了吧。"但那个客人拿着方子，游说吴王。越国来侵略，吴王就任命他当将军，冬天与越人水战，手不龟裂，大败越人，裂地而封他当大官。庄子评议说：能够一样制造不龟手的药，有人靠它封官，有人不免于"洴澼绕"，是他们使用的方式存在着差异的缘故。

其实，诸子都不太喜欢宋人。为什么？通览《左传》可以知道，宋国掌权的都是自己的公族，他们怕权力被游说之士夺走，因而不接受客卿。孔子经过宋国，受到宋司马桓魋伐树的威胁；孟子游历到宋，受到宋君不见的冷落。墨子阻止楚国对宋的入侵，归途过宋，守闾者不予接纳。庄子在宋国也只能当个芝麻大小的漆园吏，这么有才华的人，起码也应该在政府中成为管理图书、起草文件的大夫。秦国、楚国、齐国，都接纳客卿，宋国不接纳，诸子对它的保守姿态很反感，所以《孟子》的"拔苗助长"是宋人，《韩非子》的"守株待兔"也是宋人。

庄子没有融入当时宋国社会中，当地人不接纳他。他小时候，在沼泽地里孤独游逛而没有伙伴，"独与天地精神往来"。看见蜗牛的两个角，想象其中一个是触国，一个是蛮国，互相打仗，打了半个月，死了五万人云云——这是小孩子的想法。清人吴梅村有《满江红》词曰："鹬蚌利名持壁垒，触蛮知勇分旗鼓。只庄周为蝶蝶为周，都忘语。"我想，孔子这么博学，多识鸟兽草木之名，他都不知道蜗牛有两个角，当时的博物学还没有那么发达。你要盯着蜗牛看很长时间，它才会伸出两个角来，只有小孩子有这份耐心。庄子还到集市看要猴，欣赏着要猴人给猴子分配橡栗，说朝三暮四，猴子就生气，说朝四暮三，猴子就高兴。还有"庖丁解牛"，一个屠夫像和着乐舞那样挥舞着出神入化的刀，两三刀就干脆利落地将一头牛杀倒了，只有小孩子看时才觉得震撼，大人就没有这么强烈的感觉。庄子凭借自然界的草木虫鱼和民间卓绝的技艺，引发他的神思妙想，书写着"诗化的哲学，哲学化的诗"。

庄子的生命哲学，写得最独特的，一是关于死，二是关于梦。庄子老婆死了，他"鼓盆而歌"，这是楚人的风俗，即《明史·循吏列传》所说："楚俗，居丧好击鼓歌舞。"此类记载在唐、宋、元朝的笔记，以及湖北等地的地方志中，可以找到不少，现在南方还有这种风俗，可谓流风久远。按照"丧祭从先祖"的规矩，庄子在亡妻丧俗上，应请巫师和亲友击鼓歌舞。但他既穷请不起巫师，家族流亡异地请不来亲友，只好自己鼓盆而歌了。庄子的高明之处，是他能够从楚俗中，升华出哲理，"通天下一气耳"，气聚而生，气散而死，死者又回归自然。因此他说："大块载我以形，劳我以生，佚我以老，息我以死。"生生死死，来去潇潇洒洒。

先秦诸子写梦写得最好的是庄子，他写了十一个梦。《老子》《孟子》没有"梦"字，《论语》有一次写到梦，孔子曰："甚矣吾衰也！久矣吾不复梦见周公！"讲的是一个政治梦。《庄子》最有名的是"蝴蝶梦"："昔者庄周梦为胡蝶，栩栩然胡蝶也，自喻适志与！不知周也。俄然觉，则蘧蘧然周也。不知周之梦为胡蝶与，胡蝶之梦为周与？"庄子多悟鸟兽草木之灵。他用梦来思考生命的界限，"梦为鸟而厉乎天，梦为鱼而没于渊。不识今之言者，其觉者乎？其梦者乎？"人与鸟、鱼、蝶，孰真孰梦，梦与醒的界限在哪里？在边界朦胧中，所谓"庄生晓梦迷蝴蝶"，他写了一个生命与梦的春天，给人一种轻盈的美丽，与物为春，逢春化生。庄子作品的诗意，就来自这种几分惊奇、几分超逸，混合着几分楚人乡愁的记忆，令人神往，构筑着一个中国人可以"诗意栖居"的精神家园。

以此角度解读《庄子》，我们就会体验到，一个破落流亡的楚国贵族后代在宋地做楚思的活生生的情境。我们考证庄子身世，进行文化还原，就是为了恢复这些经典本身应该具有的生命。还原诸子生命，既是对诸子的尊重，也是对研究者能力的尊重。中国具有世界上第一流的思想文化之根的资源，如果我们的解释是陈陈相因，或随波逐流，就很难提升与一个现代大国相称的思想原创能力和文化解释能力。

本文为作者哈佛演讲稿整理

《史记》人文世界及著述体例

《史记》是我年轻时就很喜欢的一本书，应该说，我接触文史，是从《史记》和《鲁迅全集》开始的。《史记》研究是我们进行文史研究的看家本领，尤其是研究文学的人，有丰富的历史知识，是可以增加文章的厚重分量的。文史哲贯通与古今贯通一样，是我们提倡的大文学观、大文化观、大国学观的基本命题。不读《史记》，就谈不上与中国历史、中国文化有何等缘分，它属于民族必读书之列。今天，我主要讲《史记》一些很基本的问题。

一、《史记》的书名、宗旨、写作过程

我先讲《史记》的书名、宗旨和写作过程。从《史记》的发生学讲起，再讲《史记》的文化学和文章学。

司马迁的《史记》是一部真正意义上的大书，影响中国历史进程的需要大写的大书。

这部书共一百三十卷，五十二万六千五百字，这是他在《太史公自序》中说的。司马迁以前，中国还没有这么大的一本书，诸子书中，《老子》五千多字，《孙子兵法》六千字左右，《论语》一万六千来字，《孟子》三万四千字左右，包括《庄子》《荀子》《韩非子》，也就六七万字，十余万字。就史书而言，《春秋》约一万八千字，《左传》是先秦最长的一本书，十八万字。《吕氏春秋》是集体写作，二十余万字。司马迁一个人写了五十二万字，在当时，没有大的魄力，没有大的智慧和才华，是写不出来的。别看现在的鸿篇巨制很多，放在先秦两汉这个背景下，它就是一本很大的书。这本书长久地、深刻地影响了中国的思想文化形态。中国的书，对中国人的影响，除了《论语》，很难找到第二本书有《史记》对我们的文化和文化心理影响这么深。我们现在老讲诸子影响很深，其实，《史记》的影响不在他们之下。

《史记》是中华文明的一部必读书，它起码有三个方面可以称为文化典范。第一，《史记》是中国正史的典范，它建立了五种体例："本纪"、"表"、"书"、"世家"、"列传"，就像如来佛的五个手指一样，我们历朝正史的体例，都没有跳出它的手掌心，也就是纪传体的正史范式。这一点，影响是很深远的，可以说，我们历史的根脉是司马迁给我们埋下来的。第二，它是中国文章的典范，唐宋八大家以后，历代古文的写作都追随《史记》《汉书》，"史"、"汉"是它们的标本，如果没有《史记》的榜样，就没有韩、柳、欧、苏的文章，现在我们看到的中国古代文章的模样，可能是另外一个样子。第三点，它是中国人物行为的典范，全书写了四千多人，其中，写得最生动的，大概有百十人。他们的音容笑貌，他们的道德、智慧、行事的方式，深刻地影响了中国各个阶层人物的人生选择。所以，我觉得，《史记》写了一系列有声有色的"中国故事"，久远地作用于世道人心，应该把它放到模塑中国精神这么一个高度去认识。

《史记》本来叫《太史公书》[1]，用司马迁自己和他的父亲官名的尊称去命名这本书，这遵循着先秦诸子用其姓氏命名其书的惯例，如《孟子》《庄子》《荀子》《韩非子》，司马迁和他们一样，用"太史公"来命名，所以，《史记》蕴含着诸子书写作的情结。司马迁自觉追求"究天人之际，通古今之变，成一家之言"，所谓"成一家之言"[2]。《四库全书》修纂时，就把"著书立说成一家之言者"放进子部，所以，司马迁有一种非常浓郁的诸子写作的精神追求，他保留着一些先秦诸子的作风。《史记》以后的正史，这种思想家、文学家融在一起的自由写作的风度，几乎消磨殆尽了。我们说，中国正史是《史记》奠定了基础，而真正的规范化是在《汉书》，所以，后来史学家对《汉书》评价很高，那是因为它规范化了。

历代史书最具诸子风采的，当推《史记》。正因如此，班固批评司马迁有"三蔽"，也就是三个短处，他说"是非颇缪于圣人，论大道则先黄老而后六经"，批评司马迁的思想体系有问题，说他不是儒家的体系，而是黄老的体系。"序游侠则退处士而进奸雄"，批评司马迁在社会体制上，追求游侠的功绩。"述货殖则崇势利而羞贫贱"[3]，批评司马迁的财富论，也就是他的经济思想。这所谓的"三蔽"，后来的史家都没有做到，认为是司马迁的弊端，实际上它就是先秦诸子思想自由的遗风。《史记》书名的确定，是东汉晚年汉桓帝时期的事了，这有碑刻的文字记载，经过二百余年的沉淀，才把它定名为《史记》。我们看"史记"这个词就知道，"史记"过去是一个通名，比如诸侯史记、各国史记；又比如，孔子到洛阳去之后，论史记旧文；《孔子世家》里面也讲，他因鲁史记作《春秋》，

---

[1] 《史记·太史公自序》："凡百三十篇，五十二万六千五百字，为《太史公书》。序略，以拾遗补艺，成一家之言，厥协六经异传，整齐百家杂语，藏之名山，副在京师，俟后世圣人君子。"第3319—3320页。

[2] 司马迁：《报任少卿书》，《汉书·司马迁传》，第2735页。

[3] 《汉书·司马迁传》，第2737—2738页。

等等。到这个时候，"史记"就变成《太史公书》的专名了，历史书的通名变成专名。这就像孔子说的话，叫作"子曰"，"子"本是对有德行的男子的尊称，后来这个泛称变成孔子的专称，其他人只能加上姓氏，使用"孟子曰"、"荀子曰"、"韩非子曰"了。唐弢写书话，创造了一种文体形式，后来"书话"一名，就成了"唐弢书话"的专称，他的书名就叫《书话》，后来叫《晦庵书话》，对一种写作方式，打下了很深刻的个人印迹。

　　《史记》是司马谈、司马迁父子两代搜集、积累和整理材料，由司马迁在四十二岁到五十五岁，用十四年时间写成的，这是"十年磨一剑"的投入自己生命的力作。《资治通鉴》前前后后写了十九年，而且司马光在洛阳搞了一个很重要的工作室，带了三个职位和辈分比他低的历史学家，先搞材料的长编，他本人又做了许多考订，自己动笔结撰，用了十九年的苦功，才算告成。司马迁写《史记》，接触到后人难以接触到的许多文献材料，这是他得天独厚之处。按照汉武帝时候的制度，"天下郡国文书，先上太史公，副上宰相"[1]，诸侯国或者郡县上来的文书，先呈报太史公，副本才交给宰相，以至于到了东汉时的卫宏，说太史公比宰相的官还大，那是不对的，太史公是个下大夫，下大夫也就是现在处长、司长之类，是九卿之一的太常下面的一个官职，相当于七品官员。由于他处的位置非常关键，专管文书档案材料，历史材料来源是很丰富。我们后世的学者，尤其是疑古派学者，往往低估了太史公，比如说，考证《老子》，司马迁明明写老子在孔子之前，到民国年间，疑古学者非要考证出《老子》在庄子之后，甚至是《吕氏春秋》到《淮南子》

---

[1]　[晋]葛洪《西京杂记》卷六云："汉承周史官，至武帝置太史公，太史公司马谈世为太史，子迁年十三。使乘传行天下。求古诸侯史记，续孔氏古文，序世事，作传百三十卷，五十万字。谈死，子迁以世官复为太史公，位在丞相下。天下上计，先上太史公，副上丞相。太史公序事如古春秋法。"《太平御览》卷二百三十五引如淳曰："（卫宏）《汉仪注》：太史公，武帝置位在丞相上。天下计书先上太史公，副上丞相，序事如古《春秋》。迁死，宣帝以其官为令，行太史公文书而已。"这实际上是汉武帝时期的文书版本典藏制度，不是官阶尊卑问题。

之间的作品不可。郭店楚简一出来，这个战国中期的墓里出土三个版本的《老子》，作为民间私人写作的《老子》从写成传播到这时，没有近二百年的时间不行，可见《老子》是春秋晚年的东西。又比如有位令人尊敬的前辈先生，花了很大的力气，去考证《孙子兵法》是孙膑写的。1972年山东临沂的银雀山汉墓，同时出土了《孙子兵法》和《孙膑兵法》，使得"《孙子兵法》乃孙膑所作"的说法不攻自破。司马迁以朝廷藏书作"名山事业"，网罗文献而呕心沥血，其"信史"追求无可怀疑。我们不讲细节，细节上，经一个人之手写这么大的一部书，有一些毛病是可能的。但在大的历史框架和重要关节上，太史公是不会掉以轻心的，是经得起历史验证的。

司马迁搜集材料和处理材料的方法，调动了他那个时代最大的可能性，是非常值得我们注意的。他大体采用了四种材料，一是皇家图书馆的古籍，当时的简帛和全国汇集来的遗文古事。司马迁十岁诵古文，从孔安国学古文《尚书》，从董仲舒学《春秋公羊传》，已经具有把古文献当作专家之学进行处理的能力。应该强调，这种专家能力具有关键作用，它能有效地对浩繁的材料进行钩沉发微，辨伪择善，组合贯通。司马迁所谓"厥协六经异传，整齐百家殊语"，就是搜集丰富的古籍文献，以杰出的专家能力，进行比勘、衡量和取舍，对其中的差异错杂之处加以协调和整齐，形成一个可靠、清楚、浑然一体的史学体系。

第二种材料来源，就是司马迁做了许多田野调查，他二十壮游，几年间跑了几万里路，在全国各地调查民间的传闻和考察历史的遗迹。以实地调查，印证和补充文献记载及其不足。[1] 所以，太史公对人文地理了然于心，写战争的攻防态势，军队的调动路线，在地

---

[1] 《史记·太史公自序》："迁生龙门，耕牧河山之阳。年十岁则诵古文。二十而南游江、淮，上会稽，探禹穴，窥九疑，浮于沅、湘。北涉汶、泗，讲业齐、鲁之都，观孔子之遗风，乡射邹、峄。厄困鄱、薛、彭城，过梁、楚以归。于是迁仕为郎中，奉使西征巴、蜀以南，南略邛、笮、昆明，还报命。"第3293页。

理方位上，毫不含糊。就连考察各省山川形势，"足迹半天下"，于地理民俗了如指掌的清初大学者顾炎武，也在《日知录》中推崇《史记》的叙事："秦楚之际，兵所出入之途，曲折变化，唯太史公序之如指掌。……盖自古史书兵事地形之详，未有过此者。太史公胸中固有一天下大势，非后代书生所能几也。"[1]

司马迁不仅从民间实地获取材料，而且获得民间思想，改造了历史写作的形式。比如说，韩信的胯下之辱、漂母赐饭，这是小孩子的事情，小孩子钻裤裆，或者，小孩子饿了，河边漂洗衣服的老太太给他饭吃，这些故事，过去的史书中很难写进来的。在司马迁的眼光中，民间生活支撑着、影响着人生轨迹，进而支撑着、影响着历史进程。韩信被封为楚王后，受恩必报，赐给漂母，就是那个漂洗衣服的老太太一千金；韩信又不念旧仇，册封曾经让他钻裤裆的少年为楚中尉，当时楚中尉是诸侯国中俸禄二千石的军事长官，成为自己手下最重要的将军。韩信小时候很贫穷，他把母亲埋葬在高敞地，旁边可置一万户人家。这些资料，是司马迁壮游时，在淮阴采集的。[2] 就连陈胜、吴广的事迹，陈胜种地时所发的感慨，他动员人民揭竿而起时所说的"王侯将相宁有种乎"，都是实地采访所得。现在到安徽宿县的涉故台，还可以看到鱼腹藏书湾，篝火狐鸣处。这些来自大地的材料，把司马迁与民间道义和情绪，连在一起了。不仅材料来自民间，他的历史观也因此带有深刻的民间性。

第三种材料来源是国家档案馆的收藏，也就是采纳"史记石室金匮之书"。这类档案材料，在后来历代王朝动乱和兴亡中，多被焚毁，不然太史公看到的这些简帛埋入地下，现在也成了出土文献了。

第四种材料是从朋友，尤其是当时的王侯大臣的后人，或者事

---

[1] 顾炎武：《日知录》卷二十六，岳麓书社校释本。

[2] 《史记·淮阴侯列传》："太史公曰：吾如淮阴，淮阴人为余言，韩信虽为布衣时，其志与众异。其母死，贫无以葬，然乃行营高敞地，令其旁可置万家。"

件的经历者那里获得的。这就像我们搞现代小说史一样，小说家本
人或者他的后人还存在，只要用心，是可以获得一些还带着体温、
带着泥土的材料的。司马迁采访了王侯将相的后人。在汉初封的列
侯里面，沛县出来的就有三十二个，刘邦后来把政权交给吕后，是
有道理的，他爱江山不爱美人。实际上，刘邦跟戚姬的感情最深，
戚姬和他一块随军转战，但是，江山交给戚姬是不行的，当时樊哙
都要杀戚姬，戚姬是压不住当年拉竿子上来的这批侯爷的。而且这
些侯爷，都不太懂规矩的，像屠狗的樊哙，还有赶车的夏侯婴，卖
布的灌婴，做刀笔吏的萧何、曹参，这些人都是跟刘邦在丰沛这个
地方起事的，附骥尾而封侯的人物。司马迁到了丰沛，或者在长安
采访这些侯爷的后人，很多"高祖功臣"攻城掠地的材料，都是司
马迁在与樊哙的孙子樊他广交往中获得的，这在《史记》列传的论
赞里都交代得很清楚。[1]

司马迁出生在陕西韩城，这个地方接近传说中大禹治水凿开的
黄河龙门山，他的学问又称"龙门史学"。对《史记》撰述的思想
情调产生重大影响的人生大事，也就是他人生的坎子，有两个最为
关键，一个发生在三十六岁，一个发生在四十八岁。三十六岁时，
也就是汉武帝元封元年，汉武帝去泰山封禅，当时司马谈在洛阳病
危，司马迁从出使的云贵川赶回，接受临终遗言。司马谈握着儿子
的手说，我死后，你必然当太史官，不要忘了我们所要写的著作，
要扬名后世，以显父母，这才是孝之大者。司马谈还说，孔子作《春
秋》，至今已四百余年，史记放绝，我很担心"废天下之史文"，你
一定要把这件事做好。当时，司马迁满脸泪水，信誓旦旦要把它完
成。所以，《史记》是司马谈父子生命的结晶，继承孔子作《春秋》
的修史宗旨。

---

[1] 《史记·樊郦滕灌列传》："太史公曰：吾适丰沛，问其遗老，观故萧、曹、樊哙、滕公之
家，及其素，异哉所闻！方其鼓刀屠狗卖缯之时，岂自知附骥之尾，垂名汉廷，德流子孙哉？
余与他广通，为言高祖功臣之兴时若此云。"

第二个人生坎子，四十八岁时，李陵率五千步卒深入漠北，被匈奴八万大军包围，鏖战十几日，杀伤万余敌兵，但李广利和老将路博德的援兵未至，遂降匈奴。司马迁当过李陵的同事，当汉武帝问司马迁的看法时，司马迁说李陵"有国士之风"，兵败降敌出于不得已，还说李陵想寻找机会报汉，为他辩解。这事当时也就过去了，一年之后，汉武帝以"诬上"罪给司马迁处以宫刑，这是奇耻大辱。本来汉武帝时有赎刑制度，比如"死罪入赎钱五十万，减死罪一等"。古代五刑是墨、劓、荆、宫、大辟，墨就是在脸上刺字，劓就是割鼻子，荆就是砍脚，宫刑，就是阉割，还有大辟就是杀脑袋。宫刑是第二等重刑，据我初步考证，司马迁要赎他的罪，需要缴纳大辟的百分之六十，即三十万钱赎金，相当于三千六百石粮食，当时的石比较小。太史公是中级官员，官俸一年有六百石，需要六年的薪奉，不吃不喝，才能赎这个罪，相当于现在百万以上的赎金。他没有当过可以"刮地皮"的州郡大员，没有当过可以劫掠或受重赏的将军，由于"家贫，财赂不足以自赎，交游莫救，左右亲近不为一言"，过去的朋友也不搭救，左右亲近不为他说话，以至陷入如此奇耻大辱的悲痛中。所以，《史记》中对世态炎凉的悲愤情绪，处处可见。这就使司马迁重新理解生命，酿成浓郁的发愤著书的情绪，他说："西伯拘（羑里）而演《周易》；仲尼厄而作《春秋》；屈原放逐，乃赋《离骚》；左丘失明，厥有《国语》；孙子膑脚，《兵法》修列；不韦迁蜀，世传《吕览》；韩非囚秦，《说难》《孤愤》。《诗》三百篇，大抵贤圣发愤之所为作也。"[1] 人生的坎坷，作为一种发愤著书的内在气质，弥漫于《史记》的字里行间。

由于具有这种生命体验和历史了悟，再加上他的旷世天才，司马迁写的《史记》被鲁迅推崇为"史家之绝唱，无韵之《离骚》"。我更愿意从中国人的文化心理结构，或精神谱系形成的角度来看

---

[1] 《汉书·司马迁传》，第2730页，2735页。

《史记》，十几年前《光明日报》曾经让我开列十部最喜欢的书，我把《史记》列在第一位，我说过一段话：

> 更有意味的，是可以从（《史记》）中寻找到中国人行为方式的某些原型（archetype）。比如，讲尊师，也许想到张良的圯桥进履；讲重才，也许想到萧何追韩信；讲忍耐，可以想到韩信的胯下之辱；讲信义，可以想到季布的一诺千金。这些原型既涉及修身，也涉及治国。勾践的卧薪尝胆，项羽的破釜沉舟，韩信的背水一战，范蠡的扁舟五湖，蕴含着何等的意志、决心、气节、豪情和潇洒。再如焚书坑儒，指鹿为马，项庄舞剑以及冯唐易老，李广难封，又包含着多少残酷的权术和悲哀的命运。人们寻找中国人的心理行为模式，多从经子典籍着眼，其不知史书也以历史的残迹在编织国民精神的网络！[1]

所以，我认为对民族精神血脉的影响，除了《论语》记录孔子的嘉言懿行之外，很难再找出第二部书，有《史记》影响这么深，其影响不在老、庄、孟、荀之下。当然，知识分子可能受老庄影响多些，但从整个民族来说，在铸造中国人的行为方式上，《史记》所讲述的一系列"中国故事"，起到非常深刻久远的作用。

二、《史记》的体例

第二个问题，讲《史记》的体例。《史记》是第一部完整形态的中国通史。所谓"通"有两层含义：一是纵向的通，贯通从黄帝

---

[1] 《养性与趣味——我喜欢的书中的几种》，《书斋》1994年9月"名家荐书"栏；《清凉的书眼》，光明日报出版社2000年版。

至汉武帝三千年间的历史兴亡变动的轨迹，融合五帝、夏商周三代、春秋战国、秦汉等各个朝代，写了三千年。《春秋》十二公，写了二百四十二年的历史，《左传》比《春秋》多了十三年，写了二百五十五年。中华民族发生的过程，和文化共同体形成的过程，通过《史记》，被有声有色地勾勒出来了。二是横向的通，囊括政治、军事、经济、文化、思想流派，展示上自帝王将相，下及平民百姓、商人、游侠、刺客等社会各阶层，以及列国和边疆部族。可以说这是中国多元一统历史观的伟大尝试，或者说是历史观的伟大革命。

为什么《史记》能做到这一点呢？有两条根本性的原因：第一个原因，汉帝国是当时世界上第一流的强国，具有第一流的综合国力和思想魄力。刘邦建国是公元前202年，汉武帝上台是公元前141年，开国六十二年，像我们现在建国也是六十年了，在当时，只有稍微晚一点兴起的罗马帝国的国力，才能够跟它媲美。所谓"文章西汉两司马"，说的是司马相如的大赋，尤其是司马迁的真正意义上的大历史，是那个时代造就的，所谓"世必有非常之人，然后有非常之事；有非常之事，然后有非常之功"，这是司马相如的原话。朱自清先生写《经典常谈》，在讲到《史记》的规模和魄力的时候，说："他这样将自有文化以来三千年间君臣士庶的行事，'合一炉而冶之'，却反映了秦汉大一统的局势。"朱自清也认为是秦汉这个时代给司马迁这么一种魄力。

第二个原因，它在全面考察和吸收先秦多种形式史书的基础上，进行高度的综合和开拓创新。先秦时代已有编年史《春秋》《左传》，也有国别史《国语》《战国策》，还有文告档案式的政治史《尚书》，此外《庄子》的《天下篇》和《荀子》的《非十二子》中也有思想史的雏形，各种史学因素先秦的思想家都尝试过了。但是，《史记》把它们综合起来，融合创新，创造出五体共构的这种形式。五种体裁，共构在一起，不是简单的一加一，必须以巨大的魄力和功力运转纷纭复杂的史料，使之纲目整然，纲举目张，各归其位，又多方互补、互动、互见，形成一个生机勃勃的有机整体。为什么说"五体共构"呢？因为它体例中有五种体裁，第一是十二"本纪"，写帝王的；第二是十个"表"；第三是八"书"；第四是三十"世家"；第五是七十"列传"，加起来是一百三十篇。过去有人说这里面有什么神秘的数字，因为十二啊，八啊，十啊，三十啊，或者一百三十啊，这些数字，好像跟天地之道有关似的，我们不这么认为。[1]

首先讲"本纪"。"本纪"十二篇是全书总纲。分别记载五帝、夏、商、周、秦列代的帝王世系和重大事件，这是秦以前的，再加上秦始皇、项羽、汉高祖、吕后、文帝、景帝和武帝，也就是今上，编年记述了国家大事和兴亡的脉络。"本纪"体例有四个值得注意的关键点。

第一，它从黄帝写起，不仅根据古文材料，而且进行实地考察，他说："我曾经西到空桐，空桐就是现在甘肃、宁夏交界的崆峒山，北过涿鹿，涿鹿在今天的河北，东渐于海，南浮长江和淮水，那里的父老往往说起黄帝和尧舜。"所以，司马迁把民间的民族记忆写进了历史，从而为华夏民族寻找到一个千古一贯的血缘上和人文上的始祖。顾颉刚说，《五帝本纪》把过去方位中的五帝变成了血脉上的，纵向的五帝。这一变是很重要的，为中华民族植下了文化共同体的根脉。因为中华儿女现在自称为炎黄子孙，就是以《史记》作为根据的，通过《五帝本纪》，把这个民族的生命的凝聚力，伸到遥远的发生学境界上来了。

第二个关键点是《夏本纪》和《商本纪》，这两个本纪写得比较简略，主要勾勒了王位父子或兄弟相承的世系。疑古学派曾经说

---

[1] 章学诚《文史通义》卷四"内篇四"："汉儒求古，多拘于迹，识如史迁，犹未能免，此类是也。然亦本纪而已，他篇未必皆有意耳。而治迁书者之纷纷好附会也，则曰十二本纪，法十二月也，八书法八风，十表法十干，三十世家法一月三十日，七十列传法七十二候，百三十篇法一岁加闰，此则支离而难喻者矣。"

过，东周以上无信史。但是，王国维根据殷墟甲骨文，考证出殷商十七世，三十一个王，约六百年，以及他们远祖先公先王的世系，证明《殷本纪》，除了有几处小的参差之外，基本上是可靠的，这是不得了的事。王国维甚至由这一点，上推《夏本纪》中夏代的世系，认为也是可靠的。《史记》记载周武王灭纣之后，封舜的后代在陈，封夏禹的后代于杞，封商的后代于宋，这都有谱牒的根据。所以孔夫子考察列国文献的时候，除了东周洛阳，他到了杞国、宋国，就是因为那里确实流传着很多上古典章制度和族源故事。[1]

第三个关键点是，在《秦始皇本纪》和《高祖本纪》之间创设了《项羽本纪》，用来统率楚汉相争五年间波澜壮阔的政治、军事、外交斗争。《项羽本纪》主要写三个故事，一个是巨鹿之战，项羽在河北巨鹿这个地方，跟秦军的主力相遇，各路诸侯都不敢前进，他消灭了秦军主力，这是项羽最大的战功。第二个是鸿门宴，他想杀刘邦，但是犹犹豫豫，没有杀成，这是他命运的转折。第三个就是垓下之围和乌江自刎，是他的悲剧命运的结局。对楚汉之争，我们从年龄和心理上来考察，项羽起兵时是二十四岁血气方刚的壮士，刘邦起兵时是四十八岁老谋深算的一个无赖。较力气，刘邦打不过项羽，但是，较计谋啊，项羽不行。鸿门宴上，刘邦稍一辩解，项羽就说是你的司马曹无伤说你要在关中称王啊，这把自己卧底的人都讲出来了。回去之后，刘邦一下子就把曹无伤杀了，这个小伙子不懂成败得失的要害所在。垓下之围的时候，项羽旁边就一个虞姬，他不是找将军、谋士商量事情，而是找自己的小老婆来商量，这就不行了。刘邦不一样，选戚姬还选吕后，他找张良商量。一个四十八岁出去打仗的人，和一个二十四岁打仗的人，是不同的。但

[1]《礼记·礼运篇》孔子曰："我欲观夏道，是故之杞，而不足征也，吾得《夏时》焉。我欲观殷道，是故之宋，而不足微也，吾得《坤乾》焉。《坤乾》之义，《夏时》之等，吾以是观之。"

总的来说，项羽被写成最有血性、最威猛、最有豪气的大男子。他二十四岁起兵，三十二岁覆灭，征战了八年，身经大小七十余战。司马迁写人物，经常写身高，他写项羽身高八尺有余，根据出土的汉尺，一汉尺是23.1厘米到23.2厘米之间，那么项羽的身高应该是一米八五到一米九零之间，力能扛鼎。起事之时砍杀会稽守时，他一刀就把那人脑袋砍下来了，当时很能够把乱哄哄的场面镇住的。这么一个西楚霸王的形象，实际上是含有对汉初政治的褒贬，到了写《史记》的汉代中前期已经没有这样磊落痛快的人，汉以后也没有项羽这类"真正的汉子"了。

第四个关键点，司马迁有一种历史实录、秉笔直书的精神。在司马迁死后，一百三十卷的《史记》，"十篇有录无书"，大概有些东西犯了忌讳，被抽掉了，像"景帝本纪"、"今上（汉武）本纪"，后来是褚少孙补写的。给吕后作本纪，而不给汉惠帝作本纪，这也是司马迁独特之处。要是朱熹来作，可能是《孝惠本纪》，而不是《吕后本纪》了。《吕后本纪》写吕后称制掌权，毒杀赵王如意，把戚姬变为"人彘"，砍掉胳膊和腿，使惠帝和两个少帝有名无权，诛贬刘姓诸侯王，展示了政治阴谋的残酷性。但在论赞里，也就是"太史公曰"中，司马迁却肯定了那个时期的社会政策，他说："孝惠皇帝、高后之时，黎民得离战国之苦，君臣俱欲休息乎无为，故惠帝垂拱，高后女主称制，政不出房户，天下晏然。刑罚罕用，罪人是希。民务稼穑，衣食滋殖。"[1] 所以，当时的农业生产、衣食和温饱问题都能解决。吕后的残酷只是在宫廷斗争时，而对社会，她采取无为而治政策，发展到后来文帝、景帝的与民休息，使国家的元气慢慢地恢复了。应该说在这一点上，司马迁对她还是肯定的，并不是女人当政，什么事情都一塌糊涂，司马迁有史家的思想，能够实

---

[1] 《史记·吕太后本纪》，第412页。

事求是。

下面讲十篇"表"和八篇"书"，这是司马迁非常独特的创造。十篇"表"排列了历朝的谱系学、年代学，八篇"书"展示了上古社会的文化和制度，这两者的使用，为我们历史的准确性和开阔性，设计了时间、空间的坐标。十表中，《十二诸侯年表》《六国年表》最为重要，春秋战国时期，各国的诸侯，复杂纷纭的年代，如果不用表格排列得这样头绪分明，眉目清晰，作为中国文化思想轴心期的春秋战国的历史，就是一笔糊涂账。就凭这一点，司马迁就是中国思想文化的一个大功臣，老子是在庄子之前还是之后？有这个年表，你再去考证，就有个框架在那里。当然后来汲冢魏墓出土的竹书《纪年》，订正《史记》失记魏惠王后元之误，但如果没有《六国年表》，也就看不出差误来，差误在哪啊？有了这个年表，才有订正的基础。八"书"是记述礼、乐、天文、历法、祭祀、财税的文化制度史。《河渠书》表明，水利是中国农业社会的命脉，它从大禹治水写起，记述李冰凿离堆，西门豹治漳水，秦修郑国渠，一直写到汉武帝在瓠子口堵黄河缺口。瓠子口就在今天的河南濮阳。《诗经》里的邶、鄘、卫三地，春秋时期水草很丰美，当时都是湿地，黄河也没有泥沙淤积，也没水患。汉武帝时，黄河泛滥得很厉害，因为朝廷里面的权相、贵戚不愿花钱去堵，汉武帝从泰山封禅回来之后，在那里作了首《瓠子歌》，发动十万官兵，每人背一捆柴，一下子就把缺口堵上了。司马迁实际参加这项壮举，他感慨："甚哉，水之为利害也！"又说，"余从负薪塞宣房"，宣房就是瓠子口，后来在上面盖了个宣房宫来镇水，"悲《瓠子》之诗而作《河渠书》"[1]，显示了治理江河是中华民族的基本国策，救灾史是中华民族多难兴邦的凝聚力、生命力的极好证明。司马迁用他的切身体验领会到这一点，又用体例的方式写入正史，这一点，是非常了不起的。

---

[1] 《史记·河渠书》，第1415页。

《史记》八书，后来班固的《汉书》继承为十志，因为书名已用"书"，篇名与书名不能重复，《汉书》底下不能再有"书"，所以，叫作"志"。班固的贡献是增加了《艺文志》，记载国家图书目录，清理古代学术源流，为文献学术别立专史，这是《史记》没有的。因为秦始皇焚书之后，汉初政府收集起来的资料堆积如山，来不及清理。后来经过刘向、刘歆父子的清理，写成《别录》《七略》，才有《汉书》的《艺文志》。对于《史记》的表与书的体例，傅斯年认为乃"太史公书之卓越"所在，他说，"年代学（Chronology）乃近代史学之大贡献，古代列国并立，纪年全不统一，子长独感其难，以为十二诸侯六国各表，此史学之绝大创作也。我国人习于纪年精详之史，不感觉此功之大"，如果考察希腊年代学未经近人整理以前的状态，或者印度史的年代问题，就会发现，他们一个作家的生卒年代，一差就几百年，不像我们，曹雪芹哪年死的，差一年就可以养活很多人。然后知道，司马迁创作年表，实在史学思想的大成熟也。他又说："著史及于人事之外，至于文化之中礼、乐、兵、历、天官、封禅、河渠、平准各为一书，斯真睹史学之全，人文之大体矣。……其在欧洲，至十九世纪始有如此规模之史学家也。凡上两事，皆使吾人感觉子长创作力之大，及其对于史学观念之真（重年代学及文化史）。希腊罗马史家断然不到如此境界。"[1] 傅斯年认为司马迁将年代学和文化史，作成表和书，西方史学中到十九世纪才有这样的规模，才达到这样的史学境界。傅斯年是史语所的所长，对于西方史学流派是很熟悉的，他说的是可信的。

三、以人物为本位的史学体系

接下来讲《史记》以人物为本位的史学体系。这也是讲体例，

---

[1] 傅斯年：《论太史公之卓越》。

只是独立出来这个问题。《史记》以人物为本位，在它的五体中，三十"世家"、七十"列传"占三分之二以上的篇幅，也是全书写得最精彩、最有情致的地方。加上"本纪"也写人物，遂使司马迁成为历代史家中写人物的第一高手，给我们留下了一个丰富多彩的历史人物画廊。梁启超在《中国历史研究法》说过这样一段话："史界太祖，端推司马迁。……其最异于前史者一事，曰以人物为本位。"[1]《史记》以前的先秦古史，往往以史的网络把人物割裂开来，没有拿出专门的篇章，从头到尾写一个人。《史记》，写人物，写得有声有色，是人的意识觉醒的新主题。中国古代最重要的历史体裁有三种：编年体，纪传体，纪事本末体。其中编年体是以年代为主人公的，纪事本末体是以大的事件为主人公的，而纪传体由司马迁开创，以人物为主人公，以人物的生动描绘为基本特征。它讲述了一批千古流传的"中国故事"，对后世的小说戏剧的产生和发展，影响极为深远。

　　"世家"三十篇，主要记载西周以来，尤其是春秋战国时代势力膨胀的诸侯列国史，以及汉初主要王侯、外戚家世相传的历史。因此它的写法既重世系，又重人物，介于"本纪"和"列传"之间。秦汉以后实行郡县制，这种国中之国的现象基本消失，所以二十四史自《汉书》以后不再专列"世家"。一个值得注意的问题是，三十世家从哪里写起呢？西周初年分封诸侯，藩屏周室，当然以封姜子牙于齐，封周公元子伯禽于鲁最为重要。但是《史记》把齐、鲁两个世家排在第二、第三，把《吴太伯世家》排在第一，除了年代顺序之外，另有深意焉。《春秋》《左传》以鲁国为中心，吴国国君长期被称作"子"，吴是蛮夷之地，司马迁与《春秋》《左传》不一样，不是以鲁为中心。就像哥白尼发现太阳中心以后，看世界的维度就变了，所以，司马迁不是官本位，不认为中原独大。吴太

---

[1]　梁启超：《中国历史研究法》。

伯和二弟仲雍，都是周太王之子，但周太王想传位给老三季历，因为他有个圣子姬昌，即周文王，老三这个长子能够振兴周族。为此太伯、仲雍就逃到蛮夷之地，把王位让出来，自号勾吴。按过去的记载，勾吴在无锡梅里，那里有全国最大的泰伯祠，近年考古则初步判定在镇江、丹阳一带。孔子对此大为感叹："泰伯，其可谓至德也已矣。三以天下让，民无得而称焉。"这是《泰伯篇》的第一句话。在孔子和司马迁的时代，这种让德非常难得，把《吴太伯世家》放在第一，出于一种历史道德论的意识。另一重深刻的意义是，太伯奔吴，是华夏人士的夷蛮化；十九世传到吴寿梦，楚大夫申公巫臣逃亡晋国，由晋出使吴，让他的儿子为吴行人，吴才开始"通于中国（中原）"，这是吴国华夏化的过程。再过两世五个王，出现吴国阖闾，接纳楚国伍子胥、齐国孙武，伐楚而成大国，这时，吴国开始融入中原，称霸中国。人才、家族的跨地域流动和客卿制度，使华夏人士夷蛮化之后，又进入夷蛮华夏化的过程，这种双向对流，乃是中华民族共同体的历史进程的缩影。司马迁对中华民族形成的考察视野，是开放的。

三十"世家"中，最能在破格中显出司马迁胆识的是《孔子世家》和《陈涉世家》。孔子无诸侯之位，不合世家的格式，但是他创私学，有弟子三千，周游列国，想推行礼乐仁政，累累然若丧家之狗，很不得意。晚年，他整理六经，开创了深刻影响中国思想文化的儒家学派。司马迁二十壮游的时候，到过曲阜，他说："余读孔氏书，想见其为人。适鲁，观仲尼庙堂车服礼器，诸生以时习礼其家，余祗回留之不能去云。天下君王至于贤人众矣，当时则荣，没则已焉。孔子布衣，传十余世，学者宗之。自天子王侯，中国言'六艺'者折中于夫子，可谓至圣矣！"[1] 在司马迁那个时代，虽然孔夫子刚刚有点位置，说他是素王，但那时黄老很重要，司马迁把老子

---

[1] 《史记·孔子世家》，第1947页。

放在列传里，把孔子放在世家里，就体现了一种了不起的非常深邃的大历史眼光。他为孔子立世家，实际上是在深刻理解中国历史的基础上，为中国思想文化立传。

这为历史代言的智慧，不是一般人的眼光。又比如屈原，不见于先秦文献，以致现在还有一个"屈原否定论"，胡适说，屈原是个"箭垛式的人物"，好像属于虚构。但司马迁到过屈原的家乡，到过楚国的首都，到过沅、湘，到过汨罗，到过淮南王的地方，这些是屈原出生地，当官的地方，流放地，沉江的地方和《楚辞》研究中心。司马迁距离屈原只有一百五十年。就像现在我到柳亚子的家乡吴江县去看，房子还在，亲戚还在。你是相信一百五十年后，实地考察的历史学家呢？还是相信两千年之后，根据某种外来观念推断出来的东西呢？这不言而喻的！先秦官方文献是讲究"官本位"，孔子当中都宰，《左传》无记载，当了鲁司寇，尤其当了齐鲁两国国君夹谷之会的相，就浓浓地记上一笔了。对于《左传》记述吴楚柏举之战，只记吴王阖闾、王弟夫概、重臣伍子胥，而不记客卿孙武，我们也要做如此看。屈原当时流落民间，没人记载，子兰、子椒掌握着话语权，不会记录屈原的行踪。就像我们当个普通学者，你让国家大事记给你记一笔，那可能么？司马迁经过调查之后，为一个在正史中无载的人写了传，这是了不得的。司马迁是"屈子之功臣"。

陈涉处在与孔子不同的历史动力的另一个侧面。如此一个种地服兵役的小头目，在大泽乡振臂一呼，"王侯将相宁有种乎"，揭竿聚众率先反抗秦朝的暴政。称王不久就应者云集，"楚兵数千人为聚者，不可胜数"。虽然他最终没有成功，但他所安排的、派遣的侯王将相灭亡了秦，即"秦失其政，陈涉发迹，诸侯作难，风起云蒸，卒亡秦族。天下之端，自涉发难"[1]。司马迁以世家的形式，高

---

[1] 《史记·太史公自序》。

度肯定了这种民心民气爆发出来的历史推动力。汉初的时候，高祖虽也给陈涉设了看墓人，但是能将一个山大王、草寇立为世家，因司马迁原创精神之不拘格套。

接下来讲第五种体例，就是七十列传。传的形式，在司马迁以前是解释经书的经传。把它转化为人物传，是司马迁的一个创造。清代赵翼在《二十二史札记》中讲过："古书凡记事立论及解经者，皆谓之传，非专记一人之事迹也。其专记一人为一传者，则自迁始。"[1] 其实，列传七十篇并非都是一人一传，它根据历史人物的地位、重要性和事迹材料的多少，采取五种构传的形式：第一，基本是一人一传的专传；第二，业绩相连、彼此相关的多人合传，比如屈原贾谊的合传，袁盎和晁错的合传；第三，还有行事同类、品质相近的一系列人物，或同代、或异代而以类相属的"类传"，如刺客、游侠、滑稽、货殖皆有类传；第四，边疆少数民族与邻国，及其与汉族关系的方域传，如匈奴、南越、东越、朝鲜、西南夷、大宛皆有传；第五，还有一篇司马迁作的自传，即《太史公自序》。

专传二十二篇，多是司马迁高度关注的人物。他的专传从伯夷写起，即《伯夷列传》。伯夷、叔齐的材料并不多，但"孔子序列古之仁圣贤人，如吴太伯、伯夷之伦详矣"，因而把吴太伯列为三十"世家"的第一篇之后，又把伯夷列为七十"列传"的第一篇。这两个首篇表明，司马迁的历史道德意识来自孔子，他的《史记》是继承孔子作《春秋》的传统。这篇传记采取史论笔法，因伯夷叩马阻谏武王伐纣，以及不食周粟，采薇首阳山而饿死，就质疑天道。颜回那么短命、盗跖寿终，这难道就是天道么？这背后有作者的心理：我出于良心为李陵辩护，却蒙受如此"人道绝"的奇耻大辱，苍天的公道又在何处？《伯夷列传》就是司马迁的"问天"。

专传篇幅较大，能够腾出笔墨，另辟蹊径地揭示人物思想行为

---

[1] ［清］赵翼：《廿二史劄记》卷一，清广雅书局本。

背后的生存哲学，往往以小见大，增加他描写的深度。比如说《李斯列传》，写李斯小时候当郡小吏，看到厕所中的老鼠去吃屎，人、狗一来，害怕得不得了；看到粮仓里的老鼠整天吃粮食，还没有人和狗的骚扰，他就感受到一种老鼠的哲学，他说，人的贤不肖就像老鼠，就看居于哪个位置。你现在当一个研究员，安排你当部长，放在那个位置上，就会别有风光。自处，就是一种自我选择，把自己置于有利位置。因此他看到秦将要并吞天下，就告别荀卿，西入秦，找谁的门路呢？他也看谁是仓库，做了吕不韦的舍人，以后又当了秦王政的客卿，如果他当时找了别人就倒霉了。后来又当了秦始皇的丞相，实施郡县制度，促成焚书坑儒，陪同秦始皇五次东巡，六度刻碑，颂扬秦德，彰显大国威风。在秦始皇病死沙丘时（沙丘这个地方很不祥，赵武灵王也是死在这里），李斯顺从了赵高的阴谋，立胡亥而废太子扶苏。其实这个时候，他也是想做粮仓老鼠的，哪知最后掉到老鼠夹子里了，弄到自己腰斩于咸阳市，想与儿子"牵黄犬出上蔡东门逐狡兔"都不可得。哪部历史书把老鼠当成哲学的引子？唯有《史记》才有如此手笔。我们看鲁迅的《铸剑》，开头写眉间尺戏弄掉进水缸中的老鼠，可能就是受《史记》的影响。一代丞相，却有一只老鼠跟随了一辈子，功过荣辱都有老鼠哲学一以贯之。司马迁写人物，写到生存哲学这个高度上了。

列传显示司马迁的历史眼光是透彻而严峻的，不时散发着他人生受挫时的切肤之痛和命运意识。比如《伍子胥列传》写伍子胥在父兄被楚平王诛灭之后，奔吴扶助吴王阖闾，率领军队打进楚国的首都，掘开楚平王的墓，鞭尸三百。其后他劝夫差先灭越而后北上，被赐剑自杀，演出了一场轰轰烈烈，又杀身灭国的历史大悲剧。太史公说，如果伍子胥当年跟随他的父亲伍奢一起去死，就像一只蚂蚁一样，当他逃跑在江上时，很困难地活着，什么时候忘过楚国的郢都呢？弃小义而雪大耻，名垂于后世，隐忍就功名，非烈丈夫谁能做到这个地步，伍子胥就是我司马迁啊！司马迁受官刑之后，体验到"人固有一死，死有重于泰山，或轻于鸿毛"的生命哲学，忍辱负重，著成《史记》，登上史学的最高峰，也无愧于烈丈夫的意志行为，因而与伍子胥的生死选择发生强烈的共鸣。

写李广，奇气中也飘荡着司马迁的悲郁之气。李广威震边疆，叱咤风云，"与匈奴大小七十余战"，不仅没有封侯，还要与刀笔之吏对簿公堂。所谓"冯唐易老，李广难封"，成了千古命运的叹息。侯爵在西汉并非罕见之物，项羽乌江自刎，五将领争分其肢体，回去就封了五个侯，这侯就值一只胳膊或一条腿。武帝时，列侯因不能按时献金助祭宗庙，一次就罢免了一百多个侯，实际的侯可能有几百。结果李广打了一辈子仗，连个侯的味道都没有闻到。李广是李陵的祖父，司马迁蒙冤获罪的祸根，所以《李将军列传》中蕴含着司马迁的毁誉荣辱和命运体验，不平则鸣，是所有列传中写得最好的之一。李广威震匈奴，使匈奴人数岁对其所守边郡避不敢入，竟然大小七十余战而不得封侯。使得历代诗人对之低回不已。明人杨慎认为："王昌龄《从军行》'秦时明月汉时关，万里长征人未还。但得龙庭飞将在，不教胡马度阴山。'此诗可入神品。"[1] 李攀龙选唐七言绝句，取王昌龄"秦时明月汉时关"为第一。原因皆在于司马迁将这位以奇兵和骑射驰名的天才军事家，写得越是虎虎有生气，越是令人产生诚挚的景仰和浓重的命运意识。

太史公说："余睹李将军悛悛如鄙人，口不能道辞。及死之日，天下知与不知，皆为尽哀。彼其忠实心诚信于士大夫也？谚曰'桃李不言，下自成蹊'。此言虽小，可以谕大也。"[2] 这里写李广不擅言辞的谨厚鄙陋的一面，反衬他敏捷善射、意气自若地以奇兵胜强敌的一面，加深了人们对李广传奇性的印象。这种手法司马迁经常用，并不是大人物就要写得处处高大，像拍电视，要仰镜头，仰视十五

---

[1] [明]杨慎：《升庵诗话》卷二。
[2] 《史记·李将军列传》，第2878页。

度还是三十度，他不是这样。比如《留侯世家》写张良"运筹策帷帐中，决胜千里外"。张良的计谋不得了，韩信、戚姬被他轻轻一点，就栽倒了，不用大动干戈。司马迁在他的评传里却说："余以为其人计魁梧奇伟，至见其图，状貌如妇人好女。盖孔子曰：'以貌取人，失之子羽。'留侯亦云。"[1]《老子》说："反者道之动。"[2]太史公善于以反差笔墨，使人物精神气质生动起来。

合传二十六篇，在列传中数量最大，组合的标准，煞费周章。管仲和晏婴，是齐国贤相合传；老子和韩非，孟子和荀子，是思想家合传；孙子和吴起，白起和王翦，是军事家合传；扁鹊和仓公，是名医合传；屈原和贾谊，是文学家合传。写得相当出彩的是《廉颇蔺相如列传》，写"将相和"，极富政治哲学的意味。蔺相如的完璧归赵、渑池会，以生命维护国家利益，写得极有声色，后世都演为戏剧。司马相如小名"犬子"，也是"慕蔺相如之为人，更名相如"[3]，但司马相如"口吃而善著书"，却与韩非"为人口吃，不能道说，而善著书"相似。因此司马相如不是以座上谈笑生风吸引卓文君，而是以弹琴挑动其芳心，实在是扬长避短。与秦王政初读韩非书，感慨"寡人得见此人与之游，死不恨矣"有些相似，汉武帝读司马相如《子虚赋》，也感慨"朕独不得与此人同时哉"。根据心理学原理，某一方面有生理缺陷的人，便转移智慧，我口不行，手行。蔺相如英姿勃勃地以言行对抗秦昭王，"拜为上卿，位在廉颇右"之后，又能以"先国家之急而后私仇"的态度谦让老将廉颇，感动得廉颇肉袒负荆请罪，结为刎颈之交。蔺相如死后，廉颇受排挤逃到魏国，又被仇人诬他"尚善饭，然坐顷三遗矢矣"，说他肠胃不济，这对老人来说是很忌讳的，再不能为国家效力，写出了英雄末路的苍凉感。

与苍凉感相异的，是《卫将军骠骑列传》，它写卫青、霍去病

---

[1] 《史记·留侯世家》，第2049页。

[2] 《老子》四十章，《诸子集成》（三），第25页。

[3] 《史记·司马相如列传》，第2999页。

的赫赫战功，有力地推动汉帝国成为一等强国。卫青由于其姊卫子夫得幸汉武帝生男，贵为皇后，而出任将军，七伐匈奴。他也不是全凭裙带，而是屡立战功，"斩捕首虏五万余级"，收复河南地而置朔方郡。他的外甥骠骑将军风头更健，六伐匈奴，"斩捕首虏十一万余级，挥师登临翰海，封狼居胥山，迎降浑邪王数万人马，开辟河西酒泉之地"。汉武帝给他建府第，他说："匈奴未灭，无以家为也。"行文又对他性格做分析，由于自少骄贵，作战时，"天子为遣太官赍数十乘，既还，重车余弃粱肉，而士有饥者。其在塞外，卒乏粮，或不能自振，而骠骑尚穿域蹋鞠，事多类此"。[1]士兵饿着肚子打仗，他却把食物扔掉了，这是公子哥儿的做法，与李广不一样，也和吴起不一样，吴起给士兵医伤吸脓的。《史记》的高明处，在于既看到人物性格的复杂性，又由此透视历史的多重性和世态的炎凉，写到"大将军（卫）青日退，而骠骑日益贵。举大将军故人门下多去事骠骑，辄得官爵，唯任安不肯"。司马迁曾作《报任安书》，如此议论包含着他的人生感慨，他鄙视趋炎附势者，敬重忠厚诚实者。

四、史学精神的民间性和开放性

在汉帝国的总体魄力下，司马迁"读万卷书，行万里路"的工作方式，以及封建帝王的淫威使他蒙受奇耻大辱的刑罚而"发愤著书"的写作心态，都使《史记》增添了不少民间性和开放性。悲剧英雄项羽列入本纪，与帝王并列；布衣圣者孔子、发难的农夫陈胜列入世家，与诸侯并列；落魄文士屈原、贾谊列入列传，与将相并列。他们的材料多由司马迁田野调查所得，所见所感都激发了他对民间价值的认同。他常引用民间鄙语、谣谚来发抒对历史的认识，如《孙

---

[1] 《史记·卫将军骠骑列传》，第2939页。

子吴起列传》太史公曰："语曰：'能行之者，未必能言；能言之者，未必能行。'孙子筹策庞涓明矣，然不能早救患于被刑。吴起说武侯以形势不如德，然行之于楚，以刻暴少恩亡其躯，悲夫！"[1]这种民间性、开放性在《史记》中广泛存在，为后来封建王朝设立国史馆，集体撰史所欠缺。若从《史记》体例上看，则列传中的类传和方域传体现得最为集中和突出。

类传有刺客、循吏、儒林、酷吏、游侠、佞幸、滑稽、日者、龟策、货殖十篇。刺客、游侠与酷吏、佞幸相对抗，他们张扬的是一种社会秩序之外的反抗暴虐和讲究信义诚诺的血性男儿精神，司马迁遭难无援，对这种精神在汉代的收敛和消失，深有感慨。这就是礼失于朝而求之野的意思。朱自清说："至于《游侠》《货殖》两传，确有他们的身世之感。那时候钱可以赎罪，他遭了李陵之祸，刑重家贫，不能自赎，所以才有'羞贫穷'的话；他在穷窘之中，交游没有一个抱不平来救他的，所以才有称扬游侠的话。"[2]司马迁对于朱家、郭解等游侠的记述，主要是针对汉代风气的污浊、虚伪和趋炎附势，因而认为"今游侠，其行虽不轨于正义，然其言必信，其行必果，已诺必诚，不爱其躯，赴士之厄困。既已存亡生死矣，而不矜其能，羞伐其德，盖亦有足多者焉"。[3]

《刺客列传》讲了六个刺客故事：曹沫劫齐桓公，专诸刺吴王僚，豫让刺赵襄子，聂政刺韩相侠累，荆轲刺秦王政，高渐离筑击秦皇帝。其中荆轲刺秦王写得最出色，因为它不取小说书《燕丹子》中"天雨粟，马生角"等天人感应的怪异现象，而吸取当时在秦殿中以药囊砸荆轲的侍医夏无且的见闻，"始公孙季功、董生与夏无且游，具知其事，为余道之如是"[4]，可见司马迁历史取材的严谨性。这就把"荆轲刺秦王"，写成了令人千古扼腕的悲剧。朱光潜说过：

[1] 《史记·孙子吴起列传》，第2169页。

[2] 朱自清：《经典常谈》，三联书店版。

[3] 《史记·游侠列传》，第3181页。

[4] 《史记·刺客列传》，第2538页。

"假如荆轲真正刺中秦始皇，林黛玉真正嫁了贾宝玉，也不过闹个平凡收场"，这就未免"庸俗无味"。

比较起来，写得最有社会思想创新价值的，是主张商业经济的《货殖列传》，它主张因民欲而利导，各地物产相异，通商以乐民。在道德论上认为，"仓廪实而知礼节，衣食足而知荣辱"，"富者，人之情性，所不学而俱欲者也"；在财富论上认为，"用贫求富，农不如工，工不如商"[1]。因商致富的人物，秦以前写了陶朱公范蠡、子贡等七人，汉以后写了临邛卓氏、程郑等十二人。这里所体现出来的思想，与道家的清静无欲、儒家的言义轻利、法家的重本轻末，都大异其趣。他是最早主张以商富民、以富养德的历史学家。

方域传有匈奴、南越、东越、朝鲜、西南夷、大宛等六篇。《史记》的一大贡献，是在强调历史的纵向演进中，展示了历史的横向融合。他开辟了中国正史写四夷传的传统，显示了历史视野的高度开放性。司马迁曾在三十五岁前后，以中郎将身份奉使到西南夷即现在的云贵川地区设郡置吏，为期一年左右。他的开放视野与汉武帝时期的国家形势有关。班固说过："武帝既招英俊，程其器能，用之如不及。时方外事胡越，内兴制度，国家多事，自公孙弘以下至司马迁，皆奉使方外。"[2] 这番奉使，使他关注西南夷事务，顺理成章地把这个方域引进历史视野。当时的西南夷分为西路（川西）和南路（云贵），置为七郡，只有夜郎王、滇王接受中央政府的王印。同时，司马迁又把年长三十四岁、属于父亲司马谈那代人的司马相如，因不仅写了《上林》《子虚》诸大赋，而且也曾出使西南夷有功，就为之立了专传，紧跟《西南夷列传》之后。

司马迁论匈奴，称"其先祖，夏后氏之苗裔也，曰淳维"，认同它为华夏系统。自冒顿单于崛起，匈奴成为汉王朝最大的边患，数窘汉高祖、吕氏，文帝、景帝时实行的是和亲政策。到武帝用卫

---

[1]《史记·货殖列传》，第3271—3274页。
[2]《汉书·东方朔传》，第2863页。

青、霍去病为将之后，才把匈奴赶出塞北，打通河西走廊。匈奴丧失祁连山、焉支山后，有一首歌："亡我祁连山，使我六畜不蕃息；失我焉支山，使我妇女无颜色。"[1]《史记》在《匈奴列传》的前面有《李（广）将军列传》，后面又紧随着《卫将军骠骑列传》，以及为反对讨伐匈奴的公孙弘（平津侯、御史大夫）、主父偃而作的《平津侯主父列传》。这四篇列传构成一个关于匈奴问题的叙事单元，颇具结构匠心。写得同样令人精神为之一振的是《大宛列传》，博望侯张骞通西域，是中华民族发展史上的一件大事，它使中国人的世界观念超越了《山海经》的怪异思维，而还原到西北方的一片广袤而神奇的土地上。李长之说："《大宛列传》是以张骞和大宛马为线索的一篇又威风又有趣的妙文。李广利虽为伐大宛的主帅，但文中写得他黯然，反不若张骞的开场之功。全文总在写李广利之封侯，实不值一文而已。"[2] 大宛在今乌兹别克斯坦的塔什干之东南。张骞本是派去联络大月氏（原居河西走廊，遭匈奴冒顿单于攻击，迁阿富汗和塔吉克斯坦一带），合击匈奴的。但在匈奴被拘留十余年，娶妻生子，逃脱到大宛，再到大月氏后，大月氏新王已无报复匈奴之心。十三年后，张骞九死一生回到长安，向汉武帝讲述了大宛、大月氏、乌孙（今伊犁河到天山一带）、安息（伊朗境）、条枝（叙利亚）、大夏（阿富汗境）、康居（哈萨克斯坦境）等西域大国。尤其大宛，"其俗，土著耕田，田稻麦。有蒲陶酒。多善马，马汗血，其先天马子也"[3] 云云。中国北方农业由种粟黍，变为大规模种麦，与开通西域有关。其后汉廷送江都公主与乌孙和亲，又得大宛汗血马，名为"天马"。（司马迁未及见宣帝时设置西域都护府，监护西域三十六国）汉武帝为此曾作《天马歌》，见于《史记·乐书》，歌曰：

[1] 《太平御览》卷五十引《西河旧事》曰："祁连山，在张掖、酒泉二界，焉支山在删丹故县，东西百余里，南北二十里，亦宜畜。匈奴失二山，乃歌曰：'亡我祁连山，使我六畜不蕃息。失我焉支山，使我妇女无颜色。'"

[2] 李长之：《司马迁之人格与风格》。

[3] 《史记·大宛列传》，第3160页。

"天马来兮从西极，经万里兮归有德，承灵威兮降外国，涉流沙兮四夷服。"[1]

汉代文化是楚风北上，又夹杂着齐风西进，同为楚歌的汉高祖《大风歌》也为《乐书》述及，后由小儿歌之，四时歌舞于沛郡的高祖原庙，现那里还有"《大风歌》碑"。如果说，汉高祖《大风歌》唱出了汉朝的开国气象，那么汉武帝的《天马歌》就唱出了汉朝的盛世雄风。这几首诗的流传，司马迁有一半功劳。《大风歌》原来可能有几十句，司马迁把他变成三句，可这三句就打遍天下无敌手，要是一个很平庸的历史家可能原原本本地都写下来，全记下来就没这么苍凉而精粹了。再如项羽的《垓下歌》，中军帐是军事要地，当时没人能进得去，司马迁到垓下古战场做实地调查，接触到了古战场附近的父老兄弟的传说、歌谣，把它记录下来。这几首诗，著作权是他们的，但经过司马迁记录、整理，就流传下来了。比如《东方红》原来是陕北民歌，是这样唱的："东方呀那个那个红"，现在的《东方红》，是经过加工整理的，精神气象完全不一样。历史学家记录、整理资料，也在创造历史。这些歌诗分别与《高祖本纪》《大宛列传》互相呼应，这就是《史记》的"互见法"。在《史记》五种体例中，互见、互动、互补之处甚多，使《史记》结构具有建筑美，立体布局，相互勾连；又有烟波荡漾的苍茫感，气脉流贯，活力充盈，组合成一个充溢着司马迁杰出的器识和旷世才华的史学上和文学上的"《史记》世界"。

2009年元月18日

原载于《学术研究》2012年第12期

---

[1] 《史记·乐书》，第1178页。

李白诗的生命体验和文化分析

李白是公元八世纪前中期中国最有影响的诗人之一，他的诗是盛唐时代的结晶。在盛唐，杜甫的诗写得比较沉重、踏实，比较有责任感，对唐以后中国的古典诗歌影响深刻。在中唐，白居易的诗写得比较通俗、浅显，在他活着和去世不久，对日本、对我们西域的少数民族影响很大。李白的诗呢，写得比较飘逸，文采风流。他是中国在西方世界影响最大的诗人。我们今天就是讲李白这位天才诗人盛世的风采。

一、中华文明史上黄金时代的天才诗人

李白名满天下的时代是公元八世纪。这是以开元、天宝盛世为标志的中国政治社会史上的黄金时代；同时，以李白、杜甫和王维为代表的中国诗歌也进入了一个黄金时代。所以，李白是处在盛极千古的，既是国家民族的黄金时代，又是诗的黄金时代的交叉点上。

中华民族的形成与西方民族的形成很不一样。我们民族的格局基本上奠定于秦汉时期。后来经过魏晋南北朝四百多年的大裂变、大碰撞、大融合，到了隋唐的统一，形成了一个气魄非常宏大的、元气淋漓的民族共同体。唐代文明应该看成是汉族和广大疆域内众多少数民族一起创造的文明。唐人的胡气很重。李氏家族在北周当过很大的官，已经相当程度鲜卑化了，是胡化程度不轻的汉人；皇室的母族和妻族很多是汉化了的鲜卑人，像窦氏、独孤氏、长孙氏，都是鲜卑人的姓。据《新唐书》里的宰相年表，唐朝有二十三个宰相是鲜卑人或其他少数民族的人。边疆的将领中鲜卑人或其他少数民族的人就更多。所以，在公元七世纪前期开创了中国历史上著名的贞观之治的唐太宗，也是各个民族共同推戴的"天可汗"。这种民族的创造力和凝聚力在延续百年后，形成了开元、天宝盛世。那时候中国的疆域、国力和文明程度，都是世界上第一流的。李白就是从这样一个环境、时代、文明形态和综合国力中走出来的一个天才诗人。闻一多先生曾经讲过："一般人爱说'唐诗'，我却要说'诗唐'，诗的唐朝。"读懂唐朝，才能够欣赏唐朝的诗。对李白也是这样，只有读懂盛唐，才能够理解李白诗的文明内涵和精神气质。今天我们就是要跟大家一起，来认识诗歌的盛唐，来对李白进行一些还原研究。

李白的诗歌是我们民族对自己的文明充满自信，同时又视野开阔、意气飞扬的一种表达。李白出生于碎叶。碎叶在现在的中亚，当时是唐朝的安西四镇之一，他自称"陇西布衣"，陇西就是现在甘肃这块地方。也就是说，李白幼时最原始的记忆是在西域少数民族地区。他五六岁到四川定居，二十五岁离开四川，一直在长江中下游漫游到四十岁。所以，李白实际上是以胡地的风气、胡化的气质和长江文明的气象，改造了盛唐的诗坛。这跟杜甫很不一样。杜甫基本上是黄河文明或中原文明的一个代表。杜甫说："诗是吾家事。"他的祖父杜审言就是一个大诗人。他幼时的家庭作业可能就是练习格律，从小埋下来的文化基因，早期的记忆，影响了他终生。所以他后来把格律做得越来越细，越来越得心应手，把中国的语言文字的妙处，发挥得淋漓尽致。而李白呢，恰是用胡地的气质和长江的气质，来改造中原文坛。

李白怎么样改造中原文坛的呢？我们以他的《把酒问月》为例："青天有月来几时？我今停杯一问之。人攀明月不可得，月行却与人相随。"他拿起酒杯来问，月亮是什么时候来到天上的。你攀月亮攀不到，但你走的时候，月亮却总是随着你。这是别具风采的盛唐人的姿态。诗人借着酒兴，与月对话，对人生和宇宙的秘密进行哲理追问。但月亮是什么时候有的？无从作答。他问的是宇宙起源和生成的深层奥秘。这样的问题大概只有屈原的《天问》中出现过。诗人问月时，半含醉意，半呈天真，人和月之间进行情感的交流、生命的浑融。所谓攀月不得，讲的是人和月远离。但月行随人，讲的却又是人和月相近。在这一攀一随的动作中，就包含着非常丰富、生动的生命感。唐朝人对月亮有一种特殊的感觉。中国诗歌最美好、最透明的一种想象，跟月亮有关。譬如，比李白大十一岁的张若虚写过一首乐府诗叫《春江花月夜》，诗人面对宇宙的苍茫空间，发出一种哲学的叩问："春江潮水连海平，海上明月共潮生。滟滟随波千万里，何处春江无月明。"在烟波浩渺之中，来体验春、江、花、月、夜，这么一种循环交错的意象，散发着一种奇才和奇气。诗人接着追问天地的奥秘："江畔何人初见月，江月何年初照人？人生代代无穷已，江月年年只相似。不知江月待何人，但见长江送流水。"张若虚的诗歌留下来的不多，闻一多说：孤篇压倒盛唐。这篇作品在诗歌史上占有很崇高的位置。李白与张若虚一样也是在问月，也是在进行人和月对话。但在李白的意识中多了一种诗人的主体精神，一种未被世俗礼法束缚和异化的主体精神，一种出于自然赤子而入于神话奇幻的主体精神。他问月，关心的不仅是人间的喜怒哀乐，还关心月亮的日常起居。他问它是怎么发光的，怎么登临普照的，怎么升沉出没的，充满着物活论的气息。它像明镜一样，飞临红色的宫阙，其生命力弥漫在天地之间。你夜间怎么样从海上升起来的，你在拂晓又怎么样向云间隐没？李白不断追问生命的过程，关心吃不死药飞到天上去的嫦娥，关心嫦娥的孤独和寂寞。人和天地的情感就这样沟通起来。李白的《把酒问月》比张若虚的《春江花月夜》多了一点神话的想象和超越性。李商隐也写过《嫦娥》，李白比李商隐多了一些博大的、空明的对生命的质疑。所以李白的诗上承张若虚，下启李商隐，富于超越性和很强的主体性，创造了一种酒道和诗道、人道和天道相浑融的境界。

李白诗对盛唐气象的表达有他独特的美学方式。这集中体现在三点上：第一是醉态思维；第二是远游姿态；第三是明月情怀。李白以醉态把自己的精神体验调动和提升到摆脱一切世俗牵累的、自由创造的巅峰状态。他一生爱入名山游，以远游来拓展自己的视野和胸怀，把雄奇和明秀的山川作为自己辽阔、博大精神的载体。同时，他又用明月这个意象，引发人和宇宙之间的形而上对话。所以说，李白精神上的关键点是醉态思维、远游姿态和明月情怀。

宋以后的人不太理解李白。理学和政治专制主义的压力，使他们活得很沉重。他们认为文学要载道、要经世。这种偏狭的价值观限制了他们的眼光。因此，他们对于李白所提出的有关宇宙、人生的本体论问题无所用心，或者不感兴趣，简单地认为，李白只不过写风花雪月，只不过豪侠使气，狂醉于花月之间，而对于社稷苍生并不关心。譬如说，王安石曾经选过四家诗，座次是怎么排的呢？杜甫、韩愈、欧阳修，最后才是李白。他认为，虽然李白的诗写得很潇洒，但是其见识很卑污，十句有九句都讲女人和醇酒。虽然后人对王安石这些话的真伪有所辩驳，但是王安石，甚至不只王安石的宋人，对李白通过对女性、对酒、对月亮的体味去叩问人生和宇宙的深层本体论的问题不理解，则是无可辩驳的。实际上，后人不理解的地方正是李白极大地开拓了中国诗歌对宇宙人生的本体论思考，从而创造出来的难以企及的诗学奇观。所以我们讲，对李白也好，对杜甫也好，我们后来的研究受宋人影响很大。实际上，杜甫在盛唐名气远远比不过李白。因为李白是一个明星型的诗人，拿起酒来就能作诗。杜甫是苦吟的，吭吭唧唧地在家里推敲文字格律呀这些东西，他的临场效应就不如李白，连杜甫也承认："白也诗无敌。"中晚唐之后杜甫的影响就上升了，宋人把杜甫做大了。但杜甫的诗实际上大于宋人的理解。李白到了宋人那里隔膜的东西就更多。宋以后的诗话、诗评越来越多，而触到李白神经、触到李白文化深处的东西反而少了。杜甫的作品是中国诗歌具有厚实传统的象征。但是李白这种精神状态、这种诗歌方式、这种审美形式，对于中国人来说，永远都是很好的提升、很好的调节和很好的启蒙。

二、醉态思维的审美原创和文化内涵

醉态思维是盛唐时代的创造。开元、天宝盛世创造了一个醉态的盛唐。

与李白的醉态思维有关系的重要传说有三个。一个叫金龟换酒。唐朝三品以上的官员佩戴金龟或金鱼，四品、五品分别佩戴银龟、铜龟，就像现在佩戴的勋章或肩章。李白三十岁初到长安，住在旅馆里。贺知章，就是写"少小离家老大回"的那位作者，当时是秘书监，一个三品的官员，戴着金龟，去旅馆看李白，读到了《蜀道难》，还有其他一些诗，感叹地称他为"谪仙人"，天上贬谪到人间的仙人。当时贺知章没有带钱，就解下佩戴的金龟去换酒，和李白一起喝醉了。后来贺知章去世的时候，李白专门写了一首诗，对金龟换酒这一幕进行了回忆。所以这是个有历史真实性的掌故。那么我们想一想，一个三十来岁的文学青年，到京城一个小旅馆里住下来；一个七十多岁的高官，而且又是一个著名诗人，竟然到旅馆里来看他，拿出自己当官标志的金龟换酒跟他一块儿喝。这一幕也只有在盛唐才能发生。在金龟换酒的醉态中，人际之间官本位的那种隔阂被打破了。

第二个与李白有关的传说叫饮中八仙。杜甫有一首《饮中八仙歌》。第一个写的是贺知章："知章骑马似乘船"，贺知章年纪大了，醉醺醺地骑在马上，像船在风浪里颠簸；"眼花落井水中眠"，他眼睛也花了，掉在井里在水底睡觉。八仙中有唐玄宗的侄子、汝阳王李琎，还有左丞相李适之、风流名士崔宗之，还有坐禅念经的，还有书法家、布衣，包括李白。"李白一斗诗百篇，长安市上酒家眠。天子呼来不上船，自称臣是酒中仙。"李白喝醉后，天子来唤他，他顾不得礼节，居然说我是酒中仙，不上船去应召。盛唐，诗人、贵族、丞相、名士、书法家、布衣都在醉态中打破了等级隔阂，一起享受盛世的文明。这是一种什么样的景象！盛唐能容纳不同的人，用不同的方式，享受自己的文明。

第三个与李白醉态思维有关的故事，就是他醉赋《清平调》。开元年间，皇宫里牡丹花开放，唐玄宗在沉香亭跟杨贵妃一起玩赏。花开的时候，唐玄宗就说：赏名花，对妃子，能够用旧乐吗？必须要有新词！于是他就命令李龟年拿着金花笺，就是皇帝的信封去宣召李白。李白醉醺醺地来了，就作了《清平调》三首，其一说："云想衣裳花想容，春风拂槛露华浓。若非群玉山头见，会向瑶台月下逢。"后来还有贵妃磨墨、高力士脱靴的传说。这里面就集合着很多第一：皇帝当然是第一人，牡丹花是第一花，贵妃是第一美人，李龟年是音乐里的第一人，李白是诗歌里的第一人，高力士是内臣中的第一人。这五六个第一在一起创造了一个盛唐的名牌。这种盛唐气象是其他朝代很难重复的。当然对这个传说还可以考证。实际上这时杨贵妃还没有封贵妃，杨封贵妃在天宝四年。李白是天宝元年至三年在翰林院。但为什么会出现这么个传说呢？这其实是人们对盛唐气象的回忆和想象。

诗酒风流，是盛唐一种风气。李白喝酒是很有名的，我们现在的酒店里还有太白遗风。"百年三万六千日，一日须倾三百杯。"看看喝了多少杯酒，百年一千万杯！在醉态盛唐，在国家、民族元气淋漓的时代，诗人借着酒兴，用诗歌表达了一种文明的精彩和对这一文明的自信。我们过去讲李白，都说他是浪漫主义诗人。但是浪漫主义是雨果他们搞的，是西方十八世纪、十九世纪的思潮。李白根本不是按雨果那种方式来写作的。如果要这样讲，李白会死不瞑目！他就是借酒力创造了诗之自由和美，我叫他醉态思维。醉态思维与中国诗歌传统联系密切。中国诗歌史有半部跟酒有关系，起码百分之三四十的作品都写到酒。韩愈叫诗酒风流为"文字饮"，拿文字来做下酒菜。苏东坡的酒量不太大，有酒兴没酒量，所以经常喝得烂醉。他称酒是"钓诗钩"。诗歌像条鱼，从容出游，诗人以酒为钩子，把它钓上来。

既然诗酒风流是中国文人的习尚，为什么偏要说李白创造了醉态思维呢？中国诗歌史，从《诗经》开始，就写了很多酒。到了魏晋六朝，竹林七贤用酒来避世，"常集于竹林之下，肆意酣畅"，喝得个昏天黑地。但我们看竹林七贤，譬如说阮籍，他能作"青白眼"，表达对世俗的好恶，却又与群猪共饮，宣称"礼岂为我辈设也"。他请求当步兵校尉，因为步兵中有三百斛美酒。他似乎感到，除了酒之外，在那个恶浊社会中，再也找不到让他信服和由衷开心的东西。阮籍写过《咏怀》八十二首，文笔很流畅、很生动，但只有一首诗写到酒，而且是五言整齐的句子。写到酒这句话叫什么呢？"对酒不能言，凄怆怀酸辛"，对着酒说不出话来，心头有很多苦涩的、难言的隐衷。这个酒就只是他的一种生活方式、人生态度，还不是他诗歌的思维方式。到后来，陶渊明的《述酒》诗写了好多，酒对诗歌的渗透更深了一层。陶渊明的胸怀比较超旷，所以他讲"采菊东篱下，悠然见南山"，后边又讲"此中有真意，欲辨已忘言"。这是一种玄学的、忘言的状态，这个酒还不是他的思维方式，而是他的一种生活态度，他的一种人生境界。我们再看书法。王羲之的《兰亭集序》也写到喝酒，和谢安、孙绰他们面对着"适我无非新"的暮春美景，享受着"逍遥良辰会"，喝得飘飘然。但我们从天下第一行书《兰亭集序》上，能看到一点醉态吗？看不到的！看到的只是晋人那种清静、潇洒的风貌。而到了盛唐，草圣张旭、怀素，他们喝醉了酒，拿着头发，蘸墨，在纸上写草书，满纸云烟，醉态淋漓。这个醉，已经渗透到他们的笔墨里去了。李白也是这样。"李白一斗诗百篇"，就像民间演唱艺人一样，要拿着一个镜子、一张纸才能唱《格萨尔王传》，李白有酒才能够诗兴勃发。他创造了一种思维状态。李白的诗像《将进酒》："君不见黄河之水天上来，奔流到海不复回。君不见高堂明镜悲白发，朝如青丝暮成雪。"天上、大海、黄河，开阔的宇宙空间；早上、晚上，鬓发变白了，成雪了，瞬息变化的时间，融合在一首诗里，时空都在李白操作之下。杜甫写愁，白发变短；李白写愁，白发变长。"白头搔更短，浑欲不胜簪"（杜甫《春望》），发愁到把短发搔挠得连簪子都别不上了，这是容易见到的。至于"白发三千丈，缘愁似个长"（李白《秋浦歌》），就成了千古一见的奇句了，谁见过盘起来有几层楼高的头发垛子呢？这种愁也愁得匪夷所思，愁得具有盛唐魄力，愁得带有醉态的想象自由。在李白的不少诗中，文字句式也完全打破了正常的中文表达顺序。譬如他说："弃我去者昨日之日不可留，乱我心者今日之日多烦忧。"其实，上一句就是说"昨日不可留"，因为不可留，才是"弃我去者"；后面这句其实就是说"今日多烦忧"，多烦忧当然是"乱我心者"，后面还要加"之日"。这么一种句式非醉态不办，把日常语言顺序完全打乱了。这种打乱就创造了人类诗歌中很精彩的句子。他用醉态把自己的心灵调到了一种巅峰的生命体验状态，人间的时空限制、循规蹈矩的语言顺序都打破了。在诗歌发展史上，魏晋六朝一直到唐李白，才挥洒自如地把醉态、醉态中的巅峰的精神体验变成了诗歌的思维方式，创造了人类诗歌史上最精彩的诗句，最奔放、最具超越感的诗学境界。

由横的比较也可以看出，醉态思维是李白的创造。西方有一个狄俄尼索斯的酒神文化，与太阳神阿波罗的文化相对。酒神文化跟李白的醉态思维当然有相通的地方，它们都是通过醉态来把人的精神调动起来，把精神里面的潜能开发出来。但是，西方的狄俄尼索斯文化是民俗性的、群众性的、狂欢暴饮的。李白呢，有一种内在的精神体验，他不是狂欢暴饮，他是"花间一壶酒，独酌无相亲。举杯邀明月，对影成三人"。他自己一个人在花丛底下喝酒，然后把明月和自己的影子作为第二、第三个人引来跟自己一块享受春天的很容易消逝的光阴。独酌，更多的情况是两个人喝酒，同时还有饯别，送朋友走。所以李白的这种醉态是带有更多个体性的内在的精神体验形式。这种醉态思维的诗学是李白创造的。

醉态思维对诗歌来说具有本质性的价值。清朝有个诗论家叫吴乔，他在分辨文和诗时这样讲：人的意思、意念是米，文章是把米煮成了饭；而诗歌是把米酿成了酒。饭还能看到米的形状，而酒呢，米的形和质，都变掉了。吃饭可以养生、尽年，为人事的正道，而饮酒则醉，忧者以乐，喜者以悲，而不知其所以然，是一种摆脱世俗的状态。这是吴乔在《答万季野诗问》中的话。他把文比作饭，把诗比作酒，对文体的异质性做了极妙的形容。后来的人对这段话很欣赏。这个酒意或者醉兴是诗的一种存在方式，是作诗的一种精神状态和思维方式，所以它对诗来说具有本质性的价值。

李白以胡地的风尚、胡儿的气质和长江的气象改造了中原文明。醉态就表达了李白胡地的气质。他喝酒不是喝闷酒，不是像杜甫那样喝苦酒，而是把胡人的、胡化的豪侠气质注进酒中。唐代的长安是个国际大都市。唐诗中常写到"酒家胡"和"胡姬春酒店"。李白到胡姬的酒店去，那种风采，不乏胡人的气魄。"银鞍白鼻骢"，他坐着银鞍白鼻子的黑马；"绿地障泥锦"，他的马鞍子下面的障泥锦是绿色的；"细雨春风花落时，挥鞭直就胡姬饮"，在春风细雨的时候，挥鞭骑马到胡姬的酒店里去喝酒。李白到胡姬酒店里面，不是很陌生、拘谨，而是春风得意，有一点客至如归的亲切感。他从小在西北少数民族地区长大，他父亲是在丝绸之路上做生意的商人，他的诗中也写过碧眼高鼻棕发的胡雏，对来自西域的这一类人并不陌生。所以他进胡姬的酒店有一种亲切感。他写过："五陵少年金市东，银鞍白马度春风。落花踏尽游何处，笑入胡姬酒肆中。"白马王子，高高兴兴地到胡姬酒店里喝酒。这类胡姬风情当然和长安平康坊的那些歌妓不同，每年新科进士以红笺名纸去探访"风流薮泽"平康坊，把同年俊少者推为两街探花使，诸妓多能谈吐，颇有知书言话者，这是带酸味的风流（参看《北里志》及《开元天宝遗事》）。而酒肆胡姬则带有活泼的野性，或者会表演："心应弦，手应鼓。弦歌一声双袖举，回雪飘飘转蓬舞。左旋右旋不知疲，千匝万周无已时。"（白居易《胡旋女》）那种胡旋舞一类西域歌舞，是充满胡地的野趣和激情的。因此，李白还写过："胡姬貌如花，当垆笑春风。春风舞罗衣，君今不醉欲安归。"这个天上的谪仙人，"长安市上酒家眠"，这个酒家可能就是胡姬的酒家，喝醉酒后就不回去了。唐代的城市制度与宋代的汴梁、临安不一样。唐以前中国的城市制度是里坊制，四四方方一个小区，就像现在的社区一样，除了达官贵人，都是墙朝外、门冲内。市场和居住的坊分离，长安一百零八坊，有东西两个市场。你在市场喝酒超过了晚上十点钟，是回不去的，进不了门了，坊长锁了坊门了，只能在长安市上酒家眠，没有夜间的交通。宋以后实行的是街巷制，临街开店，我们现在城市制度就是宋以后形成的，你看《清明上河图》，街面上就是店子，车水马龙，夜晚一两点钟也可以回去。宋以后的市民文化发展起来、商业发展起来，这个街道制度是跟它相适应的。李白到胡姬酒店里去喝酒，就带有胡地的气质。李白的醉态思维是他用胡地的风气、游侠的气质来改造中原文明的一种方式。

三、远游姿态的胡化气质和南朝文人趣味

李白的远游姿态包含三个因素：一个是胡化的气质；一个是慕道求仙的意愿；一个是南朝文人的山水趣味。

李白二十四岁离开四川，辞亲仗剑远游。此后，他再也没有回过四川。晚年流放夜郎的时候，他当然到过三峡，写过"朝辞白帝彩云间"的诗句。但他到了三峡还没有进川，就被赦免，又回到了长江中下游，爽爽快快地写了"千里江陵一日还"。很值得注意的一点是，他不是把去四川，而是把离开三峡东去叫作"还"。这个"还"与贺知章的"少小离家老大回"的那个"回"不一样，有不同的精神指向。读懂这个"还"字，才算读懂李白远游姿态的精神指向和文化内涵。这跟我们农业文明中"父母在，不远游，游必有方"是很不一样的一种人生轨迹。他第一次出川到荆州后，写了："渡远荆门外，来从楚国游。山随平野尽，江入大荒流。月下飞天镜，云生结海楼。仍怜故乡水，万里送行舟。"他怜悯着故乡的水，从四川流出来的水，一直送他到荆门以外。但是楚国山随平野尽的开阔意识，月下飞天镜的宇宙开阔境界，令他产生一种新的感动。仍怜故乡水嘛，他的远游当然也还有一份扯不断的思乡之情，所谓"清猿断人肠，游子思故乡"。但李白远游不是因饥寒交迫而出外打工，他腰携很多钱，他父亲做生意留下的钱，挥金如土，去交朋友，去看山水。他追求的是一种精神自由，远游成了他的人生形态。这一形态中注入了一种精神自由的追求，"鸟爱碧山远，鱼游沧海深"。他的远游是深入民间的远游，"混游渔商，隐不绝俗"（《与贾少公书》），跟渔人、商人混迹在一起；他隐居，但没有割断跟俗人的交往。

当然李白的远游也有游侠的意气，甚至有胡化的风尚，所以他的诗歌中写游侠的诗篇很多。除了这些之外，李白的远游还包含着道教色彩。他的诗中不乏慕道求仙的东西。"精诚合天道，不愧远游魂。"他把精诚跟天道相合，这样，对自己远游的魂就不感到惭

愧了。所以他结交了司马子微、元丹丘这样一些道教徒，与他们一起游心于无穷。道教求仙的远游方式，为他神游物外的精神自由和探究造化本原的宇宙意识，注入了一种新的理念，使其带有宗教色彩。探究宇宙秘密，神游八极之表，像鲲鹏一样逍遥、高举的状态，在他的很多诗中都表达出来了。

更为重要的是，李白拥抱祖国山川的名山游，接上了南朝文人的审美文化传统。也就是说，他的远游姿态是胡化习气、道教追求和山水诗人审美体验的结合。在六朝山水诗人中，跟李白结缘比较深的，是谢灵运和谢朓。唐朝人都爱旅游，例如李白送孟浩然到扬州去旅游，"孤帆远影碧空尽，唯见长江天际流"。在盛唐人的心目中，"烟花三月下扬州"，是一种非常浪漫的行为。当时扬州是一个大城市，唐朝叫"扬一益二"，就是扬州第一，益州也就是成都第二。"天下三分明月夜，两分无赖在扬州。"天下的月光有三分，无赖的月光就有两分在扬州。而李白更喜欢的是名山，他有一种名山情结。他自称"五岳寻仙不辞远"，到五岳去寻找神仙，不辞道路之远；"一生好入名山游"，一辈子喜欢到名山去旅游。为什么喜欢去旅游呢？他说："心爱名山游，身随名山远。"心喜爱到名山去游，身也远离了人间的尘俗。他反复表达："久欲入名山"、"愿游名山去"、"名山发佳兴，清赏亦何穷"，喜欢去欣赏那种清远的神工鬼斧的山水。他有一首诗叫作《秋下荆门》："霜落荆门江树空"，到了秋天霜落荆门，江边的树木都掉叶子了；"布帆无恙挂秋风"，无恙的布帆在秋风中挂起来，去旅游了；"此行不为鲈鱼鲙"，我旅游不是因为浙江、江苏的鲈鱼好；"自爱名山入剡中"，因为自己爱名山，所以到了江浙这块地方。

李白这种魂系名山的不倦游兴，是跟谢灵运开创的山水诗风分不开的。这种风尚包含着一个了不得的惊人发现，自然山水中蕴藏着作为人文精华的诗，山水游也就成为他的诗魂之游。他的诗中，反复谈到谢灵运，"兴与谢公合"，他的诗兴、游兴与谢公是不谋而合的。他一再寻找二百年前谢灵运的游踪和心迹，谢灵运游过的地方他都愿意去看看。他不时亲昵地称这位山水诗人的小名，叫谢客，并且把谢灵运山水漫游的兴感跟严子陵的归隐趣味结合起来。

在李白的诗中，我们经常看到"万里游"、"欢游"、"游赏"和"梦游"的字样。他做梦的时候都在漫游："我欲因之梦吴越，一夜飞渡镜湖月。"这种游，是与精神、灵魂和诗魂结合在一起的游。李白开发出中国山水的很多精彩东西。他把中国山水崇高的、神奇的或者清远的意境开发出来，写成了与我们国家雄伟奇异山水相称的诗。李白诗中的山水是大境界的山水，他好像坐飞机在天空上看山水，好像在宇宙空间站上看山水。这跟中晚唐之后的小山小水不一样，跟普通的山水不一样，跟谢灵运体现在山水里面的具体细微之美也不太一样。他对山水充满着一种游动的、生命的体验。譬如他写的《望庐山瀑布》，这是唐朝最好的绝句之一了："日照香炉生紫烟，遥看瀑布挂前川。飞流直下三千尺，疑是银河落九天。"他用诗把中国的山水名牌化了。而且中国的山水在他的诗歌里，变成了一种人文的象征，变成了一种新的体验。他好以天的视角看山水，以天观物，来云游名山大川，又交织着好多神话传说和历史人物的故事，从山水里面来探寻精神的历史。名山巨川、名胜古迹为李白提供了一种探讨宇宙洪荒、出天入地、阐发道的趣味的载体。

在名山游和对名山的吟咏中，李白把盛唐的气象和魄力，注入了中国的山水诗学之中。清朝有一个人说，"'大'字是工部的家畜"，"大"是杜甫家中养的猪、牛、马；而"雄奇"二字是李白的绝招。譬如李白写黄河。那时的黄河与现在不一样。黄河在周定王的时候发过洪水；汉武帝的时候，我们看《汉武大帝》电视剧都知道，发过一次很厉害的洪水；王莽的时候也发过一次洪水。东汉明帝时候治过一次水，修了一千多里的堤坝，把河水引到渤海。此后八百多年，一直到宋朝的庆历年间，黄河平安无事。后来游牧民族进来，北方成了一个战场，他们是不搞水利的，社会动乱，黄河就成为一条经常发生水灾的河流。河道数变，一会儿从淮河出口，一会儿从山东出海。一打仗，就放黄河水去阻挡敌军，放黄河水去淹开封城，现在开封的宋都可能在地下五米到十米的地方。黄河流域原来的灌溉网密如蜘蛛网，还有很多湖泊，现在你还能看见中原有什么湖泊吗？都给黄河的泥沙漫平了！良田都沙漠化了。所以经济中心从宋以后，就开始转移到江浙一带。但李白那个时候，"黄河之水天上来"，水流充沛；"奔流到海不复回"，流程通畅。我们看到唐人、宋人画的黄河，都是波涛翻滚。面对着这个黄河，李白写黄河，大小缓急，随心所欲，并没有把它看成一条灾害的、凶恶的龙。他讲："黄河西来决昆仑，咆哮万里触龙门"，水势很大；他还讲："黄河如丝天际来"，黄河像条丝一样，从天上挂下来；还讲："黄河捧土尚可塞"，黄河捧上一捧土就可以把它塞住。总之，"黄河落天走东海，万里写入胸怀间"，黄河在李白的心灵时空中，可以擒纵伸缩，显示出创造主体面对着这个民族的母亲河的非凡的魄力和气象。李白的远游既是山水之游，又是诗魂之游，同时也是一种对自由的精神空间的寻找。

四、明月情怀的个性体验和民俗转化

李白在远游中虽然带有胡人的气质，但是也有一种挥之不去的乡愁。这种乡愁与明月情缘有着深刻的联系，或者说他为农业文明恋土恋家的乡愁奉献了晶莹的明月意象。

李白在宣城，安徽出宣纸的地方，看到杜鹃花的时候，写了一首《宣城见杜鹃花》说："蜀国曾闻子规鸟，宣城还见杜鹃花。一叫一回肠一断，三春三月忆三巴。"三巴就是四川，巴东、巴西、巴中。他用回环往复的数字，渲染着回肠百结的思乡情怀。他写过一首很简单的《静夜思》："床前明月光，疑是地上霜。举头望明月，低头思故乡。"二十个字，妇孺皆知。不少外国人学中文，背诵的诗，头一首就是这个。小孩子受传统文化教育，先背的诗也是这个。为什么这么一首诗能够千古流传、家喻户晓？我们的文学理论在这种现象面前，几乎是无能为力，显得非常笨拙。譬如用女性批评的眼光看，难道是李白看到月亮想嫦娥吗？其间奥妙很难讲清楚。其实，它表达的就是与人类生命的本原相联系的一种原始记忆。这种记忆，也许在你去求学或者去从商发大财时而埋在心底，但是被他这个诗一钩，就钩出来了。故乡儿时的明月，它是我生命的最原始的、最纯洁的证明。"床前明月光"，天上的光明之客，不请自来，来造访我；这个很熟悉的客人来了之后，我还认不清呐，"疑是地上霜"，心境中一片晶莹、清凉，渣滓悉去。这就为人和月相得、思通千里准备了一个清明虚静的心理机制。而在举头、低头之间，人和月产生了瞬间的精神遇合。瞬间的遇合激发了一种具有恒久魅力的回忆，那就是对童年时代故乡明月的回忆，以及对"隔千里兮共明月"的时空界限的穿透和超越。由瞬间的直觉，达到了精神深处的永恒。这就是李白脱口而出之辞，却令百代传诵不已的奥妙所在。

李白是四川人，他出川去浪迹南北的时候，他的精魂还在牵系着、留恋着蜀中的名山大川：峨眉山、长江，以及和峨眉山、长江联系在一起的明月。他的故乡月的复合意象，就是特殊地体现为峨眉月。他有一首诗叫作《峨眉山月歌》："峨眉山月半轮秋，影入平羌江水流。夜发清溪向三峡，思君不见下渝州。"这是他初离四川时所写。峨眉山是蜀中名山，名山才能配得上明月。如果用一座普通山头来写，那就缺乏审美的名牌意识。"峨眉"二字和我们形容美人的峨眉同音，用它来形容一轮新月，就别有一层声情之美。诗人把故乡峨眉的山月当成老朋友来对待，在秋天的时候向它告别。平羌就是青衣江，从峨眉山东北流过，汇合岷江，进入长江。月的影子，映到江中来，随水而流，伴着李白出川的船。人和自然的亲和感，在这种人月伴随中显得非常清美。"夜发清溪向三峡"，清溪是个驿站，可见他出川的心情多么急切。但他又回过头来说，"思君不见下渝州"，渝州就是现在的重庆，对故土、故人还存在着一种割舍不下的留恋之情。"思君"的"君"是谁呢？过去有人说是李白的朋友，但这不是留别诗，也不是赠别诗，所以要说是李白的哪个朋友，"君"就有点落空了。人家是《峨眉山月歌》嘛，"君"就是峨眉山月，月亮是"君"，想念你，看不到你，我就到渝州去了。人和月相得，这么一种思维，把生命赋予山、月、秋、江。值得注意的是，这首诗中有好多地名：峨眉山、平羌江、清溪、三峡、渝州，在以峨眉月为贯穿性意象中，参差错落。诗人通过这些地名，把一种离别的留恋之情，自自然然地、层层叠叠地表达出来。

"峨眉月"成为扎根于李白生命本原的一个意象，它曾经引起二百多年后同样是蜀人的苏东坡的共鸣。苏东坡有一首诗叫作《送人守嘉州》，开头两句完全用了李白的诗："'峨眉山月半轮秋，影入平羌江水流'。谪仙此语谁解道？请君见月时登楼。"后来，李白五十九岁时，有一个和尚到长安去，他还写了一首《峨眉山月歌送蜀僧晏入中京》送行。这离他二十五岁离开四川时写《峨眉山月歌》，已相隔三十多年。"我在巴东三峡时，西看明月忆峨眉。月出峨眉照沧海，与人万里长相随。黄鹤楼前月华白，此中忽见峨眉客。峨眉山月还送君，风吹西到长安陌。"李白捧出了心中的那轮峨眉月，把四川来的和尚当成峨眉客，用这轮明月伴着他一起到长安去。

李白谈到月时，用到两个字"得月"，得到月亮，月得吾心，人与月相得，"得得任心神"，以表达他与明月的精神联系。神话思维的介入产生的超越性本身，包含着亲切感。人和月相得，这个"得"字有双重性，既是获得，又是得宜；既是人借明月意象向外探求宇宙的奥秘，又是人借明月意象向内反观心灵的隐曲。在人对天地万物的神性体验中，月的神性以洁白的玉兔和美丽的嫦娥为象征，因而较少恐怖感和畏惧感，而较多奇幻感和亲切感。李白在流放之后，回到湖北江夏，写过一首诗，说："江带峨眉雪，川横三峡流"，他还是想着家乡峨眉的雪；"窥日畏衔山"，太阳下山了，山把太阳吞下去了；"促酒喜得月"，催促上酒来，很高兴得到这个月亮。他流放遇赦东归，在长江的船上，内心的忧愁散去，一线生命的喜悦油然而生，和天上的明月浑然契合。他在登岳阳楼时写过一首诗，说："雁引愁心去，山衔好月来。"雁飞走的时候，把我的愁心也引走了；山含着好月，非常晶莹光辉的月亮来了。在雁引山衔的万象动静中，很微妙地写出了人得月的喜悦。

这种喜悦，借着我讲的李白的醉态思维，有时候达成了一种天上人间的精神契合。这种精神契约一旦达成，既可以把人请到天上去："俱怀逸兴壮思飞，欲上青天揽明月"；也可以把月亮请到人间来："暮从碧山下，山月随人归"。这种借酒兴达成的精神契约，当然是以那首《月下独酌》表现得最为出神入化："花间一壶酒，独酌无相亲。举杯邀明月，对影成三人。"孤立处境中的精神渴望，刺激着诗人要举杯邀月的奇异行为，也刺激着他把月当成人的意兴。既然把月亮当成人，就必然和月亮进行喜怒哀乐兼备的情感交流，对月亮既有埋怨，也有将就。埋怨这个月亮不懂得喝酒，而影子很突然地跟随在我的身边。那就将就一下吧："暂伴月将影，行乐须及春。"但是诗人的醉态好像也感染着月亮和影子，当他醉醺醺地载歌载舞的时候，月亮和影子也活泼泼地行动起来了："我歌月徘徊，我舞影零乱。"尽管最后"醒时同交欢，醉后各分散"，但他所追求的最终还是达成一种永志难忘的精神契约："永结无情游，相期邈云汉。"这首诗没有采用《把酒问月》中嫦娥玉兔的神话，但是，诗人的酒兴和醉态在崇拜孤独和拒斥孤独的精神矛盾中，创造了一种人月共舞的心理神话。

"得月"这种人月关系和醉态思维具有深刻的因缘，这种因缘联系着宇宙意识。刚才我讲的那首《月下独酌》就联系着这个宇宙意识。人月之思也联系着乡愁，联系着宇宙，甚至还联系着李白的西域出生地。这就是他那首把人伦之情和民族之情紧密联系起来的乐府《关山月》。李白在《关山月》里面，展示了一派雄浑舒展的关山明月情境："明月出天山，苍茫云海间。长风几万里，吹度玉门关。"由于境界壮阔，诗人不需要雕琢辞藻，而以明白清通的语言纵横驰骋天上地下万里关山之间。开头四句展示了一幅以明月为中心的，涵容天山、玉关、长风、云海的边塞风光图。中原人士写的边塞诗都非常慷慨激昂，"醉卧沙场君莫笑，古来征战几人回"，是一种以身殉国的心情。但是李白是从边塞来的，他给我们展开的那种苍茫云海、长风万里的景象，就超越了民族之间的隔阂，充溢着盛唐魄力，足以使山川壮色。他有如此雄浑的境界和魄力，让明月来作证，仪态非常从容地进入历史和现实，在一片辽阔的古战场中进行民族命运和个体生命的体验。"汉下白登道"，联想到九百年前汉高祖领兵追击匈奴，被匈奴诱至平城，今山西大同市附近的白登山，围困了七天。青海湾是隋唐时代朝廷与边疆民族频繁攻战的地方。也就是说，诗人在天山、玉门关、白登、青海湾这些北部、西部、西北部，从蒙古一直到青海、新疆相距几万里的边陲之地，思考着一个民族的生存环境和征戍兵士不见生还的命运。如此辽阔的地域和悲天悯人的情怀，没有明月的视境是无以为之的。《关山月》最后四句："戍客望边色，思归多苦颜。高楼当此夜，叹息未应闲。"戍边的士兵苦思难归，无法在长风几万里中逆长风回到内地，而内地的高楼上有他梦魂萦绕的生命情感存在；他的妻子当此良夜，面对着同一轮明月，"隔千里兮共明月"，大概要叹息不已吧。在这样的苍茫孤苦、生不能归的境界中，有人登楼来想念自己，也是一种心灵的安慰吧。这首诗就以出入于边塞和内地的地理空间的形式，真切灵妙地表现了出入于明月和内心的心理空间意义。李白把明月的意象思维推到一个新阶段，在一种新的精神层面上综合了"关山夜月明"的壮阔和"明月照高楼"的深婉。他赋予明月意象以盛唐的雄浑，一种从容自由的雄浑。

　　明月与文人诗歌关系极深，这大概是我们古代诗歌、尤其是唐诗中使用最多而且写得非常精彩的意象。由于文人雅趣和文人所写名篇的传播和渗透，明月成为我们中华民族的一个很深的情结，最终化成了民间的节日风俗。这是一个人类文化学的有趣命题。六朝以来，中国文人就有玩月的雅兴。谢惠连有一首五言诗叫《泛湖归出楼中玩月》，鲍照有一首诗叫《玩月城西门廨中》。到唐朝，杜甫就写了四首玩月诗；白居易也写了很多玩月诗。六朝和初盛唐的文人所玩之月常有玉钩弦月；到了中晚唐，玩月时间逐渐集中在八月十五前后，有"中秋玩月"这么一个题目出现。比如白居易《中秋夜同诸客玩月》："月好共传唯此夜，境闲皆道在东都。"僧栖白《中秋夜月》："寻常三五夕，不是不婵娟。及到中秋半，还胜别夜圆。"虽见对中秋月的特殊爱好，但尚未透露出世俗节日的热闹劲头，还是文人、僧人赏月的清静境界。

中秋月与唐玄宗游月有关系，后世把它看成盛唐风流的一页。有一部据说是柳宗元作的《龙城录》写到，开元六年，唐玄宗在八月十五，由天师做法术，跟道士一起游月亮，制成《霓裳羽衣曲》。它把月宫仙境和盛唐最著名的音乐舞蹈，联系成为一个天风海雨的清明世界，以致后世的年画《唐王游月宫》中以这样的对联作了调侃："凡世本尘嚣，何处有程通月府；嫦娥虽孤另，此宵何幸近君王。"由于李白和后来的苏东坡这些人对月亮有非常精彩的描写和抒情，宋代以后，这种高雅的文化梦逐渐转化为民俗。中秋节成为万民盼团圆、庆团圆或者思团圆的节日。北宋孙复《中秋月》诗中说："十二度圆皆好看，就中圆极在中秋。"到了两宋之交孟元老撰的《东京梦华录》，就写到了中秋节。在这一日，贵家和民间都到酒楼里面占座位，准备玩月，彻夜笙歌。夜市很热闹，一直开到早上。这样，文人的文化就跟民俗文化合流在一起了。

从文人文化到民俗文化的转型可以看出，李白处于文人玩月意兴的开拓期。他笔下的玩月，很少仪式化，更多的是一种精神探索和审美体验的个人性。甚至"玩月"这个词，在他的手中也还没有定型，他的诗题除了"玩月"之外，还有"待月"、"望月"、"问月"、"泛月"、"对月"、"见月"、"邀月"、"梦月"和"得月"。李白那个时候，还带有人和月对话、人和月相得那么一种精神体验的色彩。所谓"天清江月白，心静海鸥知"，就是人以虚静之心，与江天、明月、海鸥实现了精神遇合。这与在民俗节日热热闹闹场面中得到的精神体验绝不一样。所以李白的明月体验，用诗歌方式注进了一种天才的想象。从李白到苏东坡，历代文人对月亮的体验，加上千古流传的月宫神话，以及农业民族思乡、团圆和家族的意识，最后就积淀出来这么个东方的团圆之节——中秋节。化雅为俗，必须雅到家喻户晓，才能化作大雅大俗。

李白的醉态，李白的远游，李白的明月，对中华民族的天上人间体验，做了一个非常具有诗情画意的开拓。而且，这种开拓带有盛唐的气魄。他一方面继承了中华民族千古不绝的诗酒风流传统，同时又借助于胡地以及黄河、长江文明的综合气质，用一个谪仙人的风流给我们这个民族的精神体验、审美体验提供了一个新的空间和新的形式。李白既有胡地的体验，也有长江和黄河的体验，更有在长安对高层政治和文化的近距离体验。因此，应该说，他是中华民族多重文化浑融一体的一个伟大结晶。

杜甫诗的历史见证品格及其审美分析

一、直面一个大时代的沉落

杜甫是一个直面大时代的沉落的大诗人。杜甫的诗品在中国历代诗人的写作中是跟自己的时代联系最紧密的一种诗品。他的时代是一个什么样的时代呢？是一个躬逢盛世，又开始沉落，并最终沉落的这么一个大时代。这个时代的沉落和他的诚实刚毅的诗品发生碰撞，托起了一座伟大的诗歌的高峰。我们讨论杜甫的时候，切不可忘记他出生在公元712年，唐玄宗在挫败韦后之乱以后，在这一年当了皇帝，第二年，他又挫败了太平公主联合宰相企图废帝的阴谋，把年号改成"开元"，寄托着他要重新开拓一个纪元的政治理想。应该说杜甫是开元盛世的同龄人。为什么我们要强调这一点呢？因为这一点很重要。开元盛世是当时世界上第一强国的盛世，这个盛世给杜甫的诗歌注入了雄伟博大的气势，使他的诗歌即使是写实的，也不沉溺在身边的琐事，顾影自怜，为琐碎的现实所拖累。同时他又在四十四岁的诗歌盛年的时候，经历了天崩地裂的安史之乱，成为了流离失所的历史转折的亲历者和见证人。这一点也很重要，因为乱离的世事给他的诗歌注入了经历苦难、怀念苍生这样一种痛切和深刻，使他的诗歌不至于沉溺在流连光景、低吟浅唱或者嬉皮笑脸的浅薄之中。更为重要的是杜甫千载难逢的遇上反差极大的这两种时代：一个是著名的盛世，一个是著名的乱世的结合部。这给一个有能力的诗人提供了无比巨大的精神财富，使他的诗歌在这个世事白云苍狗的变幻之中捕捉到深厚的历史经验、文化智慧和生命的体验。鲁迅先生曾经说过一句话："有谁从小康人家坠入困顿的么？我以为在这途路中，大概是可以看见世人的真面目"（《呐喊》自序）。世态炎凉在一个家庭的破败过程中尚且能够看得清，那么，一个当时世界上第一强国的瞬间坍塌，它所产生的精神震撼，它所提供的文化人生的智慧更是无可比拟的。杜甫诗就是直接面对这个大时代的沉落所发出的呻吟和歌唱。它无可代替地成为中国人读起来心都要颤动的民族的记忆。

大唐帝国有两个盛世，一个叫贞观盛世，就是公元七世纪的前期，一个叫开元盛世，就是公元八世纪的前期。前一个盛世生产了后一个盛世，后一个盛世消费了前一个盛世。贞观之治的时候最突出的是政治文明，开元盛世的时候最突出的是经济文化文明。唐太宗和魏征他们创造了三种政治哲学，一个是水和船的哲学，即水能载舟，亦能覆舟，就是重视老百姓的作用；第二个是镜子的哲学，所谓"以铜为镜，可以正衣冠"，用铜做镜子，可以把自己的衣服帽子弄得端正，"以古为镜，可以知兴替"，以古代的历史教训作为镜子，可以知道时代的兴亡，"以人为镜，可以明得失"，所以他就任贤纳谏；第三个政治哲学就是"天可汗"哲学，西北的少数民族都叫唐太宗为"天可汗"。自古都是贵中华、贱夷狄，唐太宗说"朕独爱之如一"，把他们一样对待。我们想想隋炀帝的时候，他是排斥胡人的。胡床他改叫作"交床"，因为汉族过去是坐在席子上的，到采用"交床"或"交椅"后，才端坐着把脚垂下来；隋炀帝又把胡瓜叫作"黄瓜"，修长城是为了避胡，但是他最终被宇文化及杀了。这是一个不幸。所以陈寅恪曾经讲："李唐一族之所以崛起，盖取塞外野蛮精悍之血，注入中原文化颓废之躯，旧染既除，新机重启，扩大恢张，遂能别创空前之局面。"

到了唐玄宗所开拓的开元盛世，文化、经济发展到极点。当时，全国进贡的粮食在贞观年间才有两万担，到了唐玄宗开元年间是二十万担，所以国库的收入增加了十倍。唐玄宗刚当皇帝的时候，他是励精图治的。唐玄宗可以说是半个唐太宗加半个隋炀帝，他开始的时候用姚崇、宋璟当宰相。姚、宋这两个宰相和唐太宗时候的房玄龄和杜如晦两个宰相前后相映照，是唐朝最著名的贤相。武则天当年看到皇子皇孙在做游戏，看到李隆基的沉稳风度，就拍着他的背说，这个小孩的气概可以成为"吾家的太平天子"。唐太宗初上台，确实颇有一番作为和进取。比如扑灭蝗虫的事件。唐太宗贞观二年曾经出现过一次蝗灾，蝗虫飞到御花园里面来，御花园里面也种稻子。唐太宗要把那蝗虫拿来吃。他说：人是以稻谷作为生命的，你吃了它是害了我的百姓，百姓有什么过错全在我一个人，所以我要你来吃我的心吧，不要去伤害老百姓。当时他左右的随从就劝他说你这样吃蝗虫会生病的，他说：我既然要转移蝗虫的灾祸，我还怕什么生病呢？所以他一下子就夹到自己嘴里面来了。这个事情现在看来不足为怪，油爆蝗虫还是一道名菜呢，但是在中国的古代，蝗虫是由天时、气候所产生的，一直到欧阳修的《新唐书·五行志》，或者陆游的祖父陆佃写的《埤雅》的时候，他们还认为蝗虫是鱼子变的，就是鱼产子产在田里，第二年如果来大水，鱼子就化为鱼，如果第二年，水到不了这些地方，出现干旱，那么鱼子就会变成蝗虫，所以叫作鱼孽，这是上苍惩罚皇帝的一种行为。所以唐太宗说，上苍惩罚，由我来承担，不要老百姓来承担。开元年间蝗灾频繁。根据《新唐书·五行志》里记载，大概出现过二十多次大规模的蝗灾。当时的丞相姚崇就要求派人去灭蝗，唐玄宗说蝗虫是天灾，不能因捕捉蝗虫而得罪上天。姚崇就引用《诗经》里的诗，说古代人要焚蝗虫，结果民安则户富，除害则人康乐，所以这是国家的大事。唐玄宗接受了他的建议，扑灭了山东的严重的蝗虫灾害，仅卞州就灭蝗十四万担，这一年的收成没有受损失。唐玄宗灭蝗虽然没有唐太宗那么严重，但他前期还是能够采纳贤相的好建议，做了一些好事。因此开元、天宝年间，中国的粮食都非常的贱，大概一斗米只值三文到十三文钱。人们出去旅游的时候，还有专门招待的驿站，出行千里都不用带兵器。全国的人口就达到了五千二百多万。杜甫五十三岁以后，在四川写过一首诗，叫《忆昔》："忆昔开元全盛日，小邑犹藏万家室。稻米流脂粟米白，公私仓廪俱丰实。九州道路无豺虎，远行不劳吉日出。齐纨鲁缟车班班，男耕女桑不相失。"这就是开元盛世，这种盛世的回忆是能够给杜诗注入沉雄壮美的气质的。

盛世容易滋生富贵病，只知道享受富贵而对病不做控制和救治，就会危及生命。如果说贞观之治提供了三项政治哲学，使这个盛世可以持续发展，那么开元盛世就出现了四项荒唐，使这个盛世走向崩溃的危机。四种荒唐就是四种不正之心：一是花心，二是惰心，三是贪心，四是昏心。这些都是富贵病的症状。花心是什么呢？唐玄宗经过一段时间的励精图治之后，天下一派升平，他就逐渐滋生了享乐的思想，当时唐玄宗的后宫是中国古代最大的一个后宫，他选了几百人，在皇宫后面建立起了梨园，把梨园子弟叫作"皇帝梨园弟子"，歌舞、打球、斗鸡，还在宫中选了五百个小孩，专门去斗鸡。[1] 当时后宫这么大，嫔妃那么多，唐玄宗都照顾不过来了，怎么安排呢？掷骰子，谁得胜了，今天就到谁的家里去。所以宦官们叫骰子又叫"剉角媒人"，因为骰子的角有点圆鼓鼓的。在开元末年，宫里又出现新花样，就是让嫔妃每个人都带一朵花，然后唐

---

[1] 见陈鸿《东城老父传》。按：《东城老父传》虽系小说，但所记则有事实根据，李白《古风》其二十四云："路逢斗鸡者，冠者何显赫。"即为旁证。

玄宗去抓一只蝴蝶，把它放了，这只蝴蝶飞到谁的头上就到谁宫里。后来杨贵妃出现，她是寿王的妃子，是他的儿媳妇。他把她弄到宫里来，然后才不再用蝴蝶这种花招来选美，这样一种骄奢淫逸之心滋长了，从此君王不早朝。把朝政都委托给后来的李林甫和杨国忠。李林甫是一个口蜜腹剑的角色，能够把皇帝玩得团团转，同时把自己的政治对手像张九龄这样的贤明宰相一个个铲除掉。对于下面的贤人，像三十六岁的时候到长安去考试的杜甫，为了不使下面的人对他的政治产生疑问，不让皇帝知道下情，所以让他们通通落马，一个也没录取，然后还上表说"野无遗贤"，朝野之间没有遗漏的贤人了。所以杜甫碰到了这么一个时代，命运非常坎坷。再就是贪心，好大喜功，常年都有开边的战争。在青海四川一带跟吐蕃打，尤其是在南诏，杨国忠和地方节度使开始打仗。南诏就是今天云南大理的南诏国，本来跟唐朝是友好的，由于边将想侮辱其妻女，想荡灭其国度，南诏就联合西藏吐蕃，一起跟唐朝作对，使唐军先后失了二十万人，国力也大大的缩水。还有昏庸之心。唐玄宗为了开边和戍边，任用了很多胡人做边疆的节度使，其中安禄山成为平卢、范阳、河东三镇的节度使。平卢是在辽西，在东北和河北的结合部，范阳就在现在的北京一带，河东就在山西境内，就是说，把现在的辽宁、河北、陕西这一带的军政大权交给了安禄山。当时张九龄曾经看出安禄山包藏狼子野心，面有反相，奏请以安禄山作战失利为由，杀他以绝后患，但是唐玄宗没听，所以唐玄宗流亡到成都之后非常后悔没有听张九龄的话。安禄山体重三百五十斤，肚子大得垂到膝盖上，唐玄宗取笑他肚皮里装的什么，安禄山说没有装别的，只装着对皇上的一颗赤心。他认杨贵妃为养母，跳起胡旋舞来，快得像一阵风。后来安禄山起兵造反，从范阳，也就是北京地区起兵，两个月就打到了潼关，这场战争杜甫是亲历者。这场战争的破坏性极大，使原来的五千二百万人口下降到一千六百到一千七百万，唐帝国的七成人口都损失了。这也与当时战争动乱使得很多人口调查不上来有关，很多人都逃到山里或者南方，不报户口，但是几百万的人口损失是会有的。所以白居易的《长恨歌》里面就说："渔阳鼙鼓动地来，惊破霓裳羽衣曲。"这就是唐朝由盛转衰的点睛之笔。《霓裳羽衣曲》是唐朝最有名的、最高水准的乐曲，据说唐玄宗游月宫，听了天上的乐曲，回来之后想把它记录下来，后来听了由凉州都督从西域引进的婆罗门曲，觉得调子和他听到的差不多，于是吸收了这个调子，所以一是天上的乐曲，二是印度的乐曲，把这二者结合在一起，组成了《霓裳羽衣曲》，代表了唐代音乐的最高峰。"渔阳鼙鼓"，渔阳是现在的蓟县，也就是安禄山起兵的地方。"鼙鼓"是军鼓，军鼓一响起来，"霓裳羽衣曲"就烟消云散。把极端的繁华和极端的动乱用这么两句诗表现出来。盛唐的崩溃当然是冰冻三尺，非一日之寒，但是这"渔阳鼙鼓"一响起来之后，两个月间整个中原崩溃，这瞬间的震撼是非常大的。也就是说最高统治者的贪欲淫乱的"四心"，和宰相的口蜜腹剑的阴谋造成了天宝年间盛唐结构性的政治危机，爆发了一场山河破碎的大灾难。

杜甫既是盛唐气魄的获益者，又是盛唐社会性结构危机的受害者和观察者，这双重身份使他的诗深刻得大气。在盛唐，杜甫和李白代表了不同的时代：李白代表了前盛唐，杜甫代表了后盛唐。杜甫不能说是中唐的诗人，而是由盛唐进入中唐的诗人。因为前期盛唐的气魄给他的诗歌注入丰沛的元气。所以清朝有个诗评家讲：杜甫的诗歌，"百年"、"万里"、"日月"、"乾坤"，都是惯用的文字。清朝另一个诗评家说："大"字是杜工部的家畜，就是他家里的猪啊狗啊一类常见的驯服的生命。比如我们看杜甫的诗里用"乾坤"一词的地方很多，《登岳阳楼》："吴楚东南坼，乾坤日月浮"。到了《江汉》："江汉思归客，乾坤一腐儒"。到了衡阳，说"日月笼中鸟"，太阳和月亮像笼中的鸟，"乾坤水上萍"，乾坤像是水上的浮萍一样。这种气魄，中唐以后的诗人少见，属于盛唐给杜甫增添的元气。

杜甫在三十五岁以前，也就是天宝五年以前留下的诗不多，但是他在盛唐的气魄的培养下，留下了非常崇高的三个意象，一个是泰山的意象，一个是胡马的意象，一个是苍鹰的意象。像《房兵曹胡马》，"所向无空阔，真堪托死生。骁腾有如此，万里可横行"。这样一匹大宛来的汗血马，进入了杜甫盛唐诗的英姿勃勃的意象。《画鹰》中的苍鹰，意象俊耸高猛，泰山的意象就更加雄伟挺拔了。《望岳》诗是杜甫二十五岁，也就是开元二十四年写的，"岱宗夫如何，齐鲁青未了"，岱宗怎么样呢，你好吗？ How are you，泰山？但是他不直接回答，不急于讲泰山怎么样，而讲"齐鲁青未了"，这么个齐鲁莽莽苍苍的大地托起了泰山。到底是齐鲁托起了泰山，还是泰山使齐鲁大地没完没了地发青发绿呢？"造化钟神秀，阴阳割昏晓"，造化是有情的，给齐鲁大地钟灵毓秀，阴阳日月似乎会挥动锋利的刀子，割开了早上和晚上，这些诗句很奇险。"荡胸生层云，决眦入归鸟。会当凌绝顶，一览众山小"。在所有杜甫的诗里面，这首诗是第一首诗。以泰山开头，以泰山压卷，泰山是杜诗的脑袋，首篇就显出了盛唐的气魄。盛唐把杜甫推向诗的泰山，后盛唐又使杜甫站在泰山绝顶的"阴阳割昏晓"的分界线上。

唐朝经过由贞观之治到开元盛世一百年的积累，它拥有的巨大的国力和对异域文化的兼容精神，把自己的思想文化、宗教艺术、音乐舞蹈、绘画书法都推向了一个最高峰，开拓了一个波澜壮阔的局面。在这其中，诗成为整个国家的一种精神方式，诗人加上梨园子弟成为盛唐文明两个标志性的亮点。盛唐有过记载，叫作"旗亭画壁"，就是说盛唐几个重要的诗人，王昌龄、高适、王之涣，在下雪天到了旗亭去喝酒，当时梨园的歌伎也刚好在那里奏乐歌唱，唱的是诗人们的绝句，所以王昌龄他们约定，我们三个人诗歌都很有名，但是谁高谁低比不出来，现在有梨园的歌伎在这里唱，唱谁的歌最多，谁就第一。王昌龄被唱了两首，高适被唱了一首，唱一首就在墙上画一笔，就叫作旗亭画壁。还没有唱王之涣的，王之涣气得不得了，就指着当中最漂亮、最有气质的一个歌女说，如果这个歌女不唱我的诗的话，我认输了，如果她唱我的诗，你们就要在我面前跪拜，"奉吾为师"。果然这个歌女唱的是王之涣的《凉州词》，

"黄河远上白云间"，王之焕高兴得手舞足蹈。这就是说诗人的歌要通过梨园子弟的传唱，才能获得价值，获得声誉。评价方式不是现在国家教育部给你们发一张表，填上在核心刊物上发表多少篇文章来判分，而是用梨园歌女传唱的广泛程度来衡量，这是一种时代风气。在这些被唱的诗之中，唱得比较多的是绝句。七绝是盛唐最有亮点的一种诗歌体裁，其中唱得最多的是王昌龄和李白，他们的七绝写得最好，杜甫诗被唱得较多的是《赠花卿》，那已经是安史之乱以后的事。唱诗是一种风气，一种评价方式，也是一种精神生活方式。诗作为中国人的精神方式的一个时代，产生了杜甫。杜甫虽然处于后盛唐，但是他毕竟在"后"字后面还加上"盛唐"二字，也就是说，杜甫见证了一个盛极而衰的大时代的沉落。在对大时代沉落的体验和书写的精神联系中，杜甫为中国的诗学贡献了三个关键词，形成了三种诗学的传统：第一个关键词就是"诗史思维"，他把诗歌的描写伸进了动荡不安的历史发展的潜流和脉络之中，开创了一个用诗来见证历史的传统。第二个关键词就是"抑扬顿挫"，他精心地锤炼诗歌的意象和篇章肌理，以泪为珠，以血为碧的苦心凝思着沉重的生命的呻吟和情感的热力。第三个关键词，就是"性耽佳句"，抱着"语不惊人死不休"的精神，把诗歌当作自己生命的一部分，呕心沥血地发挥中国语言、语境和诗性的能力。我今天，主要从这三个方面对杜甫的诗进行分析。

二、开创了以诗见证历史的传统

杜甫的诗学，总体而言，是一种充满了历史忧郁感的诗学。忧时伤世，哀国悲己，读起来有一种不可抗拒的审美崇高感、庄严感和悲戚的情调。去年我在这个讲座上讲过李白，在讨论李白和杜甫的差异的时候，我认为，李白出生于安西都户府的碎叶，青年时代沿着长江而漫游，因此他以胡地的气质和长江的情怀改造和丰富了中国盛唐的诗歌。杜甫跟他不同，杜甫出生于河南的巩县，他的诗基本上是中原文化的产物，他的立足点是中原，是在中原长期发展形成的端肃中正的文化传统和率先实现的近代诗歌格律音韵中训练出来的诗人。中原人士的思维方式是非常注重历史，《二十四史》结构工整，脉史又从不中断，传统世代相续，这个是世界上独一无二的。中国人非常看重历史的正统性和传承性。像杜甫就是把历史思维的优势注入到诗歌里面，给诗歌增加了历史的厚重感和痛切感。以诗兼史，化史入诗，诗史相融，是杜甫开发中国诗歌的最杰出的贡献。最早纪录称杜甫为"诗史"的是晚唐的孟棨，他写过一本《本事诗》，记载杜甫遭遇了安禄山之乱，流离陇蜀，就是甘肃、四川这一带之时，把历史情态和社会感受写进诗里，所以称他的诗为"诗史"。这个说法给后代人以借鉴，得到广泛的认同。比如北宋诗人黄庭坚，说杜甫"千古是非存史笔，百年忠义寄江花"。两宋之交的李纲，就是靖康之难中的东京保卫战的主将，在南宋初年当了七十天宰相，就遭到朝廷排挤，成了一头"病牛"。国家灾难使他理解杜甫十分深切，他写过一首《杜子美》的诗，赞扬杜甫的诗"岂徒号诗史，诚足继风雅"，"呜呼诗人师，万世谁为亚"，万代诗人谁能够做杜子美第二呢？

但是正如古希腊的亚里士多德讲，诗和史是两种不同的文体，有明显的区别，诗人的职责不在于描述已经发生的事情，而在于描述可能发生的事情，即按照可然律和必然律可能发生的事。因此他认为写诗跟写历史不同，写诗比写历史更富于哲学的意味，更受到严肃的对待，因为诗所描述的事带有普遍性，历史则叙述个别的事。[1] 这是亚里士多德的说法，杜甫却采取综合思维，把诗和史两种异样的文体和思维方式融合起来，诗重性情，使他进入了一个心理的时空，史重事实，使他进入了一个自然的时空。在双元的空间互动中，他用诗给历史以灵动，用历史给诗以厚重，这是杜甫的创

---

[1]　亚里士多德著，罗念生译：《诗学》第九章，人民文学出版社1963年版。

造，是一个大时代的沉落使诗和史这两种异质文体牵手，从而产生阴阳合构的精神收获。

杜甫创造了诗和史的综合思维，这是跟他的家族文化，河洛文化，黄河文明存在深刻关系的。在杜甫的家族文化中有两个基因，一个叫诗，一个叫史。杜甫的祖父杜审言，是初唐时期一个非常重要的诗人，近体诗的格律的成熟他是有功劳的。而且他恃才傲世，觉得自己是天下第一，所以杜甫在诗中曾经说，"诗是吾家事"，"吾祖诗冠古"，我的祖父的诗比古人还要厉害。也就是说杜甫少年时代的家族招牌就是诗，家庭作业就是格律，因此他的家学深埋着诗的基因。至于历史的基因，则融合着祖宗崇拜和家族想象。杜甫反复地回忆他十三世祖杜预，他曾经作过纪念和祭拜杜预的祭文，把晋朝的镇南大将军、当阳侯杜预，作为他的家族血缘系统和精神系统的象征。我们读过《三国演义》一百二十回，了解到羊祜推荐杜预做镇南大将军，坐镇荆襄，最后发兵消灭了吴国。杜预是司马懿的女婿，司马昭的妹夫，杜预打败了吴国，帮助晋朝统一天下，功劳卓著，封为当阳侯，食禄九千担，是晋朝的一个名臣。他晚年功成名就后，好学不倦，坐卧都离不开他那本宝贝《左传》。出去的时候，常常让他左右的人拿着《左传》在他的脑袋前面，所以毛宗岗点评《三国演义》的时候，说关公好读《春秋》，杜预好读《左传》，这正好相对。现在《十三经注疏》里面的《左传》，就是杜预的《春秋左氏经传集解》，他第一个把《春秋经》和《左氏传》合在一起，统一注解。所以出于对这个祖先的敬佩之情，杜甫的精神深处家族因素里面始终有个史的因素。正是这种家族因素，聚焦于史，使得杜甫在文化基因的深刻层面上，形成了极其关注现实人生和历史潜流的思维方式。

当然这种诗史思维的形成，也跟他的个人经历有关。经历是人生的，也是诗歌的最直接的老师。杜甫最早的使诗歌历史化的诗作出现在天宝前中期，也就是他四十岁左右的时候，这时候他写了

《兵车行》。《兵车行》应该是杜甫诗史思维形成的标志性著作，标志着他是盛唐危机的最早的考察者和发现者。因为杜甫在二十五六岁到四十岁这十几年间正好是李林甫、杨国忠当权误国的时候，一个草根之士在政治失误中断绝了顺利进入官僚体制的渠道，他对政治失误的危害就感受得更加深刻。他的仕途阻塞，穷到和平民一起去排队买减价的官米，用来维持温饱线以下的生活，所以他叹息"纨绔不饿死，儒冠多误身"，我这个儒生的帽子把我的生存都给耽误了。尽管他认为自己有"读书破万卷，下笔如有神"的才能，尽管自己有"致君尧舜上，再使风俗淳"这么一种志向，但是他获得的生活回报，还是"骑驴十三载，旅食京华春"，骑着毛驴在长安、洛阳十三年，跑来跑去地找门路。"朝扣富儿门，暮随肥马至"，早上去敲富人的门，晚上追逐着肥马，就是达官贵人的马后的尘土，"残杯与冷炙，到处潜悲辛"（《奉赠韦左丞丈二十二韵》），过着这么一种有失儒生体面的生活。所以，是生活情景每日每时推动他的诗歌历史化，不采取这么一条路线，就无法排遣他的生命焦虑。他没有像他的远祖杜预，破吴之后从容无事而去做《左传》的注解，也不可能像他的祖父杜审言那样恃才傲物，声称"吾文章当得屈、宋作衙官，吾笔当得王羲之北面"。[1] 杜甫没有这种心情，旅食京华十三载，已经使他脱去了"放荡齐赵间，裘马颇清狂"的少年意气，他变成了一个谋生不易的务实的中年人。

诗史思维带有中年以上人的忧郁和深刻。杜甫的眼睛是向下的，他的心情是忧愁的。杜诗的诗史化的路线使儒家仁者的情怀发生了两种变动：一种是平民化的变化，一种是难民化的变化，因为他自己就是一个平民，他自己后来也变成了一个难民。所以从他的《兵车行》就看出了历史的结构性的危机，"车辚辚，马萧萧，行人弓箭各在腰"，好像是一个大部队在出现，好像很有气势，但是这里

---

[1]《新唐书·杜甫言传》，中华书局校点本，第18册，第5735页。

面潜伏着严重的民间社会危机，"耶娘妻子走相送，尘埃不见咸阳桥"。因为边庭流血成海水，我们的"武皇开边意未已"，刚才我们讲的四心中的穷兵黩武的贪心，使得我们"汉家山东二百州，千村万落生荆杞"。所以《兵车行》就看到了开边，即对边疆的扩张的大规模征兵，造成的农村的萧条和老百姓生活的穷苦和破产。所以他的诗史采取民间立场，是平民化的诗史，是一种对社会底层进行同情性的对话的诗史。就在天宝年间，唐玄宗把政权交给了李林甫和杨国忠，这种开边的战争一直增长，边疆的将领为了冒领战功，用兵日重，《兵车行》反映的就是讨南诏的战争。这场战争因为士兵对水土气候不服，而且南诏还跟吐蕃联盟，造成唐军大量阵亡。杨国忠隐瞒了战争的失败，在河南河北、两京地区大量招募新兵，就连京城重地也出现大量的哭声。这哭声李白也听到了，李白的《古风》第三十四首就是写的这场征兵："羽檄如流星，虎符合专城。喧呼救边急，群鸟皆夜鸣。"但是李白当时是客游在梁、宋之间，对河南、河北的征兵事件有所听闻，但不是直接走到征兵的行伍中去的。所以李白的《古风》中所写的是一个宏观的事态，而杜甫走进了行伍以内看到真实的具体事件，临场展开人和人对话，然后追忆到青海头一下雨鬼魂都在叫。这里有人和鬼对话，生和死对话，在一种抑郁阴冷的格调中强化了全诗的社会危机感和历史厚实感。

当然，赋予杜诗诗史化最强大的动力的是杜甫四十四岁那年爆发的安史之乱所造成的国家破坏、生灵涂炭、家室流离的痛苦的精神感受。他旅食长安十年后才谋到了一个八品的小官的位置，这个小官是左卫率府兵曹参军，管理卫率府里的士兵的账本和马、驴之类的一个科长。就这么一小官维持不了全家居住长安的生活，他没办法给自己的太太和孩子一个长安的户口本，只好把太太安排在奉先县的娘家亲戚那里居住，就是住在现在陕西的蒲城县。他回家探亲写了《自京赴奉先县咏怀五百字》。他根据自己在路上奔波流落的所见所闻，他对自己的身份很不满意，已是小官，却自称是老大笨拙的"杜陵布衣"，这种心态使他记录下"朱门酒肉臭，路有冻死骨"的社会不平等的现象。杜甫存在于历史之中，他写诗的时候不是他去寻找历史，而是历史在寻找他。比如说他想到武灵唐肃宗行在，就是现在的陕西的西部、甘肃这一块。这时安禄山占领长安，唐肃宗已经当了皇帝，杜甫这样的兵曹参军，要是不去找皇帝，官俸就没有地方领了，于是他就只身去找那个可怜的位置。在途中又被安禄山的叛军抓去，但是他那时不像李白已经名满天下，而是一个名声不大，又没有什么官位的人。所以对方就不在意他，把他放在长安城的旅馆。他困在围城长安，看到了潼关失守之后唐玄宗匆匆忙忙地往西跑，把不少的王子王孙抛落在长安，懵懵懂懂地睡觉还没醒呢，城破之后留在长安，隐姓埋名，乞讨为奴，于是杜甫就写了一首《哀王孙》的诗。历史找到了诗人，使他的诗里面荡漾着王子王孙们与杜甫同病相怜的被抛弃的悲哀，杜甫在怜悯王孙，也在怜悯自己。困在长安里面，整天就盼着官兵来收复长安，来拯救他，但后来又发生了陈陶斜上的战争悲剧。陈陶斜就是现在咸阳和长安之间的一个地名，咸阳的东面，当时的宰相房琯率领着三军开进咸阳的东北面陈陶斜的沼泽地里面（请注意，那时候长安附近还有湿地），和安禄山的军队相遇。房琯学古人打仗的方法，摆开两千辆牛车马车的阵容，用骑兵和步兵夹着和敌人打仗，安禄山的军队敲锣打鼓，牛和马哪里见过这种阵势，马上就乱了，然后放火一烧，人畜大乱，官兵在这场战争中死伤四万人。[1] 杜甫为此写了一首《悲陈陶》，他说"孟冬"，就是至德元载十月，就是公元756年，"孟冬十郡良家子，血作陈陶泽中水。野旷天清无战声，四万义军同日死"。这场战争使他没办法和唐肃宗的朝廷联系上，只好找了个机会，第二次潜逃出长安，在崎岖的山路里面跋涉，"破衣麻鞋"到了凤翔去见唐肃宗，所谓"麻鞋见天子，衣袖露两肘，涕泪受拾

[1]《资治通鉴》卷二一九，中华书局校点本，第7004页。

遗，流离主恩厚"，唐肃宗封了他一个左拾遗。左拾遗是门下省的一个官员，从八品上，比他原来当的军曹参军大了半个官阶，"掌供奉讽谏"，是给皇帝提意见的这么一个角色。虽然品位很低，但是能够看到皇帝，像我们的博士生一样，总是想在北京找工作，而不在外地找工作。他当了左拾遗之后，总是给皇帝提意见。刚才讲到的率兵打仗的房琯，是杜甫很尊重的一个文官，但是由于官僚里面的相互倾轧，有人告发房琯，说他"琴童倚势纳贿"，皇帝听了很不高兴，杜甫上奏疏为房琯辩护，说皇上不要以这么一点小过错来贬责一个大臣，因此皇帝勃然大怒，疏远杜甫。他只好请假，跋涉了七百多里地，去看望他离别已久的妻子和小孩，写下《北征》和《羌村三首》。同时沿途凭吊战争中战死的士兵："夜深经战场，寒月照白骨。潼关百万师，往者散何卒？"回到家中，"妻孥怪我在，惊定还拭泪。世乱遭飘荡，生还偶然遂。邻人满墙头，感叹亦唏嘘。夜阑更秉烛，相对如梦寐"。在战争的环境中，回来之后，竟然像做梦一样。战争，家庭，国家——历史在血与泪中纠缠在一起。作为一个漂泊浮沉的、养不起家的小公务员，他自然就把历史放到心头上，自然使自己的诗带了沉重的诗史思维。所以历史不依不饶地来找他，他也不推不让地跟历史打成一片了。他本身就是一介平民，一介难民，无从躲避历史的惊涛骇浪，只能在清理历史风浪中寻找自己的生路。

宋人讲杜甫"每饭不忘君"，也就是说他每端起饭碗都不忘了皇帝，事实上皇帝还没有给他端稳饭碗。他有儒家思想，也有忠君意识，这是不可回避的。但是把一个饭碗都端不牢靠的难民，说成端起饭碗就思念皇上，这是宋人的过度想象。现实是由于在朝廷争权夺势上，杜甫受到房琯罢相的牵连，第二年就被贬为华州司功参军，华州司功参军是个什么官呢？是正八品下，好像比原来的左拾遗高了半阶，但是被支使到一个中等的县里去管杂事了。他管的是官员的考核，管祭祀、管礼乐、管学校，甚至管占卜、管丧葬、在兵荒马乱中这些事提得上日程吗？他当了华州司功参军的时候，就回到洛阳去探亲，去看自己的老邻居，去看他家的老房子，因为杜甫小时候在洛阳住过。当时郭子仪等九位节度使群龙无首，好几路节度使去攻打安史叛军，因为不设元帅，没有第一把手，互相间缺乏统一的指挥，所以被史思明的五万精兵一冲击，就全军大溃。在这种兵荒马乱之中，他从洛阳返回陕西东部的华州，根据沿途的见闻写下了"三吏三别"，从社会下层吏的层面来考察历史的运作，考察战争对历史的惨重的破坏。他本人也是吏啊，司功参军是正八品下的小吏，而他敢秉笔直书地写吏的好话与坏话，对战争中的吏治文化进行沉痛地反思。那些吏和杜甫的吏不同，那些吏可能是县尉下面管治安、管招兵的吏，而杜甫是管杂事，管考核、管祭祀、管学校的吏。他考察吏文化的时候，触及中国吏治体制中阎王好做、小鬼难当的要害，考察了兵荒马乱时候的吏是怎样不顾及百姓生死地运作他的权力的，于是写了《石壕吏》。这时候四十七岁的杜甫是县里科长级的干部，他说"暮投石壕村，有吏夜捉人。老翁逾墙走，老妇出门看"。家里没有人，三个儿子，两个在战场上打死了，一个刚刚参军寄信回来。家里没有人，只有个未断奶的孙子，媳妇穷得连裤子都没得穿。在这种情况下，老头子害怕征兵还逾墙走了，看来身体还可以，还能爬墙，但是狗急还能跳墙啊。老太婆只好说那我去吧，我去还可以给你们做做饭。战争以及连锅端的兵役，使一个三代同堂的家庭三残四缺破败不堪，却依然是"吏呼一何怒！妇啼一何苦"，悍吏横行使老百姓残破的家庭雪上加霜。无节度使的军队都一下子溃散下来，败局已经不可收拾，要在黄河设防保卫洛阳，悍吏总要抓几个壮丁去交差，但是他大概也抓不到什么合适的"壮丁"，只好气势汹汹打起这个只剩下老翁老妪的家庭的主意了。《石壕吏》是杜甫笔下最富有写实风格的诗，他的诗史思维不是直接描写郭子仪等节度使的战争行为，而是写石壕村里的一个老太太面对着一个恐怕连科长股长都够不上的吏，通过底层来折射和透视整个社会的崩溃，其深刻性和悲剧力量要比去写将相们的镇定和惊慌，更加高明，更加震撼人心。所以平民杜甫开创了以平民为根本的描写角度，他用诗来见证历史，采取的是民间立场。这是杜甫诗的第一个关键词和他开创的第一个传统。

三、沉郁顿挫的意象的锤炼

研究杜甫的诗史思维，研究杜诗的总体风格，人们可以脱口就说出四个字：沉郁顿挫。沉郁顿挫是杜甫对自己才性的论定，他三十九岁的时候曾经写了一篇《进雕赋表》，那是给唐玄宗写的一个表，在表里面就说他的作品沉郁顿挫，可以跟杨雄，跟枚皋这些汉代的词赋家比高低。沉郁和顿挫原来是两个词，在汉朝到南朝的时候已经分头使用，把沉郁和顿挫拼合成为一个成语是杜甫的专利。这个词发明之后，当然也有人用这个词评论其他人的诗文，比如有人说《诗经》里的风、雅就有沉郁顿挫的神韵；有人说阮籍的诗风是沉郁顿挫的；有人说白居易的《长恨歌》是沉郁顿挫的，哀艳之中具有讽刺；有人说刘基刘伯温的诗是沉郁顿挫的，自成一家。至于文章，有人说司马迁的《报任安书》是沉郁顿挫的，柳宗元、苏东坡的一些文章是哀痛激越，沉郁顿挫的。但是所有这些对诗文沉郁顿挫的评议，都有一个潜在的对照物，就是杜甫诗的独特风格。比如明朝宁波名士屠隆就认为，老杜大家，沉雄博大，他所以擅场当时，称雄万代，很大程度上得力于悲壮瑰丽、沉郁顿挫的风格。清朝诗坛的一个领袖人物王世贞，他评论诗的时候，也拿杜甫做参照物，认为南宋初期的诗只有陆放翁是大宗，他的七言诗逊于杜甫、韩愈、苏东坡、黄庭坚，为什么呢？因为他的沉郁顿挫少了，至于其他的地方陆游是别人所不及的。所以绕来绕去，都离不开中国诗歌史上的一个亮点，就是杜甫诗的沉郁顿挫。

那么什么是沉郁顿挫呢？沉郁，深沉忧郁，是一种生活的感受，一种精神状态。世事纷乱，生活磨难在人们心中沉积为难以承受的重。但是又不可推卸，难以逃避，需要你去承担，从而造成内心纵横交错的悲愤和苦闷。鲁迅在《〈苦闷的象征〉引言》中引用厨川白村的话概括那本书的主题：生命力受了压抑而生的苦闷懊恼乃是文艺的根柢，而其表现法乃是广义的象征主义。[1] 沉郁的苦闷积压在杜甫的内心，而表现出来的时候又不是采取一泻无遗，或是清扬高举，或是低吟浅唱的方式，而是充分开发诗的语言、句式、结构、意象、情调的内在张力，抑扬起伏，盘旋转折地表达出来，给人的精神以强烈的震撼和沉重感。杜甫是个"三多"的诗人：多事之秋的多难的经历者和多思者，这种阅历使得他不得不抑扬顿挫，有一种真诚的风骨，苍茫的兴会，令人荡气回肠。比如他五十岁那一年，在成都浣花溪草堂写的那首《茅屋为秋风所破歌》，"八月秋高风怒号，卷我屋上三重茅。茅飞渡江洒江郊，高者挂罥长林梢，下者飘转沉塘坳"。这是首段，采用了"号、茅、郊、梢、坳"连续的张口高呼的平远韵脚，声音宏远，像秋风一样怒号多哀，在摹写疯狂袭来的秋风的真实情形中传达了其威猛萧瑟的神态。茅草远飞、高挂、下飘，把秋风袭来的气势写得淋漓尽致，越是写得淋漓尽致，就越是可以看到诗人焦灼无奈的眼光。我们大可不必因为屋上有三重茅，就说杜甫是个小地主，屋顶覆盖着三重茅草，冬暖夏凉；更不可因为写到"南村群童欺我老无力，忍能对面为盗贼"，就说这小地主污蔑老百姓的孩子，读诗是不可以不顾及诗人的情境和感受就无限上纲上线的。南村的群童公然抱着秋风吹落的茅草跑到竹林里，既然写到南村，那天刮的就是北风，刮到南边去了。杜甫常年流离失所，一到成都受朋友的资助，才算定居下来，盖了这么一间茅屋，但他毕竟还是"客户"。人生地不熟，缺乏左邻右舍的照顾，

---

[1] 《鲁迅全集》第10卷，人民文学出版社1981年版，第232页。

如果他是那里的土著，那些小孩就不敢去抢他的茅草。在中国农村，熟人伦理维持着社会秩序，他如果跟左邻右舍知根知底的话，是不至于被小孩当面欺负的。所以第三段他写的晚上昏黑之后他躲到屋里面更没有人管他。屋子漏雨，被子都被淋湿了，娇儿睡相恶劣，把被子都踏破了，他处在一种孤立无援的人生困境之中。那么他把老百姓的孩子叫作顽童，把自己的孩子叫作娇儿，是不是"阶级立场"问题？他只不过说自己屋漏被破，自经丧乱，孤寒莫奈，长夜独眠，前面三个层次的格调和节奏都因之而发生脉动：一个是高远的，风吹着茅草的高远；一个是沉郁的，茅草飘下去的时候南村的孩子把它抱走了；第三个是收敛的，收敛自己的内心，自己暗暗地伤心屋漏又逢连夜雨；最后是放纵的，"安得广厦千万间"，还想到天下的跟自己一样的寒士，若有广厦庇天下，吾庐独破又何妨，体现了一种推己及人的高尚品格，全诗的情绪跌宕起伏，抑扬顿挫。一种类乎殉道者（儒家仁爱之道）的苍生襟怀，辅以"安得"、"鸣呼"的深沉舒缓的句式，是可以动人心弦的。

抑扬顿挫的诗学机制，不仅展现在诗的结构上要抑扬有度、波澜老成、开阖自如、转折多姿，而且体现在意象的创造上精准独到，以及对这些意象的分解组合、错综叠加，使之自然浑成、新颖独到、蕴藉多味。意象是中国诗学中最具有特征的术语之一，它从《易经》"圣人立象以尽意"里面转借、演化而来。但是对意象说得最好的还是欧阳修的《六一诗话》里面引用梅尧臣的一句话，"状难写之情，如在目前，含不尽之意，尽在言外"，就是含蓄而富有暗示性和联想性。意象之意具有复合形态，似乎不应直接翻译成 image 而造成其复合意义的流失。英文的 image 主要是"象"，而中国人讲意象，意在象先，先有意后有象，甚至得意而忘象，意象浑然天成，就像一个神奇的汤圆，"意"是里面的馅，"象"是外面的皮，初看则象显意隐，细嚼则意味深于象味，内心的感情对意象的渗透使深思的物象处在一种苏醒的状态，每个物象都好像有意味深长的话要对你说。把意和象组合在一起就是把看似没有生命的物象系统变成一种处于有言无言的对话系统。有些意象当然也有由象而生的装饰性，比如我们很熟悉的一首杜甫的《绝句》："两个黄鹂鸣翠柳，一行白鹭上青天。窗含西岭千秋雪，门泊东吴万里船。"黄鹂，翠柳，白鹭，青天，颜色非常明丽；两个黄鹂是横的，一行白鹭是纵的，线条明晰；窗含，是一个限制性的视野，门泊，是个开放性的视野，千秋雪，以雪来做时间的证明，万里船，以船来做空间的证明，四句两联皆为对仗。在工整的对仗之下提供一个色彩鲜明、落笔一丝不苟的画屏。

讲到意象，我们会想到《诗经》中的"比兴"，比兴加大了意象组合和叠加的密度。意象叠加产生意义联通的多层性和互释性，形成一种杜甫所说的"比兴的体制"。杜甫一首很有名的《春望》，"国破山河在，城春草木深。感时花溅泪，恨别鸟惊心"，意和象就处在显和隐之间相互累积和叠加，增添了意义的密度和深度。宋朝的司马光曾经说过，古人为诗，贵于意在言外，使人思而得之。比如说"国破山河在，城春草木深"。"山河在"，什么意思呢，就是别的东西不在。"草木深"，是什么意思？是只有草木没有人。花鸟平时是娱乐的东西，但是在这里看到它就掉眼泪，听到它就悲伤，时事不可收拾是可想而知了。[1] 所以意象就是诱发你去联想更深的意义，更广的意义，更加丰富的言外音、画外意。李白发愁的时候头发变长，"白发三千丈"，杜甫也发愁，头发变短，"白头搔更短，浑欲不胜簪"，簪子都插不上了。发愁掉头发，这种情况比较常见，谁见过像李白那样发愁，白头发长得撺起来有三千丈高的呢？三千丈盘起来大概就是一座小山。所以唐人写愁有唐人的气魄气象，用头发来搅动人的心弦心潮。

应该强调的是杜甫用诗史思维去观照一个大时代的危机和沉

---

[1] 司马光：《温公续诗话》，《历代诗话》，中华书局1981年版，第277—278页。

落，他的抑扬顿挫不是小家子气的，而常常是大手笔、大气象的沉郁顿挫。深沉雄大的意象设置，往往视镜开阔，选象雄伟，有若双峰并峙，两雄搏斗，似乎要以天地为舞台方能容纳。我们可以想到他的很多句子。比如《登楼》诗："锦江春色来天地，玉垒浮云变古今"。《登高》诗："无边落木萧萧下，不尽长江滚滚来"。比如他有一首《阁夜》："岁暮阴阳催短景，天涯霜雪霁寒宵。五更鼓角声悲壮，三峡星河影动摇。野哭千家闻战伐，夷歌数处起渔樵。卧龙跃马终黄土，人事音书漫寂寥"。在一个岁暮，在年快要结束的时候，日子像谁在催促着，过得真快真短。在这么一个很冷的夜晚，诗人支撑起了一个无比宏大又无比寂寞的时空结构，沉默地观察着宇宙之间的动静盈亏的消息，五更之后，鼓声和号角声十分悲壮，可是在夔州的三峡，战争已经渗入了这个偏僻地方，而三峡的流水还自然地奔流着，晴朗的夜空上的星光倒影在江水里面，摇曳不定。诗人面对着天地来思考人间的骚乱，天地无言，而人间有言，千家野哭联系着战争，数处夷歌联系着乡野，让人们在鼓角悲声和星河影动中品味着历史和现实，品味着天人之道，由不得你不在这无言与有言之间产生一种博大的意味深长的心弦共震。

四、佳句意识和苦吟作风

杜甫比李白小十一岁，在平平安安的岁月里面，十一年只不过弹指一挥间，但是在八世纪的唐王朝却划成了两个时代。李白是大了半代人的杜甫，杜甫是小了半代人的李白。李白迎着盛世的阳光走到了诗歌的绝顶，而杜甫却翻过了绝顶，用诗来扫描红日西沉之后的暗淡。李白的诗唱得明快，用明快来显示他的明星型的诗人的风貌，而杜甫的诗显得沉重，用沉重来显示他那种苦吟型的诗人的诚实。李白是擒纵语言的捷才，杜甫是锤炼语言的高手，他们从不同的角度把中国语言的诗性表达能力，提高到一个新的高度。杜甫对此有高度自觉和执着追求。杜甫在知天命之年写下这么一个名句："为人性僻耽佳句，语不惊人死不休。"他把对佳句的追求看作是人的本性和生死的价值投入的体现。杜甫是中国诗史上对语言的特质和功能有最深刻的理解和最敏锐的感知的诗人之一。他在句子的形成和低吟中呕心沥血，以功力支撑灵性，以灵性点醒功力，从而开拓出一个新的诗学的语言空间和语言法则。他的这种苦吟的诗学点亮了诗的语言的眼睛，或者说苦吟使杜诗长出了眼睛，领导和培育着一个以苦吟出深刻、以苦吟出精彩的传统。

宋人在分析唐朝名篇佳句的时候，有一种发现，认识到作诗要讲究"诗眼"，要使诗眼睛发亮。"传神写照，正在阿堵中"，这是中国艺术论以形写神的精华所在，杜甫深得其中三昧。比如说杜甫的《春夜喜雨》："好雨知时节，当春乃发生。"人有惊喜的心情，使诗人跟春意生命与共，气味相投，把生命都移到雨里面去了，他自己都化身为雨了。"好雨"怎么能够知道时节？雨本无知，因诗人而有知。"随风潜入夜，润物细无声"，潜伏进夜色之中，无声无息地把万物都湿润了，这就写出了雨的品行和性格，"润物无声"，给普天下都带来生机，有一种人格的魅力在里面。把诗等同于生命进行苦吟，在唐朝不仅有杜甫，就连孟郊、贾岛也是呕心沥血的。据说贾岛骑在毛驴上揣摩他的一句诗，"鸟宿池边树，僧敲月下门"，是用"敲"字好还是"推"字好呢？他在毛驴上又是"敲"又是"推"，结果"敲"到了韩愈的马前，冲撞了韩愈出行的队伍。韩愈说"敲"字好，两个人于是结为布衣之交，这就是我们诗歌上的"推敲"的典故。杜甫也推敲，但他走的不是郊寒岛瘦的路线，孟郊的诗有一股寒气，贾岛的诗比较枯瘦。杜甫诗走的苦吟路线，有如清代刘熙载所讲：高、大、深。"吐弃到人所不能吐弃为高，含茹到人所不能含茹为大，曲折到人所不能曲折为深"。[1] 比如说《登高》这

---

[1] 刘熙载：《艺概》卷二《诗概》，上海古籍出版社1978年版，第59页。

首诗过去被奉为古今七律第一，可以说是唐朝以来七律的状元吧，就像我们今天的高考状元一样。"风急天高猿啸哀，渚清沙白鸟飞回。无边落木萧萧下，不尽长江滚滚来。万里悲秋常作客，百年多病独登台。艰难苦恨繁霜鬓，潦倒新停浊酒杯。"这里用了多么好的对子。实际上中国古诗讲究对仗，对仗既有分庭抗礼之意，也有互相影响的作用，就是"对"和"联"两重意思。亦对亦联，就联成诗学里面平衡与非平衡的肌理和结构里面的精到微妙的语言辩证法。这里的对仗都是大对仗，"风急天高"、"渚清沙白"，一者写天，一者写地，俯仰上下，展开一个散发着悲凉气息的时空。"风急"和"天高"是当句对，"渚清"和"沙白"也是当句对，就是一句之中互相对起来的。"无边落木"和"不尽长江"是双句对，两句之间求的对仗。"无边"的空间，"不尽"的时间，空间中有"落木萧萧"的时序变化，时间中有"长江滚滚"的空间流动。其间的对仗对得何等有模样有气魄。而且这气势雄伟的对句令人想到屈原的《九歌》里面的《湘夫人》，"袅袅兮秋风，洞庭波兮木叶下"。在这苍茫的宇宙生命的体验中诗人又体验自我，"艰难苦恨繁霜鬓，潦倒新停浊酒杯"，白发诗人连酒都戒了。杜甫晚年大概是中风，所以他戒了酒。用一个空酒杯，面对着风高天急，猿啸鸟悲，落木萧萧和长江滚滚的大千世界，把这个大千世界最后收容在一个空酒杯里。这样一个有和无相对的境界中悲凉地咀嚼着一个忧郁的生命，生发出一种千罗万象的宇宙间生命之短暂和永恒的体验。

杜甫以"性耽佳句"的生命承诺在诗歌中进行广泛的语言试验，包括颠倒语序、变动词性、调配虚实、锤炼对仗，从而在外工整而内灵动的近体诗模式中，推进了对世界感觉和语言感觉的进程。由于色彩词是最具感觉性的词类之一，杜甫就非常讲究点醒色彩的灵魂，在色彩的感觉学上做了不少感觉独到、耐人寻味的好文章。感觉是诗与世界的接触点所在。德国十八世纪哲学家鲍姆嘉通创造的"美学"一词就带有"感觉学"（Aesthetic）的意思，并与古希腊的

"知觉经验"（Aesthesis）相通。可见杜诗提高感觉的位置，对诗学而言具有本质的意义。杜诗《泊松滋江亭》有诗："江湖深更白，松竹远微青。"其间的感觉异常精微，简直从深处窥见江湖松竹的带色彩的灵魂，似乎隐藏着诗人与此处山水的生命约定。有如《晴二首》有句："碧知湖外草，红见海东云。"《奉酬李都督表丈早春作》有句："红入桃花嫩，青归柳叶新。"这些诗句都以颜色词打头，在语序错综之间给人以颜色词充当主词，对紧接着的动词有施动的关系，因而给颜色注入生命的感觉。见碧才知是草，见红才知是云，在云红草碧中以颜色调出了久雨初晴的欢快心情。而红色、青色都回归和进入到桃花柳叶之中，造成一派早春新嫩，有感觉而后有印象和概念。因此感觉优先，是对认知世界的心理过程的还原，是以艺术的方式切入人与世界相遇的第一瞬间。《陪郑广文游何将军山林十首》有一个名句："绿垂风折笋，红绽雨肥梅。"人在园林中游，首先敏锐地看到的是绿、红的颜色，那是很显眼的。接着看到了这些颜色的姿态，或者垂下，或者绽开。然后才看清是何物，推测是何因，原来是昨夜风雨把竹笋吹折，把梅花喂肥了。这是感觉还原的写法，如果写成风折笋而绿垂，雨肥梅而红绽，那就会使诗味变淡而成了散文。《放船》一诗也有妙句："青惜峰峦过，黄知橘柚来。"这里写的是烟雨蒙蒙中向下游放舟，看到青色瞬间闪过，感到可惜，略加凝神，才知道那是峰峦在快速的舟行中飘闪过去；再看前方出现黄色，吸收刚才的教训，先做预想，知道那是果实成熟的橘树、柚树迎面而来。诗人通过感觉优先的法则，把对颜色的感觉和它对内心的碰撞，以心理还原的方式简洁地表达出来，这无疑是创造了诗歌语言表现的一种新的可能性。在西方世界，德国大诗人歌德创造一种"色彩学"，强调带主观心理感受的"眼睛的颜色"。他还转述过一位俏皮的法国诗人的话：由于夫人把她室内的颜色从蓝色变成深红，他对夫人谈话的声调也改变了。在杜诗"语不惊人死不休"的苦吟中，世界感觉是人与自然相互移植生命而浑融一体的，他由此以色彩感觉唤醒自然生命。在这种意义上，杜诗创造了东方感觉诗学，启示了东方的色彩感觉学。

五、如何读杜诗

最后谈一谈读杜诗法。读杜诗，应该了解和参考前人的注解和阐释，但是不可为纷纭众见所遮蔽，更重要的是直接面对杜诗，直接面对经典，尊重自己的第一印象和第一感觉。尤其是古人曾经反复研究过杜诗，有"千家注杜"的说法，南宋的时候就有《黄氏补千家集注杜工部诗史》。到现在对杜诗的注本或者研究性的选本，由宋到清可以看到书目的有八百多种，而清末至今的选注本和研究著作也在二百种以上。在众说纷纭，千家包围之中，我们应该怎么办？应该放开眼界，当然也可以找几个很高明的本子仔细地读一读，但是更重要的是切忌犯矮子看戏的毛病，过去看戏都在台子上，看戏高个子站在前面，矮子来迟了，被高个人挡住，本来没有看到戏，也随着人家喝彩。宋朝的朱熹说："读书之法，既先识得它外面的一个皮壳了，又须识得它里面骨髓方好。……其有知得某人诗好，某人诗不好者，亦只是见到以前人如此说，便承虚接响说取去，如像矮子看戏，见人道好，他也道好。及至问著他那里是好，元不曾识。"这是朱熹一般地讲读书，他还专门讲读杜诗，"人多说杜子美夔州诗好"，夔州就是现在重庆的奉节，都说杜甫到奉节之后写的诗好，朱熹说，对于这一点我不明白为什么，"夔州诗却说得郑重繁絮"，他认为夔州诗写的很烦琐，还不如秦州诗写得好，但是黄庭坚讲了夔州诗好。黄庭坚讲的固然有他发现的东西，"今人只见鲁直、黄庭坚说好，便都说好，如矮人看场耳"。[1] 问题在于我们面

---

[1] 《朱子语录》卷一一六，卷一四○，四库全书本。

对的不仅是黄庭坚这么说，而且是千家注杜的千家，你这么说，他又这么说的复杂情景，更不能矮子看戏，随着别人的说法，而是要站在一个高的地点，放开眼光，看到一些使自己眼睛发亮，心头发痒的妙处，以第一印象作为我们创造新学理的逻辑起点。

比如杜甫最好的一首七绝是《赠花卿》："锦城丝管日纷纷，半入江风半入云。此曲只应天上有，人间能得几回闻。"本是非常精妙的一首诗，但是明朝有两位状元公，一个是正德年间的状元杨慎杨升庵，一个是万历年间的状元焦竑焦弱侯，他们怎么来讲这首诗的呢？这两个都是高个子，当了状元，个子还不高吗？杨慎在《升庵诗话》里面讲：花卿是蜀中的勇将，恃功骄傲，杜甫的这首诗是讽刺他僭用天子礼乐，所以含而不露，"有风人言之无罪，闻之者足以戒之旨"[1]，他也承认，杜甫的这首绝句，是"绝句之冠"。那么焦竑这个状元公怎么说呢？他来了一个矮人看戏，附和杨慎的意见，说花卿恃功骄傲，杜公之含蓄不露，有风人言之无罪、闻之者足以戒之旨，公之绝句百余首，此为之冠。焦竑之后又过了一百多年，到了乾隆年间有个诗坛泰斗，叫沈德潜，编过《唐诗别裁集》，六七十岁才中了进士，但是乾隆皇帝对他非常器重，他又来了一番矮人看戏，他说："诗贵寄意，有言在此而意在彼者"，他沿用了杨慎和焦竑的看法，认为这首诗是讽刺花卿的僭窃，"想新曲于天上"[2]，学术史上这种现象，实在令人感慨系之。由宋到清的这些名家多在矮子看戏，陈陈相因。他们都有忠君情结，也都信奉儒家的对礼的看法，孔圣人曾经指责鲁大夫季氏僭用天子礼乐："八佾舞于庭，是可忍也，孰不可忍也？"[3] 至圣如此，诗圣能不如此吗？这种逻辑对古人尚情有可原。但是如果我们现在还在采取矮人看戏的方式论诗，还在罗列明清旧说，认为此诗讽刺"僭越"，学问是有

[1] 杨慎：《升庵诗话》，《历代诗话续编》。中华书局1983年版，第644页。

[2] 沈德潜：《说诗晬语》卷下，《清诗话》，上海古籍出版社1978年版，第554页。

[3] 《论语·八佾篇》，《四书章句集注》，中华书局1983年版，第61页。

学问的，但是有什么创造性可言呢？杜甫还写过一首诗叫《戏作花卿歌》，赞扬"成都猛将有花卿，学语小儿知姓名"，小孩都知道花卿这个大将的名字，他平定了四川的叛乱，表现了"人道我卿绝世无"的将才，"我卿"的"我"用得多亲切，"绝世无"的"绝世"评价得多么透顶，由此指责朝廷"既称绝世无，天子何不唤取守京都"，为什么不让他去洛阳打仗，去平定安史之乱呢？他写了这么一首诗极口夸奖花卿，这位将军大人看到还有这么一位老诗人欣赏自己，请他吃顿饭，用最好的音乐来招待，这是千载以下尤可体验到他们竭诚相待的文坛佳话。这则佳话竟然被误读为杜甫写诗讽刺花卿"僭越"，如果是这样的话，难道杜甫的心理变态啊，你写诗说我好，傍大腕，我请你来吃饭，你还说我的音乐是超越了朝廷的规定的，这种心理状态实在令人费解。梳理唐代诗人的脉络，就不难发现，杜甫这首诗不是一个孤立的现象，实际上它是以音乐为引子，来写一个历史的大时代的沉落。"此曲只应天上有"，这个曲子以往只在长安梨园里面才能听见，"人间能得几回闻"，而我现在在成都就可以听得到，说明"皇帝弟子"的梨园曲艺已经流散，意味着盛唐王朝的破败已经不可收拾了，因为梨园子弟就是唐玄宗当太平天子的一个标志。用梨园子弟音乐人才的流失来写盛唐的衰落，就是用标志性的事件和事态的流失来写一个王朝的盛极而衰。杜甫开创的这个传统，延续到中晚唐。杜甫六年后在夔州，在今天奉节这个山城里面，看到公孙大娘的弟子舞剑器，公孙大娘在梨园子弟中，以舞剑器第一而驰名，"昔有佳人公孙氏，一舞剑器动四方"。但是得到她真传的这个弟子李氏十二娘竟然跑到奉节来表演，"先帝侍女八千人"，现在已落到"梨园弟子散如烟"的境况，盛唐沉落只能以"瞿塘石城草萧瑟"来做见证了。此后三年杜甫到了江南，又碰到了李龟年，李龟年就是当年梨园子弟中唱歌第一的人，"岐王宅里寻常见，崔九堂前几度闻。正是江南好风景，落花时节又逢君"，难道仅仅是讲两个人的交情吗？他讲一个时代的标志性音乐人才，梨园子弟中唱歌的第一高手流落到江南来了，开创了用音乐人才损失，来怀念那个沉落的盛唐的诗歌风气。如果我们对唐代的诗、文、笔记比较熟悉的话，这种表现历史的方式可以找到不少，其间多有令人感慨扼腕的历史苍凉感。

所以读杜甫，我们应该直接面对杜甫的那张忧郁的脸和真诚的心，不应该矮子看戏，只满足于看到历朝历代看杜甫的那些人们直至我们的前辈看的后脑勺，欣赏他们脑后千奇百怪的发型。我们要直接面对经典，从那里挖掘出值得我们民族骄傲的原创性诗学来。

西学东渐四百年祭——从利玛窦、四库全书到上海世博会

一、四百年祭之三维度

今年5月是意大利来华传教士利玛窦逝世400周年，以利玛窦东来为标志，今年是西学东渐400年祭。这是中华民族在严峻的挑战中磨炼和提升文化生命力的400年。这是中华民族在西方文明的碰撞中，虽然中间插入一个清朝康乾盛世，实际上在世界竞争中走了一条 W 型的曲线而逐渐衰落，终至全面复兴的400年。历史将自己的意义写在举世瞩目的沧桑巨变中，历史不会忘记，中国是在上海世博会的灿烂阳光下进行这"西学东渐四百年祭"的。400年一头连着利玛窦来华，一头连着上海世博会开幕，构筑起一座巨大的历史拱门，展示了中华民族艰难曲折又可歌可泣的历程，敞开了中华民族元气充沛又鹏程万里的天空。有意思的是，行程中间有一座碑，是出现在康乾盛世的《四库全书》。利玛窦遭遇《四库全书》，这一历史事件告诉人们，400年变迁的一个关键是中西文化的对撞、互渗、选择和融合。

利玛窦的价值在哪里？在于他是这400年之始携西学入华，进行中西文化对话的标志性的第一人。利玛窦1582年8月7日进入澳门，1610年5月11日病逝于北京，万历皇帝御准葬于北京阜成门外二里沟坟地（今北京行政学院内）。碑铭是"耶稣会士利公之墓"，"利先生讳玛窦，号西泰，大西洋意大里亚国人。自幼入会真修。明万历壬午年（万历十年，1582）航海首入中华衍教，万历庚子年（万历二十八年，岁杪已是1601）来都，万历庚戌年（万历三十八年，1610）卒。在世五十九年（1552—1610），在会四十二年。"碑文采取汉文与拉丁文并列的方式，象征一位天主教传教士沟通中西文化的身份。

因此在今天澳门研讨会上探讨"利玛窦遭遇《四库全书》"，实际上是纪念以这位先驱者为标志的西学东渐400年，反思中西文化碰撞融合400年。400年前，利玛窦在澳门两年（1582—1583），这被墓碑称为"航海首入中华"，然后在中国内地传教交友27年，传播基督教文化，学习儒家文化，剃发去髭，换上僧袍，又改穿儒服，愿当中国子民。1592年利玛窦在南昌着手把《四书》译成拉丁文，并加注释。他由此熟悉中国传统文化、中国人思维和行为方式，证明基督教与儒家有相通之处，盛赞孔子为"中国哲学家之中最有名"者，使其"同胞断言他远比所有德高望重的人更神圣"。正是遵从这么一条入乡问俗、调适传教的温和的文化路线，利玛窦在肇庆被称为"利秀才"，在南昌被称为"利举人"，在北京被称为"利进士"，他的中文修养渐趋精深，获得愈来愈多的体面的认同。他翻译"四书"早于王韬1862年在香港协助英华书院院长理雅各（James Legge）将四书五经译为英文270年，成为中西文化缔缘的先驱者。

澳门在16、17世纪是中西文化交流的"圣城"，葡萄牙由于国王握有天主教保教权的缘故而被视为"东方梵蒂冈"，是中国人看取西方希腊、希伯来文化，尤其是文艺复兴早期文化的一个有历史关键意义的窗口。钱锺书说："我常想，窗可以算是房屋的眼睛。"

刘熙《释名》说："窗，聪也；于内窥外，为聪明也。"[1] 门是让人出进的，窗打通了大自然与人的隔膜，把风和太阳逗引进来，窗可以说是天的进出口。窗口也可以放进小偷和情人。1582年澳门窗口就放进了一个中西文化初恋期的情人利玛窦，为中国文化注入了一种异样的色彩。

在考察利玛窦与《四库全书》遭遇之前，有必要介绍一下他300年后的一位澳门邻居，也就是清朝末年杰出的维新改良思想家郑观应。郑氏历尽商海风波之后，1884年也就是利玛窦离开澳门进入中国内地301年后，以32岁盛年退居澳门郑家大屋（距离利玛窦学习中文的圣保罗学院一公里开外），思考中国的前途和拯救的方法，写成《盛世危言》。书中对利玛窦颇存好感，称说"明季利玛窦东来，徐光启舍宅为堂，有奏留其教之疏，实为华人入教之鼻祖。而明史称其清介，亦未因入教而受贬也"。这里提到利玛窦的搭档徐光启，是晚明松江府上海县人，60岁后"冠带闲居"故里，试验农业，著《农政全书》，身后归葬之地称徐家汇。他是得风气之先的上海文明的先驱者，徐氏之汇，汇向今日上海世博会所张扬的"理解、沟通、欢聚、合作"的精神理念。郑观应《盛世危言》从商业富国的理念出发，主张"设博览会以励百工"，他是从民族振兴的角度倡导上海办世博会的第一人。

《盛世危言》专设《赛会》章，给中国人的脑筋增加一根世博会的历史和壮观的弦，它交代："溯赛会之事，创之者英京伦敦，继之者法京巴黎，嗣后迭相举赛，萃万国之精英，罗五洲之珍异……美人赛会于芝加哥，其气象规模尤极天下之大观，为古今所未有……此会拥九州万国之珍奇，备海澨山陬之物产，非此不足以扩识见，励才能，振工商，兴利赖。"写《赛会》之时，适逢1893年美国以"纪念哥伦布发现新大陆400年"为主题，举办芝加哥世博

---

[1] 刘熙：《释名·释宫室》。

会，盛况空前，其大道乐园启发了后来的迪斯尼乐园，爆米花、蓝带啤酒、麦片、口香糖刺激着饮食时尚。其时美国的 GDP 已超过英国居世界第一，面对一流大国的气象规模，郑观应心存忧患，反省"中国之商务衰矣，民力竭矣，国帑空矣"，进而警醒国人，"欲富华民，必兴商务；欲兴商务，必开会场；欲筹赛会之区，必自上海始"。以上海为中国率先举办世博会的最佳选址，是一个卓见，郑观应提示的世博会之弦，牵引着中国振兴的百年之梦。有意思的是，有美国学者名为华志建者，把1893年芝加哥世博会和2008年北京奥运会相比拟，认为那届世博会把世界的眼光聚焦到美国，而这届奥运会使美国人看中国的目光，就像当年欧洲人看美国崛起一样，既震惊又怀疑。这样的话用在上海世博会，不是更有可比性吗？

这样，我们就清理出思考"西学东渐四百年祭"的三个维度：一是利玛窦—徐光启—上海；二是利玛窦—郑观应—世博会；另外一个维度就是利玛窦遭遇《四库全书》，由于祭典的主题是东西文化的碰撞融合，这第三个维度具有更深刻的文化内涵和历史教训，它将引领我们走进中国历史命运的深处。

二、把正史的眼光与皇帝的趣味一道反思

那么，历史是怎样记载利玛窦这个文化初恋情人呢？收入《四库全书》史部正史类的《明史》，在《神宗本纪》中只记利玛窦一句话："（万历二十八年十二月）大西洋利玛窦进方物。"[1] 记载是记载了，但是与午门受俘、灾民为盗、群臣请罢矿税并列，并不特别打眼，反而有几分冷漠。冷漠的语言背后，却隐藏着这位传教士文化情人带来的令人眼睛发亮的定情物（信物）和嫁妆。

---

[1] 《明史》卷二十一《神宗本纪》，中华书局版。

1601年1月27日，利玛窦以"大西洋陪臣"的身份，依靠澳门资助，进贡的方物有天主像、圣母像、天主经、《万国舆图》、大小自鸣钟、三菱镜、大西洋琴和玻璃镜等等。（顺便说一句，1915年巴拿马世博会，晚清状元实业家张謇邀请苏绣圣手沈寿挥动神针，用110种颜色的丝线绣成《耶稣像》参赛，荣获金奖，实现了西方宗教与华夏工艺的精美结合。是利玛窦进方物，耶稣像入中国300年后，带上中国色彩的西行。）万历皇帝在利玛窦进献的方物中，对自鸣钟尤为痴迷，在大内建筑钟楼保藏，玩赏得不亦乐乎，还专门选派太监向传教士学习管理操作知识，多次诏请传教士入宫修理。皇帝好钟表，全然为了解闷猎奇，以消解他胖得发愁的寂寞，连皇太后要欣赏自鸣钟，也让太监弄松发条，留下来自己长久享用。痴迷到把"以孝治国"也丢在脑后了。利玛窦与自鸣钟简直有一种生死情缘，直到解放前的上海，利玛窦还被供奉为钟表行业（还有客栈）的祖师爷，可见自鸣钟着实是个了不起的洋玩意儿，但皇帝老子却没有安排相关部门仔细考究它的精密原理，进而借鉴制造，只知享受文明，不思创造文明。至于世界地图，也只是复制分赠给皇子们，挂在墙上作为奇异的图画来欣赏。而对于世界地图蕴含着多少未知的可开发的领域，对于其他珍宝蕴含的光学原理和机械制造之利，王朝决策者懵懵然毫无用心。当万历皇帝只不过把这些"方物"当玩物的时候，潜在着的取法西方发展科技和工业的契机，在老大的帝国胖墩墩的嬉皮笑脸下无声无息地滑走了。耽逸乐而废国策，到头来造成大国沉沦，实在足以令人发出千古一叹。

然而，利玛窦进贡的礼品所蕴含的科技价值，还是给中国知识界带来了深刻的精神震撼。这位传教士文化情人带来的贡物嫁妆中，最抢目、最使中国士人精神震撼的是世界地图，《坤舆万国全图》。地图取名于《易传》"坤为大舆"，坤为地、为母，为人类驰骋发展的大车，隐喻大地孕育滋生万物。利玛窦所作《万国全图·总论》中说："地与海本是圆形，而合为一球，居天球之中，诚如鸡子，黄在青内。"[1] 它震撼着中国文化精英脑袋里根深蒂固的"天圆地方"的天地模式，使人们猛然惊异于世界之大，有五大洲，中国仅是万国之一，并不等于自己整天盘算着"治国平天下"的那个天下。地球的这边那边都可以站人，脚对脚，也不会甩出去，简直不可思议。利玛窦的地球中心说，属于托勒密系统，未能汲取哥白尼学说，但对中国传统的天下观已起了颠覆的作用。它将中国画在地图中央，左为欧洲、非洲，右为南北美洲，投合了中国人的中心意识，这种布局在中国地图学中沿用400年。这种新的世界观给中国知识界敞开了一个无穷的未知空间，长久地刺激着人们的求知欲望，由地理视野转化为一种崭新的文化视野。

与《明史·神宗本纪》对利玛窦只讲一句话，意味着他对王朝政治无多大关系不同，《外国列传》中几乎把利玛窦等同于大西洋意大利，用了千余字，称述"意大里亚居大西洋中，自古不通中国。万历时，其国人利玛窦至京师。为《万国全图》，言天下有五大洲：第一曰亚细亚洲，凡百余国而中国居其一；第二曰欧罗巴洲，凡七十余国，而意大里亚居其一；第三曰利未亚洲，亦百余国；第四曰亚墨利加洲，地更大，以境土相连分为南北二洲；最后乃墨瓦腊泥加州为第五，而域中大地尽矣。"[2] 这是可以动摇中国传统以本国为中心、环以四夷的天下观的。撰写《外国列传》者，是清朝康熙年间由博学弘儒科而成为翰林的浙江通儒毛奇龄，他对于利玛窦通过宦官"以其方物进献，自称大西洋人。礼部言《会典》止有西洋琐里国，无大西洋，其真伪不可知"，是不敢苟同的。毛奇龄认为，以为古书未载的就不存在，是最不通的，"六经"无髭髯二字，并不等于说中国人的胡子是汉朝以后才长出来的。因此他推断利玛窦"其说荒渺莫考，然其国人充斥中土，则其地固有不可诬也"。但《外

[1] 利玛窦：《坤舆万国全图·总论》，《利玛窦中文著译集》，复旦大学出版社2007年版，第173页。
[2] 《明史》卷三百二十六《外国列传》，中华书局版。

国列传》不排除是经过国史馆总裁官修改定稿，其中也有官方口吻的担忧："自利玛窦入中国后，其徒来益众……自利玛窦东来后中国复有天主之教……公然夜聚晓散，一如白莲（教）。"不过编纂者多为东南文士，毕竟感染西学东渐的气息，行文还是采取分析态度，指出"其国人东来者，大都聪明特达之士，意专行教，不求禄利，其所著书，为华人所未道，故一时好异者，咸尚之。而士大夫如徐光启、李之藻辈首好其说，且为润色其文词，故其教骤兴，时著声中土"。其实，大地是否为球体，世界是否有五大洲，并非书斋里的推理问题，中国人应该迈开双脚，到世界五大洲去实地考察，去证实，去发现。当上海世博会迎来全球240多个参展国和国际组织，从而办成空前规模的世博会的时候，谁还会怀疑世界有五大洲，对于利玛窦的世界地图不会再怀疑其真伪，只会发现其粗疏了。

《明史》馆臣属于康熙、雍正朝的文士，在其视野中，利玛窦主要给中国带来两样大西洋异物，一是世界地图，打开中国人看世界的视境，但他们还感到"荒渺莫考"；二是带来天主教，虽然个人聪明特达，不求利禄，但其"公然夜聚晓散，一如白莲（教）"，担心对中国社会稳定和安全造成危害。正史对于西洋天文、历算之学，还是欢迎的，如《明史·天文志》说："明神宗时，西洋人利玛窦等入中国，精于天文、历算之学，发微阐奥，运算制器，前此未尝有也。"[1] 正史对利玛窦的文化使命和文化行为的反应，蕴含着开放意识和警诫意识的交织，这是西学东渐初期根柢深厚的中国正统文化系统的反应。但是，透过一层思考，这种过分自持的文化反应，无异于以管窥天，难以在科学技术领域掀起轩然大波。人家有巨浪，你却无大波，累之以日月，老祖宗的本钱也会吃光的。"荒渺莫考"的西洋科技和工业，距离17世纪的东方古国似乎太遥远了，只在有限的人群中呈露星星点点，又无国家意志的推助，难以激发整个民

---

[1] 《明史》卷二十五《天文志》，中华书局版。

族的忧患意识和竞争意识。

三、《四库全书》之副册、另册

那么康熙、雍正以后再过半个世纪，到了18世纪的乾隆朝，情形又如何呢？利玛窦传播西方文化，即所谓基督教远征中国之行，引起的最集中的反应是遭遇160年后乾隆时期编纂的《四库全书》。《四库全书》是一批儒者、汉学家集体完成的乾隆钦定的国家工程，以乾嘉考据学的功力在其《总目提要》中展示了数千年博大精深的中国学术文化史。它是以中华帝国官方正统的文化眼光审视利玛窦的传教行为和携带的西洋文化的。它自有一种规范，是以一种内蕴的价值观，通过立体的、等级的目录学体系，以及对群书的分类定位、著录提要、存目或禁毁，来判别它们的正邪、优劣的文化价值等级。利玛窦的中文著译存世者在20种以上，收入《四库全书》有4种，未收而存目者6种。收录的4种为《乾坤体义》《测量法义》《圜容较义》《几何原本》，收入子部算法类。存目6种为《辨学遗牍》《二十五言》《天主实义》《畸人十篇》《交友论》《天学初函》，归入子部杂家类存目。如果说，《四库全书》也如《红楼梦》太虚幻境的册子之有正册、副册，再加上另册，那么从以上对利玛窦中文著作的处置来看，它们未入正册，而天文算法类书入了副册，传播教义类书则入了另册。这就是西学东渐初期中国文化的对话姿态和西方文化遭遇的命运。当你把别人的文化归档之时，你自身的文化前行的姿态和命运反过来也被归了档，"归档者反被归档"，这就是文化对话蕴含着的一种历史哲学。

在利玛窦使中西文化联姻的过程中，这位传教士碰上了一种前所未遇的古老而深厚的东方文明。他不可能像对某些所谓"蛮族"那样，面对文化空洞高傲地大肆传教，他面对的是一个丰足而儒雅的民族，必须使自己也变得儒雅而不鄙陋，必须调适自己的文化态度、传教方式和文化交流方式，才能在这个古老深厚的文化体制中获得受人尊重的身份。中国对他感到陌生，他对中国也感到陌生。他想对中国文化施以压力，中国文化也对他施以反压力，相互之间都有一个文化辨析、认知和选择对话方式的过程。有一种所谓"利玛窦判断"，他发现中国所存在的东方人文主义，特点在于宗教不发达，没有完备的神学，有的只有道德哲学。这使他对基督教东征之旅抱有信心，又对东方的道德信仰心存畏惧，内心充满复杂的矛盾。面对东方源远流长的文明传统，他不能显出简陋，于是搬出天文算法这类西学的优长所在，他甚至一再敦促罗马教会增派一些精于天文星相的教友来华，以备中国皇帝每年编修历法的咨询，以博取中国学者的青睐和折服。《四库全书》子部天文算法类收入利玛窦的四种书，是作为实用之学加以评价的。《四库全书总目提要·子部总叙》说："儒家以外有兵家，有法家，有农家，有医家，有天文算法，有术数，有艺术，有谱录，有杂家，有类书，有小说家，其别教则有释家，有道家。叙而次之，凡十四类。"[1] 天文算法类放在医家和术数之间，属于实用之学，但不是纲纪之学。西方的天文算法这类科技著作，被嵌镶在中国儒学的学术价值框架之中，受到了格式化的处置。这套框架是由四库全书总纂官纪昀具体设计的，带有北方学术宗师的典重的规范性。

这里从天文算法类中，选择利玛窦两部书的提要加以考察。其一是《乾坤体义》，属于自然哲学著作。上卷讨论地球和天体构造，以及地球和五星相互关系之原理；下卷列举几何题十八道，用来证明数学图形中间，圆形具有最大的包容性，比一切图形都完美。《四库全书总目提要》卷一〇六评述说："《乾坤体义》二卷，明利玛窦撰。利玛窦，西洋人，万历中航海至广东，是为西法入中国之始。

---

[1] 《四库全书总目提要》卷九十一《子部总叙》，中华书局版。

利玛窦兼通中西之文，故凡所著书，皆华字华语，不烦译释。是书上卷，皆言天象，以人居寒暖为五带，与《周髀》七衡说略同。以七政恒星天为九重，与《楚辞·天问》同。以水火土气为四大元行，则与佛经同……至以日月地影三者定薄蚀，以七曜地体为比例倍数，日月星出入有映蒙，则皆前人所未发。其多方罕譬，亦委曲详明。下卷皆言算术，以边线、面积、平圜、椭圜互相容较，亦足以补古方田少广所未及。虽篇帙无多，而其言皆验诸实测，其法皆具得变通，可谓词简而义赅，是以《御制数理精蕴》，多采其说而用之。当明季历法乖舛之余，郑世子载堉、邢云路诸人，虽力争其失，而所学不足以相胜。自徐光启等改用新法，乃渐由疏入密。至本朝而益为推阐，始尽精微，则是书固亦大辂之椎轮矣。"[1]

提要肯定了利玛窦天文算法的简明详实，以及发前人所未发的新颖之处，但这种肯定是有限度的，看不出有多少以西人为师的输诚之心。另一层的意思，反而有些西学中源之意，从大概是汉代的天文算学典籍《周髀算经》，以及宗教文学类的著作中寻找科学的源头，折射了某种"西学东源说"的投影。这种投影在居于《四库总目》子部天文算法类榜首的《周髀算经》的提要中，表现得更为充分，其中提到《周髀》"其本文之广大精微者，皆足以存古法之意，开西法之源"，又说"明万历中，欧罗巴人始别立新法，号为精密。其言地圆，即《周髀》所谓地法覆槃，滂沱四隤而下也。……西法出于《周髀》，此皆显证，特后来测验增修，愈推愈密耳。《明史·历志》谓尧时宅西居昧谷畴人，子弟散入遐方，因而传为西学者，固有由矣"。[2] 对于传统学术，固然不应数典忘祖，应看到它在古代曾经领先，但是更不能总像阿Q那样得意忘形地夸口"先前阔"，而矮化西方文艺复兴以后的科学技术的进展。尤其应该看到，世代沿

[1]《四库全书总目提要》卷一百六子部《乾坤体义提要》，中华书局版。
[2]《四库全书总目提要》卷一百六子部《周髀算经提要》，中华书局版。

袭的正统学术倚重人伦修养，排斥奇技淫巧，从学统和体制上未能自觉地把科学技术的发展置于国策的地位，于此时际反而津津有味地编制尧时畴人传为西学的神话，不知取彼之长补己之短，不知改革为何物，实在令人感到可叹可悲。世界历史已经到了这么一个关头：前瞻奋进则强，恋旧苟安则危。四库馆臣博学的神经中明显地缺了这根弦。

其二是《几何原本》六卷，乃是欧几里得《原本》（*Elements*）的平面几何部分，利玛窦根据其师克拉维乌斯的拉丁文评注本翻译成中文，1608年刊行。《四库提要》说："利玛窦译，而徐光启所笔受也。……光启序称其穷方圆平直之情，尽规矩准绳之用，非虚语也。……此书为欧逻巴算学专书……以此弁冕西术不为过矣。"[1] 所谓弁冕，都是古代男子冠名，吉礼戴冕，通常礼服用弁，四库馆臣是把《几何原本》看成西方学术之冠的。徐光启（教名保罗，）从一个谙熟"代圣贤立言"的八股文的进士，转而与利玛窦翻译科学名著，并把逐渐理解该书的精确性和可靠性当作享受的过程，其后又以这种科学思维写成《农政全书》60卷，这种"徐光启转换"在晚明社会具有独特的文化史和科学史意义。他强忍父丧之痛，与利玛窦反复辗转，求合原书之意，三易其稿，终成精品。他对此书的逻辑推理方法和科学实验精神甚为折服，在《几何原本杂议》中说："举世无一人不当学……能精此书者，无一事不可精；好学此书者，无一事不可学。"其推崇可谓备至，使这部书成了明末清初揣摩算学者的必读之书。

曹操《短歌行》感叹："对酒当歌，人生几何？"徐光启、利玛窦借用"几何"二字，重新命名"形学"，谐音英文 Geo，促使中国这门学科与西方接轨。梁启超在《中国近三百年学术史》中，盛赞"利、徐合译之《几何原本》，字字精金美玉，为千古不朽之作"，

---

[1] 《四库全书总目提要》卷一百七子部《几何原本提要》，中华书局版。

又称四库全书馆臣多嗜算学，"在科学中此学最为发达，经学大师差不多人人都带着研究"。其影响之大，刺激了后来的墨学，尤其是蕴含科学和逻辑思维的"墨辩之学"的复兴。只可惜当时的体制不能使科学研究与创造发明相结合，众多的聪明才智依然浪掷于以八股求利禄之中，因而无法打通中国的工业化进程。《四库全书》的价值系统只把天文算法类的《几何原本》等书作为一家之言置于副册，没有将之作为正册的独立的科学体系而置于国家文化的正统地位。不能只看你对这部书说了多少好话，更本质的要看你把它放在整个社会文化体系的哪个位置，这就是我们考察问题的整体观。社会机制不能互动互融而出现文化脱层现象，乃是一个大国全面协调发展的大忌。

与四库馆臣咬文嚼字的思维方式不同，历届世博会致力于办成推动社会发展的"经济、科技、文化领域的奥林匹克盛会"。比如，一些世博会把"人类、自然、科技"，能源，水源，海洋，以及反复地以哥伦布发现新大陆为象征的"发现时代"作为主题，它们的思维方式都是指向人类社会和科学技术的发展，及可持续发展。就拿《几何原本》中令人赞不绝口的那个"圆"，在1893年美国芝加哥世博会上变成了菲力斯摩天轮，在1958年比利时布鲁塞尔世博会上变成了原子球建筑，在1967年加拿大蒙特利尔世博会上因被富勒宣称宇宙建筑的形，必然是球体，而赋形建美国馆，这些都或多或少地对人类的思想和生活方式发生冲击或启示。这些奇思异想，为什么没有发生在那个时代或以前的中国呢？毫无疑问，中国人是一个富有智慧的民族，但是智慧须用在开放的现代思维方式上。上海世博会上的中国馆，就以方形阶梯式的斗拱建筑，调动了地球环绕太阳自转的光线投射，在光影调动中赋予建筑冬暖夏凉，简直称得上巧夺天工。从《四库提要》到上海世博会的设计，中国以开放的胸襟显现了思维方式从古典到现代的根本性转型。

四、如何处理国家尊严与开放姿态

文化对撞之流，总是一股混合型的浊流，鱼龙混杂，源流和因素多端，动机和效果各有追求。利玛窦携带的西方文化来自两个体系，一个是希伯来文化，为传教义之所据，另一个是古希腊体系，为传天文算法之所据。古老而深厚的中国文明似乎有一股历久弥坚的免疫系统，对传教士利玛窦的文化行李进行分析、排斥和选择，将文艺复兴重新激活了的古希腊以科学见长的文化系统，如《几何原本》之类，纳入钦定《四库全书》的副册，加以著录。而源自希伯来系统，经中世纪延续下来的传教著作则列入《四库》子部杂家类作为存目，受到四库馆臣的讥讽和抵制，在某种意义上做了另册处理。这大概就是西学东渐初期，中国正统文化的"非开放之开放"、"非理性之理性"的反应。

列入存目，是否有归入另册之嫌，还要略为辨析。《四库》著录和存目的分野，绝非只看学术标准，不看政治标准。比如元代散曲大家张可久（字小山），曾被明代曲家将之与乔吉比为"曲中李杜"。但《四库全书总目·凡例二十则》说："张可久之《小山小令》，臣等初以相传旧本，姑为录存。并蒙皇上指示，命从屏斥。仰见大圣人敦崇风教，厘正典籍之至意。"因而将其从著录贬为"集部词曲类存目"。这里采用的是"敦崇风教"这种政治伦理标准。利玛窦的传教著作也不是因为质量标准，而是因为政治考量而归入子部杂家类存目的。

对于这种文化碰撞中的甜酸苦辣，利玛窦早有实感在先，他因而反对西班牙籍的耶稣会士桑彻斯所谓"劝化中国，只有一个好办法，就是借重武力"的强暴传教方式，而主张"交友传教"的方式。他建议："所有在这里的神父努力学习中国文化，把这作为一种很大程度上决定传教团存亡的事情看待。"明万历二十三年（1595）利玛窦在江西南昌，应万历皇帝的堂叔建安王的要求，辑译的西方哲学家的格言集《交友论》，语录一百则，也透露了利玛窦以交友方法传教的文化策略。时人冯应京（安徽泗州人，万历二十年进士）对此心领神会，为之作序云："西泰子间关八万里，东游于中国，为交友也。其悟交之道也深，故其相求也切，相与也笃，而论交道独详。嗟夫，友之所系大矣哉！……爰有味乎其论，而益信东海西海，此心此理同也。"[1] 然而一二百年后的钦定《四库提要》却对此并不领情，认为"万历己亥利玛窦游南昌，与建安王论友道。因著是编以献，其言不甚荒悖，然多为利害而言，醇驳参半"[2]。这些说法就未免有点儒者排斥异己的不靠谱的意味了。《交友论》说："吾友非他，即我之半，乃第二我也，故当视友如己焉"；"友之与我，虽有二身，二身之内，其心一而已。"[3] 这些话都带有上帝造人，其心如一的信仰，至于"德志相似，其友始固"，也强调交友应该提倡志同道合，看不出有何等"多为利害而言"的迹象。不能因为他是传教士，就把他介绍的西方伦理哲学都废弃不顾，儒门不是也讲究"以文会友，以友辅仁"吗？《礼记》还说："独学而无友，则孤陋而寡闻。"偏执地批判交友之道，有可能关闭开放的心灵，这是不能不令人感到遗憾的。就拿世博会来说吧，它倡导的"理解、沟通、欢聚、合作"理念，高度重视交友之道，欢迎天下友朋，共办共享这个超越了国家、民族、宗教分隔的人类文明盛会。

在文明对话中，利玛窦传教的策略，本有援儒斥佛的苦心，他"小心谨慎，竭尽努力从中国历史和信仰中采纳可能同基督教真理一致的一切"，对中国人祭孔、祭祖的礼仪，也采取理解的态度，而集中力量抨击佛、道。徐光启称这种文化策略为"补儒易佛"。但四库馆臣对此并不认同。比如《二十五言》本是伦理箴言集，以二十五则短论宣说"禁欲与德行之高贵"，《四库提要》反而认为：

---

[1] 冯应京：《刻交友论序》，《利玛窦中文著译集》，第116页。

[2] 《四库全书总目提要》卷一百二十五"子部杂家类存目"，中华书局版。

[3] 利玛窦：《交友论》，《利玛窦中文著译集》，第107—108页。

"明利玛窦撰。西洋人之入中国自利玛窦始，西洋教法传中国，亦自此二十五条始。大旨多剽窃释氏，而文词尤拙。盖西方之教，唯有佛书，欧罗巴人取其意而变幻之，犹未能甚离其本。厥后既入中国，习见儒言，则因缘假借以文其说，乃渐至蔓衍，支离不可究诘，自以为超出三教上矣。附存其目，庶可知彼教之初所见不过如是也。"[1] 又评《辨学遗牍》，谓"是编乃其与虞淳熙论释氏书，及辨莲池和尚《竹窗三笔》攻击天主之说也。利玛窦力排释氏，故学佛者起而相争。利玛窦反唇相诘，各持一悠谬荒唐之说，以较胜负于不可究诘之地。不知佛教可辟，非天主教所可辟；天主教可辟，又非佛教所可辟，均所谓同浴而讥裸裎耳。"这里把天主教和佛教，都看作异端外道，通通排斥，以维护儒学的纯正性。其用语相当刻薄，觉得两种先后来华的宗教相互排斥，只不过是一同在澡堂子里洗澡，你笑人家裸体，岂不知你自己也光屁股呢。

四库馆臣编书，既然有过编纂"儒藏"的动议，尊崇儒学，排斥异端，对于耶、佛二教的精蕴也就未及深入辨析。至于专门辨说和传播教义之书如《天主实义》，尽管它一再宣称非议佛、老而补充儒术，说"（佛、老）二氏之谓，曰无曰空，于天主理大相刺谬，其不可崇尚，明矣。夫儒之谓，曰有曰诚，虽未尽闻其释，固庶几乎"，但它以天主高出儒家一筹，倡言"今唯天主一教是从"，[2] 就难以得到四库馆臣的认可。《四库提要》指出，《天主实义》"释天主降生西土来由，大旨主于使人尊信天主，以行其教。知儒教之不可攻，则附会六经中上帝之说，以合于天主，而特攻释氏以求胜。然天堂地狱之说，与轮回之说相去无几也。特少变释氏之说，而本原则一耳"。[3] 这种评议，印证了利玛窦认为中国文化缺乏系统的宗教神学的判断；同时也显示了儒学的兼容性是有主体的兼容，是以我

---

[1] 《四库全书总目提要》卷一百二十五"子部杂家类存目"，中华书局版。

[2] 利玛窦：《天主实义》，《利玛窦中文著译集》，第15—16页。

[3] 《四库全书总目提要》卷一百二十五"子部杂家类存目"，中华书局版。

融彼，而不是以彼融我，其间的主宾结构是不能颠倒的。作为《天主实义》的姐妹篇的《畸人十篇》，几乎每篇都列出问难者的姓名、身份，包括吏部尚书李戴、礼部尚书冯琦、翰林院庶吉士徐光启、工部主事李之藻等人，济济多士，是天主教传教中土的颇为体面的阵容。书名来自《庄子·大宗师》托言孔子答子贡："畸人者，畸于人而侔于天。"畸人就是奇特的人，不随俗而超越礼教，"率其本性，与自然之理同"。书名就在依附儒学中渗入某种庄学的因素，透出几分反潮流的味道。《四库提要》说："（该书）设为问答以申彼教之说……其言宏肆博辨，颇足动听。大抵掇释氏生死无常、罪福不爽之说，而不取其轮回、戒杀、不娶之说，而附会于儒理，使人猝不可攻。较所作《天主实义》纯涉支离荒诞者，立说较巧。以佛书比之《天主实义》，犹其礼忏，此则犹其谈禅。"[1] 虽然拟之为异类，毕竟也无过分讨伐，显示儒者以说理来淡化信仰的清明风度。在中国正统文化的压力下，虽然有若干文士认同利玛窦为"西极有道者，文玄谈更雄。非佛亦非老，飘然自儒风"（《程氏墨苑》载汪廷讷《酬利玛窦赠言》），但利玛窦本人还是深感"在北京宫廷，余等形同奴隶，以效力基督，直被人视若人下人故也"。

值得注意的是，子部杂家存目中，著录李之藻汇编的利玛窦总集性质的《天学初函》，囊括了上述的10种书，总计收书19种。《四库提要》的评述涉及了当时中国士大夫的西学观："西学所长在于测算，其短则在于崇奉天主，以炫惑人心。所谓自天地之大，以至蠕动之细，无一非天主所手造，悠谬姑不深辨。即欲人舍其父母而以天主为至亲，后其君长而以传天主之教者执国命，悖乱纲常，莫斯为甚，岂可行于中国者哉。……今择其器编十种，可资测算者，另著于录。其理编则唯《职方外纪》以广异闻，其余概从屏斥，以示放绝。并存之藻总编之目，以着左祖异端之罪焉。"[2]《四库

---

[1]《四库全书总目提要》卷一百二十五"子部杂家类存目"，中华书局版。

[2]《四库全书总目提要》卷一百三十四"子部杂家类存目"《天学初函提要》，中华书局版。

全书》是以纲常名教的价值观，把利玛窦传播的天主教列入不可施行于中国的另册的。在18世纪康熙朝，曾经发生过天主教徒是尊重还是禁止祭孔祀祖一类"中国礼仪"之争，引起康熙的盛怒和雍正的禁教，乾隆朝的四库馆臣写这则提要，也就不再考虑所谓"利玛窦规矩"曾经在祭孔祀祖上随乡入俗，因而使用了"概从屏斥，以示放绝"以及"左祖异端之罪"这样严厉的话。中国公民的礼俗应该由中国自主决定，这是国家尊严所在，不容别人强行干涉。但是由此而对外来文化因噎废食，把自己封闭起来，来一个闭关锁国，则可能损害国家命运了。在文化战略上，还是多一点历史理性和辩证法思维为好。

毫无疑问，利玛窦400年祭，是长时段地反思文化，包括中西文化对话和中国文化命运的极好命题。这400年分为两段，自利玛窦来华到乾隆钦定《四库全书》一百几十年，由《四库全书》至今日上海世博会二百余年。反思400年，我们用了三个维度：利玛窦，《四库提要》，上海世博会。三维度的关系是，以世博会的新世纪高度为立足点，以《四库提要》为参照，以利玛窦为缘由，看取中国文化的去、今、来。在开放进取的视野中，考察了经历严峻的挑战而更见光彩的中华民族的生命力。在这个长时段中，从万历的昏庸到乾隆的自信，从有识之士更新世界视野和钻研西方科学，到王朝体制妨碍科学通向实业之路，从官方政策维护国家尊严又倒退到闭关锁国，到士人出现"徐光启式的转换"和更深刻程度的进取开拓，这400年存在太多的文明探索和历史教训。正是在汲取历史教训和付出落后挨打的惨重代价之后，中国精神和中国智慧在压抑中爆发，在挫折中提升，不屈不挠地在戊戌变法、辛亥革命、五四运动、新中国成立和改革开放中迈出五大步，终于迎来了以2008年北京奥运会和2010年上海世博会为标志的一个现代大国的全面复兴。

400年沧海桑田的巨变，当然是整个国家民族不朽的生命力的结晶，不能只限于翻看某个人的账本。利玛窦在本质上是一个传教士，他传播西方科学文化，只是为了推进传教而自我救助的一种文化策略。但是历史的新机似乎跟歪打正着往往有缘，利玛窦由此率先给中国人带来了世界上已开始文艺复兴的"陌生的另一半"的新鲜信息，这个信息是如此重要，如此令人震撼，使之成为介入中华文明发展的一盏遥远的雾中灯。灯光虽然裹在雾中，但还是值得回忆、回味和沉思。站在今日上海世博会的灿烂阳光下，回眸400年的漫漫长途，难道不可以从中寻找到某种文化启示录吗？

2010年4—5月三易其稿

桐城派与『文章的清朝』——在2007年6月桐城派研讨会上的讲话

本人对桐城派感兴趣，但没有专门的深入研究。很感谢安徽大学和桐城市能给我提供这么一个机会，走近桐城、感受桐城和认识桐城，身临其境地考察一个地域文化群体何以能够上升为主宰一代文章的主流写作。

研究桐城派实际上就是研究"文章的清朝"，认识整个清朝的文章学是怎么发展演变的。所以我想从整个清代文化中心的转移和清代文化结构的形成这么一个大的背景来考察桐城派。

安徽省的学术和文化、学统和文章，在十八世纪中叶以来的近三百年间深刻地影响着整个中国文化的进程，这主要表现为两个浪潮、四个方向。两个浪潮，一个浪潮在清朝的中期，就是乾隆年代。在这个浪潮中，一方面是戴震为代表的皖学，开创了经史考据这样一种主流学术，至今还引起我们很高的崇敬。与此同时，又出现以方苞、姚鼐为代表的桐城派，开了清代此后二百年文章的传统，曾经获得"古文辞不让唐宋人"的声誉。三百年来的第二个浪潮，是影响整个中国的五四新文化运动，这个浪潮以怀宁的陈独秀和绩溪的胡适之为主将，推动了中国古典文化向现代转型。它分别趋向两个方向：一个是激进化的发展方向，一个是世界化的发展方向。很有意思的是陈独秀和胡适之掀起新文化运动的时候，恰恰就拿桐城派"开刀"。在1918年的《新青年》上，钱玄同化名"王敬轩"跟刘半农演了一场双簧戏。戏里面就把"桐城谬种，选学妖孽"作为他们对传统文章抨击的口号。新文化运动因为要活在自己的活法里面，要建立自己的文化正宗地位，就必须对传统的文化采取激进的态度，而且相当程度地对传统文学进行了妖魔化。它在对明清的文章进行妖魔化的过程中开创自己的文化传统。陈独秀的《文学革命论》提出十八妖魔里面就有归震川，就有方苞，就有姚鼐，他要把这些人推到一边去，为创造自己的新文化开拓空间。

但是现在已经过了这一个世纪，再回过头来，就要重新调整我们的文化姿态和文学态度。平心静气地考察就不难发现，桐城派实际上是唐宋文章、程朱理学和清代学术的一个综合体，它是把中国传统文章的一派精华、传统道学的一个脉络和传统学术的一种精彩的东西结合在一起。所以对这个文派，我们必须从这样丰富的角度，必须从包括唐宋文章、程朱理学、清代学术三维结构中，考察它是如何把如此丰富复杂的文化成分有效地融合成为一代文章流派的内在特质和基本特点的。

我觉得桐城派有一个很重要的特点，它扎根的桐城本来是一个地区，是一个地域的概念，是安徽省的一个城市。但是这么一个地域，而且在过去是默默无闻的这么个地域，在清代竟然一下子生长出一个主宰天下文章二百年的学派，这就是一个奇迹。它带动了整整二百年之间的主流写作，一个小小的城市搅动了一个中国。考察其渊源脉络，我觉得桐城派的成功可以从四个方面来看。一个是它的旗帜，所谓"学行继程朱之后，文章在韩欧之间"，把程朱的道统和韩欧的文统结合起来，用文统来蕴涵着道统，用道统来支撑着文统。清朝进关之后，一个东北胡地的民族入主中原，面对着明代文章的空泛和浅薄的趋势，要寻求建立新王朝的文章正宗。新王朝建立正宗文统，要笼络汉族士大夫，就要使文统进入道统，作古文本于经术，文章规范由重性情趋向重义法，应该说桐城派是适时地抓住了这个契机的。这个文派是把文章、道统和一个新王朝治理国家的方针结合起来，方苞奉旨编《钦定四书文》（也就是八股文），示天下学子以科举考试的准绳；姚鼐编《古文辞类纂》把归有光、方苞、刘大櫆的文章并列于《史记》和唐宋八大家文章之中，作为古文分类的范本，这些编纂比他们的议论文章更能吸引天下人望。它以一个新的王朝政治在寻找文统作为它的背景，起了对整个社会的导向作用，这是桐城派成功的一个很重要的原因。桐城派成功的第二个很重要的原因，我觉得是宗师相承，不断地接替，又节节提升。桐城三祖——方、刘、姚，大家都很清楚，方苞的时代是寻找正宗的时代，他把自己的义法之学跟《春秋》、跟《易经》联系起来，就是说从儒家的五经里面找正统的源头。刘海峰这一代，主要是在义法之学的基础上加入"神气"，使寻找到的这个正宗活起来了。"神者，文家之宝"；"神气者，文之最精处也"；气随神转，也就使义法，以及音节、字句有神气灌注，是使它们活起来的一个重要的支持力量。

但是真正使这种正宗的文章学形成一个体系的，我觉得是姚鼐。所以第三个成功点是姚鼐的文章理论，应该说，这是清代文章理论一个重要的里程碑。它有"三纲"、"八目"、"二美"。"三纲"就是我们熟知的"义理"、"考据"、"辞章"，这三者为基本。"八目"就是他在《古文辞类纂》的序言中所讲的"神、理、气、味、格、律、声、色"八个字。以"三纲"为本，以"八目"为用，然后提倡文章的"二美"，就是"阳刚"和"阴柔"，相互为用。这个文章纲领，是清朝最有自己学术文化内涵的，而且是最有效的文章纲领。

第四个成功点，是人才的培养。办书院是古代学脉相传的重要方式，像姚鼐在几个书院里面执教四十多年，培养了一大批的姚门弟子。孔夫子的儒学所以能传下来，而且成大气候，就是有宗师相承，门庭广大。对于一个学派来说，多育英才，便成气候，那么姚门有四杰，像梅曾亮、管同、方东树、姚莹这些人都是当时的文章重镇。到后来曾国藩那个时候，也有几大弟子在那里撑着，这几大弟子都是天下文章之宗，这个可不得了。将来如果要创造我们的文化学派，人才的培养是非常重要的。桐城派被《四库全书总目提要》认为"源流极正"，加上弟子盈门，纲目高张，才得以代代相传，广为流布。

在方苞的时候寻找正宗，到姚鼐的时候确立正宗，到了后来曾国藩的时候出现正宗之变。因为所谓清代的学术，清初学术的特点是大，乾嘉学术的特点是精，道咸以下是变。那么桐城也要适应时势，不变不行。曾国藩在"义理"、"考据"、"辞章"里面加了一个"经济"。"经济"就是要跟当下的现实结合起来，求变以经世济民。而且他不仅是加了"经济"，还把这几个名目的顺序重新排列，"义理"还居先，是本；"辞章"提到上面，排第二，"辞章"为用；然后"经济"，"考据"放在最后。这跟在乾嘉时候是不一样的，乾嘉时候考据是时尚所在，谁都想靠它做面子。但是桐城派文化在思"变"的时候背着很大的包袱——程朱理学、唐宋文章，包袱沉重。它心思转移到经济上来，这个包袱却拖累它进一步退两步。实际上像吴汝纶、林纾、严复这些人都在思"变"，但是包袱太大，放不下这个包袱，就弄得进退失据。所以"五四"新文化运动一来，激进思潮奔涌，它跟时代脱节了，也就逐渐地销声匿迹。桐城派给我们提供了很多的教训，它的兴起，它的发达，和它最后的消退，走了春夏秋冬这样一个循环轨迹。它的循环反衬着时代的蜕变和历史的进化，为我们感知一代文章的生命和命运提供了很多的启示。

门外文谈，谢谢大家，敬请指正。

重回鲁迅

——如何认识『全鲁迅』

　　这次"鲁迅与百年新文学"学术研讨会，是澳门大学校长倡议和支持召开的。澳门大学校长不仅主张"任何一流大学，都应该有一流的本国语文，中外概莫能外"，而且主张澳门大学"亮出鲁迅的旗帜"。作为澳门大学的讲座教授，本人为研讨会奉献了三卷《鲁迅作品精华（选评本）》。评点本以分类和编年的方式，采取经典文化标准，选录鲁迅作品220余篇。去年冬，我从鲁迅的文化血脉、哲人眼光、志士情怀、巨人智慧等多元角度，以古今文献、金石文物、野史杂著、风俗信仰、地域基因、时代思潮以及鲁迅的深层生命体验方面的丰富扎实的材料，对220余篇文章进行有根柢、有趣味、有独到眼光的逐一评点。这实际上是为"五四"前后的半个世纪的文化精神谱系作注，为20世纪最深刻的一位思想文学的巨人，做方方面面的细致深入的带古典学意味的解读。以一人之力进行如此充满挑战性的事情，诚如《诗经》所谓："战战兢兢，如临深渊，如履薄冰。"如今将这些评点奉上研讨会，意在获得更多的批评指点，以避免"独学而无友，则孤陋而寡闻"之弊。

一、庞大的斯芬克斯

鲁迅研究是我的学术研究的始发点。从1972年在北京西南远郊的工厂库房里通读《鲁迅全集》十卷本至今，已经四十多年了。1978年，我考入中国社会科学院研究生院，师从唐弢及王士菁先生，开始系统地研究鲁迅。此后我发表的若干关于鲁迅的文字，创造了个人学术生涯的几个"第一"。1981年上半年的《论鲁迅小说的艺术生命力》，是我在《中国现代文学研究丛刊》发表的第一篇文章；1982年7月的《鲁迅小说的现实主义的本质特征》，是我在《中国社会科学》发表的第一篇文章；1984年4月在陕西人民出版社出版的《鲁迅小说综论》，是我的第一本学术专著。这些所谓第一，在很大程度上透露了我初出茅庐的稚嫩和惶恐。鲁迅在《华盖集·这个与那个》中说："孩子初学步的第一步，在成人看来，的确是幼稚，危险，不成样子，或者简直是可笑的。但无论怎样的愚妇人，却总以恳切的希望的心，看他跨出这第一步去，绝不会因为他的走法幼稚，怕要阻碍阔人的路线而'逼死'他；也绝不至于将他禁在床上，使他躺着研究到能够飞跑时再下地。因为她知道：假如这么办，即使长到一百岁也还是不会走路的。"这种辩证思想，坚定了我的勇气。

由此迈出的最初的学术脚步，是我后来研究"中国现代小说史"并孜孜矻矻探寻中国古往今来的文学，乃至整个中国思想文化的本源和本质的第一个驿站。选择这个学术思想出发的驿站，在与鲁迅进行一番思想文化和审美精神的深度对话之后，再整装前行，对古今叙事、歌诗、民族史志、诸子学术进行长途奔袭，应该说，多少是储备了弥足珍贵的思想批判能力、审美体验能力和文化还原能力的。唐太宗说过："取法乎上，仅得乎中；取法乎中，祗为其下；自非上德，不可效焉。"（《帝范后序》）在学术研究起步时，建立登高临下的高起点，是非常有必要的。我是从鲁迅研究这个起点上出发的。当我在审美文化和思想文化上历尽艰辛地探源溯流三十余年之后，再反过头来清理鲁迅的经典智慧和文化血脉，便可以进入一种会通的境界。于是在最近两年陆续推出了《鲁迅文化血脉还原》（安徽大学出版社2013年4月）、《遥祭汉唐魄力——鲁迅与汉石画像》（《学术月刊》2014年第2期）和三卷的《鲁迅作品精华（选评本）》（北京三联书店2014年8月），以新的知识结构对我的学术生涯第一驿站的存货进行翻箱倒柜的大清理。清理的结果，使我对鲁迅的思想和文学的存在，油然生出深深的敬佩和感激之情。有此标杆，令人在思想学术上精进不已，不容稍微懈怠。

最近，我把总字数133万言的这三份材料，做了一次校对，把校勘所得写成两篇文章：《鲁迅给我们留下什么》《如何推进鲁迅研究》，每篇都是两万多字，前一篇还是草稿。文章写得很匆促粗糙，只不过想把近年重回鲁迅的心灵轨迹做一番清理。此度重回鲁迅，说实在话，心存两个疑惑：一、30年前写《鲁迅小说综论》的杨义，是现在这个杨义吗？二、现在我经历30多年的古典小说、古典诗歌、叙事学、文学地理学、少数民族文学、先秦诸子学的研究之后，又能在鲁迅研究中做点别人难以重复的发明吗？作为一个学者，必须对这些疑惑有所交代，才能不致于浪掷有限的精力。古人云："日月悬终古，乾坤别逝川。"信哉斯言！

我深深感觉到，重回鲁迅应该两条腿走路，一是关切思潮，二是注重血脉。鲁迅说："他的任务，是在有些警觉之后，喊出一种新声；又因为从旧垒中来，情形看得较为分明，反戈一击，易制强敌的死命。"（《坟·写在〈坟〉后面》）这是他从进化论和文明批评的角度看问题。如果从文化学的角度看问题，"从旧垒中来"，谈论的是"我从何来"的本源，以及文化基因的继承和发生；"反戈一击"，谈论的是现实的文化行为，是对新思潮的反应，是对现实的参与，是"我何为"的当代价值。本源连着血脉，是潜在的，关系到民族群体潜意识；行为连着思潮，是显性的，关系到中西文化大对话的形势。文化形势是流动不居的，文化基因是生生不息的。如果我们讲鲁迅只讲思潮，那就只讲了鲁迅的一半，但鲁迅绝不是只有一半的鲁迅；即便你讲鲁迅与传统文化的关系，如果只是采摘鲁迅对之做出思潮性的批判的一面，"半个鲁迅"的观感，还没有得到根本性的改观。鲁迅既是吃狼的乳汁养大的莱莫斯，如瞿秋白所言，又是一个汲取传统文化极深的"庞大的斯芬克斯"，如增田涉在鲁迅那里进修翻译《中国小说史略》时所感觉到的。如果只看到莱莫斯的一面，看不到斯芬克斯的一面，鲁迅就会变得单薄许多。鲁迅如斯芬克斯那样提出了关于"人"的旷世之谜。鲁迅穿着长袍，以"金不换"毛笔写文章，做旧体诗馈赠友人，搜集文物杂品和汉代石画像拓片，出版笺谱，买通俗小说给母亲娱乐，买《芥子园画谱》给许广平研习，就连他以"鲁迅"为笔名，也考虑过周、鲁同姓，牵连着三千年前的国族姓氏制度，这样一个鲁迅，不从中华民族深厚的文化底蕴中做出全面的，也是正面的深刻研究，能够说你是在做"全鲁迅"的研究吗？因此如何超越"半鲁迅"研究，深化"全鲁迅"研究，是突破鲁迅研究旧格局的关键性切入口。

二、鲁迅给我们留下了什么

鲁迅给我们留下了什么？以往思考这个问题，往往胪列鲁迅的一系列观点，不妨换一个角度，看鲁迅在精神特质和思想方法上留给我们什么启示。观点是具体的，容易随着历史的行进而增光或褪色；精神特质或思想方法，则具有潜在的普适性，运用之妙，可以进入新的精神过程。鲁迅的精神特质和思想方法在于：

第一是鲁迅眼光。眼光是一个人凝视世界，透视万象的精神行为，是一个人的思想力的体现。鲁迅全部33篇小说中，有16篇写到"眼光"。《奔月》写羿"身子是岩石一般挺立着，眼光直射，闪闪如岩下电，须发开张飘动，像黑色火"，把眼光看作人物精神的要紧处；《拿来主义》"要运用脑髓，放出眼光，自己来拿"，把眼光作为对中外文化遗产进行理性辨析，实施拿来主义的关键所在；《绛洞花主·小引》谓：对于《红楼梦》，"单是命意，就因读者的眼光而有种种：经学家看见《易》，道学家看见淫，才子看见缠绵，革命家看见排满，流言家看见宫闱秘事……"眼光是多元的，带有选择性和折光效应，无论如何，认知世界脱离不了形形色色的眼光。如清人吴乔《围炉诗话》卷六说："读书须眼光透过纸背，勿在纸面浮去。"眼光的要点，是锐利和深刻，要从世界的底里看世界，要从文字的背面看意义。与眼光相反的是盲，《说文解字》："盲，目无牟子也。"《韩非子·解老》："目不能决黑白之色则谓之盲。"盲就是失去眼光，眼睛里没有瞳子，看世界不辨黑白，"盲人骑瞎马，夜半临池塘"，不掉到水中那才怪呢。眼光是人生的定向仪，有眼光，才能看清路在何方。仓颉造字，传说他有四只眼睛，可见眼睛是聪明通透的关键。我怀疑，仓颉四目，是他早已预示读书过劳，非带眼镜不可，两眼加上一副眼镜，就是四目。

在《鲁迅作品精华（选评本）》每一本书中，都夹着我手写的书签："读鲁迅可使心灵的眸子如岩下电。"其中"岩下电"典故出自《世说新语》，我用来强调把人的"眼光"擦得铮亮，奕奕有神，增加体察人生，洞幽察微的能力。香港版《鲁迅作品精华》的《弁言》说的也是同一个意思："我们观察中国事物之时，灼灼然总是感受到他那锐利、严峻而深邃的眼光，感受到他在昭示着什么，申斥着什么，期许着什么"；"'鲁迅眼光'，已经成为二十世纪中国智慧和精神的一大收获，一种超越了封闭的儒家精神体系，从而对建

构现代中国文化体系具有实质意义的收获。在鲁迅同代人中，比他

构现代中国文化体系具有实质意义的收获。在鲁迅同代人中，比他激进者有之，如陈独秀；比他机智者有之，如胡适；比他儒雅者有之，如周作人；唯独无之者，无人如他那样透视了中国历史进程和中国人生模型的深层本质，这就使得他的著作更加耐人重读，愈咀嚼愈有滋味。鲁迅学而深思，思而深察，表现出中国现代史上第一流的思想洞察力、历史洞察力和社会洞察力，从而使他丰厚的学养和深切的阅历形成了一种具有巨大的穿透力的历史通识。"洞察天地鬼神，乃是人的智慧的大喜欢。

比如解剖国民性的命题，《阿Q正传》是展示国民性的兼杂着喜剧、悲剧、闹剧的戏台。对于阿Q式的革命，令人读来说不清楚是"开心"，还是心酸。阿Q所梦想的革命武器，不是民主共和，他连自由党都讹成"柿油党"，反而在《三国演义》《水浒传》《封神演义》等小说及地方戏剧《龙虎斗》中，搬出各种兵器，板刀、钢鞭、三尖两刃刀、钩镰枪，夹杂着炸弹、洋炮，都成了他想象中合群打劫式的"阿Q式的革命"中用的家伙。这种民俗狂欢的描绘，隐藏着令人愈想愈揪心的针对"为私欲而革命"的讽喻。项羽、刘邦要取代威仪赫赫的秦始皇，何尝不抱着阿Q式的心理状态？鲁迅对这种革命把戏是感慨不已的："我们国民的学问，大多数却实在靠着小说，甚至于还靠着从小说编出来的戏文。虽是崇奉关（羽）岳（飞）的大人先生们，倘问他心目中的这两位'武圣'的仪表，怕总不免是细着眼睛的红脸大汉和五绺长须的白面书生，或者还穿着绣金的缎甲，脊梁上还插着四张尖角旗。"鲁迅眼光看透了群体潜意识下的种种欲念骚动的奥妙，用小说、戏文对民间心理的熏染，为思想启蒙提出切实的命题。鲁迅有一种透入人们灵魂的发现："专制者的反面就是奴才，有权时无所不为，失势时即奴性十足。"这是鲁迅的眼光，那种认为鲁迅解剖国民性是受西方传教士影响的"殖民思想"，是离开事物的本质，或把事物本质虚无化的不实之论。鲁迅是考察阿Q们，而不是套用西方传教士的眼光来思量中国国民

性的，这就是鲁迅比他的某些研究者高明的地方了。

第二是鲁迅智慧。智慧就是佛学中的般若（Prajna），民国初年研究佛典的鲁迅很清楚，般若就是以直觉的洞察所获得最高的知识和启悟，如慧眼洞察世间的一切现象；慧光能了彻一切。南朝宋刘义庆《世说新语·文学篇》："殷中军被废东阳，始看佛经，初视《维摩诘》，疑般若波罗密太多，后见《小品》，恨此语少。"刘孝标注："波罗密，此言到彼岸也。经云到者有六焉……六曰般若，般若者，智慧也。"鲁迅在《魏晋风度及文章与药及酒之关系》这篇著名讲演中，大量采用《世说新语》的材料，对这些掌故和解释，自然也是了然于心。智慧是人世的精华，有智慧，人生才精彩。

我在香港版《鲁迅作品精华·弁言》中对鲁迅的这种大智慧做了还原，认为："谁能设想鲁迅仅凭一支形小价廉的'金不换'毛笔，却能疾风迅雷般揭开古老中国的沉重帷幕，赋予痛苦的灵魂以神圣，放入一线晨曦于风雨如磐？他对黑暗的分量有足够的估计，而且一进入文学旷野便以身期许：'自己背着因袭的重担，肩住了黑暗的闸门'，放青年一代'到宽阔光明的地方去，此后幸福的度日，合理的做人'。这便赋予新文化运动以勇者人格、智者风姿。很难再找到另一个文学家像他那样深知中国之为中国了。那把启蒙主义的解剖刀，简直是刀刀见血，哪怕是辫子、面子一类意象，国粹、野史一类话题，无不顺手拈来，不留情面地针砭着奴性和专制互补的社会心理结构，把一个国民性解剖得物无遁形，淋漓尽致了。读鲁迅，可以领略到一种苦涩的愉悦，即在一种不痛不快、奇痛奇快的大智慧境界中，体验着他直视现实的'睁了眼看'的人生态度，以及他遥祭'汉唐魄力'，推崇'拿来主义'的开放胸襟。他后期运用的唯物辩证法也是活生生的，毫无'近视眼论匾'的隔膜。我们依然可以在他关于家族、社会、时代、父子、妇女，以及文艺与革命，知识者与民众，圣人、名人与真理一类问题的深度思考中，感受到唯物辩证法与历史通识的融合，感受到一种痛快淋漓的智慧禅悦。他长于讽刺，但讽刺秉承公心，冷峭包裹热情，在一种'冰与火'共存的特殊风格中，逼退复古退化的荒谬，逼出'中国的脊梁'和'中国人的自信力'。鲁迅使中国人对自身本质的认识达到了一个新的历史深度，正是这种充满奇痛奇快的历史深度，给一个世纪的改革事业注入了前行不息的、类乎'过客'的精神驱动力。"

孔夫子有言曰："智者乐水，仁者乐山；智者动，仁者静；智者乐，仁者寿。"智慧就是快乐地流动着的水，水是生命之源，既可渊深沉潜，又可怒浪排空，端是仪态万千，改变着芸芸众生的大千世界。鲁迅杂文，是智慧之文，得力于他那种随手拈来的杂学。杂是百物存在的必然形态，如《国语·郑语》所云："故先王以土与金木水火相杂，以成百物。"文章杂得到了家，就是一种从心所欲不逾矩的激进。鲁迅超越了经史诸子一类的正经书，而及于野史、小说、杂记、图谱、宗教、民俗、民间传说和赛会演艺，他在许多旮旮旯旯之处，发现正人君子、传统文人不屑一顾的另一个绿满山川的野草世界。因而民初鲁迅，作为一个独特的精神存在，迟疑于野草世界的小径之间，校古碑、阅佛教、搜集金石小件、寻找汉画石拓片。他以沉默排遣痛苦，也以沉默磨炼内功。思想痛苦的医治，使思想者真正深刻地咀嚼出文化的真滋味。如果没有民国初年的校古碑、抄佛经、搜集汉画像和金石文物，就没有这位具有如此深邃的精神深度，深知中西文化之精髓之鲁迅。鲁迅的人文兴趣广泛，少好绣像、俗剧，长嗜古碑、汉砖和木刻，以人难比拟的生命直觉，藉以体验文化趣味和古人心灵。文学家的鲁迅，是以博识者作为其文化修养背景的，他笔下的许多篇章写得如此事例奇诡，脱尽格套，针针见血，驱遣自如，显示了一个博识真知者的风采。杂文，乃是鲁迅创造的与民族国家共患难的文化方式。可以想知，他写到得意的地方，心中一片粲然。

第三是鲁迅骨头。脊椎动物有骨骼，是动物界的一大进化，自此便以其坚硬的特质，支撑自身的形态和动作。人如无骨，是不能挺直腰杆站立起来的。鲁迅是大智大勇的启蒙斗士，其学其文独具风骨，独立不阿，重振中国文坛的骨气雄风。他面对的是抽掉骨头的时代，如他所言："我曾经和几个朋友闲谈。一个朋友说：现在的文章，是不会有骨气的了，譬如向一种日报上的副刊去投稿罢，副刊编辑先抽去几根骨头，总编辑又抽去几根骨头，检查官又抽去几根骨头，剩下来还有什么呢？我说：我是自己先抽去了几根骨头的，否则，连'剩下来'的也不剩。所以，那时发表出来的文字，有被抽四次的可能……因此除了官准的有骨气的文章之外，读者也只能看看没有骨气的文章。"（《花边文学·序言》）为了彰显自己的硬骨头，鲁迅写下《自嘲》诗云："横眉冷对千夫指，俯首甘为孺子牛。"横眉、俯首，都是骨气的彰显。有骨气，方能笔底生风，风生水起。

鲁迅不否认自己笔头厉害了得，甚是感慨地说："我自己也知道，在中国，我的笔要算较为尖刻的，说话有时也不留情面"，"倘使我没有这笔，也就是被欺侮到赴诉无门的一个；我觉悟了，所以要常用，尤其是用于使麒麟皮下露出马脚"。哪怕你周围的明枪暗箭，又何妨鲁迅用来试炼自己的骨头。鲁迅有独立不阿的人格，往往以曲笔接招解招，以骨头碰钝枪尖和箭头，并以此显示"我写故我存在"。其骨头之硬，来自鲜明而热烈爱与憎的锤炼和淬火。他宣称"敢说，敢笑，敢哭，敢怒，敢骂，敢打，在这可诅咒的地方击退了可诅咒的时代！"又说："我的坏处，是在论时事不留面子，砭锢弊常取类型。"这就是，他的骨头硬，但不是以骨头耍横，而是在"不留面子"的笔墨中，为认识此社会留下可以反复寻味的"类型"。他不说"我的长处"，而说"我的坏处"，就是"以天下为沉浊，不可与庄语"，只能正言反说，给那个坏透了的社会使一点"坏"。《女吊》所使的"坏"可就使大了，它"创造了一个带复仇性的，比别的一切鬼魂更美，更强的鬼魂"，写一种"民俗活化石"，甚至是"女鬼活化石"。"鬼"也有化石吗？鬼本该连着"黑暗"和"死"，鲁迅却从中激活强悍的生命，由此建构了现代中国文学上无可重复的反抗复仇的意义方式和意义深度。这是一篇铁骨铮铮的文字，以一种从容的怪异、红蓝异彩，在恐怖中挖掘出正义，铸成不世出的奇文。

第四是鲁迅情怀。情怀是一块田，需要人们勤劳耕作，栽禾除草，施肥浇水，使之绿绿葱葱，收获精彩的金黄。如《礼记·礼运》说："人情者，圣王之田也，脩礼以耕之，陈义以种之，讲学以耨之，本仁以聚之，播乐以安之。"中国由此有耕读传家的传统，把耕与读结合起来，所耕的更重要是心田。鲁迅对情怀之田的栽植兴趣和耕耘工具，自是不同，带有深刻的现代性和批判性。不过周作人有《自己的园地》，鲁迅也有"自己的园地"。考究起来，情怀是一种情感性的胸怀，混合着感性、理性和情调趣味，有之自可使文章独具风华，文品高远。鲁迅的文学心田，写实性杂着古典性，浪漫性杂着象征性，笔致曲折，一笔多彩，文字上很有点苦涩味、辛辣味而不失其甘旨入脾。鲁迅由1918年写《狂人日记》惊世骇俗，到1919年写《孔乙己》委婉精妙，在不到一年间，其小说的情调和形式，发生本质性的变化，激越趋于老成，显示了鲁迅文学世界的出手不凡和渊深莫测。在《孔乙己》中，鲁迅捡起故乡街市有如随风飘落的一叶陈旧人生的碎片，夹在狂飙突起的《新青年》卷页之间，由此审视着父辈做不成士大夫的卑微命运，行文运笔充满着悲悯之情。咸亨酒店，这就是它的"含弘光大，品物咸亨"吗？其地名、其人名，充满反讽的张力。

鲁迅确实如日本增田涉所言，是一个"庞大的斯芬克斯"，文章上组合在人与兽，露出了关于"人"的神秘莫测的苦笑和忧郁。他的作品不仅篇与篇之间追求思想形式的原创，而且书与书之间呈现了精神求索的独特的深度。鲁迅情怀的变迁和调整，改写了他看世界和解读人生的角度和方式。《呐喊》的精神冲击力强，《彷徨》的思潮反思性深。当众人纷纷趋慕启蒙之时，他富有预见性和洞察力，把"反思启蒙"当作《彷徨》的重要思维方式和思想特征。《祝福》的中心关注，是祥林嫂的悲剧人生，但它有个副主题，是反思"五四"的启蒙。辛亥过去近十年，"五四"大潮正在奔涌，然而讲理学的本家叔辈老监生鲁四老爷大骂的"新党"还是康有为，似乎"五四"的启蒙虽然在京沪知识界洪波涌起，但在二线、三线的乡土城镇，依然是"雨过地皮湿"的状态，盘根错节的历史并没有由于思潮推涌而立即迈步前进。孤独，自"五四"始，成了时髦的状态名词。《孤独者》却来反思"孤独"。胡适1918年发表《易卜生主义》，里面引用易卜生《国民公敌》的话："世界上最强有力的人就是那个最孤立的人。"对此深度反思的结果，孤独的魏连殳，怎么能说的"世界上最强的人"呢？他只有一句"我还得活几天"，这是魏连殳求生意志的宣言，在行文中反复鸣响。在走投无路之际，他当了军阀杜师长的顾问，出卖人生价值为代价的胜利，意味着失败："我已经躬行我先前所憎恶，所反对的一切，拒斥我先前所崇仰，所主张的一切了。我已经真的失败，——然而我胜利了。"这里的孤独的胜利，成了一种"反胜利"。

我幼时读《千家诗》，读到一首无名氏的《题壁》诗，印象很深，诗云："一团茅草乱蓬蓬，蓦地烧天蓦地空。争似满炉煨榾柮，漫腾腾地暖烘烘。"据说此诗题在嵩山法堂壁，司马光和他兄弟朋友游览，随手在旁边题了四个字："勿毁此诗"。榾柮就是树根疙瘩，可代替木炭烧火取暖。中国的启蒙很有必要，但与其用徒张声势的大声疾呼，不如采用经过深沉反思的鲁迅式的老树疙瘩，来做持久而坚韧的燃烧升温，更能从根基上解决问题。历史的行程，要透视下层的变动，才能看得清楚它的份量。

鲁迅对思潮的反思，立足于他对现实的深刻观察。观察得深了，容易产生悲观，甚至绝望，但反抗绝望而获取的希望，是更为沉甸甸的希望。鲁迅感叹："可惨的人生！桀骜英勇如 petöfi（裴多菲），也终于对了暗夜止步，回顾着茫茫的东方了。他说：绝望之为虚妄，正与希望相同。倘使我还得偷生在不明不暗的这'虚妄'中，我就还要寻求那逝去的悲凉漂渺的青春，但不妨在我的身外。因为身外的青春倘一消灭，我身中的迟暮也即凋零了。"（《野草·希望》）这种思想由于深刻而导致的忧伤，使他在《伤逝》中沉浸于对更年轻一代知识者的思想文化的反思，反思了易卜生《傀儡家庭》的浪漫性。本篇一开头就说，"如果我能够，我要写下我的悔恨和悲哀，为子君，为自己"，为全篇定下了哀婉的忏悔格调。哀婉源自对青年知识者的青春礼赞，以及对青春失落的哀伤。其中剔出了一种"被系住的蜻蜓的哲学"："就如蜻蜓落在恶作剧的坏孩子的手里一般，被系着细线，尽情玩弄，虐待，虽然幸而没有送掉性命，结果也还是躺在地上，只争着一个迟早之间。"这条摆脱不掉的细线，就是社会习俗、宗法势力、经济体制，左右着青年知识者的命运，使他们成为"线上的蜻蜓"。《离婚》反思启蒙主义和女性主义思潮翻滚后的乡村，依然是士绅的厅堂原则压倒和制约着乡野原则。七大人故弄玄虚的"屁塞"，轻而易举地打翻了爱姑的"钩刀脚"，这就是中国乡村社会权力结构的"无阵之阵"。鲁迅在《题〈彷徨〉》诗中不是感叹"寂寞新文苑，平安旧战场。两间余一卒，荷戟独彷徨"吗？但是，"反思启蒙"使他的彷徨增加了思想深度，是清醒的"有思想的彷徨"。然而有深度的表达，是不会马上造成轰动效应的，它需要用心仔细咀嚼，日久才知滋味。因而小说集《彷徨》，就不能重复《呐喊》诸篇，以其"表现的深切和格式的特别"，"颇激动了一部分青年读者的心"了。

三、如何推进鲁迅研究

至于"如何推进鲁迅研究"，可讲的问题不少，这里不及细说。

我一直认为，鲁迅是一口以特别的材料制造的洪钟，小叩则小鸣，大叩则大鸣。叩钟的角度可以前后左右，缓急疾徐。鲁迅研究还存在着不少可以深入开垦的思想、知识、气质和精神文化的园地和土层，就看研究者举起敲钟的槌棒的材质和大小，就看研究者的知识储备和思想能力，是否与研究对象相称。我本来想讲推进鲁迅研究的五个维度，即更深一层地疏通文化血脉，还原鲁迅生命，深化辩证思维，重造文化方式，拓展思想维度。但今天只能着重就如何强化对鲁迅文化血脉的研究，谈点看法。

以往的鲁迅研究的显著特点，是侧重于思潮，尤其是外来思潮对鲁迅的影响。这方面取得的重大突破，自不待言，然而以往即便谈论鲁迅与传统文化的关系，也只是演绎批判国粹之类的文字。侧重于思潮对这种血脉联系的冲击而产生的变异，就脱离了文化血脉的原本性了。似乎鲁迅已经脱下长衫，改穿西装革履了。但鲁迅也许觉得长衫披风，更是舒服。即便鲁迅探寻外国思潮时，他也不忘记说："外之既不后于世界之思潮，内之仍弗失固有之血脉，取今复古，别立新宗，人生意义，致之深邃，则国人之自觉至，个性张，沙聚之邦，由是转为人国。"他采取"既不……仍弗……"的双构句式，表达思潮和血脉并举，而使之相互对质，一个巴掌拍不响，两个巴掌才能拍出文化新宗、人生意义和国人之自觉的巨响。思潮离血脉而浮泛，血脉离思潮而沉滞。血脉筛选和吸纳着思潮，思潮撞击和激励着血脉，二者良性关系的建立，刺激了真正的创造精神的发生。因而重思潮而轻血脉的研究，只能是"半鲁迅"的研究，只有思潮、血脉并举，才能还鲁迅应有的"深刻的完全"。

即便是研究思潮，也要有血脉研究的底子，才能理解鲁迅为何接受思潮、接受何种思潮、如何接受思潮，而使思潮转换流向和形态，为己吸收化合。诚如鲁迅所言："新主义宣传者是放火人么，也须别人有精神的燃料，才会着火；是弹琴人么，别人的心上也须有弦索，才会出声；是发声器么，别人也必须是发声器，才会共鸣。"

（《热风·随感录五十九》）文化血脉是解释思潮为何及如何"着火"、"出声"、"共鸣"的内在根据。血脉是一只左右着接受何种思潮，如何接受思想的"无形的手"，而思潮的反灌，又滋育着和改造着血脉，激活血脉的生命力。鲁迅由此不是全盘西化者，也不是国粹主义者，而是脚踏实地的文化改革者和创造者。

鲁迅的文化血脉既深且广，深入历史，广涉民间，令人有无所弗届之感。鲁迅吸纳思潮的根基，扎实而深厚，依地气以吸纳洋风。鲁迅连着地气的文化血脉，论其大宗，相当突出的是要从庄子、屈原、嵇康、吴敬梓，要从魏晋文章、宋明野史、唐传奇到明清小说，甚至要从绍兴目连戏、《山海经》、金石学和汉代石画像中去寻找，去把握。文化血脉，纵横交错，巨细兼杂，大可及于一代文学、一种文体，细可及于一个掌故、一个物件，无不收入胸中，释放出波诡云谲的奇思妙喻，尖锐不失趣味。比如解释《朝花夕拾》开篇的《狗·猫·鼠》，就可以启动地域文化和文献学的角度，上溯到八百年前陆游《剑南诗稿》卷十五有《赠猫》绝句云："裹盐迎得小狸奴，尽护山房万卷书。惭愧家贫策勋薄，寒无毡坐食无鱼。"这对猫的捕鼠功劳相当感激，如南宋吴自牧《梦粱录》记述"猫，都人畜之，捕鼠"；陆游又借猫来吐露家境的贫寒，连累了猫也挨饿受寒。《剑南诗稿》卷三十八，又有《嘲畜猫》诗曰："甚矣翻盆暴，嗟君睡得成。但思鱼餍足，不顾鼠纵横。欲骋衔蝉快，先怜上树轻。胸山在何许，此族最知名。"注云："俗言猫为虎舅，教虎百为，唯不教上树。又谓海师猫为天下第一。"陆游为山阴（今绍兴）人，与鲁迅有同乡之仪。鲁迅幼年听到的故事与这里的"俗言"一脉相承，但鲁迅听到的猫是"虎师傅"，陆游却说是"虎舅"，多了一层亲缘关系。在鲁迅手中，猫、虎奇思，源于民俗，却超越民俗，深切地使之透入社会，嘲讽世相，尤其那些"正人君子"之流，从而把来自民俗的血脉注入当代思潮和文明批评之中，生发出嬉笑怒骂也能出神入化的批判锋芒。

鲁迅对美术关注，开放性中洋溢着文人趣味，最终又以发现"东方美的力量"为旨归。他不是随便玩玩，关注过去，是为了充实当今，开拓未来，追寻几被遗失的民族精魂。图画中自然也融合着他对人生境界的追求，他曾说过："外国的平易地讲述学术文艺的书，往往夹杂些闲话或笑谈，使文章增添活气，读者感到格外的兴趣，不易于疲倦。但中国的有些译本，却将这些删去，单留下艰难的讲学语，使他复近于教科书。这正如折花者，除尽枝叶，单留花朵，折花固然是折花，然而花枝的活气却灭尽了。人们到了失去余裕心，或不自觉地满抱了不留余地心时，这民族的将来恐怕就可虑。"（《华盖集·忽然想到》）他提倡木刻，出版画集，既有战斗的成分，也融进了使民族在战斗的紧张中舒畅心气的兴趣，保存枝叶，呵护繁花。1935年，他给木刻家李桦写信："以为倘参酌汉代的石刻画像，明清的书籍插画，并且留心民间所赏玩的所谓'年画'，和欧洲的新法融合起来，许能创出一种更好的版画。"他的创造思维方式，是跨时代、跨文化的，唯有这一跨，才跨出了融合创新的开阔空间。他由此设想一种新的美学形态："以这东方的美的力量，侵入文人的书斋去。""东方美"是鲁迅文化血脉所系，所系又在民间、在墓穴壁画、与口头传统相配合的绣像，而不局限于"文人的书斋"。清理这条血脉，应该从重新认识民国初年的鲁迅开始收集碑刻和石画像开始。鲁迅一生，主要是1915年至1936年这个二十年的两端，购得碑刻及石刻、木刻画像拓片近6000种。这成为鲁迅文化血脉上拥有的一笔重要的思想资源。鲁迅收藏的山东嘉祥等地的汉画像拓片405种，多是民初沉默期所得；南阳汉画像246种，则是1935年12月至1936年8月通过王冶秋转托相关人士拓印所得，其时离南阳汉画像发现还不久。我们多关注鲁迅与魏晋的关系，由汉画石又可以窥见鲁迅与"汉学"的关系。这种汉学不是经学，而是"民间汉学"，由此牵引出鲁迅与民间学的对接点，在于遥祭汉唐魄力。

鲁迅搜集汉代石画像拓片，不是为了淘宝升值，而是为了考证其中展示的生活情态及其蕴含的民间精神情态，用以作为古代生活史、精神史和文明史的证据。许寿裳称赞："至于鲁迅整理古碑，不但注意其文字，而且研究其图案……即就碑文而言，也是考证精审，一无泛语。"可见做的是精粹的古典学和金石学的造诣。这不是玩物丧志，而是玩物长志，增长见识，认知世界，连通血脉，涵养精神。其间曾用南宋人洪适的金石学著作《隶续》，校订《郑季宣残碑》。考证古碑时，对清人王昶（号兰泉）的《金石萃编》多有订正。1915年末，从北平图书馆分馆借回清人黄易的《小蓬莱金石文字》，影写自藏本的缺页。鲁迅的金石学、考据学修养，于此立下了精深的根基。他也于此接上了清代考据学的传统，正因心细如发，才能使其在后来的文明批评中旁通博识，眼光如炬。没有如此精深的传统学术修养，鲁迅是不可能写成《看镜有感》这类杂文，从一面古董店家都称为"海马葡萄镜"，甚至"我的一面并无海马"，体验到"汉武通大宛安息，以致天马蒲萄，大概当时是视为盛事的，所以便取作什器的装饰"，"遥想汉人多少闳放，新来的动植物，即毫不拘忌，来充装饰的花纹。唐人也还不算弱，例如汉人的墓前石兽，多是羊，虎，天禄，辟邪，而长安的昭陵上，却刻着带箭的骏马，还有一匹驼鸟，则办法简直前无古人"，思慕着"魄力究竟雄大"，针砭了后世文化精神的"萎缩"。没有这种金石学修养，也不可能以山东嘉祥和河南南阳的汉代石画像考见汉人的生活史和心灵史，从中发现发现"东方美的力量"，藉以遥祭"汉唐魄力"。鲁迅不是从高头讲章，而是从墓穴石刻，获取古老文明的直接性，作为他批判现实，追求审美的高远境界的着力点。他的文化血脉连通了本源，连通了地气，连通了民族精神的剖析和重铸。由此可知，以古典学打开文化血脉奥秘，才能知道鲁迅之大、鲁迅之深、鲁迅之坦坦荡荡的情怀。研究鲁迅文化血脉，乃是当今鲁迅研究的当务之急，既关注鲁迅借鉴外来思潮，又顾及鲁迅植根于本国文化血脉，并使文化血脉焕发出生气勃勃的创造力，唯有如此研究，才能超越研究"半鲁迅"的局面，还原一个"全鲁迅"，还原出"全鲁迅"所留下的丰厚精彩的精神启示。

2014年9月15日

在澳门大学"鲁迅与百年新文学"研讨会及中国鲁迅研究会
2014年理事会（福州）上的发言

鲁迅与孔子沟通说

一、没有伟人及有伟人不知尊重的民族是可悲的

在中华民族的总体智慧中，孔子和鲁迅属于不同时代的两份最伟大，又各具特色的文化遗产。对于已经，而且还在深刻地影响着和塑造着民族精神品格的因素，是不应该轻易废弃的。诚如郁达夫所说，没有伟人的民族是可悲的民族，有伟人而不知尊重的民族，尤为可悲。何为大国文化？就是由于一个大国能够以坦坦荡荡的胸襟，与时俱进地容纳多端。林则徐于1839年为广州越华书院书写对联说："海纳百川，有容乃大；壁立千仞，无欲则刚。"在世界列强觊觎中国而山雨欲来风满楼之秋，有识之士就提示以海洋般的广大胸襟，毫不介怀地容纳千百川流，以壁立千仞的主体精神，把中国的事情做大做强。在百余年后中华民族渡过艰危，崛起为现代大国的时候，我们在文化建设和创造中，更应该拥有这种山包海纳的博大胸怀。若不如此，岂非愧对先贤？

对鲁迅、孔子这两个伟人的论衡，必须超越本世纪一二十年代的时代的思潮，在建立中华民族现代文化的新高度上确立健全的，而不是偏颇的立足点。关键在于要在中华民族现代文化的整体结构中，对这两份遗产重新整合，可沟通者沟通之，不可沟通者并存之，去弊择善，建立一种具有博大精深的内涵和丰富多彩的层次，因而生气勃勃、与时俱进的文化机制。百川的姿态、水质都是不同的，世界上没有姿态、水质相同的两条河流，如果大海挑三拣四，它就不能成为大海。

我并不否认，鲁迅在"五四"及其后一段时间，是反叛孔学道统的。1916年前后，《新青年》杂志针对袁世凯祭孔、康有为陈请定孔教为国教，以及三纲五常的伦理体制对世人思想的禁锢，曾掀起一股颇具声势的反孔非孔浪潮。这反映了宋明理学对孔子的阐释因僵硬而断裂，以及当时官方哲学因腐朽而崩溃，反映了一代新文化先驱者对摆脱中国文化困境的锐意求索。包括鲁迅以及陈独秀、李大钊、胡适在内的这代先驱者，都不同方式地承认孔子作为历史人物是伟大的，但又深恶痛绝地抨击由孔子思想蜕变而来的三纲五常不适于现代生活，尤其抨击权势者利用孔子偶像作为复辟的护符。圣人也是可以分析的，圣人的价值应在民族的图存和振兴中予以理性重估，这是一代文化先驱者留下的文明启示录。鲁迅大声疾呼："我们目下的当务之急，是：一要生存，二要温饱，三要发展。苟有阻碍这前途者，无论是古是今，是人是鬼，是《三坟》《五典》，百宋千元，天球河图，金人玉佛，祖传丸散，秘制膏丹，全都踏倒他。""全都踏倒"的表述，是足够激烈的了，但细审鲁迅开列的陈年簿子的账单，并无五经四书、诸子百家、二十四史的踪影，足可以感受到在激进的深处潜藏着某种历史理性的精神。后人不应随意演绎，把鲁迅潜藏着的这种精神空间都堵塞了，那是肤浅和浮躁之过。

这里并没有排除鲁迅思想和孔子思想同具某种东方文化的特

征。他们都有一种入世用世的精神，一种为人生的态度。孔子非隐者，鲁迅嘲老庄，他们生逢糜烂时世，都于绝望中寻找希望，有"知其不可而为之"的执着，有不计成败而追求真理的"过客"品性。他们在不同时代，成为中华民族实践理性的光辉代表。据记载，诸葛武侯庙有一集句对联："可托六尺之孤，可寄百里之命，君子人与，君子人也；隐居以求其志，行义以达其道，吾闻其语，吾见其人。"还有对联是："伊、吕允堪俦，若定指挥，岂仅三分兴霸业；魏、吴偏并峙，永怀匡复，犹余两表见臣心。"以及"自任以天下之重如此；知其不可而为之与。"这些都被认为"恰称身分，胜读陈（寿）承祚史评矣"。这种历史担当精神和坚韧不拔的意志，是中国脊梁所构建的伟大传统。

然而，鲁迅精神富于现实战斗性，孔子思想却带有中庸品格和相当程度的时代超越性。二者之间存在着异质性。鲁迅始终实践着他的诺言，不留情面地进行社会批评和文明批评，"自己背着因袭的重担，肩住了黑暗的闸门"，放青年一代"到宽阔光明的地方去；此后幸福的度日，合理的做人"。孔子当然也关切年轻一代，认为"后生可畏，焉知来者之不如今也"。但他更重视社会自上而下的礼乐秩序，"孔子三月无君，则皇皇如也"，其学说是当"王者师"，依附于上层政治势力的。而"西狩获麟"，则是春秋末世儒学命运的一个极妙的寓言，孔子叹息"吾道穷矣"，包含着他行道终生，无处立足的悲哀。他推崇上古盛世，尤其是周公礼仪，实际是为悬想中的理想国设计一套相当完备的政治、家庭、社会秩序的原则和人格原则。这些原则不是为乱世，而是为治世而设计的。孔子周游列国，退而授徒述学，可以看作是儒学创建时期的一次"天路历程"及其最终归宿。春秋战国之世的几门显学，各有各的命运：老庄远世而传世；墨法讲究近期效益反而在汉代中绝，潜入民间；儒学入世，并为未来的治世设计蓝图，却享受了千年圣庙香火。平心而论，中国成为千年文明古国而不堕，成为礼义之邦而饶多儒雅意味，甚至士人阶层居四民之首而成为历代社会的共识，孔子之功是不可没的。

二、鲁文化与越文化的异质性

中国早期学术，昌盛于春秋战国群雄割据之岁。这就使得文化母体，蕴含着丰富的地域性的子文化形态。燕赵齐楚，各领风骚，秦晋吴越，互竞异彩。老庄属于南方文化，商鞅韩非属于北方，尤其是秦国文化，孔孟属于邹鲁文化，墨子属于东夷文化，中国文化受地域因缘的牵系而形成了"七巧板效应"。鲁迅、孔子之异，不仅在于其时代性和个人气质，而且在于其承袭的文化地域性。《史记·孔子世家》记载孔子整理原始经籍，他考察夏礼、殷礼的损益之处，说"后虽百世可知也，以一文一质。周监二代，郁郁乎文哉。吾从周"。孔学源于鲁，是从周公、伯禽这个系统来的，所谓"周礼尽在鲁矣"。这是孔子将其学说建立在礼的基础上的得天独厚之机缘。孔子祖先是宋人，上联殷商，因而其学说具有文质彬彬的形态。孔子的七世祖正考父"追道契、汤、高宗，殷所以兴，作《商颂》"，他的家族传统是联系着"诗三百"。这就沉积成孔子思想学术的丰厚性，他崇仁非战、重义轻利，讲究忠恕诚敬，讲究礼仪等级，讲究以诗书礼乐治国。

鲁迅思想的源头之一是越文化，古越文化是从夏禹系统来的，形态较为质实坚确。其特点是真实直率，反对繁文缛节，较讲血性与实干，自勾践卧薪尝胆之后，又带上一种复仇雪耻的内在强力。因而鲁迅早年在《〈越铎〉出世辞》说："于越故称无敌于天下，海岳精液，善生俊异，后先络驿，展其殊才；其民复存大禹卓苦勤劳之风，同勾践坚确慷慨之志。"鲁迅风骨峻拔奇峭，与他感受会稽的海岳精液和山岳气息，存在着深刻的人地渊源。他晚年写《女吊》

之时，还忘不了乡邦先贤的一句话："会稽乃报仇雪耻之乡，非藏垢纳污之地！"与孔子"不语怪力乱神"不同，具有现代科学知识的鲁迅，反而写了鬼世界中诙谐可亲的无常，"那怕你，铜墙铁壁！那怕你，皇亲国戚！"写了"一个带复仇性的，比别的一切鬼魂更美，更强的鬼魂"女吊，这些都是越地民间精神趣味和创造力的结晶。可见，鲁迅和孔子的乡土地理因缘本身，就反映了中国文化智慧和品性的不同侧面，相互间带有一定的异质性。

孔子一生，似乎与越文化没有多少纠葛，除了在他晚年齐国想伐鲁之时，他的弟子子贡游说列国，导致"子贡一出，存鲁，乱齐，破吴，强晋而霸越"。尽管《史记》对此举大事记载，《论语》却只字不提，而源自孔府档案的《孔子家语》却在后面加了一段孔子的话："夫其乱齐存鲁，吾之始愿；若能强晋以弊吴，使吴亡而越霸者，赐之说也。美言伤信，慎言哉！"这显然是儒门后学或孔府后人加的，孔子本人见不到"吴亡而越霸"。《吴越春秋》卷十《勾践伐吴外传》却有一则故事：

> 越王（勾践）既已诛忠臣，霸于关东……孔子闻之，从弟子奉先王雅琴礼乐奏于越。越王乃被唐夷之甲，带步光之剑，杖屈卢之矛，出死士以三百人为阵关下。孔子有顷到，越王曰："唯唯，夫子何以教之？"孔子曰："丘能述五帝三王之道，故奏雅琴以献之大王。"越王喟然叹曰："越性脆而愚，水行山处，以船为车，以楫为马，往若飘然，去则难从，悦兵敢死，越之常也。夫子何说而欲教之？"孔子不答，因辞而去。

这当然是小说家言，孔子死于鲁哀公十六年（前479），越王勾践灭吴、诛大臣、称霸是在鲁哀公二十二年及其后，二者年代不相及。孔子不能死了六年后复生，南见勾践。但它可以当作一则政治文化寓言来读。它说明发源于鲁文化的孔学与越文化之间，存在着相去颇远的旨趣、色彩和习性，在弱肉强食的战时环境和封闭自守的文化心态中，是难以相互沟通的。在某种意义上可以说，正是由于缺乏对不同文化因素取长补短，加以融合创新的魄力，越国的霸业才会很快就凋萎。这就难怪引起李白《越中览古》诗中无限的感慨了："越王勾践破吴归，义士还乡尽锦衣。宫女如花满春殿，只今唯有鹧鸪飞。"唐人窦巩《南游感兴》还剿袭李白诗意，写道："伤心欲问前朝事，唯见江流去不回。日暮东风春草绿，鹧鸪飞上越王台。"

鲁迅思想自然不能等同于古越文化，它是二十世纪前期中国人面对世界强权和民族危机之时，对自己文化深度反思和创新建设，尤其是对自己文化传统弊端进行空前深刻的解剖的结晶。因而它带有明显的现代性，这一点非孔学所能比拟。当民族积弱，需要发愤图强之时，越文化和鲁迅精神是一种极好的铦锋利刃的抗争武器和刺激剂；但当民族需要稳定和凝聚之时，孔学的优秀成分也是不应废弃的精神纽带和黏合剂。儒者，柔也，而越文化与鲁迅，则属于刚。在稳定、开明的文化环境中，二者未尝不可以刚柔相济、文野互补、古今互惠。中华民族的现代文化建设应该超越狭隘的时间空间界限，广摄历代之精粹，博取各地域文化智慧之长，建构立足本土，又充分开放的壮丽辉煌的社会主义文化形态。正是在这种意义上，我认为鲁迅和孔子，并非不能融合和沟通。

三、创造一种自立于世界民族之林的合金式的文明

提高沟通能力，乃是中国文化品格的一大进步。《清史稿·文苑传》说："世谓（林）纾以中文沟通西文，（严）复以西文沟通中文，

并称'林严'。"又有辜鸿铭者，名汤生，"汤生论学以正谊明道为归，尝谓'欧、美主强权，务其外者也。中国主礼教，修其内者也。'又谓'近人欲以欧、美政学变中国，是乱中国也。异日世界之争必烈，微中国礼教不能弭此祸也。'汤生好辩，善骂世。国变后，悲愤尤甚。"从这些记述中，可以看出近世中国对中外古今文明形态的发展，焦虑的聚焦探索。这里讲的是中国文化现代化早期进程中的中西古今沟通。现代大国的文化建构，不仅要沟通孔、鲁，还要沟通老庄、孟荀、墨韩，沟通古今、雅俗、中外。鲁迅在《中国新文学大系·小说二集序》中说，他本人的小说由于"'表现的深切和格式的特别'，颇激动了一部分青年读者的心"，这就是沟通中外；接着又说其后"脱离了外国作家的影响，技巧稍为圆熟，刻划也稍加深切"，这就是沟通古今。鲁迅在《文化偏至论》中说："明哲之士，必洞达世界之大势，权衡校量，去其偏颇，得其神明，施之国中，翕合无间。外之既不后于世界之思潮，内之仍弗失固有之血脉，取今复古，别立新宗，人生意义，致之深邃，则国人之自觉至，个性张，沙聚之邦，由是转为人国。人国既建，乃始雄厉无前，屹然独见于天下。"这里主张融合中外古今，以创造一种自立于世界民族之林的合金式的文明。

《周易》如此描述天地变化沟通的原理："一阖一辟谓之变，往来无穷谓之通。"因此它认为"唯君子为能通天下之志"，"见天下之动，而观其会通"。把握了这种变化沟通的通则，就会焕发出文化生命力的效应："穷则变，变则通，通则久"，"通其变，遂成天下之文"。也就是说，即便在文化上，也是能通才能泰，能通才能大。此即《文心雕龙》之所谓"文律运周，日新其业，变则可久，通则不乏"。鲁迅与孔子之间，确实存在着古今、中外、南北、刚柔等多层面的同同异异，存在着不少异质对撞之处，因此能够以现代大国文化海纳百川的胸襟将之沟通，在沟通中持久变新，乃是一种大智慧。这是一个民族的能力所在。

原文是1991年9月在山东曲阜"鲁迅与孔子比较研讨会"上的发言，首倡"鲁迅与孔子沟通说"，初刊于同年11月《群言》月刊。

读书的启示及方法

今天是广东省举办的"南国书香节"的首场讲演。以书香命名一个节日，使读书成为一种香飘四季的社会风气和民间风俗，这是广东省在经济腾飞的时候，建设文化大省的一大手笔。

我作为一个从广东走出来的读书人，回来给广东读书人讲读书，感到非常荣幸，又非常亲切。我这次回家乡来捡拾自己读书的脚印，主要是用自己切身的经历来谈谈读书的体会，谈如何在读中开发、培育、升华自己的生命。

一、读书对于人类存在，具有本体论的意义

从文化人类学的意义上说，劳动是人区别于猿的标志，读书是文明人区别于野蛮人的标志。也就是说，读书对于人类存在，具有本体论的意义。读书是人类的专利，人类创造了书籍这种方式，用来传承知识，积累

文化，涵养情志，使新一代的知识起点承接在上一代的知识终点上，步步登高，走向辉煌。如果到动物园，看见猴子拿着书来读，那大家会感到很滑稽；但是如果看见小孩拿书来读，那大家都会去称赞他，觉得他有出息。这就是说，书把人与猴子分了类。

《论语》二十篇近五百章，首篇《学而》的开头一章就是："子曰：学而时习之，不亦说乎？有朋自远方来，不亦乐乎？人不知，而不愠，不亦君子乎？"在这居于经典的重中之重第一章中可以知道，学习是孔子留给中国人的"第一遗训"，他希望国人通过坚持不懈、世代相传的学习、学习、再学习，以延续、提升和发展自身的文明。孔子这个思想，为曾子所强化，通常认为曾子著有《学记》，强调"君子如欲化民成俗，其必由学乎？玉不琢，不成器；人不学，不知道。是故古之王者，建国君民，教学为先。"又称"独学而无友，则孤陋而寡闻"。如果按照清人毛奇龄的说法，"学者，道术之总名"，"学"字是名词，那就可以将"学而时习之"，解释成对儒门学术定时见习了。这就首揭承传道统的命题。为何孔子乐于"有朋自远方来"呢？古注认为"同门曰朋"，清人刘宝楠说："孔子不仕，退而修诗书礼乐，弟子弥众，至自远方，莫不受业焉。弟子至自远方，即有朋自远方来也。朋即指弟子。"这又涉及弘扬道统的命题。对于孔子这种教学相长、切磋为乐的思想，后人引申为乐见天下朋友，张扬着一种坦荡、开阔、好客的处世胸襟。乐观对于孔子而言，是一种境界，一种生命的真诚。因此自己学有所成，因世俗浅陋而不为人知，因当局无道而不为所用，也不会愠怒，不言放弃，因为他为学为己，心系任重道远，旨在提升这个文明。朱熹对此章评价极高，说它是"入道之门，积德之基"。从篇章学的角度来看，《论语》首篇首章，就在高处自立地步。

中国从南北朝以来，就有给周岁的小孩"抓周"的民间风俗：在小孩面前摆上书籍、笔墨、玩具等小物品，从他抓取什么上预测他的性情、志趣或未来的前程。《红楼梦》里贾宝玉"抓周"，面前的书籍、笔墨、乌纱帽一概不取，伸手只把些脂粉钗环抓来，气得贾政老爷大骂他"将来酒色之徒耳"。如果他抓了书籍官帽，全家都会欢天喜地的。所以人创造了文字，进而形成了书册典籍，这就成为人创造文明、发展文明的一个重要手段和基本标志。

书可以是上下数千年、远近数万里的人写成的，但读书可以超越时空界限，可以与人类文明进行无障碍对话。今天可以同李白、杜甫对话，明天可以同荷马、但丁对话，只有人才能享受这种无障碍对话的读书乐趣。书籍积累、交流、传播着知识，日久天长，川流不息，它已经积累、交流、传播成现代知识社会，因此，在现代社会不读书的人不能成为一个完整意义上的人。

二、读书是开发和释放中国人力潜力的重要途径

中国是一个人口众多的国家。怎样把我们人口的资源转化为人才的资源，是我国现代化发展的重要问题。在这一点上，教育的普及和读书风气的普及，是关系到民族的素质品位和国运的兴衰的一件大事。为什么要突出地强调这个问题呢？因为我们潜在着相当程度的"读书危机"。我一年读了多少书？读的都是什么书？每个关心自身素质的人，都应在年终时分做一番反省，写下"精神笔记"。据统计，中国每人年均的阅读量是4.3本书，有人说"香港是文化沙漠"，但是香港每年图书销售量是30亿港元，人均500港元，人均每年读书量是6本以上，相当于大陆的1.5倍。以色列人年均读书量60本，是中国的十几倍。在我们一些人群中，阅读沙漠化已经严重，亟须认真治理。我到俄罗斯，在莫斯科、彼得堡的地铁上，很多人都在看书，仔细考察，读的多是专业书或者严肃的文学书，从上地铁读到下地铁。不少中国人除了用手机打游戏之外，却去读什么昏天黑地寻找刺激的书，以及"吃生茄子，喝绿豆汤"之类的养

生书，简直是无思想、无智慧、无审美质量可言的"三无阅读"，长期如此，必然造成思想和心灵的平庸化、贫困化和低劣化。阅读并非都是开卷有益，重要的是"读什么"，这里有"正阅读"、"〇阅读"、"负阅读"的区别，对心灵的损益也大相径庭。因此我们应该提倡"正阅读"，减少"〇阅读"，远离"负阅读"，使阅读成为培德励志、益智娱情的行为。

我讲一讲个人的一些阅读经历。我出生在广东电白县农村，是整个乡里第一代小学生，在我以前连小学生都没有。同学里面，有许多人因为家境贫困，父母过早让他们回家务农了。我的父亲勒紧裤腰带也让我去读书，能读到哪一步就支持我读到哪一步，所以才读到有考大学的机会。中国农村教育普及，应该当作开发人才很重要的方法。

少年时代经常听到父亲吟哦《千家诗》。家里有一部石印本的《千家诗》，上图下文的版式很能吸引阅读兴趣。于是也就跟着诵读，第一首程颢的《春日偶成》，什么"云淡风轻近午天，随花傍柳过前川"；还有朱熹的《春日》，"胜日寻芳泗水滨，无边光景一时新"；以及苏东坡的《春宵》，"春宵一刻值千金，花有清香月有阴"等等。这样的诗把它背下来，就知道了过去诗歌的音律声情之美。小时候读《千家诗》是音调把我领入门的，音调的兴趣甚至高于字义的兴趣，这一点可能会发展成为以后诗歌研究的新视角。

家中也有一本石印本的《古文观止》。读《古文观止》没有读《千家诗》那么轻松，轻松可以刺激兴趣，沉闷可以磨炼毅力。对于读书而言，毅力和兴趣同等重要，甚至更为重要。有毅力就能深入到文章的妙境当中，也能激发出更深沉耐久的兴趣。比如读骆宾王为徐敬业写的《讨武曌檄》，就可以从它蕴含的历史典故中找到兴趣。据说武则天读到"入门见嫉，蛾眉不肯让人；掩袖工谗，狐媚偏能惑主"，只是笑笑；但是读到"一抔之土未干，六尺之孤安在"，说的是高宗皇帝尸骨未寒，但是中宗——武则天的儿子，六尺之孤现在在哪里呢？被武则天夺权了。读到这个地方，就触动了武则天敏感的神经，她就很不高兴，说我们的丞相为什么不发现和收罗这样的人才？古诗文往往把我们带入一个掌故的世界，据说一些老先生学问好，就因为他懂很多与诗文相关的逸闻传说、故实原委。过去文学史不怎么写掌故，我主张写，这可以增加文学史的史料厚度和阅读趣味。当然，有些掌故考证起来可能有问题，但你对它的虚构成分心中有数，反而可以扩展阐释的空间。为什么历史上没有这件事，有人却要杜撰这件事，这本身可能就是个精神史的问题。

比如"金龟换酒"的掌故。贺知章解下腰间佩戴的金龟，换酒跟李白同喝。这个掌故见于唐人的《本事诗》，根据是李白写的《对酒忆贺监》："四明有狂客，风流贺季真。长安一相见，呼我谪仙人。昔好怀中物，今为松下尘。金龟换酒处，却忆泪沾巾。"现在看贺知章诗的成就还不如李白，他用金龟换酒跟李白一起喝，不是很正常的事情吗？李白为什么如此感激涕零呢？实际上我们如果还原到这个掌故当时发生的情形，就颇有意味了。贺知章是七十多岁的秘书监，比李大四十岁，部长级干部。李白一个文学青年三十多岁写了几首诗，第一次到长安，在小旅馆里住，一个七十多岁部长级干部，三品官员，到旅馆去看他，而且解下自己的金龟（唐朝是三品以上官员佩戴金龟，四品银龟，五品铜龟），就像将军把自己的徽章拿下，做抵押去换酒陪你喝，称赞李白是天上被贬谪到人间的仙人。可以看出，盛唐时期的诗和酒打破了官本位的等级制度，这种文明共享的情景在后世的唯官是崇、见钱眼开的世俗体制中是难以想象的。

我大概是在小学三四年级就读《三国演义》。书很残破，大概剩下的也就二三十回。但是绣像本，读起来也津津有味。读这部书，就懂得"天下大势，分久必合，合久必分"。像周作人讲《中国新文学的源流》，他把古代言志的文学、载道的文学的起伏交替，说成是构成整个中国文学史的基本脉络：言志是个性的、抒情的，载道是政治的、说教的，两种文学互相起伏，构成文学史。他没有什么理论根据，就是根据《三国》讲的"分久必合，合久必分"这么一个历史循环的理论。所以一个人小时候接触的书籍，都可能埋下一些种子，刺激日后作为有心人继续读书思考的兴趣，也就可能发芽生长成一个专门的学问体系。人的内在潜能是多方面的，要根据可能从不同角度开发自己的潜能。

三、读书是一种终生的旅行、终生的事业

知识和学问是无限的，生命是有限的，解决这个矛盾，就要持之以恒，把读书作为终生的习惯。能坚持，是对生命韧性的考验，韧性生恒心。欧阳修曾经说到他最好的文章是什么时候写出来的，他提出"三上"的说法：枕上，马上，厕上。他平时对文章苦苦思虑，全神贯注，才能在不经意中灵感突然袭来。不是书要我去读，而是我要读书，永远当主语的人是大写的人。条件人人有差别，读书的欲望全然在我们自己，要充分挖掘、发挥你遇到的每个机遇所提供的可能。我在自己的工作领域取得了些成绩，就是懂得如何通过自己切实的努力，一步一个脚印地向前走。走路之道，只有方向，没有终点。

学习的欲望是一种知不足而求足的欲望。要保持这欲望，使它长盛不衰，在一些关键时刻就要超越种种精神障碍，处劣势时发现自己优势，翻过一面看问题。我刚上大学的时候，知识面相当有限。上海、北京的同学，一开口就托尔斯泰、巴尔扎克，什么普希金、高尔基，而我在农村里只知道《说唐》里面李元霸是第一条好汉，裴元庆是第二条好汉，宇文成都是第三条好汉，土气得掉渣。我对于自己与城市同学的知识落差，感到有些悲观。《琵琶记》中有句话："不如意事常八九，可与人言无二三。"人生不可能一路坦

途，可贵的是在忧患中不损志气，遇到坎坷就翻过一面看自己。在后来的学习过程中，我考的分数竟然跟城市里的同学差不多，说明我在同等条件下更有潜力。翻过一面看自己，不要只看到自己的劣势，要看到自己还有潜力。我想，这种"翻转式思维"大概也是一种智慧，可以激发出一种精神力量，知不足而思补足，化劣势为另一个角度的优势。世界上没有绝对的优势和劣势，就看你如何对待和处理。处置有方，这才是最要紧的。

自己是自身潜力的载体，潜力的释放，精神的解放，自己最知深浅，自己最知可能，所以首先要有自己主体性的觉悟。最可怕者，是折断自己的主心骨。最可贵者，是开拓自己的深度潜力。别人用八个小时读书，你花上十个小时读书，把应该读的文献都梳理一遍，才能在学科领域获得充分的发言权。同时要建立自己的信心，有信心就能水滴石穿。有的人知识比较系统，本是好事，但是写文章容易落入教科书框套。有的人知识比较芜杂，本是坏事，却往往有自己的体会，不入框套，一旦成熟，就多少有点创造性。这很重要。研究工作贵在创新，如果别人怎么讲你就照着讲，是不可取的。所以，要善于发现自己的精神优势，欣赏和发挥自己的这种优势，把它落实到刻苦上，建立学术上有根柢的创新机制。我写小说史时硕士刚毕业，是没有人觉得我可以写出一百多万字的小说史的。我就是靠着信心和恒心，读了近两千多种原始书刊，也是因为有北京的各家图书馆，还有文学研究所的图书馆，它们的藏书为地方图书馆所不及。守着文学所的五十万专业藏书，而不认真读书，实在是伤天害理，有点像杜牧所形容的"浮生却似冰底水，日夜东流人不知"了。

专业性的读书，须围绕着一些有价值的、有兴趣的领域，对与它相关的各种材料进行竭泽而渔式的阅读，相互比较揣摩，从它们之间微妙的差别、不同层面的变化，甚至相反相成中，发现深层的文化意义和精神体验。读得多了，"操千曲而后晓声，观千剑而后识器"，你的思想就自由了，你就有了发言权，因为人家没读的你读了，人家没读那么多而你读了那么多，人家没注意到的你注意了。作为专业化读书方式的竭泽而渔，是耐人寻味的。泽中有水，甚至混有泥泞，不易看清鱼的真面目。要把这水呀、泥呀排尽，以便把鱼通通捉到，就要寻找到排水的有效方法和渠道。

比如对于籍贯在我们广东省番禺县的现代女作家凌叔华，一些作家词典和文学史说，她父亲凌福彭出身翰苑，当过保定知府，这种说法实际是泥水浑浊，难辨真假的。怎样排除浊水，去伪存真？需要找出有效的渠道。渠道之一，凌福彭既然出身翰苑，就应该查一下清朝后期历科进士的名录。一查《明清进士题名碑录》，"鱼"就浮出水面了：凌福彭是光绪二十一年（1895）乙未科第二甲第三名进士。渠道之二，他既然当过知府以上官员，《清代职官年表》应该有他的记载，一查就明白，他当的不是保定知府，而是顺天府尹，即北京市长。宣统元年（1909）晋升为直隶布政使，直隶省的行政财务省长，由正三品升为从二品，地位比从四品的知府显要得多了。渠道之三，既然他的籍贯是番禺，就有必要查一查，清光绪年间编撰的《番禺县续志》，连凌叔华的祖父、曾祖父作为知名乡绅行善积福、创制器具的材料都找出不少。我和客居英国伦敦的凌叔华通过信，她并不知道这些县志材料。如果我们还能找到凌叔华的自传体长篇小说《古韵》（*Ancient Melodies*），然后再去阅读她早期的小说，对于鲁迅评价她"大抵是很谨慎的，适可而止地描写了旧家庭中的婉顺的女性"，展示了"世态的一角，高门世族的精魂"——就可以获得更深刻的领会了。

"竭泽而渔"，是陈垣先生倡导的治学方法，他当过北师大的校长，是与陈寅恪齐名的历史学家。他的《元也里可温教考》等文章，堪称竭泽而渔治学方法的典范。他为了搞清《元史》中不时出现的"也里可温"这个词的含义，就把二百一十卷的《元史》全部读了一遍，把所有"也里可温"的条目全都抄录下来，然后把蒙古白话写成的《圣旨碑》和其他元代书籍里有关"也里可温"的材料进行参证，终于发现"也里可温"就是元朝基督教各种派别的总称。前辈学者这种见疑不放，对于有价值的，但别人不甚经意的疑难问题穷追不舍，从不一知半解，舍得竭泽而渔的治学精神，是很值得我们尊敬和学习的。

四、读书是我的生命对证思量书中生命的过程

书之为物，不仅仅是冷冰冰的墨迹和纸张，它有体温，渗透着昔者或彼者的生命体验和智慧表达。读书应投入人的生命，进入书的生命，使二生命碰撞交融。英国诗人弥尔顿说过："书籍绝不是没有生命的东西，它包含着生命的结晶，包含着像他们的子孙后代一样活生生的灵魂；不仅如此，它还像一个小瓶子，里面储存着那些撰写它们的活着的智者最纯粹的结晶和精华。"体验智者生命的精华，是读书的极大乐趣。

正是有这种书中生命的存在，我们才有根据相信英国哲学家培根的话："读史使人明智，读诗使人灵秀，数学使人周密，自然哲学使人精邃，伦理学使人庄重，逻辑修辞学使人善辨。"因为书中不同的生命方式，搜索着和激发着与之对应的人的生命潜能，读书也就成了在字里行间发现自我、丰富自我、调节自我的心理过程。当书触动你的生命感觉时，我建议你注意做好读书笔记，记下人和书的生命对证。你读到哪点最有感觉，你觉得哪点最有价值，你感到哪点最为重要，你感到哪点最为可疑，都不妨记录下来。一字一句地记，可以加强你的印象和记忆。分门别类地记，可以积累你的知识和清理思路。提要钩玄地记，可以在提要中把握要领，在钩玄中深化对意义的理解。韩愈《进学解》说："口不绝吟于六艺之文，手不停披于百家之编，记事者必提其要，纂言者必钩其玄。"提要

钩玄，都是精于做笔记的形容。张之洞说："读十遍，不如写一遍。"这也可以用在做笔记上。

笔记本子有个 A、B 面，最初的记录最好只写一面，然后在继续读书时发现同类问题，写在另一面，跟它对照，比较其间的同和异。积累多了，你对这问题，就有各种各样的角度、层次上的材料，然后就可以梳理它的渊源流变，或解释它的多重意义了。比如读王国维的一段话，觉得耐人寻味，就写在一面："哲学上之说，大都可爱者不可信，可信者不可爱。"以后不知道哪天读到《道德经》上相似的意思，又记在另一面："信言不美，美言不信。善者不辩，辩者不善。知者不博，博者不知。"如果发现别的书上也有类似的话，再把它记录积累下来。相互参证，就可能发现它们之间的传承关系，以及在不同语境中意义的微妙差异、相互间的引申和发挥。

历史学家吴晗说过："要想学问大，就要多读、多抄、多写。要记住，一个人想要在学业上有所建树，一定得坚持这样做卡片、摘记。"唐弢先生也认为，大凡读书，一定要做读书笔记，不要自恃年轻时记忆力好，就不做笔记，如果那样，书读多了容易混杂，年纪大后记忆衰退，就难免要吃亏。唐弢先生晚年写《鲁迅传》的时候，想找一条材料，鲁迅曾经说过他的父亲喝醉时老打他母亲，所以鲁迅从不喝醉。这段话在哪里？他查找了半年没查到，又找了鲁迅博物馆研究员，也没查到，后来偶然读书时，发现在萧红回忆鲁迅的文章里面。因此，他一再告诫，必须做笔记，不要相信你的记忆力好。如果把鲁迅跟酒的关系都记在一个本子上，一查起来不就很方便吗？也就用不着花半年时间去大海里捞针了，一有感受就写下来，要赶快，不要偷懒，"业精于勤荒于嬉，行成于思毁于随"，这也是韩愈《进学解》中的话。

既然把读书当作人与书的生命的对证过程，是过程，就要设计好自己阅读的阶段性，处理好阅读注意力的集中和转移，逐渐把自己训练成一个设计自身学术拓展的战略家。记笔记，关注对证过程的生命痕迹的记录；设计，关注生命对证的过程性的衔接和超越。

我讲点自己的经历供大家批评和参考。三卷《中国现代小说史》写完后，我读了近两千种书，如果在同一领域继续做下去，写一二十本书是没问题的，只要加一点新的资料、新的角度就可以了。但我想再写这方面的书，短时间内在分量上是超不过自己的小说史的。在这种情况下，就有条件可以转移我的学术领域。考虑到当时才四十出头，身体还好，精力充沛，在文学研究所读书时间相当充裕，完全可能再做一个领域。在国家研究所做学问做成模样，就不能拘束于三五十年的现代文学，有必要转到二三千年的古典文学，予以古今打通。但是转古典怎么样入手，这是一个要害的问题。古典文献浩如烟海，关键是能否找到切入口。考虑到我搞过现代小说史，从古典小说切入，也许是最佳的选择，所以我开始进行中国古典小说史论的研究。

进入一个新的学科领域，既是乐趣，又是冒险，下的功夫要比人家加倍。所以《中国古典小说史论》，每一章都力求广泛阅读，精心写作，光是在《中国社会科学》，五年间就发了六篇文章。《文学评论》《文学遗产》上也各发一篇，英文转载过四篇，《人大复印资料》和《新华文摘》转载过十五篇三十万字，这可见自己在读与写上都是下了功夫的。尤其到新领域大家眼睛都在盯着你。古典小说史论的系列文章发表的过程中，韩国、新加坡都有一些学者说，中国有两个杨义，一个搞现代，一个搞古典，这个名字很容易重名。后来开会在一起时大家才知道是同一个人。

反思过去，我读书做学问打破了不少规矩。比如古今贯通的做法，在当时也是越出规矩的。按照当时的学科分割体制，现代文学和古典文学是隔行如隔山啊，不只是时段的问题，不只是知识结构的问题，还有评价体系、工作规范和思维方式的问题，实在贯通之途，关隘重重。而且既然破了当时的一些规矩，人家用五分功夫，你得用十分，做到人家挑不出你的毛病。就是说，在现代小说史研究上建立自己哪怕一点点优势，在转移自己学术注意力的时候不要脱离这个优势，还要依凭这个优势开发新优势。若能这样，就在当时学科分割得隔行如隔山的情形下，为自己准备了从山的这面走到山的那面的一块垫脚石。有这块垫脚石和没有这块垫脚石很不一样，它为读书过程建立了现代文学和古代文学两个不同的学科分支的对话系统，从而为古典小说研究投入新眼光、新思路，才能得出一些为现代人感兴趣的话题和见解。

读书的设计是一个立体性、动态性的设计。围绕着某个问题、某种原有优势的拓展，既可以在纵向上涉及古今，又可以在不同层面上涉及中外以及诸种学科。知今不知古，就罕能清理出事物的原理；知古不知今，就罕能悟透事物的意义和它运行的曲线；知中不知外，就容易使自己的知识封闭起来；知外不知中，就容易使自己的知识失去根柢，变得虚浮空泛。古今中外在某一个问题上进行互参，是读书深入以后应该追求的通则。我在1992年为什么要到牛津做半年客座研究员，就是要读西方叙事学著作，用西方现代理论与我阅读几千种中国叙事文献相互对质和参证，从中升华出创新的理论。七百多年前波斯诗人萨迪（Sadi）在跋山涉水、托钵化缘的漂泊生活中，就说过"没有求知欲的学生，就像没有翅膀的鸟儿"这样的话，难道我们在开始航天的时代，就不须鼓起翅膀，翱翔于中外古今的知识空间吗？

五、读书是一种智慧的实现。既要以智慧读书，又要在书中读出智慧，读出深度，读出精彩，读出意义

世界上书籍之多，用汗牛充栋已不足以形容，说是浩如烟海一点也不过分。而近世以来，企图对书中知识做出种种解释的思潮流派又五花八门，这就使得读书在面对花招百出的路标时既受启发，也易陷入迷魂阵。要保持一颗纯朴的心去认知书中的原本意义，已是难乎其难的事了，戴着不止一种颜色的眼镜走进书海，难免会坠入五里雾中。

因此我提醒大家，读书要重视自己的第一印象。这是我们文学研究所老所长何其芳讲过的一句话，读书要重视第一印象。有感悟力有感觉的人，第一印象是鲜活的，抓住新鲜的思想萌芽，上下求索，推演出一个新的理论。读书要首先不淹没自己，然后才能挺直腰杆与五花八门的思潮进行创造性的对话。切不要被一些现存成见和空泛术语套住，诸如李白是浪漫主义、杜甫是现实主义等等，不要被这些大概念束缚，以致遮蔽眼睛。首先看看李白、杜甫原原本本的是什么，我读了之后首先感觉到什么。杜甫有一首诗《赠花卿》："锦城丝管日纷纷，半入江风半入云。此曲只应天上有，人间能得几回闻。"说花敬定将军请他吃饭，奏的曲只能在天上，在长安，皇族那里，朝廷那里听到，人间能够得闻几次呢？如果先入为主地相信宋人、明人出于忠君思想的解说，就会人云亦云地认定杜甫在讽刺花敬定，讽刺他僭越非分，在宴会上采用了皇家才有资格享用的礼乐制度。事情果真这样吗？现在一些注本都是这样讲的，沿袭明清时代的诗话诗评。这样讲似乎有学问，似乎很保险，但是实际上放弃了还原和创新的可能。杜甫还写过一首赠给花敬定的《戏作花卿歌》，称赞"成都猛将有花卿，学语小儿知姓名"，歌颂他平定叛乱勇猛剽悍的能力，说朝廷为什么不把他调到中原平定安史之乱，"既称绝世无，天子何不唤取守京都"，却在这里守成都？既然如此，人家把你视为知交，请你吃饭，给你奏好音乐，你竟然还讽刺起他来？杜甫如果这样，我觉得他心灵是扭曲的。实际上杜甫何尝是这意思呢？杜甫是说这美妙的音乐只能在长安朝廷里听到，现在我在成都将军府里居然也能听到了。可见安史之乱后，皇家的梨园子弟都流散了。这是开了一种风气，也就是中唐诗人用梨园子弟的流散来回忆沉没了的盛唐，别具一格地言音乐以怀旧。

沿着这条思路，杜甫到夔州看到公孙大娘弟子舞剑器，叹息着"先帝侍女八千人，公孙剑器初第一"，如今都流散到这里来了，"梨园弟子散如烟，女乐余姿映寒日"。杜甫到江南看到李龟年，又叹息过去在长安"岐王宅里寻常见，崔九堂前几度闻"，想不到现在到了江南，"落花时节又逢君"。盛唐衰落到这样子，梨园子弟流散到江南来了。白居易被贬官到江州，现在的九江，看到长安教坊的琵琶女流落到这里，就不能不感慨"同是天涯沦落人"，以致这位江州司马的青衫都被泪水打湿了。中晚唐用音乐来怀念沉没了的盛唐，是一种思维的模式。这样解释，才可能对杜甫饮酒听乐时忧虑苍凉的情绪感同身受，"此曲只应天上有"，天上才有的曲子到这里都能听到，盛唐已不可收拾了。如果拘泥于古人的忠君思想，认为杜甫吃饭都不忘皇帝，"每饭不忘君"，就丢失了杜甫作为一介寒儒漂泊千里的那份旷野情怀。现在很多研究受宋人影响很大，我们要打扫历史尘埃，从重视第一印象做起，用现代的精神、今天的眼光好好审视诗和诗人的原本，增强经典重读的创造性。

我曾经讲过一句话：李白喝酒时举杯作诗，杜甫听乐后提笔赋诗，是写给我看的，而不是写给唐人看了以后宋人看，宋人看了以后明清人看，我们的前辈又看，我只能跟在他们背后评判是非，拾人牙慧。我想起了巴尔扎克作品中的一句话："问号是开启任何一门科学的钥匙"，也想起了宋朝陆九渊的一句话："为学患无疑，疑则有进"。应该拿起这把带弯钩的问号钥匙，启动疑中求进的思想主动性，质疑自己的眼光为什么只看前人的背影，而不能站得更高一点，直接面对事物的本原和本质。我们应该直接面对杜甫和李白，面对一个个活生生的文化生命。李白昨天晚上跟我一起喝酒，他拿起酒杯就吟唱《将进酒》，高歌"君不见黄河之水天上来，奔流到海不复回"。杜甫今天上午和我一起，赴花敬定的宴席，为音乐而感动，叹息："此曲只应天上有，人间能得几回闻。"我要直接面对他们，而不是在历史层层的阻隔、术语层层的裹挟中无所作为，把自己遮蔽起来。李白、杜甫的诗，就是写给我看的，我先读了之后，得出我的印象，再来看前人怎么说的，跟他们对话。这种研究程序可以概括为四句话：超越背影，直趋本原，留住感觉，反思前贤。

朱熹讲读书要做到"三到"：心到、眼到、口到。三到中最重要的是心要到，用心灵的眼睛来读书。最要用心灵的眼睛来读的，是经典。经典是文化智慧的集合，包含着最耐人寻味的文化血脉在里面。陈垣先生对北师大历史系毕业生说过一番话：一部《论语》才多少字？一万三千七百字。一部《孟子》才多少字？三万五千四百字。都不如一张报纸的字多，你们为什么不把它好好读一遍呢？一万多字的《论语》你都没有读过，作为一个中国人，你说得过去吗？

经典是民族的文化标杆，经典可以用权威的知识来使你感受到文化的根在哪儿。我觉得，少年多读名篇，青年读大书经典，中年多读专业书，晚年读点杂书。少年记忆力好，对历代名篇多加记诵，可以终生受益。我在"文革"时候还年轻，没别的书看，就通读《资本论》《资治通鉴》《史记》《鲁迅全集》，后来搞专业研究，除了随时翻翻，很难找出专门时间把这些书通读一遍。原初读书也没抱专业意识，而是把它作为人类智慧表现形式，看伟大经典、伟大思想体系是怎样形成的，怎样展开逻辑论证的。跟着他的思路旅行一遍，读完后心灵震荡，深切地体验到什么是伟大的思想体系，什么是经典的精神力量，体验到人类的智慧、思维能达到什么程度，这就在有意无意中滋养着一种文化魄力。年轻时读一点大书，大书有大书的气象效力，这是那些装模作样、卖乖取巧的小家子气无法比拟的。我后来写书，有时一写就几十万一百多万字，自己并没有觉得承担不起，实在说不清楚跟我早年读过几本大书有点什么关系，说没有似乎也脱不掉干系。所以，劝年轻同志读一两本大书，然后才知道什么叫经典。朱自清说过在中等以上教育里，经典训练是一个必要的项目。经典训练的价值不在实用，而在文化。有一位外国教授说阅读经典的作用就是叫人见识经典一番：见识什么叫作经典，对一个人的文化素质的根基，至关重要。

最后想讲一讲读书要重视书里书外。应该意识到，是人在读书，而不是书在读人，人是主语。因此人动书自动，人活书自活，不要让书把人的活泼泼的脑筋套成死脑筋。宋代有个批评家讲读书要知道出入法，开始时要求得怎样才能进去，最后要求得怎样才能出来。王国维《人间词话》也讲，诗人对宇宙人生（我觉得读书也是这样），须入乎其内，又须出乎其外。入乎其内故能写之，出乎其外故能观之。不要给书套住，要是读书走不出来，那跟蛀书虫差不多。读书要在哪一点上下功夫？要在不疑处生疑。大家都习以为常，能在习常之处打上问号，发现疑点，就是一种难能可贵的精神穿透能力。朱熹曾经说，读书无疑者，须教有疑，有疑者却要无疑，到这里方是长进。什么叫疑问？疑问就是问题意识、创新意识。善于提出问题、解决问题进行创新，就能在书山学海中出入自如。这里讲一个简单的案例。杜甫的诗没有写过海棠，大概搞古典的人都不陌生：楚辞无梅，杜诗无海棠。王安石后来赋《梅花》："少陵为尔牵诗兴，可是无心赋海棠。"苏东坡跟歌妓交往，常常吟诗作赋，可是跟一个叫作李宜的歌妓交往一段时间却没有写诗，歌妓李宜就有意见了，东坡马上写了一首："东坡居士闻名久，为何无诗赠李宜。恰似西川杜工部，海棠虽好不题诗。"意思是说，并不是说李宜没有海棠那么娇美动人，但是杜甫还没有给美丽的海棠写诗呢！这种应对充满机智和风趣。宋人对海棠很喜欢，却在寻章摘句时发现杜甫怎么不写海棠，对此迷惑不解。杜甫四十八岁到成都，五十七岁离开重庆的奉节（夔州），在四川待了十个年头。四川向来有香海棠国的声誉，杜甫竟然没写过海棠。宋人很喜欢海棠，但被他们当作老祖宗来崇拜的杜甫却没有海棠诗，给他们的宗杜情绪留下一个不小的缺憾。所以《古今诗话》里就出了这么个说法：杜甫的母亲乳名海棠，为了避讳他不写海棠。对这结论我们怎么看？要不疑中生疑。杜甫没写过海棠，李白也没写过海棠，韩愈、柳宗元也没写过海棠，元稹、白居易也没写过海棠。中唐前期只有一个王维写过一个《左掖梨花》，就是他在门下省值班的时候看见了"黄莺弄不足，衔入未央宫"的梨花。《文苑英华》注解说，"海棠花也"。所以王维的时代海棠花还叫梨花、海棠梨。由此可知盛唐直到中唐前期，海棠还没有成为诗人的意象。盛唐诗人更重视的可能是马、牡丹、苍鹰这些刚健华丽、魄力宏大的意象。海棠成为审美意象，是在中晚唐之后。我要举的例子很多。宋人更是把海棠写大了，比如苏东坡。在《千家诗》里就可读到他的《海棠》诗："东风袅袅泛崇光，香雾空濛月转廊。只恐夜深花睡去，故烧高烛照红妆。"他把海棠当成美人，怕她夜里睡着了，燃起蜡烛来看她，这里面蕴含着多少缘分和情趣。宋人爱海棠，又以自己之心去度盛唐人之腹，全然不顾盛唐人更重视的是马、鹰、牡丹那类意象的盛世情怀。海棠是另一种美，是一种娇美的意象，是晚唐、五代、宋时期诗人感觉由宏大转向细腻之后才发展起来的意象。词，这么一种柔媚的文体，也是在晚唐、五代、宋发展起来的。词就是我们诗歌文体中的海棠。世上的美是多姿多彩的，哪一种美在什么时候进入诗人的视野，刺激诗人的感觉，并在感觉普遍化中形成意象，这需有特定的历史机缘。捕捉住意象进入诗歌的历史机缘，就使一部诗歌意象史，折射着一部诗人精神史。杜甫母亲，一个北方老太太，没有听说他的故乡河南巩县能够生长多么繁茂的海棠。在杜甫母亲起小名的时候，海棠不是诗的意象，因此她根本不可能用海棠当乳名。通过意象史透视精神史，就深入到文化潜流里面，就能够在不疑处生疑，发现这个时代的人对过去时代书的误读的原因。这就从书里读到书外，在书里生长出问题意识，在书外展开创造性思考。进而言之，读到书外，还有一个学以致用的问题。把经典的大书和社会人生的大书对读，这更是我们读书的目的所在，是读书的出发点和归宿点。

六、现场问答

问：今天，我们时代的使命——实现中华民族的伟大复兴，要求我们抓紧读书，造就一个学习型社会。尤其是电子时代的数字阅读，查找资料可以检索，许多记忆性的功夫可转向创造。在这方面您有哪些独到的做法和看法？

杨义：在一个知识时代中，知识的产生、传播、接受和更新，都在以超大规模的方式进行，人们要想跟上时代，必须不断学习。

学习不是一种一次性可以穷尽的活动，它是一种多级递增的无止境的生命过程。改革开放以来，外来知识大量涌入，让人应接不暇；对于中国本土的宏大的经验和智慧，也在不断推进，不断整理、解读和著述之中。因此，学习者要有自己的方法和立场，能够站稳脚跟，明白自己该学习什么、怎么学习，才能不落后于社会的潮流。

比如说，有人有志于某个领域，甚至打算成为专家，那么该领域中最有文化含量和思想深度的经典性著作必须读上几种，以便建立自己的知识框架、话语体系和运思空间。面临的对象愈复杂，我们愈要有自己的主体性。从目录学入手，先选出来哪些书籍要读，进一步再区分出哪些要精读，哪些可泛读。一生只读不入流的印刷物的人，是不可能进入较高的思想境界的，更不可能成为一个真正的学人。

在电子信息时代，网络确实开阔了人们的视野，把人类的神经深入到广泛的领域中，而且数字化的阅读也改变了人们的记忆方式，很多材料我们通过网络就可以找到，不必再靠一味的死记硬背。在这一点上，现在的青少年比我们这一代人幸运得多，他们应有更大的抱负。但网络毕竟是工具，创造性思维的产生必须要有一个基本的读书量做底子。底子很重要，它是托起知识大厦的基础。只有在阅读中，通过积累，把学习的知识不断转化为自身的素质，加入自己的生命体验，打好这个底子，才能在电子文本的帮助下，产生出创造性的思维，从而把思维的触角伸得更广、更深。

况且，网络文本有其自身的限制，尤其对于人文学科而言，并不是所有的文本都可以在网上找到，只有那些受众面较广的才会放到网络上面，比如说《二十四史》《十三经注疏》等等。研究者要用自己的思路梳理文化的发展脉络，就要同时关注到那些大量的、不被人注意的、没有进入网络资源的材料。没有被人注意的地方，往往是可以产生新思维的地方。在这一点上，可以看到研究者的功力。既有充分的知识积累，又能驾驭现代化的科研手段，这样才能有所作为，否则，在汹涌而来的知识大潮面前，不是随波逐流，就是被其淹没。

西方的知识——尤其是人文社会科学方面的——进入中国以后，人们都感到很新鲜，但作为研究者，也要清楚，这些知识是在西方的历史传统、国情状况、文化脉络和人们的欲望中产生的，要进一步弄清它们的来龙去脉，以及为什么创造这种话语，背后都包含了哪些群体的潜意识。看清西方知识发生的过程，往往比摘取它孤零零的术语更有实质性的价值。

拿比较文学来说，法国讲影响研究，美国讲平行研究。这不仅仅是一个学术方法的问题，里面也包含了民族群体的潜意识。法国是欧洲文艺思潮的中心，更关注本民族文化的传播影响情况；美国历史较短，是影响的接受方，可以说是英国人、法国人的学生，讲影响研究，他们在文化上就难以获得独立的地位，故而提倡平行研究，思考共时性中的同异，产生了新批评等学术方法。

所以说，不光要看到是什么，还要看到为什么，知其然还要知其所以然，在不同文化的借鉴、交流和学习中，坚持一种平等、对话，而又自尊自重的态度。西方的知识应该充分借鉴，但又要看到它们所说的世界性是不完整的、有缺陷的世界性，要想使其完整，就要将东方智慧，尤其是中国智慧加入其中，对其进行检验、校正、补充和深化。

问：我想请问杨义老师，您刚才四次讲到"竭泽而渔"这个典故，或者说是成语，我想请教一下它的意思和出处。

答："竭泽而渔"这个成语出自《吕氏春秋》，其中记载晋文公一位谋臣的话说："竭泽而渔，岂不获得，而明年无鱼。"主张人在处理自然关系时顺乎自然，在处理社会关系时顺乎诚信和正义。我刚才讲的是一种经过变通的意义，用这个成语来强调，要把某个领域的重要材料尽可能收集完备。这一层意义来自北师大校长、历史学家陈垣，他是广东新会人，他说过："南方人在池塘中养鱼种，鱼长大后，将水放出，逐条取鱼，一条不漏。"意思是讲，我们研究问题，要尽可能把材料搜集完备，就像池塘的水放光而能够见底。虽然有时不可能像池塘放水捉鱼一条不漏，但总要尽心尽力搜集到尽可能完备才放心。

问：我是一位化学老师，今天听了您的报告，对我的启发很大。我有一个问题，我坚持了二十多年向幼儿园、中小学生推行诵读蒙养书，从《三字经》《千家诗》开始，然后过渡到《论语》《大学》《中庸》《孟子》。您对中小学开展经典文化诵读的问题如何看待？

答：我很佩服您弘扬中华经典文化的拳拳之心。瑞典的诺贝尔曾经讲过，传播知识就是播种幸福。让更多人从小多读名篇，这对于培养他们的文化素质和志趣，对于增强文化家园的归属感都大有益处。一个文化的命运，第一看它的原创性，第二看它的共享性。一个文化如果只有少数人知道，而不渗透开来，为整个民族共享，这个文化生命力就受到严峻考验，甚至可能出现危机。对此要有忧患意识。所以我是主张青少年要读一点名篇。

将来你可以交一交这个朋友——叶嘉莹先生，南开大学中国传统文化研究所所长。她原来在加拿大是教授，加拿大皇家科学院院士，也是我们文学研究所的荣誉研究员，八十岁的老人，老当益壮。她现在在北京、在全国各处做经典文化普及工作。她自称"东西南北人"，以古诗为友，录了很多这方面的光盘，用古腔古调教孩子们读。她觉得古典文学诗词功夫要从小时候做起，大了后记诵的能力不够。我有一次跟她读了一首刘禹锡的诗，她就顺着我背诵起来，还纠正了我不够准确的一两个字。当然现在社会商业化大潮汹涌，教育小孩读古诗文有许多困难。要注意教育方法，讲得有趣、讲得精彩，刺激小孩的求知欲和好奇心，要使小孩能够快快乐乐地进入经典文化的世界。

从读书听取智慧的笑声
——中央电视台《文明之旅》节目纪实

一、书是生命的风帆，承载着生命驶向人生的沧海

主持人：观众朋友们，大家好！欢迎收看这一期的《文明之旅》。高尔基曾经说过，书籍是人类进步的阶梯。在生活当中，我们每个人都离不开读书，也离不开书籍，然而现在生活的节奏越来越快，在书海当中该如何挑选书籍，如何读书才能够最有效率。读书又能给我们带来怎样的快乐呢？今天我们请来了中国社会科学院学部委员、原文学研究所所长杨义先生，为大家聊一聊读书之乐。掌声有请杨义先生。

杨义："文明之旅"是一面漂漂亮亮的云帆，"长风破浪会有时，直挂云帆济沧海"。今天，我们就以书为帆，驶进人类世界的沧海，驶进百姓心灵的沧海，领略那"沧海月明珠有泪，蓝田日暖玉生烟"的无限美景与情缘。

主持人：您好！杨先生，欢迎来到《文明之旅》。今天我们聊的是读书的话题，大家觉得读书是一件快乐的事吗？

观众：是。

主持人：别无二致是吗？回答都是一致的？我问一下前面这位女观众，读书给你带来了什么样的快乐？

观众1：我觉得读书可以让自己的气质得到提升。在安静的环境中读书，还能被书中情节打动，忘却现实的烦恼。

观众2：读书可以教会我们许多东西。

主持人：谢谢。那在这儿我也想问一下杨义老师，您呢，到今天为止读了多少本书，您自己有过统计吗？

杨义：我估计，我读的书恐怕不在一万本以下。我想，这一辈子都在读书，书已经与我的生命打成一片。

主持人：哦，超过了一万本。

杨义：只在写《中国现代小说史》的时候，就读过专业书刊两千多种吧。还有相关材料几百种。以后我在贯通古今的研究中，又总是以读书作为第一级台阶，顺着这个台阶走入学问的堂奥。对于我而言，书是生命的风帆，承载着生命驶向人生的沧海，在那里可以经风浪，可以看云霞。

主持人：对您来讲，读书之乐在哪儿呢？

杨义: 首先要看到, 读书之乐, 在于读书印证了我是一个文明人, 可以进行文明之旅的人。读书是人类知识传承的最重要的方式。不能在汲取知识的过程中获得欢乐的生命, 是没有色彩、没有味道的生命, 是将要凋萎的生命。人和动物界不同, 你在动物园里看见一个猴子在看书, 会觉得它很可笑, 但是你要在幼儿园里, 或者在家里看到一个小孩在看书, 会说这个小孩有出息。这就说明, 读书是人类之所以为人类的"类"的特征。要怎样证明你是一个文明人呢? 那你就从读书中得到知识的交流, 听到智慧的笑声, 看见生命的秘密吧。

主持人: 嗯。智慧也有笑声。

杨义: 书是智慧的结晶, 你读它, 它怎么能不笑逐颜开呢? 从南北朝开始, 我们中国人在给小孩做周岁的时候, 就有一种叫"抓周"的仪式, 就在小孩的面前放着书籍、笔、墨、纸、砚、算盘、刀枪剑戟、金银财宝等等, 看他伸手抓哪一样, 讨个好彩头, 用来预卜孩子将来是否有出息。(按:《颜氏家训·风操》记载, "江南风俗, 儿生一期, 即一周岁, 为制新衣, 盥浴装饰, 男则用弓、矢、纸、笔, 女则用刀、尺、针、缕, 并加饮食之物及珍宝服玩, 置之儿前。观其发意所取, 以验贪廉愚智, 名之为试儿。亲表聚集, 致宴享焉"。) 书籍, 在人之初就进入了家庭期许的人生仪式。当然也放着其他东西, 任你选择。

主持人: 包括胭脂啊, 胭脂也放在面前。

杨义:《红楼梦》贾宝玉周岁的时候, 家族也给他举行抓周仪式, 贾宝玉一手就拿着胭脂, 这引得贾政大老爷大发脾气, 骂他"酒色之徒也", 说他将来只配当个酒色之徒。如果贾宝玉那时抓着书籍,或者抓着乌纱帽，那么可能全家都会兴高采烈。在古时候，讲究诗书传家的家族传统。那么，读书的乐趣是什么呢？读书可以使你超越一切时间和空间的距离，获得智慧的启迪和精神的愉悦。你可以今天跟李白杜甫去交谈，明天跟荷马但丁去交谈，中间交叉着跟莎士比亚、歌德交谈，都是零距离的，来去自由，不用他们发请帖，也用不着去办护照和签证了。是吧，你愿意到哪个时代、哪个国家去都可以，就是说，书籍把人的精神放大了，放大得无际无涯。就像庄子说的："吾生也有涯，而知也无涯。"因此必须以读书将自己的精神放大，把自己的思想放飞。

二、书在改变人的命运中，改变了人的精神构成

主持人：嗯，您这么一说好像打开了一个时空穿梭器，突然穿越到几百年或者一千多年前和古人开始了面对面的交流。那您来讲，读书改变了您什么呢？

杨义：因为我是出生在农村里，五岁就放牛，是外祖父家一头后腿互相拌蒜的小牛。有记者说我是"从田沟水塘里拉上来的研究员"。要改变艰苦的环境，那时候就靠读书，读了记住，记住后通窍，参加考试就逢考必胜，考试的时候你就考胜了，高考你就考胜了，考研究生你就考胜了，那么你就在不断地改变着自己的命运。书在改变人的命运中，改变了人的精神构成。

主持人：那个时候读的是有限的教科书，是吗？

杨义：不要小看教科书，教科书在原始知识储备上，影响了一代青少年。那个时候我们在农村里啊，我的读书环境，叫作"多见

树叶，少见书页"。我父亲读过两年私塾，他会背《千家诗》《唐诗三百首》和《古文观止》的许多篇章，对《论语》《孟子》也读得很熟。我小时候就听我的父亲在傍晚时分，坐在小板凳上，吟哦着"云淡风轻近午天，傍花随柳过前川"。他用古声古调来读的，就是耳濡目染，口耳相传了。你从这里感觉到，好像是在听一种音乐，一种天籁，感觉到一种心智上的惊奇，原来古人对春天是这样看、这样享有的。比如说"春宵一刻值千金，花有清香月有阴"，这些诗句读起来都是音韵铿锵，从这里面我就学到了平仄啊、对仗啊，这些东西的美妙之处。我对诗的最初体验，是从耳朵里听来的，后来我研究唐诗，就讲究声情和气象。可见少年的诗书因缘，影响了人的终生情趣。

主持人：这得算是间接读书获得的一种音乐的快乐。杨义先生您能现场用哪个古生古调给我们朗诵一段吗？咱们听听好不好？这都失传了，听不到了。

杨义："春宵一刻～～～值｜千～～金"，他本来是用广东话来唱的，我翻译成普通话了。"花有清香～～～月｜有～～阴……"这是用平仄声韵，来制约声调的表达的，抑扬顿挫，在少小的心灵中荡漾。这就使得我逐渐明白了在《康熙字典》中读到的"四声歌诀"："平声平道莫低昂，上声高呼猛烈强，去声分明哀远道，入声短促急收藏。"后来才知道，这是明朝释真空的《玉钥匙歌诀》。吟诵确实是一把"玉钥匙"，可以打开心灵的关锁。

主持人：所谓的吟诵大概就是这样了。好，我也想问一下现场的嘉宾。我们请来了来自乌克兰的博比肯，还有来自加拿大的安仁良。来，安仁良，跟我们分享一下你读书的快乐故事好吗？

安仁良：我小时候特别喜欢看书，喜欢到什么程度呢？大概两天看一本，看得特别投入。我记得有一次，我跟我爸妈我们去看一个朋友，我就带了我当时看的一本书，当时我就跟那个朋友打了招呼，然后就在他家的时候还在看书。小时候我有一种最喜欢看的书，这里边有选择，比如说你到了一个山上，你看到一个山洞可以往里走，然后就翻到第四十二页，如果是往上爬，翻到第三十六页，根据你做的不同的选择，有不同的结局和结果，这个系列我基本上我全都看了，后来我还自己写。

主持人：你还自己写？

安仁良：但是没人出版，只能算在家里写东西的那种"坐家"。

主持人：找机会拿来给我们读读好吗？

安仁良：行行。

主持人：那博比肯呢？你来自乌克兰。

博比肯：其实读书要看你看的是什么样的书。小时我喜欢看书，我爷爷到晚上就把灯给关了，关了就不让我去太晚地看书，那时候我就拿着手电在被窝里看。

主持人：我们小的时候也干过，不过那是期末考试之前。住宿舍。

博比肯：就这样拿着手电在看，我觉得那时候是真正的读书之乐，很迷。到后来我就到中国，上完中文课看的是什么小说呢，《三国演义》。本来说是看《红楼梦》，《红楼梦》我是越看越不懂，一糊涂，我就迷糊，那时候我看一会儿就睡着。可是看《三国演义》就不一样。

三、鲁迅、钱锺书小时候都喜欢读《西游记》

主持人： 我看出来了，博比肯是不喜欢儿女情长，喜欢江山好汉。所以看《三国》比看《红楼》更有兴趣。

杨义： 我们讲读书，讲读书之乐，乐和不乐只是一种态度。白居易《咏所乐》说："兽乐在山谷，鱼乐在陂池。虫乐在深草，鸟乐在高枝。所乐虽不同，同归适其宜。"要寻找到适宜自己的书，也得费一番心机。实际上读书有时是很苦的。比如说你们（安仁良、博比肯）刚开头让你读中文的书，就苦得不得了。又要背单词、认字形什么的，但是等到你进入了意义层面之后，就有快乐了，能从里面发现很有趣的事情，很有趣的问题。比如说鲁迅、钱锺书小时候都喜欢读《西游记》，儿童的好奇心、想象力都可以从中获得释放。鲁迅小时候看《西游记》，他特别感兴趣的是什么呢？他说孙悟空大闹天宫，和二郎神打斗的时候，互相施展七十二变的本事，从天上打到地上，孙悟空滚下山来，变成一座庙，嘴变成庙门，眼睛变成窗户，舌头变成菩萨。尾巴没地方放，就变成旗杆，插在庙的后面。这就奇怪了，大家都在庙前竖旗杆，它的旗杆竖在后面，肯定是那个猴头耍的花招。二郎神就要用三尖两刃刀去捣它的窗户，就是孙悟空的眼睛。儿童读到这类变化和出错，心里乐滋滋的，他们感到吴承恩这个作者，是有点童心，有点幽默的。鲁迅写《阿Q正传》，他为什么叫阿Q啊，他说我喜欢这个大写的Q字，圆脑袋背后那条辫子。中国人在清朝就拖辫子的，英文叫作"猪尾巴"（pig tail），那么鲁迅就是用辫子这个意象来解剖中国人的国民性。鲁迅是很深刻的，又是很老成的，但他的精神深处有童心。阿Q这个文学典型已经出现七八十年，许多画家给阿Q画过各种各样的图像，丰子恺画过，彦函画过，赵延年画过，蒋兆和画过，范曾、丁聪也画过，外国的，比如说俄罗斯、日本的翻译本上也出现阿Q像，但是你把所有的这些阿Q放在一起，没有一个相同的。

主持人：一千人心里有一千个哈姆雷特。

杨义：但是，这些阿Q像都有一个共同点，比鲁迅所讲的阿Q老。鲁迅说："我的意见，以为阿Q该是三十岁左右，样子平平常常，有农民式的质朴，愚蠢，但也很沾了些游手之徒的狡猾。……只要在头上戴上一顶瓜皮小帽，就失去了阿Q，我记得我给他戴的是毡帽。这是一种黑色的，半圆形的东西，将那帽边翻起一寸多，戴在头上的。"鲁迅写的阿Q三十岁左右，而立之年，但是画家们画出来的阿Q，要承担很沉重的苦难——国家的苦难和国民的心理负担——所以非四五十岁不可，否则就显得承担不起。人们总是忘不了阿Q精神深处的那条"猪尾巴"。

四、关于必读书

主持人：哪些书应该成为中国人的必读本？

杨义：《老子》五千字，《孙子兵法》六千字，这么精粹的东西，作为中国人都应该读一读。（《论语》《孟子》《庄子》《楚辞》《史记》、唐诗宋词，直至鲁迅作品中一些经典篇章，都应列入民族必读书目之中）为什么读书要读原著，原著魅力在哪里？我们看了电视剧，不读原书，就不知道编导们做了什么手脚（改编者对原著理解是否到位，甚至视像特点、票房原则是如何改造了原著），你读了原书之后，你就有了对照了。（有对照，才能产生智慧。）比如拍一部《孔子》的电影，就极力渲染孔子与南子的风流韵事。其实，只要把《论语》和秦汉典籍中"子见南子"的材料集中在一起考察，就会发现已是五十七岁的孔子，急于在政治舞台上施展一番，就通过一个小人的门路，去见卫灵公夫人南子，他的心是充满苍凉感的。后来知道自己上当，就怒斥"吾未见好德如好色者也"而离开卫国。这根本就与风流韵事沾不上边，倒是编导者想用风流韵事吸引眼球，赚取票房价值。又比如说，看到电视剧《红楼梦》，电视上怎么说，你就这么完全相信了。但是拿原著一对照，原著中的《红楼梦》是怎么写的，电视剧是怎么改编的，问题就冒出来了。你为什么这样改编？现代人是如何理解《红楼梦》的？不读原书，你就不知道编剧做了什么手脚，删去了哪些难以用影像表达的地方，又增加了哪些花招和噱头。读了原书之后，你就有了一面对照的镜子，看清楚原书的经典性跟现代的商业性之间，存在着什么相通或不同的情节构想和审美选择。

五、读书五法门

主持人：在历史上有很多寒窗苦读的故事，孔子：韦编三绝，匡衡：凿壁偷光，苏秦、孙敬：悬梁刺股。这是古代给我们留下来的古人读书的故事。那杨义先生呢，为了写一本书，读了两千多种书，这个真是让我们普通人难以想象的。那说到这，就会涉及到另外一个话题，如何读书才能有效率，您有什么样读书的好办法吗？

杨义：我过去讲过一个综合的读书法，叫作"五学"。人要读书、学习、做学问，要有眼学，读原著；有耳学，听讲授；有手学，亲自动手去找材料；有脚学，用脚去做田野调查，就是说读万卷书，行万里路；还有一个心学，用心灵的眼睛去读书，思考所读的东西从何而来，深层的意义何在。"眼学、耳学、手学、脚学、心学"的"五学读书法"各有什么玄妙？孔子说："学而不思则罔，思而不学则殆。"这是《论语》中的第二个"学而"，第一个"学而"是"学而时习之，不亦说乎？"从喜悦到深思，就是教人用你的心去读书。在这里，我觉得以眼学读原始典籍，是非常重要的。读原始典籍，是学习的基本，基本不牢靠，就等于在沙堆上盖高楼，那是"豆腐渣工程"。读典籍和前人对典籍的解释，要采取一种在不疑中生疑的态度，提高自己的"问题意识"。比如说《论语》为什么叫《论语》，而不按照先秦诸子的惯例如《老子》《孟子》那样叫作《孔子》？《论语》为什么有六个弟子的名字上了篇名，这与《论语》的编纂过程，存在着什么关系？

主持人：所以您说的这个"眼学"，一定要用自己的眼睛去看原著。

杨义：读原著，是积累经典知识的不二法门。原著是作家思想感情和审美创造的直接表达，要与高手直接过招，舍弃读原著，没有他途。当然在读原著时，要以现代人的鲜活思想，激活原著储存的智慧，使阅读变成一种生命的交流。你以这种心心相印的方式看过原著，再去看编导们改编的影视作品，就知道编导在哪儿亮出神来之笔，在哪儿受到商业时尚的影响，在哪儿简直是瞎编乱造。我看过一些电视剧里的武则天，都袅袅娜娜的，但是唐人喜欢的是健壮的胖美女人，看唐墓中的壁画，或那里出土的陶俑，美人胚子都是胖嘟嘟的，武则天应该是健壮而有魅力的。不是讲"环肥燕瘦"吗？汉成帝的皇后赵飞燕是个瘦美人，《太平御览》引《汉书》说，赵飞燕体轻，能掌上舞。隋炀帝也说，朕观赵飞燕传，称她能舞于掌中，蹁跹轻盈，风欲吹去。汉高祖和他的许多开国功臣是楚人，楚风是好细腰，"楚王好细腰，宫中多饿死"。楚王不仅好宫中美女的细腰，也好士人的细腰，所以楚国的臣子都节食，节食到什么程度呢？撑着地板才站得起来，扶着墙才能走路。唐代胡化的程度相当深，鲁迅说，"其实唐室大有胡气"。胡人是马背上的民族，是喜欢健壮的美人的。这就是"肥环瘦燕各千秋"。

主持人：那就是说如果不读原著的话，就可能把武则天也理解成为一个婀娜多姿的女子了，所以这就跟史实相去甚远了。

杨义：所以就是要重视自己读原著。不但要读原著，还要带着对现实世界的敏感度去阅读，能够把书本、生活、内心相互参照，触类旁通，读出自己的思考和体会。李白写诗，是在一千多年前，但我们不能把李白当成锈迹斑斑的老古董，而应直接面对他鲜活的生命。李白写这首诗是写给我看的，昨天晚上他拿起酒杯，就兴致勃勃地唱出了一首《将进酒》："君不见黄河之水天上来，奔流到海不复回。君不见高堂明镜悲白发，朝如青丝暮成雪"，直唱到"五花马，千金裘，呼儿将出换美酒，与尔同销万古愁"，醉意可掬，意态淋漓。我直接面对李白，被他"笔落惊风雨，诗成泣鬼神"的天才感动，神魂颠倒。首先要有这种直接面对李白的阅读方式，然后再去看唐人、宋人、明清人以及我的前辈们是怎么解读李白的《将进酒》的。也就是说，先要一杆子插到底，然后再去看河面上漂过来的树枝树叶，离你这个杆子的远近，在对话中激活你的创造性。

主持人：杨先生说的，我也挺有感触，我们读书的时候，到书店买的经常都是某某人对什么的理解。我们看了大量这样的书籍，却从来没有读过原著。

杨义：实际上《论语》只有一万六千字，就一张半报纸那么多的字，《老子》五千字，《孙子兵法》六千字，篇幅这么短的东西，这么精粹的东西，作为中国人都应该读一读。民国时，胡适讲，那时候的高中生，能够把《史记》当小说来读；现在中学生的古文基础就缺乏这种训练。在我国的明代，也就是在西方文艺复兴之前，中国拥有的书籍，是世界的总和。身为一个中国人，对自己这份家底都不甚了，不去摸清楚的话，那就枉为中国人。梁启超曾说："吾以为凡为中国人者，须获有欣赏《楚辞》之能力，乃为不虚生此国。"《楚辞》的文字障碍大些，但唐诗宋词的许多名篇，总要有得于心，才对得起祖宗的德泽。

主持人：我记得那个时候江南有很多的大族，都是以藏书为荣。比如说过云楼，比如说天一阁。这都是历史上的一些大族。

杨义：天一阁是中国现存年代最早的私家藏书楼，明代的兵部右侍郎范钦于嘉靖年间建造，距今已经四百多年。它取用东汉郑玄《易经注》中"天一生水，地六成之"的意思，以为水可以克火，取名"天一阁"。范钦平生喜欢收集古代典籍，使天一阁的存书达到了七万多卷。又立下"代不分书，书不出阁"的族规，得以保存至今。现藏有古籍三十余万卷，其中善本八万卷，包括"和刻本"和"高丽刻本"的日本和韩国的古籍。

当然对于普通的读书人，我们的"眼学"，不必专注于那些善本书，能读高质量的校点本就足矣。耳学，听课、听讲座也不可少。那些高明的老师，不讲伪知识，而讲真学问。他们对学问的解释，会使你大开眼界，给你增加很多智慧，很多理解问题的纬度。"手学"，动手搜集和抄录抄录，这也是很重要的，读书要做笔记。连唐高宗都懂得，"读十遍不如写一遍"。我的导师是唐弢先生，是跟鲁迅一块儿写杂文的重要作家和学术大家。唐弢先生晚年写《鲁迅传》，想起一个事情，鲁迅说，他的父亲喝醉了酒，常常打他的母亲，所以鲁迅自己喝酒从来不喝醉。这个话出自哪里呢？唐先生因为是作家出身，年轻的时候记忆力很好，之前没有做笔记，结果找了半年，就找不出这句话的出处，后来又请鲁迅博物馆一个专门做史料的学者，帮着找了半年找不出来，突然一天，随意翻书的时候发现，原来那是在萧红回忆鲁迅的文章里面的。当然，我们现在有电脑搜索，类似的问题可能好一点了，但是还要做笔记，因为你去搜集来的材料一大堆，你要把它进行年代、区域、类型的整理，然后在这个基础上进行比较，进行解释，然后这些知识才真正是你的。所以动手搜集材料，是消化知识、形成思想的重要手段。"脚学"，读万卷书，行万里路，是中国的好传统。迈开脚步，可以使你的学问连通"地气"。我在全国走过恐怕一二百个地方，就是要去看那些文化的遗址、遗迹。因为到那些地方之后，可以搜集到很多地方的材料；再就是当地的学者，可能对某个当地作家及作家的家族做过专门的研究，细枝末节都了如指掌。你和他深入交谈，就是用一个全国的视野，跟他一个地方的视野进行对话，会有很多收获。李白、杜甫的出生地、漫游地都有他们留下的生命痕迹，有他们诗歌的生命结晶，睹物思人，感慨良多，这都滋润着你的人文情怀。你要是到过江西上饶的铅山，辛弃疾在那里住过二十年，你能够寻找到辛弃疾词里的几十个景点，现在还历历在目。比如他的《西江月·夜行黄沙道中》："明月别枝惊鹊，清风半夜鸣蝉。稻花香里说丰年，听取蛙声一片。七八个星天外，两三点雨山前。旧时茅店社林边，路转溪桥忽见。"你到上饶地区，就能够亲历黄沙道、茅店、溪桥和稻田蛙声等景物，体验到辛弃疾赋闲归田的心境，到那儿实地看看，你就仿佛进入辛弃疾创作时的境界了。

主持人：这就叫"读万卷书，行万里路"。

六、用自己的心灵去体验书中的奥秘

杨义：还有"心学"，你必须用自己的心灵去体验书中的奥秘，多问问古人为什么写，为什么写成这样。比如你看庄子，是穷得好像"涸辙之鱼"，家里揭不开锅了，自己还编草鞋去卖，那么就要问，他写书的知识哪来的？他写《庄子》，可是什么学问都懂，无书不窥。庄子的时代是贵族教育，只有贵族才能受教育，书籍也藏在官府，那贫困的庄子是从哪里获得教育和书籍的？孔子的伟大贡献就是把贵族教育变成民间的平民教育，庄子又不是孔子的再传弟子，他的学问从哪里来？第二，庄子穿得破破烂烂的，却跟王侯将相都能够对话，言辞傲慢，别人却没有阻拦、拘捕或驱逐他，他有什么资格摆这个谱啊？第三，楚国当时是第一流的大国，为什么要派人请庄子回去当大官？庄子只不过是宋国一个种漆树、制漆器的地方作坊的记账先生，写的文章又不能安邦治国，门徒也没有几个，楚国为什么派出大夫高规格聘用他？他还拒绝聘任，说不愿去当祭祀时用来做牺牲的牛，宁可当河沟里拖尾巴的乌龟。这些行为、语言都隐含着什么信息？这些问题两千年都没好好清理，人们都糊里糊涂地认为是庄子寓言，都是瞎编乱造，毫无事实根据的。涉及身世的寓言，是要有底线的，没有底线的瞎编乱造，就有骗子的嫌疑。读庄子，就有必要破解《庄子》书中这些秘密，从追问他的身世中，揭开他的知识来源、行为风格和受聘、拒聘的原由。这是读懂《庄子》的关键。经过"打破砂锅问到底"的追问，我们就可以发现，庄子是楚庄王疏远的后裔，父辈因楚国政治变乱逃亡到宋国的蒙地。心学用到极致，可以破解千古之谜。

主持人：像这些思考，可以理解为"心学"，就是能提出问题，并对这些问题有所思考。

杨义：对。你就要采取一种在不疑处生疑的方式。生疑和解疑，就是读书最大的乐趣。比如说《论语》为什么叫作《论语》，首先就应该弄清楚"论"的原本意义。

安仁良："论"一般念 lùn，但这里念 lún，它是整理的意思，因为这个书不是孔子自己写的，是他的众弟子，他们引用他的话来整理的，所以叫《论语》。

杨义：你这是一种说法。二千年来，对这个"论"字的解释，起码有十个八个，又是"讨论"的"论"，又是"经纶"的"纶"，又是"伦理"的"伦"，又"轮转"的"轮"，总之转得你的头脑发晕。实际上，要证明"论"的本义是什么，就要弄清孔子和弟子是怎么使用"论"字的。也就是说，最重要也最直接的方法，就是到《论语》里找，其他解释都是舍近求远，离开孔子和弟子的用语习惯。这就是"内证高于外证"的原则。《论语·宪问篇》记述孔子的话，子产制作文件，安排自己的助手分工合作，先起草，再讨论，然后进行修饰，最后由子产润色定稿，总共四道工序。这就是孔子告诉弟子的编纂模式，弟子既然记录在案，就必然按照这个模式来编《论语》。"论"字的原本意义，也就是讨论，组织一个班子进行讨论，进行取舍选择，这是编纂过程的关键环节。再比如《论语》二十篇中竟然有六个弟子的名字出现在篇名上，公冶长、冉雍、颜回、子路、原宪、子张这六个弟子，为什么？

主持人：还要到书里面去找？

杨义：是的，《论语》的文本隐藏着这些弟子在不同时期参与编纂的生命痕迹，那就要弄明白这本书是怎么编成的。只要考证清楚《论语》编纂是如何启动，在春秋战国之际（公元前5世纪）的五六十年中，经过多少次编纂，那么这六个弟子的名字为什么出现在篇名上的千古谜团，就会迎刃而解。读书，首先要去发现问题。你开啤酒瓶，必须从缝隙处才能够撬开瓶盖，找缝隙就成了你的敏感性和能力的考验。我常常感叹有些做研究的人，把书本材料当成冷冰冰的死材料来对待了。一个破案警察，看着作案现场的一个鞋印，就能够推断出这个人的高矮、胖瘦和年龄、他走路的姿态，再多一个脚印的话，甚至还能推测他作案动机。这种脚印学的推测，往往八九不离十，对破案发挥了重要的作用，因为鞋印是一个活着的人留下来的，里面隐含这个人的生命信息。但是我们有的学者就缺乏这种生命意识，似乎把鞋印量出尺码，标出鞋印在什么位置，就达到了他的"实证"要求。堆砌材料，只是重复陈旧的术语和人云亦云的肤浅或僵硬的结论，是某些号称"学术研究"的常见弊病。研究《论语》《老子》《庄子》《孙子兵法》《韩非子》这些充满智慧的经典，必须如实地将它们看成是人写后、经过编辑的书，其中留有人的生命痕迹。这样才能真正形成今人与经典作家的深度生命交流和精神对话，进行对撞而迸射出来的生命火花，激活古今可以共享的智慧，从而为现代大国的文化创造立下一个坚实而又富有生命力的根基。

主持人：所谓蛛丝马迹留下来，要求后人顺藤摸瓜。我问一下博比肯，你读书，你有什么好的读书方法。

博比肯：我是这样的，我首先就是问，我是让别人介绍什么是好书，我再去读，只要你们看到好书就告诉我，我每天都在看书。

主持人：博比肯这个办法好，是个捷径，省得自己去选了。

杨义：他介绍给你的好书读完之后，还要跟他讨论，他为什么说这本书好，我看了就觉得不怎么好；或者我也觉得好，但你认为好的地方和我认为好的地方又不一样，或不完全一样。经过讨论或辩论，可以迸发出思想的火花。"独学而无友，则孤陋而寡闻"，这是《礼记》中的一句话，你自己一个人学习，没有朋友，就会变成孤陋寡闻。有朋友介绍给你几本好书，你读完之后就要跟他讨论，使思想发酵起来。就像南北朝时期颜之推《颜氏家训》所说的，既然"独学而无友，则孤陋而寡闻"，那就要"切磋相起明"，互相切磋，使见解变得高明起来。

博比肯：对。

主持人：安仁良跟我们分享一下你的读书的好方法。

安仁良：我觉得最好的方法，就是你看的时候，或者看完之后，你跟朋友去讨论，或者给他讲，如果你看完之后你什么也不说，过几年你肯定会忘了你看的是什么。

主持人：我有一个女朋友，她每次看完书，就把别人约在一起，她给人家讲，讲故事。她说为什么每次都要给你们讲一个故事，是因为我怕我自己忘掉，我在给你们讲的过程中，我又完成了一次学习。她不仅讲，她还把看到的书中的故事编成短的段子，用手机发给大家，用这种方式来巩固她的记忆，也完成她的二次学习。

安仁良：孔子所说的温故而知新。《论语》我应该看了两遍了吧，第一遍和第二遍完全不一样，估计我这次回去还得看一遍，还会有新的体会。

主持人：安仁良读了两遍《论语》了。咱们向来自加拿大的安仁良学习吧！

博比肯：一定要读懂了，半部《论语》治天下嘛，你读懂了，回加拿大以后就能管理了。

主持人：到那儿给我们传播中华文化。

杨义：孔子西行没有到秦国，一下子跑到加拿大去了，穿越时空了。（笑）知识穿越，就能激发它在新的语境中生存和对话的能力。我小时候读《千家诗》，有朱熹的一首《春日》："胜日寻芳泗水滨，无边光景一时新。等闲识得东风面，万紫千红总是春。"我们加拿大的朋友将中国的智慧带回去，与西方的智慧相融合，不难想象，那就会出现文化上中西交相辉映的"万紫千红总是春"的景象了。这也是读书的大快乐啊！乐得跨越烟波浩渺的重洋。

七、读几本"大书"，可以涵养你博大的胸襟

主持人：2011年中国共出版图书37万种，按一年52星期，每星期读1本书计算，读完2011年中国出版图书需7115年。这是不可能完成的。别说你这辈子完成，后面十辈子也完成不了。所以我们就在想，如何从这如大海般浩瀚的书海当中，获得我们最应当读的最好的书。杨先生，您看书挑书的标准是什么？

杨义：这个问题见仁见智，要尊重选择的多样性，不可强求一

律。要把全国人统一到一个趣味，统一到一个书目，鲁迅当年就说"从来没有留心过，所以现在说不出"，鲁迅从来没有留意要搞一个面对所有的青年的必读书目。但是，我觉得有一些基本的原则，可以讨论一下。一些基本的民族必读的典籍，包括孔孟老庄、《诗经》《楚辞》《史记》，唐诗宋词，鲁迅及现代文学，一些精彩的童话歌谣，都应该有高明的选注本供青年阅读，甚至作为国民公共阅读的材料。我有一个想法，小时候最好读点名著，因为那时记忆力好，读了名著终生享用；年轻的时候，在进入专业领域之前，要读几本"大书"，大书可以涵养你博大的胸襟。

主持人：所谓的"大书"是指？

杨义：大书就是篇幅宏大、思想文化含量博大的书。比如我在年轻的时候读过《资本论》，读过《资治通鉴》，读过《史记》。那时候是"文革"，人民大学处理图书馆藏书，马列的书很多，我花五毛钱，买了三大卷的《资本论》，用了一年的时间把它啃下来，还做了一本笔记。你看完之后，就会感受到什么叫作伟大的思想体系，明白一个伟大的人物是怎么思考问题的。虽然你不一定都读懂了，但是经历了这么一个思想过程——追踪一个伟人的思想过程——对涵养你的气魄很有用。到了中年，就要读专业书了，你搞哪一行当的，你就要读哪一行当的书，尤其是精读几本权威性的专业书。这对于你搞好本行，提高竞争力，会有好处。到了晚年，精力也不那么旺盛了，但是你阅历丰富，就不妨读点杂书，杂七杂八的书，可能触发你的很多人生感慨，提升你认知世界、认知自我的能力。少年读经典，青年读大书，中年读专业，晚年读杂书，这是从读书年龄效果而讲的选择，而且偏重人文方面。个人兴趣多种多样，选择可以更广泛、更有个性，更能增加乐趣。但应该有一条底线，就是开卷有益，首先要选择有益的书来开卷，这就益在增加精神的正能量。如果不知选择，读一些只图刺激、人欲横流的书，就只能增加负能量，那就是"〇读书"，甚至"负读书"了。人总是要知上进，懂得为自己负责任的。

主持人：杨义先生，说到这我想问您一句啊，咱们俗语说"少不看水浒，老不看三国"，您对这种说法有什么样的看法？

杨义：这句话有一点道理，连孔子都说过："君子有三戒：少之时，血气未定，戒之在色；及其壮也，血气方刚，戒之在斗；及其老也，血气既衰，戒之在得。"至于读书，也要与书本的思想倾向腾出一定的理性距离，不要盲目地不加分析地沉溺在书的习气之中，不要陷入它的思想框套。读书需要带着感情，也要带着理性，才能读出书中智慧的笑声来。孟子有一个警告：尽信书，不如无书。读书不能采取盲目"尽信"的态度。你如果能够采取一种理性的、分析的态度的话，我觉得少也可以读，老也可以读。你如果连这一点也做不到，那你看到《金瓶梅》就是淫书，看到《红楼梦》也是一本哥哥妹妹的书，一看你就跟着浮面的泡泡走了，随波逐流，那你说不定会使自己的精神在那本书中"溺水而亡"……（笑）所以，首先要你自己拿定主意，站稳脚跟，拿出明亮的理性眼光。

下面再强调一下"通识性"的问题。我觉得作为中国人，对于中国自古以来的基本文化典籍，要读一下，要不你到哪儿去都会露怯。孔孟老庄、唐宋诗词、古典小说、四大名著，你要懂一点，不然你的精神家园就会荒芜，空空如也。不一定成为专家，但是你要懂一些，不能茫然无知。即便对于国外的名著，基本的东西也须有所涉猎，罗密欧朱丽叶要知道，哈姆雷特你要知道，雨果、歌德、托尔斯泰等等，能多知道一些更好，艺多不压身。我们的精神家园既要有自己的血脉，也要有充分的开放性。我觉得，中国文明、人类文明的最精彩的部分，应该成为通识性的知识构成，连这些都拒绝，都两眼摸黑，就未免有点"枉为人"的味道了。

八、要自尊自重，明于鉴识，知所选择

主持人：杨义先生，现在读书有了新的情况，比如说，现在大家除了读传统的纸质书籍之外，又兴起了很多的网络书籍，网络小说，您对这种新的媒体，在这种新兴媒体的环境下，出现的这种新的读书方式，有什么样的看法呢？

杨义：人类发展到这个阶段，从高科技中获取学习的效率，学习的乐趣，是应该的。但面对铺天盖地的网络信息，也要自尊自重，明于鉴识，知所选择。从文艺角度讲，我觉得网络小说之类，随手书写，迅速传播，鱼龙混杂，读来开心也未尝不可，但要知道，它与人类智慧的最高结晶存在着很大的距离。人总是要沉下心来，认真地读一点最精彩的东西，用来提高自己的素质档次，激发思想和智慧的潜在能力。人的身体结构，包括大脑结构都差不了很多，但是对自己潜力的挖掘是相差很远的。书籍就像一把锄头，帮你去深挖知识的深层、智慧的深层和人生的价值的深层。这种挖，是把你挖得伤痕累累，惨不忍睹呢，还是挖出矿藏，使你百炼成钢？这是值得慎重思考的。

主持人：希望大家都能够挖出宝藏来。（笑）刚才杨义先生说过，有一些历史上的著名文人，他们不愿意列出一个清晰的书目，不过在历史上也曾经有过两位著名的文人给我们留下了推荐读书的一个书目，我们和大家分享一下。一位是胡适先生的，另外一位是梁启超先生的。这些书，现场的观众朋友，有全读完的吗？

安仁良：我都看过。

主持人：全都看过吗？

安仁良：皮儿。

博比肯：我看过推荐的差不多三分之一吧。他们推荐的，一般很多人都会给我推荐，我老师也推荐。差不多。

主持人：博比，那你挺厉害。

安仁良：他喜欢看书也跟他的名字有关系，他姓"肯"，天天"啃书本"的"啃"。其实我这个"安仁良"就是根据《论语》来选的，修己以安人，然后仁是仁义礼智信，良是温良恭俭让，这三句话。

主持人：你看看，咱们来自加拿大的外国朋友。

博比肯：还有一个就是我特别喜欢在洗手间看书。

杨义：（笑）厕上。欧阳修讲过，他最好的文章是在什么地方作出来的呢？第一是在马上，马背上；第二是在枕上，枕头上；第三个是厕所啦，厕上。欧阳修的原话是："余平生所作文章，多在三上，乃马上、枕上、厕上也。盖唯此尤可以属思尔。"

主持人：骑着马能写字吗？这三个能合在一块吗？

杨义：他骑马的时候，不是写，而是思量而突然出现灵感，然后记下来。一句诗，一个句子，或者一个问题，平常有所积累，苦思冥想。坐在案头，脑袋绷得很紧，灵感爆发不出来。一躺下来的时候，一到马背上慢慢地摇晃，哎呦，灵感袭来，就突然有感觉，许多奇妙的想法就喷涌出来。这种感觉，我也有过经历。在写《韩非子还原》这本书的时候，各种版本的《韩非子》我读过五遍，前三遍没有感觉。没有感觉是什么意思呢？我感觉到的东西，别人已经感觉到了，那我就没必要写这本书了。到了读第四遍的时候，一天早上，我起来坐在桌子旁边，抽了一支烟，突然内心怦然而动，结下的疙瘩豁然开朗，然后我再看第五遍，把材料重新清理一遍，才开始动笔去写。这时我感到，学问是艰苦的行当，但它有时又是一层纸，这层纸没有点破，就好像有只苍蝇在屋子里飞来飞去，找不到出路。一经点破它就飞出去，哎呦，外面竟然是个阳光灿烂的广阔天地。（笑）学问的精进，有时候就是点破一层纸而已。这也就是："众里寻它千百度。蓦然回首，那人却在，灯火阑珊处。"

九、把时间立体地用起来

主持人：豁然开朗。今天非常高兴我们能邀请到杨义先生和大家分享读书的快乐。最后，我们请杨义先生到讲台前来，回答现场观众朋友感兴趣的问题，好吗？来掌声有请。

观众：您好！杨教授，最近我去逛书店的时候，发现有很多书变得越来越功利化了，但是还是有很多人去买它，觉得那些书还是能在我们生活中用上，我想问一下您对这个问题怎么看？

杨义：这类的书不妨看一点，但是不要让它挤占了你最宝贵的时间，蹉跎了大好的青春。有些东西是忽悠人的，有些东西是一时起作用的。要辨析清楚哪些东西是属于道，道德的道，道路的道，哪些东西是属于技，技巧层面的东西。技巧层面的要懂，但是过多地逗留在技巧的层面，是没有发展后劲的。一心投机取巧，就有损人格，甚至摔跟斗了。所以这类书，可以看一看，说不定一本书中，就有那么一两句话还行，但是不要完全相信，要采取分析的态度。读书不能做书之奴，而要做书之主。

观众：杨老前辈您好。现代人越来越忙，没有时间读书，怎么办？你是怎么挤时间去读书的？

杨义：时间确实是挤出来的，比如说你要学外语，可以买一个MP3，就把时间立体地用起来，你挤公共汽车上班，耳朵是可以利用的，是吧？我到俄罗斯，看到地铁里，很多人都在看书，车比较挤或车行比较慢，从上地铁到下地铁的半个小时都在看书，看的多少有用的书。我把脑袋伸过去仔细一看，他们不是在看某些小报或者娱乐新闻，或者用电脑玩游戏，他是在看很正经的书，或者是专业书。一个爱学习的民族，是令人肃然起敬的。时间是什么？时间是无穷，是过程，有痕迹，可记录，耐体验，受虚构。就你个人而言，我觉得要分出轻重缓急，每天有点坚持。学问也好，知识也好，它是个斜坡，只要慢慢地走，持之以恒，自然就能登高望远，见多识广。关键在于有一股坚持不懈的劲头。但是你要是老不走，不能坚持，总在晃晃荡荡地蹉跎岁月，可能还会退步，因为连原来知道的都忘掉了。所以我觉得，重要的是有没有毅力的问题，而不是有没有时间的问题。只要你有毅力，认识到知识的价值，认识到智慧的价值，你就会千方百计、挖空心思地去找出时间来。时间是狡猾的，全凭有毅力，才能抓住它。

主持人：在日常生活中我们都不会忘记一日要吃三餐，人是铁饭是钢，一顿不吃饿得慌，但是在物质的粮食之外，您在精神上是否有所补充呢？物质上的食粮可以让我们的体魄更为强健，然而精神的食粮，则会让我们内心更为丰富，也更为健康，那么从明天开始，别忘记每天为自己补充一些精神食粮。感谢您收看这期的《文明之旅》，再见。

根据录音记录稿调整润色，整理而成

一、作为人类智慧方式的叙事，以及对之研究的文化战略思路

20世纪60年代以后，西方兴起一门新的学问，超越叙事的体裁，超越神话、史诗、小说、历史，甚至现在的媒体叙事等等具体的叙事方式，将叙事进行抽象化和普遍化，作为人类的一种智慧方式，人类的一种精神现象来进行研究，称之为 Narratology。有的西方学者甚至说，自20世纪60年代以后，文学理论的每一个重要的进展，都和叙事学有关系。他们使用这么一种超越性的理论方法，对文学进行比较深层次的形式分析，以及内在本质的分析，从中寻找共同性的原理和形式因素。

我本人是研究中国现代文学的，20世纪80年代写过一部《中国现代小说史》，三卷本152万字，为此读过2000种现代叙事文献。接着就想以此为基础，写一部《中国小说学》。准备材料的时候，读了一些西方新理论的书，注意到西方叙事学的进展。因此就放弃原来

小说学的设想，想搞一部"中国叙事学"的书。这是对自己原来的知识结构的挑战。因为要搞出"中国特色"，不是一门心思地贩卖西方的理论，就不仅要熟悉中国现代文学，而且必须清理古代的神话、小说、戏剧和历史文献。做学问，必须从清理文献开始，才能立稳脚跟，才能保持充足的后劲。于是，我就启动了《中国古典小说史论》这个项目，又经过了四五年的苦读，我读过的现代和古代的叙事文献大概有3000种左右。这么多的文学现象和文献积累，如果不来一番认真的清理，是会把脑袋搞成一团乱麻的。

于是我在原来阅读现代小说、古典小说的两步走的基础上，开始走叙事学研究的第三步。1992年我到牛津大学当客座研究员，读了一批西方的叙事学著作。做研究工作，是要设计一下自己的研究步骤、研究方法、研究角度的，不然就会在茫茫的学术领域陷入"瞎子摸象"的尴尬。由于我遵循着预先准备好的研究"三步骤"，我对进入叙事学领域就能利用原来十几年建立起来的学术优势，就显得眼界开阔，内心充实。研究者应该建立这么一条思路：依据自己原有的学术优势，拓展自己的知识视野，开发可能的学理空间。当然西方的叙事学著作对我启发甚多，不过因为我是带着3000种中国从古至今的叙事文献，来读西方叙事学，所以每次遭遇西方理论所提出的命题，我就能调动百十种中国文献与之对话，或得到默契，或发生质疑，或感到迷惑，或产生超越。尤其是一旦感觉到西方叙事学的某些论说，涵盖不了中国文学智慧的精华时，就形成了一种对话诘问的状态，逐渐觉悟到西方理论所谓"世界性"，可能是一种"有缺陷的世界性"，必须要把中国智慧加进去，形成一种"合金形态"，才能使其世界性变得完整起来。"有缺陷的世界性"，是我在比较东西方叙事经验和理论的过程中，得到的一种思想启悟、思想收获。

这就使我不能不考察中西方文化"非同心圆"的存在形态，它们最初的出发点是千差万别的。虽然由于近代以来科技的发展，信息的流通，交往的频繁，甚至出现"地球村"，两个圆的重叠部分越来越多，互相借鉴、引进、融合的成分越来越拓展，但是不同心的状态尚不能说已从根本上改变。因此，用西方叙事理论来套我们无比丰富多彩的叙事事例，那些头大帽小，套不住的地方，往往是我们文化最有特色，或者最精华之所在。"不可涵盖性"的研究，应该是我们研究中的关键所在。这就使我提出了这样四句话的研究思路：回到中国文化的原点，参照西方现代理论，贯通古今文史，融合创造新学理。中国文化的原点和西方现代理论之间存在一个大的距离，这个距离是我们的原创性的空间。这四句话可以简化为八个字：还原—参照—贯通—融合。第一要务，是回到中国的原点。

二、"叙事"二字在中国如何得以建立

那么回到中国文化的原点看叙事，对这种智慧形式进行把握的概念是怎样发生，怎样变化，怎样完善的？"叙事"二字出现在先秦时代，那时"叙"字，是顺序的"序"、讲的是在丧礼、婚礼的过程中，各种礼仪程序，包括音乐弹奏次序、乐器摆放方位的安排。《周礼》就将这些程序、次序安排，称为"序事"，它最先用在古代文化的核心部分的礼仪上。[1] 这个"序"字，在古代是一面墙，厅堂下面的墙叫作"壁"，厅堂上面的墙叫作"序"，"壁"和"序"的作用，是分隔空间。空间的分隔变成了时间的分隔，就是顺序。叙事的"叙"在古代，又和头绪的"绪"字相通。所以，从语义学的角度看，中国人讲叙事学，就是一种讲述事情的方法，也是一种"顺序学"，一种"头绪学"，还是一种把空间的分隔和时间的分隔

---

[1] 《周礼注疏》，《十三经注疏》，中华书局1980年版，第787、794页。

相互转换的学问。

到了魏晋南北朝，"叙事"多用来讲历史叙事，比如《三国志》称司马迁"善叙事，有良史之才"[1]。刘勰的《文心雕龙》两次使用"叙事"，形容一些文章体裁具有叙事的功能，但是"叙事"这个词还是"动词＋宾语"的结构，还没有形成一个完全独立的名词。叙事作为关键词被研究，是唐朝历史学家刘知几《史通》这本书的贡献。《史通》专门设立了《叙事》篇，讲的是历史叙事："国史之美者，以叙事为工。"[2]叙事作为一种文类，是到了南宋，即公元13世纪才出现。朱熹有一个再传弟子叫真德秀，编了一本书叫《文章正宗》，把文章分为四类：一类叫作"辞命"，就是皇帝和大臣的官方文字；第二类叫作"议论"，属于理论文章，如先秦诸子之类；第三类叫作"叙事"，包括历史纪传体，也包括应用散文类的叙述；最后一类就是"诗赋"，就是诗词歌赋。[3]这种四分法在南宋形成，在元、明、清三代，大体还是遵照理学家真德秀的分法。只是明末清初的评点家，比如金圣叹、毛宗岗之流，就把小说叙事提到首位，沟通了小说、戏曲和历史等不同的文体。金圣叹提出了"才子书系列"，他说有六大才子书，将《水浒传》、《西厢记》和《庄子》、《离骚》、《史记》、杜诗并列在一起。冯梦龙和李笠翁（渔）又提出了一个"奇书系统"，称《三国演义》《水浒传》《西游记》《金瓶梅》为"四大奇书"。明清之际的评点家为中国早期的叙事学，贡献了许多有声有色的叙事学智慧，研究中国叙事学的人应该给他们写上浓重的一笔。

---

[1] 《三国志·魏书》卷十三，中华书局1982年版，第418页。

[2] 刘知几：《史通》卷六《叙事》，四库全书本。

[3] 真德秀：《文章正宗》卷首"文章正宗纲目"，四库全书本。

三、结构的动词性与结构的道与技之辨

既然要对叙事学进行还原研究，要建立中国叙事学现代体系，我们也不能关起门来自言自语。这就要看一看西方叙事学主要研究哪些问题，形成哪些话题。如果要与西方现代理论构成对话和互动，就必须讲究十个字："共同的话题，不同的声音"，这是我们进行文化对话的根本原则。如果没有共同的话题，各说各的话，形不成对话；如果没有不同的声音，鹦鹉学舌，你怎么讲，我就怎么讲，只不过给西方理论提供几个例子，这种对话也是不可能深入。怎样才能发出中国的"声音"呢？问题千千万万，方法五花八门，很重要的方法，是认识清楚中西文化在叙事学上不同的出发点和切入点。西方叙事学为何在20世纪60年代兴起？就是现代语言学发明了"共时性"与"历时性"，"所指"与"能指"这类理论框架，发明了结构主义这类理论，他们是从现代语言学和结构主义的角度进入叙事学的脉络的。强势学科，为弱势学科提供理论工具，学科发展的奇迹往往由此而来。但是用现代语言学、结构主义的那套话语来讲叙事学，整天搬弄语法、语式、语态、时态一类概念，对于中国人难免洋腔洋调，怪声怪气。那么，我们中国的优势学科在哪里呢？从数千年的学术进程来看，在历史文化。叙事学很早就讲历史叙事。要扬长避短，有必要从历史文化角度进入叙事学研究，从中华民族几千年、在世界上属于第一流的文化资源，文化经验，文化智慧中，生长出我们叙事学的理论。

既然寻找与西方理论进行对话的共同话题，我觉得有几个问题格外值得注意，一是叙事结构，二是叙事时间，三是叙事视角。看清楚西方是从结构主义切入叙事文本分析的，头一个问题就应该选取"叙事结构"。然而，怎样才能回到中国文化的原点？最根本的方法，一是对原始经典的梳理，就像上面考察"叙事"一词的形成和变化那样；再一个就是进行语义学的分析，因为语义的深处隐藏

着一个民族的集体潜意识。"结构"这个词在中国是什么意思呢？"结"，就是绳子打结；"构"是盖房子，中国房屋是砖木结构的，构木为屋。"结构"这个词，本来是动词，一直到六朝，陶渊明还讲"结庐在人境，而无车马喧"。"结庐"就是盖房子。到清朝初年，李渔的《闲情偶寄》评论戏剧，第一章就是"结构第一"。行文中说，要盖房子，地基平整之后，第一步要考虑结构，要有总体的布局，"何处建厅，何方开户，栋用何木，梁用何材，必俟成局了然，始可挥斥运斤"，然后才能使每一步顺顺当当，各得其所。如果贸然盖房架梁，不考虑结构，修修补补，未成先毁，房子就盖不成整体。[1]既然讲绳子打结，后来变成名词之后，讲盖房子的结构，结构就是动词，后来名词化了，但还带有动词性。这就使得中国人对结构的理解，跟西方存在着根本的差异。西方结构主义，强调"作者死了"。中国人讲结构，讲究作者不能死，还在动。我们研究文本的结构和功能，是将它置于动态的过程中的。在中国人看来，结构是个过程，是动态的东西，一个作家写文章，第一笔下来就是整个结构的开始，最后一笔收束起来，才是结构的结束。不明结构的整体性和动态性，每一落笔，都不能恰到好处的。结构动词性的另外一个含义，就是强调结构是人与天地之道的一种契约。结构所包含的意义，绝对不是一些表面的文字所能代替，所能表达得了的。司马迁写《史记》分十二本纪、三十世家、七十列传等层次，形成结构的层次感。层次本身，是天造地设的，司马迁只不过"究天人之际，通古今之变"，偷得了一份天机。"本纪"本来写帝王的事，他却把项羽放在本纪里，把吕后也放在本纪里面；"世家"本来写诸侯国的事，他却把孔夫子放在世家里。这种人物位置的设计，蕴含着对历史人物价值的独特评价，是司马迁对悠悠苍天的一种对话，其深刻性，一般的文字很难表达出来，只有结构才能产生这种宏观把握历史变动的

---

[1] 《闲情偶记》卷一，《李渔全集》第三卷，浙江古籍出版社1992年版，第4页。

效果。

中国人讲结构，是贯通"结构之道"和"结构之技"，讲究结构问题上的"道"和"技"之辨。西方结构主义所思考的大体是处在结构之技的层面，分析文本的技巧构成和语境功能。在中国，要结构一个作品，首先考虑人和天地之道要定个契约，这就是讲"结构之道"，然后再考虑如何通过"结构之技"对道的实现。比如《金瓶梅》，何为它的结构之道？何为它的结构之技？它的描写和结构，在中国文学史上第一次采用接近社会生活原生态的写法，用一种网状布局。作品的经营，费尽了调动结构功能的苦心。有一种结构方式，叫作"重复中的反重复"，整个作品四次写狮子街，次次都有不同的景象，不同的气氛，富有刻度感地展示了主要人物的命运。在英雄传奇《水浒传》里，武松在狮子街酒楼打死西门庆，就算了事。到了《金瓶梅》，打死的是一个替身。狮子街的出现，第一次讲武松和假西门庆（李外传）的打斗；第二次他又在这个地方为李瓶儿祝寿，完了还另外安排房子包二奶；第三次在这个地方放烟火，"逗豪门门前放烟火，赏元宵楼上醉花灯"，达到他奢侈荒淫的高峰；第四次，依然是狮子街元宵花灯节，西门庆服了梵僧药酒，与情妇荒唐之后，从狮子街回到桥头，遇到旋风和鬼影，逃命回到家中，被潘金莲给灌了春药，油干灯灭，死在潘金莲的肚皮上。通过四次写狮子街，重复同一个地点，却对每次描写进行反重复处理，把西门庆的暴发和荒淫，他的家族的从兴盛到家破人亡，都层层着色地渲染出来了。"物是人非事事休"，是结构之道的精神脉络，表现出来的，还是属于结构之技。

《金瓶梅》结构之道，常常隐藏在空间结构之中。《金瓶梅》写了山东的清河县，县城里东面有道家的庙宇玉皇庙，南门有佛家的寺庙永福寺。《金瓶梅》故事中，凡是热闹的事情，就都在玉皇庙发生，或者和玉皇庙有关系；凡是悲凉阴森的，死亡的事情都和永福寺有关系。这就是张竹坡评点所说："玉皇庙热之源，永福寺冷之穴也。"[1] 比如说，"西门庆热结十兄弟"，这种结拜方式，是对"桃园三结义"和"水浒聚义"的滑稽模仿，这个热闹的事情就发生在玉皇庙；他花钱买了一个千户官来当，又生了一个儿子，所谓"加官得子"，也是在玉皇庙设坛打醮，摆席演戏，大加庆祝。最后西门庆比较喜欢、比较有感情的女人李瓶儿，也是代表《金瓶梅》中那个"瓶"字的李瓶儿之死，西门庆家族在玉皇庙大开道场，显示其家族兴盛。再看凡是阴森可怕的事情，多和永福寺有关系。使西门庆荒淫败亡的春药，是在永福寺得到的；西门庆的家族败落之后，代表《金瓶梅》中的那个"梅"字的庞春梅，嫁给了周守备，永福寺就成为周守备的香火院；庞春梅把《金瓶梅》里面最厚颜无耻的陈敬济以及潘金莲埋葬在永福寺。后来西门庆的大老婆吴月娥，带着她的孝哥儿逃难的时候，也是在永福寺躲避金兵，在那里做道场，超度西门庆、潘金莲这些血迹淋漓的鬼魂，西门家的独根独苗孝哥儿也剃度出家，把仆人玳安过继来传香火，改名西门安。凡是热闹的事情都跟玉皇庙有关系，这是俗世繁华；凡是冷清的事情，都跟永福寺有关系，这是对人生的命运的思考。一佛一道两个寺庙，夹着西门庆的家族，就像一份"三明治"，宗教与人生在这里打了一个死结，分拆不开。借用这么一种空间存在的结构方式，来思考人生的"酒色财气"，思考人的"生存与死亡"，思考生存的处境、生存的意义和生存的各种可能性。二寺庙夹着一家族，多么独特的"2+1"，这种结构之道，将宗教和哲学别开生面地深度介入对一个家族命运的思考中。

这种用人文地理的眼睛，谛视人间瞬息繁华结构之道，对后来《红楼梦》影响极深。《红楼梦》的大观园和太虚幻境，也是以真真幻幻的空间，营造它的结构之道。大观园的环境，对应着贾宝玉和"金陵十二钗"的性情；太虚幻境薄命司的画册题词，映照着这般

---

[1]　[明] 兰陵笑笑生著，[清] 张道深评：《金瓶梅》，齐鲁书社1991年版，第726页。

天真无邪，又无可奈何的人物命运。林黛玉和她那处"未若锦囊收艳骨，一抔净土掩风流"的葬花塚，是一张永恒的面孔上的一滴清泪，在西方灵河畔的绛珠仙子发誓要到人间偿还眼泪债，但到了大观园，她的眼泪债总也还不清。因为那里纠缠着"道不清，理还乱"的俗世牵扯。宝黛爱情只能是一个悲剧，如果跳出悲剧，就要大煞风景。中国人对结构动词性的认知，对结构之道和结构之技的思辨，在叙事学的意义上说，是以本体性来贯穿、约束、深化技巧性的。这就是中国文化的精深所在，它出入于形而上和形而下，兼顾着玄妙和真实。没有这种道性的点醒，作品的眼睛就不会发亮。这正如春秋战国乱世，如果没有孔、孟、老、庄，剩下的就是一群野兽；大唐盛世，如果没有李、杜、韩、柳，剩下的就是一群胖子。经过结构之道熏染和提升的结构之技，才不会成为雕虫小技，缺乏丰厚的文化意蕴。基于中国文化的这种认识，我们应该超越结构主义的某种机械性，还原叙事作品的说明性。

四、叙事时间的速度与模型

时间问题，是叙事学研究中关键的关键。叙事结构是不能只有一个空框架的，它需要对人物和事件的延续性展开加以充实、推进、扩展和贯穿，人物事件的延续性，就是时间。不过，有必要提醒的是，时间一旦进入叙事作品，它就不再可能是纯客观的时间，而是作者以结构之道和结构之技处理过的带主观色彩的时间。

既然时间在叙事作品中已经过处理，是一种"人化"了的时间，那么我们遇到的第一个问题，就是叙事时间与历史时间之关系。历史时间在叙事的过程中，就像一根橡皮筋，是能够伸长缩短的。历史时间与叙事时间之比，拿历史时间当分子，叙事时间当分母，如此算出的就是叙事时间的速度。许多历史时间经过作者的处理，得到的叙事时间速度是不一样的。《资治通鉴》在写战国某一年，只用了三个字，"魏伐宋"，魏国讨伐宋国，就写完了。写唐朝初年的"玄武门之变"，秦王李世民打听到他的哥哥太子建成和齐王李元吉要谋害他，就在玄武门设下埋伏，发动兵变，消灭了他的哥哥和弟弟，软禁了他的父亲唐高祖李渊，自己当了太子，后来变成了唐太宗。根据历史记载，这场改写了唐朝历史的兵变只延续了四天，《资治通鉴》用甲子标出日期，从丁巳日到庚申日。四天的时间写了3300字。[1] 只要计算一下就可以知道，四天的时间写了3300字，和一年的时间写了三个字加以对比，叙事时间流动的速度，相差十万倍。

小说描写的情形也是如此，可以说，有过之而无不及。《三国演义》，如果我们按照毛宗岗的通行本，开头说"分久必合，合久必分"这么一个天地运行之道之后，就从楚汉纷争，汉高祖刘邦斩白蛇起义，一直讲到东汉桓帝，这七十多字就交代了四百年。但是整部《三国演义》从公元2世纪的80年代，讲到公元3世纪的80年代，晋朝统一中国，"三分归一统"，这么一百年的时段，其中的政治军事斗争，《三国演义》写了120回，大体是一年一回。整部《三国演义》65万字，不到70万写一百；开头的70多字写400年，二者的叙事时间速度相差将近四万倍。但是《三国演义》有时一回可能写了十几年，有时几回只写了一年内的事情。有两个年份写得特别长，叙事时间速度非常缓慢。建安五年（200）官渡之战，曹操消灭了他在北方的最强劲的对手袁绍，统一了北方，把这一年的战争和"关云长千里走单骑"去寻找刘备加起来，这一年零三个月的时间，写了八回。建安十三年（208）的赤壁之战，曹操破了荆州江陵之后，与东吴孙权和刘备集团进行会战，"赤壁之战"加上"三顾茅庐"，总共也就一年多一点的时间，这一年多的时间，写了17回。

---

[1] 《资治通鉴》卷一百九十□，中华书局1956年版，第6003—6013页。

诸葛亮出山时，分析天下大势的"隆中对"，半天的时间写了半回；诸葛亮去游说东吴联合对付曹操，"舌战群儒"，两天的时间写了两回。如果按照半天写半回，两天写两回这种时间速度来写整个《三国演义》，写一百年到底要写多少回呢？起码要36000回。如果按照这个时间速度写成《三国演义》，会摆满我们这间屋子。所以说，小说的叙事时间速度是很不均衡的。说书人有一句口头禅，叫作"有话则长，无话则短"。不光是世间有事，而且是心头有感。叙事时间流动速度的快慢缓急，背后有"一只看不见的手"，作者用他的价值观来操纵时间流动的速度，操纵你对问题的关注点。作者用不着站出来说话，写"赤壁之战"用十七回，写"官渡之战"用八回，只要操纵着叙事时间流动速度，一切尽在不言之言中了。为什么战国的某一年只写三个字呢？因为战国战火频繁，在作者的价值观中没有特别的地位。而"玄武门之变"写了3000多字，在作者的心目中，唐朝是宋朝前面最重要的朝代，李世民还是李建成继承皇位，对唐朝的生存形态和历史命运，影响重大，这种影响甚至延伸到五代、北宋。对此，司马光不能不特别重视，他通过对时间的操纵，表达他认识唐初历史的价值观。

既然叙事时间速度对于一个叙事文本来说无处不在，而且又由此注入作者的价值观，那么中国人的时间观，又有哪些自身的特色呢？这就是我们要讲的第二个问题：中国时间观的模型。一个非常明显而大家长期以来又很少深入思考的现象是：中国人讲时间是年、月、日，西方的主要语种讲时间是日、月、年（当然，美国人改成：月、日、年）。难道东方人、西方人居住在地球不同的部分，他们脑袋里的思考习惯就颠倒过来了吗？文化是一个熟悉到不再经意的存在，并不是说，让你在一本偏僻的书里面去找一个偏僻的故事，诠释出来的就是文化。文化就在你的日常生活中，渗透到你的思想行为里，浑然不觉，习以为常，无所不在，这才是真正的文化。文化就是溶在水里的盐，看不见它，却能感觉到它的滋味。文化是一种方式。中国人讲时间，是年月日；西方人讲时间，是日月年，这本身就是无所不在的文化方式，用不着去深山老林里，像找蘑菇一样找文化。问题并不在于我这里有年，你没有年；我这里有月，你没有月；我这里有日，你没有日。同样生活在地球上，抬头见日月，寒暑知年华，但是感知的模型不同，顺序不同。顺序不同，就是意义不同，这里起码包含着三个问题：

（一）你首先关注的是什么，你的第一关注点在哪里，在具体的"日"，还是在由日积月累而形成的"年"？

（二）第一关注之后，思维方向不同，是以大观小，还是以小观大？

（三）前后环节之间的衔接方式不同，是以大统率小，还是以小积累成大？

这就是"年月日"和"日月年"里面包含着的文化密码的区别，人们会问：这个问题是怎么发生的呢？我们如果读过甲骨文，就会知道，甲骨文记录时间的方式，先是用甲子记日，再记月，然后再记"祀"，一年大祭祀一次，周而复始。这是按照"日月年"的顺序的记法，与西方的顺序一模一样。那时候也有"年"字，是一个人头上顶着一捆稻子（禾），叫作"年成"，是一年收成的意思。那时是每年大祭祀一次，祈求好年成。到了商周之际，也有一段时间，是先记月，再记日，后记年，看青铜器的铭文，有一段时间这样记的。"月日年"的顺序，跟美国英语是一样的。这个问题到了《春秋左传》就发生了变化，就变成了"年月日"，甚至变成了"年、时、月、日"，"时"就是四时：春夏秋冬。在甲骨文中，春、夏、秋、冬四时是不完整的，只有到了《春秋左传》的记载，四季才是完整的。

《春秋左传》记载时日的转折，是怎么样发生的呢？细考《左传》，曾经记载过两次"日南至"，就是太阳到了最南的一个点，冬至点。这两次日南至，一次在鲁僖公五年（前654）正月辛亥，一次在鲁昭公二十年（前521）二月己丑，[1] 这两次日南至的记载相距133年，这133年中有49个闰月。如果我们把它约简，用七来除，就是"十九年有七个闰月"。"十九年七闰"，是中国人的阴历和阳历合历的一个定值。如果没有安排闰月，月亮围绕地球转一圈是一个月，12个月就是一年，这样延续十几年，春夏秋冬四季，就会完全颠倒过来。因此必须按照太阳运行的轨迹，找到"日南至"，然后用这个冬至点来调整闰月，才能够阴阳合历。

阴阳合历是在什么时候发生的？《春秋左传》已经记载，它形成的时间应该更早。根据我的研究推测，它大概在公元前841年前后发生，因为《史记》的诸侯年表是从这一年记起的，这年以后，中国每年做什么事都是一清二楚地记录在案；这一年以前的，中国对年的记载比较模糊。所以才有"夏商周断代工程"，用天文学和文献学相结合的方法，推断一些重大事件发生的年份。

古代有一本书叫《尚书》，是儒家的六经之一。《尚书》的第一篇叫《尧典》，里面记载阴阳合历的故事。尧帝派了四个大臣：羲仲、和仲、羲叔、和叔，到东南西北四个点去定春分、夏至、秋分、冬至，以366天为周期，"以闰月定四时以成岁"[2]。这是《尚书》的记载，实际上《尚书》的《尧典》不可能从尧的时代传下来，应是西周前中期的作品，它用一种神圣化、半神圣化的方式来告诉人们，阴阳合历是尧帝定下来的，都要竭诚遵守。时间问题，在中国古代是非常重要的，周天子颁布的日历，各个诸侯国都要执行；改朝换代叫作"改正朔"，每年的第一个月是"正月"，每月的第一天是"朔日"，都要按照新王朝颁布的改过来，重新来一套日历。中国在20世纪接受西方公元纪年，是古老中国走向开放、和世界接轨的标志，对中国人的文化心理是一个很大的震荡。

西周前中期"阴阳合历"，推动了春秋战国时期形成中国自己

---

[1] 《春秋左传注》，中华书局1990年版，第302、1046页。

[2] 《尚书正义》卷二，《十三经注疏》，第118—119页。

的宇宙模式和时间模式的联系。对于"年"的本质认识，有一个过程，甲骨文中也有"年"，也有"十三月"的说法，但只有到了《春秋左传》，才在文献记载上落实了中国人对"年月日"表述顺序的共识。这就使东西方的时间观念产生了很大分歧，中国的时间观念是以年来统率和限制月，用月来统率和限制日的，是以大观小，综合性的时间观。西方是用日积累成月，月积累成年，是以小观大，是积累性的分析性的时间观念。这种时间观念的形成，制约着、影响着彼此之间全部的叙事文学的时间程序。比如说，西方叙事文学总是从具体的时间开始，从一时一地一景开始的。荷马史诗《伊利亚特》，开篇就使战争中的英雄阿喀琉斯的情人被主帅阿伽门农霸占，因此阿喀琉斯发怒退出了战场，导致整个战争发生了逆转。这就是从英雄、美人、战争、发怒这么一些具体的事情上开始了史诗的叙事，叙事的第一关注是具体的。

中国宏观综合性的时间观念，使我们传统的叙事总是从一个大时空开始的。我们古代的历史小说、英雄传奇小说、神话小说，往往都从盘古开天辟地、女娲补天，从夏商周历朝这么一个大时空写起，然后再对具体的事件进行时间定位，这样的写法就与西方迥异其趣。《水浒传》是怎么开头的，是用大时空包住了小时空。开头是"朱李石刘郭，梁唐晋汉周，都来十五帝，播乱五十秋"，这五代有五个姓氏的皇帝，造成天下大乱五十七年。天帝看到天下太乱，老百姓水深火热，就派霹雳大神下凡，投生为赵匡胤，一条棍棒等身齐，打天下四百皇州都姓赵。从赵匡胤开国落笔，一跳就跳到宋仁宗时期发生瘟疫，派洪太尉到龙虎山禳灾，误走妖魔，把一百单八个魔君放走了。再一跳，跳到端王（宋徽宗）府，高俅那一脚好球，几乎一脚就踢过半座江山。这种跳跃性的时间操作，使开头的一回半，写了四百年。《水浒传》后面的98回，写到宋徽宗宣和五年，写了24年。98回写了24年，相比一回半，写了400年，时间在二者之间流动的速度相差四百倍。这么一种时空操作方式，指向了所谓的结构之道，内在含义非常值得寻味，它隐喻着这一百零八将下凡，事关宋朝的气数，所谓官逼民反、替天行道，是天地运行之道的一种表现。

长篇巨著如此，那么短篇小说如何？我们来看《杜十娘怒沉百宝箱》，这篇小说是写明朝万历年间的事情。它远远地从朱元璋开国写起，经过十几代的皇帝，不断打仗，国库空虚，所以要用钱来买太学生身份，然后才出现用钱买太学生的李甲和一个妓女之间的恩恩怨怨，最后酿成悲剧。为什么这么写？它是把李甲和妓女之间的这么一种荒唐与深情搭配的行为，看成是明衰败过程中的一个反常现象，一个带命运感的"异数"。朝廷出问题，社会必然出现怪现象，如此写来，事关明朝的气数。开头的大时空，赋予正文中的具体事件以令人感慨不已的命运感。

结构是人与天地之道的契约，它有自身的整体性，有自身互动互补的机制。开头的结构如此设置，就难免要牵一发而动全身了。西方的叙事从具体的时空开始，从一人、一事、一景开始；东方的叙事从大时空，从盘古开天辟地开始。叙事是一个过程，不是只讲个开头就完事，接下来就相应地出现了叙事的另外一种分道而驰。分道而驰的结果，西方的叙事，常用倒叙；中国的叙事，常用"预叙"。道理很明白，既然从具体的一人、一事开始，就有必要倒回去，交代这个事情的来龙去脉。荷马史诗《伊利亚特》既然写了阿喀琉斯发怒，整个战争逆转，就必须交代这场战争是怎么回事，什么原因引起的战争，于是一下子倒回去十年，交代那个"金苹果"和绝世佳丽海伦的故事。"第一叙事"出来之后，"第二叙事"就成了对"第一叙事"的交代和解释。因此在西方，"第二叙事"对于"第一叙事"，就构成了"倒叙"关系。

中国叙事则不然，由于它是从大时空开始，从天道、天意的大时空，俯视芸芸众生的具体事情，就将所有人物的命运，看得清清楚楚。《封神榜》里姜子牙还没下山呢，就知道各路神仙都要到他的封神台上报到。《红楼梦》才写了五回，既出现了女娲补天遗落的那块石头，又出现太虚幻境的十二钗册子，出现"红楼十二曲"，把这些人物的命运，都暗示得清清楚楚。当然，如果不是红学家煞费苦心地考证，贾宝玉猜不透他的命运，读者诸君若是第一次读《红楼梦》，也是同贾宝玉一样混混沌沌，不知道薄命司册子里讲的是谁，讲的是什么事，而是带着一种命运感，带有不安的情绪，来读书，来体验一种难以捉摸又无可奈何的"贵族中国"的败落和大厦坍塌。阅读这样的一种预言叙事，与阅读那种倒叙的阅读心理是决然不同的。"预言叙事"是一种"元叙事"。倒叙是要带有分析性的心理去读，看它来龙去脉，评判它是是非非；预言叙事是要带着命运感来读，悟到这种命运是如何成为现实，体验着顺从命运或反抗命运的纷纷扰扰。读者跟贾宝玉和林黛玉们共同去体验命运的可知性和不可知性，感受着如此人生的本质何在。也就是说，中国叙事的构成方式，是"元叙事 + 本叙事"，有别于西方的"倒叙事 + 原叙事"。

不要以为中国人不懂得倒叙，不是的。我只是讲作为一种通常的状态，作为一种优势的思维方式，中国的叙事是多用预言的叙事，或"预叙"。但是中国人也懂得倒叙，中国影响极大的文章选本《古文观止》的第一篇，就是一个倒叙。根据《史记》的诸侯年表，查到"郑伯克段于鄢"这一年，郑庄公36岁，[1] 但是文章开头用了一个"初"字，原初的时候如何如何，就倒退到36年以前，他的父亲郑武公娶了一位姜姓的夫人，生下郑庄公的时候，发生难产。母亲就喜欢弟弟共叔段，不喜欢郑庄公，不断地为弟弟要土地，要城池，酿成"多行不义必自毙"的大祸。这个是倒叙。这个事件的高潮是郑庄公消灭了他的弟弟，发生在《左传》鲁隐公元年（前722）。郑

---

[1] 《史记·十二诸侯年表》，第536—550页。

庄公怨恨他的母亲，发誓"不在九泉之下，我不见我母亲了"。后来他有点后悔，有个大臣颍考叔到他家里来吃饭，吃饭的时候还打包，要把好吃的肉留着带走。郑庄公问他：为什么要带走这些肉？他说母亲爱吃，所以他打包带回去。郑庄公很感慨，做臣子的还有这份孝心，我作为一国之君想孝顺一下，都不可能实现。颍考叔给他出了个主意，你不是说九泉之下吗？那你就挖个地道，挖到看见泉水，从地道里接回你母亲，不就是九泉之下相见吗？地道接母，据《史记·十二诸侯年表》是第二年的事，这就属于补叙了。

编年体的史书，写得好的都善于折叠时间。因为编年体的史书，主人公是时间，纪传体的主人公是人物，宋以后出现的纪事本末体的主人公是事件。任何一个重大历史事件，不可能是年初一发生，年三十就结束了；或者零点开始，二十四点就干脆利落地终止。时间不可能这么整齐划一，更多的可能是跨日、跨月、跨年。为了使时间这个刀子不至于把人物和事件切割得太碎，就必须进行时间折叠，事件的高潮在何年何月，就把这个事件重点记于那年那月，然后用起初如何如何，倒叙出事件的来龙去脉，再进入正面叙事。如果这个事件还有后遗症，必须加以补叙。写得比较完整、比较精彩的历史事件，都出自折叠时间的好手。

但是作为一种优势的思维方式，中国叙事作品，尤其是章回小说，是长于预叙的。尤其是与西方文学做比较。西方也并非没有"预叙"，比如说莎士比亚的戏剧《麦克白》，写一个巫婆预言，森林移动，爱丁堡城就会陷落。后来敌军埋伏在城外，头上用树枝伪装，结果森林就移动了，爱丁堡城就被攻陷了。这么一种"预言叙事"的写法，在西方是一种变体，作为优势常规的写法，是倒叙。

东西方叙事方法之间，不排除同中有异，异中有同，你中有我，我中有你，但是各有强势，深刻地影响着相互间叙事形态的不同。研究是从差异分析开始的。差异分析方法最好的例证，在于翻译。

文学翻译是中西文化直接碰头、直接对话、直接进行转换的一种形式，它强迫你进行不容回避的意义转换。清朝末年、民国初年有一个大翻译家，叫林琴南，翻译过180部长篇作品，影响了整整一代人。他翻译西方作品的时候，往往进行了时空模式的转换，比如说苏格兰历史传奇小说家司各特写过一部长篇小说叫作《艾凡赫》，艾凡赫是个人名。在清朝末年，如果直译过来，读者都会莫名其妙。林琴南妙笔一挥，把题目改了，改成《撒克逊劫后英雄略》，萨克逊是个种族，劫后是大劫之后，英雄们的传略。狄更斯有部自传体小说《大卫·科波菲尔》，书名是一个怪里怪气的外国人名，是很难被清末民初的读者接受的，没有人晓得大卫·科波菲尔是何方神圣。林琴南就把书名改成《块肉余生述》，从母体掉下来的一块肉，九死余生后的自述。还有一部《堂·吉诃德》，在晚清如果直接翻译的话，很是莫名其妙，我们不能将现在习惯了的做法，用在晚清刚刚接触西方文化的时候。林琴南就翻译成了《魔侠传》，一个走火入魔的侠客的传记。把西方世界对小时空的第一关注点，比如说一个具体的人名，翻译成一种大时空的有伦理价值判断的书名，林琴南从自己的文化经验中，已经感觉到中西文化的时空观念的巨大差异了。

这种文化差异性的兑换，至今还在澳门、香港、台湾、大陆以各种方式延续着。比如一部美国小说改编成的电影《飘》，就翻译成《乱世佳人》，把一种捉摸不透的身世漂泊感，转换成大时空的伦理框架的表达。如果电影名字翻译成《飘》，票房价值是不会"飘"到你的口袋里的。现在我们澳、港、台的外来影片，大陆的外来影片多是采取这种翻译方式，这种翻译实际上是东西文化第一关注点的差异所致。所以时空观念的差异，实实在在地影响整个叙事的第一关注和关注以后的整个操作过程。只要我们留心对比观察，是可以发现"滔滔者天下皆是"的。

五、叙事视角

讲了叙事结构、叙事时间之后，接下来讲"叙事视角"，这也是叙事学里很重要的牵一发而动全身的问题。作者在叙事作品中，使用什么样的角度去看世界，牵涉到他与世界结合的方向、方式和介入的程度。这在叙事文学中是一只兴致勃勃、无所不窥的眼睛。

我们先从比较常见的视角误区讲起。关于视角问题，西方有这么一个说法：古典小说的视角是全知全能的，现代文学开始出现"限知的视角"。这种说法，在我们国内新潮的学术界也很流行。但是我们应该看到，中西方的智慧是可以相通的，但是在什么时间、在什么场合、以什么方式去表达类似的智慧，却往往出现"君住江之头，我住江之尾"的情形，虽然"同饮一江水"，但水质的清浊、味道是很不一样的。古典小说的视角像上帝一样是全知全能的，如果将这种说法，拿来硬套在中国几千年的叙事作品中，很可能把作品中最值得关注、最值得体验的精彩之处套没了。因为中国没有全知全能的上帝耶和华，却有采集逸闻的稗官和登台说书的柳敬亭，他们的表达方式和智慧形态，怎么能是一模一样的呢？

我们不妨将时间距离拉远一些。中国小说的起源是非常漫长的，根据我的研究，"中国小说发端于战国"。我们在二千几百年前，就开始有小说了，《山海经》《穆天子传》都可以列入这个范围。到了魏晋时期，小说跟当时的社会动乱、宗教思想发生关系。同时，我觉得跟当时的士族有关系，北方的胡人进来之后，大批衣冠士族渡过长江，到了原来的百越、南蛮之地，对南中国的经济和文化进行开发。南方少数民族对中国原始文化的保存，贡献巨大。正如战国的《楚辞》，开发了楚国的神话和巫歌；汉魏六朝的志怪，开发了南方少数民族的神话和巫风传说。盘古神话，为何是三国吴人徐整、南朝梁人任昉最早记录的呢？因为他们是到了南方的士人，对南方少数民族的神话产生惊奇感。至今南方的瑶族、畲族、壮族、苗族，还广泛流传着盘古（或盘瓠）开天辟地的创世神话和族源神话。人性总是好奇的，原始思维的遗存，巫风强盛，神话怪异就成了小说的热门题材。

志怪小说的发达出现了一个问题：凡是人和神之间的恋爱，如果这个神是男的，是个野兽，是天象（彩虹之类），女方是人间的女子，这样的作品就带有神话性；如果男方是人间的男子，女方是个仙女、狐狸精，或者女鬼之类的，这样的作品就带有仙话性。神话和仙话就是角色一变，注入了不同的文化内涵。野兽和人间的女儿结婚，这是人间伦理难以承担的，带有原始崇拜的强悍的力度。男方如果是人间的男子，跟女鬼或狐狸精恋爱，这是人在文明社会中情欲被礼制压抑，在一种幻想状态中求得发泄和补偿，所以角色的变化决定了他的文体类型的变化。

比如说，晋朝干宝的《搜神记》里面，有一篇"蚕马"故事[1]。这个故事不被人注意，我用50万字选编中国从古到今的小说集的时候，把这个故事放在第一篇。蚕马故事说，非常非常古老的时候，有一户人家，父亲到边疆去打仗，女儿留在家中很寂寞，很苦闷，很孤独，有一天就唠唠叨叨，在家里的一匹公马面前说，谁要把我父亲接回来，我就嫁给他。公马一听这个事情之后，就发了性子，挣断缰绳，跑到战场上去，在战场上折腾，父亲就想这匹马是怎么回事，是不是家里发生了什么事情？就骑着马回家了。回来之后，这匹马就不吃不睡，等着成其好事。父亲感到很奇怪，就问他的女儿，女儿就讲了事情的前因后果。父亲一听，觉得此事非同小可，有辱家声，就埋伏弓箭手把这匹马射死了，把马皮剥下来，晾在外面。这个姑娘还在豆蔻年华，在院子里蹦蹦跳跳玩耍，用脚去踹那张马皮，还说你这个畜生，还想和人间女儿结婚，你这不是自找死亡吗？癞蛤蟆想吃天鹅肉。她正玩得高兴的时候，这张马皮呼

[1] 《搜神记》卷十四，中华书局1979年版，第172—173页。

啦一声立起来了，把姑娘包起来，一股劲狂奔出几十里地，在一棵巨大的桑树上，化成一条其大无比的蚕。这是我们古老的蚕神崇拜的故事。

也许我们的祖先，看到蚕的样子，像马的脑袋，加上少女的身子，所以就想出这么一个故事。但是我们看，这里充满着一种原始的、野蛮的神奇力量。第一，承诺就是命运，你说了，就要用生命作为代价去偿还。第二，两种物种还可以组合成第三种物种，这是古老神话中的"基因工程"。人类创世纪那种神秘的力量还存在，所以这是神话，是蚕神崇拜的神话，其中蕴含的伦理道德是人间社会难以承担的，必须超越人类社会的成规才可以想象。

另外一个故事，出自据说是陶渊明写的《搜神后记》。里面有一个田螺姑娘的故事：有一个农家子弟叫作谢端，自小失去父母，靠邻居来抚养，后来独立生活，生活很辛苦，每天下地干活。有一天，他在田埂上捡到一个大白螺，拿回来放在水缸里养着。后来有一次下地回来，发现有人给他烧好水，做好饭。他想可能是邻居帮忙，就去感谢邻居，邻居说没有这回事。他就感到很疑惑，过了几天还是有人给他烧水，做饭。他又去感谢邻居，邻居说：你这个家伙，娶了媳妇关在家里，还不告诉我们，意思是不给我们喜糖吃。于是，谢端就来了一个鸡鸣下地，日出回来，从篱笆往里看，果然从水缸里面出来一个漂亮女子下厨房。他急忙冲进去，挡住她的回路。这女子告诉谢端：我是天上的银河中的仙女，上帝看你这么辛苦，派我下来帮你忙，现在被你发现了，我只好走了；我留下的这个螺壳，用它来舀米就吃不完。之后一阵风就消失了。这个完全是在小农经济社会中的一个白日梦，想得多美，自己下地，不要钱还有一个漂亮的姑娘给他烧水做饭，粮食还吃不完。这是贫困状态中的一个白日梦。中国人向往安居乐业，那么中国人又如何理解安居乐业呢？"安"字是屋顶底下坐着一个女人，从甲骨文到现在，千古未变，只要屋里有个女人操持家务，就是一个安乐窝了。

　　我们再深想一层，"田螺姑娘故事"的叙事视角，是全知全能的吗？谢端不知道的事情，也不让你知道，硬是要遮遮掩掩，挡住你的眼光，"犹抱琵琶半遮面"。中国古代志怪小说凡是写得好的，写得完整的，都是"限知"的。妖怪刚出来时，不会让你知道她是妖怪，可能让你觉得是个仙女，是个大家闺秀、风流荡妇之类。在遮挡你的视线时，不断地一点一点地透露一些奇异的信息，让你疑疑惑惑，吊着你的胃口，在完成你的好奇心的同时完成他的叙事过程。当你知道她是妖怪了，当整个故事真相大白了，视角全部打开之后，故事也就完了。《聊斋志异》写牡丹精的《葛巾》，也是采用这种限知视角的写法，限制你的视线时，不时散发出牡丹的满室香气；打听清楚她是"曹国夫人之女"的身世，知道了她是牡丹精，她爆出一阵浓烟就走人。所以志怪小说写得好的，都是采用限知视角。我的这种见解写成文章发表之后，包括海外的汉学家，看过我书的，似乎就不再简单地说"古典小说的视角是全知全能"。实际上，中国古代的小说智慧，尤其是文人小说的智慧，是非常丰富的，文人游戏笔墨，往往追求涉笔成趣，谁能设想他会把什么花招用在小说中？要了解叙事视角方式的丰富性，就应该用现代意识好好地读丰富多彩的笔记小说，里面包含的智慧恐怕在西方叙事理论中还渺然未见踪影。

　　我曾经写过一篇论文，讨论纪晓岚的《阅微草堂笔记》，发现其中存在着"元小说"（台湾翻译成"后设小说"），就是在虚构的外面谈虚构的一种小说方式。这在西方是被视为时髦的理论发现的，但是在中国清代，甚至早得多的宋代，这种"元小说"方式已经存在一千年了。纪晓岚既然反对《聊斋志异》的虚构性，但他又在自己的笔记中写狐狸精、写鬼怪故事，这就造成"站在虚构之外谈虚构"的立场，一种不折不扣的"元小说"立场。他不是把小说幻想看成一个完整的世界，而是把小说世界变成一个写作的过程。比如，他写了这么一个故事：有一个流浪的乞丐，临死时将小女儿卖给纪晓岚的祖母当养女，取名"连贵"。连贵只记得家在山东，门口有个驿站，离这里有一个多月的路程。自称许给对门的胡家，胡家也出外讨饭了。十几年后，连贵配给纪府的马夫刘登，刘登自称原姓胡，家在山东驿站之旁，离这里一个多月的路程，听说小时父母为他订过婚。这实在是一个破镜重圆的好素材，但作者没有把它编成传奇，反而让亲友发表一些反传奇的议论。作者的叔父说："可惜连贵蠢得像一头猪，只知道吃饱了睡觉。不然，此事稍加点缀，就可以写入传奇。"作者又让朋友与叔父争辩说："历史传记都免不了添枝加叶，何况是传奇呢？明朝有一部传奇，写一个佳人美如天仙。某某的祖父见过这个女子，矮胖矮胖的，寻常女子而已。连贵虽是粗人，假如有好事者为她填词作曲，将来在洞房花烛的红地毯上，她又何尝不是千娇百媚呢？"[1]作者完全站在虚构之外谈虚构，站在传奇之外谈传奇，这是元小说的典型写法。如果有心去分析《聊斋》，可能会发现，它还有一种"反元小说"，站在虚构的深处，反口调侃、嘲讽现实中人物的毛病和嗜好，作为朋友间饮酒谈笑的材料。从六朝志怪，到宋朝洪迈的《夷坚志》，到清代的《聊斋志异》《阅微草堂笔记》，写作态度五花八门，感受世界的方式千姿百态，千古文人游戏笔墨，叙事的角度往往花样翻新。游戏到了极致，游戏出一部《西游记》，孙悟空上天入地，一个筋斗十万八千里。这里面的智慧宝藏金光闪闪，只要用心发掘，所发现的叙事原理，并不是西方现成的叙事理论能够囊括无余的。

就连第一人称的小说，在中国也是古已有之，并不是到近代才有。四五百年前的明代，有一部叫作《痴婆子传》[2]的小说，就是用第一人称的口吻写成的一个愚昧的老太婆的传记。她自述"性感受"的经历，从小给表哥弄破了童贞之后，跟一系列的男人发生千

---

[1]《阅微草堂笔记》，上海古籍出版社1980年版，第179—180页。

[2] [明] 芙蓉主人辑：《痴婆子传》二卷，清乾隆甲申（1764）年版。

奇百怪的性关系，大胆吐露着微妙的生理和心理的感觉。这个作品是男人写的，还是女人写的？恐怕是男人写的，男人在体验女人的性心理。也有男人自述夫妻恩爱情感的作品，这就是清朝沈复于嘉庆十三年（1808）用第一人称写的《浮生六记》。[1] 今存四卷：《闺房记乐》《闲情记趣》《坎坷记愁》《浪游记快》。所谓"浮生"，典故来自李白的文章《春夜宴从弟桃李园序》："夫天地者，万物之逆旅也；光阴者，百代之过客也。而浮生若梦，为欢几何？"作品以第一人称（余）的"内视角"和真挚亲切的语调，将夫妻间至诚至纯的爱怜和风雅有趣的闺房之乐，娓娓道来，展示一种平等人格和文化人生的魅力，使礼教生活的呆板乏味，简直形同"土狗"。

在文人自传性作品寻味着内视角的时候，说书人则张扬着一种外向的流动视角。中国叙事作品的视角，不能简单地用外来理论硬套，就是由于它另有自己的发生学、审美学和接受学。说书人的视角是不能简单地用"全知全能"加以概括的，没有一个中国说书人会以上帝自居，他往往以博闻广记的朋友身份，跟听众交流着往事奇闻，拍案惊奇。

说书人的"流动视角"，可以称作"角色视角"。说书人引导着听众东看西看，他自己却在绘声绘色地充当被说的人物。"说者成为被说者"，这就是他们追求的至高境界。我们了解一下明末清初著名的说书人柳敬亭的说书艺术，他主张说书时忘掉自己，达到"我即成古，笑啼皆一"的境界，使说书人和被说的古人融为一体。张岱《陶庵梦忆》卷五有一篇《柳敬亭说书》："余听其说'景阳冈武松打虎'白文，与本传大异。其描写刻画，微入毫发，然又找截干净，并不唠叨勃夫，声如巨钟，说至筋节出，叱咤叫喊，汹汹崩屋。武松到酒店，店内无人，謷然一吼，店内空缸空甓，皆瓮瓮有声，闲中着色，细微至此。"说书人有这个本事，说宋江，他就是

---

[1]　沈复：《浮生六记》，人民文学出版社1980年版。

宋江，说武松，他就是武松，说李逵，他就是李逵。说书人必须在说的时候带有表演的性质，口到、手到、眼到、神到，融合在角色之中，尽情地表述，在视角的分离和重构中来完成自己的视角的分分合合。角色视角在流动的过程中，完成着每个人物的叱咤风云、悲欢离合、升降浮沉等等人生轨迹，由此集合众多的角色视角和流动的视角从而完成整体性的全知视角。

不妨举一个大家熟悉的《水浒传》中"武松醉打蒋门神"的例子。[1] 武松杀嫂，被发配到孟州府之后，施恩把他伤养好，试验了一下武松的神力又恢复如初了，就和他讲，蒋门神如何霸占他的快活林，如何打坏他的胳膊，要武松去帮他报仇。武松定了一个口头协议，叫作"无三不过望"，每过一个酒家都要喝三碗酒才走。施恩答应了，派人挑着一担酒，就跟着武松，过一个酒望子，就喝三碗酒，待过了十几个酒望子，武松也喝四五十碗酒了。当然可能当时酒的发酵技术不够精良，酒精浓度有限。施恩看武松时，还不十分醉。评点家金圣叹在这个地方加上了一个评点：不是武松的脸上无酒，而是施恩的心中有事。施恩怕武松醉了，不但搭上武松，连自己的另外一条胳膊也要搭上。

接下来的视角，完全是武松的视角，说书人采取和武松重叠的视角，带着我们进入快活林地界。远远地看去，有一处森林子，继续往前走，看到一棵大槐树下，躺着一个大胖汉，武松想，这可能就是蒋门神。然后继续走，看到一片绿栏杆，挑着一个酒望子，写着四个字："河阳风月"，孟州府在黄河北岸，因此叫作"河阳"。接着往前走，看见酒店门口一副对联："醉里乾坤大，壶中日月长。"完全采用武松的视角，武松看不到的我们也看不到，武松猜不出的，我们也猜不出。不像雨果写《巴黎圣母院》那样，跳离人物去说巴黎圣母院的建筑结构和历史沿革，写了一百页，王瑶先生说北京大

---

[1] 《水浒传会评本》第二十八回，北京大学出版社1987年版，第539—551页。

学图书馆里的《巴黎圣母院》，后面都翻烂了，就前面这一百多页还像新的一样。中国人的阅读习惯和西方人不一样，因为没有故事，离开人物去讲凝固的事物，引不起阅读兴趣。中国说书人的视觉，是说书人安在人物身上，让人物来带着视角走。

武松看到对联之后，就进了酒店，看见一个白案和一个红案，白案卖馒头，红案卖肉。再进去之后有三个伙计，有三个酒缸，看见一个漂亮的女子，她可能就是蒋门神的妾。这就是武松的视角，而不是李逵的视角，视角被人物染上了色彩，它不是透明的中性。试想一想，要是进来的是李逵，哪能看见这些东西？板斧一挥什么也就完了。武松粗中有细，要看准情形之后才开始打斗。他上前疯疯癫癫地调戏这个老板娘，要她当"三陪小姐"，问她姓蒋，不姓张、不姓李，惹老板娘发怒了，然后开打。将武松进入快活林的过程如此写来，是全知全能的视角吗？说书人（作者）带着听众（读者）和武松一道，沿路看来，武松看到的，我们也看到；武松忽略的，我们也忽略，这是以角色为中心的流动视角。古代章回小说沿用说书人叙事角度和方式，带有勾栏瓦舍走向案头的特殊的叙述情境的规矩和趣味，这种创造恐怕不是西方对叙事视角的认知所能概括。中国的叙事学理论，应该尊重本土经验的原创性。

六、用自己的眼光，读出自己，读出文化，读出历史

真正会读书的人，不愿被重重叠叠的外来概念迷住眼睛，因为他直接面对生命，尊重自己阅读的第一印象。当年文学研究所所长何其芳先生说："读书要重视自己的第一印象"，因为第一印象可能包含着许多直觉的原创性萌芽，至少是本色性的思维的萌芽。

最后，要综合地讲一讲叙事结构、时间和视角的相互渗透、相互融合的问题。叙事学跨越而推动自身理论抽象化和普遍性，但是

中国古代的一些文体存在，本来就不是绝然分家的。我们凭着一部《史记》，就认定司马迁既是伟大的历史学家，又是杰出的文学家。这部史书对小说的史笔和诗性，影响极深，证明历史、小说与诗，作为人类智慧共同体的各个分体，分中有合，可以相互融贯。

名列"二十四史"之首的《史记》，写得最精彩的是哪一篇？是《项羽本纪》。不妨把《项羽本纪》的结构、时间、视角的叙事策略分析一下。全篇总共一万字左右，开头以两千字来叙述项羽的家世、他早年和叔叔的一些经历，是项羽和他的叔叔项梁的合传。溯本求源是中国历史的基本写法，也是中国人的基本思维方式。溯本求源的特点，就是敞开大时空。《离骚》的第一句："帝高阳之苗裔兮，朕皇考曰伯庸。"就远远地从屈原自己的祖先讲起，探究着"我从何而来"。以往的历史传记要讲一个大人物的身世，往往攀援历史上的名人，比如说曹操是西汉相国曹参的后代，孙权是军事家孙武的后代，刘备大家都知道是中山靖王刘胜之后。

《项羽本纪》在溯本求源之余，竟然追溯到项羽的心灵源头，其中有两个故事给人留下难忘的印象：项羽学书不成，去学剑，学剑又不成，项梁说真没出息，项羽说学剑只是一人敌，他要学"万人敌"，就去学兵法。第二个故事，项羽跟项梁避难于浙江，看到秦始皇的仪仗队，浩浩荡荡过钱塘江，他说："彼可取而代之也。"吐露了他的"霸王之气"。中国文章讲究以气为主，用气来贯通，整篇《项羽本纪》就是用"霸王之气"加以贯通。"霸王之气"对中国人的心理结构或民族性格影响之深，不可忽视。这是一种天不怕地不怕，不怕鬼不怕神，敢做、敢为、敢造反的气势，同时也是一种破坏性，尤其是对文明和文化的破坏性。

项羽打进关中后，要回家乡彭城当霸王，就洗劫和火烧咸阳。中国现存的文物，经过历次改朝换代的洗劫和火烧，洛阳、长安的地上古建筑几乎荡然无存。但是在山西，元以前的地上文物75%以上，在一个易守难攻的地方，土霸王留着供自己享用。山西在中国的政治史上有很独特的作用，它离长安、洛阳、北京相当近，但是你打它，打不着，以过去的冷兵器，很难打进去。霸王竟然在进军咸阳的途中，一个晚上杀掉了20万投降的秦兵。当然，这个事情有点令人怀疑，现在有了机关枪，要一个晚上杀掉20万人都很难，两千年前要一个晚上埋掉20万人，好像太过夸张。但是这种杀红了眼的破坏性，这种横冲直撞的霸王气，实际上对文明的摧毁破坏，令人惊心动魄。本纪开头两千字写了霸王的家世和精神的源头。

接下来是全篇的主体，它以极强的跳跃性和弹性，操纵着叙事时间的速度。用6000字，实际上讲了项羽的三个故事：第一个故事"巨鹿之战"，项羽率师北上，在河北的巨鹿与秦军的主力对垒。各路诸侯胆怯不敢向前，项羽却破釜沉舟，带着军队强攻进去，把秦军的主力打垮，从而奠定了他的霸王地位。这个是项羽一生最辉煌的战功。第二个故事是"鸿门宴"，刘邦先进关中，项羽后到，恃强凌弱，范增计谋叵测，要除掉刘邦。鸿门宴上刀光剑影，最后项羽犹豫不决使刘邦借机逃回自己的军营，这成了项羽命运的转折点。第三个故事就是"垓下之围"和"乌江自刎"，刘邦、韩信会师于安徽省北部的垓下，把项羽围困起来，四面楚歌，项羽后来突围到长江边上的乌江（在今安徽和县），自杀。

这三个故事，写了6000多字。实际上项羽从24岁起兵到31岁自刎，我们可不能给京剧里面的大胡子给蒙了，他其实还是一个小伙子，31岁霸王别姬之后就离别人世。在这八年中，三个故事所占的时间，加起来也就一个多月，这是非常讲究的叙事时间速度的处理。巨鹿之战十几天，鸿门宴一天，垓下之围，也就十几天，加起来一个多月。就是说八年当中，六千字聚焦在一个多月的关键事件里，可见时间的操作在司马迁那里运用得何等得心应手。现在来了一个问题，垓下之围和乌江自刎是历史存在，《史记》是一部"信史"，真实性不容怀疑。但是"垓下之围"，项羽听闻四面楚歌，感到唱楚歌的人这么多，可能楚地都给刘邦占领了，于是精神崩溃，悲观至极。不过英雄的精神崩溃，也崩溃得有声有色。项羽、虞姬在中军帐里喝酒歌舞，唱《垓下歌》："力拔山兮气盖世，时不利兮骓不逝"[1]，一曲悲歌，在历史长空中千古震荡。问题是，谁听到和记录下来这首《垓下歌》？在项羽中军帐的人，项羽自杀了，虞姬自杀了，江东八百弟子全部阵亡了。难道是刘邦派了探子潜伏在帐中偷听来的吗？难道是安了窃听器吗？也许是太史公好奇，采访垓下古战场的时候，当地的父老讲了这么一个故事，唱了这么一首歌。太史公把这个口传故事写进了历史，这里带有口头传说的成分，带有民间文学的特征。然而，两千年来中国人就相信了从茫茫原野传来的这一声历史的夹杂着呐喊音符的呻吟。没有霸王别姬这一幕，好像项羽英雄悲剧这个圆，就没有画圆。大家想一想，最好的史书的最好一篇的最好章节，一种神来之笔，竟然带有民间传说的成分。这样讲，似乎对我们伟大的历史家有点不敬，但是要强调的是，这里的历史大框架是真实的，只是具体的细节或有点染缘饰。这种点染缘饰并非官方伪造，而是来自民间，氤氲着沉郁的民气。

虽然一再强调叙事学的一项本事是跨越文体，但各种文体依然有其特殊之处，而不能轻易跨越的。上面讲的垓下悲歌从何而来，实际上就涉及历史实录的视角和小说虚构的视角，自有区别，轻易跨越也会令人陡生疑窦的。先秦时期有一部国别史叫《国语》，里面有一段写的是晋献公消灭了骊国之后，把骊姬也当成了自己的妻子，骊姬生了一个儿子叫奚齐，想把自己的儿子立为太子，就向晋献公告"枕头状"。骊姬夜里睡觉的时候，在枕头旁边告状，说太子申生如何不好，如何收买人心，如何想下毒药，重耳也不行，重耳就是后来的晋文公。这个"枕头状"的关节，在《国语》文言文本中，现在的标准本竟然有五六页之多。根据西汉初年的《孔丛子》的记载，秦朝末年的起义者陈胜读到《国语》这个"枕头状"事件，

---

[1] 《史记·项羽本纪》，第333页。

产生了怀疑，认为"骊姬夜泣"谁听见的？此为好事者所为，人间的夫妇夜里"处幽室之中"说了什么，人们都不知道他们的隐私，一国之君夜里说什么，你怎么知道呢？有一个儒家的博士官就跟他解释，过去史官有国史和女史，国史记录朝廷中的事，女史记录国君夫妇的"床笫之私，房中之事"，[1]这件事情是可能的吗？如果一国之君，两口子在屋子里睡觉，有个史官拿着一个本子，拿着笔站在你的床头，你说一句，他就记录一句，当这样的国君毫无隐私，也太累、太没味道了，因此这种描述乃是所谓推测之辞。

这就是说，小说文体与历史文体的叙事角度，既相通，又相别。正如金圣叹所说，小说因文生情，历史因情生文。在虚实关系上，小说以虚制实，历史以实制虚。我们读书的时候，要用自己的眼光，读出自己，要读出文化，要读出历史。其中带根本性的是"读出自己"，把文本的智慧化成你的血肉。中国作家写作的时候，常常对外国的智慧借鉴得较多，在全球化的过程中，是不可避免的。陌生的智慧，最能刺激思想的活性。但是不能邯郸学步，那样是永远学不过邯郸人的。必须要把东方文明在世界上第一流的文化经验、文化智慧，加以现代性的体验、解释和消化，把它转变和点化成现代智慧的一部分，进而使我们的优势融合西方的新鲜，这样才可能使我们的文化，出现一种不是看人家的脸色和人家的风潮来走路的大国气象和盛世景象。

1995年5月讲演记录稿

2011年10月26日在澳门大学整理重讲

---

[1] 《孔丛子校释》卷六，中华书局2011年版，第433页。

文学地理学的本质、内涵与方法

一、使文学接上"地气"

好端端的文学研究，为何要使它与地理结缘呢？说到底就是为了使文学研究"接上地气"，通过研究文学发生发展的地理空间、区域景观、环境系统，给文学这片树林，或者其中的特别树种的土壤状况、气候条件、水肥供给、种子来源，以一个扎实、深厚、富有生命感的说明。

"地气"一词，是中国人文地理学上的关键词。这是由于气论思维触及中国哲学基本问题的诠释框架，既可以在《庄子·知北游》中听到"通天下一气耳！圣人故贵一"[1]的声音，又可以在《孟子·公孙丑上》中领略到"夫志，气之帅也；气，体之充也。……我善养吾浩然之气……其为气也，至大至刚，以直养而无害，则塞于天地之间"[2]的阐释。

---

[1]《庄子·知北游》，《庄子集解》卷六，中华书局1987年版，第186页。

[2]《孟子·公孙丑上》，《四书章句集注》，中华书局1983年版，第230—231页。

当这种充塞和贯通于天地之间的"气",生于地,感于人,染于万物之时,它就为文学接上"地气"提供了密如蛛网的通道。

历史上有一个著名的"橘化为枳"的典故,最初提出"地气"一词。如《周礼·考工记》总序说:"天有时,地有气,材有美,工有巧,合此四者,然后可以为良。材美工巧,然而不良,则不时,不得地气也。……橘逾淮而北为枳……此地气然也;郑之刀,宋之斤,鲁之削,吴粤之剑,迁乎其地而弗能为良,地气然也。"[1] "地气"由此成为古代经籍中,论述地理环境对物产、生物影响的非常重要的概念。汉代郑玄则将这个概念引导到"民性"的领域,进入了人文地理的范畴。他认为:"五方之民性不可推移,地气使之然也。"[2]而春秋时期齐国贤相晏婴则将"橘化为枳"的故事变得家喻户晓,晏子对楚王曰:"婴闻之,橘生淮南则为橘,生于淮北则为枳,叶徒相似,其实味不同,所以然者何?水土异也。"他强调的是"水土异",产生了"橘甘枳酸"的果品变异,并且进一步引导到人文领域,调侃楚王:"今民生长于齐不盗,入楚则盗,得无楚之水土,使民善盗耶?"[3] 他在外交辞令中,巧妙地运用了自然地理的知识。

中国古人凭着经验和智慧,发现人类居住的地球表层的山川水土的差异,影响了生物存在和器物制造的品质,又体验到山川水土上氤氲着一种"气",与人类呼吸相通,生命相依。地理环境以独特的地形、水文、植被、禽兽种类,影响了人们的宇宙认知、审美想象和风俗信仰,赋予不同山川水土上人们不同的禀性。这就是为何《管子·水地篇》说:"地者,万物之本原,诸生之根菀也,美恶、贤不肖、愚俊之所生也。"[4] 为何《礼记·王制篇》说:"凡居民材,必因天地寒暖燥湿,广谷大川异制。民生其间异俗。刚柔轻重

---

[1] 《周礼·考工记》,《十三经注疏》,中华书局1980年版,第906页。

[2] [明]邱濬:《大学衍义补》卷一百四十五引郑玄语,四库全书本。

[3] 《晏子春秋·内篇杂下》。

[4] 《管子·水地篇》。

迟速异齐，五味异和，器械异制，衣服异宜。……中国戎夷，五方之民，皆有性也，不可推移。东方曰夷，被发文皮，有不火食者矣。南方曰蛮，雕题交趾，有不火食者矣。西方曰戎，被发衣皮，有不粒食者矣。北方曰狄，衣羽毛穴居，有不粒食者矣。"这里的区域性人文事项的差异，已经拓展到周边少数民族。郑玄注其首句曰："使其材艺，堪地气也。"[1] 早期人类的生产生活方式，受地理环境制约较多；又以为"万物皆灵"，崇拜自然物象，特殊地域的万有物象就在冥冥中嵌入其心灵深处，形成原始信仰，并携带原始信仰这份文化行李，习惯成自然地走向文明。水乡居民擅长龙舟竞渡，草原民族喜好驰马射雕，莫不如此。这自然也渗透到他们的审美体验和文学创造之中，这也就是"地气"连着"人气"。

有鉴于此，经过长期研究实践的选择，本人在2001年就提出"重绘中国文学地图"的命题。把文学地理学引入研究的前沿，成了我近年研究的一个中心课题。如今已有不少同道，将人文地理学跟文学和文学研究结缘。推动文学地理学的研究，成了近年学术研究进展上一个有重要开拓价值的领域。因此，有必要深入文学地理学学理探讨，接通地气，深入脉络，以阐明文学生成的原因、文化特质、发展轨迹，及其传播交融的过程和人文地理空间的关系。

二、在三维耦合中回归文学生命意义现场

中国人最早发明"地理"一词，是二千年前的《周易·系辞上》："《易》与天地准，弥纶天地之道。仰以观于天文，俯以察于地理。"孔颖达疏："地有山川原隰，各有条理，故称理也。"[2] 这就是"地理"一词的起源，它是与"天文"相耦合的。"上知天文，下知地理"，

---

[1] 《礼记·王制篇》，《十三经注疏》，第1338页。

[2] 《周易正义》卷七，《十三经注疏》，中华书局1980年版，第77页。

是中国人形容的大智慧，也就是《周易·系辞》所讲的弥缝补合、经纶牵引天地之道。而蕴含着文学的"人文"，最早则出现在《周易·贲卦》的"彖辞"："刚柔交错，天文也。文明以止，人文也。观乎天文，以察时变；观乎人文，以化成天下。"[1] 这里的人文，也是与天文相耦合。我们研究文学地理学，就是要实行"第三维耦合"，即地理与人文的耦合。耦合，本来是物理学上的术语，指两个或两个以上的体系或两种运动形式间，通过相互作用而彼此影响，以至于联合起来的现象。第三维耦合的意义，是使人文之化成、文学之审美，与地理元素互动、互补、互释，从而使精神的成果落到人类活动的大地上。"文明以止"的"止"字，在甲骨文中是脚印状，脚踏实地，才有文明的居止处。唯有落地，才能生根。天文和地理的第一维耦合，与天文和人文的第二维耦合，形成一个支架，尖角指向苍天；人文与地理的第三维耦合，则是这个支架的底盘，落实在地，共同形成了三维耦合的等边三角形。

首先，我们应该认识到，地理是人类生存活动的一个场所，地理如果没有人就没有精神，人如果没有地理就没有人立足的根基。人们追求"诗意栖居"，"诗意"属于人文，"栖居"联系着地理。中国是一个诗的国度，又拥有广阔的幅员，在人文地理学的研究资源上得天独厚。但是以往的一些研究不太注意这个思想维度，甚至忘记这个思想维度，总喜欢从一些空幻的虚玄的概念出发，就像鲁迅所讽刺的那样"想用自己的手拔着头发要离开地球"[2]，离开发生在地球上的时代、社会、文化和人群。其实，讲文学地理学就是使我们确确实实地使文学回到自己生于斯长于斯的这块土地上，体验"这里"有别于"那里"的文化遗传和生存形态。人文地理学就是研究"这里"的人学。

---

[1] 《周易·贲卦》"彖辞"，《十三经注疏》，第37页。

[2] 鲁迅：《南腔北调集·论"第三种人"》，《鲁迅全集》第4卷，人民文学出版社1981年版，第440页。

时间和空间作为物质存在的方式，其基本特征表现为时间是在空间中展开和实现的。没有空间，时间的连续性就失去它丰富多彩的展示场所。只有地理的存在，才能提供广阔的空间来展开我们人生这本书的时间维度。探讨文学和地理关系，它的本质意义就在这个地方，就在于回到时间在空间中运行和展开的现场，关注人在地理空间中是怎么样以生存智慧和审美想象的方式来完成自己的生命的表达，物质的空间是怎么样转化为精神的空间。我讲重绘中国文学地图的时候，就说："我们要在过去的文学研究比较熟悉、比较习惯的时间这个维度上，增加或者强化空间的维度，这样必然引导出文学地理学的研究"。《论语·子罕篇》载："子在川上曰：逝者如斯夫，不舍昼夜！"夫子观水，将万事万物时间上的运化，蕴含在空间上昼夜奔泻的川流中，那一声智者的感叹，何其动人心弦。这就是人文蕴涵于地理，难怪朱熹为之发出如此一番感慨："天地之化，往者过，来者续，无一息之停，乃道体之本然也。然其可指而易见者，莫如川流。故于此发以示人，欲学者时时省察，而无毫发之间断也。"[1]

提到文学地理学的本质和历史渊源，就不能不思考人文地理是如何从自然地理中滋生出来的。可以随手拿出任何一首诗，来分析人文与地理的关系，尤其是那些感受纯真的天籁式的歌诗。有一首《敕勒歌》，是南北朝时期北方鲜卑族的民歌，北齐统帅高欢使斛律金用鲜卑语歌唱。[2]敕勒，是个原始游牧部落，又称赤勒、高车、狄历、铁勒、丁零（丁灵），在朔州（今山西省北部、内蒙古西南部）一带逐水草而居。他们唱出"敕勒川，阴山下"，这是自然地理；再唱"天似穹庐，笼盖四野"，就是人文地理的眼光看自然景观了。继续唱"天苍苍，野茫茫"，这是自然地理；再继续唱"风吹草低见

---

[1] 《论语集注》卷五，《四书章句集注》，中华书局1983年版，第113页。

[2] 《乐府诗集》第八十六卷，中华书局1979年版，第1212—1213页。

牛羊",这又是人文地理。地理给人类提供了一个广阔的空间,使人类能够反复地出入于自然和人文之间。离开自然,人类就会变成游魂;离开人文,人类就会变成野兽。自然和人文的融合,养育着人类,升华出人类肉体和精神。

地理学(Geography),在古希腊的词源就是"大地的描绘"的意思,包括描绘和分析发生在地球表面的自然生物和人文现象的空间变化,探讨它们重要的区域类型和相互关系。地理学分为自然地理、人文地理和区域地理三个分支。自然地理包括地貌、气候、水文和由此所引起的生态环境资源保护。这当然是文学描绘和吟唱的对象,比如中国魅力独具的山水田园诗。它在山光水色中,呼唤出山水之魂。跟文学关系更密切的两个分支就叫人文地理和区域地理。人文地理包括历史地理学、社会文化地理学、政治地理学、经济地理学、人口地理学和城市地理学,这些都从不同的角度设定了,至少是影响了人类的生存方式和思维方式。区域地理赋予文学以乡土的归属,比如世界上的大文化区、国家区域的划分、城市和农村的差异,这些组合都属于区域地理所要解决的问题。它使得特定区域的人们生活得像模像样、有滋有味,有许多家族的大树,有许多人伦的芳草。唐代杜佑《通典》卷一百七十一说:"凡言地理者多矣,在辨区域,征因革,知要害,察风土。"[1] 这是区域地理研究的起码内容。

由于人类生活在地理环境中,越来越丰富地出现和拥有了很多物质的和精神的、社会的和个人的、客观的和主观的因素,这些因素是千姿百态、错综复杂的,它们又相互作用,相互影响,相互制约,处在不断的发展和变化之中。西方地理学家曾经把位置、空间、界限,看作支配人类分布和迁移的三组地理因素。中国地理学家竺可桢也研究过"地理与文化"、"气候与人生"、"天时与战争"等命

---

[1] [唐]杜佑:《通典》卷一百七十一"州郡一",四库全书本。

题。一旦把人文综合于地理之间，它就成了复合的概念结构。研究文学的发生发展，从时间的维度，进入到具有多种多样因素的复合的地理空间维度，进行"再复合"的时候，就有可能回到生动活泼的具有立体感的现场。回到这种现场，赋予它多重生命意义，就可以发现文学在地理中运行的种种复杂的曲线和网络，以及它们的繁荣和衰落的命运。所以文学进入地理，实际上是文学进入到它的生命现场，进入了它意义的源泉。

三、"史干地支"的原生知识结构与诗学双源

那么中国人在几千年的历史中，是怎么样把握和认识人文地理的广阔空间，怎么样把握和认识这个生命的现场和意义的源泉呢？研究任何一门学问，都要从根本处入手。只有对文学与地理关系的历史轨迹，进行一番追本溯源，才可能达到《论语》所说"君子务本，本立而道生"的根本处。在中国，"地理"向来是经史子集四部中"史部"的分支，这种"以史为干，以地为支"的原生知识结构，使"中国地理学"带有浓郁的人文色彩。"言其地分"、"条其风俗"，成为地理学的基本思路，并将之与圣人的学统联系起来，有所谓"凡民函五常之性，而其刚柔缓急，音声不同，系水土之风气，故谓之风；好恶取舍，动静亡常，随君上之情欲，故谓之俗。孔子曰：移风易俗，莫善于乐。言圣王在上，统理人伦，必移其本，而易其末，此混同天下一之乎中和，然后王教成也。"[1] 剔除其间的圣王教化说教，可以看出其在知地理中强调"观风俗"，形成非常深厚的"风俗地理观"。

早期文献是史地纵横，文学蕴含于其间，而蕴含则是以"风俗"

---

[1] 《汉书·地理志》，中华书局1962年版，第1640页。

作为萃取剂的。众所周知，中国诗歌有两个源头，一个是《诗经》，一个是《楚辞》。《诗经》的搜集，《汉书·艺文志》根据刘歆《六艺略》，提出了"采诗说"："《书》曰：'诗言志，歌咏言。'故哀乐之心感，而歌咏之声发。诵其言谓之诗，咏其声谓之歌。故古有采诗之官，王者所以观风俗，知得失，自考正也。"[1] 这里也隐含着一个"风俗地理观"。如此采诗，自然采来了不少平民的，或泥土的声音。那么，朝廷乐师又是如何对之结构和编撰，最终经孔子删定呢？《诗经》分为三体：十五国风，大小雅，以及颂。这个顺序，就是由地理的民俗，通向士人阶层，通向朝廷的政教，一直通向宗庙的祭祀，穿越了原野、朝政、天国三界，而这一切是以地理作为基础的。十五国风开始于"周南"和"召南"，就周公、召公在汉水、汝水、长江流域一带，推行其政治教化，从现实的政治升平开始，然后再回到地理的方国。先回到卫国，卫、邶、鄘，这是过去殷商王朝的核心地带。然后回到洛水流域，它先从中原要害地方，商、周两朝最核心的地方开始十五国风，然后扩散到周围，扩散到郑、齐、魏、唐，唐就是晋，现在的太原一带；还有秦、陈，陈就是现在的河南淮阳、安徽亳州一带。从地理的核心转到周边，最后回归到豳（今陕西彬县），豳在岐山之北，是周人的祖先公刘崛起之地，所谓"笃公刘，于豳斯馆"，"于胥斯原，既庶既繁，既顺乃宣，而无永叹"，[2] 是周朝开国的地方。《诗经》的十五国风，隐藏着一种潜在的地理意识，由中心到边缘，由现实到历史，以旋涡式的地理运转脉络，总揽西周初期到春秋中期五百年之间中原诸国民间的吟唱，颇多"饥者歌其食，劳者歌其事"[3] 的人间声音。《诗经》的诗歌，跳动着二三千年前中国人的精神脉搏，其十五国风以螺旋式的地理结构，牵引着中国人文对中心与边缘、历史与现实的结构性想象和

---

[1] 《汉书·艺文志》，第1708页。

[2] 《诗经·大雅·公刘》，《十三经注疏》，第542—543页。

[3] 《春秋公羊传注疏》卷十六，《十三经注疏》，第2287页。

安排。

　　作为另外一个诗歌源头的《楚辞》，崛起在长江流域，楚人多才，奇思妙想，产生了屈原的《离骚》《九歌》这样的千古绝唱。它用楚国的语言，楚国的声韵，楚国的地名，楚国的名物，展开了富有神话色彩的想象，与天地鬼神进行令人心弦颤动的对话。《国语》卷十八《楚语下》记载楚国君臣对话，追溯巫风渊源，认为"古者民神不杂。民之精爽不携贰者，而又能齐肃衷正，其智能上下比义，其圣能光远宣朗，其明能光照之，其聪能月彻之，如是则明神降之，在男曰觋，在女曰巫。……九黎乱德，民神杂糅，不可方物。夫人作享，家为巫史……其后，三苗复九黎之德，尧复育重、黎之后，不忘旧者，使复典之。"[1]《汉书·地理志》也说："楚有江汉川泽山林之饶……信巫鬼，重淫祀。"[2] 楚国疆域，本是三苗迁移居住之地，这里的巫风祭祀歌舞，自然会刺激长期被流放的屈原，孕育着他神异奇诡的想象力。对此，一千年后的流放文人刘禹锡身临其地，犹有同感。《新唐书·刘禹锡传》说："禹锡贬连州刺史，未至，斥朗州司马。州接夜郎诸夷，风俗陋甚，家喜巫鬼，每祠，歌《竹枝》，鼓吹裴回，其声伧伫。禹锡谓屈原居沅、湘间作《九歌》，使楚人以迎送神，乃倚其声，作《竹枝辞》十余篇。于是武陵夷俚悉歌之。"[3] 清人舒位亲临其地，也作《黔苗竹枝词》一卷说："夫古者辀轩采风不遗于远，而刘梦得作《竹枝词》。武陵俚人歌之，传为绝调。"[4] 南楚夜郎之地，多民族聚居而巫风歌舞极盛，对于孕育疏野奇幻的歌诗的产生，长期存在着野性的活力。

　　因而《楚辞》旷世独步，与《诗经》双峰并峙，成为另一个独立的诗歌想象和语言表达的系统。中国文学是有福的，它开头的时候就和地理空间结下不解之缘，出现了代表着黄河文明和长江文明两个各具千秋的诗性智慧的系统，这样我们去采风、去发掘民间资源、发掘人文地理资源，以及展开我们的想象方式，就有了两个源头。"诗学双源"是中国文学的根本性特点，单源容易枯竭，双源竞相涌流，"双源性"赋予中国诗歌开放性的动力。这就是地理赋予文学生命现场和意义源泉，即地理造福于人文之所在。

四、经史、文史的耦合与神话的地理思维

双源的，或多源的地理空间，是一种开阖自如的空间。文学地理学既要敞开空间，拆解空间，又要组合空间，贯通空间。有分有合，在动态中分合，是空间不致于流为空洞，而充满生命元气的基本原则。考察其组合、贯通的形态，须从中国人的基本思维方式入手。中国人最发达的思维方式一个是诗，另外一个是史。诗中有史，史中有诗，形成整个民族文化的优势。比如清朝章学诚讲"六经皆史"。为何讲六经皆史？就是因为中国经典文化中有一个潜在的对话性结构，可以从历史记载中，提炼出治国平天下和修身养性的基本法则；又可以从治国平天下和修身养性的基本法则，认识历史发展的生命力。二者之间形成对话性的张力，"经"不做凭空说话，而是以"史"来说话，"经"与"史"共构了"文化的双源性"。在传统中国的经、史、子、集的原生知识结构中，经、史居于核心位置，有所谓"博通经史，学有渊源"，其中经是核心中的核心。清人皮锡瑞《经学通论·春秋》中的文化价值观是扬经抑史，他认为："经史体例，判然不同，经所以垂世立教，有一字褒贬之文；史止是据事直书，无特立褒贬之义……《左传》《国语》，则在经史之间……

经史之异，岂仅在一字一句间乎？"[1] 其实，由于"经"过分关注"一字褒贬"的微言大义，反不及"据事直书"的"史"更能接通"地气"，更能与地理结缘。

《国语》和《战国策》一类古史，记录东周时期各国的政治外交和士人的游说活动，都是以政治地理上的邦国（大者称邦，小者称国）作为编撰的框架。《国语》共二十一卷，依次是周语三卷、鲁语二卷、齐语一卷、晋语九卷、郑语一卷、楚语二卷、吴语一卷、越语二卷。编撰者虽然还尊重春秋时期尚未完全颠覆的尊卑亲疏、内中国而外蛮夷的次序，但晋国九卷远多于鲁国二卷，透露了鲁国重经而晋国重史的文化倾向。南方蛮夷之国分量不小，说明这些国家的霸主地位不容忽视，其中《越语》写范蠡崇尚阴柔、持盈定倾、功成身退，带有萌芽状态的黄老道家色彩。《战国策》也采取国别史体的结构方式，记载战国时期谋臣策士，主要是纵横家的政治主张和纵横捭阖的言行策略。全书三十三卷，依次"二主并立"的所谓"东周"、"西周"各一卷，秦策五卷，齐策六卷，楚策四卷，赵策四卷，魏策四卷，韩策三卷，燕策三卷，宋、卫二国合为一卷、中山国一卷。该书是西汉末年，刘向在秘府校录群书时，发现了六种纵横家书的抄本，于是"辨章文物，考镜源流"，修残补缺，疏通条理，依国别整理而成。战国之世，礼制荡然，如刘向《战国策·序》所说："万乘之国七，千乘之国五，敌侔争权，盖为战国。贪饕无耻，竞进无厌；国异政教，各自制断；上无天子，下无方伯；力功争强，胜者为右；兵革不休，诈伪并起。"[2] 因此除了开头两卷写东、西周，尚照顾共主之尊外，其余诸卷，都是以国力强弱为序。清初学者陆陇其曾著有《战国策去毒》二卷，在《自记》中称《战国策》"其文章之奇，足以悦人耳目，而其机变之巧，足以坏人心术，

---

[1] 皮锡瑞：《经学通论·春秋》。

[2] 刘向：《战国策·序》。

如厚味之中有大毒焉。"[1]《国语》《战国策》的分卷方式，标示着由春秋到战国的政治局面和礼制状态的变迁，而且由于此类简帛来路芜杂，反而透露了对春秋蛮夷霸主，以及对战国纵横家的略带异端的姿态。地理结构引导文化下行，使之接触更多的旷野气息。

然而，只有分别邦国的编撰体制还不够，还要有综合邦国为一体的编撰体制。所谓"地气"，既有一地之中，地与人的气息相通，又有此地与彼地之间，异地气息相通，才是中国人言"地气"的博大浑厚之处。提到综合邦国的编撰体制，首创者当是《春秋经》。我们说孔子修撰整理《春秋》，实际上文献记载孔子跟《春秋》的关系有五种说法，一种叫"制《春秋》"，制造的制；一个叫"作《春秋》"，写作的作；一个叫"次《春秋》"，次序的次；还有一个叫"治《春秋》"，治理的治，就是研究春秋；还有一个叫"成《春秋》"，成功的成。分别用制、作、次、治、成五个意义上略有差别的字，来讲孔子与《春秋》的关系。[2] 依次而治，乃疏通材料的脉络；制而作之，乃嵌入儒家的价值标准；在疏通和嵌入中，形成儒家的经典形态。这才有孔子所谓"知我者其唯《春秋》乎！罪我者其唯《春秋》乎！"[3] 的生命的期许，若非他呕心沥血的制作，何必将《春秋》与"知我罪我"相联系？当然，《春秋》是以鲁国《春秋》为基础，融合各国的史料而整理。依据史料记载的孔子和《春秋》的五种关系，无可怀疑孔子在整理《春秋》中投入珍贵的心血，甚至有"孔子作《春秋》，一万八千字，九月而书成，以授游、夏之徒，游、夏之徒不能改一字"[4] 的说法，强调是孔子独立撰述。

所以历史学家钱穆先生就认为，《春秋》出自孔子，自然没有

---

[1] [清]陆陇其:《战国策去毒·自记》，参看《四库全书总目提要》卷五十二"史部"八，四库全书本。

[2] 《春秋公羊传·隐公元年》唐徐彦疏用"制"字，《孟子·滕文公下》用"作"及"成"字，《史记·十二诸侯年表》用"次"字，《庄子·天运》用"治"字。

[3] 《孟子·滕文公下》，《四书章句集注》，第272页。

[4] 《春秋公羊传注疏》昭公十二年何休解诂引《春秋说》，《十三经注疏》，第2320页。

异议，他以史学方式展示"全体的人文学"。《春秋》的贡献是什么呢？第一它是历史编年之祖；第二它转官方史学为民间史学，开平民舆论的自由，孔子没有很高的贵族身份，是以平民舆论褒贬历史；第三是它有一种"大一统"的思想，虽然以鲁国历史为底子，但是包含了各个国家的国别史成为一种通史，主张联合华夏各个国家来抵抗外来的一些夷蛮，"内诸夏而外夷蛮"的大一统观念贯穿始终。[1]但是《春秋经》重微言大义而记事过简，检阅《论语》《礼记》《大戴礼记》《孔子家语》诸书，孔子与二三子论史，要从容有趣得多。因此宋朝王安石"黜《春秋》之书，不使列于学官，至戏目为'断烂朝报'。"[2] 毕竟它连通地气的笔墨较少。孔子整理《春秋》，出以布衣论史、追求大一统，已经具有编年史的意识，可以启发我们。讲人文地理的区域文化意识与民族国家统一的意识是相辅相成的，文化完整性是贯穿于区域文化的脉络。因此《春秋》三传中有一部《左传》，说是左丘明所著，分国别的《国语》说是《左传》的外传。这就形成了一根二株，枝叶婆娑的经史互动、互补、互粹的景观。

应该看到，中国人文思维在地理维度上的优势，具有极强的渗透性，令人颇有无所弗届之感。这种渗透性既弥漫于上面所述的经史耦合，又促成了神话与史地的耦合。神话思维本是天马行空，鲲鹏翱翔，无所拘束，但中国神话却沾泥带水，富有地理因缘。先秦出现的《山海经》，全书十八卷，约三万一千字，是记怪述异的鼻祖。太史公好奇，但在《史记·大宛列传》还说："《禹本纪》《山海经》所有怪物，余不敢言之"[3]。正史的"艺文志"或"经籍志"有时候把它列入地理书，有时候把它列入小说书，属于孔子"不语怪力乱神"的一个另类的精神空间。那么这本书采取什么编撰体例呢？它采取了南、西、北、东的地理方位顺序，先写《南山经》《西山经》

---

[1] 钱穆：《孔子与论语·孔学与经史之学》，九州出版社2011年版，第213—215页。

[2] 《宋史·王安石传》。

[3] 《史记·大宛列传》"太史公曰"，中华书局1959年版，第3179页。

《北山经》《东山经》《中山经》这些所谓"五藏山经",以南方居首,可能是古代楚人或巴蜀人所作。全书用山川的走向,陆地和海洋的分布来结构"山经"、"海经"、"大荒经"、"海内经",记载了五百多座山、三百条水及一百多个邦国(部落或部落联盟),展示奇奇怪怪的神人怪物二三百种,还有巫术神话的一些片断,反映了我们中国人的神话思维有异于西洋神话的"地理思维"。西方神话的主神高居天上,中国神话的众神,联系地理的脉络,是一种地理式的原始思维,附着于土地的神话思维。所以乡村有土地神,城市有城隍神,都是分布最广的掌管一方水土的神祇。中国的神话思维、历史思维和文学思维都渗透了地理因素,地理神经很发达。《尚书》中的《禹贡》,用一千一百九十三个字记载九州的山川物产,使中国地理观念和地理区域的形成,跟一个伟大的"中国故事"——大禹治水联系起来,所以篇名叫《禹贡》。刘向、刘歆父子整理《山海经》,认为它是大禹、伯益治理洪水时所记。刘歆《上山海经表》说:"已定《山海经》者,出于唐虞之际……禹别九州,任土作贡,而益等类物善恶,著《山海经》。"[1]《列子·汤问篇》则认为:"大禹行而见之,伯益知而名之,夷坚闻而志之。"[2]通过大禹治水的故事,古代中国将地理与神话紧紧地捆绑在一起。灾祸、疾病,冥冥之中,若有神鬼纠缠。战争、政变、结社,也要请来神鬼助阵。

幻想世界有神话的地理,现实世界有历史的地理,二者的耦合,颇有点类乎"太虚幻境"对应着"大观园",曹雪芹是很能把握中国人思维方式的玄机的。在历史地理上,首先应该提到班固著《汉书》,开辟了一个栏目叫作《地理志》,以后"二十四史"有十六部设立了《地理志》。宋以后,尤其是南宋以后,出现很多"地方志",地方的郡县之志。一直到民国近一千年,中国的"地方志"的数量,

---

[1] 刘歆:《上山海经表》,收入清·严可均辑《全汉文》卷四十。

[2] 《列子·汤问篇》,中华书局1954年《诸子集成》本。

现在可以统计的有八千多种。这是一大笔文化遗产，国家图书馆的文津馆就是"地方志"的大汇总。由此可以知道，中国人对人文地理的认知是源远流长的，积累了非常丰富的文献资源和思维成果，涵盖了中央和地方、中原和边疆、地域和民族，甚至南方和北方的地理文化分野。我们可以从浩如烟海的材料中，追踪人文地理承传和演变的脉络，寻找中国人的生活方式、民俗信仰的形态。在中国，人文地理材料的丰富性和历史编年的准确性，可以说是人类文化史上的"双绝"。编年史的准确，使得从周共和元年，即公元前841年，从司马迁《史记》的《十二诸侯年表》起就留下一个传统，直到现在每年重大事件，都记录在案。要是到别的国家，比如印度某一个作家生卒年限可能相差几百年，中国在脂砚斋评点中发现材料，曹雪芹的卒年相差一年，就养活了很多搞考证者。所以说编年史准确性和人文地理材料的丰富性，是中国对人类文化史可以称得上"双绝"的重要贡献。这就给复原文学地理学的经度和纬度，探讨它的学理体系，提供了第一流的历史文献资源。

五、文学地理学四大领域与区域类型的"七巧板效应"

在中国"天文—人文—地理"的三维耦合（属于元耦合），以及文与史、经与史、神话与文史的多重耦合中，文学地理学的研究收获了第一流的历史文献资源。以浩如烟海的文献资源为根基，结合"取之不尽，用之不竭"的现代文学资源，文学地理学的研究敞开了四个巨大的领域。四大领域：一是区域文化类型，二是文化层面剖析，三是族群分布，四是文化空间的转移和流动。既然称为文学地理学，就包含着人文与地理两个互动而相融的板块。因此，从地理方面出发，就有区域类型问题；从人文方面出发，就有文化和族群的问题；从二者互动出发，就有空间转移和流动的问题。因此，区、文、群、动四大领域在交互作用中成为动态的浑然一体，而且都有必要从中国的经验和智慧中提出问题，深入考究，才能把学问做大做深，才能做出学理体制上的创新性。

首先是区域文化类型。它是四大领域的基础。

中国地域辽阔，地貌复杂，早期的部落和后来的民族都数量可观。《周易·乾卦》彖辞说："大哉乾元，万物资始，乃统天。……首出庶物，万国咸宁。"[1] 在六十四卦的首卦，就展开"万国"（众多部落、部族）的眼光，祝福"万国咸宁"。《毛诗正义》卷十九孔颖达疏《周颂·桓》"绥万邦"之句说："《尧典》云：'协和万邦。'哀（公）七年《左传》曰：'禹会诸侯于涂山，执玉帛者万国。'则唐、虞、夏禹之时，乃有此万国耳。《王制》之注，以殷之与周唯千七百七十三国，无万国矣。此言万国者，因下有万国，遂举其大数。"[2] 由此可知中华文明起源的多元性，及邦国凝聚的过程。

区域类型的形成，在文明起源的多元性基础上，与政治区划关系极深。"区域"一词最早见于战国时期的《鹖冠子》，它介绍了郡、县、乡、扁、里、伍等政治建制之后说："天子中正，使者敢易言尊益区域……故四方从之，唯恐后至。"[3] 秦汉建立统一王朝之后，区域划分成为分级治理的需要，"区域"一词，自此流行。如《汉书·西域传》说："孝武之世，图制匈奴，患者兼从西国，结党南羌，乃表河西，列四郡，开玉门，通西域，以断匈奴右臂，隔绝南羌、月氏。单于失援，由是远遁，而幕南无王庭。……且通西域，近有龙堆，远则葱岭……皆以为此天地所以界别区域，绝外内也。"[4] 东汉末年蔡邕的《太傅胡广碑》也写道："既明且哲，保身遗则。同轨旦、奭，光充区域。生荣死哀，流统罔极。"[5] 三国曹植《制命宗圣侯孔羡奉

[1] 《周易·乾卦》彖辞，《十三经注疏》，第14页。

[2] 《毛诗正义·周颂·桓》孔颖达疏，《十三经注疏》，第604页。

[3] 《鹖冠子》卷中"王铁第九"。

[4] 《汉书·西域传》，第3928—3929页。

[5] ［清］严可均辑：《全后汉文》卷七十六。

家祀碑》又说："内光区域，外被荒遐。殊方慕义，搏拊扬歌。"由于《禹贡》将中国分为"九州"，区域划分又与九州相关。晋朝潘岳《为贾谧作赠陆机》诗云："芒芒九有（九州），区域以分。"到了隋炀帝时，则有名为《区域图志》的图书出现。这就应了《周礼正义》卷五《小宰》"听闾里以版图"句之下，贾公彦疏曰："'图，地图也'者，《广雅·释诂》云：'图，画也。'《司会》注云：'图，土地形象，田地广狭。'又《大司徒》云：'掌建邦之土地之图。'盖自邦国以至闾里，皆有图以辨其区域也。"[1]

"区域"的形成，虽然与"禹会万国"的早期部落、《禹贡》九州的地理划分、封建王朝的州郡制度有关，但是，更有本质意义的是，春秋战国时期在西周分封基础上，大国对缝隙间的部落和部落联盟的兼并聚合，诸子推动地域文化建构，成为中国区域人群文化生成的第一个原因。既然是"区域文化类型"，它需要的就不仅是王朝政治区域划分，更重要的是风俗、民性、信仰的沉积。西周初期，分封了很多同姓国和异姓的诸侯国，这就是《左传》鲁僖公二十四年记载："周公吊二叔（管叔、蔡叔）之不咸（和），固封建亲戚，以藩屏周。"[2] 于是在公元前11世纪，周武王和周公先后分封了七十一个国家，除了十几个是异姓的国家之外，其他的都是同姓的国家。有如《荀子·儒效篇》所说："兼制天下，立七十一国，姬姓独居五十三人。"[3] 这些诸侯国再经过春秋战国时期的扩张兼并，留下了屈指可数的一些邦国，这就沉积下文学的区域类型。重要的区域类型有秦、楚、齐、鲁、燕、三晋（韩、魏、赵）、吴越这些人文地理板块。其后又开发了岭南、塞北、西域、关东、藏区、大理和闽台这些区域类型。在区域文化类型的丰富性上，中国是在世界上是首屈一指的，形成了一块块色彩丰富的，具有独特的环境板

---

[1] 《周礼正义》卷五《孝宰》贾公彦疏，《十三经注疏》，第654页。

[2] 《春秋左传注》，中华书局1990年版，第420页。

[3] 《荀子集解》卷四，《诸子集成》（二），中华书局1954年版，第73页。

块、历史传承和群体行为方式的区域文化"七巧板"或"马赛克"。"区域文化类型的七巧板"使得我们的思想文化的底蕴非常深厚，多姿多彩。

对于丰富多彩的"区域文化类型的七巧板"，《汉书·地理志》"言其地分"，"条其风俗"，力图把握其各自的人文地理特征。除了前面所述的楚地重巫风，鲁地"其民有圣人之教化"，燕地有"宾养勇士，不爱后宫美女，民化为俗"的"燕丹遗风"等等之外，又点出"赵、中山地薄人众，犹有沙丘纣淫乱余民。丈夫相聚游戏，悲歌忼慨，起则椎剽（杀人抢劫）掘冢，作奸巧，多弄物，为倡优。女子弹弦跕躧，游媚富贵，遍诸侯之后宫"[1]。致使战国末年，秦、楚、赵三国都有出自邯郸歌舞女伎的王后，相当深刻地影响了当时的政治。甚至连秦始皇的母后也在内："吕不韦取邯郸诸姬绝好善舞者与居，知有身。子楚（秦始皇之父）从不韦饮，见而说（悦）之……（吕不韦）欲以钓奇，乃遂献其姬。姬自匿有身，至大期时，生子政。"[2]

由于地域人文构成的差异之存在，当这些差异的人文因素在不同的时段作用于中心人文结构时，就出现了丰富多彩的"七巧板效应"。汉、唐都是中华民族的大朝代，但是两个朝代接受的地域文化遗产千差万别。汉朝开国，是楚风北上，携带着包括"楚王好细腰"这样多年形成的风俗遗产，就必然会以汉成帝的皇后赵飞燕为"瘦美人"的典型。唐朝是"关陇之风"南下，李唐王室的母系独孤氏、窦氏、长孙氏都是鲜卑、突厥等少数民族，马背上的民族推崇能够随军作战、逐水草而居的健壮女人，就必然要杨贵妃这样的"胖美人"，方能做到"后宫佳丽三千人，三千宠爱在一身"。所以各个文化区域为整个中华民族增加了很多各有特色的文化因素，"环肥燕瘦"，姚黄魏紫，增加了文化变异和积累的很多不同参数和色彩。

---

[1] 《汉书·地理志》，第1655—1662页。

[2] 《史记·吕不韦列传》，第2508页。

　　中国思想文化的源流是非常丰富复杂的，并非单线汲取、单源发展，其底蕴深厚，流派迭出，式样多姿多彩，这跟区域文化的交替汇入、相互作用极有关系。比如周公长子伯禽分在鲁国，鲁国原来是东夷之地，东夷民族很容易跟华夏民族融和。到了汉以后，山东、江淮一带的东夷民族到哪里去了？都融为华夏，都汇合到中华民族里面来了。周公的后代封于鲁国，到了春秋时期礼崩乐坏，唯有在鲁国保存的周公礼乐最是完整。鲁昭公二年（前540），孔子十二岁的时候，晋国上卿韩宣子出使鲁国，"观书于大史氏，见《易象》与《鲁春秋》"，就感叹说："周礼尽在鲁矣。"[1] 各诸侯国往往到鲁国学习周礼和古代文献，鲁国就以"礼仪之邦"驰名。所以孔子在鲁国创立儒家学派，是得天独厚，以周礼作为他思想的轴心。

　　但是孔子的远祖是宋国贵族，殷王室的后裔。孔子十九岁娶宋人亓官氏之女为妻，一年后生子，鲁昭公派人送鲤鱼表示祝贺，孔子感到荣幸，就给儿子取名为鲤，字伯鱼。所以孔子与奉祀商朝的宋国，渊源很深。《礼记·檀弓上》记载孔子的话："而丘也，殷人也。"[2] 宋地（今河南商丘）有始建于唐初的"孔子还乡祠"，以及传说的孔子祖坟。《礼记·礼运篇》记述孔子的话："我欲观殷道，是故之宋，而不足征也，吾得坤乾焉。"《儒行篇》又说："丘少居鲁，衣逢掖之衣；长居宋，冠章甫之冠。"[3] 因此孔子问学、祭祖的足迹及于宋国，是没有问题的。据民国九年《夏邑县志·孔祖先茔记》载："重修还乡祠四代祠记碑"说"孔子还乡省墓，盖数数矣！"范文澜《中国通史》认为，宋与鲁、楚是东周时期并称的三个文化中心，商朝的祭祀文化通过家族渠道进入了儒家文化脉络里。甚至据《左传·昭公十七年》记载，东夷的郯子来朝，年仅二十七岁的孔

---

[1]　《春秋左传注》，第1227页。

[2]　《礼记·檀弓上》，《十三经注疏》，中华书局1980年版，第1283页。

[3]　《礼记·礼运》及《儒行篇》，《十三经注疏》，第1415、1668页。

子就向他请教"少暤氏鸟名官制",感叹"天子失官,学在四夷"。[1]
鲁国的民间是东夷民族,孔子弟子多来自民间,如《荀子·法行篇》所说:"夫子之门何其杂也?"杂就杂在连子路这类东夷野人,子张这类马市经纪人也侧身其间。东夷的风俗是喜欢仁,"仁而好生",就是对自然界和生物界,对人与人之间的关系采取友好的态度。"仁"字,是孔子采自东夷民间而进入到自己思想核心的一个概念。而且《左传》昭公十二年记载:"仲尼曰,古也有志:'克己复礼,仁也'。信善哉!楚灵王若能如是,岂其辱于乾溪?"[2]孔子也在仁的理念中,加入了他所看到的古"志"的元素。因此鲁国民间的和官方的文化,加上周边的由杞国传下来的夏文化、由宋国传下来的商文化,使孔子的儒学既能够在鲁的本土区域生根,又渊博丰厚而能传之久远,演变成为古代中国主流的思想文化体系。

孔子再传之后最有名的两个大儒是孟子和荀子。孟子是邹人,邹是鲁国的附庸国,《左传》讲,鲁国打更而敲击梆子,邹国都能听得到声音,如此邻近,所以邹国的思想也就是鲁国的思想。孟子在邹接受了子思一派传下来的思想,他的儒学思想就比较纯粹。曾子、子思、孟子这一条线索是通向后来的宋学,即程朱理学一脉的。还有另外一条血脉就是孔子的弟子卜商(字子夏),居西河传学。黄河从甘肃、宁夏流到内蒙古,转为由西往东流,这段黄河叫"北河";然后拐个弯,从山西、陕西中间流到风陵渡,这段黄河就叫"西河",即《禹贡》所说的"黑水、西河唯雍州"的西河,以后就进入黄河中下游了。子夏到了西河,即魏国西部,相当于现在山西的临汾地区,那里还有子夏讲学的古迹。当时魏文侯是战国时候第一个准霸主,拜子夏为老师。子夏在那里为《诗经》作序,讲授《易经》《春秋》和《礼》,所以儒家的文献学从子夏这条脉络往下传。

---

[1] 《春秋左传注》,第1386—1389页。

[2] 同上书,第1341页。

子夏传学前后，晋国一分为三，赵国首都在邯郸，荀子是赵人。晋国的荀氏，到晋文公时期的荀林父，就分成三支，一支是"中行氏"。晋文公跟少数民族（狄人）在山区作战，除了车战的三军之外，还组织了步兵作战的"三行"，因为车战无法在山里展开兵力，得用步兵。荀林父是中间这个步兵行列的统帅，以官名为姓氏，就是"中行氏"；荀氏还分出"知氏"一支，是当时晋国势力最大的六卿之一。知氏和中行氏，后来被韩、赵、魏灭了。剩下的一支是"荀氏"，在三家分晋之后，居住在赵国。

荀子五十岁才到齐国临淄的稷下，三次当稷下学宫的祭酒，是稷下学派的领袖。荀子五十岁才到稷下，意味着他的思想主要是在赵国形成根基的。荀子的祖辈曾经出使鲁国，受到礼仪的优待，也可能带回一些儒家的典籍，加上子夏传经的系统，使荀子能够接上儒学的脉络。但是，三晋地区是法家的大本营，商鞅、韩非子这些人都是三晋人氏，或在三晋出道。而且荀子早年还经历了一个重大事件，就是赵武灵王"胡服骑射"，改用胡人服装，从而改变其作战方式。赵武灵王十九年（前307）下令"胡服骑射"。那么，荀子生于何年呢？清代汪中《荀卿子年表》推断荀子的主要学术活动大约在赵惠文王元年（前298）到赵悼襄王七年（前238），由此推断出来的荀子生年，比梁启超《荀卿及荀子》推定的公元前308年，罗根泽《荀子游历考》认定的公元前312年，游国恩《荀卿考》认定的公元前314年都略早。因而他少年时代经历过这场风波的冲击，是没有问题的。这场风波是违背儒家礼制的，含有法家的变革思想。《论语·宪问篇》记述孔子的话："微管仲，吾其被发左衽矣。"[1] 少数民族（戎狄）服饰装束的采用，是非常严重的非礼行为。以胡人服装来改变作战方式，在儒家是不允许的，比如反对胡服骑射的公子成的话就散发着儒家的气味："臣闻中国者，圣贤之所教也，礼

---

[1]《论语集注》卷七，《四书章句集注》，中华书局1983年版，第153页。

乐之所用也，远方之所观赴也，蛮夷之所则效也。今王舍此而袭远方之服，变古之道，逆人之心，臣愿王孰图之也！"[1]在这种环境中成长的荀子，学问脉络虽然属于儒学，但是难免把儒学法家化，因此荀子学说的核心概念叫作"礼法"。他晚年向韩非和李斯传授帝王之术，又经过稷下将本来法家化的儒学，进一步黄老化了。所以子夏、荀子这条学脉是通向汉朝的儒学，即"汉学"的。荀子的儒学是"三晋儒学"，不同于邹鲁之纯儒，乃是一种"杂儒"。中国儒家最大的两个学派，"汉学"与"宋学"，从某种意义上说，就是由于区域文化向儒学注入不同文化因素所造成的。区域文化，三晋的文化和邹鲁的文化分别作用于儒学，就衍变形成儒学里面的汉学和宋学。

六、文化层面剖析与"剥洋葱头效应"

文学地理学的四大领域之二，就是文化层面剖析。深入区域文化类型之后，随之而来的问题，就是追问何为文化，文化何为。文化以特定的思想价值观念，渗透到人间的各种现象和生活方式之中，赋予人间现象和生活方式以意义，以特色，以思维方式。其渗透的特点就像盐溶于水，看不到盐在何处，但是饮水自知咸滋味。因而随着这些观念、现象、方式、意义和滋味的不同，文化就分离出许多层面。文化之内有许多"亚文化"的构成，比如说有官方文化、民间文化、日常生活文化、山林隐士的文化；有雅文化层面，俗文化层面；又有城市文化、乡土文化。文化、亚文化还可以再分层，如剥洋葱，层层深入，层层具体。城市文化里也可以分出很多层面，比如官僚府邸文化、平民市井文化，现代则有洋场、租界、大宅院、

---

[1] 《史记·赵世家》，第1808页。

大杂院、贫民窟等等文化形态。文化层面就像"洋葱头"或"千层饼"，各个层面存在着不同的文化功能，文化层面剖析就是剥"洋葱头"，或揭"千层饼"，揭示其中的结构功能差异。

比如城市地理学，就应该注意其中存在着不同功能的区域。城市功能使其文化松动为"洋葱头"、"千层饼"，层层的甜酸苦辣，自有区别。非均质性，是其特征。北宋词人晏殊的府邸文化功能与柳永的市井文化功能就有很大的区别，甚至对立。晏殊十四岁以神童召试，赐同进士出身。一生富贵优游，官居"太平宰相"。其词擅长小令，多吟咏官僚士大夫的诗酒风流和闲情逸致，表达舞榭歌台、花前月下的娴雅自适。就以这首《浣溪纱》来说："一曲新词酒一杯。去年天气旧亭台。夕阳西下几时回？无可奈何花落去，似曾相识燕归来。小园香径独徘徊。"词的境界非常温馨，小园——还有一个后花园，香径——布满花草的小径，他在那徘徊，在那里咀嚼着"无可奈何花落去，似曾相识燕归来"。有这份清闲的沉思，笔调自然就闲婉缊藉，想想宇宙，想想人生，闲适中流露出索寞怅惘的心绪，旷达中渗透着无可奈何的人生哲理。难怪《宋史》本传说他"文章赡丽，应用不穷。尤工诗，闲雅有情思"[1]。

与此形成巨大反差的是，柳永词多有世俗滋味。他到五十一岁才中进士，仕途坎坷，生活潦倒，长期混迹于烟花巷陌中。柳永写杭州的《望海潮》："东南形胜，三吴都会，钱塘自古繁华"，"有三秋桂子，十里荷花"，写了整个杭州十万人家，他似乎拥有整个城市。但是作为人最亲密的空间，家庭住宅的空间，他一无所有，奉旨填词柳三变，蹉跎市井无家可归。柳永厌倦官场，沉溺于旖旎繁华的都市生活，在"倚红偎翠"、"浅斟低唱"中寻找寄托，写成了市井社会的一曲曲流行歌词。《醉翁谈录》丙集卷二记载："耆卿居京华，暇日遍游妓馆，所至，妓者爱其有词名，能移宫换羽，一经

---

[1] 《宋史》卷三百一十一，中华书局1985年版，第10197页。

品题，声价十倍，妓者多以金物资给之。"[1] 要知道，歌妓在当时的市井社会是引导时尚的。甚至如鲁迅所言："伎女的装束（也包括她们的歌唱吧），是闺秀们的大成至圣先师。"[2] 叶梦得《避暑录话》卷下又载：柳永"为举子时多游狭邪，善为歌辞，教坊乐工每得新腔，必求永为辞，始行于世，于是声传一时。……尝见一西夏归明官云：凡有井水饮处，即能歌柳词。言其传之广也。永终屯田员外郎，死旅，殡润州僧寺"[3]。可见柳永的音乐才能和歌词艺术赢得了歌妓们的喜爱，流传于当时的国内外，最终却贫病而死，停尸僧寺。晏殊的"小园香径"和柳永的"烟花巷陌"，府邸文化和市井文化，这份清闲和那份热闹，代表着宋朝城市文化的两个绝然不同的层面。它们存在着不同的城市地理空间秩序和功能，是"同葱不同瓣"，臭味互异。

文化分层的方式和标准，也有许多维度。从地理方位上看，有中心文化和边缘文化；从社会地位上看，有主流文化和非主流文化；从政治经济构成上看，有城市文化和乡村文化等等。如果从微观的文化学着眼，老舍《四世同堂》讲了一句经过现实考察得来的话："在这样一个四世同堂的家庭里，文化是有许多层次的，就像一块千层糕。"他注意到具体而微的社会细胞的内部空间面貌的丰富性。美国《星期六文学评论》曾经载文说："老舍的《四世同堂》不只是第二次世界大战以来中国出版的最好小说之一，也是在美国同一时期所出版的最优秀的小说之一。"评论家康斐尔德认为："在许多西方读者心目中，《四世同堂》的作者老舍比起任何其他的西方和欧洲小说家，似乎更能承接托尔斯泰、狄更斯、陀思妥耶夫斯基和巴尔扎克的'辉煌的传统'。"抗战时期北平小羊圈胡同的祁家宅院，以为用石头顶住大门，就可以过安稳的日子了，但在社会文化和民族灾难中，祁老头和他的儿子、三个孙子及重孙子，都处在不同的

---

[1] ［宋］罗烨：《醉翁谈录》丙集卷二"花衢实录"，古典文学出版社版。

[2] 鲁迅：《南腔北调集·由中国女人的脚推定中国人之非中庸又由此推定孔夫子有胃病》。

[3] ［宋］叶梦得：《避暑录话》卷下，津逮秘书本。

文化层面。四合院外面杂乱的胡同，文化层面就更加混杂和丰富，以几个家庭众多小人物屈辱、悲惨的经历，写出了北平市民在八年抗战中惶惑、偷生、苟安的社会心态，京腔京味十足，发掘着在国破家亡之际沉重、痛苦而又艰难的觉醒历程。家庭小说是中国现代小说的大宗，而对家庭内在文化层面的考察，使老舍的创作进入现代家庭小说新的深度。

老舍是文化层面解剖意识非常强的作家，十年后，1956年他又写了话剧《茶馆》，成为中国话剧史上杰出的经典。老舍在《答复有关〈茶馆〉的几个问题》中说："茶馆是三教九流会面之处，可以容纳各色人物，一个大茶馆就是一个小社会。这出戏虽只有三幕，可是写了五十来年的变迁。在这些变迁里，没法子躲开政治问题。可是，我不熟悉政治舞台上的高官大人，没法子描写他们的促进或促退。我也不十分懂政治。我只认识一些小人物。这些人物是经常下茶馆的。那么，我要是把他们集合到一个茶馆里，用他们生活上的变迁反映社会的变迁，不就侧面地透露出一些政治消息吗？这样，我就决定了去写《茶馆》。"[1] 话剧展示的北京裕泰茶馆，就像一锅熬了多少年的老汤：提笼架鸟、算命卜卦、卖古玩玉器、玩蝈蝈蟋蟀者，无所不有。全剧没有一个贯穿始终的故事情节，但以茶馆掌柜王利发为中心，采取独特的历史年轮横切面的艺术方式，把清朝末年、民国初年、抗战胜利后三个历史时期的北京社会风貌和整个中国社会变迁状况，以及七十多个（其中五十个是有姓名或绰号）三教九流人物装进了不足五万字的《茶馆》里，展示出一幅世相毕现又气势苍茫的历史长卷。剧中不仅成功地塑造了王利发、常四爷、秦二爷这样一些饱含旧社会人间沧桑却不丢中国人骨气的人物形象，也刻画了刘麻子、庞太监等旧中国地痞、流氓的丑恶嘴脸。结尾是茶馆掌柜王利发和五十年前曾被清廷逮捕过的正人君子常四爷，以及办了半辈子实业结果彻底垮了台的秦二爷，三位老人捡起

---

[1] 老舍：《答复有关〈茶馆〉的几个问题》，《剧本》1958年5月号。

送葬纸钱，凄惨地叫着、笑着、抛撒着。最后只剩下王利发拿起腰带，步入内室，悬梁自杀，象征着三个旧时代被埋葬的历史必然性。难得的是话剧人物杂而多，却表现得声口毕肖，栩栩如生，淋漓尽致，充分体现了老舍"写自己真正熟悉的人和事，人物对话必须是真正性格化的语言"，"话到人到"、"开口就响"、"闻其声知其人"的京话语言大师的风貌。实际上老舍笔下的茶馆，也是一块"文化上的千层糕"，各色人物都在那里尽情尽兴地表演自己的文化角色。

在文化层面的剖析上，以往文化史比较注重雅的书面文化，而对俗的民间文化，"五四"以后关照比较多一点，但是这个问题还是没有彻底解决，没有从文化本体论上加以解决。这就使得"文化的洋葱头"，有待更为深入地接通"地气"。应该强调，对于民间文化、口传文化的价值和功能的认识，必须还原到本体论的高度。根据牛津大学一个研究室的 DNA 研究，人类会说话的基因变异发生在十二万年前，人类会说话已经十二万年了。人类会写字才五千年，中国发现的甲骨文才三千多年，而且在古代百分之九十九的人都不能够用文字著书立说。大量的民族记忆和民族想象存在于哪里呢？存在于口头上，所以口传系统是个非常重要的本源性系统。如果只是研究文字记录下来的文献，所研究的就是水果摊上的水果；如果加上民间口传的传统，就研究了这棵果树是怎么生根发芽、枝繁叶茂之后结出果子，研究文化生成的完整的生命过程。

文字的传统是有限的，文字的尽头处，就是口传。在口传系统上，歌仙刘三姐是以往文学史所缺载的，因为她是民间歌手，是口传文学。我在《中国古典文学图志》一书中就指出，文学史写上刘三姐，比大谈二三流的汉语诗人更有价值。原因在于写上这一笔，可以沟通汉族和南方的少数民族、书面文学和口传文学之间的关系，从而展开文学史的丰富层面和文学结构的完整性。[1] 广西许多

---

[1] 参看拙著《中国古典文学图志》，三联书店2006年版，第26页。

地方志，还有明清时代的一些笔记，都记载过刘三姐，除了"刘三姐"这个称呼之外，有的叫"刘三妹"、"刘三娘"，回到我的电白老家，还可以发现有叫"刘三婆"的，从叫妹、叫姐、叫娘、叫婆，刘三姐逐渐长老了，这些都属于"歌仙刘三姐"系统。根据这些地方志和笔记的记载，刘三姐生于唐朝中宗（武则天的儿子）年代，大概比诗仙李白小三岁，歌仙是诗仙的"妹妹"。据说她是著名的刘晨、阮肇"天台遇仙"故事中，那位刘晨先生的后代，民间传说这么会拉亲戚。广东阳春县一个山崖上有个"刘仙三姐歌台"，歌台铭文落款是五代后梁，已经一千多年了。到了明清时期对刘三姐的记载更多。清朝初期"岭南三大家"之一的屈大均，自问"《广东新语》一书，何为而作也？……予举广东十郡所见所闻，平昔识之于己者，悉与之语。……言地者，言其一撮土，而其广厚见矣"[1]。他对于文化接通"地气"，独有心得。因而在《广东新语》卷八《女语》中，他以远比前人更多的笔墨记述这个岭南传说：刘三妹"相传为始造歌之人"，千里内闻歌名而来学歌、对歌者络绎不绝，她"往来两粤溪峒间，诸蛮种类最繁，所过之处，咸解其言语"，被称为"歌仙"。无论平民百姓，还是瑶族、壮族或者山里的少数民族，凡是作歌的人，都要先买一本歌词供奉刘三妹，放到她的祭台上，让祭台管理人员收藏。然后谁要求歌，不准带出去，只能在那里抄录，所以在刘三姐庙里，这些歌词已经积累几箩筐了。又记载刘三姐跟邕州（现在的南宁）的白鹤少年张伟望在山崖上唱歌，对歌七天七夜，"俱化为石，土人因祀之于阳春锦石岩"。有的记载却说，二人成仙飞去，时在唐玄宗开元十三年。推算起来，唐玄宗开元十三年，刘三姐二十一岁，李白二十四五岁刚从四川出来，"仗剑去国，辞亲远游"，在洞庭湖、扬州的长江一带漫游，过三年之后才有《黄鹤楼送孟浩然》。

---

[1] ［清］屈大均：《广东新语》自序，清康熙二十九年木天阁原刻本。

清朝康熙年间的文坛领袖王渔洋在《池北偶谈》卷十六中说，同榜进士吴淇，"为浔州（今广西桂平县）推官，采录其歌，为《粤风续九》。虽侏儒之音，时与乐府子夜诸曲相近，因录数篇"。《粤风续九》，就是以两广地区"粤风"续写《九歌》。其中记录了刘三姐的故事，录有刘三姐对歌七首，比如《相思曲》："妹相思，不作风流待几时？只见风吹花落地，不见风吹花上枝。"《蝴蝶思花歌》："思想妹，蝴蝶思想也为花。蝴蝶思花不思草，兄思情妹不思家。"很俗白，很新鲜，是山野间的吟唱，跳出了文人写作陈陈相因的方法。此外还录有傜歌四首、俍歌二首、僮歌一首、蛋歌三首、俍人扇歌一首，并且介绍"担歌者，侗人多以木担聘女，或持赠所欢，以五采龄作方段，龄处文如鼎彝，歌与花鸟相间，字亦如蝇头。布刀者，侗人织具也，书歌于刀上，间以五采花卉，明漆沐之。又有师童歌者，巫觋乐神之曲，词不录"[1]。作为文坛宗师，王渔洋转录时的好奇心，也许大于取法之心，但是这确实是"人文的洋葱头"在"地气"的催生下，生长出来的青翠可喜苗叶。如此"天籁"之音，要不要进入文学史？如果把民间口头传统也载入文学史，比起只记一些文人或锦心绣口的，或酸溜迂腐的，毕竟天地很窄的诗词的文学史来，就会敞开一个更加令人心旷神怡的"天苍苍，野茫茫"的宏大空间，文学史能够动员的资源就会非常生机勃勃，烟波浩渺。

七、族群划分与"树的效应"

文学地理学四大领域之三，是族群的划分与组合。中国是一个多民族的国家，有许多古民族，又有五十五个现代少数民族。经过

---

[1] ［清］王士禛：《池北偶谈》卷十六"谈艺"六;《渔洋诗话》卷下也有此材料，见《清诗话》，上海古籍出版社1978年版，第218页。

严格的科学鉴定的很多民族，都有自己的居住区域，生产生活的方式，民族信仰的习惯和自己的行为方式、语言系统。这些文化群体曾经相互对峙又相互吸引、相互融合，在长期的发展中越来越深地变得你中有我、我中有你。汉族与少数民族之间，也是一种耦合结构。讲中国文学，不讲少数民族就讲不清楚汉族，不讲汉族也讲不清楚少数民族，那是"失耦合"的偏枯式的严谨方式，因为我们DNA都混在一起了。北方的汉族和北方的少数民族DNA的接近程度，超过了北方的汉族和南方的汉族；同样的，南方的汉族和南方的少数民族DNA的接近程度，超过了南方的汉族和北方的汉族。这就是既血脉相连，又在文化上你中有我，我中有你，打断骨头连着筋，从而形成了一个多元一体的国家民族的总体构架。因此民族群体文化，"同树异枝"，是文学地理学可以进行大开发的重大领域。

就以中华民族的史诗传统而言，汉族由于文化理性早熟，生活态度务实，主流思想"不语怪力乱神"，留存下来的史诗是很不发达的。以往写文学史是为了跟西方接轨，从史诗写起，一些老先生从《诗经》里面找了五首诗，《大雅》中的《生民》《公刘》《绵》《皇矣》和《大明》等五篇，说是"周朝的开国史诗"。但是，这五首诗加起来三百三十八个字，怎么和《荷马史诗》比？西方学术界认为中国没有史诗。比如德国的黑格尔认为，在东方各民族中，只有印度和波斯才有一些粗枝大叶的史诗，"中国人却没有民族史诗，因为他们的观照方式基本上是散文式的，从有史以来最早的时期就已形成一种以散文形式安排的井井有条的历史实际情况，他们的宗教观点也不适宜于艺术表现，这对史诗的发展也是一个大障碍"[1]。

要打破这种"西方中心主义"的傲慢，最好的方法是拿出事实。如果考虑到少数民族文化，中国就无可怀疑的是"史诗的富国"。少数民族最是宏伟绚丽的史诗，为藏族的《格萨尔王传》，蒙古族

---

[1] 黑格尔：《美学》，商务印书馆1981年版，第3卷下册170页。

叫《格斯尔可汗传》。《格萨尔王传》作为活形态的史诗，至今仍有数以百计的民间艺人能够演唱，有若藏族谚语所云："岭国每人嘴里都有一部《格萨尔》"。遂以其六十万行的超长度，建构成了古代藏族社会的一部包罗三界、总揽神佛而气象万千的百科全书。虽然每个歌手传唱的细节有所不同，但都有一个共同的故事梗概：古远时候，藏区妖魔横行，天灾人祸使黎民百姓苦难深重。梵天王派其少子下凡，做黑头发藏人的君王——即格萨尔王。他具有神、龙、念（藏族原始宗教里的一种厉神）三者合一的半人半神的英雄品格，将阻挠他降临人间的妖魔鬼怪杀死。五岁时，与母亲移居黄河之畔。格萨尔十二岁，在部落的赛马大会上获胜称王，娶最美的少女珠牡为妃。格萨尔从此施展天威，降伏了入侵岭国的北方妖魔，战胜了霍尔国的白帐王、姜国的萨丹王、门域的辛赤王、大食的诺尔王、卡切松耳石的赤丹王，南征北战，东讨西伐，先后降伏了几十个"宗"（藏族古代的部落和小邦）。格萨尔又入地狱，救出母亲郭姆、王妃珠牡，同回天界。其基本结构有若歌手们所概括："上方天界遣使下凡，中间世上各种纷争，下面地狱完成业果。"

六十万行的《格萨尔王传》，篇幅超过世界五大史诗的总和。世界五大史诗，最古老的是古巴比伦的《吉尔伽美什》，以三千行的楔形字写在泥版上；影响最大的是荷马史诗《伊利亚特》《奥德赛》，二三万行；最长的是印度史诗《罗摩衍那》《摩诃婆罗多》，后者是二十万行。中国少数民族三大史诗，还有蒙古族的《江格尔》，柯尔克孜族的《玛纳斯》，都是二十万行左右的英雄史诗。这两个史诗都是跨国界共享的国宝。可以说，公元前一千年，世界上最伟大的史诗是荷马史诗；公元第一个千年，世界上最伟大的史诗是印度史诗；历史将会证明，公元的第二个千年，世界上最伟大的史诗是包括《格萨尔王传》《江格尔》《玛纳斯》在内的中国史诗。中国文学干枝参天，那种固执于"有干无枝"的研究方式，面对已成"国际显学"的少数民族文学瑰宝，理应反省自身研究视野和知识结构的缺陷。《老子》三十三章云："知人者智，自知者明。"[1] 对于文学史研究现状，当以此共勉。

中国学人应该形成一种共识：中华民族的文化和文学，是汉族和少数民族共同创造的，文学史应该将这种整体风貌和深层脉络描绘出来。如果把少数民族的神话、想象和民族记忆、民族创造都计算进来，中国就毫无疑义是一个史诗大国、富国、强国。少数民族给中华民族增加很多辉煌的文学方式和文学经典，可惜古代中原主流文化把自己看得太了不起，把少数民族的创造看作"蛮夷之音"，并没有将"见贤思齐"[2] 的理念穿透华夷界限。公元11世纪，也就是欧阳修、苏东坡在写几十字、百余字短小精粹的宋诗、宋词的岁月，维吾尔族的诗人尤素甫·哈斯·哈吉甫，在喀喇汗王朝（即黑汗王朝）的喀什，历时十八个月写成回鹘文长篇诗剧《福乐智慧》（直译为《赐予幸福的知识》），凡八十五章一万三千多行，时在公元1070年前后。[3] 值得深思的是，该书《序言之一》直言不讳地承认："此书极为珍贵，它以秦地哲士的箴言和马秦学者的诗篇装饰而成。"它并没有回避受了辽（秦地）、宋（马秦）文化的影响，实践着的正是"见贤思齐"的理念。这种文化交融的非对等性，是值得反思的。

一万三千多行是什么概念呢？意大利但丁的《神曲》就是一万三千行。这个维吾尔诗人跟李白一样，也生在碎叶，由于躲避政变到了民间，五十岁之后到了喀什去当御用侍臣，写了此部韵文巨著。《福乐智慧》熔叙事性、哲理性、戏剧性三性于一炉，展开了跟中原的诗词体制完全不同的另外一种美学范式。它主要写四个人物，一个国王叫日出国王，他象征公正和法律；一个大臣叫月圆，他象征福乐；月圆大臣的儿子叫贤明大臣，他象征智慧；还有个修

---

[1] 《老子校释》，中华书局1984年版，第133页。

[2] 《论语·里仁篇》，《四书章句集注》，第73页。

[3] 尤素甫·哈斯·哈吉甫：《福乐智慧》，民族出版社1986年版。

道士象征觉醒。四个人物互相辩论治理国家的方针政策和人生哲理。最后，修道士，一个伊斯兰教某教派的修道士，超脱世俗的政治辩论，归隐于山林。它主要的中心思想是：人心是国家之本，有法律才能治理国家，而且智慧是人间的明灯。他是崇拜智慧的，智慧是美德的根本，人的高贵全在于有知识。这个主题，使长诗成为智慧和知识的赞歌。里面还有许多格言、谚语，随手拈来，很是深刻。比如说："狮子如果做了狗的首领，狗就会像狮子一样勇猛，如果狗当了狮子的首领，狮子就会像狗一样无能"，讲究施政用贤，崇拜英雄。所以，德国有一位考古探险家在考察高昌古城时讲过一段话：阿拉伯的语言是知识，波斯的语言是糖，印度的语言是盐，维吾尔的语言是艺术。我们不妨给不容假设的历史来一个假设，如果中原人士在公元11世纪以后，能够接受边疆少数民族的诗的智慧，中国的诗歌的局面就会完全改观。可惜到了宋以后的元代、明代，士大夫文人依然整天讨论"宗唐"还是"宗宋"，在唐诗和宋诗的有限性差异中翻跟斗。他们并没有超越中原中心主义，去思考能否学一学维吾尔人的《福乐智慧》，能否从少数民族的史诗思维汲取点什么。汉族士大夫高雅得很，那么短小的诗，喝喝酒就能作。喝酒把情绪提起来之后，诗思泉涌，可惜涌出的泉水只能斟满一小杯。酒劲一过，或者酒劲过猛，就写不出来，这就是中原式的"诗酒风流"。如明清之际的小说书《平山冷燕》所倾慕的："富贵虽不耐久，而芳名自在天地。今日欧阳公虽往，而平山堂一段诗酒风流，俨然未散。吾兄试看此寒山衰柳，景色虽甚荒凉，然断续低回，何处不是永叔之文章，动人流连感叹。"[1]

　　族群划分的另一个关键，是家族问题，这是古代中国独特的人群文化聚落。《孟子·离娄上》说："人有恒言，皆曰'天下国家'。天下之本在国；国之本在家；家之本在身。"[2] 这三个"本"的链条很

---

[1]《平山冷燕》第十三回"观旧句忽尔害相思"。

[2]《孟子集注》卷七，《四书章句集注》，第278页。

重要，家族在"国"和"身"之间，扮演着关键的本位环节。宗法社会的人们往往聚族而居，因此在中国地名中，以姓氏族群命名的村落或城市相当多，如张店、李村、宋庄、吴镇，又如丁家村、许家屯、冯家堡、穆家寨，由此还要建祠堂、修族谱、认同宗，因而组合成独特的人群文化聚落，聚落中存在着独特的文化人群秩序。难怪钱穆先生在《中国文化史导论》中说："中国文化，全部都从家族观念上筑起。"[1] 古代的家族作为一种制度，不单是一个血缘的单位，而且有着经济、政治的功能，攀龙附凤、沾亲带故、裙带关系等等均由此而发生，衍化出某种经济政治的潜规则。还有家学、家风，延续着一种独特的家族文化传统。因此研究中国文化而不研究家族问题，是很难把握它的深层奥妙的。

举例来说，宋代推行的是一种崇文抑武的士大夫政治，在政治上大力起用士人，王安石与司马光先后成为权倾一时的宰相。或如苏轼所撰《富弼神道碑》所云："宋兴百三十年，四方无虞，人物岁滋，盖自秦汉以来，未有若此之盛者。"[2] 然而由此引发新旧党争，导致北宋在政治翻烙饼中被金兵所灭。王安石变法和司马光的反正，除了革新、保守这种政治路线上的冲突之外，相当基本的一个关键是南北家族的问题。司马光周围的那批人，多属北方中原家族人氏，如司马光是陕州人，文彦博是汾州人，范纯仁、范纯礼兄弟是陕西彬州人，吕大防是京兆蓝田人，原籍都在山西、陕西一带。司马光出身官宦门第，父亲司马池曾为兵部郎中、天章阁待制（属翰林学士），官居四品。中原的家族安土重迁，文化根柢非常深厚，素以文化姿态上稳重守成而著称。而王安石周边的这些人物，多属南方家族，如王安石是江西临川人，曾布是江西南丰人，吕惠卿是福建晋江人，章惇是福建蒲城人，蔡确是福建泉州人，蔡京是福建仙游人，都在江西、福建一带。南方的家族多是从北方家族迁徙过

[1] 钱穆：《中国文化史导论》。

[2] 苏轼：《富弼神道碑》，《苏轼集》卷八十七，明海虞程宗成化刻本。

来的，王安石家族五代以前是"太原王"，一百多年前就从太原南迁到江西。

农业社会，民众依附土地，讲究落地生根。如《汉书·元帝纪》收录的永光四年（前40）《初陵勿置县邑诏》曰："安土重迁，黎民之性；骨肉相附，人情所愿也。"[1]《通典》卷一《食货》引崔寔《政论》说："小人之情，安土重迁，宁就饥馁，无适乐土之虑。"[2] 因此，迁徙，或者离乡背井，连根移植，在农业社会是非常郑重，常常是不得已而为之的事情。可以说，迁徙本身就是一种家族性格。广东人闯不闯南洋？山东人去不去闯关东？这都是家族性格的体现。《诗经·小雅·伐木》说："伐木丁丁，鸟鸣嘤嘤。出自幽谷，迁于乔木。"郑玄笺云："迁，徙也。谓向时之鸟，出从深谷，今移处高木。"[3] 迁徙者也不乏脱离"幽谷"，飞上高枝的追求。因此，从北方迁徙到南方的家族，家族性格本身带有开拓性、冒险性，同时也带有投机性。王安石家族在五代之前迁到了江西中部，跟当地的曾氏家族、吴氏家族连环通婚，经过五代，才能变成一个当地巨族。如果没有这种通婚关系，这样的家族就是"客户"；有通婚的关系过了三五代之后，就是江西派了。王安石的外祖母是曾巩的姑妈，所以他晋见欧阳修，是曾巩带去的。王安石准备变法之时，曾巩劝他稳重一点，王安石不听。神宗皇帝问曾巩怎么看王安石，曾巩讲了八个字："勇于为事，吝于改过。"王安石一旦执政推行变法，曾巩就请求外任，在外面的州郡当了十二年的官，才回到汴梁，也就没有卷入党争。曾巩是曾家的大哥，父亲早逝，大哥要对家族负责任，他的政风和文风带有"大哥风度"。弟弟曾布、曾肇分别比他小十几、二十几岁，他要抚养这批人，所以大哥文风和小弟文风是不一样的，他更带有家族责任感，更加老成持重。我们读曾巩的文章就感到一种大

---

[1] 《汉书·元帝纪》，第292页。

[2] ［唐］杜佑：《通典》卷一《食货》。

[3] 郑玄笺，孔颖达疏：《毛诗正义》卷九，《十三经注疏》，第410页。

哥气息。曾布不一样，曾布比曾巩小十七岁，和吕惠卿一道成为王安石变法的左右手，后来当到宰相，跟蔡京不和，晚年很凄惨，《宋史》把他归入《奸臣传》。曾巩家族——南丰曾氏，在两宋时代出了五十一个进士。曾巩家族和王安石家族文风很盛，连妇女也能为文作诗，包括过个节日请亲戚来吃饭，都写诗词代信函。所以朱熹说：本朝（宋朝）的妇人，最能文的只有李易安和魏夫人，李易安就是李清照，魏夫人就是曾布的妻子。所有这些问题，只有深入到家族脉络，包括家谱的树状结构和家族之间的网状联系之中，才能获得理清脉络、洞察玄机、透视内幕的合理解释。

八、空间流动与"路的效应"

文学地理学四大领域之四，是空间流动。"动"，就是对事物原本的状态和位置进行推动和变动。有所谓"应时动事"，动是生命的表现。《吕氏春秋》讲"阳气始生，草木繁动"，高诱注：动就是生，[1] 把动和生并列，动是生命的表征。其实这层意思，《庄子·天地篇》已有所揭示："留动而生物，物成生理"；"其动止也，其死生也，其废起也，此又非其所以也。"[2] 其也在动与生之间，留下潜在的联系。在文学地理学中，无论是区域文化类型，文化分层剖析，族群的区分和组合，只要它们中的一些成分（比如个人、家族、族群）一流动，就能产生新的生命形态，就能产生文化、文学之间新的选择，新的换位，新的组接和新的融合，就可以在原本位置和新居位置的关联变动中，锤炼出文学或文化的新品质和新性格。

人要动，就要不畏长途，上路寻找新的发展机遇。不妨考察一下广东、江西、福建、台湾一带独特的客家民系。秦汉以后两千多

---

[1]《吕氏春秋》卷一，《诸子集成》六，第2页。

[2]《庄子集解》卷三，第103—105页。

年中，中原汉人走上南迁之路，在唐宋以后就形成自己特殊的方言和文化的族群。近年因为客家土楼围屋成了世界文化遗产，以及台湾和闽粤的客家关系问题，我们对之有了更多了解。梅县客家诗人黄遵宪在《己亥杂诗》中说："筚路桃弧辗转迁，南来远过一千年。方言足证中原韵，礼俗犹留三代前。"[1] 筚路，是用竹子和荆条编成的车，筚路蓝缕来自楚国祖先艰苦的南迁和开拓。客家民系的祖先也像楚人祖先那样，开辟草莱，辗转迁移到南方，而且"南来远过一千年"了。这里以一千年为时间刻度，意味着客家移民在晚唐五代就开始形成民系。"方言足证中原韵"，客家民系的方言保存着唐宋时代的中原音韵，客家人素有"宁卖祖宗田，莫忘祖宗言"的祖训，没有受金元以来入主中原的胡人语言文化过深的影响。比如保留了入声字，就是某种没有胡化的语言活化石的见证。客家语言、广东语言都有入声字，方言足证中原韵，证明他们来自中原；礼俗犹留三代前，古老的三代就是夏、商、周，最近的三代就是元、明、清，那以前的古老礼俗还有保留。这种族群迁移，既可以携带原来的民风民俗，保存了某些中古时期的中原汉族文化，又可以在新居住地混合百越族文化，开拓新的民风民俗。客家民系进入了赣南、粤北、闽西的山区，中原人士变成了山里人，成了"丘陵上族群"，形成了一种刚直刻苦的性格。

客家民系，以"山歌"驰名，有所谓"九腔十八调"，散发着山乡的情调和趣味。黄遵宪《人境庐诗草》中如此描述客家山歌："瑶峒月夜，男女隔岭唱和，兴往情来，余音袅娜，犹存歌仙之遗风，一字千回百折，哀厉而长，称山歌。"山歌形式不排除他们南迁途中随身携带的文化行李，比如宋人张邦基《墨庄漫录》卷四说过："四方风俗不同，吴人多作《山歌》，声怨咽如悲，闻之使人酸辛；柳子厚云'欸乃一声山水绿'，此又岭外之音，皆此类也。"[2] 黄遵宪

---

[1] 黄遵宪：《人境庐诗草》卷九，民国辛未年重校再版本。

[2] ［宋］张邦基：《墨庄漫录》卷四，笔记小说大观本。

曾亲自辑录整理《山歌》十五首，如"做月要做十五月，做春要做四时春。做雨要做连绵雨，做人莫做无情人"。情深意切，极尽反复叮咛，而又不落于絮叨之妙。又如"买梨莫买蜂咬梨，心中有病没人知。因为分梨故亲切，谁知亲切转伤离"。托物起兴，语义双关，妙喻中饶有苦涩之情。"人道风吹花落地，侬要风吹花上枝。亲将黄蜡粘上去，到老终无花落时"，令人联想到王渔洋转录的刘三姐对歌"只见风吹花落地，不见风吹花上枝"，可见客家山歌与歌仙刘三姐的因缘。又有"催人出门鸡乱啼，送人离别水东西；挽水西流想方法，从今不养五更鸡"。令人想起垓下之围，项羽夜闻四面楚歌之《鸡鸣歌》。宋代谢采伯《密斋笔记》卷四说，"《周礼》：'鸡入主旦呼。'汉宫中不畜鸡，卫士专传鸡鸣。应劭曰：'楚歌，今鸡鸣歌也。'东坡云：'今土人谓之山歌。'"[1] 但是山歌毕竟是即景生情的歌唱，客家人还是对着他们的山坡引吭高歌："山中山谷起山坡，山前山后树山多；山间山田荫山下，山下山上唱山歌。"客家山歌多有男女情歌，以双关语调情，少有掩饰，天趣自然，有如这首梅县山歌所唱："客家山歌最出名，条条山歌有妹名；条条山歌有妹份，一条无妹唱唔成。"由此可知，客家山歌携带着中原文化行李，采撷来南方少数民族歌仙的智慧，却又一路走来，实实在在地脚踏着山坡唱出来的。《周易·说卦》云："艮为山，为径路。……其于木也，为坚多节。"[2] 蒙学书《增广贤文》说："当时若不登高望，谁信东流海洋深。路遥知马力，事久知人心。"迁移人群的走路，能坚定意志，能登高望远，见多识广，能磨炼体魄、耐力和心魂，这就是"路的效应"。

客家民系最早的著名人物，是唐朝开元年间的贤相张九龄，他是曲江人，故称"张曲江"。还有弟弟张九皋、张九章。张氏祖籍

---

[1] [宋]谢采伯：《密斋笔记》卷四，四库全书本。

[2] 《周易正义》卷九，《十三经注疏》，第95页。

是河北范阳（今河北涿州），安禄山叛乱的大本营。张九龄的曾祖父到曲江当官时，遇上隋唐之际的混乱，就定居在那里。张九龄当过宰相（中书侍郎同中书门下平章事，迁中书令），刚直不阿，有所谓"曲江风度"。他在唐玄宗开元年间，上书请求诛杀安禄山，因为安禄山打了败战，就弹劾安禄山"貌有反相，不杀必为后患"，唐玄宗没有采纳他的意见。[1] 安史之乱之后，唐玄宗逃亡四川，后悔不听张九龄的劝谏，一想起此翁就掉眼泪，"每思曲江则泣下"。现在"张文献公祠"的楹联如此形容他："唐代无双士，南天第一人。"他的诗，以《望月怀远》一句"海上生明月，天涯共此时"，最是脍炙人口。清代编的《唐诗三百首》，开头两首古诗就是张九龄的《感遇》诗，第一首用兰花、桂花来比喻高洁的性情，说是"草木有本心，何愁美人折"，采用屈原"芳草美人"的比喻，赞赏兰花、桂花高贵的"本心"，并不追求美人折回插在花瓶里，才有价值，表现了一种高洁而独立的精神境界。第二首："江南有丹橘，经冬犹绿林"，采取的是屈原《九歌·橘颂》的意象，可见张九龄的心是与屈原相通的。橘树经冬依然翠绿，"自有岁寒心"。何为岁寒心？《论语》中孔子说："岁寒，然后知松柏之后凋也"，经历寒风冷雪的考验，才知道草木中最后掉叶子的是松柏。他推崇像丹橘、松柏"岁寒心"的气节，不愿与桃花、李花争俗斗艳，这么一种姿态，就是"曲江风度"的文化追求。在山地里面首先出现了张九龄，为家乡做的事，是在故乡梅岭顶部开凿出一条长约二十余丈、宽三丈，可容两辆马车并行的"梅关驿道"。客家民系从中原迁移到南方，逢山开路，不畏艰险，实在是一个具有明显特征的汉族分支族群。

空间的流动，往往可以使流动主体的眼前展开两个或者两个以上的文化区域和文化视野，这种"双世界视景"，在对撞、对比、对证中，开发了人们的智慧。比如当年的右派重回文坛，他就拥有

---

[1]《旧唐书·张九龄传》，中华书局1975年版，第3099页。

两个世界：右派世界，作家世界；农村孩子到城市上大学或打工，他也拥有两个世界：农村世界，城市世界；中国青年学者出国，他的两个世界是：中国世界，外国世界。两个世界的对比，可以接纳、批判、选择、融合的文化资源就多了，就能开拓出一种新的精神境界和思想深度。空间流动的一加一是大于二的，是超越二的，进入一种新的维度丰富的思想层面。思想在流动中发酵。这就是"双世界效应"。

鲁迅曾经将《离骚》中的"路漫漫其修远兮，吾将上下而求索"，作为其小说集的题词，可见其对屈子的景仰，及探路的坚毅。"路"，在鲁迅心目中，是人类的前途所在。1919年12月，在北京当教育部科长，兼管北平图书馆的鲁迅，奔波几千里回绍兴，准备把自己的祖屋卖掉，带着母亲和发妻朱安到北京定居。这次回乡的观感，他写成了三篇小说，《故乡》《在酒楼上》和《祝福》。此时之鲁迅已然不能简单地被看作"当年绍兴的周树人"了，他已经承受了多种"双世界效应"，或者叫作"多元世界效应"。自从他的家道中落，饱尝世态炎凉之后，走异路，逃异地，去寻求别样的人们，到了南京读到《天演论》，到了日本接触到尼采、易卜生、拜伦、裴多菲的思想和文学，又在北京感受过新文化运动，还在《新青年》上发表了《狂人日记》。他在这么多姿多彩的地理区域和文化领域里流动，再回过头来看自己的家乡，他的"故乡观"就发生了本质性的变化。他冒着严寒回到相隔两千里，别了二十年的故乡，天气阴晦，冷风吹到船舱里，远远看到几条萧索的荒村，心不禁悲凉起来，这就是我二十年前的故乡吗？他带着南京、东京、北京，中土、东洋、西洋文化这么巨大繁杂的思想文化框架，反观他萧索、荒凉的故乡，就不可能不充满着何为故乡、人生何从的疑虑，充满着痛苦的人生意义的追寻。经他母亲提起闰土，到底"月是故乡明"，他就想起在深蓝的天空底下，一轮金黄的圆月，闰土拿着一把叉去刺偷吃西瓜的小动物，这个生动活泼的画面占满了他对故乡的童年记忆。但是见到现实的闰土，这个幻想就被打得粉碎，多子、饥荒、苛税、兵匪、官绅，都把这个闰土折磨成木偶人了。更何况在老实到了麻木的"木偶人"闰土的周围，叽叽喳喳地跳出了一个想引领市井风骚的小脚如"细脚伶仃的圆规"一般的"豆腐西施"，这个绰号好得令人心酸。这篇小说作于鲁迅的"不惑之年"，但二十年风尘使故乡黯淡、青春消磨，不惑之年的鲁迅又疑惑起来了。叙事者在悲凉中陷于绝望，但还要反抗绝望，去寻找希望。离乡，就是离开月下少年、豆腐西施、沧桑闰土这些支离破碎的故乡图像。因而离乡的航程中又升起这轮明月，朦胧之中看到海边碧绿的沙地上，深蓝的天空悬挂着金黄的圆月，牵引出一句至理名言：希望本无所谓有，无所谓无，正如地上的路，其实地上没有路，走的人多了，也就成了路。[1]

路是地球上人造的血管，人员、物质、资讯都从路上流过。然而将路比喻人生，就很容易感受到卢梭所说的："人是生而自由的，却无往不在枷锁之中。"[2] 这就是中国古乐府诗中，为何多见"行路难"的感慨，李白写过《行路难》三首，大呼"大道如青天，我独不得出"；又咏叹着："欲渡黄河冰塞川，将登太行雪暗天。闲来垂钓坐溪上，忽复乘舟梦日边。行路难，行路难，多歧路，今安在。长风破浪会有时，直挂云帆济沧海。"《乐府解题》曰："《行路难》，备言世路艰难及离别悲伤之意，多以'君不见'为首。"[3] 鲁迅当然也感受到行路难，但他的精神取向是反传统"行路难"。当鲁迅将离乡二十来年所经历的多重世界与故乡的古老世界叠印在一起的时候，他的"故乡观"在新的世界观的撞击下发生破裂和爆炸，炸裂

---

[1] 鲁迅：《呐喊·故乡》，《鲁迅全集》第一卷，第476—485页。

[2] 卢梭：《社会契约论》，商务印书馆1980年版，第8页。

[3] ［宋］郭茂倩编：《乐府诗集》卷七十"杂曲歌辞"，文学古籍刊行社影宋本。

成一种在荒芜处寻路、开路，而不避艰难困苦的意志。老子言"道"，鲁迅言"路"，在字义上，道与路相通，但是道更玄妙，而路更踏实。路连通了世界上一切秘密，路通向人类的希望。人生在世，总在路上，如鲁迅所谓"过客"，以探索追求来实现生命的价值，来托起心中那轮"碧蓝天空上金黄的圆月"。年届四十不惑的鲁迅，在这一点上是不须疑惑的：这篇小说是一曲非常深刻、非常悲凉，又非常伟大的荡气回肠的东方乡土抒情诗，又是一首理智新锐而意志坚毅的反《行路难》。文学地理学的"路的效应"，在鲁迅此行中体现得极其充分。

文学地理学是一个极具活力的学科分支，是一片亟待开发的学术沃土。它使文学研究"接上地气"，接上中国历史文化和现实生活的第一流资源，敞开了区域文化类型、文化层面剖析、族群分布，以及文化空间的转移和流动四个巨大的空间，于其间生发出"七巧板效应"、"剥洋葱头效应"和"树的效应"、"路的效应"。"一气四效应"，乃是文学地理学在辽阔的文化空间中，为我们的研究输入的源源不绝的学理动力。

九、文学地理学的三条研究思路与"太极推移"

以上划分文学地理学的四大领域，划分是为了对研究的对象心中有数，而不是作茧自缚，画地为牢。研究可以有所侧重，而深入却要相互贯通。《周易·系辞上》说："圣人有以见天下之动，而观其会通。"[1] 宋人郑樵《通志总序》将"会通"之义引入学术，极言："百川异趣，必会于海，然后九州无浸淫之患。万国殊途，必通诸

---

[1]《周易·系辞上》，《十三经注疏》，第79页。

夏，然后八荒无壅滞之忧。会通之义大矣哉！"[1] 东汉王充则用这个"通"字品鉴士林："能说一经者为儒生，博览古今者为通人，采掇传书以上书奏记者为文人，能精思著文连结篇章者为鸿儒。故儒生过俗人，通人胜儒生，文人逾通人，鸿儒超文人。"[2] 王充将士林分为儒生、通人、文人、鸿儒四等，是有其现实针对性和感慨的。当时所设的五经博士，多为"能说一经者"，王充认为他们只能处于士林的最低层；偶或有"博览古今"的经师，层面也不高。王充不算当时居于要位的经学家，因此他跳出经学的圈子，推重能够著述的"文人"和有创造性的"鸿儒"。不过，从王充品鉴中，不难领会贯通和创造的重要性。

文学地理学在本质上，乃是会通之学。它不仅要会通自身的区域类型、文化层析、族群分合、文化流动四大领域，而且要会通文学与地理学、人类文化学以及民族、民俗、制度、历史、考古诸多学科。在研究比较重大而复杂的命题时，守株待兔已经不可能，需要放出敏捷的猎犬，穿越多个领域，进行综合的会通的研究。综合的会通研究有三条思路：整体性思路，互动性思路，以及交融性思路。三条思路，可以简化为：整、互、融三个字。这三条思路所注重的，是深入区域之后，能够返回整体中寻找宏观意义；壁垒分割之后，能够在跨越壁垒上深化阐释的功能；交叉关照之后，能够融合创新。假如把文学地理学的四个领域，以及贯穿四个领域的三条思路统合起来，就是七个字：区、文、群、动、整、互、融。这七个字就像北斗七星，前四个字，讲的是文学地理学的内容，是北斗七星的斗勺，可以装载大量甜美的，或富有刺激性的酒浆；后三个字，讲的是方法论，是北斗七星的斗柄，可以把握、运转和斟酌斗勺里的酒浆。四加三为七，形成一个互动互补的学理体系。这真让

[1]　［宋］郑樵：《通志总序》。

[2]　［东汉］王充：《论衡》卷十三《超奇篇》，四部丛刊本。

人联想起宋代词人张孝祥《念奴娇·过洞庭》："素月分辉，明河共影，表里俱澄澈。悠然心会，妙处难与君说"；"尽挹西江，细斟北斗，万象为宾客。扣舷独啸，不知今夕何夕！"

首先讨论"整体性思维"。整体性是分量，也是深度。

文学地理学展开一个很大的思想空间，搜集来的材料可能是分散的，零碎的，纷繁复杂的，这就需要从横向上整理出它们的类型，又要从纵向上发掘它们的深层的意义。朱熹谈及学习《论语》的方法时说："夫子教人，零零星星，说来说去，合来合去，合成一个大物事。……孔门答问，曾子闻的话颜子未必与闻，颜子闻的话子贡未必与闻，今却合在《论语》一书，后世学者岂不是幸事？但患自家不去用心。"又说："只是一理，若看得透，方知无异。《论语》是每日零碎问。譬如大海也是水，一勺也是水。所说千言万语，皆是一理。须是透得，则推之其它，道理皆通。"[1] 将零星加以组合，不能停留在1+1的凑合上，而是要用心通透，揭示其深层的"一以贯之"的原理，如此得到的整体性方是有生命力的整体性。一本书尚且需要如此，更何况要面对一个伟大的文明。因此，整体性思维，是一种需要非常透视能力的文化思维方式。

今日之中国，尤其需要以中华民族文化共同体的整体性眼光，来考察一些具体的专业性的问题，把博通和专精统一成一种可以同世界进行深层对话的学理体系。中华文明延续发展几千年，未曾中断，而且往往能够逢凶化吉，变得越来越博大深厚，原因何在？这是每一个中国人文学者都应该思考的"超级命题"。以往的解释往往强调，是由于儒家思想或者儒道释文化思想结构的"超稳定性"，这不妨权当一个道理。但是，中世纪崛起在北方的"草原帝国"驰马挥刀杀过来的危急关头，难道你拱手言说"有朋自远方来，不亦说乎？"对方就会翻身下马，"放下屠刀，立地成佛"吗？问题绝

[1] ［宋］朱熹:《朱子语类》卷十九《论语·语孟纲领》，四库全书本。

不如此彬彬有礼。很重要的原因是由于中国除了黄河文明之外，还有一个长江文明，两条江河文明共构整体文明的腹地。这两条江河的文明，且不说比起古埃及只有尼罗河河谷一线的绿洲文明，就是比起西亚底格里斯河和幼发拉底河之间的美索不达米亚平原（现伊拉克境内）这块被称为"新月沃土"的两河流域来，流域也比它大七倍，遂使我们的民族在抵御风险的时候有很大的回旋余地。自然应该对于古巴比伦、亚述等文明的天文历法、数学、楔形文字，尤其是巴比伦城有"悬空的天堂"之誉的空中花园，满怀敬意，但是，底格里斯河和幼发拉底河的这块40—50万平方公里的"两河流域"，毕竟在幅员上难以同超过300万平方公里的黄河、长江流域相媲美。

　　试想一下，中世纪崛起的从兴安岭一直到中亚、欧洲的这个草原帝国，是"上帝的鞭子"，摧毁了很多南方的古老农业文明，在中国也轮番地受到匈奴、鲜卑、突厥、契丹、女真、蒙古、满洲的超级军事力量的冲击，但是唯有中国在东亚大地上坚持住了，而且在一轮又一轮的南北融合中发展壮大了。这是为什么？就是因为除了有黄河文明之外，还有长江文明。长城在平时是可以抵挡游牧民族的，甚至可以在长城各个关口"互通关市"。但到游牧民族发展到极致、统一广阔的草原上诸部落的时候，长城就挡不住了，是谁挡的呢？是长江。世界上确实很难找到第二个国家有如此幸运，在它的民族发生冲突的时候，有长江巨流作为天然的隔离带。《隋书·五行志》说："长江天堑，古以为限隔南北。"[1] 虽然说此话者并非其人，陈朝近臣如此有恃无恐，岂知隋军占有巴蜀，实际上已经过江。倒是明朝取天下最重要的谋臣刘基写的《绝句》有些趣味："天堑长江似海深，江头山鬼笑埋金。东家酿酒西家醉，世上英雄各有心。"[2] 这位谋略天才看到了似海深的长江天堑并不能消磨世上

---

[1]　《隋书》卷二十三《五行志》。

[2]　［明］刘基：《刘基集》卷十七，四部丛刊影印隆庆本。

英雄的野心，只留下江头山鬼嘲笑那些败亡王朝的埋金逃难行为。明人杨慎如此评议岳飞之孙岳珂的一首词："岳珂《北固亭·祝英台近》填词云：'……漫登览。极目万里沙场，事业频看剑。古往今来，南北限天堑。倚楼谁弄新声重，城门正掩……'此词感慨忠愤，与辛幼安'千古江山'一词相伯仲。"[1] 在"一江南北，消磨多少豪杰"的地方，还是宣泄着一股浩然正气。

由于天堑难以飞渡，在游牧民族进入中原，难以跨过长江的岁月，许多汉族的大家族迁移到长江以南，把长江流域开发得比黄河流域还要发达。游牧民族滞留在北方，景仰衣冠文物，浸染中原文明，不出三四代就逐渐汉化或华夏化了。而长江文明在南方发展起来之后，又反过来实行了更高程度的南北融合，这就形成种族和文化上的一种"太极推移"奇观。自从《周易·系辞上》说"易有太极，是生两仪，两仪生四象，四象生八卦"[2]，历千余年至宋，"周敦颐博学力行，著《太极图》，明天理之根源，究万物之终始。其说曰：无极而太极。太极动而生阳，动极而静，静而生阴，静极复动，一动一静，互为其根，分阴分阳，两仪立焉。……无极之真，二五之精，妙合而凝，乾道成男，坤道成女。二气交感，化生万物，万物生生，而变化无穷焉"[3]。这种宇宙创生论其后的发展，则被描绘成"初孔子赞易，以为易有太极，一再传至于孟子，后之人不得其传焉。至宋濂溪周子，创图立说以为道学宗师，而传之河南二程子及横渠张子，继之以龟山杨氏、广平游氏以至于晦庵朱氏，中间虽为（蔡）京、（秦）桧、（韩）侂胄诸人梗蹭，而其学益盛"[4]。因而神秘的"太极图"，成为传统中国深入人心的宇宙生成模式。去除其神秘的成分，有必要取其形式，引入对中华文明生命力模式的解释。认识中

---

[1] [明]杨慎：《词品》卷五,四库全书本。

[2] 《周易·系辞上》,《十三经注疏》,第82页。

[3] 《宋史》卷四百二十七《周敦颐传》。

[4] [清]朱彝尊、于敏中：《日下旧闻考》卷四十九引《太极书院记》。

华民族的恒久不断的生命力，必须具有这种整体观的框架，才能进入民族国家发展脉络的深处，破解许多千古之谜。

既然关注民族生命力"太极推移"的整体观，就必然会进一步思考"太极眼"的存在。于此有必要考察太湖流域的吴文化。吴文化的第一个命题就是"泰伯开吴"。吴泰伯是周文王的伯父，他把社稷江山让给季历，再传给周文王、周武王，泰伯和二弟雍仲出奔荆蛮，开拓句吴。从陕西岐山一带，南下长江流域，一直东去太湖流域，这有什么根本性的意义呢？中华文明的两大系统，黄河系统和长江系统的"对角线"被牵动了，从而对整个民族的发展产生了无休无止的"对角线效应"。太湖流域是米粮仓，是文化智库，是工商文化发源地，成了中华文明"太极推移"中百川归海的东南"太极眼"。

在中华大地的长江文明和黄河文明的"太极推移"中，除了吴文化之外，巴蜀文化也是个关键。二千多年南北纷争有一个规律，谁得巴蜀，谁得一统。因为北方游牧民族要在下游过长江很难，那是南朝的心腹要地，必有重兵把守，定要展开你死我活的厮杀。但是巴蜀远离京城，守卫可能松懈，将领并非嫡系，占领巴蜀相对容易。一旦占领巴蜀，实际上已经过江，而且雄居长江的中上游。秦统一中国是先有蜀地；晋统一中国，是先灭蜀汉，后灭东吴；隋朝的统一，是由于侯景之乱后，北方已占领了巴蜀；宋统一中国的时候，先取长江中游的荆州，再取后蜀，然后才消灭南唐。

这里有一个充满想象力的关于柳永词的故事："孙何帅钱塘，柳耆卿作《望海潮》词赠之云：'东南形胜，三吴都会，钱塘自古繁华。烟柳画桥，风帘翠幕，参差十万人家。云树绕堤沙。怒涛卷霜雪，天堑无涯。市列珠玑，户盈罗绮，竞豪奢。重湖叠巘清佳。有三秋桂子，十里荷花。羌管弄晴，菱歌泛夜，嬉嬉钓叟莲娃。千骑拥高牙，乘醉听箫鼓，吟赏烟霞。异日图将好景，归去凤池夸。'此词流播，金主亮闻歌，欣然有慕于'三秋桂子、十里荷花'，遂起投鞭渡江之志。……余谓此词虽牵动长江之愁，然卒为金主送死之媒，未足恨也。至于荷艳桂香，妆点湖山之清丽，使士夫流连于歌舞嬉游之乐，遂忘中原，是则深可恨耳。"[1] 金人始终没有进入巴蜀，金主完颜亮就面对"天堑无涯"，想从长江天堑采石矶过江，屯兵四十万，大有"投鞭渡江之志"，来势汹汹。却给时为中书舍人，到前线劳军的书生虞允文，收罗了零散的士兵和船只一万八千人，在长江上把他打败了。他撤退时被部下刺杀，因而保存了南宋的半壁江山。元朝灭金之后四十年才灭南宋，也是先拿下成都和大理国，甚至蒙哥汗战死在重庆附近的山城钓鱼城，这叫作"上帝折鞭"的战役，改变了世界的历史进程。所以巴蜀是两条江河"太极推移"的枢纽，与太湖流域一文一武、一刚一柔，形成了江之头、江之尾的两个"太极眼"。这是从文学地理学的整体性思维上看问题的结论。整体性思维具有很强的覆盖性、贯通性和综合性，它的充分运用，有助于还原文明发展的生命过程。

十、互动性思维与李杜论衡

互动性思维是一种考察相互关系的思维，在关系中比较和深化意义的考察。其要点，是对不同区域文化类型、族群划分、文化层析，不采取孤立的、割裂的态度，而是在分中求合，交相映照，特征互衬，意义互释。古有所谓"盘结而交互也。……互字或作牙，豕牙之盘曲，犬牙之相入也"[2]。不同领域盘结交互，有助于比较各自特征，深入地研究它们互动、互补、转化的功能，梳理它们的轻重、浓淡、正反、离合所编织成的文化网络。

---

[1]　[宋] 罗大经:《鹤林玉露》丙编卷一，日本宽文本。

[2]　《汉书·谷永传》颜师古注，第3452页。

这本来是中国文化擅长的思维方式。《周易·系辞上》说："一阴一阳之谓道……生生之谓易……一阖一辟谓之变，往来无穷谓之通。"[1]《大戴礼记·本命篇》则以往返变化的说法，描述阴与阳之间的互动："阴穷反阳，阳穷反阴。……阴以阳化；阳以阴变。……一阴一阳然后成道。"[2]宋代陆象山认为："《易》之为道，一阴一阳而已。先后、始终、动静、晦明、上下、进退、往来、阖辟、盈虚、消长、尊卑、贵贱、表里、隐显、向背、顺逆、存亡、得丧、出入、行藏，何适而非一阴一阳哉！奇耦相寻，变化无穷，故曰'其为道也屡迁'。"[3]他在二十组辩证对立和依存的关系中，谈论阴阳互动。清人戴震则强调互动中的"动"字，在于流行与生息："道，犹行也；气化流行，生生不息，是故谓之道。……一阴一阳，流行不已，夫是之谓道而已。"[4]这种源于《易》学的互动思想，是在关系中考察运动，在运动中深化意义。

采用互动性思维，分析盛唐两位最重要的诗人李白和杜甫，可以深化对中国诗性智慧之独特与博大的理解。唐王朝极盛时期的疆域，如《新唐书·地理志》所说："开元、天宝之际，东至安东（府治今朝鲜平壤），西至安西（府治今新疆库车，边境至中亚咸海），南至日南（郡治今越南清化），北至单于府（北境过小海，即贝加尔湖）"，[5]人口在五千万左右。仅北方内迁的少数民族也在二百万以上。李唐王族本是一个父汉母胡的族姓，唐太宗又立了一个"天可汗"的传统："自古皆贵中华，贱夷狄，朕独爱之如一，故其种落皆依朕如父母。"[6]这种空前宏大的天下视境，赋予以诗歌为最高精神

[1]《周易·系辞上》，《十三经注疏》，第78—82页。

[2]《大戴礼记解诂》卷十三，中华书局1983年版，第251页。

[3][清]黄宗羲：《宋元学案》卷十二《濂溪学案》下，附《朱陆太极图说辩》，光绪五年龙汝霖重刊本。

[4][清]戴震：《孟子字义疏证》卷中。

[5]《新唐书·地理志》，中华书局1975年版，第960页。

[6]《资治通鉴》卷一九八，中华书局1956年版，第6247页。

方式的盛唐诗人，以无比开阔的创造精神空间。因此闻一多说，不仅要研究"唐诗"，而且要研究"诗唐"，诗的唐朝，诗的中国。

在诗的唐朝中，李白被称为天上派来的诗人，李白在《对酒忆贺监（秘书监贺知章）》的序中早就透露，贺知章在长安紫极宫和他见面时，"呼余为'谪仙人'，因解金龟换酒为乐"，并作诗云："四明有狂客，风流贺季真。长安一相见，呼我'谪仙人'。"[1] 杜甫也知道这个故事，在《寄李十二白二十韵》中一开头就说："昔年有狂客，呼尔谪仙人。笔落惊风雨，诗成泣鬼神。"贺知章"读未竟，称叹者数四，号为谪仙"的是那首《蜀道难》，诗的开头就操着四川腔调，仿佛开山力士面对险峻的群山，石破天惊地喊出一首开山谣："噫吁嚱！危乎高哉！蜀道之难，难于上青天！"其脱口而出之处，犹若川江号子，或是鲁迅所说的"杭育杭育派"的荒腔野调，这是在宣泄着人的原始的，也是自由的心声。李白诗受到长江文明的哺育，他出川的第一歌《峨眉山月歌》就是抒写对长江支流、峡谷的故乡恋情："峨眉山月半轮秋，影入平羌江水流。夜发清溪向三峡，思君不见下渝州。"李白的峨眉山月是映照江流，属于长江的。出了三峡，李白的心胸顿时开阔，所谓"渡远荆门外，来从楚国游。山随平野尽，江入大荒流"（《渡荆门送别》）。面对如此开阔的江面，他又写了《秋下荆门》："霜落荆门江树空，片帆无恙挂秋风。此行不为鲈鱼鲙，自爱名山入剡中。"剡中在浙江，现在已成了唐诗之路的佳丽山水地，一到江南，李白就陶醉于山光水色，形成"名山情结"。李白"一生好入名山游"，其主体的感受就是"心爱名山游，身随名山远"。这个"远"字，就是远离尘俗纷扰，追慕魏晋风流，或如陶渊明所说"心远地自偏"，"复得返自然"。其中的趣味与孟浩然有相通之处，比如那首《黄鹤楼送孟浩然之广陵》："故人西辞黄鹤楼，烟花三月下扬州。孤帆远影碧空尽，唯见长江天际流。"广

---

[1]《李太白全集》卷二十三，中华书局1977年版，第1085页。

陵郡的治所，在今日的扬州，史载当时"扬州富庶甲天下，时人称'扬一益二'"[1]。李白送朋友远游，送别了朋友，也放飞了心灵，他以自由奔放的诗的形式张扬着长江文明。

只不过李白诗的长江文明气息，还加进了不少西域胡人的气息。李白的族叔李阳冰受托付为李白诗集写《草堂集序》，交代李白的家族为"陇西成纪人，凉武昭王暠九世孙"，"中叶获罪，谪居条支"，"神龙之始，逃归于蜀"。[2] 以李阳冰的身份，攀缘权贵的作风或许有之，但家族迁移的路线不必造假。在李白去世五十六年后，宣歙池等州观察使范传正找到李白的孙女，在为李白作《唐左拾遗翰林学士李公新墓碑》时，提出李白出生于中亚的碎叶城（今吉尔吉斯斯坦的托克马克附近），当时属于条支都督府，唐高宗时为安西四镇之一。并且记载李白祖先乃"陇西成纪人"，又从李白之子伯禽手疏残纸中，约略知为"凉武昭王九代孙"，"隋末多难，一房被窜于碎叶"，"神龙初，潜回广汉，因侨为郡人"。[3] 这与李阳冰的说法相吻合。李白有诗云："安西渺乡关，流浪将何之。"（《江西送友人之罗浮》）他把安西四镇之一的碎叶当作"乡关"，诉说着流浪的滋味。西域碎叶城，是唐高宗调露元年（679）大将军裴行俭、王方翼所筑，武则天圣历二年（699）以阿史那解瑟罗为平西大总管，镇守碎叶，这在李白出生的前两年。此后不久，西突厥占领碎叶，解瑟罗率领部民六七万人迁移到内地，李白五六岁时，大概也是随着这股移民潮到了四川内地的。因此，李白中年从长江来到长安之后，他在胡人酒店中感受到童年熟悉的热烈奔放的气氛，对酒家胡姬别有柔肠。看他那首《少年行》写得多么潇洒："五陵年少金市东，银鞍白马度春风。落花踏尽游何处，笑入胡姬酒肆中。"又看那《白鼻騧》写得何等排场："银鞍白鼻騧，绿地障泥锦。细雨春风花落时，

---

[1] 《资治通鉴》卷二百五十九。

[2] 《李太白全集》卷三十一附录，第1443页。

[3] 同上书，第1462页。

挥鞭直就胡姬饮。”这还没有进酒店，一进酒店就发现有如《前有樽酒行》所说：“胡姬貌似花，当垆笑春风。春风舞罗衣，君今不醉将安归？”这三首诗四次使用“春风”一词，“春风”简直是胡姬的代名词。由于李白的精神深处埋下了胡人文化的基因，他晚年因永王李璘事件流放夜郎，在白帝城得到赦书，返回江陵的时候，写下了《早发白帝城》一诗：“朝辞白帝彩云间，千里江陵一日还。两岸猿声啼不住，轻舟已过万重山。”这里的“还”字很关键，读懂这个“还”字，就读懂了李白。李白总共活了六十一岁，此时已经五十九岁，他的“还”不是“还”到故乡川西北的青莲镇，他缺乏农业文明中“落叶归根”的意识，他的家族在青莲镇也只是个客户。这里渗透着胡地客商的四海为家的意识，他“还”回江南，已把长江作为自己的精神归宿了。

从本质上说，杜甫诗是中原黄河文明的产物。杜诗中篇幅最长的一首五言古诗《北征》，七十韵一百四十句，是典型的杜甫风格，唯有杜甫才写得出来。它写于杜甫四十六岁，因在左拾遗任上进谏触犯了唐德宗，被批准回鄜州探亲。此诗一向评价甚高，有所谓“似骚似史，似记似碑……足与国风、雅、颂相表里”[1]之誉。把杜诗比拟为经，就是把杜甫视为“诗圣”。这首诗开头就采用了“拟经”的笔法，学着《春秋左氏传》的口吻纪事：“皇帝二载秋，闰八月初吉。杜子将北征，苍茫问家室。”杜甫的文化基因，来自京兆、河洛的中原核心地区的文化。他认同两个祖宗源头：一个是远祖杜预，一个是近祖杜审言。杜预是京兆杜陵人，为晋朝镇南大将军消灭东吴，号称“杜武库”；又酷爱《左传》，将之与《春秋经》合并作注，成为“十三经注疏”的范本，号称“左氏癖”。杜甫三十岁时，曾亲赴墓地，祭奠杜预，作《祭远祖当阳君文》，以继承家族的儒家史学为“不敢忘本，不敢违仁”的志向。[2]杜甫的祖父杜审言，是

---

[1] ［清］赵翼：《瓯北诗话》卷三引《潜溪诗话》中黄庭坚语。又黄周星《唐诗快》卷二。

[2] 《杜诗详注》卷二十五，中华书局1979年版，第2216—2217页。

唐前期格律诗趋向成熟过程中的重要诗人，甚至放言"吾文章当得屈宋作衙官，吾笔当得王羲之北面"[1]。杜甫是把诗当作杜家的最高荣耀的，在儿子生日时交待说："诗是吾家事。"（《宗武生日》）他自我夸耀："吾祖诗冠古。"（《赠蜀僧闾丘师兄》）杜甫从小家庭作业当然离不开格律诗的训练，以至晚年达到随心所欲的境界。

杜甫的根基在中原，对于在安史之乱中浪迹天涯，他感受到的是流离失所的凄惶。安史之乱后，他举家流亡入蜀，四十九岁得朋友的帮助，建造一个并不牢固的草堂于成都浣花溪畔。次年秋天狂风破屋，作《茅屋为秋风所破歌》："八月秋高风怒号，卷我屋上三重茅。茅飞渡江洒江郊，高者挂罥长林梢，下者飘转沉塘坳。"开头采用"萧肴"韵，发出仰天长啸的悲怆的长调。此时他的朋友严武还差三四个月来当成都尹，他还是一个没有靠山的客户，因此南村群童无所顾忌地当面抢走他的茅草，他只好"唇焦口燥呼不得，归来倚杖自叹息"，流亡的客户没有乡亲的救援。这里换为入声韵，给人饮泣吞声之感。此后诗人经受着长夜苦雨的万般孤独，可贵的是他能破解孤独，发出一种人类的关怀，愿天下寒士能得广厦千万间以安居乐业。可以说，是客居的孤独和凄凉，激发了他普济天下的"杜甫草堂精神"。特别有趣的是，与李白五十九岁在白帝城遇赦，欢快地"千里江陵一日还"，"还"到远离四川家乡的江陵大为不同，杜甫五十二岁在蜀中作《闻官军收河南河北》，回首中原，简直归心似箭："剑外忽传收蓟北，初闻涕泪满衣裳。却看妻子愁何在，漫卷诗书喜欲狂。白日放歌须纵酒，青春作伴好还乡。即从巴峡穿巫峡，便下襄阳向洛阳。"襄阳是杜预建功立业之地，洛阳是杜甫出生地巩县的首府，他的还乡意向是非常强烈的。在还乡意向上，杜甫诗和李白诗，存在着不同的精神指向。

还想补充考证一桩"杜甫与海棠花"的千古公案。杜甫四十八

---

[1]《旧唐书·杜审言传》，第4999页。

岁（乾元二年，759年）入蜀，五十七岁（大历三年，768年）离开夔州出三峡，在巴蜀地区居留了将近十年。蜀地向来有"海棠国"的美名，到了蜀地的陆游就对海棠大加赞美："蜀地名花擅古今，一枝气可压千林。"陆游甚至觉得："老杜不应无海棠诗，意其失传尔。"[1]不料杜甫近十年时间，真的没有写过海棠诗。"楚辞无梅，杜诗无海棠"，是诗史上确凿无疑的事实。但是宋朝诗人醉心海棠，他们发觉自己推为"诗圣"的杜甫从未写海棠，实在是大惑不解，以致有点失落。王安石赋梅花的诗中这样解释："少陵为尔牵诗兴，可是无心赋海棠。"认为杜甫对梅花的趣味压倒了对海棠花的趣味，还杜甫一个高雅。苏东坡则游戏笔墨，据宋代的《庚溪诗话》说，苏轼流放的时候，常与官妓喝酒，即兴赋诗。但色艺俱佳的妓女李宜，却没有得诗的荣幸。她在苏轼即将调离的筵席上，哭泣求诗，苏轼出口成章："东坡居士文名久，何事无言及李宜。恰似西川杜工部，海棠虽好不吟诗。"[2]作为蜀地诗人的苏轼，对于杜甫没有海棠诗似乎并不介意，他不写由他去吧，我来写就得了。

　　不过，更多的宋人是介意的，他们要找到一个合理的解释，才放心。宋人蔡正孙《诗林广记》卷八引《古今诗话》说："杜子美母名海棠，子美讳之，故集中绝无海棠诗。"诗话论古今，那么"古"到谁呢？《佩文斋广群芳谱》说，是宋朝王禹偁《诗话》，引文是："杜子美避地蜀中，未尝有一诗说着海棠，以其生母名海棠也。"[3]这还不够，因为李白把杨贵妃比拟牡丹，宋人非要造出一个用海棠比拟杨贵妃的故事不可。恰好苏轼有一首《海棠》诗："东风袅袅泛崇光，香雾空濛月转廊。只恐夜深花睡去，故烧高烛照红妆。"这是最好的海棠诗，是经得起编织几个有关花与美人的神话的。于是宋代释惠洪《冷斋夜话》卷一说："东坡《海棠》诗：只恐夜深花睡去，故

---

[1]　[宋]陈思：《海棠谱》诗下，《香艳丛书》本。

[2]　《庚溪诗话》卷下，《历朝诗话续编》，中华书局1983年版，第173页。

[3]　李渔：《闲情偶寄·种植部》，也引王禹偁《诗话》。

烧高烛照红妆。事见《太真外传》曰：'上皇登沉香亭，诏太真妃子。妃子时卯酒未醒，命（高）力士从侍儿扶掖而至。妃子醉韵残妆，鬓乱钗横，不能再拜。上皇笑曰：'岂妃子醉？真海棠睡未足耳！'"以后的诗词屡屡出现"睡海棠"的意象。以睡海棠比喻美人，可见宋人在理学空气渐浓的时候，还在保留和发展着晚唐五代以来的那点香艳与风流。应该说，宋人崇杜，因由杜诗无海棠的迷惑与焦虑，引发了"杜母名叫海棠"的猜测。对于这种猜测，元人吾衍已斥其非："杜甫无海棠诗，相传其母名海棠，故讳之。余尝观李白、李贺等集亦无之，岂其母亦同名耶？"其实不仅李白、李贺集中无海棠，元稹、白居易、韩愈、柳宗元的集子中也无海棠。海棠作为诗词意象，是中晚唐以后的事情。宋李昉等人编的《文苑英华》卷三百二十二，收入海棠诗七首，把王维《左掖梨花》改名为《左掖海棠咏》，又把中唐李绅的《海棠梨》是改题为《海棠》，系在王维的名下。如此乱改诗题、张冠李戴，说明宋人刻意要把海棠意象的营构，追踪至盛唐。李绅用了《海棠梨》的题目，已经够早了，他在中唐与李德裕、元稹同时，号为"三俊"。李绅属于9世纪，比属于8世纪的杜甫晚几十年，李绅尚且在海棠的后面缀上一个"梨"字。《文苑英华》收晚唐薛能、温庭筠、郑谷的五首海棠诗，倒是货真价实。薛能作《海棠诗并序》说："海棠有闻而诗无闻，杜工部子美于斯有之矣。……何天之厚余，获此遗遇。"他的七言《海棠》诗，写得也热闹："四海应无蜀海棠，一时开处一城香。"可见晚唐诗中的海棠才成气候，至于杜甫的时代，海棠尚未作为引人注目的诗性意象，进入诗人的视野。因而杜甫母亲，作为盛唐以前中原的一个女性，又何从以海棠为名？那都是尊崇杜诗的宋人，以幻觉造出的错觉。至于李白和杜甫，他们咏花，分别注意到牡丹和梅花，诗歌意象史实际上蕴含着诗人的精神史。

十一、交融性思路与"炉灶创造食物"

讲了整体性、互动性思路之后，进一步的追求是融会贯通。所谓交融性思路，其特点一是交，交接以贯通诸端；二是融，融化以求创新。《周易·泰卦》的"象辞"说："天地交而万物通也。"[1] 通就是融，融有明亮、溶化、流通之义，"智者融会，尽有阶差，譬若群流，归于大海"[2]。互动力求交融，交融才有整体。将完整把握、细致梳理出来的各种材料，进行定位定性比较挖掘，然后在贯通中进到一种化境，在交融中创造新的学理。《释名》云："灶，造也，创造食物也。"[3] 中国古人遵循"述而不作"，少言创造，"作"就是创造。唯《释名》所言创造，最有意思。据说炎帝是火神，灶间生火，将百物煮生为熟，改变了性质，为人食用，就是创造。这就是说，创造要善于选择材料，精于调配，以智慧之火，再造材料的性质，造福于人类。

在交融性的创造思维中，选料和调配，是不可或缺的前期工序。众所周知，韩非子是法家的集大成者，是先秦时代最后一个大思想家。韩非的学术影响了中国两千年，虽然帝王们都满口孔孟，打着仁义旗号，但是骨子里推行韩非的集权专制的法术。韩非讲究政治的有效性，批评儒家在乱世里玩弄无用的"仁政"，他讲，慈母出败子，母亲过于慈祥就要出败家子。所以他是把政治从伦理中剥离出来，作为一个独立的学理体系。在先秦诸子中，韩非跟王族血统最接近，是韩国诸公子，但就是他第一个敏锐地以独立的政治学向血缘关系开刀。韩非子认为谁对王权危害最大？对国王最危险的是同床，是同房，是重臣。他说：国王好色则太子危，国王好外则丞

---

[1]《周易·泰卦》的"象辞"，《十三经注疏》，第28页。

[2]［隋］释灌顶：《国清百录》卷二引《王重请义书》。

[3]《艺文类聚》卷八十"火部"，四库全书本。

相危。[1] 王后在儿子当上太子之后，逐渐衰老，如果国王好色，喜欢年轻的新宠，好上"狐狸精"，就可能因为新宠得子，废掉太子。因此这时的王后和太子，恨不得国王早死。国王早死后，他（她）们的物质生活，甚至性生活，都可能得到更大的满足。如果国王不太好色，而好管外面的朝政，他政治也懂、经济也懂、军事也懂、外交也懂，丞相和大臣就无所措手足，难免触犯龙颜，身家不保。韩非的特点是把人性看得太坏，似乎到处都是坏人，需要推行重刑峻法。

韩非当过荀子的学生，这在史书中有明文记载，《史记·老子韩非列传》说，韩非"与李斯俱事荀卿，斯自以为不如非"[2]。韩非和李斯都曾拜荀子为师，战国末年三位思想巨头相聚，实在是学术思想史上的盛事。而且一位儒家大师教导出一位法家大师和一位法家重要的实践者，已是聚讼纷纭的千古公案。关键在于疏理清楚韩非、李斯多大年纪，在什么时候，什么地点，以什么样的姿态，当荀子的学生多长时间。这个关键破解了，其他问题也就迎刃而解。然而两千年来，人们找不出材料，也找不到切入口去解决这个思想史的疑案。实际上这个材料就在《韩非子》里，人们却熟视无睹。可见材料之选择、调配和激活，对于开拓性的研究何其重要。

为了说明这个问题，我们有必要追溯一下荀子的生平。荀子是赵国人，五十岁到齐国临淄当稷下先生，"三为祭酒"，"最为老师"。[3] 祭酒就是稷下学官的校长，"三为祭酒"不是说当过三届校长，而是他出入齐国三次，中间到外面走穴，去秦国拜见过丞相应侯范雎，这说明荀子有"用秦之心"。因为荀子已经看清楚，战国列强中当时唯一有前途的是秦国。他对应侯说，秦国政治体制、干部政策都很好，就是缺了一点儒的思想，"其殆无儒邪"，"此亦秦之所

---

[1] 《韩非子·内储说下六微》引晋国狐突的话。

[2] 《史记·老子韩非列传》，第2146页。

[3] 《史记·孟子荀卿列传》，第2348页。

短"，[1] 我来给你补充一下。可是应侯没有接受，可能由于应侯快要下台了，此时已是自身难保。荀子再返回稷下，就有人利用他与秦国这层关系造他的谣言，使他在齐国待不住。楚国春申君就请他去当兰陵令，这是在春申君八年（前255），秦国应侯也是这一年被罢免。兰陵是现在山东南部苍山县的兰陵镇，是楚国新开拓的东夷之地。当兰陵令不久，有人说荀子的坏话，说他治理好"百里之地"，就"可以取天下"。《荀子》书中说过，商汤王、周文王、武王以百里之地夺天下，[2] 所以人家借他的话题造谣，他治理的兰陵县就是"百里之地"。因此他被春申君解雇，回到赵国老家。两年后，又有人在春申君面前说荀子的好话，荀子再次受聘到楚国当兰陵令。在第二次去楚国的途中，荀子给春申君写了一封信。这封信收入《战国策·楚策》，名叫《疠怜王》[3]，疠是一种恶病，长着恶病的人还可怜着国王，觉得当国王，比生病还难受和危险。这封信没有收入《荀子》，却在《韩非子》中发现与之大同小异的文章 [4]。以往一些老先生就反复考证、争辩这篇《疠怜王》的真伪，说是韩非子写的，不是荀子写的，因为没有收入《荀子》书。

中国学者的脑筋真奇怪，碰到不同版本的文章，就一味地辩论真与伪。这里似乎缺乏一点"调和鼎鼐，燮理阴阳"的大眼光、大手笔。其实，这里存在着三种可能：（一）确实一真一伪。（二）韩非师从荀子，把老师的文章抄下来作为参考，随手混在自己的那批竹简里。（三）荀子授意韩非起草信件，然后经荀子修改，寄给春申君。荀子觉得信件初稿是韩非子写的，就没有收入自己的集子。韩非起了初稿后，留下底稿。那么，哪种可能性最合理，最可信呢？经过仔细的比较勘正，我认为，第三种可能性最为可信。这篇文章

---

[1] 《荀子·强国篇》，清王先谦荀子集解本。

[2] 《荀子·儒效篇》及《王霸》《议兵》《正论》诸篇都有类似的话。

[3] 《战国策·楚策》，上海古籍出版社1985年版，第567页。

[4] 《韩非子集解》卷四，《诸子集成》（五），中华书局1954年版，第76—77页。

是荀子授意韩非起草，韩非起草后留了个底，开了后来文人"捉刀"都存底备案的风气。荀子对草稿认真修改之后，才寄给春申君。对此，只要我们仔细比较《战国策》和《韩非子》两个文本，起码可以发现五条证据：（一）《战国策》文本删掉了《韩非子》文本里一些具有明显的法家思想的话，比如"人主无法术以御其臣"云云，法家思想比较极端，就删掉了。（二）采用了一个老儒所特长的"春秋笔法"。韩非文本写到齐国臣子崔杼杀国君，第一处叫"崔杼"，其他三处都叫作"崔子"，尊称崔杼为"子"（先生）。到《战国策》版本"崔子"的称呼都改掉了，删掉了两个，保留的两个都改成"崔杼"，因为刺杀国君的叛臣，怎么能叫"崔子"呢？孔子修《春秋》，最重视以称呼寓褒贬，这个传统荀子是烂熟于心的，不会疏略到以尊称的"子"来称呼叛臣，是要直称其名的。而且《韩非子》文本的"杀君"，在《战国策》文本中也改作"弑君"，这都是老儒使用"春秋笔法"改文章留下的痕迹。（三）文中使用的历史故事是荀子所熟悉，而在韩非其他文章中没有用过，可见是荀子授意的。赵武灵王把王位传授给儿子，自己当"主父"（太上王），谁料大臣把他包围一百天，把他饿死在沙丘。后来秦始皇也死在沙丘了，在河北濮阳境内。荀子是赵国人，这是他少年时代发生的国家大事。还有一个齐国的故事，齐闵王被叛乱的臣子把筋挑出来挂在梁上一天一夜，痛死了。这个故事不见于历史记载，却是荀子去齐国当稷下先生之前的两三年间发生的事情，可能是他听到的齐国宫廷秘闻。这些事情如果没有荀子授意，韩非难以与闻。（四）文章采取"疠怜王"的母题，不是法家的母题。法家是绝对君权主义，哪怕君王坏透了，也只有当爪牙的份儿；儒者有"王者师"情结，尤其像荀子这样的老儒，不免对君王说三道四。（五）修改这篇文章之后，荀子兴致未减，又在后面加了一篇赋。赋是荀子创造的一种文体，《荀子》里专门有"赋篇"。根据这五条理由，可以证得《疠怜王》是荀子授意、韩非子起草，最后经过荀子修改，寄给春申君的信。《战国策》是从楚国档案中发现此信，《韩非子》又从韩非留下的底稿中录入。二者都是真，是过程中的真，不同层次上的真。

如果这个考证是可信的，那么就可以接着解开一系列历史扭结。这封信是可以编年的，时在春申君第十年（前253），荀子第二次到楚国当兰陵令，既然让韩非代笔写信，韩非就已经是荀子的弟子了。此时荀子六十多岁，韩非子四十多岁，李斯二十多岁。六十多岁的荀子，已经是天下第一大儒；韩非还没有得到秦王政的称扬而名声远播，四十多岁还被边缘化的这位"韩国诸公子"，已经形成法家思想体系，但是名气远不及荀子，所以他要投靠荀子门下"傍大腕儿"。曾经稷下的荀子，已经不是纯粹的儒者，沾染了法家思想和黄老之道，懂得帝王之术，甚至懂得兵家之术，所以他并不引导弟子趋向纯儒那一路。

那么，他们在何处聚首呢？在楚国的首都陈郢。楚国在湖北荆州的首都被秦国将领白起攻陷，楚襄王退保于陈，把首都迁到现在的河南淮阳。楚国这个新都，离韩非所在的韩国首都新郑，离李斯的家乡上蔡，都是二三百里的距离，水陆交通方便。所以他们是在楚国首都陈郢聚首。时间、地点、年龄就因为一封信的考证，清清楚楚地展示在我们的面前。二十多岁的李斯，正是学习的年龄，经常在荀子身边，这从《荀子·议兵篇》中记载荀子与李斯的对话，"李斯问孙卿子曰"，以及《史记·李斯列传》记载李斯入秦之前，向荀子辞行请教，可以看出。而四十多岁的韩非是国王之弟，必须留在韩国首都新郑寻找从政的机会，他可能一步登天，也可能长期被边缘化，因而他只能偶尔来陈郢看望荀子。韩非的思想体系已经基本形成，法家思想根深蒂固，他向荀子学习，是"傍大腕儿"，不是将荀子思想作为系统，而是作为一种智慧来学习。

从韩非的书中可以看出，韩非对荀子不是很熟悉。《韩非子》里面涉及的荀子的材料只有一条，燕王哙没有听荀子劝告，把国家传给大臣子之（前316），造成身死而燕国大乱[1]。《孟子》讲过燕国

---

[1]《韩非子·难三篇》。

这次政治变异，《史记》也记载过此事，但是荀子如果二十几岁去见燕王的话，荀子可是到春申君死后（前238）退居兰陵著书，两个时间一对比，荀子非要活到一百多岁不可，所以这则记载属于道听途说，难以为信。《韩非子》提到春申君，说春申君是"楚庄王之弟"[1]，春申君黄歇不是楚国的王族，与楚庄王相差二三百年，怎么可能是兄弟呢？所以韩非对聘请荀子的春申君也不熟悉，他跟荀子的关系不如李斯那么密切。李斯辞别荀子入秦，在秦王政的父亲秦庄襄王卒年，即公元前247年。由此可以推定，韩非、李斯拜荀子为师的时间，是公元前253—前247年，时间总共六七年。

李斯入秦后十四年（前233），韩非出使入秦，老同学已经十几年没有见面了，实在是今非昔比。秦王政读了韩非的《孤愤》《五蠹》等篇章后，竟然说出这个话："嗟乎，寡人得见此人与之游，死不恨矣！"要能够跟这个人一块来交游我死都值得，这个话带有浓厚的感情色彩。秦始皇那时候是二十五岁，韩非已近六十岁，少年英发的一代雄主对一个连名字都不知道的糟老头子，讲了这番饱含感情的话，到底为的是什么？对几篇好文章，可以拍案称奇，至于以死发愿，古今罕见。以往我们是把《史记》的《秦始皇本纪》《吕不韦列传》《韩非列传》《李斯列传》《六国年表》分开来读的。如果采取融合性思维，把它放在一起阅读，我们对秦王政的过头话就有感觉了。秦王政是什么时候读到韩非的文章的？是他在解决吕不韦和嫪毐事件不久，或者解决接近尾声的时候。这场少年国王与太后、大臣的对决，千钧一发，嫪毐发兵要拿他的脑袋，背后还有一个狼狈为奸的吕不韦。二十多岁的秦王政从刀尖上闯过来，心有余悸，痛定思痛，读到韩非对那些同房、同床、重臣的危害性淋漓尽致的剖析，实在出了一口恶气，解了心头之恨。有何证据表明秦王政是在解决嫪毐、吕不韦事件不久阅读韩非呢？因为解决吕不韦事件的

[1] 《韩非子·奸劫弑臣篇》。

第二年，秦国就派兵攻打韩国，索取韩非，第三年韩非就出使入秦。将《史记》相关的本纪、列传、年表交融起来阅读和思考，我们就能看透秦王政对韩非子书以死相与的真实心理情感状态。

最后，关于韩非之死与师弟李斯的关联。人们喜欢引用《史记》所说，李斯以为自己学问不如韩非，出于嫉妒心理害死韩非。韩非使秦的时候，李斯已经入秦十四年，"官至廷尉"，已是秦国掌管刑狱的九卿之一。一个外国使者要争夺秦国最高法院院长的位置，谈何容易，没有必要因为一点嫉妒心，就害死当年的同学。李斯坐死韩非的原因是韩非"存韩"，韩国使者要保存韩国，这也是情理中事，何必害死人家？如果以交融性思维总览东周、秦汉文献，就可以发现，李斯处事是以自身的生存处境为中轴。他有一种"老鼠哲学"，认为"人之贤不肖譬如鼠矣，在所自处耳"[1]，老鼠处在厕所就吃屎，处在粮仓就吃粮食。四年前，韩国为了缓解秦国入侵的危机，就派郑国到秦国修水渠，以转移秦国的兵力。这个计谋被发现是为了"存韩"之后，秦王政就下了"逐客令"，驱逐六国人士，李斯也在逐客之列。他临行写了一篇《谏逐客令》，被召回重新任用。现在好了，又出来一个明显要"存韩"的韩非，又是李斯的同门，如果不明确划清界限，恐怕自身难保。他是以保存自己为目的，摘掉自己跟"存韩"的关系，坐死韩非是"存韩"，不然，再在"存韩"问题上跌跟斗，就爬不起来了。李斯这才与说客姚贾搬弄是非，促使秦王政将韩非投入监狱。一出手就不可收拾，最后李斯就狱中投药，毒死韩非。交融性思维的好处，在于它想问题不是一条筋，而是综合多种材料，统观多种可能，采取相互质疑、对证、筛选、组合的方式，还原历史现场和生命的秘密。从上面所述，也可以知道，韩非子研究的不少千古谜团就如此解开了。

文学地理学是一个值得深度开发的文学研究的重要视野和方

---

[1]《史记·李斯列传》，第2539页。

法。地理是文学的土壤，文学的生命依托，文学地理学就是寻找文学的土壤和生命的依托，使文学连通"地气"，唯此才能使文学研究对象返回本位，敞开视境，更新方法，深入本质。所谓"三条研究思路"，探讨的是方法论问题。中国最早讲"方法"的是墨子。这位出身百工的"草根显学"领袖，言理不离制造上取方取圆的方法。如《天志中》所说："夫轮人操其规，将以量度天下之圆与不圆也，曰：'中吾规者谓之圆，不中吾规者谓之不圆。'是以圆与不圆，皆可得而知也。此其故何？则圆法明也。匠人亦操其矩，将以量度天下之方与不方也，曰：'中吾矩者谓之方，不中吾矩者谓之不方。'是以方与不方皆可得而知之。此其故何？则方法明也。"[1] 如此讲方法，就是孟子所说"不以规矩，不能成方圆"[2] 了。孟子是以"离娄之明，公输子之巧"为说的，这就连带上建造房屋、制造器物了。如果说文学地理学是个大房子，那么四大领域三大思路，就是这座大房子的四大开间三级台阶，完整有序地引导我们登堂入室，建构我们文学地理学四大开间三级台阶的学理体制。

2008年元旦国家图书馆讲演

2011年11月20—29日修订

2012年2月再修订

---

[1]《墨子》卷七《天志中》，孙氏墨子间诂本。

[2]《孟子·离娄上》，《四书章句集注》，第275页。

学海苍茫，敢问路在何方？——治学的五条路径

一、眼学和耳学之辩

学问是一个汪洋大海，苍茫无际，深不可测；但有时学问又是薄薄的一层纸，一点就破。问题是如此诡异，关键在于方法。方法是进行有效性的学术研究，在茫茫无际中点破窗户纸的不可或缺的重要手段。从方法论上说，治学有五条路，"五路治学"的标举，与章太炎先生的一个说法有关。1924年章太炎批评当时的大学教育只重"耳学"，就是指用耳朵去听讲的这路学问，而不重"眼学"，不读原始著作。他提出学问首先要用眼学，读原始经典。他是把眼学作为进入学术的第一法门。

其实，学术途径很多，除了眼学、耳学之外，起码还有"手学"，要用手去找材料；有"脚学"，读万卷书，行万里路，用脚去做田野调查；此外还应该有"心学"，用心去体验、去辨析、去思考，实现学理上的开拓和创造。应以心灵头脑来统筹调动手、脚、眼、耳学，才能够把学问做深、做透、做大。进

一步总结，就是做学问的五个途径：眼学、耳学、手学、脚学、心学。

眼学是做学问的基础，就是要多读原始文献和经典，回到中国文化原点。人们常说，眼睛是心灵的窗户。眼睛居于大脑的近前方，成为人类观察世界、摄取知识的最重要的器官，据统计，眼睛作为从外部世界获得信息的重要通道，它获取的外部世界的信息量，约占人类感知这个世界的十之七八。所谓"耳听为虚，眼见为实"，眼睛除了目验事物之外，还可以考察事物的各种细节，使之释放出文字以外的更多信息。任何一个想把自己的学问做得扎实牢靠的学者，都应该以眼学对文本和材料亲自经目，于此建立真功夫或硬功夫。这就是东汉王充讲的："须任耳目以定情实。"眼学具体来说，又包括卷地毯式、打深井式、砌台阶和设计园林式四种方法。

一是卷地毯的方法，根据研究题目，按照阅读书目把作家著作和相关材料，逐一阅读，发现问题就进一步追踪线索。比如我写《中国现代小说史》就采取这个方法，通读了"五四"以后三十年间的小说2000余种，而不仅仅只读代表作家的代表作品。通过卷地毯的阅读，就可以分辨出作家的异同，流派的组合分散，时代风气的发生、发展和蜕变，理出材料的层次，认识到它们的独特性和整体性。这样就可以把握全局，把握诸多细节在全局中的意义。发现问题，就可以和作家或其后人通信请教，甚至难得的孤本书也可以在作家私藏中获得阅读的机会。比如"五四"女作家凌叔华的父亲凌福彭，有的海内外词条，说他是保定知府。知府以上的官职，在《清代职官年表》中是有反映的，一查就发现，他是光绪乙未科的进士，当过直隶布政使、顺天府尹，也就是北京市长。再依据他的籍贯，查光绪年间编修的《番禺县续志》即可明白凌叔华的曾祖父、祖父有些什么记载。这些信息，我曾经致函旅居伦敦的凌叔华，她回函说，不少材料她也是第一次听说，又叙说了晚年的生活处境。

二是打深井式阅读，选一个比较小的难题或学术空白点，穷尽所有资料。研究文学史的人或许知道：楚辞无梅，杜诗无海棠。王安石《赋梅花》诗云："少陵为尔牵诗兴，可是无心赋海棠。"苏东坡贬谪到黄州，以文章游戏三味，黄州歌妓李宜，色艺都好，但别的歌妓都在酒席上得到过苏东坡的诗曲，只有她未能获得，很丢面子。苏东坡要离开的时候，她就在告别宴席上求诗，哀鸣力请，喝得有几分醉的苏东坡就作了一首："东坡居士文名久，何事无言及李宜。恰似西川杜工部，海棠虽好不吟诗。"王安石、苏轼的诗都拿"杜诗无海棠"来说事。杜甫在成都和夔州居留了将近十年，蜀中素有"香海棠国"之誉，海棠的花事是很有名的。为何他不写海棠，这就成了令人迷惑的问题。宋人也就说：杜甫的母亲小名海棠，因此杜甫忌讳写海棠。事情果真如此吗？这是找不到证据的推测，宋元时期就有人怀疑它是穿凿之论。李渔《闲情偶寄》也作了调侃："王禹偁《诗话》云：'杜子美避地蜀中，未尝有一诗及海棠，以其生母名海棠也。'生母名海棠，予空疏未得其考，然恐子美即善吟，亦不能物物咏到。一诗偶遗，即使后人议及父母。甚矣，才子之难为也。鼎革以前，吾乡杜姓者，其家海棠绝胜，予岁岁纵览，未尝或遗。尝赠以诗云：'此花不比别花来，题破东君着意培。不怪少陵无赠句，多情偏向杜家开。'似可为少陵解嘲。"难题的解决，需要搜集材料，加深对唐宋时期海棠意象的发生学考察。杜诗无海棠，李白诗也无海棠，韩愈、柳宗元、元稹、白居易诗也无海棠。盛中唐时期，只有王维作了一首《左掖梨花》诗："闲洒阶边草，轻随箔外风。黄莺弄不足，衔入未央宫。"《文苑英华》把它的题目改为"海棠花"，《全唐诗》卷一二八说："一作海棠。与丘为、皇甫冉同作。"也就是王维和这两位同事，在宫城正门的左边小门的门下省值班，一起唱和，但是当时的海棠，还叫"梨花"或"海棠梨"。

海棠意象进入诗词，是在中晚唐，王建《宫词一百首》第九十二首说："元是我王金弹子，海棠花下打流莺。"这份情境非常秀美，但只是情境，还不能说是意象。到了晚唐的薛能、郑谷、韩偓、温庭筠之辈，才逐渐把海棠意象写火了。如郑谷《蜀中三首》："扬雄宅在唯乔木，杜甫台荒绝旧邻。却共海棠花有约，数年留滞不归人。"又有"吟残荔枝雨，咏彻海棠春"这类诗句。薛能于唐末咸通七年作《海棠》诗序说："蜀海棠有闻而诗无闻，杜工部子美于斯有之矣，得非兴象不出，殁而有怀。何天之厚余，获此遗遇，谨不敢让，用当其无。因赋五言一章二十句，学陈梁之紫，媲汉魏之朱，不以彼物择其功，不以陈言蹂其趣。或其人之适此，有若韩宣子者，风雅尽在蜀矣，吾其庶几。"宋人更是把海棠做大了，宋真宗御制后苑杂花十题，以海棠为首章，赐近臣唱和，可知海棠足与牡丹抗衡。最有名的是苏轼的《海棠》诗："东风袅袅泛崇光，香雾空濛月转廊。只恐夜深花睡去，故烧高烛照红妆。"从杜甫的"海棠虽好不吟诗"，到苏东坡的"故烧高烛照红妆"，中国诗中的海棠意象生长发育三百年，终于成为一个姣好清丽的名花意象。盛唐人重视的意象，是苍鹰、骏马、牡丹，是崇高遒劲，英姿勃勃的意象；中晚唐以后，诗人的情感转向细腻缠绵，略带几分感伤，因而娇美的海棠也就成了情感寄托的极佳选择。这个历史时段，正是词的文体逐渐成长，进入诗学中心的时期。从这种意义上说，曲子词是诗歌领域的海棠，海棠是名花意象中的曲子词。意象生成史，折射着诗人的精神史。

三是砌台阶式阅读，将整体性的学术设想进行规划，分成若干台阶，分阶段完成。起步的研究应该成为下一步研究的基础，逐层递进，有如"接力跑"，有如"三级跳"。把一系列的研究成果，通过其内在的有机联系，格局互补，共构成一个总体的大份量。比如，我以十年研究现代小说史，接着以三四年研究古代小说，又在古今贯通的基础上进行西方叙事学著作的阅读，在中西对证中进行理论思辨，形成中国叙事学的基本框架和思路。这就在十五六年间，陆续写出《中国现代小说史》三卷、《中国古典小说史论》、《中国叙事学》，三部前后铺设台阶、后先相互映照的总体学术格局。

然而学术的轨道，并不总是逐级推进，径情直遂的，它存在着许多曲折、许多回环、许多变数。这就引导卷地毯式的阅读，出现第四种方式，就是设计园林式，错落有致，迂回曲折，着眼总体的布局。从台阶式到园林式，就是从时间维度转换为空间维度，蕴含着学术理念和方法论维度的本质性的更新。中国园林将人工美融合于自然美之中，"虽由人作，宛自天开"。清人钱泳《履园丛话》说："造园如作诗文，必使曲折有法，前后呼应，最忌堆砌，最忌错杂，方称佳构。"园林中假山湖水，花草树木，以及亭台楼阁堂榭，采取借景、分景和隔景的方法，布置成小桥流水，曲径通幽，景随步移，每步都转出一个别具一格的风景，在有限的空间中，创造出无限的意境来。我在叙事学研究之后，转入诗学研究，写了《楚辞诗学》《李杜诗学》，已经是我开始担任中国社会科学院文学研究所所长，兼少数民族文学研究所所长的时候了。本来叙事学、诗学的转移，是文体性的，或智慧形式的转换，但是由汉语文学延展到少数民族文学，就是文学空间意识的巨大拓展了。这就需要提出"重绘中国文学地图"的命题，及对文学进行民族学、地理学的研究。在文学地图的多种风光中，既要"隔景"，进行专题研究，又要"分景"，在每个景物中分辨出它们的位置性的价值，比如提出黄河文明与长江文明的"太极推移"，探讨巴蜀文化和吴越文化这两个"太极眼"，提出格萨尔属于"江河源文明"等等。这些都需要景随步移，以清新的眼光注视各种各样的风景，在特定空间定位定性中，开发出无限的文化意义来。

耳学就是听讲之学。听课有助于拓展视野和交流思想。如果不参与思想交流，就很容易陷入闭门造车的孤陋状态。这就容易陷入《礼记·学记》所说的"独学而无友，则孤陋而寡闻"的困境。听研究有素的老师讲学，能使我们获得扎实的知识、敏锐的思想，或者新鲜的研究方法，以及相邻学科领域的关联。思想是要共享的，碰撞才能够擦出思想火花。听一些有真知灼见的讲座，能让我们思想活跃，从旁的学科或者其他的研究者那里得到新的角度，拓展整个知识背景和思想的维度。比如文学研究所的老所长何其芳在20世纪60年代，与中国人民大学合办文学理论班，就遍请全国的名家来讲课。本来文学所是有相当出色的戏曲研究专家的，但他出了飞机票钱，专门从广州的中山大学把王季思教授请来讲课。主要的不是要学生在一堂课中学到多少知识，而是使学生都能亲炙名家的风采。实际上，一堂精深的讲座，有两三个同学，在一两个问题上有所触动，启动他们的思想发条，甚至影响他们一段时间的学术关注，就是很大的成功。所谓"百世之师难遇，亲炙为荣"，"古人所以贵亲炙之也"。亲炙，意思是亲近而受薰炙，亲听名家讲座，是短暂的亲炙；长时间的亲炙，指进入名师之门受教诲，那就会深层次地影响你的学术方向、方法和风格了。

但是，我们不要忘记，中国古代有"耳食"一词，用耳朵来吃东西，怎么能够消化呢，轻信传闻，不加思考，只能让一些似是而非的知识蹂躏自己的脑袋。这就是章太炎为何对大学教育只重耳学，发出不满的批评的原因。有眼学，没有耳学，学问容易变得简陋；有耳学没有眼学，学问容易流于空浮，要将眼、耳之学结合起来，相互补充，相互促进。古代有一个词，就是"耳视"，以耳视物。《列子仲尼篇》"老聃之弟子有亢仓子者，得聃之道，能以耳视而目听。……亢仓子曰：'传之者妄。我能视听不用耳目，不能易耳目之用。'"亢仓子又说："我体合于心，心合于气，气合于神，神合于无。其有介然之有，唯然之音，虽远在八荒之外，近在眉睫之内，来干我者，我必知之。乃不知是我七孔四支之所觉，心腹六脏之知，其自知而已矣。"这个能耐实在匪夷所思，以心气神运行于有无之间，达到了不仅是七窍、四肢的感觉，而且兼及五脏六腑的认知，都浑然一体地沟通起来。在《文子·道德篇》中，还记载了老子的另一个弟子文子向老子问道。老子回答说："学问不精，听道不深。凡听者，将以达智也，将以成行也，将以致功名也，不精不明，不深不达。故上学以神听，中学以心听，下学以耳听。以耳听者，学在皮肤；以心听者，学在肌肉；以神听者，学在骨髓。故听之不深，即知之不明；知之不明，即不能尽其精；不能尽其精，即行之不成。"听讲演，是存在着不同的层次的，有"耳听"、"心听"、"神听"之别。听到的讲演只停留在耳朵上，是容易成为耳边风的，它必须通过生理上的耳朵，进入到心理上、精神上的心和神的深层次，才能变成刻骨铭心的记忆。听一次讲演之后，应该进行整理和反刍，与自己原有的思想意识进行对质，如果能够由此获得一两点刻骨铭心的启发，日积月累，就可提升自己的知识水平和思想能力。

二、手学和脚学兼用

手学是一门古老的做学问的方法，就是要勤于动手找材料，勤于动手做笔记，不断地在一段时间内按照特定的目标，逐层深化地积累材料。材料是分散在各处的，靠你用一条、两条线索把它们贯串起来。经过贯串的材料，才是有联系的材料，联系就是材料意义的新发现。西汉刘向的《说苑·政理篇》说："夫耳闻之不如目见之，目见之不如足践之，足践之不如手辨之。"以脚去践行，以手去分辨，是耳闻、目见这两个认识过程的延伸和深化。用手找材料，存在着一个分辨的过程。古代的出版与流通不方便，很多人做学问都要去藏书阁抄书，抄什么书，是整本抄，还是摘录式、提要式来抄，这都要分辨。韩愈在《后汉三贤赞》中说："王充者何？……师事班彪，家贫无书。阅书于肆，市肆是游。一见诵忆，遂通众流。闭门潜思，《论衡》以修。"这种"阅书于肆，市肆是游"的阅读，既是通览，又有选择。现代有计算机浏览和储存的便利，但以笔记来积累素材的方式还是非常重要。在抄的过程中加深记忆，梳理脉络，深化体验，这也是一种做学问的古老方法。张之洞说过：读十遍不如抄一遍。

　　比如"蚕马"的故事，集中地反映了古代中国的蚕神崇拜。中国是发明蚕丝的国家，考古发现，大概五千年前，先民已经知道利用蚕丝。到了商代，蚕丝业已很发达，甲骨文已有"桑"、"蚕"、"丝"、"帛"以及"丝"字旁的许多字。因此对蚕神崇拜的研究，可以透视中国风俗思想的某种原型及轨迹。这就需要我们动手搜集散布于各种文献和考古发现中的材料，包括上古神话、诸子百家到现代的新诗的相关文献，从中追溯到这个母题的精神谱系，通过做笔记或卡片，梳理出其中变化的层次。较早而又较完整的蚕神崇拜材料，出自东晋干宝的《搜神记》的记载，它说太古的时候，有一位父亲出外征战，家里只留下一个女儿，养着一匹公马。女儿孤身一人，精神苦闷，就对那匹马开玩笑地说："如果你能帮我把父亲接回来，我就嫁给你。"马听了这话，就发起性子，挣断缰绳，一直奔跑到父亲那里，父亲见马心喜，就骑上了马。马回望来路，悲鸣不已。父亲感到大概是家中有什么变故，就急忙骑马回来了。为了感谢那匹公马，特意精心饲养。谁料公马却不吃不喝，等着成其好事，每次看到姑娘出入，都兴奋得又蹦又跳。父亲感到奇怪，暗自追问女儿。女儿就一五一十都告诉父亲，必是由于先前戏言的缘故。父亲就说："别对外说了，恐怕有辱家门，也不要到处走动了。"于是埋伏弓箭手，射杀公马，把马皮晾在院子里。父亲再度外出，女儿和邻居女孩在马皮附近玩，还用脚踹着马皮说："你是畜生，还想娶人当媳妇吗？招惹杀身剥皮，干啥自找苦头！"话还没说完，只见马皮腾空而起，卷着姑娘奔跑。邻居女孩害怕，不敢搭救，跑去告诉女儿的父亲，父亲回来寻找，已经不知去向。过了几天，发现就在大树枝那里，姑娘和马皮化成了蚕，吐丝在树上，蚕丝粗壮，和平常的蚕不同。邻近妇女取回饲养，收获几倍蚕丝。因此把这种树叫作"桑"，桑者，丧也。从此百姓争着养蚕，就是现在养的那种。这实际上是古代蚕神崇拜的神话，蚕神是女儿神，马首搭配少女的柔软的身子。

荀子创造了赋的隐语形式，专门为礼、知、云、蚕、针作赋，"蚕赋"中称赞蚕丝"功被天下，为万世文"，是"身女好而头马首者与"，"食桑而吐丝……蛹以为母，蛾以为父"。在有限的几则赋中，就专门有一篇蚕赋，可见蚕丝业的重要性和普遍性。其中讲了蚕是女身和马首的结合，这是中国古民的一种原始想象。因此《周礼·夏官·马质》郑玄注中，引用《蚕书》说："蚕为龙精，月直大火，则浴其种，是蚕与马同气。"贾公彦疏解为："蚕与马同气者，以其俱取大火，是同气也。"这里把先民的原始想象，与宇宙精气联系起来了。蚕神的形象，《山海经·海外北经》描绘成"欧丝"女子，"欧丝之野在大踵东，一女子跪据树欧丝"，以吐丝作为这个女儿神的特征，这种联系是非常原始的。

其后民间宗教渗入蚕神信仰，就称呼蚕神为马头娘、马明王、马明菩萨、蚕花娘娘。《太平广记》卷四七九引《原化传拾遗》说："蚕女者，当高辛帝时，蜀地未立君长，无所统摄。其人聚族而居，递相侵噬。蚕女旧迹，今在广汉，不知其姓氏。其父为邻邦掠去，已逾年，唯所乘之马犹在。女念父隔绝，或废饮食，其母慰抚之。因告誓于众曰：'有得父还者，以此女嫁之。'部下之人，唯闻其誓，无能致父归者。马闻其言，惊跃振迅，绝其拘绊而去。数日，父乃乘马归。自此马嘶鸣，不肯饮龁。父问其故，母以誓众之言白之。父曰："誓于人，不誓于马。安有配人而偶非类乎？能脱我于难，功亦大矣。所誓之言，不可行也。"马愈跑，父怒，射杀之，曝其皮于庭。女行过其侧，马皮蹶然而起，卷女飞去。旬日，皮复栖于桑树之上。女化为蚕，食桑叶，吐丝成茧，以衣被于人间。父母悔恨，念之不已。忽见蚕女，乘流云，驾此马，侍卫数十人，自天而下。谓父母曰：'太上以我孝能致身，心不忘义，授以九宫仙嫔之任，长生于天矣，无复忆念也。'乃冲虚而去。今家在什邡、绵竹、德阳三县界。每岁祈蚕者，四方云集，皆获灵应。宫观诸化，塑女子之像，披马皮，谓之马头娘，以祈蚕桑焉。稽圣赋曰'安有女，感彼死马，化为蚕虫，衣被天下是也。'"这则记载，前半近于《搜神记》，而多了一个母亲；后半则把神话衍变为仙话，给蚕神起名为"马头娘"。

蚕神崇拜被神仙化的材料，散布于唐宋以后的各种笔记和类书。宋人戴埴的《鼠璞》有"蚕马同本"条目，说："唐《乘异集》载：蜀中寺观多塑女人披马皮，谓马头娘，以祈蚕。"明代郎瑛《七修类稿》卷十九则记载："《皇图要记》曰：伏羲化蚕为丝，又黄帝四妃西陵氏始养蚕为丝，而干宝《搜神记》以为古有远征者女……化蚕。故《乘异集》载：蜀中寺观，多塑女人披马皮，谓之马头娘，以祈蚕也。予意化蚕之说荒唐，而西陵氏养蚕者为是，但世远不可稽也。若干宝所记，但因马头娘一事，遂驾空而神其说。所谓马头娘者，本荀子《蚕赋》'身女好而头马首者欤'一句。……但蚕乃马精所化，故古人禁原蚕，恐伤马也。白殭蚕擦马齿，马即不食，可见矣。欲祀其神，古者后妃享先蚕。先蚕，天驷也，非马之精而何？汉旧仪又曰：'蚕神，苑窳妇人，寓氏公主。据此，则始于西陵氏可知，故世以蚕为妇人之业也。'"由此蚕神庙也散布于朝野各地。明人张岱《西湖梦寻》卷二说，杭州西湖西路"北高峰在灵隐寺后，石磴数百级，曲折三十六湾。山半有马明王庙，春日祈蚕者咸往焉。"

"五四"以后的新诗，形式上借鉴西方，但蚕神依然留下灿烂的身影。冯至1925年写成《蚕马》一诗，共有三叠一百二十行一千四百余字，是被朱自清誉为新诗中"堪称独步"的四部叙事诗之一。冯至的《蚕马》分三叠来书写，每段开头的咏叹调，属于第一个叙事层次，抒写一个青年弹着琴、对心上人表达爱情。他从早春唱到春末，从"溪旁开遍了红花"，唱到"蚕儿正在三眠"，一直唱到"黄色的蘼芜已经凋残"，"蚕儿正在织茧"。他所唱的属于第二个叙事层次，是源自《搜神记》的少女化蚕的故事，古今映照，是那么忧伤，又是那么热烈。那位射杀公马的父亲再度远离之后，"壁上悬挂着一件马皮，是她唯一的伴侣"，在她的孤寂恐惧中，马皮里发出沉重的语声："亲爱的姑娘，你不要凄凉，不要恐惧！我愿生生世世保护你，保护着你的身体！"这就使"她的心儿怦怦，发儿悚悚；电光射透了她的全身，皮又随着雷声闪动"。弹唱的青年最后说："我的琴弦已断；我惝惝地坐在你的窗前，要唱完最后的一段，一霎时风雨都停住，皓月收了雷和电；马皮裹住了她的身体，月光中变成了雪白的蚕茧！"从远古到现代，蚕神被神仙化、民俗化之后，又被心理化和人性化了。但它作为原型意象，都以小小的吐丝之蚕，联结着女儿与骏马。

脚学指的是田野调查。古人做学问的一个传统，叫作"读万卷书，行万里路"。清人龚自珍赠送给魏源的楹帖，就是："读万卷书，行万里路；综一代典，成一家言。"我主张文学研究也要做田野调查，迈开双脚走到历史发生的现场，身临其境地领略文学文本产生的空间，作者生存的环境，体验其胸次豁然而得江山之助，心与境会的妙处。同时，可以获得地方文人编撰的很多资料、书籍、图册，这是一般的书店、图书馆都没有的。包括那里搜集到的族谱、碑文、建筑风格等等，都会启发新鲜独到的思路，而且使这些思路连通"地气"。例如，到曾巩故居查看族谱，发现曾家与王安石家有亲戚关系，这就对他们的"变法"的立场，以及王安石变法和司马光反正的南北家族背景，有了更深切的认识。我到河南、陕西、山西、山东、江苏、江西去过几十趟，去过很多文化遗址，把人文地理引入文学研究，能够穿越历史，从现场去思考很多问题，还搜集了很多地方文献，包括族谱、家谱和民间故事。

研究古典小说史的时候，我接触到一位"古今女将第一"的人物。这就是清代褚人获《隋唐演义》第一回所说，隋朝起兵伐陈，"其时各处未定州郡，分遣各总兵督兵征服。川蜀、荆楚、吴赵、云贵，皆归版图，天下复统于一。唯岭南未有所附，数郡共奉高凉郡石龙夫人洗氏为主。夫人陈阳春太守冯宝之妻，冯仆之母也。闻隋破陈，夫人亲自起兵，保全四境，筑城拒守，众号'圣母'，谓其城曰'夫人城'。隋遣柱国韦洸，安抚岭外。夫人拒之，洸不得进。晋王遣陈主遗夫人书，谕以国亡，使之归隋。夫人得书，集首领数千人，尽日恸哭，北面拜谢后，始遣其孙（冯）盎，率众迎洸入广州。夫人亲披甲胄，乘介马，张锦伞，引彀骑卫从，载诏书称使者，宣谕朝廷德意，历十余州，所至皆降。凡得州三十，郡一百，县四百。封盎为仪同三司，册夫人为宋康郡太夫人……智勇福寿，四者俱全。年八十余而终，称古今女将第一。"想不到二三年后，我回家乡广东省电白县参加荔枝节，竟发现这位"古今女将第一"，是电白县山兜村人。她的坟地很大，墓碑基座的赑屃之大，可能只有南越王才能承受。墓地旁边有"娘娘庙"，前墙的砖石从下往上分别呈现隋唐、宋元、明清几个朝代的建筑风格。我又查了一些地方志材料，知道冼太夫人就是《北史》和《隋书》中专门有传的"谯国夫人"。郑振铎1931年写的《梅村乐府二种跋》中说："《临春阁》《通天台》杂剧二种，吴伟业撰。……伟业诗文负一时重望，诗与钱谦益、龚鼎孳并称江左三大家。所作于诗文集外，有《秣陵春》传奇一种及《临春阁》等杂剧二种，诸剧皆作于国亡之后，故幽愤慷慨，寄寓极深。《临春阁》本于《隋书·谯国夫人传》，以谯国夫人冼氏为主，而写江南亡国之恨。陈氏之亡，论者每归咎于张丽华诸女宠，伟业力翻旧案，深为丽华鸣不平，此剧或即为福王亡国之写照欤。以'毕竟妇人家难决雌雄，则愿你决雌雄的放出个男儿勇'云云为结语，盖骂尽当时见敌则退之诸悍将怯兵矣。"值得注意的是，吴梅村的《临春阁》杂剧，写冼太夫人起兵勤王，有"岭南道、岭北道各州刺史进见"；及"缅甸国、扶南国、真腊国使臣禀谒"。这说明冼太夫人作为岭南少数民族女将军，认同中原王朝政权，使隋唐建国只在北方开疆拓土，几乎不须在岭南用兵，她对于国家的统一和隋唐盛世的出现，发挥了无以代替的重要作用。

冼太夫人是见于正史记载的真实存在的来自少数民族的女大将军，并非花木兰、穆桂英多是民间想象虚构。这是应该引起研究中华民族共同体的发生发展的文史学者的高度重视的。由此查阅《隋书》卷八十："谯国夫人者，高凉洗氏之女也。世为南越首领，跨据山洞，部落十余万家。夫人幼贤明，多筹略，在父母家，抚循部众，能行军用师，压服诸越。每劝亲族为善，由是信义结于本乡。越人之俗，好相攻击，夫人兄南梁州刺史挺，恃其富强，侵掠傍郡，岭表苦之。夫人多所规谏，由是怨隙止息，海南、儋耳归附者千余洞。……后遇陈国亡，岭南未有所附，数郡共奉夫人，号为圣母，保境安民。……晋王广遣陈主遗夫人书，谕以国亡，令其归化，并以犀杖及兵符为信，夫人见杖，验知陈亡，集首领数千，尽日恸哭。遣其孙魂帅众迎洗，入至广州，岭南悉定。"《北史》卷九十一与此略同，记载"谯国夫人洗氏者，高凉人也。世为南越首领，部落十余万家。夫人幼贤明，在父母家，抚循部众，能行军用师，压服诸越。每劝宗族为善，由是信义结于本乡。越人俗好相攻击，夫人兄南梁州刺史挺恃其富强，侵掠傍郡，岭表苦之。夫人多所规谏，由是怨隙止息，海南儋耳归附者千余洞"云云。司马光《资治通鉴》卷一百七十七记隋文帝开皇十年（590）洗太夫人平定番禺夷王仲宣的叛乱，救援广州；后来番州诸俚、獠多亡叛，洗太夫人代表朝廷招抚宣慰，十余州的俚、獠少数民族都归顺了。从地方材料中可知，洗太夫人以八十高龄招抚宣慰海南岛的少数民族，死在海南岛，该岛至今还有娘娘庙二百余座。她对海南岛的回归和南中国海的开发，做出了历史性的贡献。当她从海南岛归葬电白的山兜之原时，路上竖立起一排帆形的石柱，石柱至今犹存。

对于这样的真实的女大将军，其后的笔记、小说、兵书都有记述，如宋代《太平广记》卷二七〇"妇人类"，明代赵钺《晏林子》卷五，冯梦龙《智囊》"闺智部"，唐顺之《武编》，均有记述，多少根据正史加以演绎。清初屈大均《广东新语》卷八则追述俚人部族在西汉时期的踪迹："洗氏，一在尉佗时，保障高凉，有威德。其知名又在侧、贰之先，故论越女之贤者，以洗氏为首。洗氏，高州人，身长七尺，兼三人之力。两乳长二尺余，当暑远行，两乳辄搭肩上。秦末，五岭丧乱，洗氏集兵保境，蛮酋不敢侵轶。及赵佗称王，洗氏乃赍军装物用二百担入觐，佗大欢悦，与论时政及兵法，智辩纵横，莫能折。乃委其治高梁，恩威振物，邻郡赖之。今南道多洗姓，皆其枝流云。"这就追踪了八百年前洗氏部族的踪迹，然后再叙述洗太夫人在南朝梁、陈及隋朝的势力和功绩，谓"夫人智勇兼备，至老未尝败衄，每战辄锦伞宝幰，敌望见以为神，诸蛮皆称锦伞夫人"。李调元的《南越笔记》卷四记载："洗夫人庙在高州。……其家世为南越首领，辖部落十余万。……罗州刺史冯融闻其贤，为子宝求娶焉。侯景反，高州刺史李迁仕召宝，洗止之曰：'刺史无故不当召，欲邀君共反耳。'既而迁仕果反，洗自将千余人袭击，大破之，遂与陈霸先会于赣右。……及隋继陈，隋高祖遣韦洸安抚岭外，洗因陈主遗之书，令其归化，遂遣孙暄迎，岭南遂安。未几，番禺王仲宣反，又遣孙盎进兵攻破仲宣。洗被甲领彀骑巡抚诸州。高祖异之，册为谯国夫人。"

尤为可贵的是洗太夫人在南朝、隋朝开创的这个认同中原政权的传统，成了她的将门家族的传统。《资治通鉴》卷一百九十记载，唐高祖武德五年（622）秋，洗太夫人之孙"隋汉阳太守冯盎承李靖檄，帅所部来降，以其地为高、罗、春、白、崖、儋、林、振八州，以盎为高州总管，封耿国公。先是，或说盎曰：'唐始定中原，未能及远，公所领二十余州地，已广于赵佗，宜自称南越王。'盎曰：'吾家居此五世矣，为牧伯者不出吾门，富贵极矣。常惧不克负荷，为先人羞，敢效赵佗自王一方乎！'遂来降。于是岭南悉平。"唐人吴兢《贞观政要》卷九记载："贞观初，岭南诸州奏言高州酋帅冯盎、谈殿，阻兵反叛。诏将军蔺暮发江、岭数十州兵讨之。秘书监魏徵谏曰：'中国初定，疮痍未复，岭南瘴疠，山川阻深，兵远难继，疾疫或起，若不如意，悔不可追。且冯盎若反，即须及中国未宁……此则反形未成，无容动众。陛下既未遣使人就彼观察，即来朝谒，恐不见明。今若遣使，分明晓谕，必不劳师旅，自致阙庭。'太宗从之，岭表悉定。……太宗曰：'初，岭南诸州盛言盎反，朕必欲讨之，魏徵频谏，以为但怀之以德，必不讨自来。既从其计，遂得岭表无事，不劳而定，胜于十万之师。'"《资治通鉴》卷一百九十三又记载，贞观五年（631）"高州总管冯盎入朝。未几，罗窦诸洞獠反，敕盎帅部落二万，为诸军前锋。獠数万人，屯据险要，诸军不得进。盎持弩谓左右曰：'尽吾此矢，足知胜负矣。'连发七矢，中七人。獠皆走，因纵兵乘之，斩首千余级。上美其功，前后赏赐，不可胜数。盎所居地方二千里，奴婢万余人，珍货充积。然为治勤明，所部爱之。"因而清人屈大均《广东新语》卷七说："冯盎者亟以二十州县归唐，皆可谓能知天命者也。"这个家族在武则天朝，被诬告谋反而遭灭门之灾，孑余者据说有高力士。《新唐书》卷二百七说："高力士，冯盎曾孙也。圣历初（698），岭南讨击使李千里上二阉儿，曰金刚，曰力士，武后以其强悟，敕给事左右。坐累逐出之，中人高延福养为子，故冒其姓。"据阮元考证，杨贵妃好吃荔枝，与高力士有关，电白荔枝中有"妃子笑"品种。这就是杜牧《过华清宫》绝句所形容的："长安回望绣成堆，山顶千门次第开。一骑红尘妃子笑，无人知是荔枝来。"

三、心学是最终的关键

心学指的是要用心去感受、体验研究对象，思考和发现其内在的生命及意义，达到超越的学理上有所建树的效果。《孟子·告子上》："心之官则思，思则得之，不思则不得也。"心学讲究的就是

"思则得"，发挥心思的功能是个关键。所以朱熹《论语集注》注解《为政篇》子曰"学而不思则罔，思而不学则殆"，就说："不求诸心，故昏而无得;不习其事，故危而不安。"又引程子的话："博学、审问、慎思、明辨、笃行五者，废其一，非学也。"博、审、慎、明、笃五个字，就是用心运思的五种方式。这里有两个原则值得注意，一是要重视第一印象，对所读的书有了第一印象，有所感悟之后，会产生新的思想萌芽，这些萌芽可能跟原来的一些解释不同，这就出现了对话的空间，其中蕴含着超越前人进行创造性思维的可能性。如果能够这样，就可以打破"矮子观场"局面，野地看戏，高个子站在前面，矮个子被挡在后面，后面的并没有看见戏台上的表演，看见前面在喝彩，就跟着前面的人喝彩。在学术上这样做，必然会形成人云亦云，以讹传讹的成见和陋习。清代纳兰性德的《原诗》一文，讽刺当时诗人随风倒的从众心理，说是："十年前之诗人，皆唐之诗人也，必嗤点夫宋。近年来之诗人，皆宋之诗人也，必嗤点夫唐。万户同声，千车一辙，其始亦因一二聪明才智之士深恶积习，欲辟新机，意见孤行，排众独出。而一时附和之家吠声四起，善者为新丰之鸡犬，不善者为鲍老之衣冠。向之意见孤行、排众独出者，又成积习矣。盖俗学无基，迎风欲仆，随踵而立，故其于诗也，如矮子观场，随人喜怒，而不知自有之面目，宁不悲哉!"(《通志堂集》卷十四"杂文")因此直接面对原始经典，得出自己的第一印象，然后再反过头来与前人的解读进行对话，是排除"矮子观场"之弊的重要方法。

比如杜甫的七绝，以《赠花卿》最是脍炙人口："锦城丝管日纷纷，半入江风半入云。此曲只应天上有，人间能得几回闻？"由于有"千家注杜"的说法，前面已经有许多高个子发表过对这首诗的看法了。明朝正德午间的状元公在《升庵诗话》卷十三就说："杜子美七言绝近百，锦城妓女独唱其《赠花卿》一首……盖花卿在蜀，颇僭用天子礼乐，子美作此讽之，而意在言外，最得诗人之旨。"

明朝万历年间的状元公焦竑因循了杨慎的说法，认为花卿恃功骄傲。杜公此诗讥其僭用天子礼乐也，而含蓄不露，有风人言之无罪，闻之者足以戒之旨。公之绝句百余首，此为之冠。与此二人相前后还有一个科场不甚得意，学问却下过一番功夫的胡应麟，他在《艺林学山》中说："杜子美七言绝近百，当时妓女独唱其《赠花卿》一首……盖花卿在蜀，颇僭用天子礼乐，子美作此讽之，而意在言外，最得诗人之旨。当时妓女独以此诗入歌，亦有见哉。杜子美诗诸体皆有绝妙者，独绝句本无所解，而近世乃效之而废诸家，是其真识冥契犹在唐世妓人之下乎？"竟然全部抄袭杨慎的意见，反而嘲讽别人的见解"犹在唐世妓人之下"。这种意见由明清及于近代，已经成了反复沿袭的成见。所谓"僭用天子礼乐"之说，乃是古人有忠君情结，又拘于礼乐等级制度的见解。

　　一旦解除忠君情结和礼乐制度的焦虑，直接面对《赠花卿》这首清新美妙的七绝，就会感受到杜甫的写作心理是轻松的，明朗的，并无焦灼忧郁之气。此前杜甫还写过一首《戏作花卿歌》："成都猛将有花卿，学语小儿知姓名。用如快鹘风火生，见贼唯多身始轻"，花卿是如此大名鼎鼎，用兵是如此迅雷不及掩耳。他的刚猛令人惊心动魄："子章髑髅血模糊，手提掷还崔大夫"，杜甫称赞"人道我卿绝世无"，并且反问："既称绝世无，天子何不唤取守京都？"他竟然在质问"天子"为何不起用这样的绝世将才，去把守京都，平定安史之乱？在严武尚未到成都当节度使之前，流寓成都的杜甫未免有点类乎"骑驴三十载，旅食京华春"的落拓感，戏作歌诗向大名鼎鼎的花敬定将军表达好感，是可以理解的。这位将军大人看到有这么一位老诗人在夸奖自己，就摆设歌舞盛宴招待他，如果此时杜甫面对盛情款待却写诗讥讽主人"僭越"了礼乐制度，那简直就是违背常情，故意闹别扭了。

　　对于杜甫这首诗的理解，应该将之置于更为宏大的唐诗演变脉络中加以考察。根据《旧唐书·音乐志》的记载，"（唐）玄宗又于听政之暇，教太常乐工子弟三百人为丝竹之戏，音响齐发，有一声误，玄宗必觉而正之。号为皇帝弟子，又云梨园弟子，以置院近于禁苑之梨园"。梨园子弟和极其辉煌的音乐，是大唐盛世的一个标志。安史之乱后，"梨园弟子，半已奔亡。乐府歌章，咸皆丧坠"（唐段安节《乐府杂录·序》）。因此诗人往往以梨园弟子的流散，为无可挽回地衰落破败下去的开元天宝盛世，奉献上一曲哀婉的挽歌。本来，"此曲只应天上有"，只能在长安梨园听见，"人间能得几回闻"，我竟在成都的宴席上听见了，盛唐的衰败已是不堪回首。思维方式相似的杜诗，还有《观公孙大娘弟子舞剑器行》，它回忆当年长安的乐舞："昔有佳人公孙氏，一舞剑气动四方。观者如山色沮丧，天地为之久低昂。……先帝侍女八千人，公孙剑器初第一"。谁曾想"五十年间似反掌，风尘倾动昏王室。梨园子弟散如烟……"而我又在"瞿唐石城草萧瑟"的白帝城，观看到公孙大娘的弟子"妙舞此曲神扬扬"呢？因此只能在"乐极哀来月东出"的时候，发出一声"感时抚事增惋伤"的长长叹息了。想不到数年后又在更遥远的地方，遇上当年梨园唱歌第一，善打羯鼓的李龟年，"明皇时，张野孤觱篥，雷海青琵琶，李龟年唱歌，公孙大娘舞剑"并列竞美，后来也流落江南，在地方官员的酒席上唱唱王维所作的"红豆生南国，秋来发几枝。赠君多采撷，此物最相思"一类梨园名曲了。因此杜甫又写了《江南逢李龟年》："岐王宅里寻常见，崔九堂前几度闻。正是江南好风景，落花时节又逢君。"这也是怀念已经失落了的光荣盛唐的绝唱，令人感慨于"弹尽凄凉天宝曲，江南愁杀李龟年"了。这种借梨园之音怀念盛唐的沉没，在中晚唐不绝如缕，形成一个传统，如白居易《长恨歌》的"梨园子弟白发新"；《琵琶行》的"同是天涯沦落人"，又有《梨园弟子》诗云："白头垂泪话梨园，五十年前雨露恩。莫问华清今日事，满山红叶锁宫门。"它们都是杜甫"此曲只应天上有，人间能得几回闻？"的回响，而杜甫的这首《赠花卿》实际上开拓了一个以梨园音乐怀念失落了的盛唐的诗歌传统。

心学的另一个原则，是对文本材料获得第一感觉之后，强化感悟和思辨的互动互渗，寻找自己可能的创造空间，深度开发材料内蕴的生命表达和意义密码。《周易·系辞下》说："《易》之为书也，原始要终，以为质也。"清人王念孙《读书杂志》认为，"质，本也。"这就是说，原始要终，要求学者从事理的本原初入手，寻其根脉枝叶，使学理发现能够进入生命的过程和存在的本质。在原始要终这一点上，本人有切身的体会。在撰写《韩非子还原》之前，本人把各种版本的《韩非子》读过五遍，在读前三遍时没有找到感觉，也就是说，我感觉到的，前人也感觉到了，不能以独到的角度切入事物的原本，建立自己创造性的体系，也就没有必要再写什么了。就在精神焦虑至极的时候，一天早上我坐在案前遐思，突然觉得"如击石火，似闪电光"，豁然开朗。然后再读第五遍，将材料重新梳理思考。

我想到了《韩非子》两次记载的一个神秘人物：堂溪公。一是《外储说右上》所载："堂溪公谓昭侯曰：'今有千金之玉卮而无当，可以盛水乎？'昭侯曰：'不可。''有瓦器而不漏，可以盛酒乎？'昭侯曰：'可。'对曰：'夫瓦器，至贱也，不漏，可以盛酒。虽有千金之玉卮，至贵而无当，漏，不可盛水，则人孰注浆哉？今为人之主而漏其群臣之语，是犹无当之玉卮也。虽有圣智，莫尽其术，为其漏也。'"这里堂溪公自比价廉物美的不漏的瓦罐，可以为国君保守机密；而那些贵值千金的玉杯却漏酒，使国君的权术都泄露出去了。韩昭侯于公元前362—前333年在位，堂溪公是瓦罐，并非贵族，他起码要二十五六岁以上才能见到韩昭侯，那么即便见面在韩昭侯最后一年，他的生年应在公元前358年以前。然而《韩非子·问田篇》记载堂溪公对韩非说："臣闻服礼辞让，全之术也。修行退智，遂之道也。今先生立法术，设度数，臣窃以为危于身而殆于躯。何以效之？所闻先生术曰：'楚不用吴起而削乱，秦行商君而富强，二子之言已当矣，然而吴起支解而商君车裂者，不逢世遇主之患也。'逢遇不可必也，患祸不可斥也，夫舍乎全遂之道而肆乎危殆之行，窃为先生无取焉。"根据我的考证，韩非大概生于韩襄王末年（前296），那么他二十岁时，堂溪公已经八十二岁，也就是说，堂溪公是在韩非二十岁左右与他对话的，不然，年岁不饶人了。而堂溪公与韩昭侯对话的思路，是附和死去不久的韩相申不害的思路的；与韩非的对话却针对推崇商鞅、吴起的法家思想，可能招致杀身之祸，而劝他接受"服礼辞让"、"修行退智"的"全遂之道"，这带有明显的黄老之术的意味。

这就使得我们有必要对堂溪公的身世，寻其根脉。《左传》鲁定公五年（前505）记载，吴王阖闾率师攻入楚国首都后，秦国发兵救出，这年九月，阖闾之弟夫概先回吴国，自立为王，被阖闾打败，逃亡到楚国，被安置在堂溪，他的子孙也就以堂溪作为姓氏。这条材料也被《史记·吴太伯世家》和《楚世家》采用了。从夫概封于堂溪，到《韩非子》的堂溪公，已经近二百年，起码是夫概的六世孙了。东汉王符《潜夫论》卷九说："阖闾之弟夫概王奔楚堂溪，因以为氏。……堂溪，溪谷名也，在汝南西平。"堂溪古城，春秋属楚，战国属韩，地在今河南省西平县西。此地往东是老子家乡鹿邑县，往西是范蠡的家乡南阳市，这一带是黄老道的发祥地。

考证清楚这一点，对于《韩非子》已经具有原始要终的关键性。它告诉我们，韩非受堂溪公的启发，于二十岁前后关注黄老之术，写成《解老》《喻老》二篇。这就使《史记·韩非列传》所说的"韩非者，韩之诸公子也。喜刑名法术之学，而其归本于黄老"，得到落实。首先，我们发现，《解老》《喻老》对《老子》篇章的诠释，都是从《德经》诸章开始的，占引述《老子》篇章的八成五；然后才诠释《道经》诸章，只占一成五。因此可以判断，韩非研读的《老子》，是《德经》部分在前，《道经》部分在后，与今本不同，属于黄老之术的系统。其次，《解老》《喻老》与韩非成熟期对法、术、势为核心的思想体系，存在着一些值得注意的差异。胡适等人以此断定，《解老》《喻老》"另是一人所作"，不是韩非的作品。但是一个思想家二十岁时的思想，怎么可能与四五十岁时完全一致呢？探索，是思想家趋向成熟和深刻的基本手段，从这个意义上说，思想家是一个过程，没有过程，就没有思想家。韩非是韩国诸公子，他早年的正规教育不能摒弃诗书礼乐；同时申不害掺杂着法术和黄老的学问，是韩国的"国学"，他钻研黄老的青年期，夹杂着这些思想元素，不足为怪。当我们在《解老》《喻老》中，清理出韩非对儒家核心概念、对历史人物评价尺度、关于民心民智思想、关于国家社会家庭伦理的思想态度，存在着与他晚期核心思想的不同，又发现这些不同在前中期文章里，存在着逐渐蜕变的现象，我们就可以把《韩非子》五十五篇，进行早期、前期、中期偏前、中期偏后、后期、晚期的大体编年划分。思想的生命，生长在过程之中。韩非因汲取黄老而使法家变杂，却又因汲取黄老而使法家变大，他由此成为法家集大成式的思想家。心学是为了寻找研究者存在的空间、原创的空间。心学强调思辩与感悟的融通，直接掘进事物之原本，探赜索隐，尽究精微，开拓原创之可能。

治学五路的提出，旨趣在于充分调动和激发研究者主体的感觉思想能量，多渠道、多路径、多层面地打开研究对象的本源、特征，及其皱褶、脉络。虽然对于"五学"，前面是分而言之，但是掌握"五学"，更重要的是对之综合运用，多维互参，实现材料的博采与学科的综合，将学问推向新的境界。眼学的特点在于明，耳学的特点在于聪，手学的特点在于勤，脚学的特点在于实，心学的特点在于创。五学的综合效应，是实事求是，天道酬勤，聪明敏悟，达至原创。创造性，是一切研究之魂。天赐人类五官具备，是需要灵魂来统领的，为什么不以追求创造的灵魂把它们充分调动起来呢？清人赵翼对史籍中的多种感官并用，做了梳理，指出《北齐书》："唐邕手作文书，口且处分，耳子听受，此三官并用也。"《南史》："宋刘穆之目览词义，手答笺牍，耳行听受，口并酬应，不相参涉，悉皆赡举，此四官并用也。"《隋书》："刘炫能左画圆，右画方，口诵、目数、耳听，五事同举，此五官并用也。"（《陔余丛考》卷四十）既然多种感官在日常生活中能够配合使用，那么它们在更深广的范围内的综合使用，就具备起码的生理学基础。

清人徐珂《清稗类钞》记载："萧山毛西河检讨奇龄，生有异禀，能五官并用。尝以右手改弟子课作，左手拨算珠，耳听弟子背诵经书，目视小僮浇花，口又答弟子之问难，间与其妇诟谇焉，不稍紊也。"这一传闻，也被易宗夔在民国年间出版的《新世说》所记述，说毛奇龄"少有异禀，读书过目不忘。在京师时，尝僦居屋三间，左右庋图史、寓眷属，而中为客次。先生日著书其间，笔不停挥，请业者环坐，问随答，井井无一误。夫人在室中时或诟詈，公复还诟之，殆五官并用者。……琉球使者过杭州，以兼金购文集，且求见公，其名动海外若此。"五官并用，是一种勤勉，将勤勉转化为创造，还须激活五官五学的深层功能。如果不调动和激活深层功能，就可能落入忙忙碌碌的事务主义，如晚清吴趼人《俏皮话》中所调侃的："一人无论办何事，必躬必亲，一人独任，绝不肯假手他人。一日诸事麇集，几至调排不开。而此人遂忙甚，手做、口说、眼视、耳听、心想、脚行，五官并用，四体不停。因告人曰：'我今日忙极，连吃饭睡觉的工夫都没有。'或曰：'何不请人代劳？'此人曰：'做事岂可请人作代？或者请一个人代我吃饭，或代我睡觉，倒可以商量。'"五官并用需要创造性的灵魂加以节制。灵魂需要沉观默察，不可手忙脚乱，才能透过繁芜的现象，窥见事物的本质在微笑，令人有会于心，原始要终，直抵本原。

毋庸置疑，五学并举是一个复杂的系统工程。这种综合性方法论思路牵动了多学科的知识领域，应用得好，就颇有一点经纬天地，错综群艺的效应。这令人联想到《周易·系辞上》所说："参伍以变，错综其数，通其变，遂成天下之文；极其数，遂定天下之象。非天下之至变，其孰能与于此？"朱熹言《易》，有"参伍以变错综其数说"，他是这样说的："参，以三数之也。伍，以五数之也，如云'什伍其民'，如云'或相什伯'，非直为三与五而已也。盖纪数之法，以三数之，则遇五而齐；以五数之，则遇三而会。……《易》所谓三伍以变者，盖言或以三数而变之，或以伍数而变之，前后多寡更相反复，以不齐而要其齐。……然错综自是两事，错者杂而互之也，综者条而理之也，参伍错综又各是一事。参伍所以通之，其治之也简而疏；错综所以极之，其治之也繁而密。"三条思路或五条思路各自变化，又互相汇合，反复纠结。对复杂的事物关系加以条理，整治繁密而归于疏简，要言不烦地对复杂的事物关系加以贯通，揭示千头万绪、千变万化的事物关系和发展过程的内在通则。如此探究，把握通则而揭示本原，出现"风云会处千寻出，日月中时八面明"（唐周朴《福州神光寺塔》）的境界。

　　然而这种宏观的方法论操作的系统工程，在具体运用的时候，又是可以分析，或者拆解的。应该注意到，五学路数的参伍错综，可以形成多种多样的组合方式，有时以一种方法为主，其他方法起着辅助的作用，甚至潜伏待机，从而使方法组合达到恰到好处，极其有效的结果。这样才可能有针对性地突破常规，出奇制胜，选准新的学术生长点和学术生长程序。如果不找准突破口，连学术方向都茫无头绪，就无法发挥自己的长处并弥补前人的不足，结果很可能是勤奋读书一辈子也没有跨入学术门槛，登堂入室。因而研究的视野要开阔，思路要有大模样，例如，对待历史上最有成就的清朝学问，既要看到它在文献、文字、版本、辑佚等领域的精深建树，看到清初学术之大、乾嘉学术之精、晚清学术之变，同时也要提高胆识，揭示清朝学问在民族问题、民间问题和考古材料方面的不足。反思前代学术的缺陷，是为了给当代学术寻找创造的空间。《礼记·学记》有一句话："知不足，然后能自反也。"这个"反"，可以同《老子》四十章"反者道之动"相参照。学术的开拓，往往需要在相反的方向着力，如果这个相反方向是以往学术的薄弱环节，就会收到事半功倍的效果。学术研究最怕抬头不起，转身不得，这就需要我们掌握新的学术制高点。在前人的丰厚成果面前，"竿头更进"和"竿头转身"，都是具有学术战略意义的。要"百尺竿头，更进一步"，固然困难，但是这种困难还可以有所借鉴。至于讲到"百寻竿上转身难"，那么这里的难度就在于新的学术姿态，新的思想方法的发明，才能在竿头高处转向开拓前人未曾注意的领域，发前人所未发。《入楞伽经》卷一说："智者如是观：一切诸境界，转身得妙身，是即佛菩提。"竿头转身，是可以激发学术五途径重新组合的潜力的。尤其是在知识的全球化和多样化背景中，五学并举的综合效应，由于登高望远，摆脱遮蔽，就可以得到成倍的放大，就会在各种思想思潮的对撞中迸射出创造新思想的火花。建立现代大国的学术风范，既是非常之事业，就须在总览中外、贯通古今中，启动五学综合这种非常的方法论，"竿头更进"亦可，"竿头转身"亦何妨，抛弃拾人牙慧的猥琐，磨锐辨析疑义的眼光，增强解释经典的能力，构筑一种可以和当代世界进行平等的深度对话的学理体系和话语体系。在这种非常的学术事业上，治学的五条路子，条条都可以成为洒满阳光的百货集散的通衢大道。

2008年4月在深圳大学、中山大学的讲演

2014年1月整理补充

现代中国学术方法通论：渊源、层次与总纲目

一、以学术史材料作方法论文章

方法是人类面对世界时自信的微笑和沉着的出招。学有学法，兵有兵法，治世创业有治世创业之法，升天入地有升天入地之法。一句"我有法子"，就意味着人面对着千变万化、千头万绪的世界所提出的问题，有了应对的手段，其间牵动着感觉和理智，融合着知识和智慧，转化出计谋和方略，落实到工具和手段、程序和步骤，围绕着预设性和可行性、实践性和有效性，最终指向人类文明多姿多彩的成果的获取和创造。在人类文明的进程中，问题与方法，不啻为人叩打世界大门的奇妙的指头，进入世界大门的通行证。

具体到学术研究领域，学术方法的思考、选择和设定，对于任何一个想有作为的学者，都是至关紧要的。它是进入学术领地的一把钥匙，一张入门券。不少人在学术领地的门外探首探足，逡巡难进，饱尝未窥门径的苦恼，很重要的一点就是他没有找到合适的有效的学术方法的钥匙或门径。在腹笥便便却

百般困恼的时候，迷津一经点破，豁然开朗，再回过头去看那总以为神秘莫测的学术之为物，简直平凡得就像一层薄薄的窗户纸。窗户纸未被点破，苍蝇撞窗，东撞西撞不得要领；一经点破，奋身飞出，别有风光，自然会感受到精神的怡悦。这只点破窗户纸的神秘的指头在哪里？其实，20世纪中国的一批杰出的学者，早已经用他们的奇妙的手指，不知点破了多少学术难题的窗户纸，开拓了各有千秋的学术门径，操持着各有胜算的学术手段。他们行之有效的学术方法，就存在于他们成就斐然的学术经典或名著之中。所谓"学术"，分而言之，学为原理，术为方法。在20世纪早期，梁启超就引西方学者的话，强调"学者术之体，术者学之用，二者如辅车相依而不可离"[1]。这就是说，闪亮的"学"的铜币的另一面，就是精心设计的"术"的纹样，就看你能不能运用出色的智慧，把这个铜币正面看了又翻过背面看，在正反参详中窥破学术方法的玄机。

翻转学术铜币的这门心思，自我初经接触学术研究，就有所萌动，有所留意了。但相对集中地思考现代中国学术方法，则是最近十余年的事情。1992年我到英国牛津大学研究西方叙事学，除了潜心披阅英文的叙事理论著作之外，也随便涉猎了王国维的《观堂集林》，陈寅恪的《隋唐制度渊源略论稿》《唐代政治史述论稿》，以及闻一多研究中国神话、《诗经》、《楚辞》和唐诗的文字。目的却也单纯，无非想借助于清理这些杰出学者在现代世界视野中进行学术研究的文化姿态和方法论策略，以便同我正在大量接触的西方叙事理论形成一个深刻的对话体系。这么一条潜在的学术思路在日积月累地延伸着，使我1996年福州讲学的时候，以《中国现代学术方法通论》为总题目，撷取20世纪十几位世纪级学者的材料，进行横切面式的学术方法梳理，陆续讲了《现代世界视野》《返回中国原

---

[1]　梁启超：《学与术》，原载1911年6月《国风报》第2年第15期，收入《饮冰室合集·文集》之二十五（下），中华书局1936年版。

点》《模式派生》《感悟哲学》和《贯通效应》五讲，次年这份讲演的录音整理稿在海南的一家学报连载 [1]，成了现在这部《现代中国学术方法通论》的雏形。所谓雏形，乃是让笔者重读而感到惭愧的一种未成熟形态，经过几年的材料积累和学术进展，再回过头去清理这份存稿的时候，竟然发现我的眼光、视野和学思的深广程度，即便在讨论类似的命题时已同数年前发生了根本性的差异。这番回头看，在1998年开始出版《杨义文存》，把此书列为第九卷，就已经有所反省。旧稿已不复可用，必须另起炉灶，在新的认知高度上组构新的方法论学理体系。中国古称十二年为一纪，吾生也愚钝，从1992年至今，我前前后后竟为这么一部书花费了时逾一纪的心血。

本书的基本旨趣可以归结为一句话：以学术史的材料作方法论的文章。在这个学术史行列中，行进着严复、梁启超、王国维、吴梅、胡适、鲁迅、周作人、陈垣、陈寅恪、傅斯年、顾颉刚、钱穆、俞平伯、闻一多、朱自清、朱光潜、冯友兰、宗白华、郭沫若、吴宓、钱锺书、季羡林，以及与他们的学术有渊源关系的一些学者。对这批曾经使中国学术发生现代性转型的学者的学术成就和学术方法进行逐渐深入的考察之后，留下了一个深刻的印象：一部学术史内蕴着一部弥足珍贵的学术方法开拓和嬗变的历史。这种系统而专门的学术方法的考察和融贯，前人似乎没有提上议事日程，因而有必要做一点交代。"思想的过程"结晶出"过程的思想"，这种"过程的思想"可以通过某种可操作性的程序，开拓自己的道路，形成自己的成果。把这些"过程的思想"及其操作程序萃取出来，加以方法论的意义论定和功能规定，则可以在接触新材料、新思想的时候，释放出许多合理有效的学术思路。这样的学术思路和学术方法，在不同的学术领域具有可供选择的通约性，往往能够发挥举一反三的效应。它由此产生了双重的超越：一方面超越了一般性的依靠概

---

[1]　参看《海南师院学报》1997年第4、5、6期，1998年第1、2期。

念演绎的方法论建构，而从博大精深而又个性丰富的学术实践资源中，发现思想的出发点和学术入门的途径，从而以有血有肉的材料考察其中的方法的特质、结构、分类、程序和功能，使我们在过程中领略方法的操作方式和操作这些方法的一代名家的风范。另一方面超越了学术史材料只能按照学者、学派的时间维度排比章节，论其文化背景、思想倾向和历史地位的学术史写作模式，而以"横断学科"的方式，在学术成就最丰厚的一些典型事例上切取特定的横剖面或纵剖面，考察其间带着生命热气的学理轨迹和方法论脉络，从而弄清这些学术名家名作是以什么样的方法写成的，从何入手，如何入手，入手后如何运用材料形成问题，并且进而使之进入破解问题的途径、手段和过程之中。然后又组合多种剖面的方法论考释，进行分类贯通，形成具有不同程度的普遍价值的通则。这种从"过程的思想"到方法通则的学术实施过程，实际上也是本书以学术史材料作方法论的文章的"方法之方法"。

禅门有个话头："鸳鸯绣出从君看，不把金针度与人。"[1] 朱熹论为学工夫，说："子静（陆九渊）说话，常是两头明，中间暗。或问暗是如何？曰：是他那不说破处。他所以不说破，便是禅所谓'鸳鸯绣出从君看，莫把金针度与人'，他禅家自爱如此。"[2] 元好问《论诗三首》之三说："晕碧裁红点缀匀，一回拈出一回新。鸳鸯绣了从教看，莫把金针度与人。"我在进行方法通论研究之初，并不曾存有金针度人、授人以做学问的诀窍的念头，更重要的是想金针度己，在反复端详那些鲜丽的学术鸳鸯绣样的时候，潜心揣摩其间的金针运行方法。至于发表讲演，或著述成书，是否有一点借针献人的作用，那已是另一回事了。比如我读王国维的《宋元戏曲史》、吴梅的《中国戏曲通论》、鲁迅的《中国小说史略》，以及胡适的《白话

[1] ［宋］释普济：《五灯会元》下册，中华书局1984年版，第892、1363页。
[2] 《朱子语类》卷一〇四，四库全书本。

文学史》、周作人的《中国新文学的源流》，自然也注意到西方文学观念的输入，引起中国文学本体认知和文学价值重估的深刻的现代转型，促使著述者的文化视野和审美趣味的现代性的形成，在原本"自来无史"的小说戏曲等平民文学领域投下过的功夫和眼光，拓荒性地写出经典性的专门史文本，以及采取文学运动的思想收获和历史进化、历史循环的富有个性的观念，重新评估文言与白话、载道与言志等不同文学系统的价值和命运。

但是由于采取翻转铜币以"学"观"术"，或者从鸳鸯锦绣看"针法"的研究策略，这里更为注重的是考察这些名家名作是如何发挥方法论的中介环节的作用。首先是考察它们如何以现代的科学分析能力从复杂纷纭的文学现象中提取关键性的"文化因"，从历史连续性的承接与中断中分离出文学范式，辅以锐意穷搜的史料学的分类处理，以及知识谱系学的轨迹跟踪，从而使其中的诸多学理判断都纲目严整、根本牢靠、脉络通彻，尽量避免那种找来几个时髦术语而不计中间环节地生硬地对丰富多彩的材料贴标签的做法。同时考察它们的话语原创的文化机制，考察它们是如何恰如其分地把握文学范式、熔铸学术名目，使原创话语深刻地联系着传统的语源语义而不失其根本，又开放地联系着外来的思想论证而注入现代性的内涵。此外，由于这些名家名作往往是并置着进行比较考察的，这就造成一种特殊的语境，能够从方法论的角度揭示王国维的《宋元戏曲史》不同于吴梅的《中国戏曲通论》的学术生命力的秘密，也能够从钱锺书1932年发表对《新文学源流》的质疑性批评，和1933年写成《中国文学小史序论》、1940年刊出《中国诗与中国画》的反复质疑中，提供一个不同于周作人的"载道言志循环起伏"模式的另一种文学史叙述法。经过以上的处理，"学术方法通论"的第一个层次，是在不同名家的同类著作中求"通"，会通它们从萃取"文化因"、"文学范式"到进行话语原创的一些行之有效的学术方法通则。

　　学术方法通论的第二个层次，是在不同的学科和学科分支之间求"通"。在本书中主要是会通文学、历史学、考古学、哲学、文化人类学和思维科学。现代学科对各自的研究对象、研究规范、术语形态和学理体系的严密界定和严格分工，使学术趋于专门化和职业化，使人类知识在各个领域取得了许多突破性的深刻、透彻、条理整然的成果。德国思想家马克斯·韦伯（Max Weber）早在20世纪初就感叹："学术已达到了一个空前专业化的阶段，而且这种局面会一直继续下去。"[1] 专业化的学术在坚实精进的同时，则有可能对人类知识的完整性实行阉割。因而做了六十年的历史和文化研究的钱穆又有另一番感慨："文化异，斯学术亦异。中国重和合，西方重分别。民国以来，中国学术界分门别类，务为专家，与中国传统通人通儒之学大相违异。"[2] 其实，讲专门和讲会通，是中西学术内部长期存在的张力，只不过在由古至今的时间过程中，中国与西方存在着不同的起点和历程。这里有两个故事原型值得对比着深思：一个是《圣经》的创世纪故事，上帝在七日中分门别类地造光、造天地、植物、动物和人，完成创造世界的工程。另一个是《庄子》的寓言，作为中央之帝的混沌，被处于南海、北海两极的代表着时间和速度的两位神，好心地按照"人皆有七窍"的方式，"日凿一窍，七日而混沌死"[3]。两个原型故事折射着两种集体潜意识，在其起点上一者重分析，一者重融通，但它们应该采取开放的发展的态度，由分析走向融通，由融通走向分析，建立融通与分析互动互补的文化创造机制。

　　在这种文化创造机制中，文学应该向史学取法凝重，史学应该向文学取法灵动，在不同的学科立足点上进行学术方法的科际借鉴和移植，把对人的精神关怀和对历史文化制度的重视结合起来，使

---

[1]　马克斯·韦伯著，冯克利译：《学术与政治》，三联书店1998年版，第23页。

[2]　钱穆：《现代中国学术论衡》，岳麓书社1986年版，第1页。

[3]　《庄子·应帝王篇》，《庄子集解》，中华书局1987年版，第75页。

各自的学理建设做得既博大又精彩。从事文学研究，尤其是侧重于审美体验的人，读一读陈垣的历史学著作，当会被他的史源学、年代学、文献学和校勘学的硬功夫震撼。他使用材料讲究探本求源，竭泽而渔，早年以十年时间博览文津阁《四库全书》，做了目录学上的考订功夫，甚至连《四库全书》哪部书最大，都带领人员去清点。对于那部"考究元代政教风俗语言文字必不可少之书"《元典章》，则用新发现的元刻本对校清刻本，并参以他本，校出讹误衍脱颠倒妄改之处一万二千余条，挑选千余条，归纳其致误类型，撰成《元典章校补释例》六卷五十目，进而概括出校勘学的四种方法论通则，即对校法、本校法、他校法和理校法，被胡适称为"中国校勘学的一部最重要的方法论"[1]。此外如他的"古教四考"《元也里可温教考》《开封一赐乐业教考》《火祆教入中国考》《摩尼教入中国考》，以及《元西域人华化考》等著作，都在遍考典籍、碑铭和敦煌文献的基础上，精思博识，廓清了千百年间隐晦无人能道的古宗教和民族关系史的疑难问题。文学研究倘能从这里汲取经验和方法，则可以打开自身的文化学和民族学的巨大空间，从而使这门讲究灵动的学科变得开阔而坚实。

学科之间的能力和方法的移植借用，往往能够产生在原先学科相对封闭的状态中，难以想象的综合效应。因为相对封闭的学科壁垒，在师门传授、近亲繁殖中往往强化某种思维方式或学术方法的优势，使之精益求精，却也可能忽视了，甚至压抑了另外一种思维方式或学术方法的潜能。当新的能力和方法从其他学科移植过来的时候，它可能以其新锐的角度、眼光、体例和程序，解放了原先被忽视、被压抑的潜能，开发出学科格局的新模样、新气象。郭沫若本是张扬创造、推崇灵感的诗人，当他避祸日本十年而接触甲骨文和青铜器铭文的时候，就带着强烈的创造冲动，以唯物史观的新

[1]　胡适：《元典章校补释例序》，收入陈垣《校勘学释例》，上海书店出版社1997年版，第1页。

颖方法重铸了对这些古老文字器物研究的格局。他在《卜辞通纂》[1]中跨越了从古文字学到社会形态史的巨大跨度，主体部分采录八百片甲骨，按干支、数字、世系、天象、食货、征伐、畋游、杂纂八类编排，形成由工具性、历史性到社会性、思想性的层层递进的分类学内在逻辑。而且全书的图录与文字前后映照，每片甲骨都有考释，每个分类都有小结，又有《序》《述例》《后记》阐发自己的构思和发现，从而组合成一种广泛地涉及字形字义、原始信仰、仪式制度、思维方式、生存状态和社会制度，力图复原殷代社会尽可能多的侧面的学术操作体系。这种操作体系既实事求是，又才华横溢，并非那些株守门户的学者所能达到的。

郭沫若能够创出学术的大模样，缘于他有一种长于把握中介环节的能力。他一接触德国学者亚多尔夫·米海里司的《美术考古一世纪》[2]，便被其中的美术文化遗物的"样式分析"和全体意识所吸引，从而创造性地形成自己研究殷周青铜器铭文的断代学和图象学的方法。他首先选定铭文标出年代的器物为标准器，然后以标准器的人名事迹线索、文辞体裁、文字风格和器物花纹形制为标尺，对未知年代的器物进行比较断代。其中，借鉴美术考古学"样式分析"而创造的青铜器图象学的断代和分类方法，尤为独到，它把历代青铜器形制和花纹的演变资料制成参考图谱，较其正变异同，对不同年代和国别的信仰（包括图腾）及审美形式进行辨析与推断，从而使头绪淆乱的青铜器物的年代学和地域学的认定，有了可资遵循的科学规范。这种方法论的规范被非常出色地运用在《两周金文辞大系》[3]的体例上，上编仿《尚书》体，按时间排列，把一百三十七件王臣器按编年史顺序，系于从武王到幽王的西周各王的名下；下编仿《诗经·国风》体，按空间排列，把一百一十四件东周列国器物，

---

[1] 郭沫若：《卜辞通纂》，科学出版社1978年版。

[2] ［德］米海里司著，郭沫若译：《美术考古一世纪》，上海书店出版社1998年版。

[3] 郭沫若：《两周金文辞大系》，东京文求堂书店1932年版。

排比成以长江下游的吴国为起点，溯江而上，于江河间顺流而下，更沿黄河溯流而上，走了"之"字形，经三十国而止于秦。结构本身就蕴含着深刻的历史文化意义，西周王臣器和东周列国器的编排方法，意味着两周之间礼制分崩、权力下移的历史趋势。北方列国器物属于周文化系统，南方列国器物带有浓郁的商文化的色彩，南北之辨在很大程度上是商周之辨，而且这种南北区分在春秋以后趋于划一，透露了趋向秦汉大一统的某种文化消息。在美术纹饰规制的精微体验中感受到时代消息和大地气息的萌动，这种文学素质的介入使史学体例平添许多活力，从而真切地触摸到人、社会与历史的脉搏了。当然这种活力还是有待的，有待于融入历史学科的潜心积学、深研精思。

二、途径、工具及方法论的灵魂

学术方法通论的第三个更高的层次，是指向和进入总体方法，甚至元方法，对方法论进行更深入的哲学思考。于此有必要对人类的方法论思想做出一些必要的历史反思。从总体意义上说，方法是人看世界的眼睛，以及应对和改造世界的手足，直至作为手足功能之延长的工具。总体方法是由具体方法集合而成的，是它们在本质上的集合。总体方法变了，人所看到的世界图像，包括看见哪些图像，以及被看见的图像的特质、结构、关系、功能和演化的方式，都发生了深刻的变化。刀耕火种时代，有刀耕火种时代认识和改造世界的方法；电子信息时代，有电子信息时代认识和改造世界的方法。这就表明，方法既存在于历史过程中，其自身又能够不断地展示新维度、新层面的存在。

凡事都应究其本原，本原中存在着作为出发点的本质。在本原上，中国人对方法的认识，浑融多种学科而强调价值判断；西方人对方法的把握，则往往侧重分析思维，潜蕴着追寻途径的欲望。比如《说文解字》就把方法与价值判断，甚至与刑律断案相联系："灋（法的古字），刑也。平如水，从水；廌，所以触不直者去之，从去。"[1]这里以水、以神兽比喻执法，解释方法，强调公平地考究功过、是非、曲直的价值准则。《墨子》卷七《天志中》则强调方法考究的主体能动性和标准化尺度："匠人亦操其矩，将以量度天下之方与不方也。曰：中吾矩者谓之方，不中吾矩者，谓之不方，是以方与不方可得而知之。此其故何？则方法明也。"[2]以人丈量天地而明辨其方圆，这就使方法始终存在于人与世界相互作用的动态的历史过程之中。与此相对照的是西方世界讲"方法"method，语源是希腊文的 μετά（沿）和 óδós（途），为"遵循某种道路"之义。一者重以主体的规矩量天地，一者重以外在的途径供遵循，本原上的差异，潜在地影响了中国与西方的方法论发展的方向和形式。

尽管本原和发展存在着差异，但无论中国和西方，对于方法的认识和运用都非常重视它的工具性，或者说，在其主流发展中都以"工具性"作为关键词。孔子说："工欲善其事，必先利其器。"（《论语·卫灵公篇》）工具的发展，是为了事半功倍的目的。荀子认为："假舆马者，非利足也，而致千里；假舟楫者，非能水也，而绝江河。君子生非异也，善假于物也。"[3]在行为与目的之间，假借工具而改变行为方式，是可以增加达到目的的手段和能力的。荀子的比喻，到了毛泽东的手中，就增加了现代实践哲学的意味："我们不但要提出任务，而且要解决完成任务的方法问题。我们的任务是过河，但是，没有桥或没有船就不能过。不解决桥和船的问题，过河就是一句空话。不解决方法问题，任务也只是瞎说一顿。"[4]桥或船的说法，

---

[1]《说文解字注》，上海古籍出版社1988年版，第470页。

[2]《墨子闲诂》，《诸子集成》第4册，中华书局1954年版，第128页。

[3]《荀了·劝学篇》，《诸子集成》第2册，第2—3页。

[4]《毛泽东选集》第一卷，人民出版社1991年版，第139页。

表明解决一个问题的方法往往不是唯一的，而是具有多样性的，应该根据具体的条件进行调整、选择、变通或并用。条件制约着方法，方法改造着条件。

众所周知，劳动使人走出了动物界，其中的关键是人在劳动中制造了工具。一有了工具，就有了方法，因此方法与工具在人类发展史上结下了不解之缘。古希腊亚里士多德的后学，把这位大思想家的《范畴论》等六篇论文，辑录成逻辑科学和方法论的专书，取名《工具论》，是很有道理的。两千年后，到了公元17世纪，近代方法论的开拓者英国的培根，参照这条思路撰成方法论著作《新工具》。他把重三段论推理的亚里士多德翻转了半面，主张感觉是知识的源泉，只有归纳法才能使人获得真正的知识。与他双璧交辉的法国的笛卡儿，却把他再翻转了半面，把自己的著作径称《方法论》（原题《更好地指导推理和寻找真理的方法谈》），痛斥感觉欺人，只有理性演绎法才能得到真正可靠的知识。他们选择了不同的方向和维度，一者重实验和归纳，一者重理性和演绎，从而使方法论处在运动和竞争的状态，把它做大了，做活了，做得引人注目了。反复翻转半面，就在翻转中给新的思维方式腾出了创新的空间，这实在是方法论创新的极佳方法。

这种方法工具说，在一二百年后还得到了因辩证法而驰名的德国的黑格尔的呼应和发挥。黑格尔认为："在探索的认识中，方法也就是工具，是主观方面的某种手段，主观方面通过这个手段和客体发生关系。……在真理的认识中，方法不仅是许多已知规定的集合，而且是概念的自在和自为的规定性，这种概念之所以是中名词（逻辑推理的格中的中项），只是因为它同样也有客观东西的意义。……绝对的方法（即认识客观真理的方法）不是起外在反思的作用，而是从它的对象自身中采取规定的东西，因为这个方法本身就是对象的内在原则和灵魂。"这段对方法在主客体之间的工具作用的思辨，被列宁摘入他的《哲学笔记》。[1] 他感受到这段话的深刻，但没有对这段话做出直接的评议，这也给人们反省这段话留下了思想的空间。

值得反省的是，它称说"方法本身就是对象的内在原则和灵魂"。这也就是说，方法即便是介于主体和客体之间的工具，它也是活的工具，是有"内在原则和灵魂"的活的工具。它不是静止的中介，而是运动着的传导着生命认知的中介。它以中介的身份穿针引线，畅气通神，作为我们要着重讨论的学术方法，引导着主体和客体、思想和材料的本质要素互识、互动、互化，思考着从何入手、如何入手，以及入手后的种种思动联动和生命贯注。它的生命存在于这种活生生的动态的中介性之中。之所以称方法是人看世界的眼睛，而且是人以科学的方式改造世界的手足，以及作为手足之延长和功能之强化的工具，就是因为它内在贯通着一条感应神经。对此，朱熹似乎感觉到了，他把方法与道联系起来："或问（《孟子·离娄下》）'君子深造之以道'一章。曰：'深造之以道'，语似倒了，'以道'字在'深造'字上，方是。盖道是造道之方法，循此进进不已，便是'深造之'犹言以这方法去深造之也。今曰'深造之以道'，是深造之以其方法也。'以道'是功夫，'深造'是做功夫。如'博学、审问、慎思、明辨、力行'之次序，即是造道之方法。若人为学，依次序，便是以道；不依次序，便是不以道。如为仁而'克己复礼'，便是以道；或'不克己复礼'，别做一般样，便是不以道。能以道而为之不已，造之逾深，则自然而得之。"[2]

这里强调方法应该"以道"，"以"是常用的多义词，带有因由着道、依恃着道、运用着道、遵循着道和旨归于道的多重意义。"道"在朱熹的字典中，是一个与"理"相连用而又相分别的术语。它继

---

[1] 黑格尔：《逻辑学》中译本下卷，商务印书馆1976年版，第532—537页。列宁引文见其《哲学笔记》，人民出版社1956年版，第207—208页。

[2] 《朱子语类》卷五十七，四库全书本。

承了《易经》的道器之辨，认为"道非器不形，器非道不立"，"心生道也……此心之灵，其觉于理者，道心也；其觉于欲者，人心也"，因此要"离物以求道"，"遗器而取道"[1]。这里的"道"字和理一样，具有本体论的意蕴。但道字之用更为方便，与理字有所参差，即所谓"道训路，大概说人所共由之路。……问道与理如何分？曰：'道便是路，理便是那文理。'……道字包得大，理是道字里面许多理脉。又曰：道字宏大，理字精密"。训为"路"的道字，内蕴着许多理脉和次序，就带有门径或方法论的意思了。由本体论到方法论，因而"道字看来亦兼体用，如说其理则谓之道，是指体言；又说率性则谓之道，是指用言"[2]。应该看到，赋予方法"以道"之说，与赋予方法"内在原则和灵魂"之说相契合，这就使方法论与本体论一脉相通地联系起来。其价值在于使人不可狭隘地把方法等同于雕虫小技，而应该在文化总体运行中思考方法，并且在方法论思考中指向文化发展的本原、趋势、基本原则和总体特征。这也可以为方法通论进入总体方法或元方法的层次，提供思想的支持。

现代中国学术面临的总体方法或元方法是双构性的，它以世界视野和文化还原二者作为富有内在张力的基本问题。这也是它的总体方法的"内在原则和灵魂"，或者所要"以"之的"道"。二者缺其一，就会发生严重的"失魂"或"失根"的倾斜。世界视野所要解决的是睁开眼睛，打开窗户，认识现在是一个什么样的世界，并且在学术上审视外来的文化观念思潮提供了哪些新视境、新思路、新问题，它们又是如何规范着、影响着学术的领域、思路、形态和方式的。没有这种视野，就会自我封闭，不知身处何世，失去挑战中所包含的机遇，失去现代性发展中的创新能力。处在另一维度的文化还原，所要解决的是站稳脚跟，开发优势，明白我们自己是如

---

[1] 《朱子语类》卷二十七、卷四十四、卷七。

[2] 《朱子全书》卷四十六，四库全书本。

何生生不息地走到现在，从而以自尊自重的姿态点化本土文化资源的经验、智慧和生命，对那些为他者文化无法代替的核心性的文化精神和文化血脉，进行充分的深刻的现代性阐释，使之薪火相传，并在平等的对话中成为可资现代人类共享的一束智慧强光。没有这种还原，就只能充当眼迷五色的浅薄之徒或文化稗贩，既愧对祖宗的遗泽，又怠慢人类的期待，无从在应对挑战和把握机遇中建立牢靠的立足点，也无从在学术思想上建立自己的原创性优势。因此，只有把世界视野和文化还原相结合，才能使学术踏实明敏、登高望远，在反思自己自何而来，向何而去的基础上，明古今之变，察中西之机，外可以应对全球化的挑战，内可以坚持自主性的创造。这样的学术才是有大国气象的学术，才能找到自己的生长之机，创造之魂，才能在克服抱残守缺、随波逐流的弊端中，实现一种有根的生长，有魂的原创。

世界视野对于现代学术之所以具有元方法的价值，在于它赋予学术方法的移植、调整、重组和运用以新鲜广阔的精神空间。胡适提倡文学革命，在于他能够以留学生的经验，以"历史进化的眼光"省察到欧洲诸国，如意大利的但丁、德国的路德曾经以俚语的"活文学"取代拉丁语的"死文学"，开本国新文学之先机。这是在文化过程的层面上建立自己的世界视野。在术语操作层面上，他不妨就便地撷取20世纪10年代风行美国、被称为一代"诗宗"的意象主义诗派领袖庞德和罗威尔等人的主张。胡适在1916年12月留美日记中，录有《纽约时报》上刊发的《印象主义诗人的六条原理》的英文原文，认为"此派所主张，与我所主张多相似之处"[1]。这六条原理主张使用通俗语言，诗歌采用自由格式和新的节奏韵律，主题选择绝对自由，意象应确切地表现细节，诗风要清晰、坚实，把凝练作为诗歌最重要的本质。这六条原理都被胡适用以针对中国旧文学的弊端，加以变通组合，创设出《文学改良刍议》中从"须言之有

[1] 胡适：《藏晖室札记》卷十五，上海亚东图书馆1939年版。

物"到"不避俗字俗语"的"八事"。[1] 这"八事"的针对性和新锐感，对于当时沉闷的文学界，其震撼作用确如《新青年》的主编陈独秀之"以为今日中国文界之雷音"[2]。

对于胡适"八事"与意象主义"六原理"的关系，在纽约留学的梁实秋已于1926年有所揭破："我以为白话文运动的导火线即是外国的影响。近年倡导白话文的几个人差不多全是在外国留学的几个学生，他们与外国语言文字的接触比较的多些，深觉外国的语言与文字中间的差别不若中国言语文字那样的悬殊。同时外国也正在一个文学革新的时代，例如在美国英国有一部分的诗家联合起来，号为'影象（即意象）主义者'，罗威尔女士、佛斯琪儿等属之，这一派唯一的特点，即在不用陈腐文字，不表现陈腐思想。我想，这一派十年前在美国声势最盛的时候，我们中国留美的学生一定不免受其影响。试细按影象主义者的宣言，列有六条戒条，主要的如不用典，不用陈腐的套语，几乎条条都与我们中国倡导白话文的主旨吻合。所以我想，白话文运动是由外国影响而起。"[3] 这种外国文学过程和术语的参照移植，以其时空情境的巨大的异质性，在中国文学情境中引发了强烈的纳新和排异的反应。由于五四新文学群体的毫不妥协的奋战，那借鉴而来的"雷音"，终于打开了中国文学和学术的新局面。

视野可以使方法增值。新视野的敞开，使胡适敏捷而明智把自己的研究重心和研究方法，转移到最容易增值，而以往的研究又非常薄弱的古典小说领域，既为倡导白话文提供历史的依据，又为新学术提供方法论的范例。从1920年到1933年，他在十四年间以"序言"、"导论"的方式，为十二部古典小说写了三十万字的考证文章。在诸多考证文字中，影响最著的是《〈红楼梦〉考证》，以至在他

---

[1] 胡适：《文学改良刍议》，载1917年1月《新青年》第二卷第5号。

[2] 陈独秀：《复胡适》，载1916年10月《新青年》第二卷第2号。

[3] 梁实秋：《现代中国文学之浪漫的趋势》，《浪漫的与古典的·文学的纪律》，人民文学出版社1988年版，第8页。

逝世时有人写了这样的挽联："先生去了，黄泉如遇曹雪芹，问他红楼梦底事？后辈知道，今世幸有胡适之，教人白话做文章。"[1] 在胡适的"新红学"研究中，现代世界视野笼罩着，并渗透到学术思考的各个层面，包括研究领域的选择，研究思路的确定，研究资源的开发。首先，破除视小说为"小道"的旧观念、树立小说为"文学正宗"的观念，使他对上海亚东图书馆"新版标点古典白话小说"的事业赋予极大热情。在把商业行为与文化事业行为相结合中，以《红楼梦》这类小说名著作为专门的研究领域，"这种工作是给予这些小说名著现代学术荣誉的方式，认定它们也是一项学术研究的主题，与传统的经学、史学平起平坐"[2]。其次，在新领域的拓荒工作中，他选择的入手处是把实证主义的史学方法和文学方法移植并用，以揭破《红楼梦》作者和版本的谜团。他打破了旧红学的索隐派把这部杰作曲解为影射清顺治帝与董鄂妃之事，或附会为写康熙朝宰相明珠的儿子纳兰性德之事，或以排满意识误读为"康熙朝的政治小说"等等奇谈怪论，考定该书作者是江南织造曹寅之孙曹雪芹，还原出《红楼梦》是一部"自然主义的杰作"，只是老老实实地描写这个大家族"坐吃山空"、"树倒猢狲散"的自然趋势，因而是一部作者"将真事隐去"的自叙的书。[3] 所谓自然主义和自叙传，都是五四新文学运动接纳西方思潮的流行观念，胡适想以此来演示"大胆的假设，小心的求证"的科学方法。其三，研究领域和研究方法的开拓，使清代的一批文集、方志、谱牒、笔记等文献资源顿然被照亮而获得新的意义。在顾颉刚、俞平伯的协助下，查阅《江南通志》《八旗氏族通谱》《曹楝亭全集》，以及借阅《雪桥诗话》及《续集》，终于考明曹雪芹的家世。又通过搜集《石头记》脂评

---

[1]　胡明：《胡适传论》，人民文学出版社1996年版，第463页。

[2]　唐德刚译：《胡适口述自传》，华文出版社1992年版，第258页。

[3]　胡适：《〈红楼梦〉考证》，《胡适红楼梦研究论述全编》，上海古籍出版社1988年版，第103—108页。

本和各种《红楼梦》早期刻本，终于发现"曹书高续"的成书秘密。

由此可知，世界视野是学者观看世界的思想之窗，学者通过这扇思想的窗户，着重解决他在学术领域看到什么和如何看的根本问题。笛卡尔曾经说过，思想方法不同，看到的不是同一个东西。很难设想，如果胡适没有这扇思想的窗户，依旧以他的聪明按前人的规矩治经治史，或者按索隐派的方法寻找《红楼梦》的政治人事谜底，还能否做出像开创新红学派这样里程碑式的学术建树。学术视野合乎历史理性的调整，能使学术才能不致虚掷而增值，这是被学术史证明了的原理。

三、世界思潮与本土血脉的双构性

方法论既然是一个历史范畴，它的双构性也就是一种动态的双构性，它会随着历史时段的向前推移出现不同侧面消长、起伏、隐显或交融的现象。这一点已为培根和笛卡儿的例子所证明，他们分别强调的归纳法和演绎法是双构性的，但又是在历史行程中彼此消长起伏的。现代中国学术方法论也不缺乏这种交替性或层面性的消长起伏的经验。还在胡适发难文学革命和开创新红学派之前的十年左右，身为留日学生的鲁迅就曾经提出过关于"世界之思潮"和"固有之血脉"的双构性文化方法论的构想："明哲之士，必洞达世界之大势，权衡校量，去其偏颇，得其神明，施之国中，翕合无间。外之既不后于世界之思潮，内之仍弗失固有之血脉，取今复古，别立新宗，人生意义，致之深邃，则国人之自觉至，个性张，沙聚之邦，由是转为人国。"[1] 双构性的文化命题在这里表达得非常精彩，它既以血脉、思潮的表述，暗示着何者为内质、何者为新机，又主张于

[1] 鲁迅：《文化偏至论》，《鲁迅全集》第一卷，人民文学出版社1981年版，第56页。

内外古今之间比较权衡，去芜存菁，在凝聚化合中创造出一种新的文化精神和文化体制。在这番表述中，保存固有血脉和接纳世界思潮的重要性是并列而言的，但是由于一个文明古国要走出封闭、跨越沉沦，进行根本性的改弦更张，它在戊戌变法到五四新文化运动的觉醒初期，当务之急还是不遗余力地打开自己的现代世界视野。相对而言，文化还原的意识还处在非主流的，甚至受到压抑的，但依然取得坚实成果的位置。

对于一个伟大的文明古国，不应该长时期地简单化地以"激进"、"保守"一类上纲上线的术语，来处理世界视野和文化还原的双构性方法论问题。因为，一、这是用源自西方的单边主义价值观来看待应该多元共存的世界文化结构；二、它忽视了一种本土文化经验在充分掌握现代世界视野后，还存在着深度开发自身的经验和智慧，使之成为他者文化的世界视野的必要和可能。世界就是这样奇妙，别人的经过现代化的本土经验，可以成为我们的世界视野；我们的本土经验经过现代化的开发和改造，也可以成为别人的世界视野。道理就是那么简单，在我们把别人当成"老外"的时候，别人也把我们看作"老外"，就看你这"老外"的风采和智慧如何了。唯有超越那种过度讲究激进、保守的偏见浅识，在深思远虑的双构性方法论中，认识世界视野的相对性和文化还原的必行性，我们才能充分拓展精神空间，解放自身的学术创造的能力、手段和资源。

应该看到，世界视野和文化还原的双向对质与融合，存在着现代学术博大精深发展的极其重要的动力学原理。没有文化还原的世界视野，是空泛的世界视野；没有世界视野的文化还原，是盲目的文化还原。我们所以特别推重陈寅恪在八面来风时代的学术风骨，就因为他不仅倡导"独立之精神，自由之思想"，而且把王国维古史研究中取地下出土之新材料，补正纸上文献之材料的"二重证据法"演绎为"三参证法"，强化了世界视野和文化还原的双构性方法论的可操作性。这"三参证法"是："一曰取地下之实物与纸上之遗文互相释证"；"二曰取异族之故书与吾国之旧籍互相补正"；"三曰取外来之观念与固有之材料互相参证"。[1] 也许他随之而讲的"吾国他日文史考据之学，范围纵广，途径纵多，恐亦无以远出三类之外"未免有点绝对化，因为将出土文物、文史材料与自然科学、现代技术手法相对质，以厘定古史的关键年代，就是20世纪末夏商周断代工程"远出三类之外"的重要方法。而且有前沿消息说，分子生物学或DNA研究已开始试用于人类进化史研究领域，"从距今四万年以前的尼安德特人骨中成功地提取并缀合起（sequencing）线粒体DNA的惊人之举，它对人类进化研究贡献至巨，并使我们对人类进化的理解开始置于分子生物学的水平之上"[2]，此类前沿进展都是值得刮目相看的。尽管如此，陈寅恪的"三参证法"以文化还原撑起世界视野的脊梁，依然具有不容置疑的方法论价值。

有一点是可以肯定了，没有世界视野，文化还原就不可能在现代意义上获得实质的突破和深入；反而言之，没有文化还原，世界视野也不可能在中国化的过程中真正生根发芽。它们二者是相互赋予生命的。比如说公元5世纪后期的南朝谢赫论绘画"六法"，次序为：一、气韵生动；二、骨法用笔；三、应物象形；四、随类赋彩；五、经营位置；六、传移模写。[3] 孤立地谈论这"六法"，我们也许可以像宋人郭若虚那样揣摩着："六法精论，万古不移。然而骨法用笔以下五者可学，如其气韵，必在生知，固不可以巧密得，复不可以岁月到，默契神会，不知然而然也。"[4] 或者像清人黄钺那样言说着："六法之难，气韵为最，意居笔先，妙在画外。"[5] 甚至可以从典籍文献中对"气"字、"韵"字和"气韵"二字组合成词的过程，

[1] 陈寅恪：《王观堂先生纪念碑铭》《王静安先生遗书序》，均收入《金明馆丛稿二编》，上海古籍出版社1980年版。

[2] 《当代考古学前沿的集中展示》，《中国文物报》2005年1月4日。

[3] 谢赫：《古画品录》，《中国画论》，安徽美术出版社1995年版，第1页。

[4] 郭若虚：《图画见闻志》，《中国画论》第316页。

[5] 黄钺：《二十四画品》，收入《壹斋集》清咸丰九年刊本。

做一番探源溯流的功夫。但是对气韵的理解，总难免有一点音影模糊，可意会而难言传的缺憾。视野开阔一些，自然可以联想到明人胡应麟所说："刘义庆《世说》十卷，读其语言，晋人面目气韵，恍忽生动，而简约玄澹，真致不穷，古今绝唱也。"[1] 不过，此气韵讲的是人，彼气韵讲的是画。如果视野足够开阔，就会发现，逐渐成熟于魏晋南北朝的文论、艺论，深受当时人物品鉴风习的影响，直至把人物品鉴的不少话语用于鉴文、鉴艺，从而造成中国文论、艺论如同钱锺书所说的深入腠理的"人化"或"生命化"的特征了。[2] 但是，这种眼光已经属于现代世界视野了。

进一步放大而观之，可以联想到古希腊亚里士多德关于悲剧有六种因素的说法，也可以说是西方的悲剧六法吧："总的来说，一部悲剧有六个部分，即情节、性格、言词、思想、形象和歌曲，其中两个属于模仿的媒介，一个属于模仿方式，其余三个属于模仿对象。悲剧艺术的成分尽在此六因素中。"中国古代的"六法"和古希腊的"六因素"几乎采取了互为逆反的排列顺序。顺序就是意义，它关涉到一种文化的精神的第一关注点，第一关注后价值权衡的轻重，以及对价值评估的实施程序。古画论首重气韵，而把古希腊作为其艺术论之核心的模仿说被置于末位。在古希腊"六因素"的视野中竟然看不见气韵，甚至气韵类似物的影子，它所强调的是"在这六因素中，最重要的是对故事中事件的组合布局。悲剧从本质上来说不是对人物的模仿，而是对行动、生活、幸福和苦难的模仿。……所以悲剧的最终目的是行动，即情节和布局，而目的总是首要的事"[3]。比较是深化学术思维的极好手段，这番比较表明，中西文艺思想原本存在着不同的第一关注点，存在着文化特质和思维

---

[1] 胡应麟：《少室山房笔丛·九流绪论下》，上海书店出版社2001年版，第285页。

[2] 钱锺书：《中国固有的文学批评的一个特点》，载1937年8月《文学杂志》第1卷第4期。

[3] 亚里士多德：《诗学》（六），节录入《文学批评理论——从柏拉图到现在》，北京大学出版社2003年中译本，第42—43页。

程序的差异，从本体认知、审美标准到表现形态都存在诸多对质性和对行性，因而它们智慧积累是可以在不同的区域分出厚薄的。这种情形适可表明，文化还原对于通过对话以充实现代世界视野和完成世界视野的完整性，是非常重要的，势在必行的。

尚可置疑的是，拿中国的画论和古希腊的悲剧论相比较，是否有点比拟不伦？要对此做出解释，有必要引用德国近代哲学家斯宾格勒（Oswald Spengler）的名著《西方的没落》的一个观点。他从文化形态学上，阐明每一种独立的文化都有其基本的象征物，具体地表象它的精神，因而埃及金字塔里的甬道，希腊的雕像，近代欧洲的最大的油画家伦勃朗的风景画，是领悟这三种文化的最深的灵魂之媒介。在这类文化精神象征物中，古希腊还应加上作为其美学实践之开端的史诗和悲剧，古代中国则应该数上诗、画和书法。因而美学家宗白华在引用《西方的没落》的上述观点之后说："用心灵的俯仰的眼睛来看空间万象，我们的诗画中所表现的空间意识，不是像那代表希腊空间感觉的有轮廓的立体雕像，不是像那表现埃及空间感的墓中的直线甬道，也不是那代表近代欧洲精神的伦勃朗的油画中渺茫无际追寻无着的深空，而是'俯仰自得'的节奏化的音乐化了的中国人的宇宙感。"[1]

宗白华曾经留学德国五年，研习哲学、美学和艺术史，归国后又长期在大学讲授哲学、美学、艺术史，应该说他的知识结构是具有相当充分的现代世界视野的。但是，那些最能代表他的美学论文，却在中西对话中别具只眼地采取了文化还原和生命体验的方法论策略，在世间纷纷说"西化"的时候，表现出心得独到的实质上是"化西"的学理特征。为了跳出某些僵硬的思想体系的束缚，回归悟性的自由，他提倡"美学的散步"的学术方式，认为"散步是自由自

---

[1] 宗白华：《中国诗画中所表现的空间意识》，《美学与意境》，人民出版社1987年版，第245—248页。

在、无拘无束的行为，它的弱点是没有计划，没有系统。看重逻辑统一性的人会轻视它，讨厌它，但是西方建立逻辑学的大师亚里士多德的学派却唤作'散步学派'，可见散步和逻辑并不是绝对不相容的。中国古代一位影响不小的哲学家——庄子，他好像整天是在山野里散步，观看鹏鸟、小虫、蝴蝶、游鱼，又在人间世里凝视一些奇形怪状的人：驼背、跛脚、四肢不全、心灵不正常的人，很像意大利文艺复兴时大天才达·芬奇在米兰街头散步时写下来的一些'戏画'，现在竟成为'画院的奇葩'。庄子文章里所写的那些奇特人物大概就是后来唐、宋画家画罗汉时心目中的范本。"[1] 散步美学的表达方法也是散步的，从从容容地造访着不同时代、不同国度的亚里士多德、庄子、达·芬奇，无拘无束地游戏于不同领域、不同趣味的自然界和人间世，却又不落形迹、随任自然地释放出不阿流俗的生命体验，体验出中国艺术融合着庄子的超旷空灵和屈原的缠绵悱恻的意境，还原着中国艺术的精神特征：

> 中国画的光是动荡着全幅画面上的一种形而上的、非写实的宇宙灵气的流行，贯彻中边、往复上下。古绢的黯然而光尤能传达这种神秘的意味。西洋传统的油画填没画底，不留空白，画面上动荡的光和气氛仍是物理的目睹的实质，而中国画上画家用心所在，正在无笔墨处，无笔墨处却是缥缈天倪，化工的境界。[2]

在宗白华的心目中，画留空白以蕴道，宋、元画家"以追光蹑影之笔，写通天尽人之怀"，在这一片虚白上幻现的一花一鸟、一树一石、一山一水，都负荷着无限的深意、无边的深情。甚至画家

---

[1] 宗白华:《美学的散步》,《美学与意境》, 第284—285页。

[2] 宗白华:《中国艺术意境之诞生》,《美学与意境》, 第222—223页。

在山水中设置一座空亭，竟然也可以成为山川灵气动荡吐纳的交点和山川精神聚积的处所。这从哲学上说，既是庄子的"唯道集虚"，从美学上说，又是谢赫的"气韵生动"。它提供了一种散步美学的个人性方式，这是很值得注意的，而且步向了作为艺境的本体存在的"造化与心源合一"的生命本原。

文化还原是一种非常讲究悟性，也非常讲究学力的艰苦事业。散步固然重要，散步可以在阻力较少的情形下图个轻便地摆脱僵化的教条的束缚，但是要还原得有规模、有力度，还须集中全部的注意去扎硬寨，打硬仗。从散步到扎硬寨，这表明文化还原的形式是多种多样的。除了宗白华的散步式的学术，我们还可以举出钱穆的大纲式的学术。散步式的学术重性情，大纲式学术重模样，前者如学术中的音乐，后者如学术中的建筑。钱穆的著作多以大、概、导、通、史等大模样的词语为书名，也好在前面加上"中国"或某个大的历史断代的字样。如《国史大纲》《文化史大义》《国学概论》、《中国学术通论》《中国文化史导论》《先秦诸子系年》《中国近三百年学术史》等等，从题目就可以感受到他侧重于以编年学和文化学为经纬，做一种有模样、有魄力的文章。

钱穆提倡一种唯文化史观，认为文化是历史发展的原动力，决定着或规定着历史的形态，左右着民族国家的盛衰荣辱。他非常强调："历史与文化就是一个民族精神的表现。所以没有历史，没有文化，也不可能有民族之成立与存在。如是，我们可以说：研究历史，就是研究此历史背后的民族精神和文化精神的。我们要把握这民族的生命，要把握这文化的生命，就得要在它的历史上去下工夫。"[1]从这种宏观的历史把握出发，他在治学方法论上是提倡以博识驾驭专攻，非常重视以会通为要旨的学术步骤："治史者贵能上下古今识其全部，超越时代束缚。故首当虚心耐烦，先精熟一时代之专史，

---

[1] 钱穆：《中国历史精神》，1964年香港增附三版，第6页。

乃能深悉人事繁赜之一般。而对于各方面事态之互相牵涉影响，及其轻重大小，先后缓急之间，亦渐次呈露。如是，其心智始可渐达于深细邃密，广大通明之一境。然后再以通治各史，自知有所别择。然后庶几可以会通条理而无大谬。能治通史，再成专家，庶可无偏碍不通之弊。"[1]

"对其本国已往历史有一种温情与敬意"，是钱穆史学进行文化还原的基本态度，其旨趣可同陈寅恪的"了解之同情"略似。以此态度著书，《国史大纲》在模样的宏伟和严整上最是典型。卷首有二万言的《引论》，推崇"中国为世界上历史最完备之国家"，具有"悠久"、"无间断"、"详密"三大特点。又对中国近世史学的传统记诵派、革新宣传派、科学考订派评说优劣利弊，并综合诸派之长，形成"以记诵考订派之功夫，而达宣传革新派之目的"的思想方法，从而把实施"于国家民族之内部自身，求得其独特精神之所在"，作为"治国史之第一任务"。随之又有《书成自记》，交代成书过程，以及原则体例："治通史必贵有'系统'，然系统必本诸'事实'。见仁见智，系统可以相异，而大本大原，事实终归一致。不先通晓事实，骤求系统，如无钱而握空串，亦复失其为串之意。"全书分八编四十六章，章又分节，行文采取大字体下排双行小字体的形式，"大书以提要，分注以备言"，形成一部近代章节体兼融传统纲目体的通史著作。

对于历史的本质及其过程性，钱穆自有独特的见地。他认为："历史上之过去非过去，而历史上之未来非未来，历史学者当凝合过去、未来为一大现在，而后始克当历史研究之任务。"[2] 他的通史研究力图贯通时间的连续性，来表达他经世致用的"现在性"。因此格外重视蕴藏于头绪纷杂的历史现象之中的文化血脉："研究历

---

[1] 钱穆:《略论治史方法》,《中国历史研究法》, 三联书店2001年版, 第154—155页。

[2] 钱穆:《世界局势与中国文化》, 台北东大图书公司1977年版, 第234页。

史，所最应注意者，乃为在此历史背后所蕴藏而完成之文化，历史乃其外表，文化则是其内容。"[1] 历史似乎在与人们捉迷藏，鲁迅在20世纪初提出的关于"世界之思潮"和"固有之血脉"的双构性文化方法论的构想，前者在五四新文化运动中得到胡适的张扬，后者在40年代西南联大的通史讲席上听到钱穆的回响。由此可知，文化大于政治，它在许多方面联系着政治意识，又超越着政治意识。

具体到了《国史大纲》，它对文化血脉的把握，泛化到了政治、经济、社会、学术诸领域。它主张："当于客观中求实证，通览全史而觅取其动态，若某一时代之变动在'学术思想'（例如战国先秦），我即着眼于当时之学术思想而看其如何为变。若某一时代之变动在'政治制度'（例如秦汉），我即着眼于当时之政治制度而看其如何为变。若某一时代之变动在'社会经济'（例如三国魏晋），我即着眼于当时之社会经济而看其如何为变。'变'之所在，即历史精神之所在，亦即民族文化评价之所系。"由于采取"通览全史而觅取其动态"的文化还原的方法论策略，《国史大纲》虽然在社会形态和非专制政体等问题上存在着许多可议之处，但它的不少论述颇具卓识，为理解中国历史和文化的行程和特质提供了一系列发人深省的见解。比如这段比喻就很有一些悟性：

> 中国史之进展，乃常在和平形态下，以舒齐步骤得之。若空洞设譬，中国史如一首诗，西洋史如一本剧。一本剧之各幕，均有其截然不同之变换。诗则只在和谐节奏中转移到新阶段，令人不可划分。所以诗代表中国文学之最美部分，而剧曲之在中国，不占地位。西洋则以作剧为文学家之圣境。即以人物为证，苏格拉底死于一杯毒药，耶稣死于十字架，孔子则梦奠于两楹之间，晨起扶杖逍遥，咏

---

[1] 钱穆:《中国历史研究法》，序，第1页。

歌自勉。三位民族圣人之死去，其景象不同如此，正足反映民族精神之全部。[1]

比喻在强化某些特征时难免遮蔽另一些特征，它是"微言相感，必称诗以谕其志"（《汉书·艺文志》中语）的赫尔墨斯（Hermes）。赫尔墨斯在西方阐释学上具有冠名权，一位讲究"于客观中求实证"的学者在比较和阐释中西历史形态的时候，竟然情不自禁地采取了诗与剧的比喻，这种异乎寻常的行为表现出来的不仅是他的修辞学的风采，而且更为重要的是他对中国文化特质进行还原研究而久积于心的生命体验了。

四、"双构四点一基础"的方法论总纲目

至此，我们庶几可以，而且应该谈论现代中国学术方法的总纲目了。不妨这样设想，学术方法论的纲为"双构"，目为"四点"。前面着重讨论的方法论上的世界视野和文化还原的双构性，是派生出众多具体可行的学术方法的元方法。二者之间是互动的，现代世界视野可以激活和开拓文化还原的领域、思路、手段和程序，文化还原可以推进现代世界视野的充实、深化、多样和完整。在这种意义上，现代世界视野是天，文化还原是地，它们共同建构一个富有生命力和创造力的精神空间，其共构的效应就是天地交泰，化生万物。在双构性的精神空间中，方法论的运作，存在着四个功能性的点：一、立足点，立足于中国文化的本原；二、着眼点，着眼于参与世界文化的深层对话；三、关键点，关键是推进学理的原创；四、

---

[1] 钱穆：《国史大纲（修订本）》，商务印书馆1996年版，引论，第1—13页。前面未注出处的一些引语，也见于此引论。

归宿点，归宿于建立博大精深，又开放创新的现代中国的学术体系和体制。这四个功能点，不是孤立、静止的，而是相互作用、相互化生、相互深化和相互推移的，形成了有点类似于春种、夏长、秋收、冬藏的生命过程的运行体制。作为现代中国学术方法总纲目的"双构四点"，共同组合成一个非常开放，又相对完整的学术方法的工作系统和结构，以及系统和结构各个部分相互作用的过程和方式的机理，打一个比方，它就是现代中国学术方法的上下四方的"六合"。

学术方法四个功能点的相互作用和推移，要求我们从机理层面去把握和理解它们间的综合性的功能。孤立的一点是一步死棋，综合两点或数点才成活棋，学术方法死活之间的这种机理不可不辨。首先，在处理学术的立足点和着眼点的死活之法，不可不辨融会贯通的机理。融会贯通，本是中国学术的一种传统。朱熹有言："举一而三反，闻一而知十，乃学者用功之深，穷理之熟，然后能融会贯通。"[1] 随着近代以来的西学东渐，旧学更新，传统的价值体系和知识体系的结构崩解而重组成新学科，外来思潮冲击着和质疑着传统价值和知识的现代合理性。这就给人们在选择现代学术的立足点和着眼点上，提供了如何融会贯通的新的挑战和机遇。胡适主张："为学当如金字塔，要能广大要能高。"[2] 他曾经告诫自己："学问之道两面而已，一曰广大（博），一曰高深（精），两者须相辅而行。务精者每失之隘，务博者每失之浅，其失一也。余失之浅者也，不可不以高深矫正之。"[3] 大量的外来思潮和知识的涌入，容易使人在广泛接纳而未及消化中，变得脚跟轻浮，因而胡适之言具有自警和警世

[1]《朱子语类》卷二七《论语九》，四库全书本。

[2] 胡适：《读书》，原载1925年4月18日《京报副刊》，收入《胡适文存》三集卷二，上海亚东图书馆1930年版。

[3] 胡适：《藏晖室札记》1915年2月3日条，上海亚东图书馆1939年版。

的价值。

聪明的梁启超也是有这份自知之明的，他不止一次地反思："若启超者，性虽嗜学，而爱博不专；事事皆仅涉其樊，而无所刻入；何足言著述？"[1] 因此在20世纪20年代他从政坛退回学界之后，虽然未能戒除心多旁骛，但主要精力逐渐集中在学术思想史和历史方法论的研究上。因为在他看来，"学术思想之在一国，犹人之有精神也；而政事、法律、风俗及历史上种种之现象，则其形质也。故欲觇其国文野强弱之程度如何，必于学术思想焉求之"[2]。他在这方面建立自己的学术优势，从而以断代专史的形式写成《清代学术概论》《先秦政治思想史》《中国近三百年学术史》，以及《中国历史研究法》及其《补编》。这些专史著作的出现，折射着他在学术方法由博入专的过程。1922年他把在南开大学讲授的《中国历史研究法》整理出版，强调的是通观博览之学，提倡"以生人本位的历史代死人本位的历史"，主张把"帝王教科书"解放、改造为"国民资治通鉴"或"人类资治通鉴"。当然，在史料的搜集和鉴别上，他列举了辨伪书的十二条标准，证真书的六条标准，以及辨伪事的七条标准，也是非常讲究"史料为史之组织细胞，史料不具或不确，则无复史之可言"的。1926年他在清华讲《中国历史研究法补编》，就进一步强调"专史没有做好，通史更做不好"，侧重于详细讲述研究专史如何下手。他系统地列举了人的专史、事的专史、文物的专史、地方的专史、断代的专史。仅文物的专史下属的文化专史，就罗列了语言史、文字史、神话史、宗教史、学术思想史、道术史、史学史、社会科学史、自然科学史、文学史、美术史等十一项，以至他说，这部书又可叫作"各种专史研究法"。实际上，梁启超讲

---

[1] 梁启超：《墨子学案》序，《梁任公近著第一辑》下卷，商务印书馆1923年版。

[2] 梁启超：《论中国学术思想变迁之大势》第一章"总论"，《清代学术概论》，中国人民大学出版社2004年版，第3页。

专史，是为了寻找坚实的学术立足点，他讲通观，是为了在学术着眼点上注入现代意识，并且在二者的结合上加以融会贯通。

由于这是给学生讲授研究方法，也就需要讲得深入浅出，告诉学生如何在时间上做出安排："有了专门学问，还要讲点普通常识。单有常识，没有专长，不能深入浅出。单有专长，常识不足，不能触类旁通。读书一事，古人所讲，专精同涉猎，两不可少。有一专长，又有充分常识，最佳。大概一人功力，以十之七八，做专精的功夫，选定局部研究，练习搜罗材料，判断真伪，抉择取舍；以十之二三，做涉猎的功夫，随便听讲，随便读书，随意谈话。如此做去，极其有益。"[1] 这是有立足点的、步步为营的、以专致博的融会贯通，而不是手忙脚乱、游谈无根的伪融会贯通。由此而着眼于参与世界文化的对话，才是深刻的而非空泛的真实对话。在思考融会贯通的机理时，对于其间的真实性和虚伪性，是值得严加分辨的。

其次，在处理着眼点和关键点之间的机理时，有必要在强烈的文化对话欲望中注入自觉的原创意识。对话是一种高明，原创是一份自信，没有原创地一味拾人牙慧，最后连自己是什么也说不清楚了。然而只要自我意识觉醒了，异质文化间的对话碰撞，适可成为原创精神迸发的极好契机。王国维青年时代东渡日本，借研习日、英、德文的机会，广泛涉猎西方哲学、教育学著作，对康德、叔本华的哲学尤有心得。由此而以理性的思辨，批判了宋明理学"未有天地之先，固有先是理"的基本命题，对理的先验性概念做了逻辑学上的理由和理性的分析。他认为："'理'之广义解释，即所谓'理由'是也"，"天下之物，绝无无理由而存在者，其存在也，必有所以存在之故，此即物之充足理由也。"这种解释已不完全局限于康德、叔本华的思路，而是基于自古希腊以来的西方哲学的多元化用，

[1] 梁启超：《中国历史研究法》及其附录《中国历史研究法补编》，东方出版社1996年版，第1—35页、第153—154页、第170页。

用以重新审视中国的程朱学说："故朱子之所谓'理'，与希腊斯多噶派之所谓'理'，皆预想一客观之理，存于生天、生地、生人之前，而吾心之理，不过其一部分而已。"他进而认为："以理之一语为不能直观之概念，故种种谬误，得附此而生也。而所谓'太极'，所谓'宇宙大理'，所谓'超感的理性'，不能别作一字，而必借'理'字以表之者，则又足以证此等观念之不存在于直观之世界，而唯寄生于广漠暗昧之概念中。易言以明之，不过一幻影而已矣。"因此他对"理"做了客观事物的规律性的理解，明确地指出："理者，非具于物之先，而存于物之中，物之条分缕析者即是也。"[1] 尽管王国维的哲学研究和古史研究，属于他的学术生命发生转折的不同阶段，但是不应该否认，他的中西对话的早期哲学训练，以及由此清理出的对事物客观规律及其存在的充足理由的认识，也是不可避免地对他日后的古史研究的方法论的形成，发生了潜在的、深刻的建构作用，从而使他的原创精神的迸发获得了一种形式的载体。

人之知识结构，自有一种内在机制，前之所立者，后或为用，前之所蓄者，后或迸发。只是它们运用和迸发的契机和采取的方式，换了一副新的面目，要花费人们辨认的工夫而已。只要仔细寻索，也可以承认，王国维早年哲学对话中对客观因果和充足理由的重视，激活了他原创性地考释殷墟卜辞的潜能。比如《殷卜辞中所见先公先王考》对"王亥"的考证，他从《殷虚书契前编》和《后编》等书中，发现卜辞记载祭王亥事十处，"观其祭日用辛亥，其牲用五牛，三十牛，四十牛，乃至三百牛，乃祭礼之最隆者"，从而推原因果，判断其"必为商之先王先公无疑"。为了寻找充足理由，他首先查对正史。《史记·殷本纪》和《史记·三代年表》所记殷商先祖中没有王亥，只是本纪提到"冥卒，子振立。振卒，子微立"，

---

[1] 王国维：《释理》《国朝汉学派戴阮二家之哲学说》，均载1904年《教育世界》，收入《静安文集》，商务印书馆1905年版。

《史记·索隐》说，"振"字在《系本》中作核；《汉书·古今人表》作垓。这就接触到与亥字可以通假的核、垓，因形近而讹变为振的踪迹。

王国维不同凡响之处，是他以甲骨文为依托，沟通了怪异不雅驯之书和历史书，从中发现某些历史因素的痕迹，用以证史。他把《山海经·大荒东经》中的王亥仆牛，与郭璞注引古本《竹书》称"殷王子亥"，今本《竹书纪年》称"殷侯子亥"关联为证。并且把仆牛、服牛，即中原地区最早驯服使用牛，作为农耕文明的一个重要命题，举证于《吕氏春秋·勿躬篇》《世本·作篇》《路史注》，尤其是《楚辞·天问》《管子·轻重戊》，证明王亥服牛，他不仅是殷人先祖，而且是制作之圣人，有如"禹抑洪水，稷降嘉种，爰启夏周"一样，遵循了"盖古之有天下者，其先皆有大功德于天下"[1]这条历史价值通则。这里的突出的原创性，不仅仅在于认定几个甲骨古字和人名，这是以往的金石学、文字学也做到了的；而且更带本质性的在于，它不是孤立地，而是系统地使甲骨文字人事的考证进入中国古史知识的框架系统，对之进行检验、印证、补充和订正，证明《史记·殷本纪》对商代列王及其先祖的记载，是一种有瑕疵和缺陷但大体可信的实录。这就不仅为认识甲骨文，而且为认识中国历史，开辟了一条新的途径和一个新的境界。自方法论而言，它发挥了四两拨千斤的高效应。

潜在的对话意识，使王国维处理学术问题的时候极能把握关键。一部《人间词话》，就把握住中国诗词之学的关键词——意境。篇幅不长，却赢得俞平伯称许"此中所蓄几全是深辨甘苦惬心贵当之言，固非胸罗万卷者不能道"[2]。王国维一生，集中阐释的古代文论

[1] 王国维：《殷卜辞中所见先公先王考》，《观堂集林》卷九，中华书局1959年版，第415—418页。

[2] 俞平伯：《人间词话·序》，北京朴社1926年版。

的术语就是这个"意境"，却使意境一词引人瞩目地生长入现代文论的知识体系。这也给人一个深刻的方法论的启示：对古代文论术语的现代阐释，不能眉毛胡子一把抓，而要选择关键做重点的纵深的突破，遵循着"与其伤其十指，不如断其一指"的通则。非常值得注意的是，感悟思维作为富有中国文化特色的思维方式，较之意境、意象、神韵一类词语具有更深刻的关键性，或者说，意境、意象、神韵都是感悟思维导致的审美状态和审美结果。悟字从心，它是古代中国融合着主客体的心本思想或道源思想的表现形态。因此钱锺书说："'悟'而曰'妙'，未必一蹴即至也；乃博采而有所通，力索而有所入也。学道学诗，非悟不进。"[1]

感悟思维被强化、深化和普遍化，是与佛教输入后，同道家的虚无玄妙之辨、心斋坐忘之术，儒家的心性之学，玄学的以无为本、以心悟为归的思辨趣味相诘难、相融合的中国化过程，有着深刻的关系。在东晋南朝即有高僧竺道生提倡顿悟，"生公说法，顽石点头"。到了唐朝，禅宗讲究定慧双修，使顿悟、渐悟成为南北禅宗的修炼妙门。尽管唐人写诗，已是悟性发越，但是由于儒家诗教森严，感悟作为自觉的意识只好绕道于虞世南的《笔髓论》、孙过庭的《书谱》、张彦远等人的书画论，从传统意识形态相对薄弱的环节渗透到书画琴棋这些士人日常生活艺术化的趣味之中。至宋朝苏轼的后学以及江西诗派的讲"活法"，掀起了一股以禅喻诗的思潮，终于衍化成严羽《沧浪诗话》挑战文人儒者的诗教和世之君子的宋诗末流，而提倡"妙悟说"，并且从"诗辩"、"诗体"、"诗法"、"诗评"、"考证"诸方面进行了相当有层次的论说。根据他的"诗有别材"、"诗有别趣"的说法，可以说他展开了传统诗学系统的一种"别学"。

应该看到，感悟作为一种澡雪精神而达到浑无俗趣杂念的澄怀

---

[1] 钱锺书：《管锥编（补订本）》，中华书局1984年版，第98页。

观道的状态，调动潜能而以毫无滞碍的心灵直觉透视宇宙万象的意义和趣味，激活想象而启示天风海雨、镜花水月般的意象纷至、境界敞开的具有高度超越性的思维方式，是传统诗学的一种精髓而非全部。它本身也存在着禅悟和诗悟的异同转化之辨，存在着发源于超旷、贯通于雄浑因而并非一味妙悟的风格学形态。这就必然引起明清两代的诗论家对《沧浪诗话》的"妙悟说"，进行兴致不衰的推崇、质疑和借题发挥，并从格调、神韵、性灵、肌理等不同的角度对它的可能性，做了正面的，或反面的引申、辩驳和补充。总之，感悟已经成了唐宋以降千余年间诗学和艺论的波澜曲折、终不可遏的命题。然而在20世纪西方思潮的冲击下，感悟在理论观念形态上受到冷落，却在精神趣味的层面上转移和渗透为知识界的潜意识和类本能，依然对现代学术的原创能力发挥着不可替代的内在作用。因此，深入地研究感悟思维的本质、功能、特征和程序，也就成了激活中国智慧以丰富人类智慧的方法论上的关键点。

其三，在处理关键点和归宿点的机理时，应该把握住话语原创这个从学理论证到体系建立的中介环节。原创性的话语作为富有文化内涵的学术亮点，它是一种理念和智慧的载体，本身就内蕴着价值配置、精神特质和思维取向。在文化思潮涌动中，发亮的原创性话语成了学者、学术、学派的徽记。赫胥黎宣传和发挥达尔文学说的那部系列讲演集 *Evolution and Ethics*，按照当时的日本汉字译名是可以直译为《进化论与伦理学》的。但深切地感受到19世纪末国际强权竞争中的深重的民族危机的严复，偏要以"一名之立，旬月踯躅"的苦心，把中国的"天"的观念介入其间，把它改译为《天演论》，并配以"物竞天择，适者生存"等一系列话语。灌注于其间的那种浓郁的民族危机意识，甚至命运意识，若用"进化论"一类译名表达出来，是难以有如此强烈的震撼人心的效应的。他以此为徽记，曾经别署"天演宗哲学家"，并且赢得了晚清"五十年来介绍西洋哲学的，要推侯官严复为第一"[1] 的令名。

话语原创，是一切要屹立于世界民族之林而思有所作为者的权利和能力所在，并不是哪一个持有话语霸权的民族才有这种权利和能力。问题在于当我们把这种真正有价值的原创话语建构出来了，持同一语言的学人要尊重它、珍惜它、认同它，而不要抱着一种似自傲实自卑的畸形心理漠视它，甚至压抑它。也不可不计它的原创性的特质，如把"天演论"简单地回译为"进化论"一样，把它的亮点淹没在另一话语体系之中。原创话语也需有尊重话语原创的知识界的土壤。回顾20世纪的文化精神史，青年鲁迅1908年倡导"第二维新之声"，提出"首在立人"的原创话语，在天下纷纷言立宪、言排满的时际甚乏知音，这使他陷入荒原般的悲哀和寂寞。孔子也说过"立人"："夫仁者，己欲立而立人，己欲达而达人。"（《论语·雍也篇》）这里的"人"是与己相对而言的他人，"立"是指"立于礼"。鲁迅的"立人"则注入了不可同日而语的现代意识："将生存两间，角逐列国是务，其首在立人，人立而后凡事举；若其道术，乃必尊个性而张精神。"[2] 它外之以国际竞争的紧迫感，内之以个性精神的自觉，作为立人思想的现代性诉求。

在"立人"话语原创中，有两点值得注意：一是它主张"掊物质而张灵明，任个人而排众数"。以往的研究者简单地把这句话纳入哲学基本问题"物质—精神"的框架中，对鲁迅的这一思想有点爱莫能助地宣判为"唯心主义"。但是，鲁迅并非哲学家，而是社会文化的观察者和批判者，他思考的并非物质或精神何为第一性的哲学问题，而是物质文明、制度文明和精神文明的协调发展的问题。在他看来，"至十九世纪，而物质文明之盛，直傲睨前此二千余年

---

[1] 蔡元培：《五十年来中国之哲学》，收入申报馆《最近之五十年》，上海1923年12月版。

[2] 鲁迅：《文化偏至论》，《鲁迅全集》第一卷，人民文学出版社1981年版，第57页。

之业绩"，它给人民生活带来极大的利益，却也滋生"物质万能"、物欲横流的现象，使人的"性灵之光愈益就于黯淡"。制度革命本意在民主，其无节制的发展，却"顾于个人特殊之性，视之蔑如"。鲁迅的这一思想难免带点乌托邦的意味，但具有明显的超前性，它在表达三种文明应协调发展的同时，格外强调个性的尊严、精神生活的光耀和人生意义的本质。

二是它推出了"摩罗诗力"这种独特的表述方式。英国的拜伦、雪莱，直至匈牙利的裴多菲这一流的诗人被称为浪漫派，这个日本汉字译名曾被梁启超等人使用过，作为留日学生的鲁迅不会不知道。知道了却不从俗，却偏偏采用了英国桂冠诗人骚塞（ *R. Southey* ）含沙射影地称拜伦为"撒旦派"诗人这个怪名词，又偏偏转用为早期佛教翻译的梵语 *Mara* 的音译"魔罗"（即摩罗），这就以反讽手法把这派诗人称为"恶魔诗派"[1] 了。话语的独创内含着价值的规定，不用浪漫派而特称"摩罗诗人"，旨在引导人们不必欣赏浪漫派风花雪月的才情，而要推崇他们"争天拒俗"的叛逆性或恶魔性。话语原创中的这种否定性思维，对于传统的温柔敦厚的诗教来说具有明显的异端性，它从改造文化思维方式的层面上，为反抗黑暗、再造文明提供了深刻的精神动力。

即便对学术方法论的总纲目"双构四点"进行如此仔细的清理，我们也不能说这些纲目是万能的。学术研究首先是一种锲而不舍、持之以恒的艰苦磨炼，非从读书破万卷的深厚扎实的材料文献功夫开始不可。材料文献是米，方法只是巧妇的烹饪术，缺乏材料文献之米的巧妇，是难为无米之炊的。材料文献无疑是学术方法不可或缺的基础，在这种意义上说，傅斯年称"近代的历史学只是史料学"，"一分材料出一分货，十分材料出十分货，没有材料便不出

---

[1]　鲁迅：《摩罗诗力说》，《鲁迅全集》第一卷，第66页。

货"[1]，是非常发人深省的。冯友兰在谈论中国哲学史史料学时，提出了搜集史料要"全"，审查史料要"真"，了解史料要"透"，选择史料要"精"[2]，这全、真、透、精四字诀，同样值得认真记取。因此，学术方法论的总纲目还须加上材料文献的基础，汇总成"双构四点一基础"才算得完整。说是完整，也是相对的，学术方法论在本质上是开放的、发展着的，是一个充满着个性选择和创造的世界。记得金圣叹评点《西厢记》，书前有九九八十一则"读法"，第二十四则云：

> 仆幼年曾闻人说一笑话：昔一人苦贫特甚，而生平虔奉吕祖。感其至心，忽降其家，见其赤贫，不胜悯之。念当有以济之，因伸一指，指其庭中磐石，粲然化为黄金，曰：汝欲之乎？其人再拜曰：不欲也。吕祖大喜，谓：子诚如此，便可授子大道。其人曰：不然，我心欲汝此指头耳。仆当时私谓此固戏论耳，若真是吕祖，必当便以指头与之。今此《西厢记》便是吕祖指头，得之者处处遍指，皆作黄金。[3]

金圣叹是主张方法论的普遍性的，此处所谓得此指头，遍指皆作黄金的说法，与他评点《水浒传》所说的"真能善得此法"，"即得读一切书之法"，"便以之遍读天下之书，其易果如破竹也者"[4]，

---

[1] 傅斯年：《历史语言研究所工作之旨趣》，载1928年10月国立中央研究院《历史语言研究所集刊》第1本第1分册。

[2] 冯友兰：《三松堂全集》第六卷，河南人民出版社1989年版，第312—313页。

[3] 金圣叹：《读第六才子书〈西厢记〉法》，《金圣叹全集》（三），江苏古籍出版社1985年版，第14页。

[4] 金圣叹：《第五才子书施耐庵水浒传》序三，《水浒传会评本》，北京大学出版社1987年版，第11页。

是一脉相通的。破竹、变金之说，未免对方法论有点神化了，即便它能指破迷津，甚至能达到事半功倍之效，也须因事因人而变通。世界上没有两只指纹相同的指头，不然，何必要一门指纹学？

2004年12月—2005年1月

图书在版编目（CIP）数据

中国文化的精神：杨义自选集 / 杨义著. —上海：上海三联书店，2017.10

ISBN 978-7-5426-6028-2

I．①中… II．①杨… III．①中国文学－文学研究－文集
IV．①I206-53

中国版本图书馆CIP数据核字（2017）第182852号

中国文化的精神：杨义自选集

著　　者 / 杨　义

责任编辑 / 陈启甸　朱静蔚

特约编辑 / 李志卿　丁敏翔　苏绍斌

装帧设计 / 乔　东　阿　龙　苗庆东

监　　制 / 姚　军

责任校对 / 丁敏翔　苏绍斌

出版发行 / 上海三联书店
　　　　　　（201199）中国上海市闵行区都市路4855号2座10楼

邮购电话 / 021-22895557

印　　刷 / 山东临沂新华印刷物流集团有限责任公司

版　　次 / 2017年10月第1版

印　　次 / 2017年10月第1次印刷

开　　本 / 690×960　1/16

字　　数 / 340 千字

印　　张 / 32.5

书　　号 / ISBN 978-7-5426-6028-2 / I·1299

定　　价 / 68.00元

敬启读者，如发现本书有印装质量问题，请与印刷厂联系0539-2925680。